Ðronning av aske og død

Sorte vinger vil stige over de fallende tårn
og ild og vann møtes ved portene
Det hvisker en stemme i den døende vind
en røst av kulde og natt
for slutten, slutten er nær
De siste av ildens barn vil bryte fri
og fjellene falle og formes på ny
Det er slutten på alt som er og har vært
men fra de døende glør av det som var et land
vil nye makter vokse frem
For slutten, slutten er nær.
Og dommen vil favne hver sjel.

Seeren Anhmar fortalte en gang sine sønner
at før dragene igjen kan vende tilbake til landene
vil nye dragemestre bli født og de vil alle bære et hellig merke
de vil samle kreftene
de vil gjenskape det som var glemt
I dem vil dragemestrene leve på ny
og en vil herske i all tid

Kontinentet Zhandoria:

Kontinentet Zhandoria var en gang i tiden en del av et mye større område, i nord ligger Hietlai og i sør Ardot. Begge disse landområdene var en gang en del av denne enorme landmassen.

Kontinentene drev fra hverandre på grunn av voldsomme naturkatastrofer som endte en hel tidsalder og mye ble endret både geografiske og rent praktisk.

I Hietlai styres folket av et råd av kloke, de har en stridshøvding som er deres øverste ledende mann i strid.

Ardot er underlagt Zhandoria, dets kultur er lang og rik og bare katastrofen gjorde det mulig for de nordfra å underkaste seg folket der. Opprør og uro er normalt, de liker ikke sine okkupanter men Zhandoria er avhengig av handelen med Ardot.

Zhandoria er oppdelt i flere riker med underliggende delområder og lydriker hvor de har en egen hersker som igjen står under landets øverste leder.

Rikene er : Nierez,longil;Arzam;Dheesa;Bheki;Altarab; Felderi; Zetir og Unlan.

Zhandorias hovedstad er byen Zhymorne som ligger i Ar-Bheki regionen av Bheki, byen er gammel og ærverdig og rommer mye historie men dens prakt falmer som alt annet i rikene.

Rikene er styrt av kongehus med varierende hell og makt, i Zhandoria var det fra gammelt av seks adelsslekter som satt med mest makt, nå er deres makt blitt svekket, de er utvannet og spredt i et utall underslekter med sine egne vasaller og tilhengere og selv ikke slektene selv har oversikten over hvem som skylder dem lojalitet eller ei. Slektene krangler fremdeles seg i mellom om gammel makt og ære og i det skjulte foregår det et maktspill hvis intriger kan bli både blodige og brutale. De seks slektene er i det store og det hele spredt over hele kontinentet men holder gjerne ekstra mye makt i visse områder.

Darasher: Denne ætten er den mest ubredte, med mange underfamilier og stor rikdom, de var en gang mektige krigere men deres innflytelse har falmet mye. De er svært ærekjære og svært sta, for dem handler alt om å gjenopprette fortidens tapte makt og storhet. Deres motto er: Glem aldri hva vi var! Deres merke er et dragehode.
Darasher har mest makt i Bheki, Darazzen og Ibar men de har lange armer og har stor innflytelse på andre hus også, gjerne ved hjelp av trusler, korrupsjon og mord.

Ranclin: Ranclin ætten er kjent for å like pomp og prakt men de kan også være forbausende nøktern, de tenker før de handler og er kjent for å være utmerkede renkesmeder. De har stor utbredelse men skryter lite av slekten og er kjent for å være stri, også mot sine egne. Deres motto er: Ære, stolthet, styrke. Deres merke er en steilende hest.
De har mest makt i Or-Altarab,Longaria, Rooz og ytterst ved kysten i Coluria

Arcan: Den mest dystre og innesluttede av ættene, ikke særlig utbredt men de har stor makt i viktige områder og de er kjent for å kunne bli svært grådige og gjerrige. Deres merke er en hodeskalle og deres motto er : Døden vinner alltid.
De har mest innflytelse i Tholir,Ni-arzam og Cerna. Dette betyr at de kan kontrollere mye av handelen mellom øst og vest.

Macallif: Denne ætten var i gamle dager kjent for å ty til trolldom, de avlet mange store magikere og hadde enorm innflytelse men dessverre hadde de en slem tendens tl å gifte seg innad i egen slekt og dette førte til en del uheldige hendelser. De har fremdeles ord på seg for å være upålitelige og farlige og for å kunne spre galskap blant andre. Macallif er lite spredt, de holder seg til sine egne og har noe makt i Ar-Altarab, Solamida og Ebanar men de deler mye av den innflytelsen med de andre ættene og er kjent for å tenke kortsiktig og på lite annet enn øyeblikkelig vinning. Deres merke er en griff og deres motto er ; Ved klo og stål vil vi herske.

Ohdrasar: En av de mest utbredte ættene ved siden av Darasher, de er kjent for å være store og sterke men lite vakre med noen unntak, de er durabelige krigere men mest interessert i handel og slikt og de har mange underfamilier som har lite eller ingen makt. Ohdrasar er kjent for å ville beholde makten innad i familien og de godtar ikke at deres egne går i mot ættens vilje. De regner seg gjerne som de edleste av ættene siden de sjelden deltok i de blodige slagene om makt som sto etter katastrofen, sannheten er at de bare er mere tålmodige enn de andre og de er mestre i å manipulere og sette folk opp mot hverandre. Der er det bare visse familier innen Darasher ætten som slår dem. Ohdrasar har mest innflytelse og makt i Felderi og Unlan, de holder seg stort sett i øst og har lite interesse av hva som skjer vest for Bheki-bukta. Deres motto er : Vi får alltid vårt og deres merke er et villsvinhode.

Nurmadag.: Den minste av ættene og den svakeste, Nurmadag har bare fem seks familier igjen og regnes ikke lenger som en slekt av betydning. En gang i tiden var de ledende innen handel men nå sliter de med å opprettholde det monopolet de hadde. De har kun tilhold i Zetir og ingen annser dem som en maktfaktor. De har en viss innflytelse i og med at de driver skipsfart og frakter varer til og fra Ardot, de er svært rike men viser det ikke og lever ganske nøkternt. Slektens overhode

lever som en Zetirer selv om ætten opprinnelig er fra området
rundt Tholir bukta. De prøver å holde handel i gang ved å
sende skip gjennom stredet mellom Zhandoria og Hietlai og
deres leder har inngått en avtale med de mer stridige viking
aktige Hietlaianerne om at hans skip skal få passere uhindret.
Deres merke er en stor ål tvinnet rundt en skipsmast og deres
motto er : Havet gir, vi tar!
De har innflytelse langs kystene og i Zetir men mange slekter
ville slite uten deres flåte av handelsfartøyer.

Prolog

Hun lå sammenkrøpet på den tykke matten av råtten halm og sitt eget avgnagde hår, en gang hadde hun vært kledd i en vakker kjole men den var tæret bort, nå var hun naken og den hvite huden skinte svakt i mørket i cellen. Hun rørte seg ikke, en kunne tro at hun var død om en ikke så nøye etter. Det var bekmørkt der, ingen vinduer slapp lys inn og døra var blitt murt igjen og glemt av alle andre enn noen få for mange lange år siden. Så lenge var det siden hun ble fanget der at hun ikke lenger kunne telle årene annet enn i århundrer. Hun hadde vært ilden, døden, den mektigste og villeste av dem alle. Meyret den sorte var navnet hun bar den gangen og et stolt navn hadde det vært. Nå var det kun aske tilbake av hva hun engang var.

Hun skalv svakt, knærne lå trukket opp mot brystet og kulden rev i henne men greide ikke drepe, selv om hun ønsket at den eller sommerens stekende varme skulle ende denne forferdelige fortapelsen. Alt hun nå gjorde var å eksistere, og den eksistensen var en ren tortur for den som en gang hadde himmelen som lekeplass. Hun hadde vært for stolt, for overlegen og sikker på at ingen kunne overgå hennes makt, så feil hun hadde tatt og så dypt hun hadde falt. I tider langt borte hadde hennes ætt vært sterke og mange og de bandt ætter blant menneskene til seg som tjenere og brikker i de spill de moret seg med. Men brikkene hadde snudd spillet, ingen hadde forutsett det. Hun hadde oppsøkt et hus som ønsket å bli hennes allierte i kampen mot et annet rike, og hun hadde trodd på løftene de gav. Hun tok menneskeskikkelse for å kunne forhandle med dem på mer sivilisert vis og møtte dem ansikt til ansikt. Og hun ble lurt.

De forgiftet henne og hun våknet i denne cellen, bundet og fanget som et dyr. Magi hindret henne i å bruke kreftene sine,

bant henne til stedet og deres makt og hennes vrede hadde
vært uten ende, så også hennes desperasjon over å ikke kunne
bryte fri. De kom til cellen, hånte henne og pinte henne, ville
ha henne til å sverge troskap til deres ætt. De ville gjøre henne
til et redskap for deres makthunger og arroganse men hun
nektet. Sinnet brant i henne som lava, dødelige våget å gjøre
dette mot henne, en av den sanne ilds folk? De måtte være
gale. Ingen visste hva og hvem hun var blant vokterne i denne
fangekjelleren, hun kunne ikke snakke når ikke hennes
plageånder var der. Og vokterne så bare en vakker kvinne,
hjelpeløs og i deres makt. Hun så forakten i øynene deres, den
ondsinnede lysten og hun følte dem holde henne nede og ta
med makt det ingen hadde rett til å ta. Hatet holdt henne i livet
men skammen brant like hett. Mer ydmyket kunne hun ikke bli.
Tiden gikk, vokterne ble gamle og nye tok deres plass men hun
nektet å bøye seg, nektet å knekke. Hun slikket fukten av
veggene og åt mus og rotter som pilte forbi i mørket, ilden i
hjertet nærte henne mest. Så ble døren murt igjen, ingen visste
at hun var der annet enn slekten som holdt henne fanget, og
hun tilbrakte mer og mer tid i dvale. I drømmene var hun ennå
fri, i drømmene sine kunne hun hevne seg og søke rettferd. Og
i drømmene så hun hvordan århundrene sakte ble slutten på
hennes folk. Til slutt var hun den eneste tilbake, hun kalte på
dem fra sitt eget sinn og fant ingen svar lenger. Sorgen og
fortvilelsen begynte å tære på den sterke sjelen, hun fryktet at
hun var glemt av alt og alle. Hennes plageånder var
tålmodige, veldig tålmodige. Generasjoner ble født og døde og
de ventet fremdeles, ventet på at hun skulle knekke sammen, gå
med på å bli deres slave. En hund som krøp under sin herres
pisk. Hun visste hva som ville skje nå om de viste henne frem,
den siste av dem alle. Denne ætten ville bli mektigere enn noen
annen, ville ta all makt.
Ilden i henne brant sakte ut, selv ikke hatet varer evig.
Stillheten var slik en tung byrde å bære og ensomheten enda
verre. Hun hadde sverget å drepe dem alle, nå ville hun ønsket

selv vokterne velkommen tilbake, bare for å høre en stemme, se et ansikt., Hun tryglet skjebnen om å vise en barmhjertighet hun selv aldri ville vist, men visste at bønnen var nytteløs. Snart ville hun bukke under og knele for dem og det var bitrere enn døden for henne. Hun skalv igjen og trakk matten av sammenfiltret hår over seg, bare i drømmenes verden fant hun trøst og styrke, bare der fantes håp.

År 1223
Tronbyen Arata i lydriket Orenford under Solemida.

Mannen på den vesle balkongen trakk kappen lengre frem over hodet, regnet falt tungt over ham og han så opp med et hardt uttrykk i ansiktet. Himmelen gråt, det passet egentlig situasjonen perfekt. Der han sto kunne han se hele torget under seg, folkemengden var enorm og han hørte støyen fra den meget godt. Han skar en grimase, kjente at han egentlig ikke ville være der, men han følte også at han måtte. At det var hans plikt på et vis. Ingen der nede kunne se ham, tårnet var lagd slik at en kunne betrakte folk uten selv å bli observert. Det passet ekstra godt denne dagen. Bak ham var en liten dør som ledet inn til et ganske stort men enkelt rom, han hørte bevegelser der inne men visste at han ville forbli alene der ute. Været var ikke eneste årsaken.

Torget under ham var stort, det var hele byens storstue og han hadde aldri sett den så full noen gang, det var folk så å si overalt. Mange hang ut av vinduene og noen satt til og med på taket av de lavere bygningene, han skar en stygg grimase. Henrettelser var underholdning der men dette var uansett ikke hverdagskost. Han lukket øynene et kort øyeblikk, tvang tilbake flommen av følelser. Han kunne ikke la dem styre seg, hadde han vært en vanlig mann kunne han ha tilgitt, som landets konge var det ikke et privilegium han hadde. Regnet fikk vannet til å renne over huden, han var gjennomvåt men brydde seg ikke om det. Om han felte tårer var det bare han selv som så det. Han undret seg over hvilken følelse som var sterkeste der og da, var det sinne? Eller såret stolthet? Skuffelse? Han la hendene på kanten av balkongen, den kalde steinen hjalp ham med å fokusere, han svelget og så ned på folkemengden igjen. Kjente de sannheten? Ville det gjort noe til eller fra? Han var deres elskede og høyt respekterte hersker og hun hadde ikke bare forrådt ham, men landet og dermed også folket. Han følte vreden fra forsamlingen som noe tungt i luften.

Han måtte smile bistert, de hadde vært nesten like mange der for halvannet år siden også, da hadde de jublet for hans bryllup og kroning. Det hadde vært en storslagen dag, hans første som landets hersker og hans første dag som gift mann. Han så fort bakover mot døra, hun ville neppe komme frem for å se, Zhera var en kald kvinne men så kald at hun ville se sin halvsøster henrettes var hun ikke. Regnet var som kalde kjærtegn mot huden, renere og ærligere enn hennes hadde vært. Og han hadde vært for forblindet av henne til å se sannheten, bare tilfeldigheter hadde avslørt komplottet som ville vært slutten på hans ætts tid på tronen. Han smilte, et kaldt grin som var styggere enn han var klar over. De var tålmodige de som traktet etter makten, hvorfor gå til krig eller myrde noen av kongelig blod når de like lett kunne plassere en av sine egne på tronen i løpet av et par tiår? Og de hadde nesten lykkes også. Han husket ennå dagen da hans far hadde kunngjort for ham at en allianse var formet med naboriket i nord og at den alliansen ville bli gyldig når han giftet seg med ikke bare en, men to av kong Efrims døtre. Det var ikke uvanlig med flere hustruer i de mange adelshusene der i sør vest men han hadde steilet ved tanken i begynnelsen. Allikevel hadde han vært en lydig sønn som alltid før og fulgt sin fars ordre. Han visste utmerket godt hvor skrøpelig den gamle var blitt, når bryllupet var et faktum ville han også ta plassen på tronen, det var farens ønske og ikke et han ville nekte å oppfylle. Det var hans skjebne og han var så alt for klar over det. For ham var det ingen valg, ingen frihet. Kronen som var blitt plassert på pannen hans kunne like gjerne vært en fotlenke med en stålkule.

Han sukket, stirret ut over byens grå tak, noen duer fløy rundt i forvirring over alt oppstyret. En ravn skrek hest fra et av de andre tårnene på byborgen, noen hunder gjødde og han hørte hester vrinske fra borgens stall. Antagelig gjorde ridderne seg klare til eskorten.

Han hadde ikke sett sine to forlovede før bryllupet, og da han så dem for første gang ble han overrasket. Han visste at de bare var halvsøstre, at Inez var yngst og datter av en av Efrims konkubiner mens Zhera var ektefødt datter av dronning Idra og tre år eldre, men de var så forskjellige som om de overhodet ikke var i slekt.

Inez var vakker, en blond og blåøyd liten yndig skapning som virket tvers igjennom uskyldig og naiv og han hadde følt en intens trang til å beskytte og ta vare på henne med en eneste gang. Nå visste han at hun var klar over den effekten hun hadde på menn, og at hun hadde manipulert og lekt med ham på samme måte som en dyktig musiker bruker et instrument. Hun hadde båret en maske hele tiden og det masken skjulte var hinsides heslig. Han hadde smeltet for sjarmen hennes, blitt overbevist om at hun var akkurat det hun utgav seg for å være, en totalt uskyldsren liten engel som aldri ville gjøre noe annet enn det han ønsket hun skulle gjøre. Han hørte at Zhera flyttet på stolen sin inne bak døra, hun var den han hadde mislikt av dem. Det var ironisk å tenke på men hun var et bedre dronningemne. Han så det nå.

Hun var mørk og høy, en slank og sterk kvinne med et litt stridig gemytt og en sterk pasjon for å gjøre ting på sin egen måte. Hun hadde sjokkert ham med sin forkjærlighet for blodig jakt og sport, med sin mangel på kvinnelig dannelse og finfølelse og hun hadde latt ham ta uskylden hennes på samme lidenskapsløse måte som alt annet hun fant seg i. Det var nesten bare som en jobb som måtte gjøres og hun hadde ikke røpet noen følelser i det hele tatt. Men han hadde ingen grunn til å tvile på at nettopp hun hadde vært jomfru, Inez hadde meget passende for henne fått panikk i det avgjørende øyeblikket og han hadde i forfjamselsen og opphisselsen ikke greid å skjønne at han ikke var den første allikevel. Hun hadde spilt og spilt vel, hadde hun satset på å bli skuespiller kunne hun nådd langt.

Han sukket og nevene strammet seg om balkongkanten, hvordan kunne det ha seg at han hadde vært så naiv? Han husket hva hans mor hadde sagt til ham ved en anledning, at han var en god mann, for god til å bli en dyktig hersker. Han så bare lyset i menneskene, og overså mørket. Og den egenskapen hadde ført til dette, til at folk med hunger for makt og rikdom og en stor grad av tålmodighet utnyttet det til sin fordel. Han skulle aldri la det skje igjen, heretter skulle han sjekke og dobbeltsjekke enhver person i sin omgangskrets. Men han hadde aldri trodd at dette heller beskjedne riket skulle friste noen så sterkt at de gikk til slike bestrebelser for å sikre seg makten. Han far hadde sagt at verden var som en trådvase, og i hver løs ende satt det noen og prøvde å trekke til seg mest mulig og slik ble det hele en uløselig knute der alle prøvde å stenge for hverandre og få mest mulig selv. Adelshus kjempet mot adelshus, kongedømmer mot kongedømmer og triksene var både skitne og til tider blodige. Men et slikt knep hadde han aldri hørt om noen gang, det måtte være første gang det ble brukt.

Det strammet seg i strupen og han tvang tilbake et gisp, ville ikke røpe for Zhera hvor opprørt han var. Han måtte være konge først og fremst nå, mann i andre rekke. Det hadde ikke vært noen utvei, lovene var klare, og uansett hvor villedet og naiv hun eventuelt hadde vært, hun hadde visst at det var galt. Og hun hadde hatt sin lojalitet på feil sted hele tiden. Han skiftet vekten og så ned på torget igjen, folkemengden var så tettpakket at slottsgarden hadde blitt kalt inn og ryddet unna et område rundt skafottet. Noen soldater gikk også rundt og så til at ingen ble tråkket ned i trengselen. Det måtte være flere tusen som hadde møtt frem, nesten hele landets befolkning. Han burde føle seg smigret over at så mange ville vise sin avsky for det hun hadde gjort. Zhera nynnet lavt inne fra rommet, han visste at hun satt og vugget deres nyfødte datter Alebha og han fikk en kald følelse i brystet ved tanken på det de hadde funnet ut. Inez hadde hatt ordre om å drepe Zheras barn hadde det vært en gutt, og hun hadde så avgjort vært i stand til å gjøre det også, på en slik måte at ingen ville fattet mistanke. Den vakre hammen hadde skjult et beist, en vederstyggelighet som smilte søtt mens den skar strupen over på deg. Han gyste, visste at i det minste datteren var trygg nå og han følte at ømheten for det vesle nurket truet med å overvelde ham. Hun var hans, ingen tvil om det. Hun var så lik ham at folk nesten ble fra seg av undring.

Inez ville ha drept alle som kom i veien for planene hun var en del av, han tvilte ikke et sekund på det. Og han hadde vært glad i henne! Det var faktisk godt mulig at han hadde elsket henne på et vis, for de første månedene de var gift husket han som en endeløs solskinnsdag med bare glede og fryd. Han bet seg i underleppa, kjente seg skamfull. Han hadde ignorert Zhera, han visste det nå. Hun kunne ha krevd skilsmisse om hun hadde ønsket det men ordet hadde aldri vært i hennes munn. Hun hadde funnet seg i å leve en skyggetilværelse bak sin søster og han ønsket mer enn noe annet å betale tilbake litt av den gjelden han syntes han hadde til henne. Hun var kanskje hard og temmelig bister til tider men hun var ærlig. Hun hadde aldri løyet for ham, aldri gitt seg ut for å være noe annet enn det hun var og han satte pris på det. Enda mer nå, som han visste hva alternativet kunne være. Og hun var lojal, fanatisk lojal mot de hun så på som sine. Han kunne ikke bedt om en bedre hustru enn henne, det var synd han innså det for sent.

Portene mot borggården begynte å bevege seg, det lød et sus gjennom forsamlingen og de to store hestene som trakk porten fikk nesten ikke plass til å gjøre jobben sin. Stallkarene som ledet dem måtte slå folk unna med pisken for å komme frem. Han lukket øynene igjen og så for seg ansiktet hennes, så søtt og så yndig med skinnende blå øyne. Hvordan kunne skjønnhet skjule slik ondskap? Han forbannet og velsignet den dagen de tok den spionen, han kunne ha levd lykkelig ennå, i uvitenhet. Og hans ætt ville ha blitt skjøvet bort fra tronen av en bastard, et barn som ville sluppet en annen ætt inn i rikets kongehus. Nei, det hadde vært godt det som skjedde, selv om det var vondt. Han tenkte på det en av hans fars venner pleide å si, det er bedre å rive pilen ut med en gang enn å vente for lenge, for da sprer det bare forråtnelse og død. Hun kunne så avgjort ha spredt mye forråtnelse, og død også i store doser. Men nå rev han pilen i sitt kjød ut med et rykk og ignorerte smerten det skapte. Det var en renselse.

Porten var åpen og to svartkledde menn kom leiende med et elendig gammelt øk av et muldyr, det haltet og var møllspist og så gammelt at det snaut greide røre seg. Men det var et passende ridedyr for den siste reisen til en dødsdømt dronning, og ingen ville risikere et mer verdifullt dyr om hun skulle finne på å bruke trolldom. Bøddelen gikk foran, folkemengden delte seg helt automatisk, trakk seg tilbake som om den hettekledde spredte selve pesten. De vågde ikke si noe før han var forbi, da brast det for mengden. Det lød et kollektivt brøl, ukvemsord og banning fylte luften og han måtte se bort et øyeblikk.

Blodtørsten der nede skremte ham, raseriet også. Det fylte luften som spenningen før en tordenstorm. De to mennene leide øket sakte fremover, kvinnen satt baklengs på dyret, bundet stramt og kledd bare i et fillete linnet. Hun var skamklippet og lignet egentlig mest på et barn som har fått real juling, skikkelsen var velegnet til å skape medfølelse og enda til sympati men folket visste. De ville aldri la hennes utseende narre dem til å tro at hun var noe annet enn det hun var.

Ropene økte i styrke."Hore! Forræder! Tispe!"

Egg og råtne grønnsaker fløy gjennom lufta, noe av det traff de to som leide muldyret også men de fortrakk ikke en mine. Det var vanskelig å sikte ordentlig i en slik trengsel.

Den vesle prosesjonen seg sakte opp mot skafottet, folkemengden var over seg av sinne og han kunne så vidt høre at hun skrek et eller annet. Antagelig prøvde hun å bedyre sin uskyld men det var ikke lenger noen som hørte. Hestemøkk og innholdet av nattpotter regnet formelig over den dømte. Han svelget hardt, han hadde aldri trodd at han skulle få en slik oppgave i sitt liv, at han skulle dømme sin egen hustru til

døden for forræderi. Han hadde aldri likt slike oppgaver men
det var ingen vei utenom, han var en konge nå så han måtte
vise seg som en konge også, og bevise at han faktisk var hard
nok til å kvitte seg med rikets fiender. Om han hadde vært bløt
før måtte det ende nå.

De var fremme, de to svartkledde rev henne ned av muldyret
og halte henne etter seg opp på skafottet, han kunne se at hun
sparket og strittet i mot, soldatene som sto rundt skafottet
hadde en hard jobb med å holde folk på avstand. En prest steg
frem og prøvde å snakke til kvinnen men hun bare skrek og
svor og det var tydelig at presten fant det ganske så
provoserende. Han bare ristet på hodet og trådte tilbake.
Befolkningen kokte nå, ropene gjallet mellom veggene og
ridderne som sto plassert i porten hadde vansker med å styre
de skremte hestene sine.

Han snudde seg, ville ikke se resten. Han visste hva som skulle
skje og trengte ikke detaljene. De to bandt henne ned så hun
ble sittende på kne med armene bak på ryggen. Bøddelen trakk
et sort bind over øynene på henne og han kunne hørte at
forsamlingen ble tause, det ble en merkelig stillhet over
plassen nå. Presten leste en kort bønn og nikket bare taust til
bøddelen som trakk frem sverdet som hadde vært skjult i
halmen på skafottet. Det var et meget godt sverd, velbalansert
og så skarpt at det ville kløvet et fallende hår, og denne
bøddelen var en mester i sitt fag. Kongen hadde fått ham brakt
dit fra et av naborikene og betalte ti ganger vanlig takst for
tjenesten. Han holdt blikket stivt i veggen, hørte sine egne
hjerteslag hamre i brystet. Han kunne ha tilgitt henne, kunne i
det minste ha forstøtt henne og plassert henne i husarrest et
eller annet sted. Men han måtte vise seg sterk, måtte vise hva
som skjedde med fiender. Hun skrek et eller annet
usammenhengende og hysterisk og så gikk et et unisont gisp
gjennom folkemengden som så ble erstattet med et
triumferende brøl. Han løftet hodet og så opp på de grå skyene,
regnet skylte over ansiktet hans og han trakk pusten hardt et

par ganger. Bøddelen løftet det avhugde hodet og viste det til mengden, soldater halte frem en kiste og før sola sank ville hun være begravd i en anonym grav på stedets gravplass for de fattige og utstøtte. Bøddelen løftet sverdet.»Leve kong Sverkar, Leve Dronning Zhera, Leve prinsesse Alebha!» Folkemassen svarte, gjentok ordene igjen og igjen og han kvalte et gys av motvilje og gikk inn igjen. Det var over, på nesten alle vis.

Zhera satt ved vuggen, blikket var senket og hun var blek. Det var strimer etter tårer nedover de høye kinnene og hun var faktisk svært vakker der hun satt, han hadde ikke innsett det før. Hun hadde blitt formørket av sin søsters strålende skjønnhet, men nå ville hun få sin plass ved hans side, der hun rettelig hørte hjemme. Han bare nikket kort til henne og hun svelget krampaktig.»Døde... døde hun verdig?»

Stemmen hennes var hes og han ristet på hodet.»Nei, med en ed på leppene vil jeg tro.»

Hun rugget vugga nesten krampaktig.»Så likt henne, så likt den hun egentlig var. Vi kjente henne virkelig aldri gjorde vi vel?» Det var noe ynkelig i røsten hennes og han la handa varsomt på skulderen hennes.»Nei min kjære, vi kjente henne aldri.»

Han sukket og forlot rommet, gikk ned noen trapper der det sto flere tjenere samlet. En eldre gråhåret mann trådte frem og knelte fort.»Herre konge, vi er klare.»

Sverkar nikket sakte, det var noe merkelig trist i blikket hans.»Det er godt, jeg skulle gitt alt for at dette var annerledes men slik må det bare bli.»

Mannen smilte medfølende.»Vil du se ham før vi reiser?»

Kongen ristet på hodet.»Nei, bare dra. Finn et godt sted der han blir oppdratt til et ordentlig menneske med et ærlig yrke, men sørg for at ingen vet hvem han egentlig er. Aller minst ham selv.» Mannen slo seg over brystet som tegn på at ordren var forstått, så gikk følget ut og etterlot kongen der alene. Han hadde ikke gledet seg over sin dronnings henrettelse, dette gledet han seg enda mindre over. Så stolt han hadde vært da gutten ble født, så inderlig glad og lettet over at en arving allerede var sikret. Men tvilen hadde vært der allerede da, han innså det nå. Hadde han ikke i sitt stille sinn undret seg over de mørke fargene, den litt fremmede profilen? Og ryktene hadde fort begynt å gå, og de hadde vært sanne. Dronning Inez hadde alt vært med barn da hun giftet seg med Sverkar, hun hadde latt en mann av en konkurrerende ætt får det kongen skulle hatt bare dager før bryllupet, alt for å få en sønn som kunne kreve tronen for sin egentlige fars hus senere. Hun hadde nesten lykkes.

Hovslag hørtes mens mennene red bort og kongen lente seg tungt mot veggen, barnet var uskyldig. Det hadde aldri bedt om å bli unnfanget slik, som del av et komplott. Men det var en bastard, og måtte bort. Den ondskapsfulle planen skulle aldri fullbyrdes. Mennene hans ville få gutten plassert hos gode mennesker som ville gi ham et greit liv, men han ville aldri få vite sannheten om sitt opphav. Og kanskje var det like bra, med en slik mor kunne bare gudene vite hva slags konge han ville blitt. Sverkar rettet seg opp, tok seg synlig sammen. Han fikk gå opp igjen og trøste sin gjenværende hustru som best han kunne og heretter ha øyne og ører overalt så noe slikt aldri mer kunne skje. Det var en hellig ed og en han aktet å holde til sin død.

Midar

År 1246.

Byen Zhymorne i området Ar-Bheki, riket Bheki.

Sjokket hadde fått ham til å fryse til, han bare sto der som en annen statue med øynene vidåpne og munnen på vidt gap i et rop som aldri kom. Lyset som strømmet mot ham var så skarpt at han ville løfte hendene for å beskytte øynene men det gikk ikke, for hendene hans satt fast. Den ene holdt ennå rundt den usalige gjenstanden, den som hadde lokket ham dit. En felle, det var en felle! Hjernen prøvde å trekke riktige konklusjoner, gjøre de riktige valg men for en gangs skyld sviktet den ham totalt. Hvordan i alle guders navn hadde dette skjedd? Han skimtet menn i det skarpe lyset, og armbrøster som alle var rettet nøye mot ham. Å prøve å slåss seg ut var idioti, han måtte bare stole på sine talegaver, og flaksen som alltid pleide å stå ham bi.
Han forbannet gudene som lurte ham til å ta den fremmedkarens tilbud, hadde ikke mannen virket suspekt? Hadde ikke alle instinkter han hadde advart ham? Men han trengte pengene, han trengte dem desperat og lønna hadde vært sjokkerende høy. Kanskje den i det minste burde ha advart ham men han var kjent som en av de beste, og mannen virket rimelig sikker i sin sak. Historien han kom med var også tilforlatelig og alle kjente til de intrigene og maktkampen som foregikk mellom de ulike husene der i landet. De aller fleste var enten slektninger av huset Darasher eller deres vasaller men det hindret dem ikke i å slåss mot hverandre som en flokk rabide hunder. Den sterkeste greide seg og den sterkeste vant,

slik var det bare der i landet. De svake eide ingen sjanse, de bukket under og navnene deres ble glemt.

Han burde skjønt det, vel hadde mannen advart ham om at det ville være feller på veien men dette hadde vært verre enn noe han hadde gjort hittil. Fellene hadde vært utspekulert, livsfarlige og utrolig dyktig satt opp, hadde han ikke vært så dyktig som han var ville han vært død nå. Og når han tenkte over det, flere av de andre dyktige tyvene i byen hadde forsvunnet i det siste, noen av dem aldeles sporløst. Han trodde han begynte å skjønne hva som skjedde nå, hvor de hadde havnet. Antagelig hadde de også blitt fristet av den lille mannen med den dystre historien og den velfylte pengepungen. Der i byen var det å være tyv for et ærlig yrke å regne sammenlignet med mye annet, og en god tyv var etterspurt. Det ble sagt at det neppe fantes noe av verdi der i byen som ikke hadde byttet hender på uærlig vis minst tre ganger. Og fellene hadde vært dyre også, vel var den juvelen verdt en bråte penger men så mye? Han hadde vært tyv i over ti år og aldri hadde han sett noe så forseggjort.

Lysene ble dempet, han blunket krampaktig og prøvde å fokusere, armbrøstskytterne siktet fremdeles på ham, og han hang fast til juvelen på pidestallen som om den var dekket med lynlim. Brått hørte han klapping, en ganske kort og kraftig figur kom til syne bak mennene men han kunne ikke se detaljer ennå, bare en mørk siluet."Bravo, endelig en mann som klarte å passere fellene mine."

Mannen som snakket gav et tegn til skytterne som senket våpnene og brått fikk tyven hendene fri igjen, han slapp juvelen som om den stakk ham."Jeg må si at jeg var engstelig et par ganger, men jammen klarte du det. Som den første av mange."

Tyven blunket og fikk fokusert, prøvde å fremstå som rolig men hjertet banket som besatt og han svettet som et dyr. Hva var det som foregikk her?

Mannen gikk selvsikkert fremover enda noen skritt, han var

ganske riktig svært kort og korpulent, kledd i en vakker drakt av mørkeblå silke og dyre støvler. Håret var oljet og festet i en flette og det korte skjegget var velpleid og elegant beskåret. Men det greide ikke å skjule det litt kalde glimtet i blikket eller inntrykket av grådighet og hensynsløshet.”Ja jeg ville ha den aller beste, og jeg vil si at jeg har funnet den riktige nå”

Tyven svelget kort.”Arathin, og Dilar, de har vært her?”

 Mannen nikket med et svakt glis.”Ja, og de møtte sin skjebne allerede ved fallgruva, et par kom faktisk så langt som til selvskuddene men du er den eneste som har kommet helt frem. Igjen, bravo!”

Tyven så bare avventende på mannen som smilte igjen, et ganske så kaldt smil.”Hva er det du vil?”

Mannen så liksom likegyldig ned på de velmanikyrerte neglene sine.”Det er vel ganske så åpenbart? Jeg ønsket den beste tyven i Zhymorne, og det har jeg nå fått.”

Tyven så litt perpleks men også rasende på mannen som beholdt det litt overlegne uttrykket.”Og derfor har flere gode menn dødd?”

Mannen nikket kaldt, det var noe beregnende i øynene som gav den unge tyven frysninger nedover ryggen.”De var et nødvendig offer, de strakk ikke til. Men du min venn, du klarte det ingen før deg har klart, og for det kan belønningen bli meget stor.”

Tyven så smalt på den rike mannen som gikk rundt og virket temmelig rolig ved tanke på at han nesten hadde blitt ranet. Antagelig var juvelen bare av glass.

“Hva mener du med det?”

Mannen snudde seg rundt sakte, han så litt ut som en slange som har fått øye på en skadd mus.

“Med det mener jeg at jeg har et jobb tilbud til deg. Et du vil være dum om du avslår.”

Tyven sukket, han prøvde å tenke seg en vei bort fra dette.”Og med det mener du?”

Mannen slo ut med hendene, så nesten munter ut.”Med det

mener jeg at om du sier nei overleverer jeg deg til magistraten her i byen, jeg vet at du er ettersøkt for minst fem dusin innbrudd og at flere her i byen mer enn gjerne ser deg dingle. Ja mange vil betale tauet fra egen lomme om de må."

Mannen ristet litt på hodet som om han var litt oppgitt over disse individene.

"Et godt talent er sjeldent min venn, og et som ditt mer enn sjeldent, det er unikt. Nettopp derfor ønsket jeg å teste deg ut for det du skal stjele for meg er både verdifullt og vanskelig å ta."

Tyven svelget krampaktig. Vanskeligere enn dette? Han hadde noen ekle følelser i bakhodet nå."Hvordan kan du vite at jeg er den rette?"

Han tvang stemmen til å være rolig og avslappet. Mannen smilte med hodet på skakke, han så nesten sjarmerende ut et øyeblikk, som en snill onkel som bare vil en godt. Tyven lot seg ikke lure, denne mannen hadde et rykte som var beksvart, og det skal noe til i en by der de aller fleste av overklassen hadde et rykte mer frynsete enn et gammelt sjal.

"Jeg vet at du er den rette. Du er Midar av Ar-Bheki, funnet etterlatt på døra til søster Dhuliba av Dheesa sitt barnehjem som ganske liten. Du vokste opp og skulle bli smed men etter å ha blitt adoptert av en mann som døde i pesten havnet du som lærling hos tyven kjent som langfinger Godric, og du viste deg å være den beste lærling noen mester kan be om. Du jobbet sammen med Johru av Solemida, ja faktisk var dere nesten som brødre. Da han døde i et skal vi si, mislykket oppdrag for lorden av indre Bhekrit begynte du for deg selv, og det har du gjort siden. Tar jeg feil?"

Midar ristet nølende på hodet og mannen smilte blidt."Se der, jeg tar ikke feil, jeg er en god kjenner av folk. Og jeg liker deg Midar, ja jeg gjør virkelig det. Ryktet ditt er ganske så imponerende. De sier at du kan forsere alle feller, at ingenting vipper deg av pinnen, at du kan stjele gullplombene ut av kjeften på en sovende dverg uten at han våkner og at du ville

solgt din egen mor, om hun var i live, for en kobberslant. Jeg
kan forstå slikt, det er en god egenskap."
Midar smilte smalt, han prøvde ikke slå på sjarmen som ellers
kunne vippe folk av pinnen, her nyttet ikke det."Jeg er glad du
ser slik på det, hva er det du vil at jeg skal stjele for deg?"
Mannen slo ut med armene."Rett på sak, så utrolig ventet og
velkomment."
Han gav tegn til skytterne som trakk seg tilbake gjennom en
dør i det rommet som hadde åpenbart seg da ene veggen bare
sank rett ned gjennom golvet. Det var et luksuriøst rom med
fine møbler verdt mange årslønner for en vanlig arbeider og en
skjønnhet en måtte til et palass for å finne maken til. Mannen
gikk bort til et lite bord, tok frem en karaffel med noe som
måtte være vin og fylte i to begre."Her, drikk på din suksess,
det er deg vel unt."
Mannen tok en dyp slurk selv, nesten demonstrativt for å vise
at vinen ikke var forgiftet og Midar snuste varsomt. Det var
dyr vin, finere enn noen han hadde smakt noen gang. Kanskje
dette kunne bli et innbringende oppdrag tross alt? Han drakk
med andakt og mannen satte sitt beger fra seg, han gav tegn til
at Midar kunne sette seg og han gjorde det litt nølende, han
stolte slettes ikke på denne karen og hans hensikter men måtte
bare spille med. Mannen tørket seg diskret rundt munnen og
fikk et fjernt uttrykk i blikket."Det du skal stjele for meg er
meg ytterst kjært, og det har blitt stjålet fra meg for mange år
siden. Men her er det ting du må være klar over, du kan ikke
fortelle om dette til noen, ikke til en levende sjel. Og du må
følge mine instrukser til punkt og prikke, ellers går det galt,
forstått?"
Midar nikket og så litt tvilende ut men mannen fortsatte."Det
vil være ytterst farlig å stjele dette jeg savner for svært mektige
folk vil bli mildt sagt rasende om de finner det ut, og det vil
være vanskelig for veien er spekket med vanskeligheter."
Midar dreide glasset mellom fingrene."Feller?"
Mannen ristet på hodet."Nei, bare svært vanskelig ankomst

kan en si. Det må ikke bli oppdaget for tidlig."
Midar så smalt på mannen som stirret i veggen med en
tenksom mine, det var noe begjærlig i blikket som gav tyven
litt bange anelser."Men hva er det da? En skatt?"
Mannen tømte mer i begeret sitt."Ja, en skatt av kjøtt og blod.
Min niese."
Midar skvatt nesten."Jeg har aldri stjålet folk før?!"
Mannen smilte nesten vennlig."Jeg vet det, men om noen kan
berge henne ut av det fangehullet er det du. Hun er holdt fange
i et avsides slott langs grensa mot Dheesa. Nord i fjellene
faktisk, i en dal ingen andre enn noen få vet om. Du kan ikke
etterlate deg spor eller bli sett, det er meget viktig."
Midar knep øynene sammen."Hvorfor har de stjålet en
jentunge?"
Mannen sukket lavt."Hun har magiske evner ser du, er født
med dem. Noen tror at de kan temme dem og bruke kraften
hun bærer til egne formål. Derfor ble hun stjålet fra sine
foreldre og brakt til dette forferdelige stedet. Hun var ment å
giftes bort til en mektig arving men først må hun befris."
Midar skulte."Jeg liker ikke magi, hva om hun er farlig?"
Mannen ristet på hodet."Ingen fare, de har lagt magi over
henne så hun ikke kan bruke kraften hun rommer, det er et
halsbånd hun har på. Det må du aldri fjerne for hun ble
forbannet av dem. Forlater hun fangehullet vil hun angripe
enhver som slipper henne løs om ikke det smykket er på.
Forstår du dette?"
Midar nikket, han kjente seg litt tvilrådig "Og om jeg gjør
dette og lykkes, hva får jeg ut av det?"
Mannen tømte begeret sitt igjen."Snakket som en ekte
handelsmann. En sekk gullmynter, fem gode ridehester fra min
egen stall og et stykke land nord i Felderi, der ingen kjenner
deg. Du kan bli en rik mann Midar. En driftig ung kar som deg
kan gjøre det svært godt der nord."
Midar så ned, tankene løp lynraskt."Så, når skal så dette skje?
Jeg vil trenge utstyr, og et kart og mye annet også."

Mannen nikket med hodet og slo ut med handa.”Du får alt du trenger av meg, gode hester også. Og selvsagt skal du få vite veien men jeg vil på det sterkeste fraråde deg å kontakte folk. Og så fort du er klar kan du reise, jo før jo bedre. Jeg hater tanken på hva det arme barnet må gjennomgå der i det forferdelige stedet.”

Midar sukket. Han var fanget og visste det, men det var mulig han kunne stikke av på veien et sted.”Greit, jeg gjør det. Og jeg reiser så fort dere har utstyret klart og et godt kart til meg. Men jeg bestemmer hvordan det skal skje, og om det i det hele tatt er mulig, forstått?”

Mannen nikket ivrig. “Det er forstått, alt du ber om skal være klart i overmorgen, bare lever en liste til min adjutant nede ved døra.”

Midar bannet sakte innvendig. Mannens niese? Ikke pokker, så mye gull og rikdom var ingen jentunge verdt, og magi? Han blåste i nesa av alt slikt. Antagelig var jenta en av kongelig blod som var kidnappet og nå ville denne mannen kidnappe henne tilbake for å kunne høste æren ved å ha befridd henne. Slikt skjedde hele tiden i de indre kretsene av hoffet og Midar skulle banne på at det var langt mer involvert enn et giftermål og slikt. Dette var politikk og det pleide han å sky som en nonne skyr et bordell. Mannen reiste seg og Midar reiste seg også, mannen grep handa hans og ristet den hjertelig og Midar måtte overvinne en sterkt og brå trang til å røske neven til seg igjen. Det var som å skulle håndhilse på bøddelen selv.

“Da sier vi det slik min venn, utfør dette oppdraget til min tilfredshet og du vil bli kongelig belønnet.”

Midar tvang seg til å smile.”Det er en ære.”

Mannen klappet ham vennskapelig på ryggen og geleidet ham ut til ei dør som ledet ned til en utgang. En hest sto klar der ute og ventet. Mannen smilte ennå vennlig men det var stål i blikket.

“Da venter jeg deg her ute i overmorgen før portene åpner, vær ikke sen!”

 Det var noe kaldt i de siste ordene som fikk Midar til å skutte seg ubevisst."Ingen fare, det blir en utfordring og jeg elsker slike!"
Han steg til hest og red ut av porten uten å se seg tilbake, han hadde en ekkel følelse av å ha holdt selve djevelen i handa og gjort en avtale med ham, med sjela som pant.
Mannen ble stående å se etter ham, det kalde uttrykket i øynene ble tydeligere. En liten smal kar i en skitten kjortel dukket opp bak ham stille som en ånd."Skal jeg skygge ham herre?"
Mannen nikket."Ja, se til at han ikke snakker med noen, og gjør han det drep dem. Men ikke la ham se det, og sørg for at han kommer hit når han skal. Han er den eneste som kan klare dette."
Den vesle karen nikket bare og forsvant ut i gata, han var en sann mester i å ikke bli oppdaget. Mannen gikk inn igjen, gikk til en fin salong noen etasjer høyere i bygget og bukket fort for mannen som satt der i en sofa og koste seg med frukt og dyr vin."Det er gjort min herre, tyven er funnet og i vår tjeneste."
Mannen i sofaen smilte tilfreds."Og svelget han åtet?"
Den korte mannen ristet på hodet."Selvsagt ikke, han trodde ikke et ord men han vil gjøre som vi sier, det skjønner han fort. Han vet ikke at vi vet, det blir vårt vektlodd. Og han vil saktens klare jobben også, jeg har aldri sett noen dyktigere."
Mannen i sofaen smilte fornøyd."Så fort vi har henne i hende skal ting endres, vi skal vinne tilbake det vi en gang tapte og navnet skal bli aktet igjen."
Den korte mannen i blått hevet et glass til en skål, det skinte fanatisk i blikket hans."Ja, og makten vil følge etter snart!"

Lathisa

Tholir regionen av Dheesa, Byen Vindfjell ved Tholir bukta.

Lyset flakket sakte over de forsamlede, ansiktene var lukket og spenningen lå i rommet som en usynlig tåke. Raske øyekast sveipet over fjes preget av stundens alvor, over øyne som skinte av iver og angst i skjønn forening. Kvinnen ved enden av bordet fulgte terningene som hypnotisert, det var hun som var vertinne denne gangen og rommet bare da også preg av at hun var viden kjent for sin rikdom og sin store sans for skjønnhet og eleganse. Det var stil der, en stil få andre kunne oppvise maken til. Alt passet sammen, fra det vakre tapetet til snorene på duken under det forseggjorte spillebrettet. Selv passet hun så avgjort inn i omgivelsene, høy og smekker, kledd i utsøkte og elegante klær og så vakker at mange sammenlignet henne med selve kjærlighetsgudinnen Arfone. Dronning Lathisa av Tholir var enke, hun hadde vært det i mange år og hadde ikke funnet seg noen ny ektemann. Ryktene svevde selvsagt rundt dette fakta, mange mente at hun var av dem som helst ville slippe menns selskap og behov mens andre mente at hun trivdes best med å styre seg selv. Og de hadde rett. Lathisa hadde lidd i sitt korte ekteskap med kong Boram, ikke at han hadde vært voldelig eller på noen måte respektløs mot henne men hun måtte legge bånd på seg. I et ekteskap var hun bare en kvinne, en kone som måtte adlyde sin mann. Som enke var hun fri. Hun hadde kun et barn med sin mann, en datter og hun hadde vel egentlig aldri fått noe egentlig forhold til barnet for jenta ble satt bort til ammer og barnepleiersker fra dag en. Mange mente at Lathisa var en kald kvinne, en som ikke brydde seg om noe men det stemte ikke. Lathisa hadde lidenskap og hun elsket. Men det hun elsket hadde forlengst

ført henne i uføre, et uføre hun ikke så noen vei ut fra.
Spillmesteren nikket til de fem som satt ved bordet."Sats nå
mine venner, kvitt eller dobbelt."
Lathisa skalv lett på hendene men skjøv en bunke sjetonger
frem på bordet, øynene skinte av spenningen og hjertet hamret
i henne. Dette var å leve, dette var alt hun ønsket av livet. Å
spille var en rus, en salighet, en fryd hinsides noe annet.
De andre så skjult på hverandre, glimtene i øynene fortalte at
de visste hva som egentlig foregikk. Et par av mennene der
syntes synd på henne, resten gav blaffen. De hadde vunnet
store rikdommer fra dronningen og kunne de vinne mer tok de
det gjerne, uansett hva ryktene sa. Mesteren satte spillet i gang
og terningene rullet rundt i den store skåla. De ivrige ansiktene
holdt pusten, stirret stivt på de små bitene med elfenben og det
gikk et gisp gjennom rommet da de falt til ro. Mesteren hevet
stemmen."6 og 5 på rødt og potten går til lord Ewar."
Lathisa svelget hardt men smilte strålende, ingenting i ansiktet
røpet den skrekkelige skuffelsen i det hun skjøv sjetongene
sine over til vinneren som selvbevisst begynte å telle dem."Her
min kjære venn, det er deg vel unt."
Mannen lente seg lett forover og kysset Lathisas hånd med
innlevelse."Det er alltid en fornøyelse å spille med deg ærede
dronning"
Hun smilte bare belevent mens hjertet slo desperat i brystet.
Gleden var blitt fortvilelse igjen, hun hadde ganske enkelt ikke
råd til å tape så mye penger enda en gang, men trangen til å
spille var nådeløs. Den lot henne aldri slippe unna, noen gang.
Mens dronningen spilte i slottets salonger red en mann fort
langs hovedveien i retning byen. Han red så hardt at hesten
skummet og peste men rytteren drev den bare videre. Det
forknytte ansiktet røpet at nyhetene han bar på var av det
mindre trivelige slaget. Uniformen som røpet en budrytter var
flekkete og våt etter et ritt gjennom gjørme og regn men det
var mannen vant med. Det var en del av jobben og han var
godt kledd for å tåle både kulde og regn. Hesten vaklet nesten,

så sent på kvelden var det ingen våkne på skyss stasjonene og han hadde derfor ikke fått byttet hest på siste stasjon. Denne stupte snart men han hadde byen i sikte nå og ved porten kunne han få en ny. Han gruet seg til å overbringe denne beskjeden, den var den verste noe menneske kan få og han hadde forlengst skjønt hvordan landet egentlig lå. Folk på golvet visste som regel mye mer enn de der oppe i samfunnets elite er klar over. Han bare håpet han nådde det før huset stengte for natta.

Det vesle selskapet løste seg opp etter litt fredelig tomprat og noen beger fin vin, den ene etter den andre takket høflig for seg og spillmesteren pakket sammen sine ting og gikk også. Lathisa ble sittende igjen alene der, hun dreide vinbegeret mellom fingrene og tvang seg til å puste normalt. Ved alle guder, hvorfor ble hun straffet slik? Riket hennes var ikke stort, det var bare et middels område rundt byen med begrensede rettigheter til bukta og rikt hadde det aldri vært. Nå var det å regne som konkurs, hun hadde tappet alle verdier ut av det i flere år, alt var belånt til oppunder takmønet og hun skylte penger til nesten hver eneste lånehai fra Tholir bukta til Zhymorne. Det brant i øynene av tårer som ville sprenge seg frem men hun tvang dem tilbake, hun måtte være sterk, opprettholde fasaden. Det var alt det dreide seg om, å gi gode miner til slett spill. Ingen måtte få vite dette. Hennes mann hadde slektninger i live som ville stenge henne inne på livstid om de fant ut hva hun hadde gjort med arven etter ham. Det var snaut en sølvmynt igjen i skattkammeret og hun hadde solgt unna temmelig mye av de dyrebare kunstgjenstandene hans. Selvsagt under den påstanden at de ikke passet inn i hennes stil.

Kammertjeneren hennes sto parat bak døra og ventet på at herskerinnen skulle ringe på henne, men Lathisa trengte å være alene nå. Hun hadde selv gravd det hullet hun var i ferd med å begraves i og hun ante ikke hvordan hun skulle greie å komme seg ut av det. Men trangen til spenningen og fryden var så

sterk, så mye sterkere enn henne selv. Hun hadde prøvd å la
være noen ganger, hadde prøvd og ikke spille eller vedde men
det nyttet ikke. Hun greide det i et par tre uker, så var hun
tilbake ved bordet og det var i gang igjen. Hun hadde spilt på
hester en stund også, hadde faktisk hatt en del gode dyr men
hun tapte dem en etter en mot andre adelige i riket og til slutt
gav hun opp. Siste spikeren i kista for den interessen var da
hun var på et veddeløp der en av hennes forhenværende hester
løp og brakk forbeina midt på banen, etter det greide hun ikke
se på slikt lenger. Nå var det kort og terninger som gjaldt og
bare tanken på et slag kort fikk henne til å bli varm og ivrig.
Hun hadde aldri følt iver for sin manns kjærtegn, han hadde
fått det han hadde rett til men ikke en tøddel mer og fort hadde
han ordnet seg med elskerinner og konkubiner som i det
minste var villige og ikke bare lå der som et annet slakt. Det
var derfor ikke rart at de bare hadde et barn sammen.
Lathisa skulle til å reise seg da det banket på en av de andre
dørene der, hun ba vedkommende komme inn og en av
husmesterne steg frem etterfulgt av en budrytter. Mannen så
forferdelig ut, han måtte ha ridd langt og fort og gjørma silte
av de høye ridestøvlene og den lange slengkappen. Mesteren
så temmelig lite begeistret ut over det fakta."Deres nåde, denne
mannen bærer bud fra Na-Tholir, fra Arusteres hoff."
Lathisa så på mannen med et blikk som sakte ble merkelig
stort og blankt, hun ante hva mannen ville si. Instinktene
hennes fortalte henne det. Hun sank ned på stolen igjen og
budrytteren så medlidende på henne før han sank på kne foran
henne og rakte handa ut som tegn på respekt. "Ærede
dronning, jeg kommer med bud fra din tjener Ilda av Dabrin,
din datter Ariella har gått bort."
Lathisa trakk bare etter pusten, hun greide ikke si noe, knapt
nok tenke. Hodet føltes som om en tornado var i ferd med å gå
gjennom det, tanker og følelser svirret rundt som løv i en
storm. Mannen rakte henne en rull pergament og hun tok den
men greide ikke åpne den, hun bare holdt gjenstanden løst i

handa. Husmesteren tok den fra henne og rettet den ut.”Skal jeg lese det?”
Lathisa svelget hardt, hun tok seg synlig sammen.”Ja, og du som kom med budet, gå til kjøkkenet og få deg et godt måltid, og en seng for natten.”
Stemmen hennes var lav, åndeløs. Budrytteren bukket og gikk, lettet over å ha fått utført det han skulle og husmesteren så smalt på dronningen som satt der så blek som en nykalket vegg. Han kremtet kort.”Min ærede dronning, det er med sorg i hjertet at jeg må meddele deg at det kjære barnet gikk bort i dag tidlig etter kort tids sykeleie. Hun døde etter flere timer med sterke magesmerter og legen vet ikke hva det var. Men det er jo ikke noe nytt er det vel? Begravelsen er alt i morgen, jeg vet ikke hva mer jeg skal si. Alle guder være med deg min dronning, jeg vet ikke hva mer som vil skje.”
Lathisa hev etter pusten og skrek, et lavt og hjerteskjærende hyl som gikk gjennom marg og bein, husmesteren ringte desperat med bjella og kammertjeneren kom rasende inne, Den eldre kvinnen grep den hulkende dronningen og prøvde å roe henne ned men det gikk ikke. Lathisa gråt så tårene rant og skrek navnet på datteren igjen og igjen. Flere tjenere kom til og de fikk tvunget i henne en stor porsjon med beroligende urter. Så bar de henne til sengs og først der roet hun seg ned og ble liggende å hulke uten å si et ord mer. Kammertjeneren og et par til ble der og Lathisa lukket øynene og kjente at sinnet og fortvilelsen truet med å svelge henne hel. Det var hennes skyld alt sammen, hun hadde gitt kong Arustere av naboriket datteren til hustru på tross av at hun visste hva slags mann han var. At han foretrakk unge jenter og at han likte å plage dem. Hun visste at han hadde hatt hele fire hustruer før og ingen av dem levde mer enn et par år etter at de ble gift, den som levde lengst rakk såvidt å fylle seksten.
Lathisa stirret tomt i taket, tankene tumlet og spant og sakte vokste det frem noe nytt i fra dypet av sjelen hennes. Han hadde fått hennes datter myrdet, det var ingen tvil i hennes

sinn om det. Hun hadde begynt å bli for gammel for ham, og
var ikke lenger tiltrekkende i hans øyne. Og årsaken til alt var
Lathisas spillegalskap, kong Arustere hadde fort oppdaget at
nabodronningen hadde stor gjeld og han kjøpte all gjelda. Det
var til ham hun skyldte mest, og han hadde krevd Ariella som
første avdrag. Lathisa hadde ikke kunnet annet enn å gi etter.
Hun grep hardt rundt kanten av teppet, hendene skalv og
svetten rant av henne. Hun hadde aldri vært noen god mor,
eller vist særlig interesse for sin datter men det var hennes eget
kjøtt og blod. Og dette uhyret skulle ikke få slippe unna, ikke
denne gangen. Lathisa hadde vært en bløt og forkjælet kvinne
hele livet, hun hadde flytt ovenpå med sin skjønnhet og sjarme
og var vant med at andre løste hennes minste problem. Men nå
brant det en ny ild i brystet hennes, en ild som herdet og
forvridde sjelen til noe ganske annet enn det den hadde vært.
Da sola rant neste morgen var det ingenting igjen av den en
gang så myke og nytelsessyke kvinnen.
Hun ble sittende i senga og kalte til seg en av tjenerne."Gå til
havnekvartalet og finn vertshuset Den blinde høne. Der kan du
spørre verten etter en mann som kalles Jochmun den halte og
be ham komme hit til slottet."
Tjeneren så litt betenkt ut men bukket og gikk og Lathisa tok
en liten slurk av vinen sin før hun så seg rundt med en
merkelig melankoli i blikket. Dette hadde vært hennes hjem så
lenge, det var alt hun hadde og alt hun var. Og nå ville det
uansett bli tapt for henne men hun aktet ikke gi seg uten
sverdslag. Hun kom sannsynligvis til å dø men hun brydde seg
lite om det nå. Det som betydde noe var at mannen som gjorde
dette mot hennes datter fikk svi. Lathisa hadde en
hemmelighet, en hun hadde holdt skjult hele livet. Som eneste
arving tilbake til mannens rike var det hun som bestemte hvem
som skulle arve det når hun ble borte og hun ville gi mannens
slekt en siste liten skuffelse. Hun fikk kammertjeneren til å
hente pergament og en penn og så satte hun seg ned og skrev
det viktigste brevet i sitt liv. Der fortalte hun alt hun hadde

funnet ut om sin svigersønns meritter, både angående hans hustruer og andre ting hennes spioner hadde funnet ut, og hun fortalte om den store hemmeligheten hun hadde skjult i så mange år.

Hun hadde et hemmelig barn. Hun hadde blitt forført av en barndomskjæreste da hun var bare tretten og fikk en sønn som ble satt bort med en gang. Hun hadde tilbrakt hele graviditeten hos en tante som bodde svært avsides til så ingen visste om hva som hadde foregått. Siden hadde hun trukket i trådene og fått gutten plassert ved hoffet der han gjorde en svært god karriere som væpner for en av de beste ridderne. Lathisa hadde aldri snakket med ham, snaut sett ham men kjente ham. Og nå var han rette arvingen til tronen. Hun undertegnet brevet med en bitter mine, for en arv hun etterlot seg. Et skakk kjørt rike som snaut inneholdt noe av verdi lenger, og et rykte som garantert ble frynsete om hun lykkes i det hun nå skulle foreta seg. Men det var ingen annen utvei.

Det ble kveld før Jochmun den halte dukket opp, det var en forholdsvis lang men mager kar med en svak halting når han gikk, det arrete fjeset og den kalde minen skremte folk men Lathisa visste hvordan han var innerst inne og han skyldte henne sin lojalitet. Han knelte foran henne og hun smilte og satte seg opp i senga.”Jeg antar at du har hørt nyheten?” Jochmun nikket sakte, det var som om det danset flammer i det dype mørke blikket og Lathisa visste at han var en av de dyktigste snikmordere i rikene rundt bukta.”Din datter har blitt hans femte offer, som vi vet av.”

Lathisa smilte kaldt.”Å men jeg vet om flere, han har drept nesten hundre uskyldige småjenter gjennom årene, er det ikke på tide at det ender?”

Jochmun smilte smalt, det var et farlig smil.”Hva befaler dronningen?”

Hun så hardt på ham.”Jeg skal selv drepe ham eller dø i forsøket, men feiler jeg må du ta deg av resten, forstått? Han skal dø uansett! Og etterpå trenger jeg en eskorte om jeg

overlever. Jeg akter ikke å la meg fange så lett.”
Jochmun så litt tvilende ut men nikket så.”Det skal bli min
dronning, Når vil du reise?”
Hun lukket øynene i lettelse et øyeblikk.”I natt, vi reiser i natt.
Ha en god hest salet for meg og sørg for at ingen andre vet om
dette. Jeg skal ta med alt annet jeg trenger.”
Jochmun bøyde seg underdanig og gikk ut og Lathisa sukket
og lente seg tilbake mot de myke putene igjen.”Da er spillet i
gang, la oss se hvem som spiller hardest.”
Hun hvisket det før hun steg ut av senga og fant frem en sekk
fra et skap. Fort hev hun nedi diverse klær, noen smykker hun
kunne bruke som betalingsmiddel og et sett med vakre dolker
hun hadde fått i bryllupsgave av sin mann. Nå kom de til nytte.
Det siste hun fant frem var sin manns sverd, det var en
smalklinget enegget Zethirsk kårde og den var så lett og skarp
at selv hun klarte å bruke det. Det var riktig at datterens
morder falt for farens sverd. Da alt var pakket trakk hun i en
tykk og ganske anonym ridedrakt som slettes ikke røpet at det
var en adelig dame som var ute og hun flettet opp håret og
gjemte det i en hustrukyse. Det var som en feber i henne nå, en
iver hun aldri hadde følt maken til. Snart skulle skjebnen skje
fyllest, og hva som enn skjedde med henne selv, hun skulle
vite å hevne seg først.
Hun ventet til det ble helt stille, siden hun hadde sendt tjenerne
bort var det ingen i gangene men hun tok ingen sjanser og
brukte lønnganger bare hun kjente til. Hun snek seg ut av
muren via en skjult inngang bak stallen og gikk sakte til et lite
overvokst snar et stykke unna hovedveien inn til slottet.
Jochmun sto der som avtalt, med en salet damehest og en
pakkhest med noen varer på, så de så ut som vanlige reisende
om noen ble nysgjerrige. Lathisa smilte merkelig glad til
mannen som så avventende på henne.”Du er sikker på dette
min dronning? De vil jage deg til verdens ende om det så er, en
kongemorder slipper aldri unna.”
Lathisa så stolt på ham.”Like lite som en prinsessemorder

34

slipper unna straffen vil jeg tro. Jeg var en dårlig mor, jeg må betale for det men hun skal ikke være uhevnet."
Jochmun sukket lavt."Da rir vi, har vi flaks er vi der i overmorgen."
Lathisa steg til hest og snikmorderen la merke til de nye harde linjene i ansiktet. Vreden og sorgen hadde brent bort det barnslige ved denne kvinnen og skapt noe nytt. Han kjente menneskesjelen nok til å vite at Lathisa nå var noe nytt og annerledes. Det farligste sted i verden er mellom en mor og hennes barn og det nest farligste var en mor som ønsker hevn. Han tvilte ikke på at dronningen ville tømme den bitre kalken til bunns og aldri gi seg før hun hadde nådd sitt mål. Det ville bli interessant å se hvor dette bar. De to rytterne satte fart og forsvant i natten og med deres gjerninger skulle et sant ras løsne, et ras av handlinger og hendelser som skulle strekke seg som flodbølger over det ganske land.

Midar.

Midar red fort ned gjennom byen, han var tankefull og tvilende
men visste at han ikke hadde noe valg. Han kjente til ryktene
som fløy og om bare halvparten av dem innebar et grann av
sannhet var det nok til å gi ham frysninger. Mannen som hadde
gitt ham oppdraget hadde ham garantert under oppsikt allerede.
Han stanset foran et gammelt og forfallent vertshus og slapp
hesten løs, den ville finne veien hjem igjen alene og merkene
på salen fortalte da også hvor den hørte til. Ingen ville våge å
prøve å stjele dyret. Midar gikk inn, stedet var bortimot tomt,
bare et par gamle kaller satt ved gruva og varmet seg mens de
mimret om tider som var bedre. Dette var hans hjem, eller det
han kalte hjem i det minste, han hadde ikke noe bedre.
Han gikk opp på kvisten der han hadde et knøttlite rom, det var
kun plass til en enkel seng og en stol, det var alt. Det var alt
han eide i verden og alt han trengte også. Annet kunne han
skaffe seg når han behøvde det. Han satte seg på senga, støttet
hodet i hendene en stund. Han var fanget og visste det, fanget
enda mer nå enn da han var i palasset der oppe i høyden.
Tvilen rev i ham men han tok seg sammen, det var en evne han
alltid hadde hatt. Han kunne finne ro og en utvei nesten uansett
hva som skjedde, og han hadde en egen evne til å overtale folk.
Han ville komme seirende ut av dette også, bare han visste å
spille kortene godt, og riktig. Han tok frem en bit pergament
og skrev noen ord på den, gikk så ned og gav en visergutt
lappen med beskjed om hvor den skulle leveres. Han hadde
blitt lovt godt utstyr, så skulle den jævelen virkelig få holde
ord også. Han ville ikke nøye seg med mindre. Han undret seg
på om han skulle gjøre noen små undersøkelser på egen hånd
men kom til at det ble for risikabelt, kjente han disse folkene
riktig var det allerede folk som skulle holde ham under oppsikt
og han ville ikke risikere livet til noen for sin egen skyld.

Såpass til æresfølelse hadde han. I stedet bestemte han seg for
å bli i vertshuset og ikke oppsøke noen før han skulle reise.
Han kunne ikke få oppmerksomheten rettet mot feil personer,
ikke i denne saken. Men han var oppriktig redd for at noen
allerede visste. Det var også en av grunnene til at han ville
adlyde, i det minste til å begynne med. Og greide han å befri
den jentungen så kunne det være at det ble ham, og ikke
adelsmannen, som leverte henne til rette vedkommende igjen.

I en salong i et av byens bedre etablissement satt to pent
kledde menn i sin beste alder og nøt synet av to ualminnelig
vakre danserinner som svinset rundt iført nok tekstiler til å
pakke inn et par epler og neppe mer. En blind gammel mann
satt og spilte på en lutt og melodien var temmelig haltende
men det hindret ikke de todanserinnene i å holde i det minste
en slags rytme. De to mennene nippet til hvert sitt glass vin og
diskuterte vennskapelig hvem av de to jentene som var penest.
En eldre men ennå vakker dame kom inn en dør bak i rommet
og smilte belevent til de to.”Det har kommet en mann hit som
spør etter dere, han sier at jeg skulle fortelle dere at hundene er
ute etter katten.”
De to rykket til og så fort på hverandre med store øyne.”Send
ham inn hit, med en gang.”
Damen bare smilte og gikk ut, hun blandet seg aldri inn i
kundenes mange små renker og var så diskret at alle stolte på
henne. Etter bare et par minutter kom det inn en kar som skilte
seg så ut fra omgivelsene at en svart drage ville sett naturlig ut
i en saueflokk til sammenligning. Han var kledd i bare filler og
stinket hest og møkk, håret så ut som om en blind mann med
amputerte fingre hadde skåret det og ene øyet var hvitt og
betent. Enhver ville ha skygget banen både for utseendet og
stanken. Mannen så frekt på dem med det friske øyet og de to
så avventende på ham.”Så det er sant? De vet?”
Mannen gliste og avslørte en nesten total mangel på tenner
også.”Ja. Gudene vet hvordan men de vet, og de har allerede

trådt i aksjon."

De to svelget synlig, det var en merkelig iver i blikkene deres."Hvem?"

Mannen spyttet på golvet og overså totalt omgivelsenes totale mangel på urenslighet."Han de kaller ålen, han er den beste."

De to tenkte noen sekunder."Den mannen har en sjanse, det er utrolig men sant. Han kan greie det. Synd de jævlene kom oss i forkjøpet men det skal vi benytte oss av. Kan du sette en sporing på ham?"

Den skitne mannen nikket med et stygt flir."Selvsagt, dere vil vite hvor han er til enhver tid. Jeg vil tro at de også vil gi ham en men vi er flinkere enn de amatørene de toskene hyrer. Han vil ikke merke noe."

De to smilte sakte."Godt, det er godt. Når han har den tar vi over, jeg skal varsle de andre så alle er klare."

Fillefransen nikket kaldt og rakte frem handa med en oppfordrende mine. Den tause av de to skar en grimase men han trakk frem en ganske så tung pose fra den elegante fløyelsvesten og hev den over til mannen som smilte tannløst og forsvant som en ilder i en steinrøys. De to ble sittende og stirre på hverandre en stund før de brast i latter, det hele hørtes litt hysterisk ut. Endelig hadde de en sjanse til å gjenopprette den storheten de en gang hadde tapt, navnene deres ville bli husket i all evighet. Ætten ville takke dem for dette, i all fremtid. Dette var deres store sjanse, og ikke en de på noen måte ville la gå fra seg.

Det de to ikke la merke til var at det ene portrettet på veggen bak dem hadde blitt påfallende levende, i det minste hadde blikket blitt langt mindre stivt enn normalt. Bak det sto den velkledde damen og hun smilte sakte og satte varsomt på plass igjen de to malte pupillene. Det var noe merkelig i blikket hennes og hun gned seg i hendene. Nå hadde hun sjansen til å tjene mer enn hun ellers ville på et helt år. Vel var hennes bordell viden kjent og prisene gjennom taket på det aller meste men en slik mulighet til å øke innkomsten hadde hun aldri vært borti. Hun fikk en mulighet ingen madam før henne hadde hatt greide hun organisere dette.

Hun gikk raskt ned gjennom husets mange lønnganger og havnet i kjelleren. Det var mye som foregikk i hennes etablissement, ikke bare det åpenbare og hun banket på en dør og gikk inn. Det satt en tre fire menn der som virket ganske så malplassert for de var velkledd og alle hadde et klart anstrøk av klasse over seg. Ansiktene røpet derimot en god porsjon mangel på samvittighet og sannheten var at samtlige var forhenværende adelige som var forstøtt av sine familier og et par av dem hadde dødsdommer hengende over hodet. Damen snakket fort og bestemt og de nikket og så brått merkelig ivrige ut, de reiste seg og spente på seg sverdene sine. Hun så rolig på at de forsvant ut, terningen var kastet, og var hun heldig var hun den som satt igjen med selve storpotten. Hun fniste av sitt eget ordvalg og løp lett opp trappene igjen. Hun måtte virkelig skåle på sitt eget hell!

Lamara

Hun tvang seg til å se ned, ansiktet var helt nøytralt og røpet absolutt ingenting. Tre steg igjen nå, to, et, hun så bort på tårnet som for å beundre de vakre flaggene som danset i vinden, handa beveget seg i skjul av den skitne kappen og hun grep tak og gjemte det under plagget. Magen ulte men hun lot som ingenting, gikk rolig videre mens hjertet hamret i henne og hun ventet å høre ropet når som helst. Men ingen rop kom, en rund bondekone med en enorm kurv over skulderen kranglet vennskapelig med kjøpmannen om noen meloner som hun tydeligvis mente var overmodne og hele oppmerksomheten hans var vendt mot henne. Hun skyndte seg bort bak et hjørne, smatt inn i en liten bakgate så smal at en ikke kunne bære med seg noe engang gjennom den. Der trakk hun frem eplet og satte tennene i det, rev løs store biter og svelget dem nesten hele i desperat sult. Hun var skamfull til beinet, det å måtte stjele for å overleve var ikke noe hun var vant med.

Hun åt hele eplet med kjernen og alt og gikk sakte til en liten park som lå midt i området. En gang var dette byens sentrum men det var århundre siden nå. Det var en slum, en ghetto hvor bare de fattigste og mest håpløse holdt hus. De en gang fine husene var håpløst forfalne, flere raste sammen hvert år og et menneskeliv var ingenting verdt der. Hun løp nervøst bort til det som en gang hadde vært en bro over en liten dam som nå var borte forlengst, under broen var det et hulrom og hun hadde gjort det til sitt hjem. Det var ingen andre som hadde funnet stedet for mange trodde at parken var hjemsøkt. Det stemte ikke, hun visste det meget godt, hun hadde evnen til å vite. Hulrommet var så stort at hun hadde fått halt inn gamle filler og slikt til en slags seng, det var tørt der inne men bekmørkt og hun hadde tilbrakt de første dagene der i redsel.

Nå var hun vant med det, men i søvne husket hun det hun
hadde vært og lengselen etter det tapte var som et skrik i
hjertet for hver en time av dagen.

Den enkle kjolen var av simpel lin, for bare et par måneder
siden hadde hun båret silke og gull, hun hadde hatt tjenere og
alt hun ønsket seg bare et knips unna. Og respekt, mektige
mennesker hadde knelt for henne, hun hadde hatt en makt få
andre dødelige besitter. Fallet hadde vært så totalt og
fullstendig som det gikk an. Bare hennes sjelelige styrke hadde
berget hennes fra å gå totalt under, andre i hennes situasjon
hadde gjort ende på seg selv, men Lamara av Unlan lot seg
ikke knekke så lett. Hun hadde vært det beste orakel noen gang
og stoltheten holdt henne opp. Hun visste også at hun var det
eneste ekte orakel som hadde levd på lenge. De andre bare
mumlet et eller annet merkelig prestene tolket slik det passet
dem. Men Lamara hadde evnen, hennes spådommer var ekte
og hun hadde forandret mang en skjebne.

Hun snufset litt før hun rullet seg inn i fillene sine, det som
hadde skjedd med henne hadde vært forferdelig, sjeleknusende
og uforståelig men hun måtte bare reise seg over det. De hadde
mistet sitt eneste sanne orakel med dette, tapet var deres. På
grunn av deres eldgamle firkantede regler som ikke tillot noen
forsøk på annerledes tolkning. Hun hadde vært tilkalt til en
privat seanse og var på vei tilbake til tempelet da det skjedde.
Noe hadde brått truffet bærestolen så den veltet og hun falt i
gata med et skrik. De fire mennene som bar henne ble
overmannet av en gruppe fremmede som avslørte seg som
ganske så hensynsløse røvere. De hadde tenkt å kidnappe
henne og kreve løsepenger og de trakk henne med seg til et
gammelt varehus der de kranglet om hvor mye hun var verdt.
Selv var hun lammet av skrekk, hun hadde bare vært behandlet
med respekt og kjærlighet og hun greide ikke hanskes med
dette nye. Da kvelden kom hadde en av dem latt seg friste, han
hadde tatt henne med makt og da de andre oppdaget det drepte
de ham. Og henne slapp de, de kjente til skikkene og visste at

hun nå var verdiløs.

Hun hadde greid å komme seg tilbake til tempelet på et eller annet vis og der hadde de forferdet tatt i mot henne med en blanding av sorg og vantro. Hun ble stelt og fikk pleie men dagen etter ble hun ledet ut av hovedporten med bare en enkel kjole, noen mynter og ikke noe mer. Hun var ikke ren, hun hadde ikke lenger noe der å gjøre, og i følge deres regler var evnen hennes også borte. Hun hadde fort skjønt at det ikke stemte, hun var ennå et orakel og synene hennes fortalte henne en sannhet hun etterhvert var livredd for å ta inn over seg. Noe var i ferd med å skje, noe som ville endre verden for alltid. Men hun kunne ikke fortelle det til noen, for hvem ville tro henne nå? Et vanæret orakel uten kraft? En gatepike? Hun hadde ikke tydd til prostitusjon for å redde seg, hun ville aldri mer oppleve noe så fryktelig som det som hadde skjedd. I stedet stjal hun og sultet for det meste. Den en gang så velfødde jenta var blitt tynn som ei sild og så ikke lenger ut som et orakel. Ingen ville kjent henne igjen nå.

Hun ante ikke lenger om hun hadde noen fremtid, men hun aktet ikke å gi seg over til fortvilelsen,
før eller siden ville hun finne en vei ut av uføret og snu skjebnen rundt. Hun var sikker på det. Alle hadde en rolle å spille i livets store dans og hennes var langt fra over. Det var tanken hun styrket seg på nå. Et eller annet sa henne at ting snart måtte snu, at endringer ville komme og komme snart. Det hang på en måte i vinden, i den stille hviskingen hun syntes hun kunne høre i stillheten om natten. Noe var på vei, og hun måtte bare vente så ville skjebnen skje fyllest. På en ny og uventet måte kan hende men like fullt. Hun måtte bare overleve lenge nok.

Cian

Høsten 1245
Byen Mørkvann ved Felderisjøen. Or-Felderi.

Gatene var tettpakket, glade farger og glade fjes var det å se
overalt og stemningen var høy slik den alltid var når det var på
tide med en turnering. Nesten alle av landets adelsmenn og
riddere hadde møtt opp, den store sju turneringen hadde fått
navnet fordi den varte i sju dager og det var sju dager med
grenseløs prakt og grenseløs festing. Det ble sagt at det bare
var ypperstepresten i Thalenes tempel som var edru der i
landet når turneringen nådde toppen og mange bannet på at det
stemte også. Vinen fløt og grensene mellom herre og undersått
var mer som visket ut for noen korte dager. Kongen over dette
området hadde klokelig arrangert denne turneringen nå for
tjuende gang, han hadde oppdaget at folket tålte hard
beskatning og harde regler når de fikk lov til å slippe seg totalt
løs en gang i blant. Og han sørget for at de fikk drikke og feste
alt de greide, premiene var høye nok til å lokke berømtheter fra
fjern og nær og det var årets absolutte høydepunkt. Alle
vertshus var proppfulle til oppunder mønet, til og med låvene
var fulle av folk nå.
I et av teltene som sto plassert på sletta for deltagerne i
turneringen var det hektisk aktivitet, to smeder kledd i
smedlaugets mørke klær sto og hamret ut bulkene i en
brystplate mens de bannet og svertet over mishandling av godt
utstyr. Platens eier satt henslengt i en stol mens en ung væpner
slet med å få av ham noen beinskinner som ikke lenger var
forenlige med menneskelig anatomi. En litt eldre mann satt
skrevs over en salbukk og så smalt på den unge vakre ridderen
som tømte kruset med lett mjød i en slurk."Jeg må si det Cian,

du er spenne gal. Å ta lansen hans på den måten er selvmord!"
Cian bare gliste, det pene ansiktet vitnet om at ridderen neppe
var mer enn noen og tjue somre og en temmelig lettlivet
person. Det virket ikke for at han tok mye på alvor."Men jeg
greide det jo, han siktet for langt til venstre og kom ut av
balanse og bom, rett i bakken!"
Den eldre mannen sukket oppgitt."Og om han ikke hadde
siktet skjevt? Da hadde du blitt drept din jypling! Du vet hvor
hardt den mannen satser? Og det dyret hans er fenomenalt, jeg
har aldri sett en bedre stridshest!"
Cian strakte seg bare og væpneren kastet et oppgitt blikk på sin
herre, det ble ikke lettere å få løs de ødelagte skinnene med
dette."Såda onkel Arjan, han skal få betale for å få den tilbake
som alle gjør det."
Arjan blåste i barten og ristet på hodet."Før eller siden mister
du hodet Cian, vel er din mor søster av kongens kone og din
far av landets fremste ætt men det er ikke alle som tolererer å
bli plukket på nesa av noen, uansett avstamning. Du må passe
deg. Du har overvunnet noen riddere nå som slettes ikke liker å
tape."
Cian så smalt på onkelen og trakk av seg hamsen han hadde
på, under tunikaen kunne en tydelig se diverse blåmerker i
ulike stadier. Noen så mer eller mindre blodige ut, men det var
en illusjon. Pen og beleven og høflig kunne han nok være men
Cian var også en dyktige kriger, og han tålte fenomenalt med
juling i forhold til det en skulle vente av en slik ung mann.
Faktisk tålte han så mye juling at mange mumlet i skjegget om
trolldom og mente at han burde vært utvist for juks. Med en
sterk ætt i ryggen, store rikdommer og et utrolig frapperende
utseende hadde han ikke trengt å gjøre noe for å få et behagelig
liv men han hadde altså valgt å være turnerings ridder. Det var
et hardt liv, et farlig liv og et som sjelden ble særlig langt
heller. Men han var berømt for lengst, kjent for sitt vidd, sin
styrke og sin totale mangel på frykt. Og for sin heller svevende
holdning til alvor og ansvar, han hadde ikke overtatt sin fars

eiendommer ennå, hadde ikke slått seg ned og skaffet seg en arving og han nektet plent å følge de uskrevne reglene de adelige levde etter. Han var kort og godt en torn i familiens skjød men en torn ingen kunne unngå å like med mindre han hadde overvunnet dem i et par turneringer.

Han snudde seg mot de to smedene som sukket og tørket svetten, de løftet opp brystplata og nå så den mer normal ut.”Ved gudene herre, du burde vært død! Det var et direkte treff!”

Cian bare lo og klappet mannen på skulderen.”Jeg er hardfør, da er rustningen min klar til neste runde.”

Arjan sperret opp øynene.”Ikke si at du har tenkt å ri en runde til? I dag?! Din mor kommer til å...“

Cian bare gliste.”Jeg vet akkurat hva min mor vil gjøre ja, men jeg er min egen mann. Og jeg vil ri mot de gjenværende i den blå gruppen, det er et par jeg ikke har overvunnet ennå, jeg vil teste dem også.”

Arjan slo handa for ansiktet med et stønn, han hadde ikke sagt det til noen men han hadde med en likkiste skjult i vogna si og han var stygt redd for at han ville få bruk for den i løpet av turneringen. Enten kom Cian til å bli drept eller så kom han til å stryke med selv av bekymring. Cian reiste seg, han var en lang mann på nesten to meter og bredskuldret og smekker men sterkere enn en skulle tro. Noen fleipet med at hans mor måtte ha hatt et nattlig besøk av en alv så vakker som sønnen var men trekkene tilhørte så avgjort slekten, de var bare forbedret. Arjan måtte innrømme at de var sterkt forbedret for slektas mannfolk hadde ikke akkurat vært kjent for å være pene å se på. Svære og sterke javisst men ikke billedskjønne. Men Cian nektet visst å bli voksen, han fløt gjennom tilværelsen på en rosa sky og nektet visst å se realitetene han levde i. Som i de fleste rikene foregikk det intriger og skittkasting på høyt nivå, alle prøvde å stige i rang og rykke andre ned og metodene var like skitne som de var intrikate. Cian gav flere enn en person akutt angst og åndenød for han spilte ikke etter reglene og en ante ikke hvor en hadde ham. Ingen visste om han prøvde å innynde seg hos kongen eller ei, om han var ute etter mer land og rikdom eller om han søkte lykken på andre måter. Det var nok til at mange fikk nervøse rykninger bare navnet ble nevnt for på seg selv kjenner en jo som regel andre.

Cian nikket til væpneren."Få på meg greiene igjen og sal opp en hest, jeg vil ha Tordenkile denne gangen."

Væpneren sperret øynene opp."Men herre, den hesten.."

Cian bare gliste."Jeg vet det, men jeg vil ha ham, lord Bedivere rir en nesten like stor gamp, jeg vil ikke være underlegen der."

Væpneren bare mumlet noe som best kunne tolkes som alle guder bevare oss vel. Han fikk på Cian rustningen som var av den svært dyre og forseggjorte typen og Cian satte selv på seg den vakre hjelmen med et stilisert villsvinhode på sidene.

Arjan klappet ham på skulderen."Akk ja, jeg får vel ønske deg lykke til for jeg kan ikke annet. Du vil trenge det, og trenge det sterkt. Både Bedivere og Iarcan har et fryktelig rykte på seg."

Cian gliste stygt."Men det ryktet skal stå for fall nå."

Han gikk ut av teltet og mylderet der ute var kaotisk. Folk leide rundt på enorme stridshester og larmen var øredøvende. Cian vinket irritert på stallkaren."Skynd deg så vi ikke blir for sene."

Gutten så utskremt ut men forsvant som en røyskatt i kaoset og etter litt kom han tilbake med den svære borkete hingsten som fikk ham til å ligne på en dverg. Dyret blåste i nesa og trampet med de enorme hovene og stallgutten så vettskremt ut. Ikke uten grunn, Cian vant denne hesten fra en annen ridder som nektet å betale for å få den tilbake, han mente at Cian bare kunne få den. Og det var ganske så forklarende for en stridshest er det mest verdifulle en ridder har. Antagelig var hesten umulig å ri men av en eller annen bisarr årsak greide Cian den uten problemer.

Han kom seg i salen med visse vansker, Tordenkile var mye over to meter til ryggen og den største hesten noen hadde sett, og ihvertfall den villeste. De blå øynene skjøt lyn i det rytteren snudde den og drev den i retning arenaen. Arjan bare så langt etter nevøen og håpet at dette ikke skulle ende i elendighet. Væpneren løp foran og annonserte at Cian aktet å delta i denne runden til mannen som sto for organiseringen der, fyren så vantro ut for Cian hadde fått grundig juling før på dagen. Han burde ha avstått fra denne runden skulle en følge reglene men den unge ridderen hadde visst sitt helt egne syn på dem. Cian ble sittende å betrakte det som skjedde på arenaen mens han ventet på sin tur, han bevitnet med glitrende øyne at minst tre riddere tapte for Bedivere og at to havnet i grusen for Iarcan. Han måtte møte dem begge og kunne knapt vente.

Da hans navn ble annonsert sporte han Tordenkile og red ut på arenaen til stormende jubel, alle kjente ham og det lød et unisont stønn da de så hvilken hest han red. Tordenkile var like berømt som ham selv og kvitterte ved å steile og hoppe bortover på bakbeina mens den skrek skjærende. Flere riddere gyste synlig ved synet og klappet sine egne mer rolige dyr kjærlig på nakken. Cian fikk lansen løftet opp til seg, det var Bedivere han måtte møte først og ridderen red en svart vallak nesten like stor som hingsten, de to rytterne satt nesten jevnhøyt og det var en fordel. Turneringsmesteren så til at begge var stilt opp, så lot han lommetørkleet falle og Cian kjente at hjertet hamret av spenning og iver i det han lot hingsten få frie tømmer. For alle andre ville dyret ha danset og hevet på seg men for ham løp den borkete hingsten rett og jevnt med flytende bevegelser. De to rytterne dundret mot hverandre i et vanvittig tempo og det lød et forferdelig brak i det lansene støtte mot stål. Begge lansene brast og begge rytterne ble i salen, jubelen fikk nesten takene til å lette seg. Folk kastet roser og liljer på bakken og flere kvinner gråt synlig ved synet av sine idoler, et par hadde allerede besvimt. De to byttet side og fikk nye lanser, de red på igjen og det samme skjedde. Begge splintret lansen sin mot den andre rytterens rustning og fikk poeng, de var like langt begge to.

Det var ikke før den femte lansen var splintret for dem begge
at ting endret seg. Bedivere prøvde å sikte mot Cians skulder
for å vippe ham ut av balanse men hesten hans begynte å bli
sliten og greide ikke galoppere like smidig lenger. Lansen var
tung og han greide ikke holde den stødig og han traff i det
hesten snublet i steget. Dermed var det Bedivere som fikk
tyngden i støtet og han ble revet ut av salen og havnet på
bakken med et brak. Cian hadde overvunnet ham og tatt hans
plass i turneringen. Det ble noen poser med gull ut av dette.
Iarcan var den neste han måtte ri mot og den yngre ridderen
brukte en helt annen metode enn den mer tradisjonsbundne
Bedivere. Han red en mindre og lettere hest, en elegant hoppe
som var så godt dressert at en kunne ha ledet henne med en
sytråd og Iarcan selv brukte å variere taktikk for hver angrep.
Han var svært flink til å tilpasse seg motstanderen og Cian
visste at dette ble en mer vanskelig oppgave. De ble plassert
for enden av veggen som beskyttet hestene mot treff og
turneringsmesteren ropte de velkjente ordene som skulle
velsigne kampen før han lot lommetørklet falle. Det lød et gisp
fra mengden som var fra seg av spenning. Nå gjaldt det å se
om dette unge stjerneskuddet virkelig kunne overvinne en
ridder som hadde vært blant de fem beste i over ti år. Cian
visste at han hadde en fordel Iarcan ikke hadde, hestens
tyngde. Tordenkile veide nesten dobbelt så mye som merra og
selv om han var tregere var han forbausende smidig for et så
kraftig dyr. Akkurat i det lansene deres skulle støte sammen
bøyde Cian seg ørlite fremover og hingsten adlød øyeblikkelig,
den bykset oppover og Iarcans lanse traff bare salkanten og
prellet av mens Cians våpen traff motstanderens skjold med
forferdelig kraft.
Det så ut til å bli et meget flott utført støt som ville vippe
Iarcan rett ut av salen men noe meget uheldig skjedde i samme
øyeblikk. Ene reima på salen røk tvers av og i det voldsomme
presset smalt den rundt som en piskesnert og traff hoppa i
hodet. Hun kastet seg oppover og bakover mens hun ennå var i

fart og Cian gispet i vantro skrekk der han for forbi og så hva som var i ferd med å skje. Iarcan var ute av balanse, han hadde mistet tømmene og greide ikke ta seg inn igjen siden lansen ennå satt fast i holderen under armen. Han prøvde å få vekten forover men det var for sent. Hoppa prøvde å steile men bakbeina fikk ikke feste i farta, hun slo rundt seg selv med et forferdelig skrik og braste inn i veggen med et drønn som hørtes over hele arenaen.

Cian stanset Tordenkile med et rykk og snudde hesten som adlød lett som en vind, synet var forferdelig. Iarcan hadde ingen sjanse, fanget som han var i den høye salen kom han seg ikke vekk før hesten og han braste gjennom tømmeret. De hørte et skrik og så en fektende arm men så ble det stille. Bare hesten skrek nå, hun lå der og sprellet desperat med ene forbeinet brukket under kneet og blodet sprutet fra et dypt kutt i halsen. Øynene rullet desperat i hodet på henne og Cian stønnet fortvilet av synet. Han hadde aldri tålt synet av en skadet hest, mennesker rørte ham ikke men dyr likte han.

To vakter kom løpende, en grep sverdet og hugg hodet av den lidende hesten, den var uansett ferdig med det beinet og den overrevne strupen så det var bare barmhjertig. Den andre trev et tau og fikk festet det om ene bakbeinet, så trakk flere andre hestekadaveret unna veggen. Iarcan lå mot den og bare et øyekast var nok til å konstantere at han var død. Hodet lå aldeles fordreid mot brystet på ham, nakken var knekt tvers av. Cian gispet fortvilet og det lød et kollektivt stønn fra arenaen. Uhell skjedde, alle visste det. At folk døde i arenaen var faktisk vanlig, det gikk som regel med en fire fem riddere hvert år men aldri av de erfarne eldre. Det var som regel grønnskollingene som trodde seg selv uovervinnelige som tapte på en slik måte. Cian snudde hesten og red hardt ut av arenaen, han hadde aldri opplevd at en motstander døde i kampen. Han kjente at noe svart og kaldt svulmet i brystet, han bet tennene sammen og det brant i strupen. Det var ikke hans feil at reima røk, men han hadde vært den utløsende faktoren.

Arjan ventet på ham ved teltet, onkelen var blek som et lik og skalv på nevene."Nå har du stelt deg til brorsønn. Iarcan var av huset Darasher, de har lange fingre og mye makt."
Cian svelget hardt og spente av seg hjelmen med en vond følelse i hjertet."Sier du at de vil hevne seg?"
Arjan så hardt på ham."Ja, noen av dem er tenkende til det, ikke i det åpne men skjult selvsagt. Det var kanskje ikke din feil at det gikk slik men de vil ikke se det på den måten. Du har en god ætt bak deg gutt på begge sider men sammenlignet med Darasher er vi bondeknøler."
Cian så litt fortapt på onkelen."Det var ikke min feil! Det var salen hans som røk!"
Arjan smilte vemodig."Ja og alle her vet det men for en del mennesker spiller det ingen rolle. Han tapte for deg, det må hevnes. Jeg vil være forsiktig fremover var jeg deg."
Cian stønnet."Må jeg trekke meg fra turneringen?"
Arjan så skarpt på den vakre unge mannen."Jeg er kun din onkel og kan ikke gi deg ordre, men som ditt kjøtt og blod kan jeg be deg å glemme denne turneringen for vår skyld. Vi vil ha deg i live, ikke død".
Cian så trett på onkelen, Iarcans død hadde gått hardt inn på ham, han hadde ikke følt seg slik noen gang før. Kanskje var det klokt å ikke kjempe i en slik sinnstilstand. Han bare nikket tamt og gikk inn i teltet. Han følte seg mørbanket for en gangs skyld og fikk tjeneren sin til å bringe seg litt vin og mat. Han hatet tanken på å miste muligheten til å vinne hovedtrofeet men forsto at onkelen hadde rett. Han visste hvor spesielle medlemmene av det huset var og hvor ærekjære de var. Han skulle nok vite å passe ryggen sin fremover men aktet ikke å leve i redsel fordi en forbannet salreim gav etter.
Cian tilbrakte den kvelden i teltet og dagen etter trakk han banneret sitt fra arenaen, det var det offisielle tegnet på at han ikke lenger konkurrerte. Han gikk i stedet og surmulet i det kongelige palass med bare væpneren som motvillig selskap.
Cian var sjelden særlig trivelig å være i hus med når han var

sint og væpneren hadde ofte merket det. Cian sto i et vindu og betraktet borggården da det kom en tjener i kongens egen uniform gående. Mannen stanset foran dem og kremtet høflig. Det var noe litt tvilende i minen hans."Cian sønn av Kheirial av Ohdrasar?"
Cian nikket sakte og spørrende og tjeneren så strengt på ham."Vår konge har fremlagt et ønske om å snakke med deg, med en gang."
 Cian så skremt på tjeneren, kongen krevde sjelden å snakke med en ridder og ihvertfall ikke en ridder av en så lavtstående ætt i forhold til kongens egen. Vel var kongen også av huset Ohdrasar men det var den sterke og velkjente hoved familien. Cians gren av slekta var langt mer obskur og utvannet. Var kongen også sint på grunn av dødsfallet? Cian kjente at han ble nervøs men nikket fort til tjeneren."Jeg adlyder selvsagt min konge, jeg kommer med en gang."
Tjeneren gikk foran og Cian kjente at svetten så smått begynte å sile, adelshusene hadde mange forbindelser seg i mellom, mange sammenlignet dem med edderkoppnett og det kunne være at en slektning av avdøde presset på kongen for å straffe Cian på noe vis. Etter å ha gått i stive ti minutter kom de til en mindre salong der kong Marcellius ventet, han var en mann i seksti åra men så tjue år yngre ut og var viden kjent for sitt heftige temperament men også sin evne til å tenke langsiktig og klokt. Cian bukket så dypt han kunne, hjertet hamret i brystet på ham og kongen snudde seg og så kjølig på den unge ridderen som kremtet desperat.
"Ærede konge, det var ikke min feil, jeg sverger. Jeg ønsket slettes ikke at Iarcan skulle dø slik jeg.."
Kongen avbrøt ham kaldt."Jeg vet det, og dette gjelder ikke det tragiske uhellet i arenaen. Dette gjelder noe langt mer alvorlig."
Han satte de skarpe blå øynene i Cian som så forvirret og nervøst på kongen."Jeg.. jeg lytter min konge."
Marcellius smilte kort."Godt, hvor lojal er du mot meg unge

mann?"

Cian så storøyd på kongen."Til døden herre konge, mitt hus er forsverget til din tjeneste og det står vi ved, vår ære er din ære."

Kongen så vurderende på den unge ridderen."De sier at du er uredd, at du er frekk og sjarmerende og at du også kan være hard om du må. Det er bra, jeg har et oppdrag til deg min unge venn. Et jeg har diskutert med din familie også, de er enige."

Cian så på kongen med gryende tvil og forvirring."Hva slags oppdrag da?"

Kongen smilte men smilet var ikke vennlig."Kan du drepe en mann Cian, med kaldt blod? Kan du renne sverdet gjennom kjøtt og blod og se et menneske dø foran dine egne øyne, for dine egne hender?"

Cian begynte å bli alvorlig redd men han holdt seg kald."For din skyld herre konge. Er det et mord du vil ha?"

Marcellius smilte sakte, det var et slikt smil ingen ønsker å se."Ja Cian, det er et mord jeg ønsker. Et mord på en mann som er intet annet enn en ondskapsfull tyrann, en mann som piner og plager andre og undergraver makten min. Jeg vil at du skal drepe denne mannen Cian og så skal du preservere enken hans."

 Cian rynket pannen forvirret."Preservere? eh.... hva betyr.."

Marcellius så litt oppgitt på ridderen."Din mor sa at du kunne være litt treg i tankene til tider, det betyr kort og godt at så fort du har drept ham gifter du deg med hans enke og overtar hans land og eiendommer og sikrer dermed tronens fortsatte råderett over det. Dette ubeistet har ødelagt et landområde som før gav tronen solide inntekter, nå tjener det ikke inn en eneste mynt lenger. Det må stanses, jeg trenger en lojal mann som er i stand til å få det på fote igjen og som vil betale skatt hvert år slik jeg krever."

Cian så bare på kongen med store øyne og åpen kjeft, han innså brått hvor tåpelig han så ut så han klappet igjen og prøvde å si noe men det ble bare vrøvl. Han prøvde å virke

saklig men det gikk ikke."Herre, jeg dreper gjerne for deg..
men....men... gifte meg...."
Marcellius gliste."Din mor sa at du er fast gjest på de finere
husene her i byen, du trenger en kone og det vil bare være godt
for deg. Og en arving trenger du også for du blir en svært rik
mann når du har gjort dette. Og den blivende enken er bare
sytten somre så frykt ikke."
Cian stirret lamslått på ingenting, ansiktet hans var underlig
uttrykksløst."Så... så betryggende.."

Lathisa

Na-Tholir. Arusteres palass.

Kveldsmørket lå mykt og nesten kjærtegnende over landet, en sval vind gled gjennom løvet i parken og smøg seg mellom tårn og smug. Klokkene på borgen hadde kimt siste gang for lenge siden og med unntak av en og annen urolig og nattevåken hund og noen katter som holdt en øredøvende konsert i en bakgård var det stille. Lysene var slukket og byens beboere sov trygt i sine mer eller mindre behagelige senger. I et smalt smug like under murene til selve slottet sto to skikkelser musestille, Lathisa og Jochmun hadde ridd hardt og kommet frem tidlig den kvelden. De hadde tatt inn på et lite vertshus utenfor byporten og lot som om de var et vanlig ektepar på vei for å besøke slekt. Dronningen hadde skjult seg godt og passet på å ikke røpe at hun var av de øvre lag av folket. Hun hadde kledd seg som en fattigfrans og Jochem trengte knapt noen forkledning. Nå sto de og ventet til det ble like før vaktskifte, da var vaktene som sto mest opptatt av å få fri og de var trøtte og lite oppmerksomme. Jochmun kjente til hemmeligheter ved dette slottet få andre ante noe om, han snek seg kyndig fremover og hun fulgte etter så godt hun kunne. Det var en liten inngang gjemt bak en gammel møkk tank utenfor det som var stallen. En måtte vite om den skulle en finne den og være smidig også. Jochmun ventet til vaktene hadde passert, så smatt han bak lemmen og fant den steinen som lot seg flytte. Han lot Lathisa krype inn først, hun kjente seg desperat klaustrofobisk og skalv av angst men greide å tvinge seg til å krabbe fremover gjennom den trange våte gangen, det stinket og var edderkoppnett og døde rotter der og hun gyste av avsky og var egentlig glad for at hun ikke så stort.

Jochem stengte gangen bak dem igjen og så krabbet de
fremover en god stund.

De kom ut bak stallen i et smalt smug og Lathisa sto stille og
ventet til Jochmun kom seg ut, han bare nikket og gikk videre
og hun snek seg etter ham. Hun var livredd og i tvil men visste
at hun skulle stå for det hun hadde lovet. Hun måtte drepe
datterens morder, ellers ville hun aldri mer få fred i hjertet.
Jochmun fant en ny gang, den gikk fra et lager som kjøkkenet
brukte og inn i selve slottet og det var nå det virkelig gjaldt og
ikke bråke. Han visste hvor kongen pleide å oppholde seg
siden han hadde kontakter inne på slottet og nå ledet han
dronningen sakte gjennom lønnganger og slikt til de nådde
kongens private gemakker. Lathisa knuget skjeftet på sin
avdøde manns sverd hardt i hendene. Hun hadde lært å fekte
en gang men det var for mange år siden og det meste var glemt
men fikk hun fordelen av overraskelseselementet kunne hun
klare det allikevel. Hun kjente at sinnet og hatet kokte i henne.
Hun kunne ikke feile!

Kong Arustere av Na-Tholir hadde hatt en lang dag, han hadde
skjøtet sine plikter som konge hele dagen, først var det å gå
over dagens saker med sine rådgivere, så møtte han en hel
delegasjon fra noen adelige som krevde å få ettergitt skatt.
Diskusjonene hadde tatt hele resten av dagen og han var i et
labert humør, tjenerne gikk i vide sirkler rundt ham og selv
hundene som ellers fulgte etter hadde klokelig søkt tilflukt
under noen bord. Kong Arustere var ikke noen pen mann,
trekkene var tunge og huden grov og ru. Skjegget var pistrete
og vanstelt og han hadde små stikkende øyne som noen
sammenlignet med øynene på en riktig så ondskapsfull
grisepurke. Som sin fars eneste sønn hadde Arustere blitt godt
og grundig bortskjemt, og slik mange reagerer på denslags
behandling så endte han med å bli både ondskapsfull og
egosentrisk. Han styrte riket sitt med jernhånd og så ikke på
andre som noe verdt. For ham var de der kun for å tjene ham.
Han slengte den dyre pelskappen ned på en stol og helte opp

en drøy porsjon med sterk vin, helte den i seg som det var vann. Deretter gikk han bort til et vakkert pyntet skatoll og låste det opp. Fra en skjult skuff hentet han frem et skrift og ble stående å glane på det med skinnende blikk. Han var så opptatt av det at han ikke la merke til lønndøra i enden av rommet som gled opp lydløst på velsmurte gjenger.

Arustere løftet skrivet og leste gjennom det for gudene visste hvilken gang da han brått merket at han ikke var alene. Han snudde seg og stirret rett inn i øynene på en kvinne han umiddelbart kjente igjen. Arustere var ikke dum, han forsto rent instinktivt hva hun ville og han så sverdet hun hadde løftet, han hev seg bakover for å komme seg vekk men foten gled på det tykke og glatte golvteppet. Lathisa skalv til kjernen av skrekk men hun kastet seg frem med et skrik og sverdet rettet mot sin forhenværende svigersønn.

Klingen var skarp og spiss og gled inn som om den som holdt sverdet var en trenet soldat. Sverdet traff kongen under brystet og klingen gled på skrå oppover og punkterte både lunger og hjerte. Arustere brølte håst og grep etter noe å forsvare seg med men det var for sent. En dusj av blod sto ut av kjeften på ham og han gispet etter luft og sank sammen på golvet.

Øynene sto ut på ham og Lathisa gispet forferdet og rygget bort fra den dødende mannen, hun hadde snaut trodd at hun skulle greie det. Hun ble var skrivet som lå på bordet og grep det på ren refleks. Det virket viktig og hun følte på seg at hun måtte ta det. Hun skulle til å snu og gå tilbake til gangen da døra i enden av rommet gikk opp og en blek liten jentunge kom inn, hun var tydeligvis kongens nye favoritt for hun var så ung at hun ikke engang hadde begynt å få former ennå. Jenta så blodet og den døde og skrek skingrende før hun raste ut døra igjen. Jochmun sto brått ved siden av dronningen og grep henne i armen."Alle djevler fortære, nå må vi skynde oss." Han rev henne med seg og hun svelget panikken og fulgte etter ham. De løp som gale ned gjennom gangene og bak dem trengte en hel gjeng vakter inn i rommet og stanset lamslått i døra da de så den døde kongen.

Jochmun presset den pesende kvinnen foran seg gjennom gangene, han visste om en annen gang som var bedre å velge nå som mordet var oppdaget. De kom ut i et rom i kjelleren og der grep Jochmun noen klær og fikk trukket på seg selv og den vettskremt dronningen en passende forkledning. Han bannet kontinuerlig, helst burde ikke mordet bli oppdaget før de var langt vekk men den jentungen hadde ødelagt de planene. Jochmun hørte levenet fra andre enden av slottet og trakk Lathisa med seg ut på borggården. Nå var hun kledd som en vanlig tjenestejente og de var det så mange av der at ingen reagerte på et fjes de ikke kjente. Jochmun var kledd som en adelsmanns stallkar og han bar til og med et tilgjort våpenmerke på ryggen. Lathisa kjente at hjertet hamret vilt i brystet men hun var sterk, hun greide å ta seg sammen og oppføre seg normalt. Hun så litt forundret mot lyden av bråket men gikk i normalt tempo mot den vesle porten tjenerskapet brukte. Jochmun oppførte seg som en litt amorøs fyr som prøvde å sjarmere en tjenestejente og sammen gikk de ut helt rolig og vanlig. De gikk nedover gatene og forsvant i mørket og der fikk de av seg forkledningene og Jochmun ledet dem tilbake til vertshuset via omveier og diverse smarte avstikkere. Lathisa kjente at hun hadde en helt merkelig smak i munnen men hun følte seg underlig sterk, underlig lettet. Hun hadde greid det, datteren var hevnet og hun smilte bredt da de snek seg inn på vertshuset. Det svinet skulle aldri mer skade noen.

Midar

Midar gikk opp bakkene mot palasset som om han var på vei til sin egen begravelse, han visste at dette var ekstremt dumt men han måtte bare gjøre det. Portvakten slapp ham rett inn og han så at alt var klart. Det sto to gode ridehester klare med salene på og en pakkhest sto også der med en ganske stor kløv. Midar var lettet over at de i det minste hadde holdt sin del av avtalen, alt så ut til å være av ypperste kvalitet. En lang lut kar med et sørgmodig ansikt sto der og nikket kort til tyven som stanset ved den fremste hesten og så kritisk på den."Det er ypperlige dyr, herren kunne ikke være her selv men han ba meg si at du skal ta inn på vertshuset Sju dolker i Bahjad når du kommer så langt. Der skal du få ytterligere instrukser fra en mann med et øye og arr i fjeset. Du vil ikke ta feil av ham." Midar sukket for seg selv."Det er greit, men jeg kan ri helt vanlig dit?"

Den lange mannen nikket."Ja, men røp ikke ærendet ditt, og lat som om du er en vanlig handelsreisende eller på vei til et besøk hos slekta eller noe slikt."

Midar nikket bare og klappet hesten på halsen, det var en høy vallak og den andre var en like stor hoppe av edel rase. Han gren på nesa for de fine hestene ville gi ham oppmerksomhet. Han fikk late som om han var en lavadelig for en vanlig borger hadde ikke råd til så fine dyr. Mannen rakte ham en stor pung som var så tung at Midar gjorde store øyne, det var tydelig at oppdragsgiver var uanstendig rik. Det burde faktisk bli innbringende uansett hvordan det gikk."Bruk dem klokt for du får ikke mer før du er her igjen, med jenta."

Midar bare nikket og gjemte pungen godt under jakka. Han

steg i salen på vallaken som sto veloppdragent stille, det var en god hest. Den lange mannen bare smilte gledesløst og klapset pakkhesten på baken."Lykke til, og for din egen skyld, ikke skuff herren. Det kan bli usunt."

Midar bare gliste og fikk fart på hestene, det skulle uansett bli godt å komme seg ut av byen og han så frem til turen i det minste. Med så mye penger og så gode hester burde det bli en behagelig reise.

Han red ned gjennom gatene som nå såvidt begynte å våkne til liv etter natten. Gateselgerne satte opp bodene sine, noen slo seg ned på hjørnene og vogner og slep begynte å fylle gatene samt at bønder og fehandlere drev dyra sine til markedet. Det var flokker med kyr og sauer og geiter og Midar måtte snirkle seg frem noen steder. Morgensola strakte seg dypere og dypere ned mellom husene og vinduer ble slått opp.

Midar red klokelig midt i gata, han visste hva som kunne komme plaskende ned fra oven når folk tømte nattpottene sine ut vinduet. Han la ikke merke til den vesle skyggen som smøg seg etter ham, nesten usynlig i de ennå mørke smugene. Det ble smilt litt fandenivoldsk, alle tingene han hadde fått var merket med magi, de ville kunne finne ham uansett hvor han var. Og når han kom til Bahjad kom han til å få ytterligere grunn til å adlyde. Herren visste nøyaktig hvordan han skulle gå frem for å sikre folks lojalitet. Skikkelsen stirret smalt på tyven som red ut byporten, den gned seg i nevene. Endelig var spillet i gang, endelig skulle de bli de fremste, de sterkeste. Han knegget lavt i det han forsvant i mørket igjen. Herren ville bli begeistret over å vite at alt var ordnet.

Daithe

Tempelet var stille, stillheten var faktisk rent trykkende men hun brydde seg ikke om det. Hun satt på kne foran sarkofagen og kjente at hjertet atter en gang formelig knøt seg sammen i sorg. Det tette enkesløret skjulte ansiktet hennes men kunne ikke skjule at hun var en ganske ung kvinne. Hun grep et lommetørkle, prøvde å tvinge tårene tilbake men visste at det ikke gikk. Og her i ensomheten gjorde det ikke noe om hun viste følelser. Hun strøk hendene over den kalde harde marmoren, det var bare en snau uke siden hennes mann ble begravet der og hun ønsket ofte at hun var død som ham. Sorgen var så alt for stor, så alt for lammende. Hun visste ikke hva hun nå skulle gjøre. Siden de ikke hadde rukket å få arvinger var det en av hans slektninger som skulle ta over tronen, hun kunne saktes få bli der siden hun tross alt hadde vært landets dronning i noen få stakkars måneder men hun trodde ikke at hun ville orke det. Hennes egen far var død takk og lov så hun var fri til å gjøre det hun ønsket med livet. Hun lukket øynene og sukket lavt. Det var ironisk men i begynnelsen hadde hun faktisk ønsket ham død, hun hadde slettes ikke villet gifte seg med ham, eller med noen andre for den sakens skyld. Men hun hadde ikke noe valg, i likhet med talløse andre ungjenter fra adelige slekter Giftermål var en måte å knytte forbindelser og forsegle avtaler på og hun hadde vært handelsvare, kort og godt. Det var merkelig men hun hadde funnet en slags skjør lykke med sin også motvillige mann, og så hadde alt blitt tatt fra dem, fort og brutalt. Hun kjærtegnet det heller dårlige portrettet steinhuggeren hadde skåret ut på lokket."Om din død ikke var en ulykke skal jeg

hevne deg min kjære, jeg sverger det."
Hun snufset og lente hodet mot steinen. Hun hadde aldri trodd
at hun noen gang kunne sørge over en mann, men slik var det
blitt. Hvem skulle vel tro det?
Hennes far hadde vært konge over et annet lydrike, han var en
mann som var viden kjent for sitt lemfeldige styre og sin hang
etter kvinner. Det ble sagt at han var far til minst halve landets
befolkning, en stor overdrivelse men en med en viss kjerne av
sannhet. Det ble sagt om kong Londar at han tok alt som kom
nær senga hans så fremt det gikk i skjørter. Dronningen hans
hadde blitt gitt til ham da hun var bare femten, i begynnelsen
hadde hun vært rasende over den åpenbare utroskapen hans, så
ble hun glad til siden det betydde at han ikke trengte seg på
henne så ofte. Det ble sagt at dronningen jevnlig skiftet ut
tjenestejentene i slottet slik at han hadde noe nytt å fare over så
hun slapp.
Daithe var en av hans mange løsunger, intet mer enn det. Og
hun hadde blitt født av en kvinne som jobbet som værelsespike
på et heller tvilsomt vertshus langs hovedveien mot
Dvergsjøen. Kongens følge kom forbi og skulle til et annet og
mye bedre sted men dessverre røk et hjul på vogna og de måtte
ta inn på et vertshus med plass for bare de mest høyvelbårne i
følget. Og de fikk bare halmsenger og dårlig mat. Kongen
hadde ikke med dronningen så han forlangte prompte en
kvinne til å varme senga som han sa og den eneste jenta som
fantes der på vertshuset var da altså værelsespiken og hun var
lite attraktiv. Hun var så lite attraktiv at kongen skal ha
kommet med følgende utbrudd da han så henne."Jeg knuller
heller ei sugge!"
Men det ble som det ble og Daithe var resultatet. Hoffet hadde
egne folk som sørget for at kongens avkom ble tatt vare på.
Daithe var ikke noe unntak, hun ble tatt fra moren som fikk en
stor kompensasjon og gitt til en lavadelsmann for oppfostring.
Det var en stor ære å få en av kongelig blod inn i familien slik
og om æren var litt utvannet siden de fleste av standen hadde

en eller flere slike bastarder til oppfostring var det stas allikevel. Daithe ble derfor godt behandlet men hun avslørte fort at hun ikke var som andre barn. Der jenter normalt sett var føyelige og feminine var hun høylydt og frekk, hun foretrakk å herje med guttene i stedet for å sitte og sy og være pen og pyntelig, og hun hørte aldri på noen. Adelsmannens kone som sto for oppfostringen av jentene der ble mer som fortvilet over jenta. Etter et par år gav hun rett og slett opp, Daithe fikk rå seg selv og ble som regel tatt for å være en guttunge. Hun gikk med håret klippet kort, fektet og red og vokste til å bli en sterk og stridig person. Hennes drøm var å bli ridder. Nå var det utenkelig at en jente kunne få den tittelen men Daithe var ikke av dem som gav seg. Da adelsmannen døde og kona i sorg trakk seg helt inn i seg selv og ikke engang brydde seg om hva fosterdatteren gjorde fikk Daithe en gammel ridder til å trene seg. Og snart var hun like dyktig som noen av kongens egne menn.

Det var lite som tydet på at hun skulle bli annet enn nettopp det hun ønsket men nå var hun sytten somre og brått kom det bud fra kongen som hun aldri hadde sett eller snakket med i hele sitt liv. Han var kanskje hennes far men han brydde seg minimalt med løsungene sine. De bare var der og han regnet dem som eiendom, akkurat som leilendingene på jordene rundt byen. Han ville at Daithe skulle gifte seg med sønnen til en nabokonge, kong Austaf. Det ville sikre noen viktige allianser og gjøre de to rikene tryggere mot overtagelse fra andre hus. Daithe hadde blitt rasende, aldeles fra seg. Hun hadde prøvd å rømme men hadde blitt halt tilbake skrikende og bannende. Hennes far ante ikke noe om datterens heller utradisjonelle stil, og ventet vel at hun skulle ha blitt en vanlig føyelig og myk jente.

Og sjokkenes tid var ikke over, hennes kommende mann var heller ikke noen alminnelig kongelig arving. Han hadde tre brødre som alle var som faren, brautende og sterke og i stand til å skryte hemningsløst av sine mange erobringer. Og de var totalt hensynsløse, eide kun respekt for rå styrke og makt og eide en intelligens som bare såvidt gjorde det mulig for dem å knyte skolissene selv. Feargus skilte seg kort sagt ut som en høyalv i en flokk skjeggete dverger. Hans mor hadde bare det ene barnet og hun hadde gjort alt for at sønnen ikke skulle bli som sin far. Hun var et forsagt og magert lite vesen med en fanatisk moral og like fanatisk iver etter å gjøre sønnen til en perfekt ridder. Og hun hadde lykkes på noen måter. Feargus var en ypperlig fekter, en mester på hesteryggen og høviskheten selv. Men han ville bli magiker! Og han var fast bestemt på at han hadde evnene til det også.

Resultatet var at Feargus mente at han burde avstå fra alt som kunne forstyrre hans energier og konsentrasjon. Faren raste selvsagt men han hadde avskrevet denne sønnen som en håpløs svekling som garantert var skinkerytter og han snakket aldri med Feargus annet enn for å skjelle ham grundig ut. Da Daithe kom inn i bildet så Feargus på henne en gang og annonserte kort at kvinner ikke hadde noe i hans liv å gjøre, de var bare forstyrrende. Daithe visste at hun var kjent som « suggas datter» og at hun ikke så ut som noen vanlig søt hoffjente. Hun var bredskuldret og høy og håret hennes var ikke så langt som det burde være heller. Men hun var ikke stygg, hun var faktisk en skjønnhet av det litt eksotiske slaget og hadde i det minste regnet med at hennes kommende husbond ville sette pris på det. Å bli avvist slik såret henne faktisk selv om hun var glad til også. Hun var langt fra så uvitende om ekteskapets forpliktelser som idealet var, hun visste hva det hele dreide seg om og tanken på å gjøre de greiene der med en mann var frastøtende.

Så ekteskapet hadde ikke akkurat de beste forutsetninger, Daithe utnyttet statusen sin til å ri rundt dagen lang mens hun lekte ridder og Feargus stengte seg inne og prøvde å finne frem til den magiske kraften som han visste hvilte i ham. Han mente at konsentrasjon og kontroll var veien dit og møtte han på sin kone i gangene hilste han høvisk men ikke mer enn det. Daithe

følte seg fanget der, hun hadde en viss frihet men den var
uansett begrenset, hun ønsket ofte sin mann død for da ville
hun bli helt fri men samtidig likte hun ihvertfall det faktum at
han ikke prøvde å forandre henne.
Så døde brødrene hans i et tåpelig forsøk på å drepe et
bergtroll, faren hans døde like etterpå etter å ha styrtet nok vin
til å drukne en hest og Feargus var brått konge. Og en
temmelig motvillig sådan også. Daithe hadde mer eller mindre
vært den som tok styringen og siden hun var trent som hun var
greide hun det med glans. Hun fikk fort det skakkkjørte riket
på rett kjøl igjen og befolkningen elsket henne, hun blomstret
opp under ansvaret og trivdes for første gang med sin rolle.
Feargus derimot ble innesluttet og mutt og virket ikke for å
vite hva han skulle gjøre med livet. Det var tydelig at han ikke
greide å bli magiker for han fikk aldri tak i kraften som han
kalte det og styret i landet interesserte ham ikke i det hele tatt.
Det var ikke før en dag han ved et uhell kom over henne i
badet at forholdet dem mellom ble annerledes. Først holdt han
avstand som før men så begynte han å gjøre små tilnærmelser
og det ble fort klart at flere år i selvpålagt sølibat hadde gjort at
han nå satt med temmelig mye opplagrede følelser. Og Daithe
var klok nok til å skjønne at det bare måtte skje, og hun hadde
blitt stadig mer glad i ham for han var en flott mann og utrolig
høflig og veloppdragen.
Da de omsider tok steget gikk det brått opp for Feargus at
kontroll ikke var veien til magien som hvilte i ham, det var
ikke før han omsider tok mot til seg og tok henne at han brått
kunne nå kraften, i det han kom med et brøl eksploderte
samtlige talglys i rommet. Feargus var over seg av fryd og
Daithe måtte innrømme at det i det minste hadde vært en
ganske så uforglemmelig opplevelse. Og forholdet dem
mellom ble stadig bedre, snart fant de en balanse seg i mellom
og livet så lyst ut for dem begge. De satt ved makten og alt var
bra og så ble han brått syk og døde etter en kort tids sykeleie.
Og Daithe var mer knust enn hun noen gang hadde vært før i

sitt liv.

Hun reiste seg og støttet seg på marmoren i noen sekunder, hun var som en ørken, tom og ødslig og iskald i mørket. Hun savnet ham så det rev i sjelen men hun kunne ikke gi seg over til sorgen. Det nyttet ikke. Hun hadde en plan og hun aktet å holde seg til den. Legen deres mente at dødsfallet var mistenkelig, det var mange som ikke likte at styret i landet var blitt så forandret. Flere tapte store inntekter på det og hun visste om flere adelshus som gjerne skulle ha tatt makten i hennes sted. Hun regnet med at det var forgiftning og det var antagelig ment for henne for ingen fryktet Feargus, han var en for lite myndig person til å inneha reell makt. Det gjorde det hele så utrolig mye mer bittert. Hun visste at de hellige oraklene i Zhymorne kunne gi henne sannheten, og hun aktet å handle deretter. Hadde noen fått hennes mann myrdet skulle hun vite og hevne seg så det gikk gjetord om det i århundrer fremover.

Hun gikk ut i solskinnet, den svarte kjolen skar henne i ribbeina og hun overså kammertjeneren som prøvde å henge med som godt hun kunne. Daithe hadde allerede gitt sine ordre, hun raste inn i rommene sine og fikk revet av seg sløret og sørgekjolen. Hun trakk i en ridedrakt og så seg rundt med en mine av vemod. Hun hadde vært lykkelig der, i det minste en stund. Nå var alt hun trengte pakket ned og hun så seg ikke tilbake da hun gikk ned til borggården. Til de fleste der hadde hun sagt at hun skulle til de hellige templer for å be for sin manns sjel og det ble både trodd og godtatt. Det var tross alt et sjokk å miste sin husbond så brått og i så ung alder. Og folket tilba henne nesten, hun hadde endret ting til det bedre for de fleste der og nå fryktet de fremtiden. De håpet at hun ville bli sittende ved makten men de tvilte på at det ble mulig. Daithe steg opp på den store stålgrå hesten sin og følget som skulle være med så avventende på henne. Hun lot blikket sveipe over borggården, hun ante ikke om hun kom tilbake dit noen gang men hun skulle gjøre sitt beste for å sikre at ingen slapp

ustraffet unna. Hun smattet på hesten og de som hadde møtt
frem for å se henne vel avgårde så i taus stillhet på at deres
forhenværende dronning red ut av porten med rett rygg og
blikket stivt fremover. Om templene kunne bringe henne fred
var et spørsmål de alle spurte seg, slikt kunne gjøre et
menneske så fra seg at det aldri mer ble det samme. De kunne
bare be alle guder de kjente om at det ikke skjedde med henne.

Janos

Na-Tholir. Vertshuset Den gale hane.

En stresset serveringsjente svinset gjennom døra etter å ha
avlevert et brett med krus og et svært staup med øl. De tre
mennene som satt i det vesle rommet holdt kjeft til hun var vel
ute og døra var stengt, de så alle opprørt ut. Den eldste av dem
var en lang tynn mann med en imponerende bart og en nese
som best kunne betegnes som et skikkelig grev. Han var kledd
i ganske gode klær men de var gamle og totalt ute av moten.
Det lange grå håret var sirlig flettet og bundet opp og han
hadde et klart preg av å være en person av betydning selv om
han så gammelmodig ut. Han pirket nervøst i bordet med en
liten dolk av det slaget folk bruker for å renske under
neglene.”Og det var borte?”
Stemmen skalv lett og de to andre så ned i bordet med dyster
mine.”Ja, jentungen sa at kvinnfolket holdt et ark i handa, hun
må ha tatt det med seg.”
Mannen som snakket var kanskje i tredve årene et sted men det
var vanskelig å si siden han var av det slaget som kan være
både yngre og eldre enn man umiddelbart tror. Han var
lyshåret og dyrt kledd og en tenkte kanskje på en rik gjøkalv
når en så ham. Det var liksom noe forfinet og bortskjemt ved
faktene. Tredjemann var liten og rund og direkte feit, det lå fett
i valker over belte og krave og ansiktet var rundt og rødt med
merkelige barneaktige trekk. Han så komisk ut men noe i
blikket røpet at mannen antagelig var alt annet enn ufarlig.”Det
er typisk av den tosken å bli drept av et kvinnfolk, men vi
kunne jo ha gjettet at det gikk den vegen med ham, han var
pervers som få andre.”
Den eldste skar en lidende grimase.”Jeg vet det, men han var

rik og han var i slekta for farken. Og han kunne få fortgang på tingene."
Den lyshårete lente hodet i hendene og sukket avgrunnsdypt."Det var en feil, men gjort er gjort. Vet vi hvem det var?"
Den eldste så skarpt på dem."Antagelig dronning Lathisa, hans forhenværende svigermor."
De to andre gyste men trakk også på smilebåndet."Og ingen vitser om svigermødre nå!"
Stemmen hans var streng. Den runde mannen knep øynene sammen."Vil hun kunne forstå det som står der?"
De to andre så på hverandre og den gråhårete kremtet."Det er skrevet i kode, jeg vil anta at hun bare rev det med seg på refleks."
Den fete vred seg i stolen."Uansett, vi må få det tilbake, eller så må det ødelegges. Og det kvinnfolket må ikke få slippe unna, om hun skjønner det og sier fra, ja da..."
Alle tre bleknet synlig og den gråhårete grep på refleks tak i amuletten han bar om halsen, som for å be om beskyttelse.
Den runde mannen la hendene sammen foran magen og det var noe kaldt i blikket."Vi har kontakter alle sammen, jeg foreslår at vi bruker dem. De vil garantert prøve å få tak i henne, men hun er kongelig så her snakker vi ikke henrettelse men husarrest. Skal vi være trygge bør hun derimot ikke kunne si noe, uansett hva hun har skjønt av det."
Den gråhårete vætet leppene nervøst."Sier du at vi bør få henne myrdet?"
Den fete gliste sakte."Det kan skje uhell ikke sant? Får de tak i henne kan det jo skje at hun prøver å stikke av? Vaktene har da rett til å forsvare seg?"
Den lyshårete skar en stygg grimase."Jeg vet ikke om jeg kan bestikke vaktene, jeg vet ikke engang hvem som blir sendt ut? Og dere må huske at hun er av en svært fremstående ætt, det kan ikke være noen grunn til mistanke etterpå."
Den gråhårete mannen trakk på skuldrene."Hennes slekt er i

sør, på kysten av Ardot. Og slåss mot de forbannede
opprørerne der. De kommer neppe til å komme styrtende bare
på grunn av en kvinne som tross alt har myrdet en mann. Nei,
ikke vær redd for det. Vi må finne henne først og fremst."
Den lyshårete smilte kort."Overlat det til meg, jeg har de
riktige folkene."
Den fete så smalt på ham."Det får jeg håpe, for vår skyld.
Finner de ut av dette så.."
Samtlige krympet seg synlig og den lyshårete strøk seg over
halsen, som for å sjekke at den ennå var hel. Den fete reiste seg
med vansker. "Da sier vi det slik, du finner henne, så får vi se
hva vi så gjør. Og la henne ikke slippe unna."
Den lyshårete ristet på hodet."Ingen fare! De finner henne,
garantert."
Den gråhårete bare ristet trist på hodet og tømte et beger øl,
han virket for å være sterkt i tvil på tross av alt som var blitt
sagt. Han forsto at dronningen neppe hadde fått til dette på
egen hånd, hun måtte ha medsammensvorne og hvem kunne
det være? Alle kongehus hadde kontakter av det mer lyssky
slaget, det var kort og godt et spørsmål om å ha de dyktigste
snikmorderne tilgjengelige til enhver tid.

Midar

Veien til Abhjal.

Midar trakk kappen tettere sammen om skuldrene, han frøs og var våt og hestene trivdes ikke heller. De siste dagene hadde det silt ned og Midar angret mer og mer på at han hadde tatt på seg dette oppdraget. Alt han hadde stinket mugg og hestene hadde ikke fått et ordentlig måltid heller på lenge, graset de åt var ikke nok for slike tynnskinnede fullblodsdyr. Men han visste at han nå ville være fremme ved vertshuset før kvelden og det var en stor lettelse. Han så frem til å hvile og sove i en seng. Veien var ikke av de mest trafikkerte, her i fjellområdene var det lite trafikk og han hadde passet seg nøye for å vekke oppsikt. Det var garantert folk som ville huske ham allerede nå men det var ikke til å unngå. Å ri i marka var ikke å anbefale, det var både bjørn og ulver og verre dyr også i skogene der opp mot fjellene for ikke å snakke om alskens mørkemakter som gjerne overfalt og drepte en enslig reisende. Han hadde holdt følge med et par bønder som skulle hjem igjen etter å ha levert korn første dagen, de var bare glade for å ha med en rytter siden ekstra hestene deres hadde en lei tendens til å stikke av. Etterpå hadde han sørget for å holde følge med diverse småfølger med andre reisende og flink som han var til å lyve overbevisende svelget de fleste historiene hans glatt. Det var en ekstra trygghet i det han satte pris på. Men nå nærmet vertshuset seg og der skulle han altså møte en enøyd mann med arr. Regnet gjorde alt merkelig deprimerende men han tok seg sammen og holdt hestene i farta. Det var ikke bra at det ble alt for sent heller før han kom frem. Noen vertshus stengte for nye gjester etter et visst klokkeslett. Det virket for at hestene skjønte at det bar mot en stall med havre og høy nå som de

70

hadde nådd en trakt med gårder og jorder og de satte farta litt opp.

Det begynte så smått å bli mørkt da han så vertshuset, det lå langs veien og det var staller og vognskur plassert i en halvsirkel bak bygget. Midar leide med seg hestene bort til stallen, han var mør i beina etter all ridningen som han slettes ikke var vant med. En stallgutt kom pilende og begynte å bukke og skrape da han så de fine hestene og Midars gode klær. Midar lovte guttunge en sølvmynt om han stelte hestene ekstra godt og gutten bukket så han nesten slo nesa i kneet. Inne var vertshuset av de mindre luksuriøse men det var hjemmekoselig og det luktet godt mat der. En rund kvinne med en lang flette og litt utflytende trekk kom svinsende og ble høfligheten selv da hun skjønte at Midar ikke var noen hvem som helst.

Han prøvde å te seg som en adelsmann og håpet bare at det ikke var noen virkelige adelige der for de kunne som regel slektene på rams og kunne avsløre ham. Midar fikk et lite rom i toppetasjen og kjente at han begynte å bli svært sliten, men etter som han skjønte var det ennå langt til denne dalen der jenta ble holdt fange. Det kom til å ta tid.

Etter å ha spist et bedre måltid med en uvanlig god ragu og brød og skylt det ned med en ganske så fersk men god vin satte han seg ned i spisesalen ved peisen for å varme seg som han kalte det. Om den enøyede var der fant han ham lett der. Det gikk en stund og Midar duppet nesten av der han satt, så hørte han steg og så opp. Han rykket til, at mannen var arrete var ikke akkurat noen overdrivelse, hele venstre side av ansiktet var et kaos av arr som hadde forvandlet fjeset til en skrekkmaske. Midar trakk pusten dypt men tvang seg til å holde maska. Han regnet med at karen kanskje tok det ille opp om noen viste for mye interesse for fjeset hans. Den enøyde satte seg ved kanten av peisen og så på Midar med et litt stygt glis. Det virket for at han vurderte den unge mannen som så like kaldt tilbake på ham. Midar ante at han ikke kunne vise svakhet mot denne karen på noe vis, det ville han utnytte. Den enøyde spyttet i peisen med en nedlatende mine, så trakk han frem noen papirer fra skjorta. Midar tok dem og så fort på dem, det var et kart og en enkel tegning av oppbygningen av en borg. Det var tegnet av hvor jenta var og det var skrevet ned hvordan han skulle te seg for å finne henne. Midar gyste, dette ble ikke enkelt. Den enøyde bare glante på ham og han så fort over de andre papirene. Det var en gjentagelse av det herren hadde sagt om halskjedet som ikke måtte tas av og noen navn som kunne kontaktes om det ble problemer på veien tilbake. Og det siste var skjøtet på et landområde men det var ikke undertegnet ennå. Midar så smalt på den enøyde som bare smattet og gliste."Da burde det være i orden?"

Mannen ristet på hodet og trakk frem et lommetørkle fra lomma, han åpnet det og i det lå en ring Midar kjente igjen med en gang. Halsen strammet seg og han kjente at han ble iskald over hele kroppen, han trengte all den viljestyrke han hadde for å ikke røpe hvor mye synet gikk inn på ham. Den enøyde gliste stygt."Ta det med ro, de er trygge og vet ingenting. Ringen tror hun at hun har mistet. Men feiler du eller prøver å stikke av er det dem som får straffa, skjønner du?"

Midar kunne bare nikke, han hadde ikke trodd at noen visste... Den enøyde reiste seg og klappet ham på skulderen."Få henne dit herren ber om og det går bra med dere alle sammen, herren holder det han lover."

Midar gyste av berøringen og bare så hardt på mannen som heiste på de skitne buksene og trasket ut. Han ble sittende med hjertet i halsen og og måtte lene seg bakover mot steinen. Nå var han virkelig fanget, nå hadde han virkelig ikke noe annet valg enn å adlyde. Han bet tennene sammen og klemte hendene sammen om ringen så det knaket i det enkle smykket. Han skulle finne jenta og få henne frem til byen der herren ventet, men så skulle han ved gudene finne en måte å hevne seg på. Ingen var nær dem uten konsekvenser. Han peste nesten av sinnsbevegelse da han gikk opp på rommet og la seg. Det gikk lenge før han greide å sovne på tross av utmattelsen. Da han våknet neste morgen sto sola inn av gluggen og noen banket på døra hans. Han trakk teppene opp og ropte kon inn og en værelsespike med et søtt og litt fregnete fjes stakk hodet inn. Hun så at Midar var anstendig før hun kom inn med varmt vaskevann og andre småting han kunne få bruk for og Midar bare gryntet et takk og prøvde å se uanfektet ut. Han forsto at han neppe fikk sove igjen så han sto like godt opp. Han måtte uansett videre og måtte utnytte dagene for alt de var verdt. Han vasket seg og gredde håret og prøvde å se skikkelig ut. Det var om å gjøre å henge i rollen så lenge som mulig og han prøvde å oppføre seg som en ung lav adelsmann bør. Han gikk ned i spisesalen og fikk i seg litt frokost, så gikk han til stallen og ba dem sale opp hestene og gjøre dem klare før han gikk tilbake til rommet. Da han gikk inn syntes han at et eller annet var merkelig der, det var som om noe var annerledes. Det hadde nok vært en tjenestejente der for senga var redd opp og det var ryddet og han regnet med at det var årsaken til at han reagerte for han var slettes ikke vant til at det så ordentlig ut der han var. Han tok oppakningen sin og gikk ned, han betalte en drøy sum for rommet og maten og takket høflig for seg før han gikk og hentet hestene. Han fikk håpe at turen videre gikk like greit. Midar la ikke merke til at en liten guttunge som satt og gnog på et eple like ved utgangen så ekstra nøye på ham, i lomma på guttungen lå det en eksakt kopi av den vesle kniven som lå i oppakningen hans, eller rettere sagt, den i oppakningen var kopien og den var grundig besverget. Midars ferd ville bli sporet av flere enn en. Og i kjøkkenet sto en av tjenestejentene og gløttet stjålent ned i utringningen sin der hun hadde stukket en beinkam hun hadde nasket fra Midars ting. Han hadde flere så hun regnet ikke med at han ville merke at en av dem var borte. En real kam var noe hun ikke hadde og hun regnet ikke med at noen ville merke det. Selvsagt skulle en ikke være langfingret og stjele fra gjestene men denne jenta var ikke av de aller mest ærlige. Hun skjøv kammen dypere ned så ingen kunne se den og fortsatte arbeidet med ypperlig humør. En god kam var det ikke mange av de andre jentene der som hadde.

Wulf

Kong Hanek av Dheesa var hersker over flere mindre riker som hver hadde sin egen konge, underlagt hans styre. Hanek var av den ætten som hadde mest makt der, nemlig Macallif og han hadde sittet ved makten i over tjue år nå. Men han hadde aldri hatt en slik situasjon å hanskes med før. Han sto i vinduet og stirret ned på borggården, hovedslottet for Dheesa lå i Chanar området og det var enormt og praktfullt. Macallif ætten var viden kjent for å elske prakt og overdrivelser og slikt sett var han en typisk representant. Hagen var like stor som en landsby i seg selv og fylt med sjeldne og spesielle planter og han hadde en enorm dyrehage med eksotiske skapninger. Byen som lå ved slottet, Sølverhøy, var også kjent for sin vakre arkitektur og eldgamle historie, den var et sted mange regnet som et av de vakreste i hele Zhandoria. Hanek sukket og så ut igjen, det raste folk frem og tilbake der nede som maur i en tue, alle hadde sitt å gjøre og de aller fleste visste akkurat hva de skulle gjøre også. Og hvordan ikke minst. Hvordan hadde det seg da at landets hersker ikke hadde den fjerneste formening om hvordan det burde løses? Han sukket og snudde seg, gikk bort til det vakre skrivebordet som var håpløst overlesset med papirer og annet rot. Han slapp aldri tjenerne inn hit til sitt private arbeidsværelse, det var hans egen lille sfære av ro og kontroll og han ønsket ikke fremmede der inne. Han kunne være seg selv der, bare Hanek, ikke konge.
Han undret seg over hva hans far, kong Birdhar ville ha gjort ut av situasjonen. Det at konger ble myrdet var jo ikke så sjeldent, det var faktisk slettes ikke uvanlig siden kampen om makt stort sett handlet om liv eller død. Men at en konge blir drept av en annen kongelig, det var litt mere kinkig å løse. Hanek visste godt hva som ble sagt om Arustere, at mannen

var en pervers sadist med forkjærlighet for helt unge jenter, at
han snøt på skatten han skulle betale til hoved riket hvert år og
at han helst ville sett seg selv i Haneks sko. Hanek smilte
syrlig for seg selv, det var i sannhet ikke mye å trakte etter.
Han misunte småkongene, deres problemer var minimale
sammenlignet med de han måtte slite med hele tiden. Så,
Arusteres svigermor hadde altså drept ham som hevn for sin
datter og nå var hun søkk vekk. Han tok opp et brev som lå på
bordet, så lenge på det. Det brevet indikerte gav saken mange
flere dimensjoner enn han likte, hun kunne ikke slippe unna,
men stemte dette var hun i livsfare. Han så ned i golvet og bet
tennene sammen, det lange smale ansiktet ble lukket og
merkelig hardt. Han burde egentlig bare la kvinnfolket løpe, å
hevne sine døde var en rett slik han så det, og hun hadde god
grunn til det. Men om dette hun tok virkelig kunne avsløre en
konspirasjon? Og folkene bak var ute etter henne?
Han sukket og reiste seg i sin fulle høyde, siden han var en
svært lang og tynn mann lignet han litt på et fugleskremsel slik
mange så det, han så liksom uttæret ut men var frisk og sunn
og sterk som en hvilken som helst ridder. Til å være hersker
over et så stort land med så mange lydriker kledde han seg
forbausende ydmykt, mange fremmede trodde ikke at han var
kongen ved første øyekast men de ble overbevist så fort han
snakket. Hanek førte seg med stor verdighet og ordla seg på en
slik måte at alle som hørte ham umiddelbart forsto hvilken
makt mannen hadde, og at han var berettiget til å ha den også.
Hanek var kjent for å være hard men rettferdig, en egenskap
som var nødvendig i hans situasjon. Det banket svakt på døra
og han gikk bort og åpnet den, utenfor sto en ordonnans og en
bredskuldret mann i en vaktgarde rustning. Han var barhodet
og hadde en tydelig bart og ansiktet var edelt men forholdsvis
skarpt, det fortalte om en sterk vilje og en sterk personlighet.
Kongen nikket til ordonnansen som bare bukket og trakk seg
tilbake og han vinket ridderen etter seg inn i rommet. Mannen
stanset foran bordet og så avventende på kongen som la

armene bak på ryggen og snudde seg med et alvorlig uttrykk på ansiktet.

Han så skarpt på den yngre mannen.”Du vet hvorfor jeg har tilkalt deg?”

Ridderen nikket kort, de blågrå øynene var faste og vek ikke et sekund.”Du vil at jeg skal finne dronning Lathisa, Arusteres morder.”

Hanek nikket og knep øynene sammen.”Det stemmer, men er en forenkling. Lathisa er av en god ætt Wulf, hun har slektninger som står bak mye av handelen med Ardot. Vi trenger deres støtte skal vi opprettholde handelsavtalene, det vil være svært uheldig om hun skulle komme til skade.”

Wulf av Na-Tholir nikket bestemt.”Hun myrdet en konge?”

Hanek smilte syrlig.”Jeg ser det slik at hun myrdet et udyr og en niding, hans familie ser det ikke slik og de vil nok gjerne slå kloa i henne men det er andre ting jeg frykter mer.”

Han viftet med arket.”Jeg har fått et anonymt brev som indikerer at hun har et skrift i sin besittelse som beskriver en eldgammel og ondsinnet konspirasjon. Det er folk som er involvert i dette som for all del vil unngå at hun rekker å tyde det og skjønne hva det går ut på. De vil stanse henne for enhver pris.”

Wulf så smalt på kongen.”Så hva er det egentlig jeg skal gjøre?”

Hanek så hardt på ridderen.”Finn henne og hold henne trygg, og se til at hun kommer seg trygt til Ardot og sin slekt der. De bør kunne vokte ryggen hennes mot Arusteres slekt og denne konspirasjonen skal jeg ta meg av, så fort jeg finner ut mer om det. Jeg har gode spioner, de bør kunne grave frem flere detaljer.”

Wulf så ned i golvet.”Det kan bli hardt å finne henne, hun er garantert ikke alene. Hun har nok kontakter og vet å bruke dem også.”

Hanek smilte kort.”Jeg er klar over det, men jeg vil tro at også hun vil til Ardot nå, du får holde øyene åpne og sjekke de mer

obskure vertshusene langs ruta som går langsmed kysten. Jeg
vil tro at det er den hun vil velge. Der er det mye folk hele
tiden og lett å forsvinne i mengden."
Wulf slo hælene sammen og kongen så vennlig på ham."Du er
min beste offiser min venn, og en mann jeg har all mulig tiltro
til. Du om noen vil klare dette. Jeg har allerede gitt ordre om at
du skal få med deg alt det utstyr du trenger og med mitt segl
vil alle forlegninger om nødvendig stå under din kommando og
du kan be om hva du vil i alle rikets kongedømmer"
Han rakte ridderen en liten gullbelagt boks og Wulf tok
overveldet i mot og takket hjertelig. Det åpnet bokstavelig talt
alle dører for ham. Han gjorde en rask honnør."Herre konge,
jeg er beæret over din tillit. Jeg skal pakke noen personlige
effekter, så skal jeg reise."
Hanek smilte fornøyd."Jeg visste at du ikke ville nøle. Jeg skal
se til at hesten din er skodd og klar for deg."
Wulf snudde og skulle til å gå da det banket på døra igjen.
Hanek så forvirret ut, han ventet ikke flere besøk nå men åpnet
døra og der sto en budrytter som så temmelig andpusten ut.
Han rakte Hanek et brev og det var noe i blikket som fikk
kongen til å skjønne at det var alvor."Ærede herre, det gjelder
Lathisa. Hun har skjult en hemmelighet i alle år."
Hanek tok brevet og brøt seglet med bange anelser. Han så at
det var fra dronningens hushovmester og det inneholdt en
bønn. Han leste brevet og Wulf sto der og så temmelig
avventende ut, uttrykket ble et annet da han så hvordan kongen
reagerte. Hanek bannet lavt og brettet brevet sammen, han så
lamslått ut."Wulf, det har blitt en endring i planene. Bra du
ikke rakk å reise før jeg fikk dette i hende. Lathisa hadde en
sønn Wulf, riktignok illegitim men like fullt blod av hennes
blod. Og faren var av ætten Ohdrasar, ved alle guder, dette kan
bli en stygg suppe."
Wulf gispet lavt, han forsto situasjonen med en gang."Han vil
komme foran hennes manns ætt i arvefølgen da, siden ætten
hans er av de høyadelige. Åh, de vil bli rasende!"

Hanek gjemte brevet nøye i et hemmelig rom i skrivebordet. "Og Arusteres slekt vil hevne seg, kan de ikke ta henne tar de hennes sønn."

Han rettet seg opp. "Wulf, ri til Lathisas slott, finn gutten og gjem ham, si ikke til noen hvor du gjemmer ham eller hvem han er men sørg for at det blir på et sted der ingen venter at en ætling til en trone befinner seg."

Wulf tenkte seg fort om. "Greit, jeg vet akkurat det riktige stedet."

Hanek smilte kort. "Fint, si ikke noe om det til meg en gang. Og ri nå, ri så hardt du kan og få gutten i trygghet, så kan du lete etter den forfløyne moren hans."

Wulf gjorde en rask honnør og spurtet ut døra. Hanek ble stående der med hjertet litt opp i halsen. Så Lathisa hadde en sønn med en Ohdrasar, de var ikke av de mest utbredte slektene men de styrte over svære områder og de kunne gjøre livet surt for samtlige av de andre slektene om de ønsket det. Det måtte for all del unngås, gutten måtte holdes trygg uansett. Hanek var glad han hadde lojale menn som Wulf, uten slike ville han aldri ha greid å sitte ved tronen så lenge som han allerede hadde. Han gikk til vinduet igjen. Bare gudene kunne vite hvordan dette kom til å bære seg ad.

Isabeau

Slottet Chir-marha. Gråhøy dalen i sørvestlige Or-Felderi.

Vinden rev kaldt så høyt oppe i det forfalne tårnet men hun
brydde seg ikke om det, det var hennes fristed, hennes lille sted
hvor angsten ikke kunne nå frem. Hun lente seg mot en kalde
harde steinen og lukket øynene. Ingen andre visste om dette
stedet, at hun var der oppe når hun kunne. Hennes mann ville
nok ha gitt henne en real omgang juling fant han det ut men
hun var vant med det. Og han hadde høydeskrekk så dit opp
turte han neppe gå. Hun så utover landet, dalen var frodig og
rik men hennes mann hersket der og gjorde et forhenværende
paradis til et rent helvete for mange. Han styrte sitt område
med jernhånd og tynte all rikdom ut av det. Hun hadde sett
hvordan folket led men det var ingenting hun kunne gjøre.
Absolutt ingenting. Hun var bare hans hustru, en ting han
brukte som han lystet. Hun svelget hardt og prøvde å tvinge
smertene tilbake, hun verket i hele kroppen etter den siste
omgangen, ene øyet var nesten igjenklistret fremdeles og halve
ansiktet var blåslått. Kulda lindret litt, og følelsen av frihet
mer. Hun burde ha hoppet fra tårnet og gjort ende på lidelsen
men hun turte ikke.

Hun så vestover, visste at han var der ute et sted, på vei for å
straffe noen bønder han mente var ulydige siden de ikke hadde
betalt så mye i skatt som han krevde. Isabeau visste godt at de
hadde betalt alt de kunne, at familiene deres allerede sultet.
Hun forbannet dagen hennes foreldre gav henne til Lord
Dafvydd av Sher''Ohdrasar som pant på en avtale. Og avtalen
brøt han nesten med en gang så hun burde ha reist hjem, men
visste at da ble det hennes foreldre som måtte lide. Og hennes
mann ville finne henne med en gang og straffe henne verre enn

noen gang før. Hun kjente at hun begynte å bli alvorlig frossen, måtte ned igjen og sukket og fant den gebrekkelige stigen, Det var godt at hun var tynn og smal, den bar vekten hennes godt. Så ironisk det var at hun hadde havnet i denne situasjonen, ihvertfall når hun tenkte på det. Hun var husfruen, den som hadde makten i husholdningen men den makten var ikke reell. Han styrte og hun var kun en slave, ja lavere faktisk enn kjøkkenjentene. De ble ikke pisket og slått og ydmyket siden de da ikke greide jobbe så godt. Og han godtet seg over hvor hjelpeløs hun var, hun, som var av en ætt eldre og edlere enn hans. Men huset Darasher hadde lite reell makt i Felderi, og grenen hennes av huset var langt ute i slekta. Hennes nærmeste familie var de eneste hun kjente til av det huset i dette området. Det var ingen andre der som kunne hjelpe henne, gjenopprette hennes ære.

Hun klatret stivt ned, fant veien tilbake til sine egne gemakker. Som husfrue burde hun hatt all tenkelig luksus, vakre klær og god mat og alt hun kunne ønske seg, og det hadde hun da også drømt om som barn. Men virkeligheten var en annen. Hun hadde ingenting, for alt var hans. Han kledde henne i vakre kjoler om de hadde gjester, men brydde seg ikke om at hun var så blåslått at alle kunne se det. Han brydde seg ikke om at hun ønsket å gjemme seg, i stedet nøt han å se hennes fortvilelse. Hun var gift med en demon, ikke et menneske. Tanken hadde slått henne mer enn en gang. Hun savnet sine foreldre og hjemmet deres, et langt enklere men mye koseligere sted enn dette overdådige slottet som var så kaldt og umenneskelig. Tjenerstaben så at hun led og hun følte deres sympati men bare noen få vågde snakke med henne, og da i skjul.

Gamle Laura var i kammeret da hun gikk inn, den eldgamle kvinnen satt og spant på håndteinen sin og så smalt på den unge kvinnen som haltet inn i rommet og satte seg på den gamle senga. Isabeau var vakker, hun hadde lignet en engel da hun ble brakt dit som brud for deres herre men nå var skjønnheten i ferd med å falme så alt for tidlig. Jenta var

radmager som en gammel katt og redd sin egen skygge. Det
var kun angst i de fiolblå øynene, og en livslede som var
skremmende å se. Laura visste hvordan deres herre behandlet
sin kone, hun hadde selv sett det og det var bare enda et
uttrykk for hvor gal mannen var. Hun ønsket gudene slo ham
med død, og det før han ødela alt han forgjengere hadde strevet
for å oppnå. Stedet hadde vært rikt og et hjem for alle, nå var
det blitt et sted folk avskydde. Og Dafvydd likte det slik, han
likte at folk fryktet ham og hatet ham. For den mannen var det
bedre å bli hatet enn å bli elsket. Hun gikk bort til Isabeau og
så nøye på blåveisen, før eller siden slo han henne så hun ble
blind, eller brakk bein.
Laura hadde vært en healer i sin ungdom og hun hadde ennå
noe kraft men det var bare nok til å lindre lett smerte, ikke nok
til å fjerne slike skader. Hun sukket og strøk den unge jenta
over det lange rødbrune håret. Hun sukket og lente hodet mot
den gamle med en tillit som et barns og Laura lukket øynene
og ba i sitt stille sinn alle gode makter stå dem bi. Snart kom
den mannen til å bli deres død. Han hadde gjort seg til fiende
med alle de andre lydrikene rundt dem og gikk han til krig ble
det et blodbad. Han greide ikke innse at han ville tape da siden
hans naboer ville slå seg sammen med glede bare for å knuse
ham. Og kong Marcellius ville ikke løfte en finger for å hjelpe
for Laura visste at lorden var en torn også i kongens kjød. Nei,
ting måtte snart endre seg. Ellers ble det slutten på alt for dem
alle der.
Dafvydd vendte tilbake sent på kvelden, han var opprømt og
det syntes også. Stemmen hans drønnet gjennom salen da han
kom inn og tjenerne skyndte seg å etterkomme hans minste
ønske for i det humøret han nå var i kunne en aldri vite hva
som kunne skje. Det var ganske så tydelig at lorden hadde spilt
blod og det gjorde denne mannen særdeles kjepphøy og
ubehagelig å være i hus med. De få ridderne han hadde var alle
menn som ganske enkelt ikke hadde noe annet valg enn å tjene
ham. Noen av dem var forsverget til ham av deres slekt som

avbetaling på gjeld, andre hadde blitt lurt til det men felles for dem alle var at de helst så seg ti mil vekk fra dette området. Ingen av dem likte sin herre men de var nødt til å gjøre som ham sa for sin egen æres skyld. Og dette oppdraget hadde de likt enda dårligere enn vanlig, de skulte på sin herre mens de satte seg ved bordet. Å slakte ned forsvarsløse bønder var æreløst og idiotisk og i deres øyne nidingsverk. Lorden hadde drept alle de som han mente var skyldige på de mest sadistiske måter og han hadde også drept et par tre kvinner som desperat prøvde å forsvare sine menn. Ridderne var fanget av sine løfter., ellers ville de selv ha strupt det beistet sakte.
Isabeau satt ved sin manns side som hun skulle, hun skalv synlig på hendene og prøvde å skjule ansiktet men det gikk ikke i lyset i riddersalen. Hun satt der så alle og enhver kunne se skadene hennes. Dafvydd lo håst av sine egne gjerninger og tvang et stort glass med sterk vin ned gjennom halsen på sin vettskremte kone. Da hun hostende og gispende nesten ramlet sammen ved bordet slo han til henne så hun falt av stolen og ned på halmgolvet. Ridderne lot som om de ikke så det, hjertene deres blødde for den unge fruen og de ønsket ikke å legge ytterligere steiner til hennes byrde. Lorden festet hardt hele kvelden og de måtte bare sitte der til han trakk seg tilbake, de fleste lot som om de drakk og det deres herre lirte utav seg av selvforherligende svada overhørte de glatt. De bare ba om at denne mannens styre snart måtte ende.
Dagen etter viste ikke fru Isabeau seg og alle visste hvorfor, han hadde dengt henne igjen og tjenerne hvisket seg i mellom at det neppe var mer enn et spørsmål om tid før han tok livet av jenta. Alle jobbet hardt med å holde alt i orden der, for deres herre ville at stedet skulle se flott ut. Tilsynelatende var dette slottet riktig så innbydende men det var en illusjon. Den flotte fasaden skjulte et skrekk kammer. Lorden lå lenge siden han hadde tømmermenn etter gårsdagens festing og alle gikk som på nåler for ikke å bråke. Til og med hundene som pleide å ligge ved peisen holdt klokelig kjeft og kokka måtte koke

diverse blandinger som skulle dempe hodepinen. Folket der
var vant med slike dager og de visste hva de skulle unngå, det
var en vane som satt i ryggmargen på dem etter flere år med
utbrudd og vold.
Da sola var på vei nedover igjen mot åsene kom en av tjenerne
løpende inn i salen der herren nå satt foran peisen og varmet
beina. Han så litt irritert opp men tjeneren stanset og bukket
høflig og overdrevent og det blidgjorde ham nok til at han ikke
krevde mannen halshogd riktig med en gang. "Ærede herre,
det kommer gjester. Et følge riddere som sikkert er på vei til
turneringen i vest."
Dafvydd spratt på beina med et forbauset men ivrig uttrykk i
ansiktet, han glemte et øyeblikk at det var en tjener han
snakket til."Hvor mange og hvor langt vekk er de?"
Tjeneren sto ennå med nesa halvveis i golvet."En ti tolv
stykker, de krysser elva nå herre."
Dafvydd spant rundt og ropte på hushovmesteren sin med
rungende røst"Se til å gjøre i stand her, vi får gjester!"
Mannen dukket opp og fikk ordren som han øyeblikkelig
gjorde sitt beste for å utføre. Dafvydd gliste bredt, så de fikk
turneringsriddere på besøk, endelig litt liv og røre. Og for en
anledning til å skryte av egen fortreffelighet. Han hadde selv
vært en ener med lansen i sine unge dager. Det var nok å ta
veldig hardt i for Dafvydd hadde ridd en runde med lanse og
selv om han riktig nok vant hadde han ridd mot en væpner som
knapt var sterk nok til å holde en lanse av bakken.
Han stormet opp på brystvernet og så at følget ganske riktig
kom mot hans slott, det begynte å bli sent på dagen og
antagelig ville de ikke nå noe annet sted å overnatte før det ble
for mørkt til å ri videre. Han gned seg i hendene, han var lei av
de samme gamle fjesene og så frem til litt livat festing av det
ekte slaget. Han så at det var ti riddere etter våpenskjoldene å
dømme og de hadde med seg væpnere og medhjelpere så salen
kom til å bli full av folk. Han løp ned igjen for å møte gjestene
som en sann vert og skrek til en av tjenestejentene at de skulle

få på hans udugelige hustru en kjole og få henne ned til salen. Jenta neide forskremt og forsvant opp mot kammerset og lorden trakk i barten og rettet seg opp. Endelig litt avbrekk i hverdagen.

Isabeau lå sammenkrøllet i senga, hun gråt ikke for tårer hjalp ikke, hun bare lå der som en annen dukke og gamle Laura prøvde så godt hun kunne å hele de verste smertene hennes. Omgangen med juling hadde vært uvanlig stygg denne gangen, Dafvydd var i blodrus etter å ha drept så mange og nøt å høre henne skrike av smerte. Isabeau gispet lavt i det Laura smurte litt salve på de verste sårene, hun var på en måte glad for at hennes mann var så pervers. Han ønsket ikke arvinger og når han tok sin kone gjorde han det på en slik måte at det ikke ble noen fare for barn. Og Isabeau var klar over at om hun hadde vært med barn ville hun garantert forlengst ha mistet det, han ville ha dengt henne til døde skjedde det. Hun stønnet og slet seg opp, hun så ikke ut og visste det meget godt. Hodet spant rundt og hun kjente blodsmak i munnen når hun svelget. Laura strøk henne varsomt over hodet."Vær tapper barn, be om at gudene hører dine bønner.

Det banket på døra og tjenestejenta stakk hodet inn, hun rykket til da hun fikk se sin husfrues ansikt og det kom et medlidende uttrykk på det søte fjeset."Det kommer en gruppe turneringsriddere hit, de vil nok overnatte. Herren vil ha deg nede i hallen."

Isabeau gispet lavt og slo hendene for ansiktet. Så ydmykelsene fant ingen ende, han ville tvinge henne til å vise skadene for fremmede også. Hun vinket på Laura."Finn den grønne kjolen, den er i det minste passe."

Laura skyndte seg å gjøre som hun fikk beskjed om men ansiktet viste med all mulig tydelighet hva hun mente om dette. Det virket ikke for at den stakkars unge fruen skulle slippe unna noen gang.

Dafvydd sto klar på trappa foran riddersalen da følget red inn, foran red en lyshåret vakker mann på en gigant av en hest, en

borket hingst som fikk Dafvydd til å sikle innvendig. En
flottere ganger hadde han aldri sett, det hadde vært en hest
verdig hans velde og makt. Det burde kunne være en måte å få
kloa i den på. Han slo ut med hendene og smilte bredt."Vær
velkommen ærede herrer, dere er på vei til turneringen?"
Den vakre lyshårete steg av den enorme hesten og kastet det
lange håret ut av ansiktet."Ja min herre, vi er forsinket på
grunn av ei bru som var røket så vi måtte ta en omvei. Jeg
håpet at vi kunne få overnatte her hos deg?"
Adelsskapets regler sa klart at alle var velkomne som ønsket å
være gjester og lorden smilte ennå bredt men fikk ikke øynene
bort fra den praktfulle hesten."Selvsagt er dere velkomne hit.
Jeg er lord Dafvydd."
Ridderen smilte et temmelig smalt smil, hadde lorden vært en
litt mer følsom mann ville han ha merket at den unge ridderen
var alt annet enn vennlig innstilt men Dafvydd manglet sosiale
antenner til de grader."Jeg er Cian av Or-Felderi, dette er mine
riddere i turneringsgruppen de grønne hauker."
Dafvydd smilte og gravde i hukommelsen. Joda, han hadde
hørt om denne Cian, mannen var visst særdeles dyktig.
Mennene steg av hestene og stallkarene leide dyrene inn etter å
ha vannet dem grundig, Dafvydd så med store øyne på den
borkete hesten, han måtte finne en måte å slå kloa i den på.
Cian så lordens uttrykk og han forsto at mannen gjerne skulle
ha eid Tordenkile. Kanskje det kunne gå ann å lure ham på noe
vis? Han hadde sett fryktelige ting på veien dit, for en så ung
og beskyttet mann hadde nøden og elendigheten vært
lammende og skrekken folk følte ikke minst. Han hadde blitt
klar over en verden han ikke hadde ant eksisterte og det var
ingen god oppdagelse i det hele tatt. Han hadde aldri trodd at et
enkelt menneske kunne være ansvarlig for så mye renspikka
ondskap. Og han følte det når han var i nærheten av lorden, at
mannen var rent og skjært mørke.
De fulgte etter lorden inn og han plapret begeistret i vei om
hvor uovertruffent hans hus var, og Cian måtte vedgå at det så

flott ut der. Alt var på stell og en fristende duft fra kjøkkenet røpet at kokkene der virkelig kunne sine kunster. Flere av ridderne som var med Cian var ikke turneringsriddere men yrkesmilitære fra kongens egen vaktgarde som nå var kommandert til å leke riddere for noen dagers skyld. Og det samme gjaldt flere av væpnerne og medhjelperne også. Skulle lorden ha lojale menn kunne det være at de måtte slåss men Cian ante fort at det neppe ble nødvendig. Lorden hadde få riddere i sin tjeneste og han kunne med et halvt øye se at de hatet og fryktet sin herre. De var bare bundet av de uskrevne reglene til å tjene ham. Mennene satte seg ned og Dafvydd kommanderte tjenerne til å bære frem mat, Cian så at det som ble båret ut kunne ha brødfødd en landsby i en hel måned. Så det stemte nok det som ble sagt om at denne mannen tynte alt av verdi ut av landet og selv levde i luksus. Han hadde fått grundig beskjed om å ikke la noe sjokkere seg, kongen hadde hatt spioner der og alle mennene var godt forberedt. De ville ikke la seg vippe av pinnen så lett.

Alle var i ferd med å forsyne seg da en kvinne kom ned trappen fra andre etasje bak i salen, Cian visste hva hans oppgave var, og han var ikke særlig ivrig på den delen av oppdraget men det han nå så fikk ham nesten til å røpe seg. I stedet for å stirre bøyde han seg ned og gav et kyllingbein til en av de langraggete hundene som snek under bordene. Han kjente at hjertet hugget i brystet, han hadde aldri sett noe slikt noen gang og kunne ikke fatte hvordan noen mann kunne behandle en kvinne slik. Han kjente henne igjen på hårfargen for Marcellius hadde sagt at hun var rødbrun og høy, og det stemte jo. Men hun hadde stygge blåmerker, blod rundt munnen og så mager at beina i skuldrene syntes. Cian var for forferdet til å engang greie å si noe, han så at de andre mennene hans også var forferdet, blikkene ble skjult men han sanset stemningen blant dem. Dafvydds hustru satte seg stille ned ved siden av ham og hennes husbond klapset til henne over hodet og hveste noe rasende. Det var tydelig at han mente hun var for sen.

Cian merket at maten vokste i munnen på ham etter som måltidet skred frem. Dafvydd lot aldri andre komme til orde og han skrøt endeløst av seg selv og sin rikdom. Det lyste formelig av fanatisk eiertrang i blikket og kjeften sto ikke stille et øyeblikk. Cian så at hustruen satt der stille og blek med blikket rettet mot golvet hele tiden, hun skalv lett og forsynte seg knapt av maten. Medfølelsen gnog på hjertet hans, hun så ut som et såret dyr og han begynte å se frem til å plassere den ondsinnede husbonden hennes i grava.

Ridderne lot som ingenting, de diskuterte hester og våpen og spilte rollene sine utmerket. Dafvydd ble full siden han helte innpå med vin og det var tydelig at han mistet stadig flere hemninger. Cian satt og diskuterte hesteavl med en av de andre ridderne da Dafvydd lagde et slags brøl og dasket til kona igjen. Hun måtte ha kommet til å skubbe til vinglasset hans, ikke så det veltet men såpass at det flyttet seg og det var visst nok. Cian grep tak i skjeftet på dolken sin, bare for å ikke eksplodere av sinne. Han klemte så hardt rundt våpenet at det gjorde vondt i neven. Det neste som skjedde var derimot så sjokkerende at selv ikke de trenede mennene fra garden greide holde maska. Dafvydd grep den vettskremte kvinnen i nakken og slengte henne opp på bordet så fat og boller flakset. Deretter rev han opp skjørtene hennes og fikk sine egne klær ut av veien før han gjøv på henne i alles åsyn. Flere så vantro ut og de fleste vendte blikket vekk med en mine av avsky. Jenta skrek av smerte og frykt og Cian satt slik at han så at lorden ikke engang benyttet seg av sin kone på det normale viset, han skar en grimase av avsky. Arme jente, det virket for at skrikene hennes bare tirret lorden opp for han tok henne både hardt og brutalt og da han kom brølte han så det klirret i alt glasset i salen. Ridderne var for lamslått og fylt med avsky til å si noe som helst. Han slapp sin kone som hulkende krøp unna og ble hjulpet bort av to tjenestejenter. Dafvydd kneppet igjen og gaplo av det inntrufne før han igjen begynte å drikke hardt.

Cian satt der som i transe, en slik oppførsel var hinsides noe han før hadde sett, å gjøre noe slikt mot sin egen hustru i alles påsyn var horribelt. Det var tydelig at mannen nøt å ydmyke henne. Cian svor en hellig ed på at han ihvertfall skulle behandle henne bedre, og det udyret skulle ikke leve stort lenger. Antagelig var hun ødelagt men hun burde få et bedre liv enn det hun hadde nå uansett. Flere av ridderne som var med kastet skjulte øyekast mot ham og han nikket nesten umerkelig og prøvde å lage seg en plan i sitt stille sinn. Det beistet fortjente å dø på verste tenkelige måte, han måtte bare finne ut hvordan det skulle skje.

Isabeau ble formelig halt opp trappene av tjenestejentene, hun var svimmel og kvalm og ønsket mer enn noe annet å dø fra alt. Ydmykelsen kunne ikke ha vært mer total, hun kunne ikke forestille seg noe verre. Laura kom styrtende og tok tak i henne, den gamle så forferdet ut."Hent et kar og varmt vann, hun trenger å bades."

De to jentene raste ut for å oppfylle ordren og Laura tvang Isabeau bort på senga og fikk av henne den flekkete kjolen. Isabeau var ennå i sjokk, hun skalv av smerte og Laura bannet friskt mens hun prøvde å roe ned den stakkars jenta. Isabeau kjente seg helt nummen innvendig, fremmede hadde sett det, at hennes mann benyttet seg av sin rett til henne. Og hun hadde sett hvordan de prøvde å se vekk og hvor ille til mote det gjorde dem. Hun hadde lagt merke til han som måtte være lederen, en høy vakker mann med langt lyst hår og en dyr påkledning. Han så edel og god ut og det hadde vært en slik medlidenhet i blikket hans. Hun svelget hardt og tvang tårene tilbake der de brant i øynene hennes. Og en slik mann hadde sett hvordan hennes husbond behandlet henne verre enn en gatehore, skammen var forferdelig. Laura ristet på hodet og mumlet for seg selv mens hun stelte sin husfrue, dette kunne ikke forbli uhevnet. Det var en nidingsdåd verre enn noe den gamle hadde sett før. Å gjøre slikt var hinsides folkeskikk, bare barbarer gjorde slike ting. Hun så at de to jentene kom tilbake med et badekar av lerret og så begynte de å bære varmt vann, hun visste at det ville roe jenta ned, og hun kjente urter som ville sikre at hun sov ihvertfall noen timer. Hun forbannet deres herre og ønsket ham inderlig ned i de varmeste stedene av helvete.

Cian ble sittende og kjenne at raseriet kokte i ham, han prøvde desperat å finne på noe som kunne gi dem en mulighet til å drepe galningen på en måte folk der ville godta. Ikke at han ville bli sørget over av befolkningen men Cian var en mann av ære, han ville ikke drepe noen som var ubevæpnet eller ellers ute av stand til å forsvare seg. Lorden ble etter en stund så full at han bare lå fremover bordet og bablet og to tjenere grep mannen og halte ham med seg til hans private kammers. Cian så at flere av ridderne nå mer åpenlyst uttrykte sin forakt og sinne over hva mannen gjorde. Det virket for at lordens egne menn var meget enige i det som ble sagt. Noen tjenere bar frem tepper og slikt og så la følget seg til å sove rett på det halmdekkede golvet. Det var slettes ikke uvanlig men Cian bet seg merke i hvor ren og fersk halmen var, den mannen måtte være ekstremt opptatt av at alt skulle være perfekt. En av de andre ridderne kom bort til ham og satte seg ned med sakene sine, lot som om han lette gjennnom sekken sin etter et par rene hoser.”Det beistet bør ikke få se en ny solnedgang.”

Han hvisket det bare og Cian nikket kort.”Du har så rett Urdhan, har du noen ide?”

Den litt eldre mannen trakk seg tenksomt i den lange barten, han var en arret og erfaren kriger som hadde kjempet for kongen mange ganger og han var også en meget god kjenner av mennesker. Han så skrått bort på døra som ledet til de private rommene.”Jeg så hvordan han siklet på hesten din Cian, og han har faktisk mange fine selv også. Jeg tror jeg har en ide ja. Den er ikke pen men kan fungere.”

Cian lente seg mot den andre mannen og smilte smalt.”Ok. Fortell.”

Lathisa.

Lathisa og Jochmun hadde kommet tilbake til vertshuset og pakket og dro med en gang. De hadde ikke mye tid nå før byportene ble stengt. Jochmun var febrilsk ivrig, han visste hvor dyktige palassvaktene der var og han visste også at Arusteres slekt nå mer enn noe annet ville slå kloa i dem begge to. Han fikk Lathisa til å skifte til en helt alminnelig kjole mange bondekoner hadde maken til og så fikk hun en mørk parykk. Den så heslig ut men i mørket var det ikke mulig å se at det var hestehår i stedet for menneskehår. De snek seg ut etter å ha etterlatt en generøs betaling for rommet de nesten ikke hadde brukt, så ledet han dronningen gjennom de smale smugene til de kom til en liten port som vanligvis snaut ble brukt. Det var en port som vanligvis var forbeholdt presteskapet siden de av og til måtte forlate byen på tider av døgnet da hovedportene var stengt. Det sto to vakter der og halvsov, porten var ikke engang ordentlig stengt. Jochem bet tennene sammen og hørte leven fra palasset. Det lyste sterkt der oppe nå og snart kom vaktene til å gjennomsøke hele byen med en finkam. Han nikket til Lathisa og hvisket."Følg meg!" Hun så blek ut men adlød, og)så hun forsto hvilken fare de var i nå. Jochem snek seg frem mot porten til han var så nær han kunne komme uten å bli sett. Han bedømte situasjonen lynraskt, vant som han var med å ta raske beslutninger. Ene vakten hadde en fakkel stående i en holder bak seg, mannen sto temmelig nær den og Jochem tok en beslutning. Han nikket fort til Lathisa og hun så nervøs ut men smilte skjelvent tilbake. Hun var klar.
Jochmun grep en liten stein fra bakken, siktet lenge og vel og passet på at begge vaktene sto med halvlukkede øyne og sløv mine i det han kastet. Han var treffsikker, traff fakkelfestet

med et lite dunk og fakkelen bikket fremover akkurat som han hadde forutsett. Dermed falt den brennende biten med tre og lerret ned på ene vaktens kappe og siden den var av det billige slaget tok den fyr med en gang. Brått var begge vaktene veldig våkne, han som brant spant rundt seg selv i et desperat forsøk på å få av seg det brennende plagget og den andre prøvde like desperat å slå ut flammene. Jochmun listet seg rolig fremover i skyggen av muren og smatt gjennom porten ubemerket.

Lathisa kom hakk i hæl og vågde ikke engang puste før de var trygt ute på andre siden. Hun kunne høre hvordan de to vaktene skrek og bar seg men så fikk de visst slukket ilden og var temmelig slukøret. Jochmun ledet henne bortover langs muren til de nådde en smal vei. Den gikk inn i skogen bak byen og Lathisa så litt forskremt på mannen som virket meget innbitt.”Hva nå?”

Jochmun så bare rolig på henne.”Vi prøver å komme oss til en havn, du har slekt i Ardot som sikkert vil beskytte deg.”

Lathisa gispet.”Men da må vi vestover, og sørover ikke minst. Kysten her vrimler av hans slekt, de vil sjekke alle skip.”

Jochmun nikket bistert.”Det stemmer ærede, så vi må som du sier ut av landet, helst til Dheesa. Vi kunne ha stukket nordover og tatt en båt fra Arzam men da må vi krysse bukta og den blir også garantert holdt under oppsikt nå.”

Hun så ned.”Vet du veien til havnene?”

Jochmun smilte fort.”Som min egen bukselomme, men vi får satse på å velge en av de travle rutene og håpe at vi klarer å gjemme oss i massene.”

Lathisa sukket lavt.”Vi har ikke engang hester.”

Jochmun nikket og klasket lett på sekken hun bar.”Men du har smykker og de bør være verdt nok til å kjøpe en flokk hester om det så skulle trenges. Det er ikke hva jeg bekymrer meg for.”

Lathisa strevde med å holde følge med den langbeinte mannen, hun var ikke vant med å gå særlig fort og ihvertfall ikke i mørket.”Hva er det som bekymrer deg da?”

Jochmun trakk kappen tettere om seg.”Du har myrdet en
konge, det vil være en pris på hodet ditt temmelig snart. Jeg
tror vi får forandre utseendet ditt så mye vi bare kan. Og du må
pent venne deg til å snakke som vanlige folk, greier du det tror
du?”
Lathisa svelget kort, hun måtte virkelig ta seg sammen for å
fatte at dette faktisk var sant, og at det skjedde med henne der
og da.”Jeg...jeg tror det. Jeg har hørt hvordan tjenerne
snakker...”
Jochmun så smalt på henne.”Det er greit, men om vi møter
folk overlater du snakkingen til meg. Og hold stemmen lav og
underdanig. Det kan hende at jeg må behandle deg som en
tjener eller slave, jeg advarer deg her og nå.”
Lathisa svelget kort, hun begynte å innse alvoret i
situasjonen.”Det.. det er greit.”
Jochmun hadde noe fjernt i blikket.”I morgen når det blir lyst
må jeg klippe deg, og farge håret ditt. Du bør ikke se ut som du
gjør nå.”
Lathisa gispet og grep seg til den tykke fletten, hun hadde
alltid vært så stolt over det vakre blonde håret sitt.”Farge det?
Men...”
Jochmun nikket sindig.”Det er urter som kan brukes, jeg tror
jeg skal greie å finne dem også for det riktig tid på året. Og jeg
vil anbefale at du stapper noen av ekstraklærne under de du går
med, så du får en mer uformelig fasong.”
Lathisa sukket og nikket, hun hadde selv fått seg i denne
situasjonen, nå fikk hun også prøve å holde det ut.
Skogen om natten var ikke et trivelig sted, ihvertfall ikke for
en som ikke var vant med den. Jochmun gikk fort og tvang
henne til å holde tritt med ham, de måtte komme seg så langt
vekk som mulig før det ble lyst. Og skogen var en fordel på
flere måter, sporene deres ville være vanskelig å finne og
skulle noen forfølge dem var det lett å finne et gjemmested.
Det var en skog full av gamle vindfall og store steinblokker var
det overalt. Jochmun så ut til å kjenne stien de fulgte og verken

fjerne ulvehyl eller merkelige skygger så ut til å vippe ham av pinnen. Lathisa var snart utslitt men tvang seg til å småløpe etter ham. Hun forsto at han bare ville hennes beste og at det ikke var noe alternativ nå. De måtte komme seg så langt vekk som mulig. Det var ikke før det begynte å lysne svakt i horisonten at Jochmun senket farten, da var Lathisa så sårbeint at hun snaut greide gå og så sliten at hun nesten ville foretrukket å legge seg ned å dø der og da. Han tok en avstikker fra stien og hun fulgte ham vaklende til en liten plass mellom noen svære steinblokker. Det var vanskelig å finne stedet og hun forsto at han hadde vært der før. Jochmun sa ingenting, han bare gjorde i stand et lite bål, helte vann i en kjele og satte den over og fant frem litt mat. Lathisa var så sliten at hun ikke hadde apetitt men hun visste at hun måtte spise så hun tvang det i seg. Jochmun ba henne bli der og hvile og hun la seg ned i det tørre løvet og prøvde å slappe av. Det var ikke lett, hele kroppen var som en knute av spenning og skrekk men sakte overvant trettheten henne og hun sovnet der hun lå.

Da hun våknet var han tilbake, sola sto rett over dem så hun hadde sovet i flere timer. Jochmun rørte tenksomt i gryta, den stinket ille.”Er du klar?”

Hun satte seg opp og nikket nølende, usikker på hva som nå skulle skje. Jochmun gikk bort til henne og med et snitt av dolken skar han av henne fletta og hev den på bålet. Lathisa gispet lavt og kjente seg et øyeblikk naken. Jochmun fingergredde det nå skulderlange håret hennes og skar litt av det her og der så det så mer ustelt og slitt ut. Deretter helte han vann i hodet på henne så håret ble vått før han smurte inn de fryktelige guffa fra kjelen. Det så grågrønt ut og Lathisa hev etter pusten og hostet av lukten. Jochmun gned det godt inn og hadde litt i øyebrynene hennes også.”Nå må du ikke gni deg i øynene, dette svir noe hemningsløst.”

Hun kunne så gjerne tro det og satt lydig stille en langt stund til han hentet mer vann fra en bekk bak en av steinene og helte

over henne. Da alt var vasket ut satt hun igjen med en
hårmanke som nå hadde en matt brunrød farge. Det så ikke
pent ut men det var heller ikke meningen. Jochmun smilte
fornøyd.”Se det, med møkkete skjørter og en mer ydmyk
holdning ser du ut som en tjenestejente. Det er bra.”
Hun prøvde å smile men det var vanskelig, hva i alle guders
navn var det egentlig hun hadde gitt seg ut på?
Jochmun slukket bålet og pakket ned igjen.”Kom igjen, det er
en landsby noen timers gange herifra. Er vi heldige kan vi
finne hester der, eller noen vi kan sitte på med.”
Lathisa slet seg på beina, hun kjente hvor støl og sår hun var
og visste at dette kom til å bli en marsj hun sent ville glemme.
Jochmun så smalt på henne.”Du er nødt til å klare dette, men
det tror jeg nok at du allerede vet.”
 Hun bare nikket stumt og Jochmun begynte å gå, uten engang
å vente på henne. Hun grep sekken sin og haltet etter, skogen
var vakker nå i dagslyset men hun var allikevel skremt. Dette
var et miljø hun overhodet ikke var vant med. De fant en ny sti
og hun la merke til at terrenget gikk oppover. De var på vei
innover i landet så vidt hun kunne forstå men hun måtte bare
stole på at han visste hvor det bar. Det var antagelig en klar
tanke bak det hele. Lathisa trakk hetten lengre frem over
ansiktet og bet smerten i føttene i seg. Hun kunne ikke nøle
eller tvile nå, hun måtte komme seg til Ardot om hun ville
overleve. Hun sendte en engstelig tanke ut i intet, rettet mot
den sønnen hun etterlot hjemme, hennes barn som ikke visste
at hun var hans mor. Det var best slik, hun fikk bare håpe at
gudene holdt ham trygg.
I palasset hadde det blitt et totalt kaos, folk raste rundt og
ingen visste sannheten annet enn de vaktene som fant kongen
død. De ble grundig avhørt, byen ble gjennomsøkt fort og
effektivt men det ble fort klart at mordersken var unnsluppet.
Hun måtte ha hatt medhjelpere og de øverste offiserene sendte
fort ut søkepartier til områdene rundt byen. Noen måtte ha sett
noe eller snakket med fremmede som kunne være deres herres

morder. Fire grupper på åtte menn ble sendt ut den morgenen
og uten at de øverste var klar over det hadde det blitt plukket ut
menn fra vaktgarden som alle hadde mottatt en sum penger fra
en lyshåret mann. Deres oppdrag var offisielt å få tak i
Arusteres morder og få henne brakt tilbake men de hadde
mottatt andre ordre og aktet å følge dem. Om de lyktes ville de
bli rikelig belønnet og de tvilte ikke på at mannen snakket sant.
Grådigheten drev dem og de var alle dyktige og fullt i stand til
å finne en rømling. Om folk ikke ville snakke visste de
hvordan de skulle tvinge selv den mest motvillige tunge til å
angi sin egen mor om det så var. Gruppene spredte seg i alle
himmelretninger, før eller siden fant de henne og når de gjorde
det ble de rike alle mann.

Midar

Midar stanset hesten og strøk den våte luggen ut av panna, han
så seg rundt med en oppgitt mine. Da oppdragsgiver sa at
dalen var godt skjult løy han ikke akkurat. Det fantes ikke stier
inn dit og terrenget var horribelt, det var så vidt at hestene
greide å ta seg frem mange steder. Han måtte ri unna for
hengemyrer og steinurer og skogen sto tett som erteris noen
steder. Det tok lang tid å finne veien der og han var sliten og
oppgitt. Men nå skulle han nærme seg om ikke kartet løy.
Dalen videt seg ut og ble litt mer oversiktlig, det lå en liten sjø
i bunnen og Midar kunne se noe som måtte være byggverk på
andre siden av den. Det var bra, da var det ikke langt igjen.
Han sørget for å ri i skogen så ingen skulle kunne se ham om
det var folk ute der og han kjente at spenningen begynte å
gjøre seg gjeldende. Uansett var det en utfordring og han ante
at det neppe ble særlig enkelt uansett. Det var begynt å mørkne
da han omsider stanset og tjoret hestene med helder i en liten
lysning i skogen. Det var masse gras der så de gikk neppe langt
uansett.
Borgen lå på en liten åskam over sjøen og skogen vokste tjukk
og grov helt inn til murene, det var uvanlig og tydet på at
stedet virkelig var så godt som forlatt. Om noen ville innta
dette stedet kunne de bare klatre opp trærne, og murene virket
mer eller mindre falleferdige. Om en skulle skjule noe eller
noen var det virkelig et velvalgt sted. Midar skar en grimase,
han hadde overnattet ute de siste nettene og så deretter ut, og
han luktet ille også. Hadde de hunder der kunne det bli et
problem. Han hadde bare et klesskift og ingen mulighet til å
vaske klær nå så det fikk bare stå sin prøve. Han snek seg mot
borgen langs bredden av sjøen, der vokste det et tett belte med
siv som var over dobbelt så høyt som ham og det skjulte ham

meget effektivt. Han hadde en sekk med utstyr og håpet bare at det holdt, han hadde gitt spesifikke ordre om hva han ønsket og det virket da i det minste for at alt var av ypperste klasse. Men han ville bli nødt til å gjøre ting han ellers aldri ville gjort, herren hadde vært meget spesifikk på akkurat det. Det måtte ikke være mulig å se at noen hadde vært der og hentet jenta før de faktisk så til henne og fant henne savnet.

Det var temmelig stille der, antagelig var det få mennesker i borgen for lukta fra stall og kjøkken søppel var heller beskjeden. Han stanset og lyttet lenge, været med alle sanser han hadde. Det luktet svakt av stekt flesk og gammelt surt øl. Han skar en grimase, de var fattigslige de som var der, antagelig fikk de ikke stort for å vokte denne skatten. En hest prustet søvnig og fikk svar av ei ku som rautet klagende, det blafret svakt av lys i et par glugger men det var da også alt. Han trakk pusten dypt og trakk på seg en hette og noen hansker. Han passet på at han ikke viste hud noe sted for den var lett å se i mørket. Han var i arbeidsmodus nå, iskaldt fokusert på oppgaven og målet. Sakte klatret han opp en gammel furu som lente seg beleilig mot muren, han passet seg for å lage lyd om det var vakter på muren men da han sakte stakk hodet frem i dekke bak en skjev stein så han at det ikke var noen fare for det. Murene var tomme, det var ingen som gikk runder der oppe og det var mørkt. Han rynket pannen, det var uvanlig men stedet var jo svært øde og de ventet antagelig ikke besøk av noe slag.

Han holdt seg lavt og snek seg fremover langs brystvernet, passet på og ikke synes i de lyse områdene mellom de oppstående partiene som var vern for borgens forsvarere. Han kunne dette, og han var også klar over det så han brukte energien på å finne veien. I følge kartet hadde han en sjanse og det var en gammel gang som gikk inn fra bak kjøkkenet. Den var blitt glemt gjennom årene og antagelig ante ingen noe om den lenger. Han stirret ned i borggården, det var en liten borg, mer som en litt befestet gård egentlig og han så at ting var dårlig vedlikeholdt. Det var en sterk atmosfære av slurv og oppgitthet der, ingen kunne orke gjøre mer enn det nødvendige. Det var en fordel, da ble de nok ikke oppdaget alt for fort om ikke flaksen hans snudde totalt. Det stinket ille der, han skar en grimase og følte et fort blaff av panikk, om det så slik ut der oppe hadde han en stygg anelse om hvordan fangehullene var. Hva om han ikke fikk henne med seg? Hva om hun var død? Da sto han der!

Han snek seg ned en gammel steintrapp som så ut som om den skulle gli fra hverandre når som helst og gikk forsiktig langs muren der det var noenlunde tørt. Resten av borggården var bare gjørme og han ville ikke røpe seg med fotavtrykk og gjørme på golvene. Kjøkkenet lå et stykke unna porten og lukta av stekefett og bedervet mat var nesten kvalmende sterk. Midar svelget hardt og tvang seg til å fokusere på oppgaven. Det var et stort rom med masse hyller og skap og noen svære bord sto plassert på golvet der, alt var så skittent at en neppe kunne se hva slags farge det egentlig hadde hatt. Midar tok forsiktig borti en kjele som han trodde var av smijern hva farge og glans angikk, det viste seg å være kobber. Om en vertshusholder i en by holdt et slikt kjøkken kom folk til å lynsje ham på dagen, han ville ikke spist der for alt i verden. Han så seg rundt, det var to dører ut fra kjøkkenet, han visste at den ene førte til rommene der kokken og eventuelle medhjelpere sov og den andre var et lager. Døra videre skulle være inne på lageret, mot muren. Han snek seg bort til døra og åpnet den sakte, heldigvis var den lett og knirket ikke. Det var mørkt der inne og han tente en liten lampe han bar i beltet med ildstålet sitt. Det var hyller overalt der inne, de fleste var tomme men her og der sto det sekker med mel og andre matvarer, det stinket like ille der inne og han snek seg frem svært varsomt for å ikke å lage lyder, han ante at golvet var temmelig morkent. Han banket varsomt på veggene, bak en svær hylle som var fylt med gamle vinballonger lød det hult og han stønnet for seg selv. Å flytte det berget av en hylle ble ikke enkelt, og han kunne ikke ta ut ballongene heller for da ble det synlig i støvet. Midar tenkte fort, det stinket allerede der så litt mer stank la sikkert ingen merke til. Han husket å ha sett en slik amfora som inneholdt matolje der og fant den igjen like ved døra. Han bar den bort til hylla og helte olja på golvet, sørget for å gni det skitne golvet godt med den før han varsomt tok tak i hylla og begynte å skyve og dytte den utover. Det var en dør bak den, som kartet hadde sagt. Den var av tre og så morken at en kunne ha plukket den fra hverandre med fingrene. Han løsnet varsomt de rustne festene og løftet den ut av veien, det knaket i den men lyden var lav og han var rask. Det sto en svak lukt av skog fra åpningen, lufta var i det minste friskere enn den i kjøkkenet.

Midar så at det var en steintrapp som ledet på skrå nedover og han festet lykta i en holder han bar over skulderen og begav seg nedover. Dette burde ikke ta alt for lang tid for natta varte ikke evig heller. Gangen gikk ned noe tilsvarende et par etasjer, så svingte den innover til han regnet med at han var midt under borggården et sted. I følge kartet skulle han inn en sidegang som gikk til venstre igjen og han fant den ganske riktig, bak en låst dør. Låsen var rustet fast men treverket var så morkent at han bare trakk den ut av døra uten problemer. Ingen kunne ha vært der nede på evig lenge. Sidegangen var så lav og smal at han måtte gå krumbøyd, det var små rom på sidene av den og de var antagelig brukt til lagring av rotfrukt og slikt som ikke tåler varme særlig godt. Det luktet jord og støv der nede og han var glad for masken, den beskyttet ham da litt fra det. Han gikk til enden av gangen, der skulle det være en luke i golvet og han fant den også temmelig lett, det lød hult når han tråkket på golvet der. Midar begynte å forstå hvorfor dette skulle være så vanskelig, det var ikke det å komme seg til jenta og finne henne som var vanskelig, det var det å få henne ut igjen uten å bli oppdaget. Her var det lite feller og slikt men det var ganske enkelt vrient å få med seg noen om de ikke var totalt samarbeidsvillige, noe han håpet av hele sitt hjerte at hun var.

Luka var liten, det var bare såvidt han greide presse seg ned gjennom den siden han var bredskuldret og han fikk nesten panikk da han satte seg fast i noen sekunder på en spiker som stakk frem. Heldigvis brakk den og han slapp seg helt ned, golvet han landet på var av stein og den var forholdsvis ren. Det tydet på at det var ganske tett der nede og at folk sjelden besøkte stedet. Han så seg rundt, det var et typisk fangehull, flere tomme kamre med jerngitter gliste tomt mot ham og han gyste og snek seg videre. Her og der lå det noe han antok måtte være knokler, sannsynligvis fra folk som hadde strøket med der nede. Han håpet bare at jenta var i live ennå.

Han fant også den siste gangen med celler på hver side og stanset i den innerste cellen på venstre hånd, det var nå det ble vanskelig. Han måtte gjennom golvet for å hente henne siden hun var i en celle et hakk lengre ned og der var det ikke mulig å komme uten nøkler. Han måtte ta henne gjennom taket i cellen hun satt i. Golvet var av solid stein men heldigvis hadde de som bygde hatt en tendens til å være gjerrige med mørtelen, steinene lå nesten løst sammen og han håpet bare at ikke hele skiten raste sammen. Så dårlig vedlikeholdt som denne bygningen var kunne det fort skje. Han ordnet utstyret sitt, fant frem det han trodde han fikk bruk for og gav seg til å finne en steinhelle som var såpass stor at han kunne komme seg ned gjennom hullet den ville lage når den var borte. Han fant en midt i golvet og det var også antagelig midt mellom to bærebjelker så det burde være trygt. Han grep et par tenger og tok i alt han greide. Steinen var blytung og han slet virkelig før han fikk bikket den litt opp og fikk skjøvet den bort. Han lyste ned i hulrommet under, det var lite og det var steinheller som var tak i cellen under også. Der ble de holdt oppe av andre bærebjelker så han ville bli nødt til å trekke hella helt opp. Midar bannet lavt og brettet opp ermene, han svettet allerede sterkt og tida gikk. Han brøt steinhella løs med et brekkjern, så festet han tengene i den og sikret dem med litt tau til gitteret foran i cella før han begynte å løfte. Denne hella var også blytung og hadde en ekkel form som gjorde at han måtte trekke den opp av hullet med ene smalenden først. Det var bekmørkt i rommet under, antagelig var det ikke noen glugger eller noe der. Han hørte ikke en lyd og prøvde også å unngå å lage lyder. Om jenta var i live og bare sov kunne hun hyle om hun brått ble vekket. Da hella var borte lyste han forsiktig ned i hullet. Rommet var lite, bare noen få kvadratmeter og det stinket der nede, og han så en lys skikkelse i mørket. Så hun var i det minste der de sa hun skulle være. Han festet tau i gitteret igjen og heiste seg forsiktig ned gjennom hullet, svetten rant for nå gjaldt det at ingenting gikk galt.

Da han fikk beina på fast grunn igjen måtte han svelge et vantro utrop. Jenta som lå der naken på noe som måtte være eldgammel råtten halm var mager som en gammel katt, hun virket for å være bevisstløs men pustet svakt og huden skinte som perlemor i lyset fra lampen hans. Han snek seg varsomt nærmere, hun var lang og smekker og han kunne se at hun antagelig var en stor skjønnhet men det var noe merkelig fremmed ved trekkene. Håret hennes var en stor masse av sammenfiltrede lokker og han antok at hun måtte klippes helt kort for noe slikt kunne ingen gre ut. Og overalt hadde hun sår og byller etter loppebitt og andre insekters herjinger. Antagelig var hun for svak til å forsvare seg mot slikt. Hjertet sank i ham av medfølelse, han hadde aldri sett et mer herjet menneske noen gang. De kunne ikke ha gitt henne mat mer enn en gang i uka eller noe slikt, at hun i det hele tatt levde var vanvittig. Og hun var liksom av en fin ætt? Enten så brydde ikke kidnapperne seg noe om henne eller så var det mer ved dette enn hva han først trodde.

Han rusket svakt i henne, hun var iskald og av og til gikk det små skjelvinger gjennom henne, det var ikke rart, det var så kaldt der nede at han kjente at han alt dirret svett som han var. Jenta reagerte ikke, hun var bevisstløs og han så at hun ganske riktig hadde et slags halskjede på seg. Det var vakkert og forseggjort og han så ingen lås på det. Det var nok ikke meningen at hun noen gang skulle bli fri ved egen hjelp. Det var lenker festet til håndleddene hennes og de endte i en ring i veggen, hun kom ikke langt fra den heller og han kjente at raseriet brant i ham. Å behandle en kvinne slik var hinsides nidingsdåd, han forsto ikke hva som foregikk i hodet på de som gjorde dette mot henne. Hun var ikke så ung som han hadde trodd, måtte være i begynnelsen av tjueårene og han rødmet fort i det han flyttet på henne og fant en dirk for å løsne lenkene. De var ganske nye virket det for, eller så var de lagd av et metall som ikke korroderte for de så helt fine ut. Låsen lot seg dirke opp etter litt plunder, det var en meget avansert modell Midar bare hadde sett maken til en gang før og det var i et bankhvelv.

Han fikk henne løs og løftet henne varsomt, hun var temmelig lett men veide da en del uansett siden hun var lang. Han fikk heise henne opp som et annet slakt, det var ikke noe annet å gjøre. Hun var naken og det kunne ha distrahert ham men nå var han så opptatt av å komme seg ut igjen at han ikke lot det bry seg i det hele tatt. Han festet tauet under armene hennes og klatret opp selv før han begynte å slepe henne opp. Hun stønnet lavt da han halte henne inn på golvet, antagelig var hun i ferd med å våkne. Det kunne være både en bra og dårlig ting, han lot henne ligge mens han med møye og stor anstrengelse slapp steinhella tilbake i hullet og prøvde å få den til å ligge akkurat som den lå før. Så mørkt det var der nede kunne de neppe greie å se at en takhelle var flyttet på. Han skjøv også golvhella tilbake på plass med et stønn og merket at det verket i ryggen av anstrengelsen. Han var febrilsk ivrig nå, dette hadde tatt tid. Og det ville ikke bli enkelt å få henne ut slik hun var nå. Men han måtte bare prøve.

Han samlet utstyret og fjernet alle spor av sitt nærvær der, så løftet han henne opp og bar henne med seg gjennom gangene. Hun begynte å stønne igjen og øynene åpnet seg halvt men de virket ikke for å fokusere. Han ble brått redd for at hun skulle ha blitt blind av å være så lenge i mørket. Han stresset seg fremover, hun var tung nå og han slet med å få henne opp gjennom luka til lagrene. Det var bare såvidt at han greide hale seg selv opp og det ble virkelig vanskelig å få henne opp siden hun var slapp og hodet hennes hang i veien. Til slutt fikk han henne opp men da var hun grundig oppskrapet og han kjente seg som verdens verste skurk. Hun skalv og det rykket i lemmene på henne nå, han håpet bare at hun holdt seg bevisstløs til de kom seg bort fra borgen. Da de var på vei opp trappa til lageret bak kjøkkenet begynte hun å bevege seg på en måte som indikerte at hun var mer eller mindre våken. Hun løftet hodet og han så at hun prøvde å fokusere, ansiktet hadde en merkelig tom mine, som om hun overhodet ikke greide forstå hva som foregikk. Han stanset opp og strøk henne fort over hodet med en gest han håpet hun skjønte var vennlig., "Ikke lag noen lyd, jeg er her for å redde deg ut, men du må ikke røpe oss!"

Øynene rullet i hodet på henne, de var brungylne og utrolig vakre, men hun virket for å nikke. Antagelig var hun så svak at hun ikke greide styre bevegelsene sine lenger. Han heiste henne opp igjen og gikk ut i lageret. Det var stille bortsett fra drønnende snork fra naborommet, han skar en grimase og la henne varsomt ned på golvet, skjøv døra tilbake på plass og deretter hylla. Han gned fort over golvet med en skitten kost som sto der og skjulte stripene som røpet at noe hadde blitt flyttet på. Jenta bare lå der, blikket var tomt og drømmende men hun virket for å være våken. Han kunne ikke være ridderlig nå, han slengte henne over skulderen og snek seg ut gjennom kjøkkenet, stanken der inne fikk ham nesten til å nyse og han merket at hun trakk krampaktig etter været noen ganger.

De kom seg ut på borggården og Midar snek seg bort mot steintrappa til brystvernet da han ble var bevegelse. Han stivnet totalt, det var en hund som kom gående og den var stor og ragget og antagelig av det illsinte slaget også skulle en

bedømme kroppsspråket. Midar stålsatte seg mot bjeffingen
som måtte komme men brått skjedde noe merkelig. Hunden
stanset og så et øyeblikk perpleks ut, så bråsnudde den med et
vettskremt klynk før den forsvant i mørket igjen som om den
aldri hadde vært der. Midar snuste varsomt i lufta, stinket han
så ille?! Jenta rørte varsomt på seg og han samlet seg og løp
opp på brystvernet. Det hastet nå for det lysnet allerede i
horisonten og folk ville antagelig snart våkne. Han fant treet
han klatret opp langs og bet tennene sammen."Jeg vet ikke om
du hører meg men nå må jeg klatre ned et tre med deg over
skulderen, så om du ikke vil falle i døden så ligg stille!"
Han svingte seg varsomt ut, dette kom til å bli skrekkelig
tungt.
Treet var sterkt med gode greiner men det var langt mellom
dem og han svettet hardt etter bare et par meter. Jenta lå helt
stille og det virket for at hun hadde forstått, pusten hennes var
bedre nå og hun prøvde visst å holde seg fast i ham. Et par
ganger holdt han allikevel på å miste taket men takket være
sine gode evner som klatrer og en god porsjon flaks kom han
seg nesten helberget ned til bakken. En kort kvist gav ham et
ubehagelig risp over brystet og han vred ankelen litt da han
landet på bakken men det var ubetydelig. Han antok at det så
komisk ut der han småjogget avgårde med en kvinne liggende
over skulderen men det føltes langt fra morsomt. Han fant
veien tilbake gjennom sivbeltet og løp så fort han kunne
tilbake mot hestene. Han hadde blodsmak i kjeften da han
begynte å nærme seg lysningen og var gjennomvåt av svette.
Hestene var heldigvis på plass og lot seg fange inn men de
virket for å mislike jenta litt for de blåste mistroisk i nesa og
rygget vekk. Antagelig var det lukta fra fangehullet som
skremte dem. Han forsto at hun ikke greide ri, hun måtte sitte
foran ham i salen og så fikk han bare bytte på å ri de to dyrene.
Han salte opp og bant ene hesten bak den andre før han løftet
henne opp og steg opp selv. Dette kunne bli på hengende håret
om noen så at borgen hadde fått uønsket besøk. Han satte fart

og prøvde å finne terreng som tillot hestene og i det minste
småtrave. De måtte komme seg så langt vekk som mulig, og så
fikk han løse de praktiske problemene etterhvert. Sola steg
over åskammene i det de krysset elva fra sjøen, nå fikk han se
hva disse to gampene dugde til.

Hun hadde drømt så fint, hun svevde på vinden der oppe og
var helt fri, flere av hennes folk fløy der ved siden av henne og
hun var sterk og lykkelig. Hun spant i vinden og jublet over
følelsen, sola varmet behagelig og hun var mett og fornøyd.
Det var slik en god følelse. Men en merkelig skrapelyd
forstyrret den, det var da ingen slike lyder der oppe hvor
vindene rådde? Og noe traff
henne men hun greide ikke forstå hva det var, lys? Det fantes
ikke lys der nede i fortapelsen, det var bare en merkelig drøm.
Hun hørte mer skraping og andre lyder også og prøvde å vende
tilbake til drømmen om friheten og vennene hun hadde mistet.
Det gikk ikke, det var virkelig et svakt skimrende lys og en
mørk skikkelse der nede og hun kjente at noe rørte ved henne,
svært varsomt men følbart. Dette var virkelig en merkelig
drøm, slik hadde hun aldri drømt før. Og den mørke skikkelsen
fjernet lenkene hennes og halte henne opp gjennom taket, det
gjorde vondt og hun ville protestere men greide ikke. Egentlig
var det interessant å drømme noe nytt for en gangs skyld, hun
var litt nysgjerrig på hvor dette bar. Hun ble løftet og båret
bortover, øynene hennes greide ikke fokusere, alt var en grøt
men hun skjønte at de var på vei gjennom ganger og rom og
hun ble båret av denne skikkelsen som virket vennlig men
desperat. Hun måtte smile for seg selv, hadde hun falt så dypt
nå at hun drømte om å bli reddet som en annen prinsesse i nød.
Hun trodde ikke at dette var noen ridder på en hvit hest
akkurat.
Men det bar oppover og hun merket vonde og fremmede
lukter, og trekk mot huden. Hun ble forvirret og han snakket til
henne, hun slet med å forstå ordene men skjønte at det var om

å gjøre å være stille. Selvsagt, når en drømmer at en blir befridd fra fangenskap må en være stille. Hun ville ikke at denne drømmen skulle ta slutt, den var god på et vis selv om det verket i kroppen hennes og hun følte at alt bare spant rundt. De kom ut i friluft, det var mørkt der og hun så ingenting men merket at han stanset og hørte knurring fra et dyr, deretter kom et pip og dyret forsvant, det måtte være en hund. Hun forsto det da han sa at han måtte klatre så hun prøvde å ligge stille men greide liksom ikke helt å forholde seg til det, til å være en drøm var den forbasket ubehagelig på mange måter. Hun ble båret gjennom siv og kratt og kjente lukta av skog og vann og myr og sakte begynte hun å mistenke at dette faktisk ikke var en drøm. Hun kløp seg selv i armen, hadde snaut krefter til det en gang men hun kjente det. Ved alle guder, hun var våken, dette var virkelig!

Hun hikstet og lukket øynene, kjente at tårene trengte seg på. Brått var håpet i henne desperat, hun kjente at hjertet hamret vilt i henne, hun var ute av fangehullet! Kunne hun bli fri igjen? Kunne dette være hennes sjanse? Hun ante ikke hvem det var som hadde befridd henne men hun var takknemlig, uansett hvorfor han gjorde det. Hun hadde aldri trodd hun noen gang skulle komme ut av det fangehullet og så svak som hun nå var visste hun at det bare ville vært noen korte år igjen til hun ville ha strøket med av utmattelse og matmangel. På hastverket skjønte hun at han var redd for å bli oppdaget, da var det neppe de som stengte henne inne der som sto bak. Hun hadde vært nære ved å gi etter, å sverge og tjene dem. Det var bitrere enn døden selv.

Mannen fanget inn hester, hun hørte dem pruste og kjente lukta av dem, hun så fremdeles lite, bare lyse flekker og var alvorlig redd hun var blitt blind, bare tanken gav henne akutt angst. Ennå greide hun ikke helt å reagere overfor verden men det ble litt lettere etterhvert. Hun ble halt opp på en hest og merket at han satte seg bak henne i salen, han virket for å være sterk og han var forsiktig mot henne selv om han tydelig stresset noe forferdelig. Hun ble livredd for at de skulle bli oppdaget, hun ville heller dø enn å havne i det fangehullet igjen. Sinnsbevegelsen ble for mye for henne, det svartnet for øynene på henne selv om hun desperat prøvde å holde seg våken, hun ville ikke oppdage at dette allikevel var en drøm. Men utmattelsen vant over styrken hennes, hun gled ned i mørket og ble liggende tungt mot brystet til mannen som hadde reddet henne.

Daithe

Hun stanset hesten bestemt, stirret ned på byen som strakte seg
utover ned mot sletta. Den var ti ganger større enn noen by hun
hadde besøkt og viden kjent som en eldgammel hovedstad fra
den gangen da hele Zhandoria hadde vært et eneste rike.
Utallige legender og historier knyttet seg til den og dens
årtusenlange historie men hun så bare en by. Vel og merke stor
og rik med mange og mektige byggverk men også med slum
og fattigdom og menneskelig fornedrelse og fortapelse. Hun
var klok nok til å vite at alt har en skyggeside, også Zhymornes
glitrende fasader.
Hun skygget for handa, tempelet var godt synlig på den lille
høyden som lå liksom fremskutt fra dalsiden et stykke ned i
byen, det skinte hvitt og vakkert av kuppelen og hun vred
munnen i en litt foraktelig mine. Det var kanskje et hellig sted
men hun ante at status og tittel betydde alt også der. Om hun
hadde ankommet som en konges løsunge ville hun neppe blitt
mottatt på samme måte som en dronning. Men hun var
dronning, og kunne ikke glemme det, og det ville neppe alle
andre heller gjøre.
Hun smattet på ridehesten og følget hennes fulgte henne hakk i
hæl, de var litt forbauset over hvor fast bestemt deres
herskerinne var på å lykkes med dette men visste at hun var
klok og kunne ta gode beslutninger. Og et besøk i tempelet var
aldri av annet enn det gode slik de så det., Daithe kjente at
sorgen rev i henne som før, hun ventet nesten å høre røsten
hans når hun våknet om morgenen, at alt dette bare var en trist
og forferdelig drøm men det var realitet og hun var virkelig
enke, i en alder av snaut nitten år. Hun kunne uten problemer
finne seg en ny mann, hun var viden kjent som en stor
skjønnhet med både makt og formue men hun aktet ikke gjøre

hva andre forventet av henne. Om det var hennes skjebne levde hun heller alene resten av livet, han hadde betydd alt for mye for henne til at hun ville la noen andre ta over hans plass i hjertet. Hun sørget for å ri rett i ryggen, folk vek unna på veien når de så følget og hun stirret rett fremover, Hennes sorg var hennes egen, det var ingen vits i å vise den til hele verden. Veien var full av reisende, alt fra folk på vei til byen på jakt etter en jobb til folk som skulle kjøpe og selge. Det var vogner og rene karavaner samt store dyreflokker og lukta var temmelig stram mange steder. For hver fjerding var det utstasjonert soldater, de hadde normalt sett lite å gjøre og veipatrulje var en behagelig tjeneste som normalt litt eldre soldater fikk. Men av og til skapte noen trøbbel og da var de raske til å slå til og gjenopprette ro og orden. Daithe så at veien mange steder var sprukken og merkelig skjev, det fikk henne til å undre for hun visste at Zhymornes veier var viden kjent for å være sterke og gode. De hadde ikke vært nødt til å endre dem på flere tusen år ble det sagt, fundamentet hadde vært lagt helt tilbake i dragemestrenes tid. Men alt kom vel til en ende før eller siden og nå var det neppe penger og vilje til stede til å fikse alt. Hesten hennes snublet nesten et par ganger over utstikkende steiner og hun bannet lavt og tøylet den ned til lett trav. Det var ikke verdt å ta noen sjanser.

Byportene var enorme og det var tre av dem siden trafikken inn og ut var så stor. Det var vakter der men de så mer ut som om de kjedet seg noe gudsjammerlig enn at de holdt vakt. Daithe red rett inn og beundret de gigantiske murene som omkranset selve hoveddelen av byen. Det lå store byområder også utenfor murene men det var mer boliger og slikt og av mer tvilsom karakter. Gatene var brede men allikevel var trengselen påtrengende. Daithe slengte noen mynter til noen guttunger som ventet ved portene på arbeide, de gikk foran med pisker og jagde folk og fe ut av veien for finere folk. Det var da noen fordeler ved å tilhøre den øvre klassen der. Dagen var så avgjort på hell, det betydde at strømmen med folk begynte å avta litt og da de kom bort fra selve portområdet gikk det å ri uten å ha noen forttropp så hun gav guttene et par ekstra mynter og gledet dem med et nådig smil. Hun aktet å finne vertshuset fort og i morgen skulle hun oppsøke oraklene og finne ut om hennes kjæres død hadde vært tilfeldig eller ikke. Øynene brant av besluttsomhet da hun satte fart på hesten igjen. Hun aktet å finne hans mordere i så fall.

Vertshuset hun hadde sett seg ut var av den dyre typen som bare tok gjester av hennes klasse og det syntes også. Hun steg av hesten og flere uniformskledde stallkarer kom stormende for å ta seg av følgets dyr. Daithe så smalt på bygget, det var vakkert og hjemmekoselig samtidig som det lovte en luksus vanlige borgere bare kunne drømme om. Daithe så at alle var steget av og samlet seg før hun strenet inn hoveddøra, den var like imponerende som på et slott og flere tjenere sto klare innenfor med en gang hun kom inn. De hadde allerede blitt advart om det var kongelige på inntur. Daithe overså dem slik som skikken sa hun skulle og konsentrerte seg om husets leder i stedet. Det var en lav eldre mann med litt lut holdning men han så meget verdig og vennlig ut og bukket dypt for henne. "Ærede dronning, vi mottok duen du sendte og alt er gjort klart for deg."

Hun nikket vennlig og så frem til et godt bad og litt god mat. Reisen hadde tatt lang tid og hun var sliten av å overnatte ute i telt eller på mindre gode vertshus. Hun forbannet i sitt stille sinn det fakta at Zhandoria var slikt et enormt landområde. Det ble sagt at om en skulle reise fra øst til vest der trengte en ihvertfall et år. Selv hadde hun sett lite av verden, men hun hadde et merkelig ønske om å se mer, kanskje få reise sørover til Ardot eller nordover til Hietlai, det kontinentet skulle være like stort som Zhandoria og få kjente til alt som fantes der nord. Ardot var underlagt Zhandoria og mange avhang sterkt av handelen med det noe mindre landet men i det siste hadde det streifet rykter om at folket der nede gjorde opprør mot det de så som en okkupasjon. Daithe visste lite om sannheten rundt dette, alt hun visste var at mange adelige hun hadde snakket med var livredde for et åpent opprør, det kunne gjøre formuer til ingenting på bare noen korte dager.

Rommet hun hadde fått var som ventet stort og luksuriøst, hun ventet til kammertjeneren hennes fikk ordnet seg på det vesle rommet som lå vis a vis, så begynte hun å få av seg de støvete reiseklærne. Hun skar en grimase, hun luktet ille og håret var fullt av støv. Før ville det ikke gjort henne noe, så hun hadde falt mer inn i rollen enn hun først hadde trodd hun ville. Hun ante ikke hva fremtiden ville bringe med seg, men håpet bare at hun fremdeles ville få betydning, uansett hvordan. Det var gjort klart et stort kar med varmt vann, såper og slikt var også skaffet til veie og hun aktet å nyte denne stunden. Det var lite tid hun hadde fått for seg selv i det siste og hun følte at huden formelig krøp av ubehag. Det plaget henne å ha folk hengende rundt seg til enhver tid, hun var egentlig noe av en einstøing. Vannet var varmt men ikke plagsomt sådann, det ble faktisk både godt og behagelig etter litt og hun fikk vasket bort alle rester av veien og reisen. Etter å ha ligget i bløt en god stund sto hun motvillig opp og tørket seg, hun hadde kammertjeneren mer for syns skyld for det var meget sjelden at hun benyttet seg av den eldre kvinnens tjenester. Antagelig syntes vel tjeneren at hun var en merkelig skapning men Daithe brydde seg ikke om det.

Hun fikk på seg mer verdige klær og fikk hjelp til å sette opp håret, hun så godt ut og måtte innrømme det også men ansiktet i speilet var underlig fremmed for henne. Hun var så vant til å se seg selv korthåret og skitten at det var vanskelig å kjenne igjen seg selv i sitt eget speilbilde. Og i morgen ville hun bli nødt til å bruke all den makt og verdighet hun hadde, hun ante at prestene der oppe stort sett gjorde akkurat hva de selv ville med mindre en satte hardt mot hardt. Hun ville ha sannheten, verken mer eller mindre og ingen skulle stanse henne fra å finne den. Hun spiste i ensomhet, visste at resten av følget hadde fått mindre rom i kjelleren og på loftet, de var ikke så

høyt på strå som henne men rommene der var uansett gode,
selv for tjenerne. Og maten var god, hun beklaget nesten at hun
ikke klarte spise særlig mye. Apetitten hennes hadde
forsvunnet med Feargus, det var bare slik det var. Siden det var
sent la hun seg etter maten, senga var stor nok til minst fem
stykker og hun skar en grimase, den var myk og overdådig og
hun likte det slettes ikke. Hennes fortid som blivende ridder
hadde herdet henne og gjort henne til en motstander av slikt
andre av hennes stand ville sett på som en selvfølge. Det var
både bra og dårlig antok hun. På tross av mykheten og alle
rytsjene og putene sovnet hun etter bare litt. Hun var trettere
enn hun hadde regnet med.

Wulf

Wulf stanset hesten utenfor porten til garnisonen, han kunne se lysene fra palasset og det virket for at det var mye aktivitet der. I det minste hadde det kjørt flere vogner dit og det var mye vakter på murene. Å få innpass kunne bli vanskelig men han hadde kongens segl og det var få som ville nekte ham adgang når han viftet med det. I det minste om de brydde seg om hvorvidt de kom til å beholde nakken særlig mye lenger. Vaktene så at det var en offiser i kongens egen garde og bøyde seg ærbødig i det han red inn. Han siktet seg inn på offisersmessa og overlot hesten til en stallkar, han måtte ordne dette fort, han ante at mange nok allerede var ute etter Lathisa og fant de ut av dette ja da spøkte det for gutten. Det var få i messa, bare et par eldre offiserer og som i de fleste lydriker i Dheesa overgikk hans rang deres siden han tjente direkte under den kongen som styrte hele området. Flere av dem reiste seg kjapt og bukket høflig da de så ham og han skar en grimase og gav dem tegn til at de kunne sette seg igjen. Han slo seg ned ved et bord der og en tjener kom ruslende med et stort beger mjød og et fat med brød og ost. Han tørket av hendene og satte seg til å spise, han antok at han fikk lyve litt og si at kongen ønsket en personlig rapport om hva som foregikk der i nord, det var bare rett og rimelig siden noe slikt var sjeldent.

En yngre offiser med et ganske hardbarket ansikt og vennlig blikk satte seg forsiktig ved bordet hans, mannen så nysgjerrig ut og Wulf smilte imøtekommende. Den fremmede tok av seg hjelmlua og bukket høflig.”Jeg er Bereg av Solamida, er du her på grunn av mordet?”

Wulf tørket seg om munnen og nikket rolig.”Det kan en jo si ja, hans majestet vil vite hva slags kalamitet hans underordnede fyrster har stelt i stand.”

Bereg strøk hendene gjennom det halvlange litt flokete
håret.”Å du milde, du får jobben da vil jeg si. Dette stedet
syder som en heksegryte av alskens spekulasjoner og mye av
det er oppdiktet men fakta er jo at Lathisa drepte Arustere. Ja
ikke at jeg klandrer henne for det, datteren hennes var en
skjønn jente og hele folket sørger over henne.”
Wulf slet et nytt stykke av brødet, det var uvanlig godt men
han hadde ikke regnet med mindre. Kokkene i denne
forlegningen var viden kjent for å lage ordentlig mat.”Så folket
er på Lathisas side?”
Bereg slo ut med hendene.”Både og, du vet, de har jo funnet ut
at hele landet er nedsyltet i gjeld nå, og at naborikene egentlig
eier nesten alt her. Og hennes manns ætt ankom bare et par
dager etter at det ble kjent, og de ble temmelig opprørt, for å si
det pent!”
Wulf måtte trekke på smilebåndet, Bereg var av det slaget som
nok unnlot å gi for fargerike beskrivelser av ting.”Så de fløy i
taket?”
Bereg så på Wulf med smale øyne.”De henrettet ansvarlige for
skattekammeret og noen andre av hennes tjenere der og da. Og
de har holdt et helvetes hus etterpå, jeg har hørt at de har sendt
ut minst ti mann for å finne henne.”
En annen offiser brøt kort inn, han sto med et mjødbeger i
handa og virket for å være litt på en snurr.”Jeg har hørt hundre
mann, med ordre om å drepe!”
Wulf rynket pannen, det var nok noe sant i det.”Og Arusteres
slektninger?”
Bereg smilte skjevt.”De er i slekt med huset Ranclin alle
sammen, æreskjære og hardføre, og de har også sendt ut folk
for å finne henne. Og flere av vaktene sier at menn med lite
moral og et ønske om ære og berømmelse har ridd ut de siste
dagene for å bli med i letingen.”
Wulf bannet stygt innvendig, leiesoldater! Det også, vel, dette
ble en utfordring av dimensjoner.
“Har noen av Arusteres slekt kommet hit til byen?”

Bereg nikket tungt."Hans halvbror, en bastard som ble tatt inn i varmen da farens kone døde, veldig beleilig egentlig. Han kom med femti mann og flere vogner og krevde bot for sin brors liv, men her er det lite verdier å finne nå. Hun spilte bort rubbel og bit."

Wulf skar en stygg grimase."Og han er?"

Bereg så seg fort omkring."På slottet, og hennes manns folk der tør ikke annet enn å adlyde og prøve å raske sammen det de kan. Han var flere soldater enn dem. Og han er en kjøter av rang sies det. Like pervers som sin halvbror og ti ganger mer ondskapsfull. Jeg misunner ikke stakkarene som må danse etter hans pipe nei."

Wulf bannet matt."Guder for en suppe, jeg tror ikke den godeste dronningen visste hva hun gjorde da hun hevnet sin datter på en slik måte."

Bereg senket stemmen og hvisket det bare."Det går rykter her nå, hushovmesteren hennes har blitt sporløst borte og ingen vet hvor han har blitt av. Og det sies at han kjente til en hemmelighet, en som kan få store konsekvenser. Men ingen vet hva den eventuelt er, eneste som er sikkert er at samtlige prøver å finne ut av hva den er, koste hva det koste vil. Noen tror hun har en skjult formue et sted."

Wulf kjente at det begynte å prikke nedover ryggen på ham, det var et tegn på at ting hastet og han smilte heller stivt."Vel, hemmeligheter er ikke min sak, men jeg må opp til slottet og se hva som foregår."

Bereg fikk et litt skremt uttrykk i ansiktet."Ærede, vær varsom i såfall. Fornærmer du noen av de fisefine idiotene der oppe har du gjort det store, de går aldri av veien for mord!"

Wulf reiste seg og nikket til tjeneren som kom for å hente begeret og brettet."Tenk det er jeg meget klar over, men frykt ikke, jeg vet å ta vare på meg selv."

Bereg bare ristet på hodet."Gode guder være med deg uansett, må de lede din fot og verne din hånd."

Wulf hilste høflig til hatten før han gikk ut. Han hadde funnet

ut mye nå på liten tid, det var en fordel. Han hentet en uthvilt hest i stallen og red opp mot palasset med en følelse av at det dreide seg om liv og død og det i løpet av kort tid også.
I slottsporten sto det to grupper med vakter og de likte ikke hverandre, det var tydelig. De holdt avstand og snakket ikke til hverandre og antagelig var ene gruppen av Lathisas manns folk og den andre fra Arusteres slekt. Det sprang formelig gnister mellom dem og Wulf mannet seg opp og tok på seg sin aller mest overlegne maske. Det å se en høytstående offiser i deres herskers uniform var nok til at de alle bøyde seg og slapp ham forbi men han så at de alle sammen undret seg. Wulf hadde løgnene klare, nå måtte han være overbevisende og ikke la noe vippe seg av pinnen. En kort og fet mann med bakenbarter og halvlangt fett hår møtte ham ved hovedinngangen, han så nervøs ut og Wulf så av det beskjedne våpenskjoldet brodert på kappen at han var av Lathisas manns ætt. Fyren så ut som om han hadde levd gode dager ihvertfall, han trillet mer enn han gikk.”Hvordan kan jeg tjene deg ærede?”
Mannen bukket dypt og virket oppriktig underdanig. Å få deres felles hersker på nakken nå ville antagelig være særdeles lite lurt, situasjonen tatt i betraktning. Wulf steg av og bestemte seg for å virke både vennligsinnet og medfølende. Han visste hvordan han skulle fremstå som ufarlig og som en alliert så han smilte så vennlig han kunne og klappet mannen vennskapelig på skulderen.”Vår kongen ønsker bare en rask rapport om hva som egentlig foregår, i byen løper ryktene som hodeløse høner og det er umulig å vite hva som er gullegg og hva som er juks.”
Mannen sank litt sammen, tydeligvis av lettelse.”Så han ønsker ikke å etterforske dette noe mer?”
Wulf ristet på hodet.”Så absolutt ikke, alle skal få sin rett så langt det er mulig. Han vil bare ha reelle fakta rundt det inntrufne.”
Mannen gulpet kort og gned seg over magen, så kom han på at han ikke hadde presentert seg og bukket en gang til. Han het

Illius og var en svoger av den avdøde kongen Lathisa hadde vært gift med. Wulf bare holdt munn og lot mannen snakke, det virket for at han var rimelig fortvilet."Ja, du vet hva hun gjorde med vår slektnings formue? Spilte det bort, alt sammen. Og sin datter gav hun til det monsteret, ja vi er enige i at hun drepte ham som hevn men ved alle guder..."

Han slet med å holde følge med Wulf opp trappene."Prinsessen var slik en nydelig liten jente, vi var glade i henne alle sammen vet du, og vi ønsket ikke at Lathisa den tispa skulle gifte henne bort slik, så ung. Men Arustere hadde vel grepet på henne tenker jeg."

Det siste kom temmelig giftig og Wulf knep øynene litt sammen. Prinsessen hadde vært av deres blod, selvsagt var de enige i at Arustere ble drept som bot for hennes død. Men det var pengene som plaget slekta, ikke mordet. Ihvertfall ikke før Arusteres slekt dukket opp.

Wulf bøyde seg liksom fortrolig mot Illius."Jeg hørte at en av hans ætt har kommet hit og at han har oppkastet seg til hersker her allerede?"

Illius tørket svetten av pannen med et skittent lommetørkle det luktet ille av, han krympet seg igjen."Lord Ademer, han er et svin ærede! En av den ondes disipler, jeg er sikker! Ingen er trygge for ham her, rasende er han jo, og han forlanger en bot ingen kan greie å betale. Ihvertfall ikke slik som hun styrte og stelte med dette stedet."

Wulf klappet Illius deltagende på skulderen igjen."Det var tungt å høre min venn, men jeg er sikker på at vår store herre vil rydde opp i dette så fort han får klarhet i sakene."

Illius lysnet opp som om han brått var blitt benådet med hodet på blokken."Åh, tror du det? Hvordan kan jeg hjelpe deg?"

Det siste kom svært så ivrig og Wulf tenkte fort."Jeg blir her til i morgen tenker jeg, kan du samle så mye informasjon du kan angående Lathisas gjeld til Arustere og hva som egentlig foregikk? Og jeg trenger en kort oversikt over alle riddere her, og deres væpnere også i tilfelle vår konge trenger ekstra menn.

Om Ademer setter seg totalt på bakbeina mener jeg. Jeg kommer til å holde meg i tjener avdelingen, se til at ingen av hans folk får vite at jeg er her. Om noen så meg ankomme sier du at jeg var en av dem hun skyldte penger."
Illius fniste lavt og nikket.
Wulf gikk til tjeneravdelingen og siden det var stille der og sent møtte han ingen. Det var noen få der inne som satt og spiste og de så storøyd og vantro på ham. Han holdt opp seglet og samtlige bøyde seg fort."Jeg trenger å vite hvem av dere som er lojale mot deres øverste konge?"
Samtlige la hendene over brystet som tegn på lojalitet og han nikket fornøyd."Godt, la ingen av Ademers tjenere vite at jeg er her. Og si ikke ifra til noen andre heller."
En litt eldre gråhåret mann med et mildt ansikt steg frem."Jeg er Luege, jeg var prinsessens huslærer. Dette har smertet oss alle dypt. Kan du gjøre noe?"
Wulf smilte så trygt han kunne."Jeg skal avgi rapport til vår hersker, om han griper inn burde dere i det minste slippe å ha Arusteres ætt hengende over dere som en annen bøddeløks hele tiden. Og kanskje han kan få ettergitt noe av gjelden også."
Luege sukket lettet."Riket her er i praksis totalt konkurs, vi frykter å bli solgt som slaver alle som en."
Wulf knep øyenbrynene sammen. Så Ademer var så brutal? Det lovte ikke godt. Han tenkte lynraskt."Jeg kan bare bli til i morgen, har dere noen ekstra hester her? Gjerne gamle ubrukelige øk."
Luege så forvirret på ham."Æh, ja, vi har en ti tjue gamle hester ingen bruker lenger. Det var planer om at de skulle selges til slakt snart."
Wulf smilte fornøyd."Godt, dere skal si at joda, det var en mann her fra kongens hoff, utsendt fra en adelsmann som Lathisa skyldte penger. Ingen stor sum, bare et par gullmynter men nok til at han krever det tilbake. De gamle hestene er avbetaling på det beløpet. Og jeg trenger å få med meg en

medhjelper herfra til å drive dem."
Luege så skrått på Wulf."Det ligger mer bak her, jeg er ikke lærer for ingenting. Det er rykter her som forteller om et lite feiltrinn, kan det være noe i det?"
Wulf så skarpt på Luege som så like skarpt tilbake."Si meg, hvor lojal er du mot din dronning?"
Luege fortrakk ikke en mine."Til døden, hun er uansett min dronning, hva hun enn har gjort."
Wulf smilte fort og nikket."Ryktene kan nok ha en kjerne av sannhet min venn, og frukten av et feiltrinn vil være ettertraktet bytte nå. Så den frukten bør vekk."
Luege så smalt på offiseren."Det skjønner jeg, jeg skal hjelpe det jeg kan."
Wulf smilte fornøyd."Det er bra, Illius lovte å bringe meg en oversikt over situasjonen samt noen andre ting, se til at jeg får dem før jeg reiser i morgen."
Luege skar en grimase."Illius er en sleip gris men han er i det minste ærlig, på tross av utseendet. Og om slekten der er glad i penger var de også glade i prinsessen. Om penge problemet kan løses vil de være takknemlige overfor vår hersker, og vi vil være enda mer takknemlige overfor deg."
Wulf nikket kort."Jeg skal gjøre mitt aller beste, det kan jeg love deg."
Han fant et lite kott som var ledig og slo seg til ro for kvelden, han hadde en ekkel følelse av akutt hastverk i magen, det var allerede mange ute etter Lathisa og om han skulle rekke å finne henne og
få henne i sikkerhet på andre siden av havet så måtte han virkelig bruke alt han kunne. Dette kunne virkelig gå begge veier, men han ville gjøre sitt aller ytterste for å fullbyrde sin konges vilje. Han var vant med harde senger og lite komfort fra før av og sovnet raskt, vant som han var med å tvinge seg til å slappe av selv om han var stresset.
Da Wulf våknet tidlig neste morgen sto en tjenestejente foran døra og banket varsomt på den.

"Ærede? Her er papirene Illius har sendt deg."
Hun holdt frem en liten mappe med papirer og han gryntet
uklart og tok i mot den. Han visste hvor ille han så ut om
morgenen før han fikk ordnet seg. Papirene var merket og han
merket fort at Illius som hadde skrevet dem var en pedant
innerst inne, alt var nøye og detaljert og uten overflødig
snikksnakk. Wulf rynket pannen mens han leste gjennom det,
Lathisas gjeld var monstrøs, og det var tydelig at Arustere
hadde gjort sitt beste for å øke den. Var det virkelig bare
prinsessen han var ute etter eller hadde han hatt ambisjoner om
å overta riket også? Wulf ante at Arustere nok kunne tenke seg
å overta selve deres herskers trone, det kunne være en del av
en plan om å overta nok lydriker til å utfordre selve hovedsetet
i landet. Men det hadde han blitt blå for.
Han fikk på seg klærne og vasket seg, sørget for at han så bra
ut. Luege sto klar i spisesalen og nikket sakte."Så hva befaler
du herre?"
Wulf satte seg ned."Hent væpnerne her en etter en, si at jeg
trenger en vakt til hestene og vil se hvem som jeg liker."
Luege skar en grimase men nikket igjen og gikk. Det var mulig
at ridderne ble forundret over dette ønsket siden en væpner
tross alt skal tjene sin nærmeste herre først og fremst. Men
med kongen segl i handa ville de ikke ha noe å si på det han ba
om.
Wulf spiste mens han ventet, et par av tjenestejentene fortalte
at Ademer krevde å få en ny jente i senga hver natt og at han
ikke brydde seg om deres tapte ære og fremtid. Wulf lovte seg
selv at denne slektningen av Arustere skulle få betale og det
med blod, så fort han var ferdig med kongens oppdrag skulle
han selv se til å få det unnagjort. Det gikk en liten stund, så
begynte det å dukke opp unge væpnere og Wulf stilte dem
noen ganske intetsigende spørsmål, han hadde fått guttens
navn av kongen og ventet på den rette. Lathisas sønn kom ikke
før etter en god stund, og han var annerledes enn Wulf hadde
ventet. Han hadde regnet med at gutten kanskje var lys som sin

mor, men han var mørkhåret med dypblå nesten fiolette øyne og et vakkert men uferdig ansikt. Han så alvorlig på Wulf som smile kort og betraktet den unge mannen grundig.
Om en ikke visste at han var sønn av Lathisa kunne en ikke ha gjettet det, men når en visste det kom likhetene frem i dagen. Den rette nesen, de litt skrå øynene, formen på haken. Men resten av gutten var en typisk representant for den gamle ætten Ohdrasar, ingen tvil om det. Ansiktet var firkantet og kom til å utstråle styrke når han vokste til, fargene var også typisk for den ætten og han var lang. Mange menn i den slekten ble svært høye, gutten ble neppe en kjempe men det var kanskje bare en fordel. Wulf knepte hendene sammen.”Du er Vardhys, væpner til ridder Oleg?”
Gutten nikket litt blygt, han så ut som en beskjeden ung mann som nok eide både mot og styrke men som var veloppdragen nok til å ikke vise det åpenbart. Wulf likte ham fra første øyekast.
“Greit, jeg velger deg. Jeg trenger en vakt til flokken, min oppdragsgiver ved hoffet vil ha pengene sine tilbake.
Vardhys så ned i golvet.”Som herren befaler, når skal vi reise?”
Wulf reiste seg.”Så fort stallkarene har gjort dyrene i stand til avreise, og jeg har fullført det oppdraget min konge gav meg her. Men det er fort gjort, vær klar ved stallen om en time gutt.”
Vardhys smilte svakt.”Jeg tror Oleg blir forbanna nå, vi skulle reist til en turnering i morgen.”
Wulf brummet bare.”Jeg har kongen i ryggen, han kan ikke nekte. Han får låne en annen væpner så lenge.”
Vardhys bukket og gikk og Wulf sukket og gjorde seg ferdig med måltidet. Han eide ikke apetitt men trengte krefter nå fremover. Luege kom tilbake, han så litt himmelfallen ut.”Var det der..? Åh guder.”
Wulf nikket.”Det var det, men ikke røp det for noen for alt i verden. Jeg må holde gutten skjult til han blir trygg igjen, og

det kan bli lenge til det skjer."
Luege smilte kort."Du kan stole på meg. Reiser dere nå?"
Wulf tørket av fingrene og reiste seg fra bordet."Jeg skal gjøre noen små diskrete forespørsler rundt her, så reiser vi ja. Har tjenestefolkene her noen talspersoner?"
Luege nikket."Vi pleier å bruke kokka når det er saker som angår oss, og som vi må diskutere med herskapet. Hun er skarpere enn en skulle tro og har litt å slå i bordet med også, uten henne blir det bare grisemat av alt her."
Wulf måtte trekke på smilebåndet, han forsto det for en kokke var meget verdifull om hun var dyktig. En kunne ikke risikere å miste henne til andre bare for å stå på sitt. Da bøyde de fleste heller etter. Han smilte bestemt."Hent henne."
En kort stund senere satt Wulf ved et annet bord like ved kjøkkenet siden kokka nektet å flytte seg særlig langt, hun hadde en stor bakst i ovnen og stolte ikke på at tjenestejentene hennes ikke greide svi alt. Damen var imponerende, andre ord kunne ikke beskrive henne. Wulf hadde sett store damer før men aldri en med slikt samlet omfang. Og det var ikke fett, hun var bare kraftig. Selv ikke en dvergkriger var så grovbygd som denne kvinnen og armene var som skinker. Antagelig kunne hun gjort utrolig mye skade om hun hadde vært en mann og blitt trent som kriger. Damen hadde et par stikkende brune øyne og et rundt ansikt omkranset av pistrete gråbrunt hår men inntrykket en fikk av henne var av bestemt og fast vennlighet. Hun så kanskje avskrekkende ut men hadde et hjerte av gull, det var bare uvanlig godt beskyttet.
Roseel som hun het ble ivrig da Wulf begynte å forklare hva han ønsket og siden kokka var den der som antagelig var best inne i den lokale sladderen fikk han vite et og hint om både Arusteres slekt og den avdøde kongens som gav ham en ekkel smak i munnen. Vel var intriger og maktkamp mer som obligatorisk for de øvre klasser i landet men noe av det hun røpte gav ham frysninger. Arusteres slektninger var tydeligvis ute etter mer makt for om det var noen som så enhver

anledning til å mele sin kake var det dem. Roseel røpte at noen av Arusteres slektninger antagelig var innblandet i en eller annen konspirasjon, en av tjenestejentene hadde overhørt deler av en samtale og hun hadde skjønt såpass som at de var ute etter noe Lathisa hadde. Og dette noe var umåtelig verdifullt. Wulf kjente at hodet spant av forvirring da hun var ferdig med å fortelle, dette var som å rote i et gammelt åtsel, jo dypere en kom jo mer råttenskap vellet frem.

Han takket kokka hjertelig for hjelpen og hun kvitterte med et varmt og vennlig smil som for et øyeblikk fikk henne til å ligne alles kjære gamle mor. Wulf følte på seg at han hadde møtt et virkelig flott menneske der.

Vardhys sto klar, han var kledd i reiseklær som var både fattigslige og alminnelige og han holdt en eldre grå hest i tømmene. Wulf smilte innvendig, utseendet kunne ihvertfall ikke røpe noe der. Stallkarene hadde drevet sammen de gamle hestene og tjoret dem sammen og Wulf stønnet lavt ved synet. De var et ynkelig syn med utstikkende ribbein og hofter, kalvbeinte knær og noen var så salrygget at de nesten var formet som bokstaven u. Det var liten tvil om at slaktebenken sto for tur for dem men han hadde bruk for dem ihvertfall en liten stund.

Han fikk en hest og tok tøylene til den fremste av økene. Vardhys la seg pent og pyntelig inn bakerst og jaget på og så red de gjennom porten og ned mot byen. Wulf overså Vardhys som en offiser bør, han måtte holde maska og behandle gutten som en vanlig tjener så lenge som mulig. Nede ved forlegningen fikk han sin egen hest tilbake og nå satte de kursen ut av byen. Vardhys så nysgjerrig og ivrig ut, antagelig hadde han ikke sett stort av landet og på tross av det kjedelige oppdraget virket han for å glede seg til reisen. Wulf så skjult på gutten, han bar bud om storhet, ingen tvil om det. Det var et eller annet udefinerbart ved auraen hans som fortalte den erfarne offiseren at gutten bar evner vanlige folk manglet. Tiden fikk vise hva de var. Wulf ante at han kom til å protestere på å bli gjemt, og ihvertfall på å bli gjemt der Wulf ville men ingen ville lete etter en arving til en trone hos den mannen. Ihvertfall håpet han det, og få visste om vennskapet mellom ham og den mannen. Det burde bli et trygt oppholdssted, inntil videre i det minste. Ute av byen fikk de opp farten og Wulf svingte inn på hovedveien. Foreløpig fikk de late som ingenting, ingen måtte fatte mistanke ennå for det kunne bli livsfarlig for flere.

Lathisa.

Lathisa labbet slukøret i hælene på Jochmun, hun følte seg totalt overkjørt men forsto på en måte at det var nødvendig det de gjorde. Jochmun hadde funnet landsbyen og de ankom i kveldingen, men før de gikk ned til de få husene som var å se hadde han for sikkerhetsskyld klasket til henne i ansiktet så hun fikk en real blåveis. Han mente at det gjorde historien litt mer troverdig. Da de traff på folk påsto han at hun var hans kone som hadde stukket av med en børsteselger og nå hadde han funnet henne igjen og skulle ha henne med hjem igjen. Lathisa følte seg ydmyket og latterliggjort men antok at det var et lite offer. Ihvertfall trodde folk på det som ble sagt og lo godt av henne. Hun kunne bare stå der og se skyldbetynget og trist ut mens Jochmun var gemenslig og litt ovenpå. De fikk overnatte på stalltrevet hos en bonde som leide bort rommet til reisende, og det var da bedre enn å sove ute. Og han hadde to hester til salgs også. Jochmun påsto at noen ulver hadde skremt bort hestene deres og bannet lenge og vel over de forbanna udyra. Dermed hadde han hele landsbyen på sin side med en gang for de var sauebønder og ille plaget med ulver og andre rovdyr. Jochmun ble sittende med mennene og drikke til langt på kveld og han sørget for at samtlige ble så fulle at de neppe husket stort dagen etter. Lathisa fikk i seg litt mat og hun kjente at hun begynte å bli nervøs nå. Snart kom folk til å lete etter henne, og de ville henne neppe noe godt.

Hun sov dårlig men fikk da noe søvn, Jochmun sov ikke trodde hun, i det minste så hun ham ikke sove. Morgenen etter betalte Jochmun bonden for de to hestene og Lathisa måtte spille rollen som angrende synder atter en gang. Hun begynte å bli vant med å være en annen enn den hun egentlig var nå, det kunne vært interessant hadde det ikke vært så alvorlig. De to

hestene var ikke akkurat fullblods men de var da ridbare selv
om de var gamle og egentlig avlet for å trekke lettvogner.
Lathisa var ikke vant med å ri over skrevs, og hun følte seg
skrekkelig malplassert på hesteryggen men heldigvis var dyret
rolig og bedagelig av seg så det fant ikke på noe tøys.
Jochmun red tilbake til skogen, det gikk stier på kryss og tvers
der og han red litt frem og tilbake, det gjorde reisen lengre men
kunne bidra til å forvirre forfølgere. Hun var glad den mannen
var så lojal mot hennes familie, selv ville hun aldri greid å
tenke så klart. De rundet en liten sjø og krysset ei ganske stri
elv og Jochmun tvang dem over to ganger, det var tydelig at
han valgte en rute som ikke lot seg tolke så lett av sporfinnere.
Det virket for at han tok en god del stolthet av sine evner til å
skjule spor og lage forvirring for folk som prøvde å finne dem.
På tross av den merkelige løypa kom de langt den dagen, de
slo leir for kvelden på en åstopp som var nesten helt naken
bortsett fra noen klynger med tettvokst kratt. Og de tente ikke
bål, Lathisa visste hvorfor han valgte å legge leiren der, han
kunne se hele området fra oven og ingen kunne se dem i
krattet. Hun var støl og sliten etter rideturen og kjente at hun
lengtet vilt tilbake til palasset og de fine kjolene og all
komforten, men det var verdt det. Hennes datter var hevnet, det
var det eneste som betydde noe. Hun gjentok det for seg selv
gang etter gang.
Lathisa sovnet fort i teppene sine men våknet da det begynte å
gry av dag, Jochmun sto og stirret utover dalen og det var
tydeligvis noe han betraktet. Hun løftet hodet og så lys, små
flakkende punkter som måtte være bål. Jochmun sto og bet
tennene sammen, hun kunne se kjevemusklene jobbe, antagelig
bannet han kongelig innvendig.”Det var ille, vi har folk etter
oss alt nå.”
Lathisa kjente seg brått kald innvendig, hun grep seg til halsen
som på refleks og han svingte rundt og rullet sammen teppene
deres fort og effektivt.”Da må vi avgårde igjen, og det fort. Og
vi må ta en annen rute enn jeg først tenkte.”

Lathisa kom seg på beina med et stønn, beina var så stive som
stokker og knærne verket intenst.
"Hvilken da?"
Jochmun sukket og salet på hestene med raske utålmodige
bevegelser."En ingen bør velge om de ikke absolutt må!"
Hun likte ikke uttrykket i fjeset hans, det var merkelig lukket
og nesten skremt."Hvorfor det?"
Jochmun bare ristet på hodet."Det er best for deg om du ikke
vet noe, før vi er der. Så ikke spør."
Han vippet henne opp på den trøtte hesten og smattet på sin
egen da han var i salen, han satte virkelig opp farten og Lathisa
kunne ikke annet enn å føle seg forfulgt."Hvordan kan de ha
funnet oss? Vi har jo vært så forsiktige?"
Jochmun snudde seg ikke engang."De vet ikke at vi er her, de
har bare gjettet at vi kan ha ridd gjennom denne dalen, og er de
noe tess finner de sporene våre. Det er mange som leter etter
deg nå min dronning, og jeg tror ikke at det er noen der blant
dem som vil deg noe godt."
Hun svelget og klamret seg til salen, det hadde hun allerede
gjettet seg til selv.
Jochmun satte kursen nedover mot andre siden av åsen, der
gikk en parallell dal som virket for å være mest glissen skog og
myrer og hun håpet at han visste hvor de kunne ri trygt. Å bli
sittende i gjørma nå var lite lurt. Skogen virket vass sjuk og
gammel og merkelig trøstesløs der grå været hang lavt over
åskammene. Hun skuttet seg og trakk kappen tettere sammen i
brystet, hun kunne bare stole på at han fant veien, og greide å
holde dem skjult. Men hun følte seg langt fra trygg allikevel,
det var som om det var øyne overalt der som stirret anklagende
på henne. Hun svelget og lot den stø gamle hesten følge den
andre hesten på løse tøyler. Før eller siden måtte de da komme
seg bort fra denne trøstesløse gråheten.

Cian

Det hadde roet seg for natta, folk sov der de lå og det var mørkt og stille der. Cian lå med salteppet under nakken og prøvde å finne ut hvordan han skulle bære seg ad for å bli kvitt det utysket på en ordentlig måte. Å bare myrde mannen ville neppe være særlig lurt, folk ville huske det og selv om Dafvydd var en hatet herre var han deres herre og en mann som myrder en annen vil for alltid være en morder, uansett hvem han dreper. Å utnytte Dafvydds mindre pene sider kunne antagelig være svaret og han trodde han visste hvordan også. Alt av hang av at han hadde lest mannens karakter riktig og det trodde han at han hadde. De fikk bare krysse fingre for at alt gikk bra.

Gamle Laura vasket Isabeau forsiktig, selv ikke det varme vannet greide stanse den unge kvinnens skjelving og Laura ristet oppgitt på hodet til seg selv mens hun flettet det lange rødbrune håret for natten. Herren var full, det var da en god ting i det minste. Han besøkte neppe sin hustrus kammer i den tilstanden. Isabeau var som et nesten sluknet lys, den minste lille trekk kunne bli slutten på henne og Laura skulle ønske hun var en heks og kunne forbanne mannen. Han hadde fortjent å få noen riktig ufine besvergelser kastet over seg. Laura hadde sett de nyankomne og det var noe ved dem som fikk henne til å stusse, de virket liksom så selvsikre og snakket virket tilgjort. Turneringsriddere var som regel langt mer sorgløse. Hun hadde en følelse av at de skjulte noe og den høye lyse mannen som var deres leder virket på en eller annen måte for å kjenne Dafvydd. Laura hadde sanset forakten og raseriet som strømmet fra ham. Vel, så var i det minste den mannen en god menneskekjenner. Hun håpet nesten at Dafvydd gjorde noe dumt og tirret karen, hun ante at ingen greide stå seg mot en slik kriger.

Morgenen kom sakte slik den alltid gjør, morgensola gjorde sitt beste for å lyse opp riddersalen for nå var peisen brent ned og det samme gjaldt alle lysene der. Folk kom seg gjespende på beina og trakk ut for å lette seg eller få seg litt frisk luft. Cian hadde gitt noen korte ordre i løpet av natta og han håpet at de ble forstått og etterfulgt. Nå sto han opp som de andre og fulgte de vanlige morgenrutinene mens han kjente spenningen øke innvendig. Dafvydd dukket opp etter en stund, han var tydelig i bakfylla og så elendig ut men fortsatte å skryte ubegrenset av alt sitt. Cian kunne hatt lyst til å strupe mannen med en hundelenke men ante at det neppe var noen god ide om han skulle få respekt fra resten av befolkningen der. I stedet ventet han. Husfruen viste seg ikke og Cian trodde han ante hvorfor, hun var blitt for ydmyket kvelden før. Hjertet hans blødde virkelig for henne, hun måtte ha levd i et sant helvete siden hun ble gitt til dette umennesket.

Han betraktet rolig rutinene der, tjenerne var effektive og visste hva de skulle gjøre, de ryddet til en sen frokost med en effektivitet som røpet at de var vant med slikt. Det var gode folk på stedet, han ville neppe trenge å skifte ut noen der. Det var da en god ting. De var i gang med å fortære frokosten da en av stallkarene som var med kom løpende inn og bøyde seg hviskende over en av ridderne som var med. Mannen så nesten umerkelig mot Cian mens stallkaren snakket og Cian blunket ubemerket tilbake. Ridderen reiste seg og gjorde mine til å bli med stallkaren ut og Dafvydd var såpass ute av tåka at han skjønte at noe skjedde. Han reiste seg og så nysgjerrig på de to mennene.”Hva skjer?”

Stallkaren kremtet og bukket så han nesten slo nesa i golvet.”Stridshesten til denne ridderen har fått kolikk ærede herre.”

Dafvydd så litt betenkt ut og de to forsvant ut. Cian krysset fingre for at det lille forsøket deres skulle falle godt ut. Stallkaren hadde gitt den aktuelle hesten noen urter som fikk

den til å te seg som om den var syk men det hele var ufarlig og dyret ville snart være ok igjen. Det gikk en stund, så kom ridderen tilbake inn, han så utslått ut. Cian reiste seg og så spørrende på ridderen som sukket nesten teatralsk og slo ut med hendene."Jeg kan ikke ri ham i turneringen slik han er nå. Han må hvile."
Cian så strengt på ridderen."Da må du bli her, vi må videre og det vet du."
Ridderen sank liksom litt sammen."Men... jeg må delta! Er det ingen av dere som kan låne meg en hest?"
De andre så vekk og ned i golvet eller lot som om de ikke hørte. Å la andre ri deres hester var for mye forlangt. Det var ganske enkelt mer trolig at en ridder byttet undertøy med en annen enn at de byttet hester. Dafvydd reiste seg og det lyste litt i blikket hans."Du kan få låne en hest av meg min gode mann, jeg har mange gode men jeg får ikke brukt dem så mye som jeg burde lenger. Og dere er selvsagt alle velkomne til å bli så lenge dere skulle ønske, det skulle bare mangle."
Cian smilte innvendig, han hadde ikke feilbedømt mannen. Han var kanskje en sadist og sann jævel på det personlige planet men når det gjaldt de uskrevne reglene for adelsskapet var han meget veloppdragen. Han ville ikke engang vurdere å være den som jagde gjester videre. Ridderen sto der og spilte lamslått."Æh, det er da alt for mye ærede herre."
Dafvydd slo ut med hendene i en overdådig gest."Alt for gjestene, jeg skulle ønske jeg var ung og fri så jeg kunne slå følge med dere edle riddere."
Cian trakk pusten og reiste seg, han bukket høflig."Vi er beæret over din gjestfrihet min herre, vi venter til i ettermiddag med å ri videre. Om ikke hesten hans er bedre da får han ta tilbudet ditt om en lånehest."
Ridderen så liksom takknemlig på Cian som tok avgjørelsene for ham og Dafvydd smilte fornøyd der han satt. Cian fanget blikket til de andre ridderne, de lot som ingenting men de var klare.

Etter frokosten gikk mennene ut for å lufte hestene sine siden de ikke skulle videre ennå og Dafvydd ble med. Han ble stående der å beundre rytterne som tumlet dyrene sine på gårdsplassen og Cian visste at det var nå det gjaldt å holde tunga rett i munnen. Han fikk Tordenkile sadlet og en lettere skremt stallkar leide den svære hesten ut. Tordenkile forsto visst at noe var på ferde for han sperret opp neseborene og vrinsket skjærende. De andre hestene danset unna og Cian steg i salen. Han så at Dafvydd var blitt vid i blikket og det var rent eierbegjær i blikket hans. Han siklet formelig og øynene vek ikke fra Cian som fikk hesten til å trave rundt på plassen og oppføre seg som den mest veldresserte ridehest. Han røpet ikke hvordan han måtte slite for å oppnå det resultatet, Tordenkile var ingen vanlig gamp men en stridshest og dette kjedet ham. Da Cian tøylet hesten etter en flott oppvisning sto Dafvydd der og virket helt nesegrus av beundring. Cian lot som ingenting og steg av hesten og klappet den på nakken. Han hadde lært Tordenkile å adlyde visse signaler og dette signalet betydde at ingen andre skulle få ri den.

Dafvydd så beundrende opp på den enorme hingsten.”Si meg ærede ridder, hvor fikk du tak i dette fantastiske dyret?”

Cian smilte vennlig, det verket i kjevene hans siden han mest av alt hadde lyst til å snerre til det beistet.”Jeg fikk ham som en gave, fra en beundrer.”

Dafvydd sukket betatt.”For en fantastisk gave å motta, jeg har aldri sett en flottere ganger noe sted.”

Cian rødmet svakt med vilje, det var noe han hadde lært seg i sin ungdom da diverse eldre tanter støtt og stadig skulle bort til ham med alskens spørsmål og dikking han ville unngå for alt i verden.”Ja, jeg er heldig som har slike tilhengere.”

Dafvydd sto nesten og grov i grusen med foten slik en forelsket guttunge gjør overfor sin hjertens kjær.”Si meg, det hadde ikke vært mulig å få prøve den?”

Cian sperret øynene opp.”Vel, han er en meget vanskelig hest så jeg vil ikke anbefale det. Det er normalt bare jeg som får

prøve ham så jeg vil ikke anbefale herren å prøve. Han har
allerede skadet flere ryttere stygt.”
Dafvydd så ikke ut som om han trodde et ord av det Cian sa,
han så bare på hesten med begjær i blikket. Det var tydelig at
han ikke lot seg avskrekke samme hva Cian sa. Cian bare trakk
på skuldrene og snudde seg mot stallkaren sin som om han
hadde avsluttet diskusjonen der og da. Han hadde vært meget
nøye med at alle ridderne sto nær så de hørte alt han sa.
Dafvydd sto der og nærmest trippet, han kokte av frustrasjon.
Oppe i ene tårnet satt Isabeau og gamle Laura og broderte i
lyset fra et av de store vinduene. Vinduskarmen var så dyp at
de satt i den og det var satt inn fine benker og stoler der.
Isabeau så ned på borggården derfra, hun så at ridderne tok ut
hestene sine og mosjonerte dem, hvordan hennes hjerte
hungret etter å bli like fritt som de var. Laura holdt stivt øye
med sin unge frue, hun var oppriktig redd for at noe skulle skje
med henne enten ved herrens hånd eller hennes egen. Lyset i
henne var i ferd med å brenne ut. Isabeau så at den vakre unge
lederen for ridderne tok ut hesten sin, og hun gispet lavt da hun
så hvor stor og tydelig fyrrig hesten var. Hun fattet ikke at
noen vågde ri noe slikt. Men han red den, og gjorde det på en
ypperlig måte. Laura ble var at fruen stirret på noe og også hun
måtte ved gå for seg selv at den unge ridderen var et fantastisk
flott syn på ryggen av den enorme borkete hesten. Isabeau
gispet lavt da hun så at hennes husbond gikk bort til ridderen
og hesten, hun ante hva Dafvydd tenkte nå. Han ville sikkert
prøve å få tak i den hesten på et eller annet vis, ærlig eller
uærlig. Det virket for at han snakket med ridderen litt, så
snudde ridderen og begynte å snakke med noen av de andre
mennene og hesten sto der ved vanningstrauet og drakk.
Isabeau lente seg mot vinduet, hun hadde en merkelig følelse i
brystet, som om hun visste at noe kom til å skje men ikke
akkurat hva.
Dafvydd gikk litt bort fra hesten, så sank han liksom litt
sammen og sto stille før han brått snudde og nesten løp tilbake

til hesten. Han hoppet opp til stigbøylene og slet seg i salen før han grep tøylene. Isabeau hørte menn rope advarende men ordene var vanskelige å få med seg gjennom glasset. Hesten rygget bort fra vanningstrauet og hun så at eieren var på full fart bort mot den mens han ropte noe til Dafvydd som hørtes lettere panisk ut. Hingsten skrek, et rasende hyl som fikk de andre hestene der til å steile og vrinske i panikk. Brått var borggården et kaos av skremte dyr og menn som desperat prøvde å roe dem ned. Isabeau hev etter pusten, hun klemte broderiet så hardt i mellom hendene at hun stakk seg på nåla men det merket hun snaut. Dafvydd kunne ikke greie en slik hest, han var ingen god rytter i det hele tatt og hingsten tok noen mektige byks der den hev på seg sidelengs og forover med stive bein. Dafvydd greide det første bykset som et rent mirakel men det andre ble for mye. Han fløy ut av salen og braste inn gjennom veggen på et skur der de la rotvekstene de foret kyrne med. Planker og stein fløy himmelhøyt og Isabeau ble bare sittende der som lammet. Hun greide ikke skrike eller si noe, hun bare stirret med vidåpne øyne. Laura presset forkleet mot munnen, kanskje endelig gudene var gode mot dem.

To menn raste inn etter Dafvydd mens Cian roet ned hesten som humret kjærlig og gned nesa mot ham. Den hadde skjønt hva den skulle gjøre. Dafvydds riddere var også der og de så vantro på kaoset. De hadde aldri trodd at deres herre var gal nok til å prøve å ri en slik hest, og det uten tillatelse av eieren. Cian fikk en stallkar til å leie hingsten vekk og så snudde han seg mot mennene som kom slepende ut med Dafvydd. Han var i live men bare såvidt, blod rant fra munn og nese og beina hans var brukket. Det virket også for at flere ribbein var knekt og han hang i armene deres og gurglet svakt. Cian skar en grimase av avsky. Han trakk sverdet og vendte seg mot mennene som sto der, ridderne hadde mørke ansikter og flere så direkte skadefro ut. De visste hva som nå ventet. Cian hevet stemmen så den runget over plassen."Jeg er Cian av Ohdrasar, jeg er kong Marcellius utsendte. Denne mannen har vekket vår herres vrede og gjort handlinger uverdige en mann av hans stand. Jeg handler som kong Marcellius hånd og lov når jeg straffer denne mannen for hans ondskap og ulydighet mot tronen."

Det så ut som om Dafvydds riddere var like ved å applaudere, de sto på tå hev og ventet. Cian stålsatte seg, han hadde aldri drept en mann før, ikke slik, og han følte seg kvalm men visste at dette var noe han selv måtte gjøre. Dafvydd var bare delvis bevisst men forsto hva som foregikk. Han prøvde å stable seg på beina men de brukne leggene greide ikke bære ham og Cian svelget kvalmen og kjørte sverdet sitt gjennom brystet på mannen av all sin kraft. Det var et godt blad, skarpt og slankt. Det bet godt og stanset ikke før parerstengene traff mannens brystkasse med et ekkelt dunk. Cian rev sverdet løs igjen og Dafvydd gurglet motbydelig før han sprutet blod over alt og mennene slapp ham. Det rykket et par ganger i kroppen, så ble den stille og det ble jublet blant ridderne. Dafvydds egne så ut som om de brått var blitt løslatt fra lang tids fengsel og Cian regnet med at de nok ble der under hans kommando. Han ristet blodet fra klingen og følte seg langt fra så bra som han hadde trodd men han skjulte tvilen og rettet seg opp. Han så ut over folkemengden."Som kongen har befalt har jeg sverget å tjene ham og kongens vilje var at jeg skulle ta over denne vanærede mannens eiendommer og land og også hans hustru. Fra og med i dag er jeg, Cian av Ohdrasar deres nye herre og mester. De av dere som ønsker det kan forlate stedet uten at noen vil klandre dere for det, men de som blir skal vite at jeg vil være en mye bedre husbond for dere alle enn det dette kadaveret noen gang var."

Det var et øyeblikk en merkelig stillhet der, så brøt jubelen løs over hele plassen, folk ropte og bar seg av begeistring og Cian sto der og mottok hyllesten med verdig mine. I vindusposten over borggården segnet Isabeau besvimt sammen og Laura måtte i all hast gripe sin husfrue og rope på hjelp.

Daithe

Den unge enken hadde spist en enkel frokost og trukket i en passelig elegant men dyr drakt før hun fikk med seg noen av de mest betrodde i følget til tempelet. Hun sørget for å gå tidlig siden det ofte ble mye folk der lengre ut på dagen og hun ville unngå trengsel. Gatene var ganske rolige så tidlig på dagen, noen tiggere satt allerede på hjørnene men de tidde stille da de så følget med godt kledde fremmede. De ante at disse folkene ikke hadde tid til å stanse opp og gi almisser. Daithe stirret tilsynelatende rett fremover under det lette sløret men hun holdt øye med ting, og hun la merke til noe hun ikke hadde sett dagen før. Det var ikke bare veiene som så misligholdt ut. Her og der var det sprekker i murer og vegger og hun rynket pannen og så at de virket ganske nye. Hva kunne dette være? Daithe var bare vant med folk hjemmefra og her ble hun brått konfrontert med mye nytt. Hun så folk som måtte komme fra Hietlai, lange og lyshåret og stolte med en egen aura av selvsikker arroganse. Hun beundret i smug de vakre broderiene de bar på skinnklærne og de vakre våpnene. De så også en gruppe kvinner som måtte være fra sørlige delen av Unlan, de gikk i noen fantastisk vakre kjoler lagd av mange lag av sterkt fargede nesten gjennomsiktige tøyer og fargene blandet seg og skapte nye når de beveget seg. Daithe ville aldri ha vågd å vise så mye hud men for dem var det visst vanlig. Hun sukket beundrende over det lange håret som de bar løst med innflettede små edelsteiner eller gullbjeller, og de tunge og forseggjorte smykkene i sølv og kobber som prydet armer og håndledd. Noen hadde også store smykker i ørene og i nesa og hun stirret etter dem før hun innså at hun gjorde det. Hun hadde trodd seg vel utdannet men det var så mye der hun ikke kjente til.

Veien til tempelet var lang og svingete og hun merket at hun verket i beina da hun så porten foran seg. Den var stor og vakkert pyntet med relieff og malte tablå fra gamle sagn. Og det var nok gull på den til å gjøre et hvert skattekammer misunnelig. Daithe hadde et skarpt blikk, hun så at det var sprekker også her, og møkk ikke minst. Det hellige falmet liksom litt på nært hold. Det stinket av urin og andre etterlatenskaper der siden folk som ventet på tur lettet seg der de sto og det ble også ofret dyr der ute. Daithe rettet seg opp og følget kom hakk i hæl, de var kun fem personer til sammen men såpass godt kledd og bevæpnet at de burde vekke respekt. Daithe gikk inn gjennom den vesle døra i porten og ventet til alle var gjennom til hun gikk videre. Hun så med en gang forfallet der også. Det lå skrot i hjørnene og det vakre hvite tempelet avslørte seg som temmelig grått av støv og skitt. Støvet lå til og med over gullstatuene der. Daithe så litt sjokkert at en av prestinnene og en mann sto i en mørk krok bak noen statuer og det var liten tvil om hva de gjorde. Så selv presteskapet hadde sunket så lavt, hun sukket tungt.
De ble møtt ved hoveddøra av en av yppersteprestene, en lang og tynn gammel mann med mangelfull tanngard og langt snøhvitt hår og skjjegg. Ansiktet hans var edelt men trist og han så molefonken ut. Han bøyde seg høflig for Daithe som presenterte seg og presten presenterte seg til gjengjeld som fader Olan. Daithe merket fort at denne mannen virkelig var en sann prest, og han var bedrøvet over forfallet der og den generelle tilstanden. Hun følte medynk med ham, å se hvordan alt der gikk til hundene måtte være umåtelig hardt for en slik edel gammel sjel. Olan rettet seg opp og smilte trist til henne."Jeg ser at du bærer sorg barn, hva er ditt ærende hit?" Daithe tok seg sammen, stemmen hennes var stø da hun fortalte om Feargus død og hennes ønske. Olan sukket lavt."Det er et mørkt ønske, å vite om han ble myrdet eller ei. Men ønsket ditt er forståelig, og er det en morder løs er det bare rett og rimelig at vedkommende blir brakt til gudenes

rettferd.”
Daithe så skarpt på mannen, hun sanset at han skjulte noe eller
at noe gjorde ham urolig og som en hauk var hun på det med
en gang.
Den gamle vred seg litt plaget, han så i bakken.”De oraklene vi
har her er ikke av god kvalitet dessverre. De andre prestene
påstår at de alle har gaven men det er løgn, og en hellig skal da
ikke befare seg med slikt. Men de er mer interessert i pengene
de får enn i sannheten.”
Daithe så smaløyd på mannen.”Ingen gode orakler?”
Olan nikket trist med hodet.”Vi hadde et sant orakel her men
hun ble dessverre utsatt for et overgrep og ble satt på porten.
Jeg protesterte men de er for sta til å høre på fornuft. Har en
gaven spiller det ingen rolle om en har uskylden i behold eller
ei.”
Daithe gispet opprørt.”Hun ble voldtatt og de bare kastet henne
ut?! Hva slags mennesker er dere egentlig?”
Olan så skyldbetynget ned i bakken.”Redde mennesker ærede
dronning. Det har skjedd mye merkelig i det siste og flere av
prestene krangler kongelig om hva alt egentlig skal bety.”
Daithe rynket pannen og så strengt på ham, mannen krympet
seg synlig.
Hun la armene over kors.”Og hva menes med det?”
Olan sukket og pekte på ene tempelveggen, en tydelig sprekk
vistes over grunnmuren.”Det der med andre ting, det har vært
jordskjelv her temmelig ofte i det siste.”
Daithe så spørrende og forvirret på ham.”Men det er jo normalt
i dette området? Det har alltid vært skjelv her.”
Olan nikket stille.”Ja ærede, men disse er annerledes. De varer
så lenge og er så sterke og rystelsene er annerledes. Vi
skjønner ikke noe av det. Noen sier at de har sett røyk stige fra
Dragetind.”
Daithe svelget kort.”Er den ikke død?”
Olan så smalt på henne.”De som vet det sier at den er død og at
folk bare har sett tåke. De som følger hjertet sitt sier at den har

våknet. Det er folk som tror at enden er nær.”
Daithe ristet oppgitt på hodet.”Vel, ende eller ingen ende, jeg
vil vite hva som skjedde med min mann. Den jenta som ble
jagd bort, vet dere hvor hun kan være?”
Olan sukket og slo ut med hendene.”Nei, ingen har brydd seg
med henne. De andre oraklene er bare glade til siden hun fikk
deres spådommer til å se tåpelige ut og siden hun fikk mye
dyre gaver av folk. For alt vi vet kan hun være død nå, byen er
ikke trygg for en beskyttet ung pike.”
Daithe kjente at hjertet sank i henne.”Vel, da kan du i det
minste spre dette i byen, Daithe av Ar-Altarab betaler fem
gullmynter til den som kan finne det forsvunne oraklet og
bringe henne til meg. Jeg bor på vertshuset Illias Kjede.”
Olan så litt tvilende ut.”Folk kommer til å komme med alskens
jentunger og utgi dem for å være henne.”
Daithe så skarpt på faderen.”Men jeg vil vite at det er den rette
når hun dukker opp, jeg vet det. Hva heter hun?”
Olan svelget kort.”Lamara ærede dronning. Hun har mørkt hår
og en liten føflekk på høyre øreflipp. Og hun har brune øyne
og et hjerteformet ansikt.”
Daithe nikket og la seg ordene på minnet.”Godt, se til at det
blir spredt. Jeg vil ta meg av jentungen, hun fortjener bedre
enn det dere har gitt henne. Uansett om hun ennå er et orakel
eller ei. Ikke noe menneske fortjener noe slikt.”
Olan bare nikket stille og bukket for å finne noen som kunne
spre budskapet. Daithe satte seg ned på en benk og stirret tomt
på den fallerte prakten der. Tempelet var ikke lenger hellig i
hennes øyne. Verdslig grådighet og fordom hadde fått sitt grep
også der inne. Og jordskjelvene kunne godt være gudenes
raseri, hun så ikke bort fra det. I så fall var hun langt fra
overrasket om det var presteskapet de var rasende på.
Etter litt gikk de tilbake til vertshuset, Daithe holdt
lommetørket over munnen mange steder, det stinket ille og hun
forsto at det var kloakkrørene som hadde røket. Nå som hun
ante årsaken til mange av skadene hun så var alt greit å

forklare og hun ante at byen var alvorlig skadd. Hun så vogner og dyr overalt og folk var det i mengder der. Det var tross alt den største byen i hele denne delen av Zhandoria og den rikeste også. De vakre byggene og hagene sto i skrikende kontrast til nøden hun så mange steder. Det løp unger rundt der og tagg eller stjal og Daithe sørget for at folkene hennes passet på verdisakene sine. De små tjuvene var lynraske og dyktige og hun forsto at nød drev foreldre til å lære barna å stjele. Det var et trist tegn i tiden. Hun var lettet da de kom tilbake til den bedre delen av byen der vertshuset lå, det så mer rolig og fredelig ut der og tegnene var ikke så tydelige der.

Hun gikk til spisesalen og slo seg ned, så at tjenestejentene ryddet og vasket unna etter frokosten. Kona til vertshuseieren kom svinsende og lurte på om hun kunne skaffe Daithe noe og hun ba om et lite glass vin. Det var bare å vente nå og hun sukket og beundret det vakre treinteriøret i salen. Kona kom tilbake med noe vin som var uvanlig god. Daithe smilte takknemlig og spurte kvinnen om de hadde merket noe til jordskjelvene der? Hun satte seg ned og så litt storøyd på den unge enken.

"Ærede, alle har merket dem. De sier at de har kjent de siste helt ut til kysten! Og folk har sett merkelige ting i det siste." Daithe moret seg litt over det, når noe uvanlig skjedde så en som regel en hel masse rart i ettertid.

"Som hva da?"

Kvinnen svelget kort."Vel, de sier at det ble født en kalv med to hoder i en av landsbyene lengre inn mot fjellene. Og en sjø lengre nord har flyttet seg en halv fjerding østover. Og elva som går ut i Felderi bukta har flyttet på seg også to steder, det er to svinger der den før rant rett."

Daithe rynket pannen, det hørtes ut som helt vanlige hendelser som skyldes at sandbanker blokkerer strømmen. Og en sjø som flytter seg? Det kunne ha vært et undersjøisk ras eller noe slikt. Kvinnen så ned i bordet og så skrekkelig usikker ut."Og sønnen vår så en utrolig stor flokk med fugler for en stund

siden. Det var svartstrupet klukkeand, og de flyr aldri i flokk
på denne tiden av året. Han sa at de hadde kurs tilbake mot
Ardot, det er alt for tidlig. Og de hadde det travelt sa han."
Daithe så litt mer alvorlig ut nå, hun visste at dyra skulle en
lytte til. Kvinnen reiste seg igjen og neide stivt før hun gikk for
å rydde mer og Daithe ble sittende igjen og tenke hardt.
Da dagen kom virkelig i gang ble det ganske tydelig at presten
hadde gjort som han lovte og spredd ordet i byen. Da sola sto
på sitt høyeste hadde det allerede vært fem personer der med
jenter de prøvde å utgi for å være det savnede orakelet. Daithe
sendte dem avgårde igjen uten en gang å se på jentene, hun
visste at de prøvde å lure henne. Hun hadde såpass til intuisjon
og menneskekunnskap etter sin tid som sitt lands herskerinne.
Hun ble sittende i spisesalen sammen med sin kammertjener
og etter som timene gikk sendte de temmelig mange personer
avgårde og som regel med banning og sverting også. Hun var
glad hun hadde med seg flere væpnede vakter fra hoffet til
tider, for alle fant seg ikke i å bli avvist på den måten.
Det var ikke før sent på ettermiddagen at det omsider skjedde
noe. En arrete gammel kvinne dukket opp og mente at hun
hadde sett Lamara og Daithe visste med en gang at denne
kvinnen ikke løy. Hun snakket sant når hun sa at hun mente
jenta holdt til nede i slumområdene, ved noe som hadde vært
en gammel park den gangen den bydelen var av de fine. Daithe
så at den gamle var oppriktig og gav henne myntene med en
gang, gudene skulle vite at den gamle stakkaren trengte dem
for hun var mager og hadde en stygg hoste og arrene fortalte at
hun sikkert hadde hatt en hudsykdom en gang. Daithe ble
overrøst med velsignelser før kvinnen luntet tilbake mot byen
og den unge enken så brått meget bestemt ut. Hun samlet
vaktene sine og trakk på seg noen mer praktiske klær. Det å gå
til slummen var farlig for selv bevæpnede mennesker siden de
desperate og gale ofte befant seg på slike steder men hun aktet
ikke å la det stanse seg. Få riddere var like gode med sverdet
som henne selv og hun kunne også sjarmere selv en gråstein

om hun ønsket det. Hun aktet å finne Lamara og det før det ble mørkt. Hun visste at det kunne bli vanskelig allerede da hun red ut fra vertshuset men hun aktet slettes ikke å gi seg med det aller første. Jenta skulle finnes, koste hva det koste ville.

Cherdis

Mens Daithe red ned mot slummen med sitt følge av vakter
satt en annen kvinne i sitt rom og børstet håret med lange jevne
drag. Hun stirret fornøyd inn i speilet som hang over det dyre
toalettbordet og rettet litt på kjolen som hadde glidd litt ned
foran. Hun aktet ikke å vise dem alt med en gang heller.
Ansiktet som stirret tilbake på henne var kanskje ikke det
vakreste i byen men så avgjort et av de mest fengslende, og et
av de best kjente. Hun reiste seg grasiøst, betraktet seg kritisk.
Sanger og dikt ble skrevet til hennes ære hver dag, menn
glemte sitt navn og sin ære ved synet av henne og overrøste
henne med gaver. Hun var beundret og begjært, tilbedt og hatet
i like porsjoner og en levende legende i sine kretser. Det fantes
kvinner med vakrere kropp eller ansikt, med mer skinnende
hår eller større byste men da var som regel resten av dem
mindre feilfri. Når det gjaldt samlet skjønnhet slo få henne og
hun var klar over det. Til å være en fattig bondejentes datter
hadde hun i sannhet nådd langt. Få dronninger eide den makten
hun hadde, og hun visste å bruke den også.
Hennes mor hadde grått av glede den dagen datteren ble
plukket ut til å bli en av de ytterst få utvalgte, en som var født
av de laveste lag i folket kunne i praksis ikke nå lengre og hun
hadde aldri glemt hvor hun kom fra. Hun hadde beholdt
perspektivet sitt og var både klok og langtenkt. Mesteren som
plukket ut jenter blant de håpefulle var i sannhet en mester,
hun hadde vært et stygt barn og moren hadde ikke trodd at hun
skulle være aktuell. Men mesteren så mer enn de andre, han så
hvordan hun ville utvikle seg og han så at hennes skjønnhet
ville bli av det slaget som er unik og varig, ikke av det slaget
som blomstrer fort opp og så visner. Og hun hadde
personligheten som sto til den vakre kroppen også, hun var

smartere enn en skulle tro og svært snartenkt. Nå var hun snart
fem og tjue somre men hun var fremdeles den vakreste av alle
Fhai-athi som jobbet i byen. Og den mest ettertraktede
selvsagt, men hun var ikke for hvem som helst. Bare de aller
rikeste og mest fremstående fikk nyte hennes gunst, og hennes
kunster. Hun var den dyktigste som noen gang var trent, hun
danset og sang og elsket som en gudinne og hun visste det.
Cherdis av Zhymorne så ikke på seg selv som en skjøge eller
prostituert men som en prestinne for Arfone, og det gjorde
også de fleste andre i byen. Å få et glimt av henne var som å få
et glimt av gudinnen selv mente man og mange kvinner ønsket
å bli som henne. Hun var styrtrik og beleven og hun
konverserte like lett med konger som med narrer. I sannhet
hadde hun nådd så langt en kvinne kunne der i landet for selv
ikke en dronning hadde hennes frihet og hennes mulighet til å
styre sitt eget liv. Hun bestemte hvem som fikk gleden av
hennes evner, og hun bestemte også for hvem hun danset eller
sang. Mestrene var dypt beæret over at de hadde plukket henne
ut og trent henne så vel, hun skapte stor blest om dem og
tempelet. Cherdis hørte på lyden fra rommene innenfor at folk
ventet på henne nå, hun smilte sakte. Selvsagt ventet de, med
lengsel. Hun var kveldens høydepunkt, prikken over i'en. De
andre dansepikene kunne ikke måle seg med henne på noe vis
og hun smilte til seg selv og festet noen smykker litt bedre før
hun åpnet døra og gikk i retning salen. Dette huset tilhørte en
meget rik adelsmann som lånte det ut til fester og slikt og hun
hadde sin egen garderobe der, som seg hør og bør. Bare de
rikeste kunne ta seg råd til å leie henne og det var stor status og
kunne skryte av at hun var hyret for kvelden. To andre
dansepiker sto i gangen og de neide og så ned i golvet med en
gang de ble var at hun kom seilende, hun gjorde dem lykkelige
med et lite nådig smil før hun stilte seg bak forhenget. Mannen
som styrte det så forgapt på henne før han gav tegn til de der
inne. Hun hørte at hun ble annonsert og det ble musestille der
inne. Salen var nok full som alltid men nå kunne det ha vært

rene gravplassen så lite lyd hørtes. Forhenget ble trukket til side og hun gled frem, mykt og smidig som en slange over skogbunnen.

Øyne landet på henne, øyne som glødet av beundring og begjær og hun smilte det vanlige strålende smilet og lamslo alle med de vakre nesten gylne øynene. Kjolen klynget seg til kroppen og flere adelskvinner så misunnelig på den. De kunne ikke vise seg i noe slikt uten å bli kalt tåpelige eller enda til billige men hun kunne, og på henne ble kjolen bare elegant og forfinet. Det blanke blå stoffet lignet nesten en ekstra hud og skinte som skjell i lyset fra ilden, hun svingte mykt med rytmen fra det vesle orkesteret og så begynte hun å danse. Akkurat i det riktige øyeblikket da alle øyne var rettet mot henne. Snart satt alle og glante fortapt på kvinnen som danset der oppe på podiet, så elegant som en stor katt og så vakkert at det var vanskelig å tro at hun var virkelig, og ikke en illusjon. Cherdis var i utmerket form, sterk og utholdende og meget rask og hun danset lenge før hun ble sliten. Da var alle der som bergtatt av synet og hun stanset grasiøst og kastet det lange mahogny fargede håret tilbake over skulderen. Det glødet i blikket og huden blusset av anstrengelsen, dette var å leve. Hun følte seg mer hel enn noen gang ellers når hun hadde danset og gjort det godt. Dette var i sannhet til Arfones ære. Forsamlingen brøt øyeblikkelig ut i vill applaus hun ydmykt mottok og så trakk hun seg tilbake til garderoben. Hun visste at det ville komme bud fra mange i løpet av kvelden og hun ville selv bestemme om hun skulle svare på noen av dem. Hun smilte fornøyd og fikk på seg en annen kjole som var mer behagelig. Det var satt frem en stor flaske med dyr vin og hun skjenket i et lite glass før hun nippet til den. Cherdis drakk aldri mye, det var en av reglene de alle forholdt seg til. Drakk kundene mye svarte de med å bare nippe varsomt til drikkevarene og helst holdt de seg til vann. De måtte holde hodet kaldt for det de gjorde kunne være farlig. Det var menn der ute som var syke av sinn og også de som var direkte farlige. Cherdis visste dette og hun hadde aldri tatt noen sjanser. Om hun fikk mistanke til noen sørget hun for å aldri være alene med vedkommende, og hun var en god tolker av folks karakter.

Etter en stund kom det ganske riktig flere lapper til henne og hun leste fort over dem, ingen av dem var direkte oppsiktsvekkende, bortsett fra den siste. Det var en lapp skrevet på et uvanlig mørkt papir og hun rynket pannen forvirret over det som sto på den. Det var skrevet med en særdeles jevn skrift og blekket så grønt ut i det svake lyset. Var dette en spøk av noe slag? Folk pleide som regel å skrive dikt som hyllet hennes skjønnhet eller tryglet om en liten bit av hennes gunst. Dette var kryptisk og hun forsto ikke noe av det. « Den skjulte sønn skal eie hva moderens flukt vil gi. Og ulven skal bringe dem sammen. Den mørkes hjerte vil sette dem alle fri, og Thialars bok binde dem til de valgte. Blodets barn skal bringe det glemte frem i lyset, tatt fra den falnes egen hånd. Sorgens ridder skal bringe makten til den glemte men begjærte. En dronning uten land, en hellig som var tapt, en æreløs som æres må skal vise vei. Bastarden av gammelt blod og ildens datter skal bevitne fallet og en ny dag vil gry. Så er det spådd, så vil det bli.»

Cherdis la lappen til siden, hun følte noe som lignet et fjernt ubehag ved synet av den så hun satte like godt en vase over den.

En av de som jobbet der stakk hodet inn døra." Lorden av Gråvegg ønsker å se deg i kveld. Han ønsker å gi deg det han har lovet."

Cherdis så ned, den mannen var en av hennes største beundrere og en person hun virkelig likte. Han var ikke nødvendigvis interessert i å ligge med henne men i å snakke med henne. Cherdis kunne snakke om hva som helst og det på en fornuftig og opplyst måte. Hun visste at hans hustru var en vakker kvinne som dessverre ikke var utstyrt med særlig intelligens. Av og til trengte han bare å sitte og slappe av og snakke med en kvinne som faktisk hadde omløp under pannebrasken. Hun bestemte seg brått, hun ville besøke ham. Den merkelige lappen hadde gjort henne urolig og hun ville glemme den. Det var ingen underskrift på den heller og det var uvanlig. Hva mentes med det hele? Hun reiste seg og smilte kort til tjeneren."Si til budet vårt at jeg vil besøke lorden i kveld." Tjeneren forsvant ut og hun sukket og satte seg ved speilet, forandret på sminken og håret. Hun kunne ikke fremstå som noe annet enn perfekt nå, ryktet hennes avhang av det.

En stund senere befant hun seg i en bærestol på vei mot huset der lorden holdt til på de kveldene han hadde besøk av henne. Det var en herskapsbolig helt på grensen til slummen, en gang var den av de fineste i hele byen men nå var den rimelig beskjeden. Det forhindret ikke boligen fra å være luksuriøs og godt vedlikeholdt på tross av det fallerte nabolaget. Hun visste at han ventet på henne og hun skred inn etter å ha bedt bærerne vente utenfor. Det kunne bli sent men hun visste at de ville stå der for det var ganske enkelt deres jobb. Huset var vakkert innvendig, koselig med vakre tepper og dyre malerier og gode møbler. Flere adelsmenn hadde slike små hemmelige private gjemmesteder og hun smilte smalt mens hun fant veien til salongen. Lord Byrthan var en ganske ung mann, og alltid vennlig og høfligheten selv. Hun satte pris på ham på sitt vis for hun prøvde å sile ut de av hennes klienter hun ikke følte seg vel med og satte prisen så høyt for dem at de hadde nok med et besøk.

Byrthan satt i en sofa og smilte nesten kjærlig til henne, han var kledd i et par løse myke bukser og en slags lang åpen tunika av et dyrt stoff. Han var en rik mann og hun visste det også. Cherdis smilte sitt vanlige hjertelige smil til ham, det smilet som skulle få en mann til å tro at han var den eneste ene for henne. Byrthan rakte ut handa."Vær velkommen min kjære. Jeg har lengtet etter å se deg igjen."

Cherdis lot ham kysse handa hennes og han stirret lidenskapelig på henne. Hun sanset at han hadde andre planer enn å bare sitte og konversere denne kvelden."Min kjære venn, hva er det du ønsker i kveld?"

Hun gjorde stemmen sensuell og litt hes og så at han svelget hardt. Han strakte ut handa og strøk den langs skulderen og halsen hennes."Jeg ønsker..."

Han svelget igjen."Jeg ønsker å glemme min skjønne, å gjemme meg i din skjønnhet for en kort stund."

Cherdis så forundret på ham."Gjemme deg min herre? Hvorfor det?"

Byrthan satte seg nærmere henne, handa hans var allerede på innsiden av kjolen hennes og kjælte varsomt men ivrig med det nærmeste brystet hennes. Det var mildt sagt forstyrrende.

Han hadde noe desperat i blikket som gjorde henne urolig, noe var galt her. Han så ned i golvet.

"Det har skjedd ting som..."

Han virket for å lete etter de riktige ordene."Kan endre alt!"

Han kysset henne sultent og Cherdis ble mer og mer urolig."Det må du forklare nærmere min venn, kanskje jeg kan gi gode råd?"

Hun var klar til å snakke seg ut av dette nå, det gikk ikke som det pleide og det var sjeldent noe bra tegn. Han trakk kjolelivet hennes ned, peste nesten nå."Min bror har vendt tilbake fra Ardot, vi trodde han skulle bli der resten av livet men nei! Så nå har vi virkelige problemer! Og min idiot av en hustru har fortalt alle om det."

Cherdis rykket til, hun så storøyd på Byrthan som strøk hendene over brystene hennes og prøvde å trekke opp skjørtene hennes også. Hun husket Byrthans bror og den skrekkelige skandalen eller heller katastrofen han hadde stelt i stand for nesten ti år siden. Mannen hadde vært nødt til å rømme, det var mektige familier i denne byen som helst ville sett mannen død og hele hans ætt med ham.

Cherdis prøvde å holde Byrthan stangen med hendene."Men hvorfor har han vendt tilbake? Han må da vite at det er livsfarlig?"

Byrthan tvang hendenes hennes vekk, han virket for å være halvveis i transe."Han tror de har glemt! Og vil ta over fars eiendommer."

Cherdis måtte fnyse."Glemt? Hvordan kan de glemme noe slikt? Er han gal?"

Byrthan så opp på henne, hun så fortvilelsen i blikket hans."Ja, og den galskapen vil drepe oss alle om jeg ikke greier å blidgjøre dem på et eller annet vis."

Cherdis gispet lavt og prøvde å tenke fort. Byrthans bror Adec hadde forført og satt barn på ikke bare en men to jenter fra byens aller mest fornemme familie, Tharasa av Darasher. Begge hadde han lovt ekteskap men så hadde de funnet ut av det og i basketaket som fulgte hadde han kvalt den ene ungjenta og skadet den andre alvorlig, hun døde senere under fødselen av det uønskede barnet. Cherdis grøsset kort, Adec hadde virkelig gjort seg hatet der og det var fremdeles en høy pris på hodet hans.

Byrthan fikk henne ned på sofaen og flerret like godt skjørtene hennes med et rykk. Cherdis ble skremt, han var lidenskapelig av seg men aldri slik, det måtte være angsten som fikk uttrykk i tøylesløs lyst. Hun var da ikke en vanlig hore men nå behandlet han henne som en slik. Han holdt henne nede og fikk sine egne klær ut av veien og hun bestemte seg for å bare la ham få viljen sin, å slåss mot ham nå ville være dumt siden han tydeligvis var ute av seg. Byrthan tok henne fort og nesten brutalt og hun gispet og prøvde å i det minste vri seg til en bedre stilling men han holdt henne nede. Det gjorde vondt, hun var ikke vant med å bli behandlet slik, å bli bare tatt som et annet dyr og hun bare lå der helt stiv av forskrekkelse og sjokk. Han var fort ferdig, brølte håst en gang og kollapset over henne i noen sekunder før han rettet seg opp og kom seg opp igjen. Cherdis svelget hardt, hun ønsket å gråte men kunne ikke, hun måtte holde maska, for sin egen trygghets skyld. Byrthan så på henne med et merkelig fjernt blikk."Jeg betaler selvsagt dobbelt."

Cherdis skulle til å svare at ingen penger kunne betale for et slikt overtramp av reglene da døra bak i rommet brått gikk opp.

Fem menn i mørke klær raste inn og Cherdis skrek vettskremt. Hun grep et teppe for å dekke seg til og Byrthan bare sto og måpte helt til den første av mennene trakk et kort sverd og kjørte det rett gjennom strupen på ham. Cherdis forsto, de var leiemordere sendt av familien hans bror hadde fornærmet og de ville rydde alle av hans ætt ut av veien nå. Adec hadde vekket et sovende uhyre da han vendte hjem slik. Blod regnet over henne og hun visste at hun også var i livsfare nå. De ville drepe alle som var i rommet med Byrthan og hun prøvde å komme seg på beina og løpe men en av dem grep tak i det lange håret hennes og rykket henne ut av balanse.

Den som drepte Byrthan ristet blodet av klingen og så smalt på den vettskremte kvinnen, han smilte smalt.”Så, den forbannedes bror har kost seg litt denne kvelden, så beleilig.” Han nikket til mannen som holdt henne og hun kjente at hjertet synke i brystet da hun så minen hans. Å drepe henne var ikke hva de først og fremst ville.”Få henne opp på bordet der.” Mannen grep henne brutalt og slengte henne på magen på det vakre spillebordet som sto midt i rommet, hun tryglet om nåde alt hun klarte men det nyttet ikke. Resten av kjolen ble flerret av henne og hender holdt henne nede. Hun skrek av smerte og redsel mens de tok henne etter tur, den ene mer brutalt enn den andre. Til slutt var hun på nippet til å besvime av smerten og hun ante ingen utvei ut av dette. Det var ikke slik hun hadde trodd hun skulle dø, først voldtatt og så bare slaktet som et dyr. Den siste gjorde seg ferdig med et rop og klasket henne for morro skyld hardt over baken.”Hun er faen meg god, synd å kaste bort en slik lekkerbisken men hun har sett oss.” Lederen nikket bare kaldt.”Skjær over strupen på henne og dump henne med liket hans.”

En av mennene trakk en dolk og Cherdis så døden i hvitøyet da noe uventet skjedde. Brått begynte alt å riste voldsomt, det var

en braking og knaking av en annen verden samt smell fra ting
som falt ned fra hyller og skap. Det ristet så voldsomt at karene
mistet balansen og falt overende og Cherdis var brått løs. Hun
gispet kort og kastet seg vekk fra bordet, en av mennene grep
etter henne og fikk tak i ankelen hennes. Hun sparket til ham
med andre foten og kjente det knase stygt da nesa hans røk.
Mannen skrek av smerte og en annen grep tak i ene armen
hennes med et stålhardt grep. Cherdis var hinsides fornuftig
tanke nå. Hun grep det første hun fikk tak i og det viste seg å
være et brennende fettlys. Hun kyste det i ansiktet til mannen
som rygget bakover og slapp henne med et skrik, brennende
fett regnet fra fjeset hans og hun ble ikke stående for å se på.
Hun kjempet for å holde seg på beina men smidig som hun var
greide hun det og kom seg ut døra. Det var ingen i korridorene
og hun løp alt hun maktet.
Det verket intenst i hele underlivet hennes og hun følte blod
renne nedover beina men hun brydde seg ikke om det nå. Alt
som telte var å komme seg vekk.Nattemørket og kulden var et
lammende sjokk og hun skrek da hun så hva som skjedde i
byen, tårn og bygg danset formelig, hun så ild flamme opp
flere steder og overalt var det skrik og rop samt lyden av stein
som ramlet fra fasader og hylene fra skremte hester og andre
dyr. Det var et kaos uten like, skjelvet gav seg brått men hun
visste at det ikke var slutten på dette for det. Før eller siden
kom det nye skjelv og hun gav seg til å løpe gjennom gatene i
blind panikk. Hun måtte gjemme seg og det fort, før mennene
rakk å forfølge henne. Det var folk overalt nå, mennesker i
panikk og synet av en blodig og naken kvinne var slettes ikke
oppsiktsvekkende i denne situasjonen, ingen skjelv så langt
hadde vært så sterke så panikken var totalt mange steder.
Cherdis løp så hun kjente blodsmak i munnen, hun visste at de
ville lete etter henne. Hvor ved alle guder kunne hun være
trygg nå? Hun hulket lavt og banet seg vei gjennom mengden
med ropende og skrikende mennesker, der et sted foran seg så
hun ryttere og et eller annet trakk henne mot dem.

Daithe

Daithe og følget hennes hadde nådd slummen og lette seg frem
til det som en gang hadde vært en park ganske lett, det var et
åpent område mellom all den falleferdige bebyggelsen og
Daithe skar stygge grimaser ved synet av forfallet. De så folk
som skyndte seg vekk ved synet av de væpnede ridderne, og
andre som trakk nærmere i nysgjerrighet. Daithe så at flere av
beboerne var kledd i filler og slikt, andre var synlig syke med
byller og sår eller stygg hoste og hun forsto at dette var siste
stoppested. Her endte de håpløse, de som ikke hadde mer å
håpe på av livet. Og siden de ikke hadde mer å frykte hadde de
ikke noe å tape så vaktene hennes var ekstra på vakt. Daithe
red i midten og med jevne mellomrom ropte hun på jenta. Hun
bare håpet at orakelet var i livet ennå. De hadde nesten gitt opp
håpet da en svak stemme svarte dem fra noe som måtte ha vært
et brofeste en gang i tida. En mager liten skikkelse dukket opp
og Daithe merket en underlig følelse ved synet, som om hun
kjente denne jenta fra før av. Hun ble sittende helt rolig på
hesten til jenta nærmet seg, hun virket skremt men det var noe
merkelig selvsikkert i bevegelsene på tross av det.
Lamara stanset foran rytterne, hun så rolig på dem selv om så
mange væpnede ryttere naturlig nok skremte henne litt. Hun
hadde kjent det på seg at noe nærmet seg, noe som ville endre
alt og nå visste hun at det var denne vakre kvinnen som satt der
høyt til hest og stirret på henne. Hun hadde et budskap til
denne personen og det måtte avleveres så snart som mulig.
Hun kjente hvor svak hun var nå men det ville endre seg.
Daithe så avventende på jenta som sto der og smilte

varsomt.”Du er Lamara av Unlan?”

Lamara nikket.”Og du er enken, dronning uten land.”

Daithe gispet lavt og kjente at noe kaldt løp nedover ryggen på seg. Dette var virkelig et orakel, ingen tvil om det. Lamara så fast på Daithe.”Du skal få svarene du ønsker ærede, men vi må oppover i byen, det er ennå en person vi skal møte.”

Daithe så forvirret på henne.”En person til? Men...”

Lamara bikket på hodet.”Ja, du vil få det forklart etterhvert. Men jeg har sett ting, ting som forteller om stor fare, vi må vekk herfra fort.”

Daithe svelget og snudde hesten, en av vaktene hjalp Lamara opp på hesten bak henne og jenta klamret seg til salen.”Vi må i retning tempelet, og fort.”

Daithe kunne ikke annet enn å adlyde den rolige vissheten i jentas stemme men noe i henne var vanvittig skremt. Det var som om hun brått merket en visshet i seg selv som hun ikke kunne sette ord på men den var overveldende og skremmende på en og samme tiid.

De hadde ridd en god stund og var i overkanten av det forfalne området da hestene brått begynte å vrinske og kaste på seg og de hørte en svak dur som sakte ble sterkere. Daithe gispet høyt da hun forsto hva det var, vaktene strevde med de skremte hestene og brått brøt selve helvete løs. Det dundret og brakte, bygninger svaiet og et sant kor av skrik og rop steg mot himmelen mens takstein og fliser formelig fløy gjennom lufta. Det lå et merkelig lysskjær over alt, et underlig flakkende blålig lys som gjorde alt merkelig spøkelsesaktig og enda mer skremmende enn det ellers ville vært. Branner brøt ut og Daithe hørte at Lamara gispet etter luft men ellers var hun uvanlig rolig. Det var brått fullt av folk i gatene og nesten samtlige hadde panikk samt at hester og andre dyr løp rundt og gjorde kaoset enda verre. Daithe snudde seg mot Lamara.”Hvem er det vi skal møte?”

Lamara smilte bare mykt.”Der, der er hun. Hun skal være med oss.”

Daithe snudde hodet og så nedover gata, en kvinne kom løpende med skrekk og smerte skrevet over hele ansiktet. Hun var naken og blodig og enken forsto av rent instinkt at noe skrekkelig hadde skjedd med denne kvinnen som ikke hadde med jordskjelvet å gjøre. Og hun kjente henne igjen selv om hun aldri hadde sett henne noen gang.

Cherdis så at rytterne snudde seg mot henne, på den fremste hesten satt det to personer, en ung jente og en ung kvinne, begge stirret på henne og Cherdis fikk en merkelig følelse av at hun hadde sett begge to før. Hun løp de siste stegene frem mot dem og den unge jenta nikket mildt til henne."Du er den ærede vanærede, du er av oss."

Cherdis gispet lavt og husket lappen, hun ble merkelig skremt av roen i blikket til den magre jentungen. Daithe nikket til en av vaktene."Sitt opp med John, la henne ta hesten din."

Hun så fort på Cherdis."Du kan ri?"

Cherdis nikket kort, hun var ennå livredd og visste at hun hadde mennene i hælene nå. Hun halte seg opp på hesten med vansker, hun hadde vondt og var støl og Daithe tok tømmene og fikk vaktene til å jage folk vekk så de kom frem. Hun snudde seg mot den nakne kvinnen som så ynkelig og skremt ut."Jeg er Daithe, dronning av Ar-Altarab. Dette er Lamara av Unlan, hun er et orakel. Og du er?"

Cherdis svelget kort, hun var merkelig i sjokk men greide å ta seg sammen."Jeg... Jeg er Cherdis, jeg ..."

Lamara fullførte for henne."En av byens beste kurtisaner, en pryd for Arfones tempel og ettertraktet av alle byens rikeste menn."

Cherdis hulket og klamret seg til salhornet, det verket ennå i henne."Ikke nå mer, de.."

Daithe så smalt på henne, så blåmerkene som var i ferd med å dannes og forsto av instinkt akkurat hva som var skjedd. Hun bannet innvendig og ristet oppgitt på hodet. Menn var da virkelig svin også, Cherdis var utsøkt vakker på mange måter og hun ante at hun neppe var en vanlig skjøge. Om hun ikke husket feil var denne byens kurtisaner høyt utdannede og sofistikerte kvinner som kunne måle seg med enhver dronning når det gjaldt kunnskap og dannelse.

Cherdis kikket bak dem gjentatte ganger men så ingen forfølgere, antagelig hadde skjelvet fått inngangen til huset til å rase rett etter at hun kom seg ut. Hun visste at de ville spore henne opp uansett og hun kjente en desperat trang til å komme seg så langt vekk som mulig. Men denne kvinnen var en dronning og kanskje kunne hun være trygg hos henne? Hun måtte finne det ut. De red gjennom byen så fort de kunne og samtlige ble sjokkert over skadene og massene med fortvilte mennesker. Mange var drept eller skadet og klagerop og skrik steg over de ødelagte husene. Daithe kunne lite gjøre for å hjelpe, hun håpet bare at den lokale herskeren fikk i gang hjelp fort.

Det var langt på natt før de nådde vertshuset og hun så til sin lettelse at det så uskadet ut. Cherdis hang formelig på hesten og Lamara spratt ned av Daithes ganger og hjalp en av vaktene med å løfte den nesten bevisstløse kvinnen ned. "Hun trenger en lege og det fort."

Daithe gav tegn til en av tjenerne som hadde dukket opp da de hørte hovslagene."Se om det er noen legekyndige her."

Lamara så litt urolig ut og Daithe så spørrende på henne."Hvorfor skal hun være med oss?"

Den unge jenta bare så rolig på henne med merkelig fjernt blikk."Fordi det har vært bestemt, lenge før vi engang ble født."

Hun begynte å gå og Daithe måtte bare henge seg etter. Inne var det tilløp til en smule kaos, diverse var falt ned og knust og flere gjester var skremt men huset var uskadet og betjeningen var i full gang med opprydning og med å roe ned de redde folkene. Daithe fikk en av vaktene til å bære Cherdis opp til rommet hennes i et teppe og hun fikk en følelse av at hun fikk ta en ting av gangen nå. Cherdis var skadd og i fare så de fikk ta seg av det først og fremst. Så fikk de ta resten senere.

Tjeneren hadde funnet en kvinne der som var trent som helbreder, hun fikk beskjed om hvor Cherdis var og kom fort til Daithes rom. Hun presenterte seg som Alrissa og var en dame godt opp i årene men hun var myndig og antagelig meget dyktig. Hun hadde med en veske med diverse remedier og fikk fort kontroll over situasjonen. Daithe og Lamara ble sittende i hver sin stol mens Alrissa undersøkte Cherdis som med ustø stemme fortalte hva som hadde skjedd. Daithe ble betenkt, om det virkelig var leie mordere ville de garantert prøve å finne Cherdis og drepe henne, og alle som hun kunne ha sladret til også. Lamara så bare rolig på den unge enken."De vil lete etter henne og de vil komme etter oss men de vil bli stanset når tiden er inne."

Daithe ristet forvirret på hodet."Stanset? Av hvem? Og hvor er det liksom at vi skal?"

Lamara så bare foran seg med et rolig smil."Det vil vi få se snart."

Alrissa vasket hendene og det var noe svært alvorlig i blikket hennes."Hun blir ok igjen, jeg har stanset blødningene og fått ordnet med de verste skadene men hun trenger hvile og har fått et skrekkelig sjokk. Det har vært en forferdelig opplevelse for henne."

Daithe kunne så levende forestille seg det. Hun følte en slags nysgjerrighet, hun hadde aldri møtt noen av Cherdis profesjon noen gang og ante ikke om hun burde føle forakt eller beundring. Lamara følte hun allerede nå en slags ærefrykt for, det hvilte krefter i den spe jentungen hun snaut kunne forestille seg. Men hvorfor var det liksom meningen at de tre skulle treffes? Alrissa så smalt på Lamara."Hun trenger også hvile, og god mat ikke minst."

Daithe ble rykket ut av funderingene."Æh, selvsagt."

Hun vinket på en tjener."Se til at de bringer mat til rommet, mye av det. Og varmt vann, vi trenger alle et bad tror jeg."

Tjeneren forsvant for å fullføre ordren og Alrissa så fort på Daithe."Jeg aner ikke hva du vet om byen her, men jeg ville

sørget for å ha vakter overalt så lenge Cherdis ble jagd av de mennene. Her er ingen trygg om en ikke er godt voktet."
Daithe grøsset og nikket, gav Alrissa en god sum penger og den aldrende kvinnen neide fort og gikk igjen. Cherdis hadde fått på seg en enkel kjole og så bedre ut men hun var tydelig påkjent og skalv over det hele. Lamara gikk bort til henne og tok henne i handa."Skyggene vil svinne søster, de vil ikke få tak i deg. Det største som frykter det minste vil verge oss."
Daithe ristet oppgitt på hodet og forsto ingenting.
Det kom flere tjenestejenter med brett med mat og Lamara hev seg over det som en ulv. Cherdis hadde ikke matlyst men forsto at hun måtte spise. Hun gråt fremdeles og følte det som om hun ennå hadde hendene deres på seg. Hun ristet og Daithe så granskende på henne."Er det første gang at.... at noen har gjort det der mot deg?"
Cherdis sukket lavt og tømte et glass vin." Ja, ingen har tatt meg mot min vilje før. Vi er ikke gatehorer vet du."
Daithe sukket lavt og så ned."Tilgi meg, jeg er uvitende."
Lamara så smalt på dem, det var noe stramt i ansiktet."Hva og hvem vi alle var spiller ingen rolle, vi er noe annet nå."
Daithe snudde seg og rynket pannen."Hva mener du med det?"
Lamara så fast på henne."Vi er gudinnens ansikt nå, sammen med dem vi vil møte. Dere vil forstå etterhvert."
Daithe skar en grimase."Og jeg som bare ville vite hva som skjedde med min mann."
Lamara smilte skjevt."Du ønsker å vite om han ble myrdet eller ei. Du var målet, han var et uheldig offer. Men ja, han ble myrdet. Og følger vi veien vil du møte hans mordere og få hevn."
Daithe så vantro på Lamara, den magre jenta så utrolig sikker ut."Mener du det?"
Lamara nikket stille."Det står skrevet i stjernene."
Daithe trakk pusten dypt og kjente at tårene vellet opp i øynene, hun savnet ham brått ulidelig mye.
Etter litt fikk tjenerne brakt opp vann og de tre vasket seg,

Daithe var sjokkert over hvor mager Lamara var, det var liten tvil om at hun trengte mye og god mat fremover. Egentlig var det mer som et under at hun hadde overlevd så lenge som hun hadde i slummen. Et orakel blir som regel forkjælet og beskyttet, det skaper sjelden sterke sjeler som gjør det som må til for å overleve. Ute hørte de fremdeles lydene fra byen, skrik og skrål og et svare leven. Det skinte i vinduene av gjenglansen av branner og Daithe visste at mennesker døde der ute nå. Hun kom til at det tryggeste ville være å forlate byen, og gjøre det så fort som mulig. Både for hennes egen skyld og for Cherdis. Det var merkelig men hun hadde på en måte allerede godtatt og forstått at de tre måtte reise sammen. Det var hinsides sunn fornuft men på en merkelig måte samtidig helt selvsagt.

Hun bestemte seg der og da at fra nå av var hun ikke lenger så mye dronning Daithe som den ridderen hun en gang hadde ønsket å være. Det gjorde ting enklere, og gav henne langt friere hender. Etter badet gikk de tre til sengs, det begynte å lysne ute men de måtte hvile og Daithe fikk kammertjeneren sin til å love å vekke dem når sola sto på det høyeste. De fikk legge mer planer da, frem til da trengte hun søvn og trengte det sårt. Det siste hun tenkte på før hun sovnet var hvor opprørt dette ville gjort Feargus, han ville ha rast rundt for å hjelpe folk. Men hun skulle hevne ham, ved alle guder som hun skulle hevne ham.

Midar

Meyret våknet sakte til igjen, hun var først totalt forvirret og husket ikke noe. Hun frøs og det gjorde vondt overalt,og hun så fremdeles nesten ingenting. Alt var bare tåke. Men hun husket brått det som var skjedd, det fremsto som en bisarr drøm men var realitet. Hun kjente frisk luft og kjente lukta av skog og mark, hun lå på noe som måtte være et salteppe med et annet et over seg og i nærheten kjente hun varmen fra et bål. Hun så et svakt blafrende lysskinn så det måtte være ild. Hun prøvde å stable seg opp men var for svak, greide bare vri seg litt og kjente at hjertet hamret av desperat iver og frykt. Med en gang hørte hun bevegelse, kunne skimte en skikkelse som kom bort til henne og rettet på teppene. Hun rykket til og visste ikke hva hun skulle tro, var dette virkelig en venn, eller bare en ny fiende? Det måtte være den samme som bar henne ut etter lukta å dømme, og vedkommende virket for å være ganske ung. Hun svelget fort og forbannet sin egen svakhet. Hun skvatt da han snakket til henne."Du besvimte så jeg bar deg foran meg på hesten, nå er vi i en liten dalgang, måtte la hestene hvile litt. Men jeg kan ikke tenne noe stort bål, vi må ikke bli sett. Er du sulten?"
Stemmen var ganske vennlig, hun merket det. Hun nikket usikkert og trakk sakte teppet bedre rundt seg, ante ikke om hun i det hele tatt var i stand til å spise lenger.
En hånd kom liksom fra ingensteder fra og støttet hodet hennes, hun klynket av berøringen, den føltes så vanvittig sterkt. En del av henne ville komme seg vekk, en annen del var på gråten av lettelse over endelig å føle en annen levende skapning nær seg mens en tredje del var full av forakt og sinne, han var et menneske, en av de avskyelige foraktelige

skapningene som hadde fanget henne og holdt henne der. Hun burde drepe ham, men hun var så svak. En kopp med noe i ble holdt mot leppene hennes og hun kjente lukta av en slags suppe. Nølende tok hun en varsom slurk, det smakte hinsides himmelsk. Hun skalv brått av iver etter å få i seg mer men forsto at hun måtte ta det varsomt, ellers kom det bare opp igjen, Stemmen hans var deltagende, men det var også noe fjernt i den.”Du får ta det sakte, de kan jo ikke ha gitt deg mat i det hele tatt jente.”

Hun lukket øynene et øyeblikk, han visste ikke hvem og hva hun var. Det var ganske så klart. Hun fikk bare jatte med til hun fant ut hvem han var og hva han ville med henne.

Midar prøvde så godt han kunne å behandle henne høvisk, uansett hvem hun var fortjente hun da noe vennlighet etter oppholdet på det forferdelige stedet. Han hadde kokt opp en tynn suppe siden hun neppe tålte noe mer nå og prøvde å få i henne litt ihvertfall. Hun virket ivrig da hun skjønte hva det var, det var åpenbart at hun så svært dårlig ennå. Han merket seg hvor usikker hun virket og prøvde å virke rolig og medfølende, det var bare så vanskelig å se hva som nå burde gjøres. Han måtte få henne til det avtalte stedet, det var ingen utvei men han ante at hun bare ville gå fra asken til ilden. Da hun hadde fått i seg bollen med suppe la han henne varsomt ned på teppet igjen.”Det trengte du tror jeg. Hva heter du?”

Hun så forskrekket ut, grep seg til strupen og noen krakselyder trengte seg frem før hun åpenbart fikk i gang stemmebåndene.”Jeg.. jeg er... Meyret.”

Stemmen var hås og svært lav, nesten uhørlig men han smilte så vennlig han kunne tilbake.”Jeg er Midar.”

Hun så sjokkert ut og berørte halsen med en innadvendt mine, trodde hun kanskje at hun hadde mistet stemmen helt? Det var noe som lignet vrede i blikket hennes men det døde bort, hun så bare fortapt og svak ut.

Meyret ble usikker da han spurte etter navnet hennes, for hun kunne jo ikke snakke med mindre de som holdt henne fanget

var til stede. Sjokket da hun allikevel greide si noe var overveldende, et øyeblikk gikk det rundt for henne. Var magien deres svekket etter alle disse årene? Eller var årsaken en annen? Hun konsentrerte seg fort, snuste i lufta. Lukta av ham var kjent, det var svakt men han var av deres blod, av deres slekt. Hun kjente at sinnet brøt seg frem i sjelen igjen men det døde like fort bort. Det måtte være langt ute i såfall og han visste tydeligvis ikke noe om henne. Og han hadde fått henne ut av fangehullet, bare det gjorde henne takknemlig i seg selv. Hun kremtet og rensket stemmen, prøvde å holde den stø."Jeg ser deg ikke, hvorfor har du reddet meg?"
Midar rettet varsomt på teppene hennes."Jeg er tyv, og fikk i oppdra å finne og befri deg. De sier du er av edel ætt og at noen kidnappet deg. Jeg tror dem ikke, du må være kongelig eller noe ikke sant? Og nå vil de kreve løsepenger i stedet for de som stjal deg i første omgang?"
Meyret grep seg til hodet, en tyv. En simpel tyv men det var på en måte passende. Han var sikkert resultatet av en liten mesallianse eller et sidesprang. Bastarder var det mange av visste hun. Og kjente hun menneskene rett var de like glade i intriger og slikt som før. Hun nikket usikkert og han klappet henne vennlig på skulderen."Ta det med ro, jeg skal passe godt på deg men jeg må avlevere deg der jeg har fått beskjed om, jeg har ikke noe valg."
Meyret skar en grimase innvendig, så det var hva han trodde. Vel han kunne få tro det inntil videre. Men hun aktet ikke å la seg overlevere som et annet pant, hun måtte finne en måte å unnslippe på. Han var da bare et menneske og hun brydde seg ikke noe om hva han hadde gått med på eller hva de presset han med. Hun ville aldri mer underkaste seg vanlige dødelige. Han rettet på teppet hennes igjen."Vi må snart videre igjen så du får hvile mens du kan. Vi kan ikke ta sjansen på at noen ser oss, og ild synes på lang avstand."
Hun bare nikket, forsto det egentlig men greide ikke helt å tvinne hjernen rundt det som skjedde. Hun var for svak og sløv

til å virkelig greie å ta seg sammen og tenke. Hun fikk bare jatte med og se hvor dette bar, foreløpig hadde hun ikke andre muligheter.

Det gikk en gammel vei gjennom fjellene nord i Dheesa, den var nesten glemt siden den hadde blitt stengt av et steinras for mange mannsaldre siden og ingen brydde seg om å bruke den etter det, andre ruter var enklere. Nå red en gruppe menn langs den og de viste med all ønskelig tydelighet at de ikke ønsket å bli sett. De hadde surret filler på hovene til hestene for ikke å lage lyd og det var også surret tøy på alt annet av metall, til og med bittene. Samtlige bar mørke tunge kapper og nok våpen til å holde en hel hær i kamp. Lederen var en arret og bister veteran fra mange slag, han red avslappet og tilsynelatende i egne tanker men utseendet bedro. Han var så avgjort på vakt, men var en mester i å skjule det. Bak ham red en litt yngre mann som var kledd i en slags munkekutte. Ansiktet var dekket med et merkelig tatovert mønster og hodet barbert så bare en lang lokk var tilbake fra midten av skallen. Han så merkelig ut og den eldre karen hadde tydeligvis bare forakt til overs for ham. Men denne magikeren var nå engang nyttig for dem, de trengte ham for å sanse sporingen som var lagt ut. Mennene som red bak var alle soldater, noen av ætten men de fleste var bare vanlige leiesoldater og ingen av dem hadde særlig samvittighet eller vansker med å drepe hvem det enn skulle være. Magikeren jaget litt på den blakke merra han red og trakk den tykke kappen tettere sammen rundt seg."Jeg sanser det igjen, litt nord for oss og vest."
Lederen så bare smalt på mannen og nikket kaldt."Vi må uansett følge dalen til der den svinger, vi kan ikke krysse fjellene her."
Magikeren skar en slags grimase."Jeg sanser noe annet også, et eller annet forstyrrer magien min, men jeg vet ikke hva det er."
Lederen skulte bare."Det betyr ikke noe, alt som betyr noe er at vi finner henne, det bør skje fort også."

162

Magikeren nikket sakte men sendte noen urolige blikk ut i den glisne skogen de red gjennom. Han hadde en følelse av at de ikke var alene lenger men denne arrogante gamle tosken trodde ikke på ham. Deres oppdragsgivere var nok rike og mektige men han hadde en ekkel følelse av at de nå hadde rotet seg bort i noe som bare kunne ende i forferdelse.

I en fjellside et stykke bak dem satt en mann på huk bak en stein og betraktet følget som red langs den gamle veien, han nikket sakte og skjøv hetten av hodet, det var en god ide å henge seg etter disse folkene for de hadde ikke noen sporing på fyren. Det eneste som gjaldt nå var å ikke bli oppdaget for tidlig, så skulle de gripe inn og ta byttet og deres husfrue ville bli meget glad, og de ville bli meget rike. Ideen hennes var genial, kort og godt. Men ingen måtte få vite at hun var den som hadde dette vesenet i sin makt. Han gliste litt og gjorde et tegn til de andre som sto gjemt i mellom de store steinene i ei ur lengre ned. De nærmet seg, det var liten tvil om det. Noen av dem kunne kanskje risikere å stryke med i den kampen han regnet med ville komme men var de heldige og forsiktige var det en mulighet til å bare stjele byttet og stikke med det før de rakk å reagere. Han aktet å satse på det.

I mens red andre menn inn i fjellene nordfra og de siktet seg også inn mot det samme området, ansiktene var preget av steinhard besluttsomhet for de visste hva som ville skje om dette gikk galt. De måtte for all del forhindre at andre greide å slå kloa i det deres ætt burde hatt i utgangspunktet. Den lyshårete lederen deres ville vært velkjent om noen hadde vært vitne til møtet som skjedde etter at Lathisa drepte Arustere. Han hadde sendt ut vakter og menn etter dronningen og skriftet, nå var det om å gjøre å hindre at den totale skaden skjedde. Han bare håpet at ikke alt for mange andre kjente til dette men han ante at det en vet fort sprer seg. Og spioner var det overalt. Mennene han red med hadde fått grundige ordre, ingen fanger og ingen overlevende. De var alle i stand til å myrde sine egne slektninger om det så var, han hadde valgt

godt. Nå måtte de forte seg å stanse katastrofen og vippe
balansen tilbake dit den skulle være, før det var alt for sent.
Han grøsset innvendig ved tanken på alternativet og sporet
hesten igjen.

Midar fikk Meyret på hesten igjen etter en stund, han håpet at
hun snart ville være i stand til å ri selv for det var forbasket
ubehagelig slik med noen foran seg i salen. Hun sa lite og han
betraktet henne grundig der hun satt og stirret tomt ut i
ingenting. Hun var virkelig vakker, faktisk direkte
umenneskelig på et eller annet vis. Det var noe ved trekkene
som var for perfekt, for estetisk riktig til å være normalt. Han
ville bli nødt til å finne klær til henne så fort som mulig for
hun kunne ikke gå rundt slik, innpakket i et salteppe. Og det
ble kaldt også, hun trengte noe varmt og behagelig. Hun
prøvde å holde en avstand mellom dem, han merket det godt.
Antagelig var det dumt av ham å vedgå at han bare var en tyv,
var hun kongelig ville hun vel ikke ha ham nær seg i det hele
tatt. Men alle djevler ta det, han brydde seg ikke. Bare han fikk
avlevert henne kunne hun være så overlegen hun bare ville.
Han aktet ikke å bry seg mer med det kvinnfolket enn han
måtte.

Wulf

Wulf og Vardhys red hele dagen langs veien, de drev de gamle hestene sakte fremover og Wulf kjente at det klødde langs ryggen på seg av utålmodighet. Da det begynte å gå mot kveld slo de leir på en eng et stykke unna veien og Wulf sukket tungt. Han ble nødt til å fortelle gutten akkurat hva som var årsaken til dette og sannheten bak det. Det ville ikke bli lett men det måtte til. Vardhys tente bål og salte av hestene, det var tydelig at han var vant med å tjene og Wulf likte det. Om skjebnen ville det kunne gutten en gang bli en konge og en konge som en gang har tjent andre vil alltid bli bedre enn en mann som har blitt tjent. Mørket var i ferd med å senke seg og Wulf sukket og slapp de gamle økene løs. De begynte å beite ivrig og Vardhys så forvirret på ham.”Men.. det blir vanskelig å samle dem igjen i morgen..”

Wulf satte seg ved bålet og pirket i det med en pinne, en kanin hang til steking der og han følte at magen rumlet av lukta. Vardhys så på ham med rynket panne og Wulf trakk pusten dypt, lente seg litt fremover.”Dette er ikke hva du tror Vardhys, hestene var bare et skjul. Vi trenger dem ikke lenger så de kan like godt få gå her og ete seg fete til noen andre finner dem.”

Vardhys så forvirret på ham.”Et skjul?”

Wulf smilte stramt og kastet fra seg pinnen.”Jeg har blitt sendt ut av kongen på et hemmelig oppdrag og det oppdraget handler om dronningen, og det handler om deg!”

Vardhys så ut som om han hadde ramlet ned fra månen, han satt der og nå så han faktisk engstelig ut.”Meg?! Men... hvorfor?”

Wulf sukket tungt.”Kjenner du til hvem som er dine foreldre?”

Vardhys blunket et par ganger, han så ut som en forvirret ugle et øyeblikk.”Æh, nei, jeg er hittebarn sier de.”

Wulf lente seg fremover igjen, han prøvde å tenke ut hva han burde gjøre og si nå for å gjøre sjokket minst mulig men Vardhys kom ham i forkjøpet."Æh.. er det ... du vil vel ikke si at jeg er... nei..."
Wulf så ned i graset."Jo, det stemmer."
Vardhys trakk pusten så dypt at det knaket i tunikaen."Åh guder, å nei!"
Han så fort på ridderen."Da skjønner jeg hvorfor du ville ha med meg , du måtte få meg bort ikke sant?"
Wulf nikket tungt.Han så at gutten var blek og tydeligvis rystet."Ja, for vi tror du blir et mål for hevn og slikt nå, med Lathisas gjerninger har hun virkelig rotet opp mye snusk og mange vil bli rasende. Kongen har fått et brev med en hel masse hun har funnet ut og når han handler ut fra det blir det hoderulling er jeg redd."
Vardhys skalv svakt, munnen dirret men han holdt maska. Det var bra, gutten var sterkere enn en skulle tro."Så jeg er i fare?"
Wulf nikket."Ja, om de riktige personene finner ut av dette er du i fare, så vi må holde deg i skjul inntil videre."
Gutten svelget synlig og la armene rundt seg selv som i en omfavnelse."Hvor da?"
Ridderen brøt av et bein på kaninen og snuste på kjøttet, det var klart. Han prøvde å smile beroligende."Jeg vet om en landsby, har en venn der. Og den ligger så avsides til at ingen vil lete etter deg der. Minst av alt hos min venn."
Vardhys så forvirret på ham men Wulf slengte litt av kjøttet til gutten og utdypet det ikke noe mer.
 "Her, spis. I morgen rir vi bort fra landeveien og holder oss i skjul."
Vardhys spiste varsomt, det var noe merkelig dypt i blikket som gjorde ridderen litt betenkt. Det var aldri godt å vite hvordan en såpass ung sjel ville reagere på slike nyheter. Han hadde vært en vanlig væpner men nå var han brått arving til en trone. Det var et enormt sprang og bare det å få vite om det på en slik måte. Wulf ante at han ville bli nødt til å holde et skarpt

øye på gutten resten av turen.

Lathisa

Jochmun hadde begynt å holde et morderisk tempo nå, han
drev på så Lathisa følte seg mer redd enn noen gang før. Hun
forsto alvoret om de ble tatt igjen for Jochmun var bare en
person. Han kunne ikke forsvare henne mot en hel flokk og det
var noe innbitt i blikket som fikk henne til å adlyde og gjøre
som hun fikk beskjed om selv om hun ønsket å vite hvorfor
noen ganger. De hadde ridd litt opp i dalsiden igjen og nå
gjorde de ganske god fart gjennom et åpent skogområde.
Jochmun sparte ikke akkurat hestene og hun var ofte redd for
dem der de måtte løpe og hoppe og nesten skli på baken ned
bratte skråninger. Det var åpenbart at det hastet nå, hun kunne
bare klamre seg til salen og henge med. Jochmun stanset av og
til og lyttet tydeligvis etter lyden av forfølgere men det virket
ikke for at han hørte noe ennå. Hun var glad mannen var lojal
mot henne, hun hadde reddet livet hans og han hadde sverget
evig troskap til henne for det. Det betalte seg nå, hun ville aldri
ha visst hva hun skulle gjort uten ham.

Da det begynte å gå mot kveld igjen nådde de en tverrdal og
Jochmun virket for å nøle. Han sto lenge og speidet og lyttet
og Lathisa ante at det var et vanskelig valg han nå skulle gjøre,
hun bestemte seg for å ikke forstyrre ham. De red et stykke
nærmere åpningen på dalen og Jochmun hadde løsnet sverdet
sitt og virket nervøs. Det gjorde Lathisa også urolig for nå
begynte det å mørke og det virket ikke for at han ville stanse
ennå. Hva som helst kunne skjule seg der ute i mørket, hun
skulle ønske at hun ikke hadde så god fantasi til tider. Det ble
til at Jochmun valgte å ri østover og snart så Lathisa nesten
ingenting. Hun måtte bare la hesten ta seg frem etter den
Jochmun red og håpet at dyret ikke fant på noe tull. De red
lenge før Jochmun stanset for natta, han hadde funnet et tett

snar der de var ganske i skjul. Lathisa måtte spise kald mat siden de ikke tente bål og hun lå og ristet lenge før hun greide sove, lydene og luktene og alt gjorde henne skremt.

Da hun våknet sto det to små skapninger like foran henne og glante med store blålige øyne uten pupill. De var kanskje halvmeteren høye og spe men menneskelige av fasong, eneste var at de var dekket av kort og tilsynelatende fløyelsmyk grønnlig pels og de hadde en kort hale. Lathisa ble liggende helt stille, hun ante ikke om skapningene var farlige eller ei men de hadde verken klør eller tenner så vidt hun kunne se. De to snuste tydelig i luften og lagde noen merkelige små pipelyder som egentlig var søte. De virket ikke truende og hun så at den ene klødde seg under armen og skar små grimaser. De var egentlig temmelig søte. Brått sto Jochmun der foran henne og de to skapningene skvatt og pep skremt før de raste bort i skogen igjen og forsvant. Lathisa følte seg nesten litt skuffet, hun hadde syntes at de to var artige.

Jochmun sukket og nikket til henne.”Kom deg opp, vi må videre.”

Hun slet seg på beina, prøvde å få orden på seg selv.”Hva var de to greiene der?”

Han grep salene og begynte å sale hestene igjen.”De var noe vi kaller skyggedverger. De er ufarlige men forferdelige til å stjele, er det en nysgjerrig skyggedverg i nærheten er ingenting trygt.”

Lathisa måtte fnise, de hadde sett ganske så nysgjerrige ut ja. Jochmun fikk alt på dyrene og så kom de seg i salen og red videre. Dalen var tørrere enn den de hadde ridd gjennom dagen før og de gjorde fin fart. Lathisa så at dalsidene her var steinete, det var mye store blokker og bare bunnen av dalen var forholdsvis flat. Det var egentlig et vakkert sted, morgentåka seg sakte nedover langs elvedaler og skar og lufta var skarp og klar. De red langs en bekk da Jochmun brått rykket til, han snudde seg i salen og la hendene bak ørene for å høre bedre. Lathisa så spent på ham.”Hører du noe?”

Han nikket og samlet tømmene."Ja, men det bor folk her i dalen, pelsjegere og slikt. Det kan være noen av dem."

Hun så spent på ham og han hyppet på hesten igjen."Vi rir på, kan ikke ta sjanser nå."

De to hestene satte farten bra opp og de prøvde å holde seg i skogen så de ikke ble lette å se men samtidig kunne oppdage eventuelle forfølgere. Jochmun red først og holdt sverdet klart, det var tydelig at han var redd for problemer av noe slag. De rundet en stor steinblokk og der kolliderte de nesten med en mann til hest. Lathisa så at karen var ganske kort og kraftig med ustelt hår og skjegg og han stinket ille. Hesten var liten og raggete og seletøyet dårlig, men det var neppe noen pelsjeger. De hadde som regel bedre utstyr og var annerledes kledd. Denne mannen var kledd som en soldat men med elendige gamle skinnklær og brutale våpen.

Jochmun nølte ikke et sekund, han trev sverdet og red sin hest rett inn i den fremmede så hesten hans snublet. Deretter kjørte han sverdet gjennom lærrustningen til mannen og fyren ramlet sammen på bakken med en hes ralling. Hesten hans vrinsket vilt og skar ut og Jochmun bannet stygt.

"Fredløse, er antagelig en hel bande av dem her inne. Får tro de ikke hørte dette men sannsynligvis gjorde de det."

Han så skarpt på Lathisa, "Nå må vi virkelig ri på, de må ikke få tak i deg for da selger de deg til høystbydende."

Hun gyste der hun satt og han satte fart på hesten. Nå gikk kursen mot dalsida og hun så at han tenkte på skjul først og fremst. Hun var tørr i munnen av spenning og brått hørte de merkelige rop, det hørtes nesten ut som dyrerop men Jochmun svor stygt igjen."De har oppdaget ham, nå har vi dem snart i hælene."

Han red opp mot en liten høyde og speidet nøye før han brøt ut i en tirade som fikk Lathisa til å holde seg for ørene."Vi har flere etter oss, det kommer et helt følge innerst i dalen. De må ha funnet sporene våre og lagt to og to sammen."

Han snudde hesten og sporet den i retning en ås som gikk på

tvers av dalen. Lathisa strevde med å henge på, hun skulle
ønske de hadde hatt slike gode ridehester hun hadde eid før, da
ville de vært over alle hauger forlengst. De rundet noen store
steinblokker da Jochmuns hest brått skrek til og snublet.
Lathisa skrek nesten da hun så pileskaftet som stakk ut av
brystet på dyret. Jochmun var ute av salen i løpet av et kort
sekund og hesten segnet om med et stønn. Hun stanset sin egen
hest med et rykk og Jochmun var der raskt som en katt og rev
henne ned av salen. En pil kom susende og boret seg inn i
salhornet og hun hylte kort og prøvde å se hvor fienden var
men det var umulig. Hun så absolutt ingenting der. Jochmun
halte henne med seg mot steinene, fant dekke bak dem. Hesten
hennes var på full fart bort og hun ante ikke hvordan de skulle
greie seg nå, uten hester.
Jochmun slengte sverdet hennes bort til henne, altså hadde han
hatt vett til å rive det med seg sa han fikk henne av
hesten."Her, ta det og bruk det om du må."
Lathisa så skremt på våpenet."Er det de fredløse?"
Jochmun lyttet fort."Gudene alene vet, kan være hva som helst
egentlig."
Hun svelget panikken og prøvde å lytte men hørte ingenting.
Angriperne var lydløse og flinke til å ta seg frem i skogen ville
hun tro. Hun så brått en skygge ovenfra og en mann hoppet
ned mot dem fra steinen de gjemte seg bak. Jochmun reagerte
lynraskt og brakte sverdet opp, kappet nesten mannen i to over
midten med et mektig sving med sverdet. Lathisa skrek i det et
regn av varmt blod og gørr traff henne. Jochmun peste
nesten."Hold kjeft for helvete, du forteller hele dalen hvor vi
er!"
Hun klappet igjen men kjente at hysteriet var like under
overflaten, hun hadde aldri opplevd noe så forferdelig. To
menn kom rasende frem fra hver sin side av steinen og
Jochmun parerte et utfall helt nydelig og tok hodet av den ene i
samme svingen. Den andre nølte et sekund da han så hva som
skjedde med kameraten og det var nok. Jochmun kjørte bladet

sitt gjennom halsen på fyret i et brutalt men effektivt støt.
Lathisa kjente seg svimmel.
De hørte vrinsking og en hel horde med menn dukket opp et
stykke unna, de stanset et øyeblikk, så kom også de rasende
fremover og på ropene å dømme visste de hvem hun var og de
var ivrige etter å ta henne. Flere av de fredløse kom styrtende
frem og Jochmun skrek rasende og slaktet ned menn med en
eleganse og styrke hun aldri hadde ant han hadde. Men hun
visste at han en gang i tiden hadde vært en ridder, og en meget
dyktig en også."Vi må inn blant steinene, fort Lathisa."
Hun så en smal passasje mellom blokkene, såvidt stor nok til at
hun kunne skvise seg inn og hun presset seg frem med
hamrende hjerte og en sur smak av angst i munnen. Jochmun
kjempet desperat for nå nådde de første av rytterne snart frem
og noen av de fredløse gikk løs på dem også. Det så ut til å
utvikle seg til et real slag der ute for det virket ikke for at noen
ville vike. Lathisa så at det ble bedre plass lengre inne og hun
skrek etter Jochmun som slåss desperat for å holde dem fra
livet. Han tok en brå beslutning og presset seg etter Lathisa,
åpningen var så smal at det var vanskelig for andre å følge etter
og han brølte til henne at hun fikk prøve å finne en vei dypere
inn i ura. Lathisa så at han alt blødde fra flere kutt og småsår
og han hadde et realt et i ene låret men det virket ikke for at
han merket seg noe ved det.
Hun lette desperat etter en åpning videre og fant det, den var
temmelig lav men vid nederst og hun la seg ned på kne og
krabbet gjennom så fort hun greide. Hun ignorerte den våte
sleipe mosen og den våte bakken, de måtte vekk og det fort.
Hun hørte hester som skrek og rop der ute og hun var matt av
skrekk. Hun kom ut i en liten åpning mellom steinene, noen
trær vokste på toppen av dem og skjulte hullet ned til dem og
hun hørte at noe rørte seg der oppe. Jochmun så seg rundt med
fortvilelse i blikket."Faen, de har skjønt hvor vi har blitt av, vi
må vekk og det brennkvikt."
Lathisa gispet av skrekk, det virket ikke for at det var noen vei

videre der og opp kom de ikke. Hun tok et par steg tilbake for komme seg ut av lyset og brått forsvant bakken under føttene på henne. Hun rakk snaut skrike før hun var i fritt fall ned i mørket. Jochmun ropte navnet hennes, så hev han seg instinktivt etter henne ned gjennom hullet som hadde åpenbart seg i bakken. Lathisa raste nedover en smal og sleip gang og hun var så redd at hun ikke engang greide skrike, hun smalt inn i utspring og kanter og til slutt fikk hun seg en smell så hard at det svartnet for henne. Det siste hun følte før mørket tok henne helt var at hun brått var i fritt fall igjen og hun rakk å tenke at dette var slutten. Så var alt mørkt.

Cian

Cian ble formelig båret inn i riddersalen igjen av
overbegeistrede mennesker og han følte lettelsen deres som
noe rent fysisk mot huden. Han så at flere gråt og han antok at
det neppe var av sorg. Etter litt roet levenet seg og han fikk litt
oversikt over situasjonen. Dafvydds riddere kom frem til ham
en etter en og sverget troskap til ham og han ble sittende på det
som hadde vært den avdøde lordens høysete og motta
troskapsløfter fra en lang rekke med folk han ikke ante hvem
var, men det virket for å være alt fra tjenere til stallkarer og
kokker. Da rekken var kommet til slutten reiste han seg og
prøvde å tenke kaldt og logisk før han snakket."Mine nye
venner, mine undersåtter og riddere. Jeg ønsker å få en
oversikt over dette stedet så kan en eller annen være så snill å
lage en liste over alt og alle her? Jeg trenger å vite hvor mye
jord som finnes, hvor mye som finnes i skattekammeret og
slikt."
Flere av ridderne nikket anerkjennende, slik burde det gjøres.
Det var klokt å få oversikten med en gang. Flere raste av gårde
for å oppfylle ønsket og en av den avdødes riddere som Cian
nå visste het sir Erland løftet mjødkruset sitt."I dag har vi blitt
velsignet med en ny herre, en herre som alt nå har vist seg som
en større ridder enn Dafvydd noen gang var. Jeg foreslår at vi i
natt feirer ham med en real fest."
Det brøt ut jubel i salen igjen og Cian kjente at han rødmet av
oppmerksomheten. Men han hadde en kjempejobb foran seg,
han var brått eieren av et stort område og det å bli kjent med
denne nye tittelen var en utfordring i seg selv. Han så seg om
men så ikke noe til den nybakte enken, antagelig var hun på
rommet sitt og han sukket lavt. Det var den delen av dette han
virkelig ikke ante hvordan han skulle angripe.

Laura hadde fått Isabeau brakt til kammeret og lagt på senga, hun lå der nå og var like bevisstløs som før, sjokket hadde vært lammende og Laura ante hvorfor også. Dels var det en intens lettelse og dels ny frykt. Isabeau ante ikke noe om sin nye husbond, om hva han ville ønske av henne og om han ville behandle henne godt eller dårlig. Men Laura var en god kjenner av folk, det var ikke noe vondt i denne Cian, Ihvertfall ikke mer enn det som var nødvendig for å klare seg i denne harde verden. Hun kunne falt på kne og priset gudene der og da men måtte passe sin husfrue. Den arme jenta kom til å få flere sjokk i løpet av de neste dagene og Laura skulle vite å være der for henne og støtte henne.
Cian ble sittende der mens folk forberedte festen, han kjente seg på en merkelig måte utenfor seg selv, det var som om dette som skjedde slettes ikke hadde noe med ham selv å gjøre. Stemningen i slottet var av løssluppen glede og han så at flere av ungene der av og til stakk hodene frem med skinnende øyne bare for å se på ham. Han følte seg litt ille til mote av all stirringen men visste at det ville gi seg etter litt, når de ble vant med ham. Han måtte tenke over sin egen situasjon nå, han var brått ikke lenger fri. Som slottsherre sto han ansvarlig for hele denne trakten og han måtte se til å få alt på fote igjen. Han visste at Dafvydd ikke hadde betalt skatt til kongen i flere år og selv ikke den gale mannen kunne ha greid å bruke opp alle de pengene. Marcellius hadde lovet å ettergi lenet for den manglende skatten og de ville slippe skatt de neste årene til alt var på stell igjen. Det var en god ting, var det verdier der kunne de brukes til gjenoppbygging og lønn til folk.
Og han ville snart være en gift mann, det var enda verre å forsone seg med. Cian var ingen munk, han var en normal ung mann i så måte og kongen hadde hatt rett. Han var ofte på byenes beste bordell og var en kjent og kjær gjest på dem alle, men det å ha en hustru ble noe annet i hans sinn. Det ble mer av en plikt enn en fornøyelse. Han hadde aldri i sine villeste drømmer forestilt seg at han skulle ende opp som en slottsherre

med hustru og alt på en slik måte. Men nå var han fanget og det var ingen vei utenom. Han måtte ekte Isabeau og etter reglene allerede denne kvelden før andre gjorde krav på henne. Han kunne bare ikke for sitt bare liv fatte hvordan han skulle greie å gjennomføre dette.
Isabeau hadde våknet med et rykk og Laura var med en gang ved siden av henne og så til at hun var ok. Den unge kvinnen satte seg sakte opp med et merkelig tomt uttrykk i ansiktet.”Han... han er død.”
Laura nikket vennlig.”Ja kjære barn, Dafvydd er død. Cian er vår nye herre.”
Isabeau ble blek og slo hendene for ansiktet.” Å høye guder..”
Laura tok hendene hennes varsomt og trakk dem bort, det var tårer på de høye kinnene.”Bare gråt kjære deg, det er deg vel unt.”
Isabeau hikstet lavt, hun skalv svakt.” Jeg kan ikke tro det, det er ikke mulig... Hva om...”
Hun så bedende på Laura.”Må jeg gifte meg med ham?”
Stemmen var ynkelig og Laura forsto, ved alle guder som hun forsto. Hun strøk jenta over hodet med en kjærlig bevegelse.”Ja, etter loven må du det, men ikke vær redd, Cian vil aldri te seg slik mot deg som Dafvydd gjorde. Jeg skal forklare alt for ham, stol på meg kjære barn.”
Isabeau bet seg i underleppa, hun skalv synlig nå.”Allikevel er jeg redd, åh vær her hos meg, vær så snill?”
Laura nikket.” Jeg skal være her, jeg lover det.”
I salen var det pyntet til fest nå og i kjøkkenet var det kaos og tilløp til panikk, alt måtte ordnes i en vill fart og folk som vanligvis aldri hjalp til i kjøkkenet var halt inn som ekstra arbeidskraft. En av de eldre ridderne kom bort til Cian og bukket kort.”Ærede herre, vi har ryddet herrens kammer for deg og det er båret opp vann til et bad. Det er din fest i kveld så du bør ta deg ut fra din beste side.”
Cian rødmet fort, han hadde ikke tenkt så langt selv. Han reiste seg og fulgte etter mannen opp trappene til herrens

sovekammer. Det var stort og luksuriøst og tjenere hadde allerede fjernet alt der som var Dafvydds. Det var lagt på nytt på senga og et stort badekar var klart med vann og håndklær og såpe. Han nikket takknemlig til den aldrende mannen og fikk sakte av seg klærne. Det å bade var en sjelden glede og han tok seg god tid, vasket seg grundig og rødmet svakt ved tanke på resten av kvelden. Han kom seg opp av vannet igjen før det ble kaldt og kledde på seg. Det var langt frem rent til ham og det passet faktisk. De måtte ha klær der for mange menn og ha plukket ut det de trodde var stort nok. Han gredde og flettet håret da det banket varsomt på døra. Han ropte kom inn og den gamle kvinnen som stelte Isabeau kom inn, hun neide kort og Cian følte med en gang at dette var en person en ikke burde legge seg ut med. Det var en stor varme men også en veldig myndighet i blikket på den gråhårete kvinnen. Cian ante at hun nok visste mer om stedet og folkene her enn noen andre.

Laura så smalt på Cian, visst var han en vakker mann, svært staselig og sterk og antagelig det beste som kunne skjedd for stedet. Cian møtte blikket hennes helt åpent og det likte hun, han var ikke av det slaget som vek unna og røpet svakheter. Hun smilte svakt og krysset armene foran brystet."I kveld ekter du min husfrue, og skikkene må følges. Sverger du å behandle henne bra?"

Cian ble rød i ansiktet og kjente seg stilt til veggs. Denne damen gikk ikke som katten rundt den varme grøten nei. Han vred seg."Jeg har aldri tedd meg ille mot en kvinne noen gang og jeg akter slettes ikke å være brutal mot henne om det er hva du frykter."

Laura bikket på hodet."Jeg vet at du er en ekte ridder, og at du nok vet hvordan en kvinne vil tas, men Isabeau er spesiell."

Cian så ned, han kjente seg direkte fanget men forsto verdien av denne samtalen. Laura kjente Isabeau, det gjorde ikke han."Jeg skulle helst sett at vi kunne ha ventet, til hun har kommet seg etter det han har gjort mot henne, fått mer kjøtt på

beina og blitt mer rolig."
Laura så rolig på ham."Det samme ønsker jeg, men som jeg sa,
skikkene må følges skal ekteskapet være gyldig. Dere må gjøre
det i natt uansett hvor medtatt hun er, men så kan du la henne
være i fred til hun er frisk igjen."
Cian nikket bare og Laura så på ham med noe skjelmsk i
blikket."Du er redd du ikke vil greie det ikke sant? At hun ikke
skal tenne deg?"
Cian så vantro på den gamle, leste hun tanker?"Æhhh....."
Laura klukket."Ikke vær redd ærede, det vil gå bra. Men vær
forsiktig med henne, hun har blitt utsatt for fryktelige ting og
for henne er alle menn potensielt likedan."
Cian så ned i golvet, kjente at medfølelsen svulmet i hjertet
igjen."Jeg sverger, jeg skal være så forsiktig jeg bare kan."
Laura nikket hardt, det var noe bestemt i ansiktet hennes."Bra,
Isabeau er nesten jomfru, Dafvydd har bare tatt uskylden
hennes, etter det har han brukt henne som du så, på samme
måte som menn som elsker andre menn."
Cian gyste, han forsto hvor fryktelig det måtte være for henne,
og ydmykende ikke minst. Laura så rolig på ham, det var noe
granskende i blikket."Vår avdøde herre ønsket ikke barn, han
mente at de bare ville bli konkurrenter til makten hans senere."
Cian kjente seg direkte presset, hvor personlig gikk det
egentlig an å bli?"Vel, jeg ønsker arvinger men kanskje ikke
med en gang."
Laura smilte fornøyd, hun reiste seg fra stolen."Godt, det er
urter jeg vil gi henne til å begynne med, til hun blir sterkere og
i stand til å bære deg en sønn eller datter."
Cian svelget av ordene, han hadde aldri tenkt på det slik, det
ble så merkelig fremmed. Han hadde vært en ganske sorgløs
og livat ung ridder, nå sto han foran en fremtid som
familiemann. Det var galskap.
Laura gikk for å forberede Isabeau som hun kalte det og Cian
gikk ned igjen. Salen var ferdig pyntet og maten begynte å bli
båret frem. Han fikk en følelse av uvirkelighet, alt han egentlig

ønsket var å stige til hest og ri bort men han kunne ikke lenger gjøre det. Dette var nå hans hjem og han forbannet i sitt stille sinn slektens lojalitet mot kongen. Ved alle guder som han skulle ønske han kunne unngå dette. Folk begynte å stimle sammen og han så at noen hadde bygd et likbål ute på plassen allerede. De ville brenne liket av sin gamle herre med en gang det ble lyst igjen. Cian forsto at det var et behov for å bli kvitt ham totalt, å få en ny start. Ridderne hadde slått seg ned og skålte allerede og han satte seg nølende i høysetet igjen, vel vitende om at han nå ved å gjøre det bekreftet at han var stedets nye herre, for alltid. Det gikk en stund, så kom Laura ned med Isabeau og Cian måtte se to ganger på henne nå. Hun var tydeligvis blitt sminket for blåmerkene var ikke så tydelige og kjolen hun hadde på seg var fantastisk. Men det greide ikke skjule hvor medtatt hun var og han syntes så inderlig synd på henne. Hun satte seg ved siden av ham med blikket vendt ned og han tok varsomt handa hennes. Hun rykket synlig til og det kom et kvink fra henne. Han følte at noe snørte seg i brystet, ved alle guder, var hun så redd? Handa var iskald og så liten og spe og han skulle så inderlig gjerne ha fått fortalt henne at han aldri ville gjøre henne noe vondt med vilje. Han beholdt grepet i den vesle handa og prøvde å varme den med sin egen store ru, hun var så utrolig tander og sårbar som roser en kald natt.

Festen begynte og salen ble snart overfylt, det var folk overalt og det ble skålt igjen og igjen for hans ære og navn, for et langt og lykkelig liv og gudene visste hva annet. Og det ble holdt taler som ble vanskeligere og vanskeligere å forstå etter som folk ble mer og mer fulle. Cian la merke til at Laura fylte på Isabeaus vinglass påfallende ofte, prøvde hun å få den unge husfruen full? Han forsto brått hvorfor, det ville gjøre natten litt enklere men han fikk en ekkel følelse av at han snart skulle utnytte en hjelpeløs kvinne. Det ble båret inn fat på fat med mat og han måtte smake på alt slik skikken var, snart følte han seg totalt stappet og måtte diskret snike små biter ned under

bordet til hundene. Han ante at de nok kom til å elske ham
etter noen dager. Han måtte skåle tilbake på alskens
lykkeønskninger og lot bare som om han drakk, han aktet så
definitivt ikke å bli full og miste kontrollen. Det ble danset og
sunget og hadde han ikke visst hvorfor det ble festet ville han
ha storkost seg der. Men nå lå alt som en blytung kappe over
ham og gjorde ham mer melankolsk enn feststemt. Det ble
mørkt ute og noen tente fakler, hele slottet lyste denne natten.
Mange var svært fulle nå og lå under bordene eller ravet rundt
og han følte seg litt brydd på deres vegne. Slik mangel på
selvkontroll var det sjelden han så men antagelig hadde det å
gjøre med at alle her hadde levd i skrekk lenge, de bare
avreagerte etter år under et terrorstyre.
Laura reiste seg og løftet kruset sitt.”For vår nye herre og
husfrue! Avgi løftene nå!”
Cian svelget hardt, nå var det ingen vei tilbake. Han reiste seg
og grep Isabeaus hånd igjen, hun så ned og han så tårer i
øynene hennes. Arme jente, hun så livredd ut. Han kremtet
kort og rensket stemmen. Dette måtte være en merkelig drøm
men det var virkelig, han drømte ikke.”Jeg, Cian av Ohdrasar
sverger fra denne dag av å verge deg og ære deg, å stå ved din
side i lys så vel som i mørke og være ditt sverd og ditt skjold.
Du har min hånd og mitt hjerte slik jeg har ditt.”
Folk applauderte og Isabeau så stivt i bordet og gjentok ordene
så lavt at bare Cian og kanskje Laura hørte dem. Men ordene
var sagt, nå var de gift. Jubelen ville ingen ende ta og Laura
strøk Isabeau fort over håret. Festen tok virkelig av nå og
Laura nikket kort til Cian og grep Isabeau i handa.”Jeg gjør
henne klar, kom etter når du vil.”
Han nikket og tok et dypt drag av vinen, bare for å gjøre noe.
Han aktet ikke å vente for lenge, han ville bli sliten snart og
han ville ha det overstått. Rundt ham var det et salig leven nå,
sang og skrål og leven og folk danset og herjet. Han smilte kort
og reiste seg, nesten snek seg opp til sitt eget kammer og fikk
av seg tøyet. Det var ritualer å følge og han trakk på seg den

lange hvite kappen med et gys, stoffet var tykt og glatt og kaldt. Han prøvde å ta seg sammen, å se på dette på en mer distansert måte men det var umulig. Det var ingen vei utenom nå, han måtte bare gjøre det som var forventet av ham. Det var hans fordømte plikt og hadde hun enda vært frisk og normal ville det vært en plikt han ville ha nydt å utføre. Slik det nå var ville det være som å gjøre det med en stabel ved så tynn som hun var.

Etter litt gikk han litt nølende til kammeret hennes og hørte levenet nedenfra som en svak brus, det var tykke vegger der og nå var han glad for det. Han banket på og gikk inn, golvet var kaldt og han var barbeint men det var tepper der inne og det var fyrt godt i peisen. Isabeau gispet da hun så ham og krympet seg synlig, han følte seg som verdens verste forbryter og ville egentlig snu og gå igjen men Laura så strengt på ham. Hun kunne virkelig kunsten å fange noen med blikket."Jeg har meddelt at jeg skal være vitne i natt, flere trengs ikke i og med at hun ikke er en urørt kvinne."

Isabeau krympet seg og skalv igjen og han skulle så inderlig gjerne ha gjort noe for å trøste henne. Men hva? Laura nikket til Isabeau, det var vennlig men bestemt."Reis deg nå min kjære, vi må følge skikkene."

Isabeau nikket svakt og lukket øynene, reiste seg opp. Laura trakk av henne den hvite kappen og hun sto der naken og skalv synlig. Cian så storøyd på henne, hun var virkelig tynn, med blåmerker mange steder og tydelige skader men allikevel var hun vakker, som en gaselle. Livet var smalt og hoftene runde og selv om brystene hennes kunne vært større var de vakre på fasong og plassert høyt på brystkassen. Hun ville bli virkelig vakker når hun fikk lagt på seg litt igjen. Medfølelsen slet i ham, han ville så inderlig trøste henne og fortelle at hun var trygg nå.

Cian svelget og fulgte skikken slik han var blitt fortalt at det skulle gjøres. Han bukket kort og tok handa hennes."Jeg godtar henne som min brud."

Laura smilte fornøyd, det betydde kort og godt at det ikke var noen feil eller lyter på bruden som brudgommen anså som så store at han avviste henne. Hun så skarpt på Cian.”Din tur.”
Han rødmet intenst men lot kappen gli av kroppen, som henne var han naken under og Isabeau så fort på ham og gispet høyt mens rødmen skjøt over ansiktet hennes. Han var så annerledes enn Dafvydd, så mye høyere og bredere og mye mer muskuløs. Og vakrere, ikke minst det. Dafvydd hadde vært blekfet og slapp, kroppen var forfallen selv om han ikke hadde vært noen gammel mann. Cian var stram og sterk og så flott skapt at han nesten kunne vært en alv. Hun lot blikket gli nedover ham nesten motvillig og ble rød og blek igjen, trakk blikket vekk. Laura klukket lavt.”Ikke vær så blyg jente, han er velskapt, du vil nok snart lære å sette pris på det.”
Cian kjente at hjertet hugget i brystet av nervøsitet og medfølelse med Isabeau, men han var ikke opphisset, ikke det aller minste. Hun var så blåslått og tynn at han ikke ble tent av synet av henne. Han fattet ikke at han skulle kunne greie dette, han ville ikke skade henne eller skremme henne på noe vis, og det å skulle ligge med henne virket for ham nå som det rene skjære overgrepet.
Laura så smalt på ham, så strakte hun ut handa og grep ene håndleddet hans, klemte på det på en underlig måte noen steder og Cian gispet høyt og rykket til i det en brå varm bølge skjøt gjennom hele kroppen. Brått var han varm som en glo og kroppen hans gjorde som den selv ville helt og holdent. Han så ned og så deretter vantro på Laura, han kunne ikke huske å ha vært så hard noen gang før, det gjorde nesten vondt.”Hva gjorde du med meg?”
Stemmen hans var hes og hun bare gliste og la armene over kors.” Jeg kan mangt og meget.”
Han svelget hardt.”Takk, det skjønner jeg nå!”
Isabeau hadde også sett det som skjedde og hun var blek som et laken i ansiktet, han så tårer på kinnene hennes og skulle så inderlig ønske at det var en vei utenom. Laura nikket bestemt

og grep ham i armen."Kom her unge mann."
Han kjente at ansiktet flammet av rødme men fulgte etter bort
på senga, hun pekte på den og han krøp nølende opp og satte
seg med ryggen mot sengegavlen Han begynte å skjønne hva
Laura ville og forsto at det var klokt, Isabeau skulle slippe å bli
holdt fast om det så bare var av vekten hans. Så skjør som hun
virket for å være var det best om hun var øverst. Isabeau sto
der og så ynkelig ut og Laura gikk bort til henne og hvisket
noe i øret hennes, jenta rødmet intenst og så vantro ut, hvisket
noe tilbake og Laura sa noe bestemt til henne. Isabeau svelget
synlig og gikk bort til senga, hun krøp nølende opp på den og
Laura rakte henne en liten boks. Cian kjente den igjen som det
slaget en bruker å oppbevare salver og slikt i. Han ante hva
hun skulle med det og ønsket seg ti mil vekk, dette var for flaut
til å være sant!
Isabeau snudde seg mot Laura, hun så skremt ut."Må jeg?"
Laura nikket sakte."Ja kjære deg, gjør som jeg sa så er det
unnagjort, det er verre å vente og grue seg."
Isabeau lukket øynene et øyeblikk, bet seg i underleppa. Så tok
hun seg visst sammen og krabbet nærmere ham, han prøvde å
virke så lite truende som mulig å smilte så beroligende han
kunne. Hun så ikke på ansiktet hans, åpnet salveboksen og tok
litt på handa, den skalv synlig. Hun så bort på Laura igjen som
nikket bestemt men vennlig. Isabeau hikstet lavt og Cian
sperret øynene opp da han skjønte hva hun skulle. Han hadde
trodd at salven var til henne men det var visst han som skulle
smøres. Hun dirret som et såret dyr men strakte handa sakte
frem med en mine som om hun skulle ta på et slags farlig dyr
av noe slag, han rykket til da fingrene hennes nådde den varme
hardheten hans, berøringen føltes så vanvittig sterkt. Han
lukket øynene i noen sekunder og tvang seg til å sitte stille.
Isabeau gispet og han kunne tydelig føle hvordan handa hennes
skalv i det hun la den helt rundt ham og begynte å bevege den
varsomt. Det var en vanvittig følelse og han stønnet og kjente
at han skar en grimase av nesten smertefull nytelse. Dette var

slettes ikke hva han hadde ventet.

Laura bare sto der og så fornøyd ut og han kjente seg dypt brydd over at det var andre til stede men han ante at det var til det beste for Isabeau. Og da fikk han bare finne seg i det.

Isabeau hadde fått et merkelig utrykk på ansiktet, hun skalv ikke på handa lenger, han var forlengst smurt inn med salven men hun slapp ikke ennå. Det var faktisk et lite glimt av nysgjerrighet i blikket hennes, hun kunne aldri ha berørt sin forrige mann på den måten. Cian måtte gispe etter luft, det begynte å rykke i kroppen på ham og hun sperret øynene opp og så forskrekket ut over reaksjonene hans. Han prøvde å smile og virke rolig men det var ikke lett." Jeg tror du får slutte med det der nå kjære deg, ellers får du meg til å bli ferdig før vi i det hele tatt har gjort det vi skal."

Hun svelget og så nervøs ut igjen men bet seg i underleppa med en mine som etter litt ble besluttsom. Laura bare så anerkjennende på henne og Isabeau krabbet nølende fremover, satte seg skrevs over lårene hans. Cian visste nå at han neppe ville ha trengt det knepet Laura brukte på ham lenger, han pustet tungt og det verket i ham av lyst. Han måtte bare beholde kontrollen for hennes skyld. Hun nølte igjen, så skjøv hun seg fremover til hun satt helt inntil ham og hun la armene rundt halsen på ham, de kjentes så smale og kalde ut men det var styrke i dem allikevel.

Hun skalv svakt og pustet merkelig fort og grunt. Cian følte seg merkelig rørt og la varsomt hendene på ryggen hennes for å støtte henne, hun så på ham med bevrende munn."lov..lover du å være forsiktig?"

Cian kjente seg brått nesten på gråten av medfølelse og høytidelighet."Jeg sverger det Isabeau, jeg vil aldri gjøre deg noe vondt med vilje. Det vil uansett ikke bli så vondt som første gangen..."

Isabeau så vekk, det rant tårer nedover kinnene hennes og han tørket dem varsomt bort med en hånd."Da...da Dafvydd tok meg gjorde det så vondt at jeg besvimte.. jeg er redd.."

Cian la forsiktig pannen mot hennes, så henne dypt i øynene.”Nå er det du som bestemmer kjære deg, gjør det vondt kan du stanse når du vil.”

Hun flakket med blikket men nikket usikkert. Han følte kroppen hennes mot sin egen og han ville omfavne henne og trekke henne tett inntil seg men ante at han burde vente til hun ikke var redd lenger. Hun tok seg sammen og lukket øynene, skjøv seg til så hun var i posisjon og så kjente han at hun ledet ham rett med handa før hun sakte begynte å senke seg ned over ham. Cian stønnet og måtte lukke øynene, følelsen av den varme trange våtheten som tok i mot ham var så voldsom at han snaut kunne huske å ha kjent noe lignende noen gang. Isabeau så storøyd på ham mens hun tok ham inn i seg og hun hadde fått et merkelig forbauset uttrykk i ansiktet, det ble sakte erstattet av noe som måtte være lettelse.”Det... det gjør jo ikke vondt...”

Røsten hennes var vantro og hun gispet lavt i det hun lot ham fylle seg helt. Cian følte en intens trang til å begynne å bevege seg i henne, han kjente at han måtte komme og det fort, dette var vanvidd men et herlig vanvidd. Laura hadde gått bak forhenget ved senga så de så henne ikke og det føltes noe bedre. Cian stønnet lavt.”Det er bra, jeg er glad for det.”

Hun rødmet og kjente tydeligvis på følelsen, hun klamret seg ikke så desperat til ham lenger og slappet mer av. Etter litt så hun litt spørrende på ham.”Hva.. hva skal jeg gjøre nå?”

Cian la hendene varsomt på baken hennes og støttet henne.”Beveg deg, jeg skal vise deg hvordan.”

Han viste henne rytmen og hun begynte å bevege hoftene slik han viste henne. Hun hev etter pusten, kastet hodet bakover og lukket øynene med en mine av total vantro i ansiktet. Brått trengte han ikke hjelpe henne lenger for hun forsto visst av instinkt hva hun skulle gjøre. Hun hadde lagt hendene på skuldrene hans og han kjente hvor hardt hun klemte. Hun pustet tungt og rytmen hennes var praktfull. Cian jamret seg mellom sammenbitte tenner, han ville holde ut lengst mulig for

det var ingen tvil om at hun nå følte nytelse ved å ha ham i seg. Og kunne han gi henne mest mulig av det var det en god ting. Isabeau klynket og hikstet, bevegelsene hennes var så utrolig gode og hun var så glatt og trang at han trodde han skulle bli gal av det. Han lot ene handa gli nedover magen hennes og presset en finger ned i sprekken hennes, fant det lille organet han visste gav nytelse og gned det varsomt. Isabeau rykket til med et halvkvalt skrik, bevegelsene hennes ble krampaktige og han kjente at det strammet seg i hans eget underliv, han kom når som helst. Han gned rytmisk og varsomt og hun hadde fått et fjernt og totalt vantro uttrykk i øynene. Antagelig hadde hun ikke trodd at det kunne være godt, hun hugget hoftene mot ham i skjelvende iver et par ganger til og så gikk det et kraftig rykk gjennom henne og hun skrek. Han kjente hvordan musklene i henne klemte sammen rundt ham og følelsen var ubeskrivelig god. Det eksploderte i ham, han klemte henne hardt mot seg mens han brølte ut navnet hennes og lot utløsningen rase uhindret gjennom kroppen. Isabeau ristet i grepet hans og stønnet navnet hans igjen og igjen, han kjente i ekstasen ennå hvordan hun formelig kjærtegnet ham. Til slutt falt hun fremover mot ham med et hikst og han holdt henne der i et tett grep til de begge hadde roet seg. Cian hadde aldri trodd at det kunne bli slik, han følte seg totalt utmattet men visste ihvertfall en ting sikkert. Han ville aldri svikte henne, aldri, ikke om så hans eget liv sto på spill.
Isabeau skjøv seg opp igjen, så på ham med en blanding av intens vantro og noe som lignet tilbedelse.”Åh Cian, det.. det var..”
Han kysset henne varsomt på pannen.”Jeg vet, jeg følte det likedan.”
Hun svelget hardt.”Jeg ante ikke at det kunne være så... vidunderlig.”
Han følte seg litt fjollete, visste ikke hva han burde si.”Men.. nå vet du det.”
Hun fniste forsiktig og han grep henne varsomt og lot henne

legge seg ved siden av seg. Hun krøp inntil ham og han la armen rundt henne og bare hvilte. Laura stakk hodet frem bak forhenget og gav ham en tommel opp før hun diskret luntet ut og lot dem være alene. Det var liten tvil om at Isabeau nå i det minste ikke var redd ham i senga lenger. Og snart kom hun sikkert til å bli sterk nok til å gi uttrykk for det også.

Daithe

Da hun ble vekket av tjenerne hadde hun en ekkel følelse av at hun ikke hadde sovet mer enn et par minutter, hodet spant og hun følte seg nesten litt uvel. Hun slet seg opp og så at de andre to også kom seg på beina. Lamara strakte seg og gjespet langt, hun virket ganske pigg men Cherdis hadde noe merkelig sluknet over seg. De spiste og stelte seg i taushet, Daithe ante virkelig ikke hva som nå skulle skje men hun måtte bare gjøre som Lamara sa, noe sa henne at det var eneste løsningen. Da de hadde spist gav hun ordre til at klær og utstyr skulle legges frem og selv trakk hun i mannfolk klær og lærrustning. Med håret bundet opp og holdt tilbake med et pannebånd så hun egentlig mest ut som en ganske pen ung ridder. Tjenerne så litt forvirret ut og hun forsto dem, de ante ikke hva de skulle tro om dette. Cherdis og Lamara fikk bukseskjørter så de kunne ri samt tykke og gode jakker og støvler og Daithe fikk pakket ned proviant og slikt. Da alt var gjort samlet hun følget sitt og så bestemt på dem."Våre veier må skilles her, jeg sender dere hjem igjen for jeg aner at jeg ikke lenger er regnet som hersker, andre har tatt min plass. Dere vil bli godt mottatt siden dere er dyktige. Kun vaktene mine tar jeg med meg og det er ingen tvang, også de kan nekte."

De fem mennene som var med som vakter slo seg over brystet som tegn på lojalitet."Du er kanskje ikke lenger dronning, men du er ennå vår herskerinne. Vi svikter deg aldri."

Lederen så henne rakt i øynene og vek ikke en tomme. Daithe smilte forsiktig."Det er bra min venn, vi vil trenge dere."

En av tjenerne så litt nervøst på henne."Men hvor har du tenkt deg ærede?"

Daithe så fort på de to andre."Dit vindene leder meg, jeg drømte om å være en ridder og nå ser det ut som om jeg kan få ønsket oppfylt."

Tjenerne så litt vantro ut for det var nok ganske uvanlig at en kvinne tok en slik beslutning men Daithe sto for det hun bestemte. Det var bare slik de kunne reise relativt ubemerket. Lamara smilte og nikket nesten umerkelig, det var klart at hun støttet beslutningen. Hestene var klare så Daithe betalte for oppholdet og gav beskjed om at ingen skulle fortelle om at hun hadde vært der, spurte noen skulle de si at det var en rikere kjøpmannsfrue som hadde bodd der og at hun var reist tilbake mot kysten. Det var en underlig tanke men Daithe følte seg brått fri, ubundet og sterk som aldri før og det å stige til hest var som å sette første steget ut på en spennende reise. Hun kjente at humøret løftet seg med en gang. Lamara og Cherdis steg også til hest, Lamara så forventningsfull ut men Cherdis var mer tvilende. Allikevel protesterte hun ikke og Daithe skjønte hvorfor, hun ville vekk før hun ble funnet. Tjenerne så taust etter dem da de red ut fra gårsplassen. De fikk en lang tur hjem igjen men det var ikke noe hastverk denne gangen. De kunne ikke riktig forstå tankegangen som lå bak dette men de visste at hun hadde rett. Andre hadde garantert tatt makten nå og hun ville bare være en stein i skoen om hun vendte tilbake. Daithe satte kursen mot fjellene, hun visste ikke om det var riktig eller ei men Lamara protesterte ikke så da antok hun at det var riktig. Det føltes så godt å ri der og bare være Daithe, ikke en dronning eller kongsdatter. Hun grep seg i å nynne lavt i det hun sporet hesten opp en liten bakke. Cherdis og Lamara red rett bak henne og de hadde fått gode hester som lett holdt følge med hennes grå stridshest. Lamara var uvant med å ri og hun så at det gjaldt Cherdis også, hun holdt seg mer i salhornet enn i tømmene men antagelig var hestene så veldressert at de ikke ville finne på noe tøys. Cherdis virket tankefull og Lamara kjente at hun var litt engstelig for å snakke til henne men følte at hun måtte på et vis. De skulle reise sammen og de var alle viktige for dette de hadde begitt seg ut på nå. Hun fikk hesten sin til å trave ved siden av Cherdis hoppe og smilte forsiktig."Går det bra?"

Hun kjente selv hvordan stemmen skalv. Cherdis så fort på henne, knep munnen sammen."Hvorfor spør du?"
Stemmen var litt aggressiv og avvisende.
Lamara kjente at hun var stiv i maska men tvang seg til å svare rolig."Fordi jeg skjønner hvordan du har det. Jeg ble utsatt for det samme."
Cherdis snudde hodet fort og så forvirret på henne."Men.. hvordan kan du være et orakel da?"
Lamara sukket oppgitt."Fordi det er overtro at en mister evnen om en mister uskylden. Jeg har evnene ennå, og de sier at vi skal reise sammen."
Cherdis så nervøs ut."Sier de noe om de som prøvde å drepe meg?"
Lamara smilte skjevt."Bare det jeg allerede har fortalt. Det fungerer ikke helt slik som mange tror, jeg kan ikke bare be om et syn og så kommer det. Det velger selv når det vil virke."
Cherdis sukket."Jeg er redd, de vil ikke gi seg før jeg er død, og de vil drepe dere også, siden jeg har fortalt dere om det som skjedde. Forbannet være denne Adec."
Lamara så opp i den grå himmelen med en tankefull mine."Vi har alle vår rolle å spille, kanskje det var hans rolle å sparke i gang dette."
Cherdis trakk på smilebåndet med en ironisk mine, det vakre ansiktet kledde det ikke."Kanskje en kan se slik på det, men jeg velger å se på ham og broren som forbannede."
Lamara så ned i salen et øyeblikk før hun vågde komme med spørsmålet hun brant inne med.
"Hvordan greier du det egentlig?"
Cherdis så forvirret på henne."Greier hva da?"
Lamara rødmet så ansiktet kjentes varmt ut."Å... gjøre det dere kurtisaner gjør?"
Cherdis smilte fort."Du mener å ligge med menn ikke sant?"
Lamara nikket blygt og Cherdis sukket lavt."Det er et veldig typisk spørsmål for det er det eneste folk tenker på når vi blir nevnt. Men det er ikke det eneste vi gjør vet du. Vi synger og

danser og kan snakke om alt mulig. Vi må være like kloke som
vi er vakre."
Lamara så nysgjerrig ut."Men det virker så... jeg vet ikke hva
jeg skal si."
Cherdis skar en grimase."Du har bare opplevd den mørke
siden av det, du har blitt utnyttet og misbrukt. Men det er ikke
slik det skal være vet du."
Lamara rødmet igjen.". Jeg vet det, men jeg fatter allikevel
ikke hvordan du greier å gjøre det du gjør, det virker så..
kjærlighetsløst."
Cherdis bikket på hodet."Det går an å skille mellom kjærlighet
å lyst kjære deg, og jeg bestemmer alltid hvor langt det skal gå.
Vi er ikke som vanlige gatehorer, det er vi som styrer og
avgjør hvor langt vi går med den enkelte."
Lamara skar en grimase."Uansett, jeg ville aldri greid å gjøre
det."
Cherdis smilte fort."Vi blir opplært fra vi er barn, så for oss er
det helt naturlig. Vi er Arfones prestinner vet du, det gir oss
respekt."
Lamara kremtet kort."Og nå? Vil du fremdeles være en av
Arfones utvalgte? Etter det som skjedde med deg?"
Cherdis rykket til og så litt skremt på henne, det var merkelig
som den jentungen gikk rett i strupen på en."Jeg....jeg vet ikke.
Jeg kan ikke vende tilbake til tempelet så lenge de er ute etter
meg og jeg trenger tid til å komme over det."
Lamara så ned."Jeg forstår det. Men jeg tror ikke du blir
kurtisane igjen, jeg ser noe annet for deg. Men jeg vet ikke
hva."
Cherdis skar en grimase."Så flott, jeg kan vel bare håpe på å
overleve, mer går det ikke an å be om nå."
Hun snudde seg i salen mot den unge jenta."Og du, hvordan
blir en et orakel?"
Lamara bet seg i underleppa."Jeg er født med et merke, det er
tegnet på at en er et orakel. Og så skal en være uten lyte ellers
og slikt."

Cherdis så nysgjerrig på henne.”Hva slags merke da?”
Lamara pekte på hofta si.”Et lite rødt fødselsmerke som ligner
litt på en halvmåne. De tok meg til tempelet da jeg var et år
gammel og ikke lenger trengte mors melk.”
Cherdis sperret øynene opp.”Så tidlig? Da har du sikkert ikke
noe minne om foreldrene dine eller noe slikt?”
Lamara ristet på hodet.”Nei, jeg vet ingenting om dem, annet
enn at de var fra ute ved kysten. Men jeg har aldri savnet dem,
prestene har tatt godt vare på meg. Jeg manglet aldri noe.”
Cherdis bikket på hodet igjen, det brant en slags flamme av
innbitt ironi i blikket.”Virkelig? Var du elsket for den du er
eller for evnen du bærer?”
Lamara så litt forvirret på Cherdis som tøylet hesten sin unna
en trestamme som lå halvveis ut i veien.”Jeg skjønner ikke helt
hva du mener?”
Cherdis himlet med øynene.”Jeg mener, du ville ikke vært så
verdsatt uten evnen ville du vel? Du ville bare vært en vanlig
jente.”
Lamara rødmet og så ned i nakken på hesten sin.”Jeg.. du har
rett, tror jeg.”
Cherdis nikket bistert.”Selvsagt har jeg rett, og så fort evnen
din var borte måtte du vekk også ikke sant? Da kan du ikke si
at du var elsket og beskyttet, det var evnen din som betydde
noe, ikke den personen du er!”
Lamara svelget hardt, hun ville egentlig ikke tenke på det men
visste at Cherdis hadde rett. Når folk kom med dyre gaver og
roste henne var det orakelet de priste, ikke henne, ikke Lamara.
Det var bittert å tenke på.”De var forblindet av gamle
skikker...”
Ordene var spake og Cherdis nikket med et smalt smil.”De er
forblindet, det er sannheten ja, totalt forblindet. De burde vite
at du ennå har gaven men det kunne de ikke se, så jeg tviler
sterkt på den såkalte makten deres. Uten dere orakler var de
ingenting. Jeg vet hva som blir sagt i byen, vi får med oss det
meste av det som skjer nemlig.”

Lamara svelget den bitre smaken i munnen.”Og hva er det som blir sagt i byen, om oss?”
Cherdis ristet det lange håret bakover og smilte men det var et kaldt smil.”At det hele er juks og bedrag, at de lever av å tyne penger ut av folk for å gi dem et falskt håp. At de lever på de svake og fortapte. At prestene er noen korrupte jævler som egentlig bare bryr seg om å slå kloa i størst mulig rikdommer.”
Lamara gispet opprørt over det Cherdis sa, hun hadde fått et ganske så himmelfallent uttrykk i ansiktet.”At de våger.. Det er jo bare løgn...”
Cherdis så på Lamara med et smalt smil og et litt stygt uttrykk i de vakre øynene.”Så alle jentene der er som deg? Med gaven og alt?”
Lamara bare gispet med munnen åpen som en fisk på land. Hun måtte kjempe med seg selv for å roe seg ned.”Æh... noen av dem har evner ja.”
Cherdis smilte det bistre smilet sitt igjen.”Like sterke som deg?”
Lamara ristet på hodet, hun så ned, litt skyldbetynget.”Nei, de... de kunne ikke gi så gode spådommer som meg.”
Cherdis snudde seg krapt mot Lamara, hun så streng ut.” Jeg tenker at vi sier at de slettes ikke gav riktige spådommer, de bare lirte ut av seg noe som hørtes passe mystisk ut og folk tok det med krok agn og søkke, ikke sant?”
Lamara hang med hodet, hun visste at Cherdis hadde rett men hun orket ikke innse denne sannheten, for det brøt med alt hun noen gang hadde vært. Cherdis så det betuttede utrykket i ansiktet og ansiktet hennes ble mykere.”Kjære deg, sannheten kan av og til være vond men en kan ikke frykte den for det. Sannhet gjør fri!”
Lamara så opp, det var tårer i øynene hennes.”Og om sannheten er for forferdelig til at en kan våge å se den i øynene? Hva da?”
Cherdis så forskende på henne.”Det avhenger vel litt av hva slags sannhet det gjelder?”

Lamara bet seg i underleppa, hun var blek."At noe forferdelig vil skje, noe som vil endre alt. Men jeg vet ikke hva..."
Cherdis sperret øynene opp."Hva snakker du om?"
Lamara hvisket det bare."Et syn, en visjon, av noe grusomt. Men jeg husker ikke hva det var visjonen viste meg. Jeg vet bare at den gjorde meg livredd."
Cherdis så medfølende på jenta, det måtte være den lite attraktive skyggesiden av å være et orakel. "Jeg er sikker på at du vil finne det ut, ikke vær redd."
Lamara lukket øynene et kort øyeblikk."Det spiller ingen rolle, for det som kommer kommer, det er ingen som kan stanse det."
Daithe stanset hesten på en høyde, de så ned mot slettene og byen og hun ristet oppgitt på hodet, ennå røk det fra branner og det var et kaos uten like langs veiene av folk som ville bort og andre som ville inn for å se hvordan det hadde gått med deres kjente og kjære. Det føltes som en befrielse å komme seg vekk fra det galehuset. Det gikk en gammel handelsvei innover mot fjellene og Daithe bestemte seg for å følge den, det var ikke mye trafikk langs den men nok til at de ikke ville vekke alt for mye oppsikt og de kunne holde god fart. De to andre kom bak og virket ikke for å bry seg så mye om hvor det bar.
Daithe sukket, hun skulle ønske at hun kunne ha ridd alene, bare latt verden lede henne dit den ville men det gikk ikke nå. Vaktene hennes red bakerst og selv om de nå var iført vanlige klær avslørte de seg som militære med en gang på måten de red på og selve holdningen. Daithe var på en måte glad de var med, hun ante at leiemorderne som var ute etter Cherdis nok kom til å tenke seg om to ganger om de kom på sporet av henne og fant ut at flere væpnede menn voktet henne. Det burde de ihvertfall om de hadde vett i hodet. Men Daithe visste hvor dyktige slike grupper gjerne var og tok hun ikke feil var dette blant de beste. Det Cherdis hadde fortalt henne fortalte henne det. Hun gyste og jaget på hesten igjen, de måtte komme seg lengst mulig vekk fra byen fortest mulig. Og så fikk de

bare håpe!

Aidan

Nede i byen satt en mann litt sammenkrøket bak et skrivebord, han tygde ettertenksomt på en penn og ansiktet virket for å tilhøre en svært vennlig og mild person. En yngre kar sto foran bordet og han stirret ned i golvet og så litt nervøs ut, han var fattigslig kledd men klærne var merkelig rene og han var også påfallende ren i ansiktet og på hendene. Mannen bak skrivebordet smilte vennlig, han så ut som en hvilken som helst snill onkel men utseendet bedro til de grader. For ham spilte det ingen rolle hvem han fikk i oppdrag å drepe, så lenge betalingen var bra."De var sikre, det var henne?"
Mannen svelget fort."Ja, de kjente henne igjen, de red ut av byen i dag. Hun var sammen med en jentunge og en ung ridder, og fem karer som antagelig var soldater."
Mannen bak skrivebordet lente seg bakover og la fingertuppene mot hverandre med en fornøyd mine."Flott, vi har en jobb å gjøre. Så fort de idiotene som mislyktes har blitt straffet kan du ta med deg en seks sju karer og finne henne. Og denne gangen dreper dere alle, absolutt alle."
Den yngre mannen bukket kort og skyndte seg ut. Han raste nedover en gang som var smal og slyngete og kom til slutt ut i et stort rom som best kunne beskrives som en visjon av helvete. Det var dominert av tortur instrumenter av alle slag og et par ildsteder flammet intenst. Noen menn var spent fast til trerammer bakerst i rommet og hadde noen vært i rommet der Cherdis ble voldtatt hadde de kjent dem igjen. Den ene av dem var tydelig forbrent og manglet et øye, samtlige var nakne og virket vettskremte. Flere andre var samlet der og de så halvveis skremt og halvveis skadefro ut.
Den unge mannen stanset foran mannen som åpenbart var lederen der, han var litt opp i årene og gråhåret men virket like

sprek og skarp som noen tjueåring.”Vi skal ut og finne henne
så fort de der er straffet. Seks sju stykker.”
Den gråhårete nikket bare uten å se på den unge i det hele
tatt.”Forstått Aidan, jeg skal finne de beste.”
Aidan svelget hardt og så på de nakne karene som hang der, de
hadde virkelig gjort det store da de bestemte seg for å voldta
den hora før de drepte henne, de hadde brutt alle brorskapets
regler og nå måtte de betale prisen for det. Aidan var ikke et
fullverdig medlem ennå, han var bare en lærling og han var
livredd for å tabbe seg ut. Og det som ventet de som brøt
reglene var nok til å gi noen og enhver kalde føtter. En mann
kledd i svart dukket opp, han var barhodet og skallet og
ansiktet fikk en kanskje til å tenke på en gribb eller et annet lite
lekkert åtseldyr. Det var ihvertfall ingen tvil om at det var et
temmelig sadistisk sinn som holdt til i denne kroppen for det
øyet han hadde lyste formelig av ondsinnet fryd. Det andre
øyet var hvitt og dødt og gav mannen en ekstra dose med
uhygge. Han gliste og trakk frem diverse redskaper fra en stor
svart sekk, Aidan svelget hardt og trakk seg ubemerket tilbake,
han aktet ikke å bli der og se på, det ble for sterkt. Han fikk
late som om han måtte gjøre klar hestene eller noe slikt. Da
han raste opp trappa igjen hørte han de første skjærende
smerteskrikene og krympet seg. Alle guder forbanne den dagen
han bestemte seg for å bli en del av denne gruppen, det var det
dummeste han noen gang hadde gjort men nå var det ingen vei
tilbake. Ingen vei i det hele tatt.
Senere på kvelden red et følge på åtte ut fra portene, de var
kledd som vanlige jegere og vandrere og red ganske gode
hester men for en med gode øyne avslørte de seg fort. De
hadde mye mer våpen med enn normalt og det var noe fordekt
ved måten de oppførte seg på. De prøvde å unngå andre
reisende og hadde trukket hettene langt frem over ansiktene.
De red hardt og studerte sporene som forlot hovedveien nøye.
Til slutt stanset de ved et kryss og red litt rundt, da de samlet
seg igjen tok de av på handelsveien mot fjellene og det var en

iver ved dem nå. De hadde byttet innen rekkevidde, de skulle ikke gjøre den samme tabben som sine nå avdøde brødre.

Midar

Midar syntes situasjonen var ubehagelig, Meyret sa liksom ingenting med mindre hun ble snakket til og virket temmelig mutt, det gjorde ikke akkurat hans eget humør noe bedre. Han bare håpet at alt gikk greit med overleveringen og at herren holdt ord. Meyret lå tungt mot brystet hans og han merket at hun slettes ikke ønsket det men at hun ikke hadde noe valg. Hun var for svak ennå til å klare å ri selv. Terrenget var ganske greit å ri i og Midar prøvde å finne den raskeste ruten. Han var sliten men lot seg ikke merke ved det. Da dagen var på hell igjen hadde de ridd svært langt og hestene var slitne også. De hadde ikke fått beite noe særlig så Midar slapp dem med helder og lagde en enkel leir innunder en bergknaus. Meyret bare satt der lent mot steinen og så fjern ut, han begynte virkelig å mislike henne. Om hun ville være høy på pæra kunne hun bare være det for ham. Han turde ikke tenne bål så han gav henne litt tørket kjøtt å tygge på og hun takket ikke engang. Og hun virket mildt sagt misfornøyd med maten men spiste da, dog med litt vansker.

Meyret kjente hvordan frustrasjonen kokte i henne, hun hadde vært så sterk, selv i denne skikkelsen hadde hun vært mange ganger sterkere og raskere enn noe menneske, men nå var hun rene skjære reivungen. Hun hatet det, og prøvde å hate ham også. Men det gikk ikke, hun greide ikke å forbinde ham med dem som hadde stengt henne inne, det var liksom noe fremmed ved ham. Noe hun sanset når hun var nær ham, noe som gav henne lyst til å være der, med ham. Hun fattet det ganske enkelt ikke. Hun så litt mer nå, kunne skimte litt mer detaljer og hun så at han var mørkhåret og ganske høy, antagelig var han en riktig så kjekk ung mann. Hun prøvde alt hun kunne å glemme takknemligheten men det var umulig, hun kunne ennå ligget der i den kalde mørke hulen og sakte visnet bort. Og hun hørte stemmen hans og følte varmen fra ham når hun satt der i salen foran ham, det var mer vidunderlig enn hun likte å tenke på. Hun skulle ikke tenke slik, hun var en overlegen skapning, slike som ham var kun kveg for slike som henne. Men hun likte å hørte stemmen hans, den brakte tilbake nesten glemte minner om gode tider som var. Hun kjempet en hard kamp mot seg selv nå og ante ikke hva utfallet kom til å bli.

Midar satte seg ved siden av henne.”Det er en varm kilde et lite stykke herifra, du bør bade. Du har lus, og alskens annet utøy også tror jeg.”

Meyret rykket til, ville lappe til ham i raseri over at han engang ymtet om noe slikt til henne men så innså hun at han hadde rett. De såre punktene hun følte overalt var lusestikk og det klødde besatt i hodet på henne nå. Hun kjente at noe strammet seg i brystet, hev etter pusten og prøvde å tvinge følelsen av ydmykelse tilbake men det gikk ikke. Den ble så alt for sterk, hun hadde vært så vakker, så fullkommen. Og nå satt hun der, med håret som en eneste masse og lus og lopper og gudene visste hva mer. Hun brast i gråt og prøvde desperat å skjule det, gjemte ansiktet i de skjelvende hendene. Midar så storøyd på henne, hun gråt? Med ved alle guder.. Han svelget kort og kunne forstå henne, om hun virkelig var av fin ætt måtte det være skrekkelig ydmykende og skremmende for henne. Han strøk henne varsomt over armen.”Ta det med ro vesla, det er ikke din skyld vet du. Men det håret kan nok ikke reddes. Jeg tror vi bør skjære det helt ned. Men vær ikke redd, det vil vokse ut igjen.”

Meyret skvatt av berøringen, men den var vennlig, og så varm og hun lukket øynene i nytelsen over å bare føle igjen. Hun kjente at noe inne i henne skalv over å høre en vennlig stemme, var hun blitt aldeles bløt? Men det gjorde så godt og hun grep handa hans tilbake. Kunne såvidt skimte ansiktet hans men lente seg mot ham.”Vær... vær så snill å gjøre det nå,

med en gang. Jeg vil bli kvitt... udyra."
Midar kjente at noe som lignet medfølelse i brystet men gjorde
seg hard. Han bare nikket og hentet en av de skarpeste små
knivene sine, den han brukte når han barberte seg. Han samlet
noe av den tykke nesten tovede massen i handa og så faktisk at
det rørte seg i den. Han skar en stygg grimase.
"Sitt helt stille, så jeg ikke skjærer deg."
Hun bare løftet hodet så rett hun kunne og så skar han. Han
kuttet og slet lenge før alt sammen var borte men da var hun
nesten barbert på hodet og han sukket over tilstanden på
hodebunnen hennes. Den var sår og rød av alle bittene og noen
var betent også. Meyret svelget tungt, det føltes så merkelig,
hodet var så lett og det var kaldt også, hun hørte at han sukket
og kjente seg brått litt redd."Hvor... hvor ille er det?"
Midar bannet lavt og strøk handa varsomt over hodet
hennes."Ille, tro meg. Jeg må fjerne alt tror jeg, og vi må få på
noe medisin på det."
Meyret hikstet, tanken på å være helt skallet var ikke trivelig
men heller det enn alle lusene. Hun tok seg sammen enda hun
aller helst ville ha krøllet seg sammen som et barn og bare
sørget."Gjør det, bare... bare barber bort alt."
Midar hentet litt vann og begynte å fjerne de siste restene av
hårmanken hennes og Meyret kjente at varme tårer rant og traff
armene hennes der hun satt fremoverbøyd.
Etter litt var han ferdig og hun kjente seg naken. Midar svelget
kort, ville ikke stille spørsmålet men måtte bare."Har du stikk
andre steder også?"
Meyret sperret øynene opp i sjokk da hun forsto hva han
mente. Hun skulle ønske at hun kunne gjemme seg bort, løpe
sin vei, alt annet enn dette men hun nikket sakte og motvillig.
Midar følte at ansiktet var stivt av ubehag."Skal vi fjerne det
der også? Det må til om det skal gro."
Meyret hulket lavt, så lavt hadde hun altså sunket, at hun måtte
la en tyv, et menneske, barbere bort hårene ikke bare på hodet
hennes men også der! På grunn av utøy! Og han måtte røre

henne også, selv klarte hun det ikke så dårlig som hun så. Hun svelget hardt og kvalte jamringen av skam og frykt før hun slapp av seg teppet og la seg bakover på det. Midar ristet på hodet, hun var virkelig lusebitt over det hele, og ikke minst der nede. Hun var så ynkelig mager, så stakkarslig at han ikke fattet at hun ennå var i live men han måtte gjøre det han kunne for å hjelpe henne. Han satte seg ned på kne."Jeg skal være rask, og tro meg, jeg ser ikke på deg som en naken kvinne nå. Du er for tynn til å... æh.. tenne meg."
Meyret hikstet. Det også, hun hadde ikke tenkt så langt men det var greit, hun hadde sagt A så hun fikk bare si B også. Hun skalv over hele kroppen men flyttet beina så han slapp til. Midar prøvde å være forsiktig men rask, hun var faktisk en svært velskapt jente og han måtte vedgå for seg selv at det faktisk påvirket ham, nå som han berørte henne. Huden hennes ville vært som den fineste silke om det ikke hadde vært for alle bittene og han kjente lukten av henne, han bannet intenst innvendig. Ikke faen om han aktet å bli tiltrukket av henne, dette var bare rene instinkter som slo til. Han ble ferdig og trakk teppet opp rundt henne igjen, hun gråt åpent nå og skalv fremdeles."Du er ferdig nå, vi må bare finne noen urter jeg kan gni på sårene så blir du ok igjen."
Hun krøllet seg sakte sammen, det virket ikke for at hun hørte ham og han sukket og klappet henne på skulderen."Et enkelt takk holder lenge."
Hun hikstet og han så en mine av pine på ansiktet hennes."Er... er det noe galt?"
Han forsto seg ikke på kvinner, de reagerte så annerledes på ting enn menn og noe hadde åpenbart skaket henne fryktelig opp.
Meyret prøvde å svelge ned skrekken minnene hadde brakt med seg men greide det ikke. Brått var det igjen som om hun var i fangehullet, ble holdt brutalt nede mens vaktene tok henne med makt, nøt å høre henne skrike av smerte og frykt. Hun gjemte ansiktet i hendene."Da... da du rørte meg.. vaktene

der borte,.. de... de..."
Hun greide ikke si mer og Midar ble blek, han stirret ned på
den skjelvende kroppen og forsto så alt for godt. Selvsagt
hadde de misbrukt henne de svina, hun var jo vakker og sikkert
fristende. Og før hun ble så mager var hun antagelig fantastisk
flott å se på. Han kjente at strupen snørte seg og han satte seg
ned ved siden av henne, omfavnet henne varsomt."Å arme
jente, jeg visste ikke... vær så snill å tilgi meg at jeg vekket
vonde minner. Men det måtte gjøres."
Meyret dirret fra topp til tå, det å bli holdt slik var fryktelig,
men samtidig aldeles vidunderlig. Hun følte seg merkelig trygg
hos ham, beskyttet. Det å kunne gjemme seg i favnen hans var
underlig trøstende og hun presset ansiktet inn mot brystet hans
og bare pustet."Jeg... jeg tilgir deg.. du har rett. Det måtte
gjøres."
Midar strøk henne over hodet med en vennlig gest."Det er
bra."
Han prøvde å gjøre stemmen nøytral men greide det ikke,
medfølelsen skinte igjennom. Han hadde kjent en jente en
gang og hun hadde vært en god venn av ham, en annen lærling
av Godric. Hun kunne blitt en god tyv men hun ble fanget av
noen byvakter og de holdt henne fanget i flere dager og hadde
viljen sin med henne flere ganger. Da hun greide å rømme var
hun så ødelagt at hun tok livet av seg bare noen dager senere.
Midar hadde vært knust da, men han hadde forstått hvor
forferdelig det var for en kvinne med en slik opplevelse.
Meyret satt slik lenge, bare hvilte mot ham og skammet seg
faktisk ikke over det heller. Det føltes merkelig godt å være
der og han ville henne ikke noe vondt. Det var merkelig, men
hun visste det bare. Midar klappet henne varsomt på
handa."Jeg kan hjelpe deg bort til den kilden, så finner jeg
urter mens du bader?"
Hun nikket bare og han reiste seg og løftet henne varsomt opp.
Hun kjente seg nesten ydmyket igjen men tvang følelsen
tilbake. Det var ingen vei utenom, hun greide ikke gå ennå.

Kilden lå bare litt unna leiren og var en liten dam som så ut
som et lite øye i skogbunnen. Det dampet svakt av den men
den var ikke for varm til å bade i. Midar satte henne ned på
kanten og hun stakk varsomt beina nedi. Det var herlig, hun
skjøv resten av kroppen nedi siden det bare var noen få titalls
centimeter dypt og hun gispet over hvor ille det sved i alle
sårene men hun ante at hun hadde godt av det. Hun gned seg
desperat til armene verket og hjertet hamret i brystet av
anstrengelsen. Etter en stund roet hun seg ned, hun var da i det
minste ren på utsiden, men kunne hun noen gang bli helt ren
igjen? Det verket i hjertet hennes av følelser, hun kunne bli fri
igjen nå men til hvilken pris? Hun ville aldri bli kvitt minnene,
og hva ventet henne ved enden av denne reisen? Hun kunne
ikke fjerne halskjedet, prøvde hun skjøt de forferdeligste
smerter gjennom henne og så lenge det var på var hun bundet i
denne svake menneskekroppen. Og hun måtte adlyde magien
de la over henne også. Det var så ufattelig bittert å tenke på.
Midar kom tilbake og bar med seg noe grønt, hun så ikke helt
hva det var ennå og han tok en bolle og knuste det sammen til
en slags grøt som han smurte på stikkene og bittene etter at han
hadde halt henne ut av vannet igjen. Meyret ynket seg for det
sved infernalsk men så døde smerten langsomt ut og ble
erstattet av en slags varme. Han tullet teppet rundt henne igjen
og bar henne tilbake til den enkle leiren, hun følte seg bedre nå
selv om hun visste at hun så forferdelig ut, Midar strøk henne
fort over kinnet.”Ta det med ro, bare du får litt mer kjøtt på
beina igjen blir du så pen igjen atte.”
Meyret så ned, tårene brant ennå i øynene. Hva betydde vel
det? Hun var fanget her som et vanlig usselt menneske og var
overlatt til skjebnens tilfeldigheter. Om dette var straffen
hennes for den hun hadde vært var den i sannhet streng.
Det ble fort mørkt og hun prøvde å sove men greide det ikke,
hun lengtet så det verket i brystet etter sann frihet. Men
hvordan skulle hun oppnå det nå? Midar greide neppe å sette
henne fri på noe vis, han var bare en visergutt som skulle ta

henne med til hvem det nå var som aktet å bruke henne til egne formål. Det var antagelig det samme om igjen, eller verre. Hun måtte bli sterk igjen så fort som mulig, så hun kunne rømme. Det var eneste muligheten hun hadde. Midar lå der og han sov heller ikke, han kjente at det var som en knute i brystet av nervøsitet. Han hadde aldri trodd at noen kjente til det, hemmeligheten han hadde. Mange mente at han var en æreløs tyv, kanskje også hjerteløs men det stemte ikke. Han brydde seg om folk men det måtte ingen få vite. Det var en stor ære å bli betrodd det han hadde blitt betrodd, han kunne ikke svikte. Men det var langt til stedet der han skulle overlevere Meyret og mye kunne skje, og det hele var hans ansvar. Igjen forbannet han dagen han gikk med på å stjele den juvelen. Han prøvde å bli sint på henne for at hun hadde forårsaket dette men greide det ikke helt. Det var jo ikke hennes skyld, hun var også et offer her. Det ble sent før han greide å sovne.

Da han våknet neste morgen sov hun, hun hadde krøllet seg sammen som et barn og med det skallete hodet og sårene så hun faktisk ganske så merkelig ut. Men han syntes synd på henne, det kunne ikke være enkelt for henne heller. Han sto opp og sjekket til hestene som gikk og gresset fredelig før han spaserte ned til elva for å hente vann og lette seg. Magen hans hadde en tendens til å slå seg totalt vrang når han var anspent og nervøs og nå var den som vanlig blitt svært plagsom. Han havnet i en ur med svære steiner nede langs elva og fant en liten skjermet plass og noen av de svære bladene av en plante som vokste langs den brede sakteflytende elva. Det var stille og fredelig der, elva klukket forbi steinene og vinden rusket mildt i trekronene. Det var egentlig et meget vakkert sted og hadde han ikke hatt dette oppdraget ville han ha likt seg. Det var spennende å se nye steder. Han regnet med at de ville bli nødt til å jakte snart, provianten han hadde med var ikke bra nok for en så avmagret person som hun var, hun trengte blod og kjøtt, helst marg og innvoller som hjerte og nyrer og lever. Buen han hadde med var ikke særlig sterk men god nok til å felle småvilt og en og annen hjort kunne det vel kanskje være der. Det var ihvertfall nok av de små nesten kaninaktige hjortedyra med hoggtenner, de var et solid måltid i seg selv. Han skulle til å reise seg igjen da han stusset, han hadde hørt noe merkelig. Det var den svake kroingen til en due men det fantes ikke duer der ute, han visste at skogduene hadde en annen lyd. Var det en fugl på ville veier? Så hørte han en plystring som skulle forestille en svarthalet natteskriker, men det var feil avslutning på lyden, og feil tid på døgnet. Instinktene hans slo til. Han rev på seg buksene mens han satt der i skjul og lyttet med ørene på stilker, det var noe galt der.

Meyret sov og drømte om fangehullet igjen, hun var lenket og iskald og skrekken for å til slutt gi etter hang tungt over henne som en skarpretterøks hele tiden. Hun klynket og vred seg og brått grep noe tak i henne, brutalt og uvennlig. Hun slo øynene opp, det var fremmede der, en eldre mann som så ut som en soldat og en kar med tatoveringer og barbert hode. Hun kunne sanse magien hans på lang avstand og angsten eksploderte i henne. Hun prøvde vri seg løs og skrike men nå greide hun ikke komme med en lyd, hun så ikke Midar der og forsto hva som ville skje om de så ham. Hun måtte advare ham! Det eneste hun hadde igjen var tankens språk og hun skrek innvendig, så hardt hun bare kunne. Midar var bare et menneske, han kunne ikke snakke via tankene som hennes folk gjorde men hun måtte bare forsøke. Det var eneste sjansen. Karene løftet hennes opp og den eldre mannen så granskende på henne, som om hun var et stykke kjøtt på et marked. Meyret jamret seg og kjente at hun ristet av frykt, hun var hjelpeløs igjen. Mannen bikket på hodet, det var forakt i blikket hans.”Og det der skal være en drage i menneskeform? Hun ligner mer en utslitt gatehore men la gå, hun er vår nå og våre herrer vil bli meget fornøyd med oss.”
Magikeren gikk nærmere, hun så ikke detaljer ennå men hun ante at mannen var nysgjerrig på henne. Soldatene som holdt

henne vred henne rundt så hun ikke kunne røre seg i det hele tatt og mannen strøk handa langs hodet hennes uten å røre ved henne. Han gliste sakte.”Så mye makt, jeg skal banne på at hun virkelig vil gjøre nytte for seg, bare hun blir ordentlig temt. Det skal bli en fornøyelse.”
Den eldre mannen skar en grimase.”Javel? Og du tror du er sterk nok til det Iliman?”
Magikeren som het Iliman nikket sakte, det glødet svakt i blikket hans, Meyret følte at han var en ond person på mange måter.”Tvil ikke på det Adras, jeg vet hvordan selv den sterkeste skal tvinges i kne og hun er ikke sterk, ikke nå ihvertfall.”
Han gliste og snudde seg og soldatene halte henne med seg mot noen hester som sto klare. Adras vinket til noen av soldatene som sto klare til å adlyde ordre.”Finn tyven og drep ham, vi trenger ham ikke.”
Midar hadde sittet gjemt mellom steinene da han brått rykket til, han hørte Meyret skrike navnet hans men det var ikke som vanlig lyd, det var bare i hodet hans og det gjorde forbannet vondt. Han falt nesten sammen på bakken og i samme øyeblikk så han for seg soldater og hester. Han hev etter pusten, noen prøvde å bortføre henne! Han hørte brått bevegelser og forsto at noen lette etter ham og det var ikke for å takke ham for at han hadde befridd henne. Midar tenkte fort, i denne forsenkningen var han hjelpeløs, og kunne ikke komme seg vekk uten å bli sett. Våpen hadde han heller ikke, bare kniven i beltet. Det var bare en mulighet og han svelget hardt og tok den. Elva rant langsmed steinene og stille lot han seg gli ned i vannet og undertrykket gyset da det iskalde vannet steg opp langsmed ham. Han skjøv seg ut i vannet og holdt seg helt neddykket så bare toppen av hodet stakk opp, det lå en trestamme et stykke ut i elva og han flyttet seg sakte frem til den. Gjemte seg i skyggen av den og håpet på det beste. Et par soldater dukket opp i bakkant av forsenkningen, de bar på sverd og den ene hadde et spyd.

Midar holdt pusten, ved alle guder, hva gjorde han nå? De kunne ikke stikke av med henne, da mistet han henne og han visste hva som da kunne skje. Han måtte få henne tilbake! Soldatene brukte øynene godt."Se her, fotspor, og de er ferske!"

Den andre pekte på steinura."Sjekk der."

Midar svelget hardt. De ville skjønne hvor han hadde gjort av seg, og det snart også. Han kunne bare håpe at de ikke kunne svømme. Den ene gikk rundt."Det har vært noen her nylig, det er møkk her og den damper ennå."

Den andre gliste."Da er han i nærheten, hold øynene åpne."

Midar bet tennene sammen, gjorde seg klar til å svømme ut i midten av elva og selv om han kunne svømme var han ikke noen god svømmer heller. Soldaten med spydet pekte utover mot elva."Han må ha hørt oss og gått i vannet."

Den andre nikket og pekte på stokken han gjemte seg bak."Ser ut som om vi må bli våte, vi skulle kverke fyren og da får vi bare gjøre det. Adras tåler ikke feil."

Han begynte å vasse utover og Midar gjorde seg klar til å slippe stammen men brått skjedde noe helt uventet. Vannet foran soldaten eksploderte formelig og en mørk kropp kom til syne i en vanvittig fart, svære kjever suste gjennom lufta og lukket seg om soldaten som skrikende ble trukket under vannet i en sky av blod og opp rotet slam.

Den gjenværende mannen kom seg ut av vannet i en vanvittig fart og la på sprang som om han hadde sett den onde selv og Midar kjente at han var iskald til margen. En elvedrage, hvorfor hadde den tatt soldaten og ikke ham? Det begynte å koke i vannet flere steder og han så at det nok var en hel familie av de svære skapningene der. Og de hadde ikke angrepet. Midar lukket kort øynene og ba en temmelig skjelvende bønn til alle de guder han kjente til om at de fikk nok med soldaten og ikke følte seg fristet til å smake på en Zhymorsk tyv også.

Adras sto og bant jenta til salen på en hest da en av soldatene

kom rasende tilbake, han så blek ut og rant av vann.”Tyven...
han gjemte seg i elva men..”
Adras skulte og mannen tok seg sammen. .”Vi skulle se om vi
fant ham men det var elvedrager der, en av dem tok Piero,
delte ham i to..”
Adras gryntet.”Greit nok, da er nok den tjuven dragemat også,
de vil ikke gå glipp av et slikt festmåltid. Og skulle han ha
greid seg er et bare en simpel tjuv, han vil neppe være idiot
nok til å prøve å stjele henne tilbake. Samle karene så rir vi.”
Meyret hørte det Adras sa og hun kunne ha skreket om hun
greide lage lyd, selvsagt ville han ikke prøve å befri henne.
Han var jo bare en tyv. Og nå var han høyst sannsynlig død
også og disse mennene ville bringe henne med til andre som
igjen ville prøve å knekke henne. Hun fryktet magikeren, hun
sanset en beinhard vilje i ham og han var hensynsløs også.
Sterk nok til å skade henne alvorlig og hun følte seg fanget i et
sant mareritt. Hun hadde kommet fra asken til ilden og kunne
hun ha tatt livet av seg ville hun gjort det. Alt fremfor dette,
alt! Adras tok hesten hennes på slep og hun greide snaut holde
seg oppe, hun ønsket ikke å vise dem hvor svak hun var men
til slutt falt hun fremover og ble liggende fremover
hestenakken. Hun kjente sine egne varme tårer renne over
kinnene, hvorfor straffet gudene henne så skrekkelig?
Midar ble liggende i elva til beina hans var som ispinner og
han snaut følte dem, han trakk pusten og så svømte han
varsomt i land og ventet å føle tennene på en elvedrage i
kjøttet når som helst. Men ingenting skjedde og han krabbet
seg sakte i land. Han snek seg frem mot leiren og så fort at de
hadde reist. Men de hadde etterlatt det meste av oppakningen
hans og til og med buen og koggeret lå tilbake. Hestene hadde
de derimot tatt og han spente fort på seg våpnene sine med en
innbitt mine. Han var nødt til å redde henne, for sin sjels skyld.
Om noe skjedde de to der ute ved bukta var det hans skyld og
han kunne aldri tilgi seg selv. Vel og merke hadde de hester
men i dette terrenget tok en seg fortere frem til fots. Han fikk

virkelig bevise ryktet sitt nå, at han var den beste tyven noen
sinne. Han fant sporene og la på sprang med en innbitt mine i
ansiktet. Nå kunne han ikke svikte, han måtte finne henne
igjen.

Wulf

Wulf og Vardhys hadde ridd lang en ganske så øde vei lenge, det var lite folk langs den og den unge væpneren var ganske nysgjerrig. Wulf sa lite om målet for ferden men han sørget for å holde en god fart siden han snart måtte prøve å få sporet opp guttens mor også. Ingen reagerte på dem siden de nå så helt ut som en vanlig ridder med sin væpner på tur rundt for å finne arbeide. Vardhys var svært tankefull, Wulf la merke til det. Av og til var han totalt i sine egne tanker og Wulf antok at det kom til å ta en tid før han helt fikk roet seg ned. De overnattet i skogen en gang til og så nådde de landsbyen dagen etter. Den var forholdsvis stor men de hadde valgt den minst brukte ruten dit og så nær fjellene var det lite trafikk uansett. Rundt lå det store marker med beitedyr og røyken hang over takene siden dette var en by som stort sett livberget seg gjennom metallarbeide. Det var mange smeder der og Vardhys så storøyd på digre lærkledde menn som hamret ut alt fra gjerdestolper til våpen av glødende metall. Gatene var smale og kronglete og de stinket ille, denne byen var akkurat som alle andre i slik måte. Det yrte av folk overalt og noen fremmede fjes var liksom slettes ikke noe merkelig.
De red sakte mot den indre delen av byen og Wulf satte igjen hestene på en leiestall. Vardhys var tydelig nysgjerrig men sa ikke noe. De trasket gjennom søle og skitt til de kom til en litt skjult bygning som lå liksom inneklemt mellom to større og bedre hus. Det var et anonymt hus uten noen merker av noe slag og Wulf gikk bort til døra og banket på. De hørte noen svare og han gikk inn, Vardhys kom nølende etter. Han stanset nesten da han så mannen som satt der inne foran peisen med en tent pipe, det var plassert et brennmerke på ene kinnet hans som fortalte for all verden hvem og hva han var og gutten

rygget nesten bakover. Mannen reiste seg og hilste hjertelig på Wulf som virket like hjertelig tilbake, Vardhys kunne ikke fatte det. Hvordan kunne noen være venn med en slik mann? Han bare sto der helt som frosset. Rommet var i og for seg normalt, det kunne vært en hvilken som helst stue i en hvilken som helst bygning men på veggen ved utgangen hang en bredbladet øks og en mørk kappe og hette. Vardhys kjente seg brått kvalm. Wulf snudde seg mot ham.”Dette er Jasper, han er en god venn av meg og har reddet skinnet mitt faktisk. Han har gått med på å gjemme deg her, ingen vil lete hos mestermannen etter en tronarving.”

Vardhys kunne bare hikste etter luft. Mestermannen var det alle var redde for, han hadde vært livredd for den kappekledde skikkelsen da han var barn.

Jasper var en kar et stykke opp i åra, han var litt lut men utrolig kraftig bygd og det var noe merkelig mildt over ansiktet som kolliderte ganske kraftig med yrket. Han smilte vennlig mot gutten som ennå sto som frosset til bakken.”Ikke vær redd gutt. Jeg vet om det folk sier om mitt yrke men lite av det er sant.” Han trakk frem noen stoler og Wulf satte seg med en gang, Vardhys så fremdeles veldig skeptisk ut. Han skar en grimase og hvisket til Wulf.”Må jeg?”

Wulf så strengt på ham.”Ja, det er ingen vei utenom. Ingen vil lete etter en som deg på et slikt sted. Og Jasper er en kjernekar, tro meg.”

Vardhys så tvilende på den svære mannen som nå halte frem en kjele fra grua og satte den over til kok.”Men...”

Jasper tømte pipa og satte seg ned, han så tålmodig på gutten og sukket lavt.”Du tror jeg er et forferdelig menneske fordi jeg er mestermannen, bøddelen, her i byen.”

Vardhys skalv nesten, han visste at mange skydde mestermannens hus som rene skjære pesten. Han visste ikke hva han skulle si.

Jasper smilte litt vemodig.”De fleste tror det, og det er naturlig også. Jeg dreper mennesker som yrke, om de fortjener det eller

ei er ikke opp til meg å avgjøre, det har dommerne bestemt på forhånd. Og om de dømmer rettferdig eller ei vet jeg aldri. Jeg vet bare at jeg alltid gjør mitt aller beste, jeg har aldri brukt mer enn et hugg for å gjøre det av med noen, aldri!"
Vardhys sperret øynene opp og svelget krampaktig. Jasper klukket lavt og vippet med pipa mot ham."Åh, du er ung og naiv ennå. Jeg har kanskje tatt livet av et par hundre personer i de sju og tjue årene jeg har vært mestermann. Det er mye kan en kanskje si men jeg kjente en ridder en gang som hadde drept tre ganger så mange, på bare et par år. Og de var alle bønder og treller, ikke en eneste av dem kunne forsvare seg. Jeg dreper rent gutt, det er ingen smerte for de som legger hodet på min blokk. Se om du kan si det samme om de du ser drept når du opplever ditt første slag."
Vardhys så vantro på den store mannen, han virket så reflektert og klok, slettes ikke som han hadde trodd. Jasper smilte litt skjevt."Jeg ser at du er forundret gutt, men jeg er slettes ikke noen hjernetom drapsmaskin. De færreste er det, ingen velger å bli mestermann gutt. Det er en mørk skjebne og en kan bare gjøre sitt beste for å forsone seg med det."
Gutten skar en grimase og Wulf la beina i kryss. Han så smalt på Jasper som tente pipa igjen med en glo fra peisen.
Han smilte sakte til Vardhys."Som du ser, han er ikke helt som en umiddelbart skulle tro ikke sant?"
Vardhys nikket usikkert og Wulf så bort på Jasper "Du får fortelle ham hele historien."
Jasper nikket og stappet pipa med langsomme bevegelser, han så smalt på Vardhys."Du er ung ennå, du har ikke opplevd mye. Du har ikke sett hvor langt man er villig til å gå for dem man er glad i."
Vardhys vred på seg, han så i golvet."Det har jeg vel, jeg vet at.."
Jasper avbrøt ham."Nei, du har ikke sett noe ennå. Men jeg skjønner, jeg var like ung som deg en gang, og like sikker på at verden var svart og hvit. Men jeg lærte, og det på den verste

måten også."Vardhys så forvirret på mannen som tok noen
dype drag av pipa."Javel?"
Jasper sukket og la beina på bordet."Jeg skulle bli smed, som
min far og farfar og hele slekta før dem. Og mor var faktisk
halvt adelig så vi var liksom en litt finere familie. Jeg kommer
fra en landsby helt ute ved kysten på grensa til Zetir, det er
temmelig langt det gutt. Jeg vil aldri se det stedet igjen men jeg
har avfunnet meg med det nå."
Vardhys så smalt på ham, han kunne liksom ikke helt få dette
til å stemme med det bildet han hadde av mestermannen. Huset
var jo trivelig, det var tydelig at det var en kvinne eller flere
der og mannen var jo bent frem koselig. Vardhys var seriøst
forvirret.
Jasper fortsatte."Jeg hadde alt begynt som smed da det
skjedde, det som forandret alt. Jeg fant kvinnen i mitt liv, og
hun falt for meg også."
Jasper så ned og det var smerte i blikket hans."Men hun var fra
en fin familie, i slekt med den gamle Nurmadag ætten og langt
over hva en vanlig smed kunne håpe på. Det gikk ikke særlig
bra."
Vardhys så litt usikkert på Jasper, han begynte å ane at dette
ble en lite trivelig historie."Så.. det ble ikke dere to?"
Jasper ristet på hodet."Nei, hennes slekt ville aldri latt henne
ekte en simpel smed, og hun var fortvilet. Men de var noen
forbaskede stivpinner og tvang henne inn i et ekteskap med en
mann hun så avgjort ikke ville ha. Med rette viste det seg, han
var en ren sadist."
Jasper så opp, det lyste noe farlig i blikket som gav Vardhys
frysninger nedover ryggen."Jeg ventet ved en vei jeg visste de
brukte å ferdes ved, så at han slo og rakket ned på henne. Og
jeg gav meg til kjenne, fortalte at jeg elsket henne og hun meg
og at barnet hun bar på var mitt. Og så drepte jeg ham."
Vardhys så vantro på den aldrende mannen som så vemodig
ut."Og dermed hadde jeg for alltid gjort det umulig for oss å
være sammen men jeg hadde reddet hennes fra det udyret i det

minste. Jeg ble selvsagt fanget og dommeren var heldigvis en
fornuftig kar som skjønte situasjonen. De adelige ville se meg
hengt men han fikk sendt meg hit, som bøddel"lærling. Han
regnet med at jeg skulle tjene her i ti år, så skulle jeg være fri,
men på åttende året døde den gamle mestermannen og jeg
måtte ta hans plass. Og siden har jeg vært her, som lovens
ytterste hånd."
Vardhys svelget hardt."Du hadde ikke noe valg?"
Jasper tok et trekk av pipa og ristet på hodet."Nei, slettes ikke.
Jeg var forferdet i begynnelsen kan skjønne, hatet hver
øyeblikk av opplæringen men etter litt skjønte jeg at jeg faktisk
lærte mer enn bare å ta livet av folk."
Vardhys rynket pannen."Hva da?"
Jasper sukket lavt."Jeg lærte mye om mennesker, om hva de
innerst inne er. De tapre er ofte bare tapre til et visst punkt og
de som du tror er svake kan være sterkere enn noen skulle tro.
Og jeg lærte mye om hvordan kroppen fungerer, legene kom
hit for å skjære i de døde og se hva som var inni dem. Og jeg
sto der og lærte av dem også."
Vardhys skar en stygg grimase og Jasper gliste litt
skjelmsk."Jada, jeg spydde som en gris første gangen legen
skar opp en mann her, trodde aldri jeg skulle greie spise igjen
faktisk. Men jeg ble vant med det, naturlig nok."
Vardhys gulpet lavt og Wulf gliste av ham. Jasper vippet med
pipa."Men jeg har også lært en ting til, og det er å møte døden
ansikt til ansikt uten frykt. Jeg er det siste de ser gutt, den siste
stemmen de hører og den siste hånd som rører ved dem. Når
jeg er rolig blir også de rolige, jeg lar ikke deres siste øyeblikk
være et kaos av frykt."
Wulf reiste seg halvt og så seg rundt."Hvor er Jala og
ungene?"
Jasper smilte lunt."Ute og plukker grønnsaker, vi har litt jord
utenfor byen siden vi ikke får handle med resten av
befolkningen."
Vardhys visste at mestermannen og hans familie ikke fikk ha

kontakt med andre, og at de bare kunne gifte seg inn i andre bøddel slekter. Nå så han hvor hardt det måtte være. Han kremtet lavt.

"Så.. så du ble gift til slutt?"

Jasper nikket kort."Med den forrige bøddelens datter ja, og jeg har ikke angret. Hun visste hva hun gikk til, og jeg har med hånden på hjertet aldri angret på det. Hun er mitt hjerte nå, og har gitt meg tre flotte unger."

Vardhys så litt usikkert ned i golvet."Men de må bli det samme som deg?"

Jasper trakk pusten dypt."Jeg har vært velsignet, har bare fått jenter. Den eldste har flyttet ut og har funnet en mann i en annen by langt herifra. Ingen der vet at hun er en bøddels datter. Det er godt slik. De to yngste? Jeg vet ikke hva som vil skje med dem, men jeg håper på en bedre skjebnen enn deres mors."

Wulf nikket sakte."Da utgir du Vardhys her for å være din nye lærling, påstå at han har blitt dømt til det for en eller annen forbrytelse."

Jasper brummet lavt."Nå skal det temmelig mye til for å bli dømt til å bli bøddellærling. Det holder ikke med nasking for å si det slik. Hvor gammel er du gutt?"

Vardhys så storøyd på dem"Æh, jeg er seksten, tror jeg."

Jasper gliste kort."Jeg tror ingen vil tro på at du er en morder, og ran? Det tror jeg heller ikke noe på, nei, vi sier at du er dømt for voldtekt, gutter i den alderen er jo uansett kåtere enn en sekk kaniner så det kan være troverdig."

Vardhys ble sprutrød i ansiktet, han hev etter pusten og Wulf klasket han i ryggen, temmelig hardt   "Såda gutt, vi vet at du aldri ville drømme om å krenke en kvinnes dyd men noe må vi skylde på. Ellers vil folk begynne å lure vet du."

Jasper smilte skøyeraktig."Og jeg kommer til å kalle deg Ichrado, det er alvisk for svindel."

Vardhys fnøs i nesa, men det var noe komisk ved det også, Hvor mange kunne egentlig gjennomskue det? Wulf så strengt

216

på ham.”Og pass deg for å bli avslørt, hold deg i bakgrunnen
mest mulig og gjør lite utav deg.”
Vardhys nikket usikkert og Jasper bet i pipa.”Jeg vil sørge for
det, ingen er dessuten nysgjerrige på hva det er som foregår
her i huset, de ville heller stukket hodet inn i et ormebol enn å
snoke rundt her. Det er da en liten fordel ved denna jobben.”
De hørte fottrinn utenfor og døra gikk opp, en eldre litt rund
kvinne med et slitent men vennlig ansikt kom inn etterfulgt av
to jenter. Den eldste kunne kanskje være på omtrent samme
alder som Vardhys mens den yngste var kanskje en ti tolv år.
De stanset og så forbauset på Wulf og Vardhys mens kvinnen
lysnet opp og klappet Wulf på skulderen.”Nei nå står ikke
verden til vintersolhverv, det var en sjelden kar å se her.”
Wulf ristet handa hennes hjertelig.”Godt å se deg også Jala,
hvordan står det til?”
Hun satte seg ned og så nysgjerrig på Vardhys.”Så godt som
det lar seg gjøre kan en si, takk og lov for den jordlappen vår,
vi kan greie oss lenge med den.”
Hun tørket svetten under skautet og strakte beina. De to
jentene sto bare der og så blyge ut. Jasper så stolt på dem og
vinket dem frem.”Dette er Esther og Paulina, de er mine små
juveler.”
Vardhys prøvde å bukke der han satt men det gikk dårlig.
Begge to var rødblonde med lys hud og fregner og svært søte
med litt runde trekk men det kom de nok til å vokse av seg
med alderen.
Jala så på Vardhys igjen.”Og denne unge herren er?”
Wulf smilte litt stivt.”En ung mann jeg ønsker at dere skal
gjemme her, dere må ikke si til noen at han er her. Han skal
late som om han er Jaspers nye lærling men det beste er om
færrest mulig vet om ham. Han heter Vardhys “
Jala så smalt på Vardhys som prøvde å smile og se høflig og
beleven ut men det var vanskelig. Hun var tydeligvis av den
typen menneske som liksom ser helt inn i sjela på en.”Han er
ingen hvemsomhelst, selv om han ser slik ut, Jeg sanser det i

ham. Jeg skal ikke spørre hvem han egentlig er."
Jasper snudde seg mot jentene og så strengt på dem."Hørte
dere det som ble sagt? Ikke snakk om ham til noen og spør de
så si at han bare er min lærling. Greit?"
De to så ned og nikket men Vardhys så at Esther så litt stjålent
på ham, det var noe granskende i blikket som gjorde ham litt
uvel til mote. Wulf reiste seg fra bordet og bukket høflig."Jeg
må reise videre nå, oppdraget mitt er ikke over, men jeg vil
komme tilbake hit når alt er i orden igjen."
Jasper bare nikket."Ta det med ro, gutten får det godt her. Vi
skal ta godt vare på ham, frykt ikke for det."
Wulf smilte og klappet Vardhys på skulderen."Pass på deg
selv gutt, men det trenger jeg vel ikke minne deg på."
Jala så litt forvirret ut."Kan du ikke bli til maten i det minste?"
Wulf bukket igjen."Beklager, jeg har nok ikke tid til å nyte din
fortreffelige kokekunst denne gangen, men når jeg vender
tilbake etter gutten skal jeg ta det igjen."
Jala så skarpt på ham."Det får du jammen holde også, ellers
blir jeg rasende."
Wulf smilte skjevt."Ingen fare, jeg vil ikke vekke ditt mishag
Jala."
Han klappet Vardhys på skulderen en siste gang og klemte
Jaspers hånd, så gikk han ut og Vardhys satt igjen der alene og
følte seg totalt malplassert og temmelig forvirret. Jala sukket
lavt."Akk ja, du får ta det vesle rommet på kvisten. Det er ikke
mye å rope høyt for men det er da rent og forholdsvis varmt."
Vardhys smilte blygt."Det er helt i orden frue, jeg tar det jeg
får."
Jala smilte litt skjevt."Det er jammen lenge siden noen kalte
meg frue."
Hun gikk bort til benken og begynte å hale frem noen gryter
hun satte over ilden."Jenter, hjelp meg med maten, dere kan
glo på Vardhys senere."
De to fniste lavt og gikk for å skjære grønnsaker og slikt.
Jasper smilte fort og stappet pipa igjen.

"Det er lite å gjøre her om dagen, bare å begrave et og annet
kadaver og slikt så jeg forslår at du tilbringer tida her med å
lese eller noe. Jeg har en hel kasse med gamle bøker jeg fikk i
lønn en gang."
Vardhys så forvirret på ham."Bøker som lønn?"
Jasper nikket."Ja det er ikke alle som har rede penger for hånd,
jeg har fått mye rart som lønn skal jeg si deg. Alt fra klær til
hester. En god mestermann er ettertraktet, jeg har hatt oppdrag
helt ute ved kysten skal jeg si. Ja jeg har faktisk også henrettet
en dronning en gang."
Jasper så vantro på ham."En dronning?"
Jasper smilte litt vemodig. ."Ja, et av de første virkelig store
oppdragene mine, jeg var helt fersk da men allerede kjent for å
være dyktig og en konge i et av nabolandene her betalte meg ti
ganger vanlig takst for å knerte hodet av ene kona hans. En
luguber affære men hun fortjente det vil jeg si."
Vardhys skar en grimase."Hvordan da?"
 Jasper ristet pipa litt irritert, det virket for at den var gått
tett."Hun hadde vært med på en stygg konspirasjon, sørget for
å bli gravid med en mann fra et rivaliserende adelshus og
skulle late som om ungen var hennes manns. Og når den gutten
ble voksen ville han gi sin egentlige fars hus frie hender i riket.
Ondskapsfullt og langsiktig tenkt."
Vardhys gyste langsomt nedover ryggen, han visste at
maktkampen mellom de ulike rikene og husene til tider kunne
være beinhard men så ussel? Det hadde han ikke trodd.
Jala ryddet av bordet og bar på boller og kopper, det begynte å
lukte godt der og Vardhys så litt usikker på Jasper."Jeg vil ikke
spise dere ut av huset altså, dere trenger ikke lage noe ekstra
bra bare for meg."
Jasper bare gliste."Ingen fare, tro meg eller ei men vi spiser
bedre enn de fleste her i byen vil jeg tro. Vi får friske frukter
og grønnsaker fra jorda vi har og jeg får de skrottene jeg
avliver. Som regel er da noe av kjøttet brukbart og jeg er flink
til å se om dyret kan brukes eller ei."

Vardhys rykket til og så litt skremt ut men Jasper bare
gliste."Ingen har blitt syke av maten her i huset til nå, så ta det
med ro. Kjøttet en kjøper på bodene er mye mer bedervet enn
det jeg serverer her, som regel har det hengt i fluer og stank i
flere dager og en trenger flere kniper pepper for å skjule lukta."
Jala dasket litt lekent til ham og satte en stor gryte med
dampende suppe på bordet, hun begynte å øse opp og var ikke
beskjeden. Vardhys så vantro på den enorme porsjonen med
noe som måtte være hønsesuppe og den luktet faktisk helt
herlig. Jasper grep skjeen sin med iver og smilte til
gutten."Bare hugg innpå. Den høna slaktet jeg i går faktisk,
eieren mente at den var besatt for den hadde begynt å gale som
en hane. Så jeg fikk skrotten like godt."
Vardhys begynte å forstå at det å være mestermann var en
langt mer variert jobb enn han hadde trodd. Han spiste
forsiktig og oppdaget at suppa var nydelig og Jasper bare
nikket og smilte."Jala er en mesterkokk, hun kan gjøre et
festmåltid ut av de mest ydmyke ingredienser."
Vardhys kunne bare svelge unna og nikke, han bukket fort med
hodet mot Jala."Det er virkelig nydelig, en får ikke noe bedre i
et slott vil jeg tro."
Jala rødmet svakt av rosen og ble effektiv igjen, hun bar frem
brød og noe ost og det så ut som om hovedretten ville bli en
helstekt kanin. Om dette var hverdagskost der i huset var han
stygt redd for at han ville bli nødt til å bruke nye hakk på beltet
etterhvert.

Lathisa

Lathisa kom sakte til seg selv igjen, hun verket overalt og
særlig i hodet. Noe varmt rant nedover ansiktet hennes og hun
kjente lukten av blod. Hun prøvde å komme seg opp men det
gjorde vanvittig vondt å røre seg. Hun prøvde å se seg rundt,
det kom lys langt oppe fra men det var så svakt og der hun var
virket det for å være totalt mørke. Hun famlet rundt seg, steiner
og grus. Det var egentlig rart hun ikke hadde slått seg ihjel i
fallet. Jochmun, hvor var han? Hun hikstet og husket hva som
hadde skjedd, så seg rundt med vilt blikk. Hun hvisket navnet
hans og fikk et svakt svar, noe rørte seg og hun hikstet av
lettelse.”Jeg er her ærede, er du skadd?”
Hun svelget hardt.”Litt, tror jeg. Og du?”
Han kom nærmere og hun så at han blødde fra et kutt i panna,
ellers virket han ganske uskadd.
 “Mørbanket, ellers fin. Jeg er vant med å falle vet du.”
Hun så ned, selvsagt, en snikmorder måtte kunne tåle slikt.
Han knelte foran henne og hun så snaut annet enn konturene
hans i halvmørket. Han undersøkte henne fort og bannet
lavt.”Du har nok en hjernerystelse vil jeg tro, og flere stygge
slagskader. Får bare håpe du ikke har brukket noe.”
Lathisa svelget skremt.”Men.. hvor er vi?”
Jochmun surret en remse fra skjorta si rundt hodet hennes, det
verket intenst.”I en slags hule, jeg tror det er mulig å komme
seg herifra, jeg føler trekk.”
Lathisa stønnet og han hjalp henne på beina, hun følte seg
temmelig ustø og kvalm. Jochmun famlet over golvet der og
fant tydeligvis det han lette etter for han kom med et lettet
utbrudd.
Han famlet med noe og det måtte være tennstålet sitt for det
gnistret litt, etter litegrann så hun små flammer, det måtte være

døde greiner og slikt som hadde falt ned gjennom hullet med
henne. Jochmun buntet det sammen til en slags fakkel og nå så
de bedre hva de var havnet i. Det var ganske riktig en hule, og
en gang i tida hadde sikkert en bekk fosset ned gjennom hullet
men den var borte nå. Det var ihvertfall tydeligvis vann som
hadde formet hulen etter formene å dømme og Lathisa ble
forundret over de vakre fargene der nede. Jochmun brummet
bare."Jeg ser en gang videre der borte, vi får ta den."
Hun følte seg direkte innestengt men nå var det ubehaget som
var mest i tankene hennes, og frykten for å være alvorlig
skadd. Gangen var heldigvis ganske stor, de trengte bare bøye
seg et par steder og Lathisa svettet ved tanken på all steinen
over dem. Hun likte seg så avgjort ikke der nede. Jochmun
rynket pannen, han virket tankefull."Jeg lurer på hvor vi ender
opp, slike underjordiske elvesystem kan være enorme."
Lathisa klynket nesten."Det må jo være en vei opp igjen noe
sted?"
Jochmun så litt beklagende på henne."Lei for det men som
regel er eneste veien ut også veien nedover. Og er det vann der
er vi fanget med mindre du har et sett med gjeller?"
Lathisa prøvde å smile av forsøket på å være morsom men det
gikk dårlig. Gangen svingte og snodde seg og de måtte krype
et par steder. Hun kjente hvordan hun ble stadig mer sliten og
omtåket og begynte å tro at hun faktisk hadde fått alvorlige
skader i fallet allikevel. Jochmun stanset brått, de var kommet
ut i et ganske stort rom og hun så med en gang hvorfor han ble
stående. Det gikk en steintrapp opp fra det som hadde vært
elveleiet og inn til en sidegang som måtte være kunstig for den
var for jevn og firkantet til å være naturens verk.
Jochmun bannet lavt."Det der er dvergarbeide, vel, jeg antar at
vi ikke har noe annet valg enn å se om det ennå er noen der
oppe."
Lathisa gjorde store øyne."Dverger? Jeg trodde ikke de var
annet enn en legende?"
Jochmun lo lavt."Det gjør de fleste men de finnes, de holder

seg bare mest mulig for seg selv og er ikke videre glade for
uvedkommende."
Lathisa så skremt på ham."Er de farlige?"
Jochmun smilte stivt."Ærede, om en rasende dverg vil ha tak i
deg kan ikke all verdens tykke murer beskytte deg, de hakker
seg gjennom uansett. Men er vi heldige er de her
vennligsinnede eller i det minste nøytrale nok til å la oss slippe
ut igjen."
Lathisa bare sukket og fulgte etter ham oppover trappa, den var
slitt og et lå støv på den så den kunne ikke ha vært brukt på
lenge. Antagelig var den gått ut av bruk da elva ble borte. Hun
kjente at hjertet hamret i henne og hun var matt, hun hadde
skadet seg, forsto det nå. Og det var ingenting hun kunne gjøre
med det. Gangen svingte seg oppover på merkelige måter og
Jochmun brummet noe om at de lot gangene følge det myke
berget. Lathisa måtte nesten høre det to ganger for å tro det,
mykt berg? Det var beinhardt såvidt hun kunne se. Hun
begynte å bli sliten for det gikk ganske bratt oppover mange
steder og Jochmun stanset litt og tørket svetten."De har hatt en
allerhelvetes vei til vann vil jeg si. Får tro at ikke byen er
forlatt."
Lathisa rynket pannen."By?"
Jochmun nikket tankefullt."Ja, by. Dverger bosetter seg i byer,
de kan hule ut et helt fjell som en annen ost om de får tid på
seg. Jeg har ikke hørt om noen store byer i dette området men
det trenger ikke bety noe. De er svært hemmelighetsfulle."
Lathisa måtte lene seg mot veggen en stund før de gikk videre
og hun så hvor bekymret Jochmun var, han skjønte antagelig
enda bedre enn henne hvor skadd hun antagelig var og hun
begynte å tro at dette kunne være slutten. Hun vaklet videre
oppover og Jochmun tok henne i armen og bar henne nesten
over de høyeste trinnene. Hun kjente tårene brenne i øynene,
prøvde å ta seg sammen."Om jeg dør må du reise tilbake igjen,
du må ikke sette deg i fare for min del."
Jochmun vred på munnen, han så litt skremt ut."Du dør ikke

ærede, du vil klare deg helt fint."
Han bare grep henne igjen og halte henne med seg videre og
Lathisa visste at han sa det like mye for å gi seg selv trøst som
henne. Om hun døde hadde han sviktet og en mann som
Jochmun tok aldri lett på det. Gangen flatet ut, ble mer
forseggjort og det ble lettere å gå. Jochmun så hvor blek hun
hadde blitt, øynene var som svarte huller og han visste hva
som hadde skjedd. Hun blødde innvendig, antagelig var milten
eller leveren skadd. Det var ikke noe noen kunne gjøre med
slike skader med mindre dvergene hadde en healer. Og det
hastet mer og mer.
Etter litt tok han henne rett og slett opp i armene og bar henne
og Lathisa merket hvor underlig alt svingte for henne. Hun var
virkelig i fare og skulle ønske at hun i det minste kunne fått
sett sola en siste gang. Hun var så kald. Gangen endte brått, i
en enorm tredør som virket svært solid og bommet fra
innsiden. Jochmun la henne varsomt ned på golvet og kjente på
den, den lot seg ikke rikke. Jochmun kjente at desperasjonen
truet med å ta overtaket over ham, fakkelen var nesten utbrent
og tanken på det totale mørket som snart ville senke seg var
ikke trivelig. Og hun var døende, han ville ikke ta tanken helt
inn over seg men det var et sørgelig fakta.
Han hamret nevene mot døra alt han greide, så hardt at det
drønnet i den. Han gjentok det til armene verket og brystet
brant av anstrengelsen. Lathisa lå bare der og hun pustet
merkelig svakt nå, han visste at hun ikke hadde lenge igjen. I
fortvilelse satte han seg ned ved siden av henne, trakk henne
opp i fanget og strøk henne over håret. Det var like mye for å
trøste seg selv som henne, han var ikke vant med å feile, og
fjellet lå som en blytung kappe over sjelen og trakk motet ut av
selv en som ham. Han hadde aldri fryktet en fiende noen gang,
men han fryktet den kalde ensomheten i mørket.
Fakkelen døde ut og han bare satt der, med den døende
kvinnen i armene og hørte sitt eget hjerte hamre. Ante ikke hva
han skulle gjøre nå, hun hadde gitt ham en ordre men var det i

det hele tatt mulig å komme seg ut derifra? Jochmun var en hard mann, mange kjente ham som den rene dødsengelen men som alle mennesker var det mer ved ham enn det mest åpenbare. Han var en mann av ære og sviktet aldri, og han tok aldri oppdrag han anså som nedrige eller gale. De han hadde tatt livet av hadde alle fortjent det. Og nå var han i ferd med å svikte en person han etter hvert hadde begynt å bry seg om. Det var meget hardt for ham. Han var i ferd med å sovne da han brått hørte en lyd, det var en svak skraping og han rykket til og åpnet øynene, så seg rundt i mørket. Det var ingenting å se men han visste brått at de ikke var alene der lenger. Hårene reiste seg i nakken på ham og han grep etter sverdet sitt, instinktene hans fortalte om fare. Et svakt lys kunne skimtes, grønnaktig og flakkende og han gispet da han så hva det var. En underlig skapning kom krabbende mot dem langs gangen, den lignet litt på et groteskt forvokst skolopender men hodet var mer som på en slange med en utrolig bred kjeft og øynene var enorme og svarte og tydeligvis som på et insekt. Han hadde hørt om disse monstrene, dødelig giftige og utrolig ondsinnede og uredde. Lathisa var ennå i live og han aktet ikke svikte henne så lenge hun pustet. Han trakk sverdet og forberedte seg på en kamp han antagelig ville tape. Disse beistene var vanvittig raske og han var ikke ung lenger, kroppen var ikke så smidig som den hadde vært.
Beistet stanset og han hørte en høy skjærende pipelyd som skar i ørene, han følte en trang til å legge hendene over dem men beholdt taket i sverdet, stålsatte seg mot smerten. Beistet viftet med flere lange antenner fra bak på hodet og han visste at den hadde oppdaget ham, og den var sulten. Jochmun skjøv Lathisa inn mot døra og stilte seg foran henne, han hadde et godt sverd men han ante ikke om det kunne gjennombore det harde panseret til en slik skapning. Beistet åpnet kjeften og hveste og han så at tennene var som nåler i flere rekker bakover, og de var alle giftige. Jochmun fikk en ide, han grep en stein som lå der på golvet og veide den i neven, den var tung. Ikke tung nok

til å drepe men mer enn tung nok til å distrahere. Alt avhang av at han greide å beregne riktig, var han noen sekunder for tidlig eller sen var han ferdig.

Beistet løftet forkroppen klar av golvet og kom brått rasende med et iskaldt skrik som kunne få blodet til å stive i årene på noen og enhver. Jochmun hvisket en rask bønn og var i bevegelse. Han kylte steinen mot den åpne kjeften som kom susende mot ham og den traff. Det knaste formelig i tenner som knuste og beistet bråstanset og steilet som en hest mens den skrapte mot hodet med forbeina. Blått blod sprutet fra munnen på den og det var sjansen Jochmun trengte. Han grep sverdet med begge hender og la all sin styrke i et stikk han rettet mot undersiden av hodet. Panseret var tykt, nesten for tykt men han var desperat og raseriet og frykten gav ham ekstra krefter. Selv om spissen først så ut til å prelle av greide han presse den inn i skjøtet mellom to plater og kroppsvekten hans gjorde resten. Sverdet raste inn i halsen på beistet og han spant rundt og trakk bladet rett ut til siden i et kutt hans læremestre ville vært imponert over. Varmt blod sprutet over ham men han brydde seg ikke om det nå.

Beistet skrek, et aldeles forferdelig hyl som gav gjenlyd nedover i gangen, hodet var halvveis kappet av og han holdt sverdet klart til et nytt hugg om dette ikke var nok. Men dyret var døende, det vaklet fra side til side et par ganger, så kom det en ekkel gurgling og det vippet over på siden og beina ble liggende å rykke i dødskramper en stund før det ble stille. Den svake gløden ble sakte borte og Jochmun trakk pusten igjen, han kjente at kroppen ennå dirret av adrenalinet og prøvde å roe seg ned. Hva nå? Kom det flere slike uhyrer hadde han et problem. Det kom en ny lyd, fra døra og han spant rundt med sverdet klart igjen. Et mildt gyldent lys spredte seg og døra gled opp med knirking og knaking, det var åpenbart at den ikke hadde vært åpnet på lenge. Han stirret på flere korte skikkelser han snaut kunne skjelne i lyset, øynene hans rant og han måtte skjerme dem mot lyset. Skikkelsene stirret like

lamslått på ham virket det for og noen oppdaget Lathisa og
kom med et utrop. De stirret på ham lenge og han stirret
tilbake, ingen sa noe men det var tydelig at de så beistet for nå
som han kunne skjelne dem bedre så han at ansiktene var
halvveis vantro og halvveis imponert.
En skikkelse banet seg vei frem mellom de andre, han så at det
var en kvinne og hun bar en liten lykt. Hun var gråhåret og
virket svært myndig, hun sa noe skarpt til de andre dvergene
der, så vendte hun seg mot Jochmun.”Vi hørte skrikene fra
uhyret, det har tvunget oss til å forlate mange av gangene våre
så vi er takknemlige for at du har drept den, Og imponert, våre
krigere har ikke greid det. Hvem er du, og hvem er hun?”
Jochmun svelget hardt.”Jeg er Jochmun av Tholir, jeg er en
tjener for kvinnen der. Hun er en høyvelbåren kvinne og heter
Lathisa. Hun er stygt skadet, vær så snill, hjelp henne.”
Kvinnen så smalt på ham, det brede kraftige ansiktet fortalte
lite om hva hun tenkte, dverger var slik, uutgrunnelige med
mindre en kjente dem meget godt personlig. Deretter bøyde
hun seg og la ene handa over Lathisa, virket for å føle seg
frem. Hun rettet seg opp igjen og gjorde tegn til mennene som
sto der.”Vi skal gjøre det vi kan for henne Jochmun, men vi
kan ikke garantere noe.”
Han sukket lettet og bukket kort for henne.”Jeg takker deg for
det ærede.“
Kvinnen smilte smalt.”Jeg er Thyega, bare det. Dere er våre
gjester så lenge dere ønsker for du befridde oss for en stor
plage men vit at vår gjestfrihet bare strekker seg til et visst
punkt.”
Jochmun nikket fort, han visste hvor lite dverger likte
nysgjerrige fremmede.
Han fulgte dvergene innover en ny gang og her var det lys så
han så godt. Han betraktet dem stille mens de gikk, de som bar
Lathisa var kledd i grålige klær og hår og skjegg var flettet
men ikke prydet med gullsmykker og slikt som på de som var
bevæpnet. Antagelig var de av en litt lavere kaste enn krigerne.

Samtlige var under en femti høye men de var kraftige og han visste hvor brutalt sterke dverger var tross i størrelsen. Og de var langt raskere enn en skulle tro. Kvinnen gikk fort og nå kom de til bebodde områder. Han så at han hadde rett, det var en by men den var liten i dvergmål. Det bodde neppe mer enn et par tusen der, og den var beskjedent bygd. Det var få store haller her, eller svære huler. Det var mer store gallerier med sideganger som tjente som boliger, og selv om inntrykket var imponerende nok var det ikke så storslagent som i de virkelig store byene. Flere dverger sto og glante storøyd på ham mens de hastet forbi men han brydde seg ikke med det. Han så at de hadde kursen mot en sidegang i enden av det store galleriet, Thyega raste inn og han så at dette var sykeavdelingen deres. Det sto senger der og det lå en ganske ram lukt av urter der sammen med noe han ikke riktig greide å beskrive.

Dvergene la Lathisa på en seng med stor varsomhet og Jochmun likte det, de behandlet henne med respekt. Men så var da også dvergene det av folkeslagene i zhandoria som var mest kjent for å være tolerante overfor andre, så lenge de lot dem være i fred vel og merke. Thyega sendte mennene ut, så klippet hun fort opp Lathisas klær med nennsom hånd og Jochmun svelget hardt da han så de stygge svarte merkene på kroppen. Thyega så smalt på ham.”Hva skjedde med henne?”

Han kremtet og rensket stemmen, prøvde å virke uberørt men det var vanskelig.”Hun ramlet ned gjennom et hull, falt mange meter.”

Thyega så opp og det var noe vurderende i blikket hennes.”Og du? Falt du gjennom samme hullet?”

Han så ned.”Nei, æh, jeg hoppet etter henne.”

Thyega så litt sarkastisk ut, hun kjente på Lathisas puls.”Og du er bare en tjener? Enten så er du av det ekstremt lojale slaget eller så føler du mer for henne enn du vil ut med. Og å hoppe ned et slikt hull uten å vite hvor dere ville ende, jeg har forlengst forstått hva slags tjener du er. En vanlig mann ville ikke gjort det, eller drept den Ythaghen.”

Jochmun skar en grimase, den gamle dvergkvinnen var
skarpere enn en barberkniv.
Hun ristet på hodet og så tvilende ut.”Hun er på grensen, det er
blod i buken hennes kjenner jeg og hun har brukket ribbein.
Jeg tror ikke det er mye jeg kan gjøre er jeg redd.”
Jochmun stønnet og gjemte ansiktet i handa et kort øyeblikk.
Han hadde hatt i det minste et lite glimt av håp men nå
forsvant det igjen. Alle guder så inderlig forbanne dette. Han
skulle til å si noe da han brått hørte fottrinn og de var ikke en
dvergs, de var lette og dansende og han snudde seg fort. Han
visste at det var uhøflig å stirre men ved gudene, han kunne
ikke la være. Han hadde ikke ventet seg dette i en dvergby, ja
noe sted egentlig. Det var en kvinne eller jente som kom
gående, kledd i en enkel kjole av skinn og hun var bevæpnet
med to lange alvekniver og en bue. Jochmun hadde aldri sett
en som henne noen gang, visste at slike eksisterte men de var
sjeldne, uhyre sjeldne. Hun så smalt og beregnende på ham før
hun gikk bort til Thyega som smilte kjærlig og steg til side.”La
meg prøve.”
Thyega nikket og jenta stilte seg ved Lathisas hode og la
hendene på det. Jochmun betraktet henne stille, hun var noe av
det vakreste han hadde sett, med hud så skinnende hvit som
perlemor og hår som svart silke. Øynene hadde en merkelig
fiolett farge han aldri hadde sett på noen skapning før og de
var uhyggelig skarpe og klare. Jochmun følte seg på en måte
litt ærbødig, han hadde aldri trodd han skulle se en slik, noen
gang. Spørsmålet var hvilken av foreldrene som var mest
fremtredende i henne.
Thyega smilte stolt, jenta sto der med øynene lukket og det var
kommet en mine av smerte over ansiktet hennes, armene
skalv.”Dette er Ushara, hun er min lærling men hun har evner
jeg ikke har. Hun har vært her hele sitt liv, vi fant henne i
skogen.”
Jochmun rynket pannen.”I skogen?”
Thyega nikket kort.”Hun er hittebarn, antagelig ble hun lagt ut

for å dø."

Jochmun så skjevt på den aldrende dvergkvinnen, en helbreder hadde enorm status der i berget, antagelig kunne hun be om hva som helst og få det som hun ville. Den vakre fløyelskjolen kvinnen var kledd i og de dyre gullsmykkene bare understreket det. Thyega var i prinsippet hersker der i berget, og han var glad hun var vennligsinnet."Si meg... er hun?"

Thyega snudde hodet og så langsomt bort på ham, det glødet svakt i blikket hennes av noe udefinerbart noe, det kunne være humor, eller noe avventende."Om du mener at hun er hva vi kaller en Hadak, så ja. Ikke noe galt med det, en velger ikke selv av hva ætt en fødes."

Jochmun svelget tungt, han hadde egentlig trodd det bare var oppspinn at en slik skapning kunne eksistere men her var det altså en av dem. Og hun var helbreder. Det var en merkelig ironi der et sted.

Når han betraktet henne var det tydelig, ansiktstrekkene var en utrolig vakker forening av alviske og menneskelige egenskaper, hun hadde ikke så tydelige alveører som en fullblods men de var spissere enn på et renraset menneske, og den smekre figuren og lange halsen var tydelig alvisk. Men huden og øynene, de fortalte ham resten av historien, hennes far hadde vært noe helt annet, noe folk fryktet mer enn mye annet. Så hennes mor hadde vært halvt alv og halvt menneske og hennes far en vampyr, han måtte se litt ned i golvet for ikke å stirre for mye. Vampyrer og mennesker gav ikke avkom, bare halvblodsalver kunne unnfange med en av de udøde, og bare kvinner. Hun var i sannhet en sjeldenhet, og sikkert smertelig klar over det også. Ushara svettet tydelig nå, ansiktet var kastet bakover som i pine og hun skalv over det hele. Jochmun måtte gispe, de svarte merkene på Lathisas kropp begynte å forsvinne, de trakk seg liksom sammen og fargen hennes ble stadig bedre. Thyega så nervøs ut, hun trippet nesten. Jochmun ante at hun var redd for at lærlingen skulle tappe seg helt for kraft. Uansett, Jochmun var uendelig

takknemlig for hennes hjelp, uansett hvem og hva hun var.
Ushara rygget vekk fra Lathisa med et gisp, hun vaklet nesten
og Thyega grep henne og trakk henne med bort til en krakk og
fikk henne til å sette seg. Jochmun gikk sakte bort til Lathisa,
hun så normal ut nå, pustet som hun skulle og merkene var helt
borte. Ushara smilte matt.”Hun er frisk nå, vil våkne når hun er
uthvilt.”
Jochmun snudde seg mot henne, bukket så dypt han
kunne.”Ærede, jeg er mer takknemlig enn jeg kan uttrykke.”
Ushara så bare i golvet, men han så en stolt mine i ansiktet
hennes.”Det er min plikt og mitt valg å redde liv, uansett. Takk
gudene som brakte deg hit, ikke jeg som kun er deres redskap.”
Jochmun visste ikke helt hva han skulle si til det, Ushara bare
kastet det lange tykke håret tilbake og reiste seg igjen, hun
virket for å tatt seg inn igjen rimelig kjapt. Thyega sto og så
ærbødig ut, kanskje ikke så rart ved tanken på hva lærlingen
hennes akkurat hadde gjort. Jochmun satte seg nølende ned
ved siden av Lathisa.”Er det greit at jeg blir her, til hun
våkner?”
Dvergkvinnen smilte vennlig og trakk frem et teppe, dekket
Lathisa med det.”Selvsagt. Bare bli du, jeg skal få noen til å
bringe deg mat og drikke.”
Jochmun hadde ikke merket at han var sulten men nå som hun
nevnte det kjente han at han var helt hul. Han smilte
takknemlig og Thyega fant et teppe til ham også.”Du trenger
det, du er svett.”
Han hadde snaut lagt merke til noe av det han selv følte nå og
strakte seg litt stølt, han var virkelig ingen ungdom lenger.
Dvergkvinnen så forskende på ham.”Du har ikke sagt noe om
hvordan det har seg at dere havnet i det hullet? Det har vært
mye uro i dette området i det siste, fredløse har slått seg til her
og vi liker det ikke. De jager bort viltet og har sjelden annet
enn onde gjerninger fore.”
Jochmun sukket og trakk fingrene gjennom håret.”Vi er på vei
mot kysten, og prøvde å gjemme oss for de fredløse.”

Dvergkvinnen smilte og det var et merkelig uttrykk i ansiktet hennes."Da er dere langt av kurs, veiene til kysten går så avgjort ikke her."

Jochmun sukket trett." Vel, vi vet det. Visse.. familiære.. forhold har gjort at vi måtte ta en alternativ rute, en som ikke er så befolket."

Thyega så ham rett i øynene, de blågrå øynene hennes var rolige."Dere er på flukt for noe hun har gjort ikke sant?"

Jochmun rykket til og så vantro på henne, hvordan kunne hun vite at.. Thyega smilte sakte."En mann kan følge en kvinne som har gjort noe ulovlig, men den andre veien er mer usannsynlig. Og ingen velger denne veien om de kan unngå det. Jeg leser ikke tanker, jeg er bare svært logisk av meg." Jochmun ble lettet."Og Ushara?"

Thyega ble mørkere i øynene."Hva hun kan og ikke kan er det nok bare hun selv som kan svare på, og kreftene hennes er langt fra utviklet ennå. Hun er ung."

Jochmun brant inne med et spørsmål, ønsket egentlig ikke å stille det men måtte bare prøve.

"Og..æh...merker hun noe til at hennes far var.."

Thyega sukket og lukket øynene et kort øyeblikk."Du syns at det er merkelig at en som henne velger å bli helbreder ikke sant? Vi mener at en ikke trenger å la sin ætt bestemme hvem og hva en bør bli. Hun vil være god, gjøre gode gjerninger." Jochmun bikket på hodet."Og det går lett?"

Thyega så i golvet, minen var trist."Nei, selvsagt ikke. Hun har sine demoner å stri mot men hun overvinner dem, ihvertfall foreløpig. Her er det lite fristelser men før eller siden må hun forlate oss. Dette stedet er ikke stort nok for en som henne." Jochmun kunne forstå det. Thyega trakk på skuldrene og satte kursen mot døra."Jeg sender som sagt noen med mat til deg. Jeg har plikter som må utføres, men jeg vil stikke innom igjen så fort jeg kan."

Jochmun trakk teppet tettere om seg og plasserte stolen litt bedre, satte beina opp på krakken og så slappet han av. Det var vanskelig å få det til og han merket at han var trett. Men han ville ikke sove, ikke før han visste at Lathisa var frisk igjen. Da det kom gående et par dvergkvinner med brett med mat og en krukke øl hadde han nesten duppet av allikevel men matlukta fikk fart på ham igjen, kjøttet var helt perfekt stekt og brødet og osten var også helt utmerket. Han åt til han følte seg lettere sprengt og så la han seg ved siden av senga på golvet og voktet henne. Det siste han tenkte før han sovnet var at forfølgerne deres sikkert lette som gale etter dem nå. Det fikk ham til å smile lett, så sov han som en stein.

Olric

Lord Olric av Athar-Darasher satt og koste seg med et bedre glass vin mens hans hustru og eldste datter prøvde å få en harpe til å avgi annet enn ulyder. Addah var en sann mester men datteren slet litt med å få med seg fingrene, han smilte mens hustruen sakte og tålmodig viste jenta hvordan hun skulle føre hendene. Deres yngste datter satt og broderte med tunga halvveis ute av munnen av ren konsentrasjon, hun var et yndig barn men til tider litt merkelig av seg. De hadde en sønn som for øyeblikket var nede hos stallkarene og lærte hvordan hester skulle håndteres. Han var en heldig mann, hans familie var hans store stolthet og glede og han hadde få bekymringer. Hans gren av den gamle ætten Darasher var en av de eldste og mest ubrutte og også forholdsvis rik selv om de hadde tapt det meste av den makten Darasher en gang hadde hatt. Men slik var det bare, ting kunne endres og han visste at han ikke hadde noen grunn til å klage. Godset hans var stort og gav god inntjening, han var viden kjent som en mann som visste å utnytte nyvinninger i landbruket og andre områder og på hans gods sultet aldri noen. De fleste i lenet så på ham som en mann av ære, en de kunne sette sin lit til og som alltid satte folks beste før rene penger. Og for det var han elsket og aktet og han elsket sine arbeidere tilbake. Stedet var en vel organisert enhet og han sørget for å vise sin takknemlighet så ofte som mulig. Addah smilte mot ham og han løftet vinglasset og tenkte over sitt eget hell, hans barn var velsignet som kom fra en sterk ætt og hadde rikdommer og makt i ryggen. De trengte aldri frykte og begge døtrene ville bli giftet bort til menn som ville ære og akte dem for den personen de var, ikke for rikdommen de representerte. Addah hadde insistert på det og han hadde vært enig. Han hadde sett alt for mange triste skjebner der kun

rikdom var det som telte. Rommet de satt i var vakkert og malt i en dyp kongeblå farge, det hang malerier på veggene og dyre gobeliner for Addah var kjent som en stor kjenner av kunst. Olric betraktet henne kjærlig mens hun for minst tiende gang viste Moorah hvordan strengene skulle berøres. Hun var lyset hans, alt han var og uten henne ville han ha vært fortapt som en båt i en orkan. Nell prøvde desperat å få mønsteret sitt til å stemme men det hadde visst blitt skjevt for den sjarmerende lille damen kom med en heller lite kvinnelig ed og begynte å rekke opp igjen det hun hadde gjort. Addah så forskrekket på datteren.”Men kjære barn, hvor har du lært det ordet!”
Olric ville le men passet seg vel for å gjøre det, han visste hvor rasende Addah ville bli gjorde han det. Nell så ned, hun forsto at hun hadde plumpet utti og hang med geipen.”Nede ved stallen, stallkaren sa det til den grå merra.”
Olric bet seg i underleppa for å ikke bryte ut i latter, han visste hva stallkarene pleide å kalle den hoppa, men det passet seg så avgjort ikke for en finere frøken å bruke det ordet. Addah hyttet med fingeren.”Nell, jeg vil aldri høre deg ta det ordet i din munn igjen! Hører du?“
Nell så ned, hun så furten ut.”Jammen, jeg vet ikke engang hva det betyr jo.“
Hun snudde seg mot Olric, Moorah satt der og så forferdet ut, hun var en perfekt liten dame og Addahs stolthet.”Far, hva betyr det da? Hva betyr hore?”
Olric måtte late som om han måtte hoste og Addah var borte ved Nell og grep henne i ene øret med et bestemt grep.”Det trenger du ikke å vite unge dame, for det er et ord bare ulærte barbarer bruker!”
Olric kjente at magemusklene verket av tilbakeholdt latter. Addah trakk med seg jentungen ut og Moorah ble sittende der med harpen og terpet, lyden var gudsjammerlig men han ante at hun neppe gav seg før hun fikk det til. Hun var sta, det var en god egenskap. Olric reiste seg og gikk bort til et bord der en vinkaraffel sto da det banket på døra. Han gikk og åpnet og en

av husets øverste tjenere sto der, han rakte herren en liten konvolutt og Olric rynket forvirret pannen."Hvor kommer detta fra?"

Tjeneren så verdig ned i golvet som han skulle "En ærendsrytter leverte det nettopp. Det er fra din onkel, lord Thomas av Athar-Darasher."

Olric fikk brått en ekkel følelse i magen, noe kaldt smøg seg liksom langs ryggraden og gjorde ham kald og treg. Noe var galt, noe var farlig. Han nikket bare kort til tjeneren og stengte døra, noe ved konvolutten føltes skremmende, som om den inneholdt noe dødelig. Han svelget og prøvde å riste av seg den gysende følelsen av uhygge men greide det ikke. Han satte seg ned og åpnet den nølende, øverst lå et lite kort. Han kjente igjen sin onkels håndskrift."Før du leser resten, finn esken din far gav deg og les det som står der, ellers vil ikke det jeg har å fortelle si deg noe som helst"

Olric bet tennene sammen, han visste hva onkelen mente. Han hadde fått et lite skrin av faren da han døde alt for tidlig av sott, han hadde fått beskjed om at den inneholdt en stor familiehemmelighet som en dag ville gi dem tilbake den opphøyde status de hadde hatt. Og han skulle ikke åpne skrinet før en farens brødre eller en annen eldste i slekta ba ham gjøre det. Han fikk bange anelser men gikk bort til et vakkert lakkert skrivebord i enden av rommet, det rommet det meste han hadde av papirer vedrørende driften av godset og esken tronet som pynt øverst på det. Han tok den ned, blåste sakte støvet av den.

Addah kom neppe tilbake ennå og han satte seg ned og åpnet esken, det lå en bunke papirer der, og øverst var en slags liste med noe som måtte være datoer og årstall, de gikk bakover og han rynket pannen. Det virket for at det var samme dato men med fem års mellomrom? Hva var dette?. Han tok opp arkene og begynte nysgjerrig men usikker å lese. Da Addah etter en stund kom tilbake etter å ha sendt Nell i seng uten mat og kveldsbad satt Olric ennå fordypet i papirene, hun syntes at han så blek ut men forstyrret ham ikke. Det var antagelig et eller annet som vedgikk driften og det blandet hun seg aldri inn i. Han hadde sine plikter og hun sine, slik var det bare. Hun gav seg til å lære Moorah noen enkle melodier og glemte helt av ektemannen som satt der og leste. Var det noe som angikk henne ville hun uansett få vite om det før eller siden.

Olric følte en merkelig trang til å gripe seg til hodet og skrike at det ikke var sant, at det slettes ikke kunne være slik men brevene og notatene fortalte at det faktisk var sant. Selv om han aller helst ikke ville tro på noe av det. Han trakk ut de siste arkene av konvolutten og kjente at hjertet hamret vilt i brystet, halsen var tørr og han skalv på nevene. Da han hadde lest ferdig det onkelen sendte ham stirret han glassaktig ut i luften før han reiste seg og tok papirene, gikk ut uten å si noe. Addah så forvirret etter ham, slik pleide han da aldri å oppføre seg? Olric gikk til en av balkongene på utsiden av bygget, der var det ingen andre og han lente hodet bakover mot den kalde steinen og tvang seg til å puste.”Åh far, hvorfor fortalte du meg aldri om dette?”

Han hvisket det lavt, kjente at tårer brant i øynene og han hadde mest av alt lyst til å bryte sammen og hulke som et barn. Hva hadde de gjort?! De måtte ha vært gale, og nå, nå kunne alt være tapt.

Han klamret seg til rekkverket i noen minutter, stirret ut i regnet og halvmørket mens hele kroppen skalv opprørt. Onkelen hadde skrevet at bare han var igjen som voktet hemmeligheten nå, og nå var hemmeligheten stjålet. Olric lot seg synke ned langs rekkverket, ble sittende der med hodet i hendene og bare jamre seg. Onkelen hadde allerede satt tiltak i gang men han krevde at også Olric gjorde sin del og Olric løftet ansiktet mot himmelen og ønsket å brøle i protest mot det han kunne bli nødt til å gjøre, men det var ikke noe valg. Om en av de andre slektene fikk tak i det som hadde vært skjult så lenge ville de bli verdens herskere, og hans ætt ville bli knust.

Den fremtiden han så for seg for sine barn ville falle sammen
som et korthus og alt han hadde arbeidet så hardt for ville bare
forsvinne mellom hendene på ham som sand. Han slet seg opp
med en kraftanstrengelse. Stirret blindt ut over gårdsplassen
mens han klemte papirene i handa så hardt at neglene skar
ham. Det var ikke noe valg lenger, alt avhang av at han handlet
med en gang. "Alle guder forbanne dere, hører dere? Jeg
forbanner dere!"
Han hveste det ut i mørket, visste ikke om han mente skjebnen
selv eller forfedrene som hadde holdt dette i skjul så lenge.
Han vaklet inn, tok seg sammen med et gys og ristet verste
vannet av seg. Han gikk ned til en av salongene han sjelden
brukte. Der skrev han fort ned et brev og la det i en umerket
konvolutt. Deretter gikk han selv ned til stallen og vekket en
av budrytterne de hadde. Mannen gjorde store øyne da han fikk
høre hvor han skulle men adlød og stilte ingen spørsmål. Om
det virkelig var slik at herren trengte hjelp av en slik mann så
fikk det være slik, brevet skulle nå frem.
Olric pustet lettet ut og slappet litt av, onkelen var en hard
mann som før hadde vært militær og kjent for å være både
hensynsløs og blodtørstig. Han ville nok ordne det praktiske,
så fikk Olric gjøre det han var god til, å organisere
informasjon. Ingen makt på denne jord fikk ham til å søle til
sine egne hender med andres blod. Han lukket øynene kort, var
dette riktig ille ble det en massakre, andre ord kunne ikke
beskrive det. Han gikk inn igjen, fikk en tjener til å gi Addah
beskjed om at han ikke følte seg vel og gikk til sengs tidlig.
Han gikk til soverommet sitt med tunge skritt, dette kunne bli
slutten på alt, eller en ny start. Alt avhang av de neste dagene
og ukene, han kunne bare be gudene om at han greide å skjule
det for de andre. De trengte ikke denne ekstra bekymringen nå,
han måtte spille dette spillet selv og det godt. Han ble liggende
lenge den kvelden å vri seg, hvordan hadde hans forfedre
kunnet gjøre noe så forferdelig? Og onkelen virket ikke for å
beklage det det aller minste. Da han sovnet var det av ren

utmattelse.

Neste morgen følte han seg elendig og Addah ble engstelig, hun var redd han var syk og han jattet med og sa at han hadde vondt i magen, hun tvang ham til å bli innendørs og gikk prompte til urtehagen for å finne noe som kunne hjelpe. Han fant seg i det og ble sittende i et av leserommene, han skvatt til da det banket på. Han reiste seg og slapp inn mannen som ventet utenfor, han så ut som en vanlig kar, kanskje en lavadelsmann som var ute etter å handle eller noe slikt. Kledd i gode men ikke dyre klær og velpleid og svært beleven og høflig men Olric kjente sannheten. Han så strengt på mannen."Har du skjønt oppdraget?"

Mannen nikket vennlig."Ja herre, vi skal finne ut alt du ønsker å vite."

Olric nikket sakte."Og fort, jeg bryr meg ikke om hvordan dere finner det ut bare dere sjekker navnene på listen, alt de har gjort, hvor de har vært og hvem de har snakket med de siste månedene."

Mannen så alvorlig på ham."Det blir dyrt?"

Olric svelget hardt." Det får bli så dyrt det bare vil, vi må ha den informasjonen."

Han trakk frem en pung fra vesten, den var sprekkeferdig og mannen kjente imponert på vekta og smilte bredt."Regn det som gjort, jeg sender et bud med det vi finner ut."

Olric bare nikket og gikk bort til døra igjen."Og selvsagt, ikke et ord til noen om dette!"

Mannen bukket dypt."Selvsagt, vår diskresjon er vår ære. Brorskapet sverger på å aldri røpe hemmeligheter."

Olric bare så mørkt på mannen."Godt, og nå, gå før min hustru ser deg."

Mannen smilte skjevt og gikk og Olric stengte døra nøye bak ham. Terningen var kastet, med ved alle guder, han ønsket ikke dette. Han svelget tungt og forberedte seg på å overgi seg til sin kones velvillige men ikke alltid like vellykkede legekunst.

Cian

De neste dagene gikk Cian som i en tåke, han prøvde å sette seg inn i alt der og det var langt fra enkelt. Snart surret det rundt i hodet på ham av tall og diverse opplysninger og han prøvde desperat å finne hode og hale på alt. Selve godset var greit, han hadde en noenlunde forståelse nå for hva som fantes der av folk og fe og verdier og han hadde flere ganger fått hakeslepp selv om han ikke var trent som noen bokholder akkurat. Dafvydd hadde sittet der og sugd all verdi ut av lenet som en flått suger blod og han trengte ikke engang ri en halv fjerding fra murene for å se nøden det hadde skapt. Og forfallet ikke minst, ting sto der uten å ha blitt ordnet på årevis og han ante ikke hvordan ting hadde gått rundt. Det var to møller der, en var vanndrevet og en var vinddrevet og begge to hang sammen bare av gammel vane og mye flaks og broene i området var likedan. De tålte kanskje et esel men red noen over på en stor hest gikk de garantert igjennom. Åkrene var ikke drenert på årevis, frukttrærne var ikke beskåret eller gjødslet og jorda var utpint på mange åkre. Og folkene som skulle holde alt i orden var så utmagret og slitne at de snaut orket holde en spade. En av husmesterne med litt omløp i hodet hadde skrevet ned avlingene de siste årene og tallene hadde fått Cian til å nærmeste eksplodere. Fortsatte det slik kunne ikke lenet lenger fø mer enn en tredjedel av befolkningen, og da ble ingen av dem fete heller. Ting måtte endres og det drastisk, og det før vinteren som nærmet seg. Cian fikk lite tid til å være sammen med Isabeau nå, han snakket bare litt med henne ved måltidene men hun hadde blomstret merkelig opp bare på noen dager. Frykten var borte fra øynene hennes og hun smilte igjen.

Laura var overbegeistret, hun så hvordan husfruen nå kom seg

igjen, hun spiste og la på seg igjen og ble vakrere for hver dag
som gikk. Og hun var dypt betatt av sin nye husbond, enhver
kunne se det. Cian likte henne også, selv om han ennå ikke
kunne si at han kjente henne særlig godt. Hun var søt og
behagelig å snakke med men for det meste gikk det bare på
ting som angikk godset. Han lovte seg å ta det igjen når han
fikk ting på stell igjen. Noe av det første han gjorde var å selge
unna en hel del av Dafvydds hester, det var fine dyr som aldri
ble brukt til noe og de innbrakte en stor sum penger han brukte
til å leie inn arbeidere som la inn nye dreneringsgrøfter på de
verste jordene og rensket kanalene. Det tok flere uker men
måtte bare gjøres. Andre ble satt til å restaurere broer og
gjerder og denslags og Cian var også med og hjalp med. Han
oppdaget at han likte arbeidet, likte å bruke kreftene sine på
noe han så resultatet av og var fort kjent som et arbeidsjern
som aldri sparte seg og hadde krefter som en bjørn.
Folket i lenet tilba ham allerede, de trengte ikke arbeide på en
stund og fikk i stedet hjelp til å reparere de ynkelige skurene
sine før vinteren. Og Cian fikk kjøpt inn igjen småfe og slikt så
de hadde noe å leve av. Det var et salig kaos av ting som måtte
ordnes men han greide håndtere det, han visste hva slags
mennesker som passet til ulike oppgaver og sørget for å
fordele oppgavene optimalt. Og han så hvordan Isabeau fikk
med seg hva han gjorde og ble mer og mer stolt av ham.
Stemningen på slottet der hadde blitt en helt annen nå,
avslappet og vennlig men like effektiv som før og Cian
oppdaget at han faktisk likte seg med utfordringene det gav
ham. Det var annerledes enn utfordringene han møtte på
turneringsbanen men de var like interessante og han vokste på
dem som person.
Han satt en kveld ved bordet med et kart foran seg, det viste
hele eiendommen og de ulike jordene og beitene var tegnet
inn, han prøvde å vri tankene sine over på en bedre fordeling
av arealet nord i lenet men greide det ikke helt. Han var sliten
og tankene raste i alle mulige retninger på en gang, de var like

vanskelige å styre som et villstyrt spann hester. Han skjøv
unna seg et glass mjød og prøvde å konsentrere seg om kartet
da Isabeau kom inn, hun var helt kvitt blåmerkene nå og var
blitt rundere også, og han hadde begynt å skjønne at han hadde
fått en meget vakker hustru med på kjøpet. Hun satte seg og
stirret på kartet."Hva er det du gjør?"
Hun så nysgjerrig ut og han smilte vennlig og snudde det for
henne."Jeg tenkte å fordele beiter og jorder litt annerledes her i
nord. Det blir mer effektivt tror jeg. De sier at jorda er bra der
oppe."
Isabeau så nærmere på kartet."Det er like ved gamle slottet,
jorda er bra ja, men ikke særlig dyp."
Cian rynket pannen."Gamle slottet?"
Isabeau så litt forbauset på ham."Vet du ikke det? Det var et
eldre slott her i lenet før men det ble fraflyttet da dette ble
bygd. De sa at det spøkte der skjønner du."
Hun fniste litt og Cian smilte til henne."Står det der ennå?"
Isabeau trakk på skuldrene."Vet ikke, jeg har aldri vært der.
Men de sier at det er en ruin."
Cian tok en brå beslutning, han tok Isabeaus hånd kjærlig."Vet
du hva, jeg har jobbet som en gal i det siste og været er godt.
Vi tar hester og rir dit i morgen, så kan jeg se selv hvordan det
ser ut der oppe."
Isabeau lysnet opp og rødmet svakt, hun så ned i bordet. Han
strakte frem handa og strøk henne over kinnet."Om du vil da
min kjære?"
Hun nikket."Selvsagt, jeg skal si fra til stallkarene."
Hun nølte litt, så lente hun seg frem og kysset ham på pannen
og sprang avgårde for å gi ordre. Cian ble sittende å se etter
henne lenge, hun hadde blitt mye mere livat nå og selv om han
ikke hadde spurt om lov til å besøke senga hennes igjen ennå
hadde han stadig mere lyst til å gjøre det. Hun var frisk nå,
kunne tåle det og han så på henne at hun også ønsket det. Han
smilte skjevt for seg selv, de kom til å være alene der i morgen,
hva som helst kunne skje. Og han kom ikke til å prøve å

forhindre det ihvertfall.

Dagen etter kom med strålende solskinn og Cian kom tidlig
ned til salen, han hadde kledd seg godt og varmt for det var en
sur vind der nå og han så til sin glede at hun hadde tenkt
likedan. Hun lyste opp da hun så ham og han lente seg frem og
kysset henne kjærlig før han satte seg for å spise. Maten der
var blitt mindre overdådig men ikke mindre god og Cian hadde
satt godset på et stramt budsjett de første årene. Ingen
protesterte på det, det var til felles beste. Da de hadde spist gav
Cian dagens ordre til høvedsmannen og fikk brakt frem
hestene. Han red Tordenkile denne dagen, hesten hadde godt
av det og var svært ivrig da han steg i salen. Isabeau hadde en
liten fløtefarget merr som var trent som en perfekt damehest og
den danset veloppdragent og la seg rett bak den svære hingsten
ut porten.

Cian nøt synet av det han allerede hadde oppnådd, veiene var i
orden igjen, det var folk i arbeide overalt og han hadde lovt seg
selv å få orden på stedet i løpet av et par år. De red over
engene og Isabeau hvinte av fryd over farten, hun var egentlig
en meget livlig person og det var hjertevarmende å se hvordan
hun hadde tødd opp. Hun hadde sendt brev til sine foreldre om
det som hadde skjedd og de hadde sendt gledesstrålende brev
tilbake med alskens lykkeønskninger, Cian følte at de virkelig
ønsket ham velkommen i familien, enda de ikke engang hadde
møtt ham. Det var en god følelse. Isabeau underholdt ham med
små anekdoter om ting som hadde skjedd i trakten før og han
fant ut at hun faktisk også var svært morsom. Hun fikk ham til
å le og da de nådde området med den gamle ruinen hadde tiden
gått så fort at han snaut fikk seg til å tro det. Isabeau ledet vei,
de passerte enn liten sjø og noen store nakne klipper som stakk
frem fra bakken og et holt med høye smekre trær av et slag han
aldri hadde sett før. Det var svært pent der, han kunne ikke
riktig forstå hvorfor noen hadde valgt å flytte fra et slikt sted.
De red opp en slak skråning og så var de der, ved det gamle
slottet. Det var ganske riktig kun en ruin, en kunne se

konturene av bygget og det lå stein og veltede søyler der men
det var ikke noe igjen som ikke lå på bakken. Cian steg av
hesten og Isabeau gjorde det samme, hun så seg rundt med iver
i blikket."Det må ha vært ganske stort, like stort som det nye
bygget."
Cian så at hun hadde rett, det gamle slottet hadde vært digert,
faktisk større enn det nye. Han rynket pannen, og begynte å gå
rundt og utforske og Isabeau gjorde det samme. De fant veien
mellom sammenraste vegger og svære steiner fra murene, lette
frem det som hadde vært urtehagen og kjøkkenhagen og det
hele var svært morsomt. Isabeau prøvde å forestille seg
hvordan det hadde sett ut og hvem som hadde bodd der og
Cian gav sitt besyv med. De ble sittende på en trestamme i det
som måtte ha vært en liten park innenfor selve murene for det
vokste ennå hageblomster der, og etter litt bli de sittende svært
nære.
Det hele skjedde av seg selv, de havnet på bakken og Cian ble
svært glad over å oppdage at hun slettes ikke var engstelig
lenger, i stedet var hun like ivrig som ham og de lå der lenge
og bare utforsket og ble kjent med hverandre og det de følte.
Det var ikke før det begynte å bli kaldt at de skjønte at de
måtte komme seg i klærne igjen og komme seg opp. Det hadde
blåst opp og sola ble borte bak skyene, Cian ville hjem men
Isabeau mente at de kunne gå å se litt til. Cian gikk med på det
men han ville ikke vente lenge for han var redd det ville bli et
riktig så ufyselig vær. De gikk en runde langs det som måtte ha
vært de ytre murene og Isabeau stusset og pekte på en stein
som måtte ha rast ut, det var noe merkelig ved den. Cian gikk
borttil og kikket, det var en slags utskjæring på ene sida og det
var underlig for det var på den sida av steinen som hadde vendt
inn i muren. Ingen kunne ha sett den der, han tok litt sand på
handa og gned over steinen og da ble det tydeligere. Det var en
slags dragefigur, og han fikk en merkelig følelse da han så den.
Det var som om han hadde sett den før. Isabeau bikket på
hodet, hun var så sjarmerende når hun gjorde det, så ut som en

ungpike men så var hun snaut mer enn det også. Han glemte
ofte hvor ung hun var.
Hun skrapte vekk litt mose og slikt og fikk frem noe som måtte
være et slags skrifttegn. Hun fikk en litt forbauset mine i
ansiktet.”Det der er en beskyttelsesrune. Jeg har sett slike før.
De skal holde onde ånder borte.”
Cian dro på smilebåndet.”Det kan ikke ha virket om det skal
holde dem vekk, stedet var jo hjemsøkt husker jeg du sa?”
Isabeau svelget kort.”Ja, men hva om de stengte åndene inne,
ikke ute?”
Hun så brått nervøs ut.”Det er historier her om den første
herren til lenet, han levde for svært lenge siden og var visst en
magiker.”
Cian så seg rundt, alt han så var fred og ro og idyll og snakk
om magi og desslike passet ikke inn. Det ble så fjernt.”Det er
nok bare gamle historier, du vet, en prøver jo alltid å gi slike
steder et anstrøk av mystikk.”
Isabeau smilte fort og nikket.”Du har rett, det er nok bare
gamle spøkelseshistorier.”
Hun gikk videre og kom til utsiden av det som hadde vært
bygningen, den lå helt på kanten av en bratt skråning og
steinene hadde sklidd ned og dannet ei røys i bunnen av
bakken. Naturen var på vei til å ta tilbake det mennesket en
gang tok og det var egentlig fint slik. Isabeau pekte litt ned i
skråningen.”Er det bare meg, eller er det en hule der?”
Cian så forbauset nedover bakken, bak en stein var det faktisk
noe som så ut som et mørkt hull og han bet seg usikkert i
underleppa. Det var ikke uvanlig med skjulte kjellere under
slike gamle slott og det hele kunne være raseferdig.”Det kan
hende, men vi bør ikke....”
Isabeau var allerede på vei nedover bakken, hun holdt seg fast i
gras og små busker og Cian bannet lavt og gav seg etter. Når
hun var så nådeløst nysgjerrig og modig kunne ikke han være
noe mindre.
Det var en åpning, faktisk på størrelse med en vanlig dør og de

så at den nok hadde vært skjult av en massiv steinblokk men et ras fra murene hadde bikket den bort. Isabeau så nysgjerrig på hullet.
"Hva kan det ha vært?"
Cian trakk på skuldrene."Det kan ha vært en hemmelig fluktgang, om bakken her var dekket av kratt kunne en sikkert ta seg usett ut."
Isabeau strålte formelig av iver, hun lignet et barn og han måtte smile litt ømt av henne."Vi finner det ut."
Hun grep noen greiner og snudde seg mot ham."Har du et ildstål.?"
Cian stønnet lavt."Isabeau, det kan være farlig, og vi må snart tilbake."
Hun bare smilte det ivrige smilet sitt og han smeltet."Bare litt? Så vi ser hva det er, er det farlig snur vi med en gang, lover det!"
Han fant frem ildstålet sitt og fikk tent på noen greiner ved hjelp av litt tørt gras og bark. Det lyste ikke mye men nok og han gikk forsiktig inn gangen. Den var godt murt opp og helt tørr. Antagelig var det trygt og han gikk litt nølende innover, han likte ikke dette men ville ikke skuffe henne. Antagelig var det som han sa, en fluktrute eller et lager av noe slag. De gikk en god stund før gangen snudde, han telte steg og regnet med at de var midt under slottsruinen nå. Isabeau pustet fort og ivrig og det skinte i blikket hennes.
Gangen gjorde en brå sving og åpnet seg brått i en enorm hule, Cian bare måpte over størrelsen på rommet, hele åsen var hul som et egg. Han svelget skremt og følte seg beklemt ved tanken på alt som var over dem men hun så ikke opp, hun så ned og gispet lavt."Ved alle guder.."
Cian vendte blikket ned og rygget tilbake et par steg av det han så. Bunnen av hulen lå under dem, en trapp gikk ned til den og det var tydelig gjort et betydelig arbeid for å jevne golvet. Det som dominerte golvet var en sirkel av enorme steinstøtter, hver av dem var minst fem meter høye og sekskantet som krystaller.

De var svarte og blanke og Cian fikk en ekkel følelse av at de ikke var stein, at de var levende på noe vis. Isabeau pekte på noe lyset såvidt nådde bak steinsøylene.”Hva.. hva er det?”
Cian ville ikke men følte seg tvunget til å gå nærmere, han gikk sakte ned trappa og Isabeau kom like bak ham, hun pustet fort og litt skremt nå. Han løftet fakkelen høyere, trakk pusten i et dypt og sjokkert hikst.”Ved alle guder, det er et drageskjelett.”
Isabeau så vantro på ham.”Nei? Men.. så digert...”
Cian var motvillig fascinert, han hadde sett en dragetann en gang, like lang som et kastespyd. Og den kunne ha vært plukket ut av kjeven på denne dragen. Skallen var enorm. Så høy at han bare rakk opp til toppen av underkjeven, resten av kroppen lå krøllet sammen innenfor sirkelen og det virket for ham som om sirkelen på et eller annet vis hadde holdt dragen fanget. Isabeau gispet igjen, hun slo handa for munnen.”Stakkar, den må ha sultet ihjel der inne.”
Cian trakk på smilebåndet.”Jeg tror ikke det kjære deg, de kan overleve lenge uten mat.”
Hun så litt sint på ham.”Selv drager kan dø, det vet alle.”
Han trakk på skuldrene.”Greit, så døde herr eller fru flammeånde av sult her, synd for den.”
Isabeau vågde seg nærmere søylene. Hun plystret lavt.”Vet du Cian, dette er ikke stein, det er krystall. Tenk så mye de må være verdt.”
Cian gyste litt.”Dette stedet stinker magi spør du meg, jeg tror ikke vi bør være her lenger.”
Hun lagde trutmunn av trass.”Men jeg vil vite mer, hva er egentlig dette? En felle?”
Cian gikk varsomt bort til den nærmeste søylen, den var så blank at han kunne speile seg i den og han grep seg i å gjøre det også, men skvatt da han et kort øyeblikk syntes han så noe helt annet i speilbildet enn det han burde se.”Jeg tror en magiker kan svare på det kjære, skal vi gå nå?”
Isabeau spratt avgårde lett som et dådyr og smatt mellom

søylene og inn i sirkelen. Cian kvalte et panisk lite ut rop og strakte seg etter henne på refleks men hun var for rask. Hun gikk sakte bort til drageskallen og stirret med ærefrykt på den."Hvordan kan noe bli så digert? Hvor mye kan den ha veid, levende altså?"

Cian prøvde å samle motet til å følge henne men greide det ikke, et eller annet stanset ham rett og slett, han greide ikke trå inn i sirkelen."Æh, nå er det flere hundre år siden det fantes drager, så det blir bare en ren gjetning."

Isabeau så fascinert ut."Så gjett da."

Han gikk langsmed rekka, fulgte med henne."Jeg kan tippe på en seksti sytti tusen pund."

Isabeau plystret imponert og han så at hun betraktet skjelettet med noe som lignet barnslig iver. Kanskje ikke så rart, drager var bare barns eventyr nå for tiden. Brått kom hun med et utrop og bøyde seg ned, hun sto like ved den ene dragefoten og klørne var like lange som Cian så det ut for. Hun trakk noe opp av støvet, det glitret og skinte i lyset og Cian gispet da han så hva det var. Det var en rubin på størrelse med et barnehode. Isabeau beundret den vakre glansen i den og holdt den i lyset, Cian fikk en merkelig følelse av hastverk, han så strengt på henne."Nå må vi virkelig gå! De blir redde for oss."

Hun nikket lydig og kom tilbake, han så vantro på rubinen, den var enorm og sikkert verdt mer enn hele hans eiendom der. Hun holdt den opp."Den er tung, kan du bære den?"

Han nikket og grep steinen men i det samme var det som om det raste et eller annet gjennom ham, en slags kraft. Han gispet og vaklet men følelsen gav seg umiddelbart, han rettet seg opp men nå var han skremt og ville virkelig bort derfra. Isabeau pekte mot foten av trappa."Det bordet så vi ikke da vi gikk ned?"

Han løftet fakkelen igjen, det var virkelig et bord der, av stein, og det sto helt inntil trappa så det var kanskje ikke rart de ikke så det i farta. Det var tomt, bortsett fra en avlang eske som lå midt på, liksom avventende.

Isabeau gikk nærmere men nølte litt.”Se hva det er du.”
Han smilte litt skjelvent.”Svikter motet deg min kjære?”
Hun skar en grimase.”Nei, men... jeg vet ikke..”
Han gikk forsiktig bort til bordet og grep esken, den var tung
og lagd av metall og det var skrevet noe med underlige runer
på den. Han gyste men fant låsen og vippet den opp. Lokket
var fjærbelastet og spratt opp av seg selv og han spratt tilbake
med et lite rop av sjokk. Isabeau skrek like godt og ramlet
nesten om på golvet. Cian kikket fort ned i esken, det som lå
der på en seng av rød fløyel var et sverd, og det var et våpen
ulikt alle andre han hadde sett. Han gispet lavt av beundring,
bladet var så blankt som glass, skinnende sølvaktig med en
merkelig blålig glans og det var svakt buet og en”egget. Det
var ikke noen parerstang på det, bare en rund skive nederst på
hjaltet og selve hjaltet så ut til å være skåret ut av en
dragetann. Han skalv på handa men tvang seg til å ta det, et
slikt vakkert våpen burde ikke ligge der for all evighet, det
føltes liksom ikke riktig. Han festet grepet om hjaltet og det
føltes riktig, det føltes så riktig som ingenting annet han noen
gang hadde gjort. Det var som om bladet var lagd for hans
hånd en eller annen gang for uendelig lenge siden. Han stirret
beundrende på sverdet, balansen var fantastisk og eggen
antagelig så skarp at den ville splittet et hår en slapp på den.
Det var fantastisk, helt utrolig. Isabeau trippet litt.”Du maste
på at vi burde gå.”
Han trakk pusten og tok seg sammen.”Du har rett min kjære.”
Han grep esken og så gikk de fort opp trappen igjen. Nå kunne
han ikke komme seg fort nok ut, han hadde en ekkel følelse av
at noe forfulgte ham. De nærmest raste ut åpningen og ut i
friluft og en sky av støv kom bak dem, uvisst av hvilken grunn.
Cian hostet og Isabeau nøs noen ganger, så hørte de liksom et
slags sukk og gangen bak dem kollapset totalt. Cian skrek i og
rev henne med seg i et vilt løp nedover skråningen mens mye
av åsen bak dem rett og slett falt sammen. Det ramlet og
buldret som all verdens tordenvær og Isabeau skrek av redsel

mens bakken skalv og kastet på seg som en utemt hest. De stanset ikke før de var langt nede på sletta. Det gamle slottet var borte, nå var det bare et slags krater igjen, med steinblokker og jord og sand. Isabeau så blekt på ham, hun skalv synlig og han la armene rundt henne for å trøste.”Hva.. hva skjedde? Gangen var da solid?”

Cian svelget hardt, han hadde en ekkel følelse i magen.”Jeg tror stedet ventet på besøk, og så fort vi hadde vært der så.. så hadde det utspilt sin rolle.”

Isabeau bare klynget seg til ham.”Jeg vil hjem.”

Stemmen var ynkelig og han var så hjertens enig, han også ville hjem, bort fra dette uforståelige. De fikk tak i hestene igjen og kom seg i salen, og nå lot de dyrene løpe alt de greide, Cian kunne på et vis ikke få nok avstand mellom seg selv og det merkelige som hadde skjedd. Han hadde en forferdelig følelse av at de hadde forstyrret et reir med orm, og nå var ormene sinte og ville slå tilbake.

Det begynte å høljregne da de var halvveis tilbake og vinden rev i trærne, det var virkelig et forferdelig vær på vei. Cian kjente at temperaturen ramlet noe voldsomt og han ble virkelig redd for at Isabeau skulle bli for kald. Løv og greiner kom dansende med vindkastene og himmelen var svart nordover, han så allerede de første lynene som tegnet lysende runer mot mørket. Han kunne ikke annet enn å tro at de på et eller annet vis hadde skapt dette uværet, at det var deres skyld. Hestene løp det de greide for de var også skremt nå, de merket rytternes uro og den ble deres egen uro. Begge var snart klissvåte og Cian kjente at han skalv av kulde og for Isabeau måtte det være enda verre siden hun var så mye mindre enn ham. Han gispet lettet da han så hjemmet, et varmt bad og varme tørre klær var det han ønsket nå. En hel gjeng med tjenere kom rasende da de red inn på gårdsplassen, etter reaksjonen å dømme var det lenge siden folk begynte å engste seg for de to. Stallkarer tok seg av de dampende hestene og fikk vasket og tørket av dem og Cian grep Isabeau og bar henne med seg inn.

Hun var så kald at hun skalv og Laura kom rasende med en
forferdet mine, hun så ut som om hun hadde vært fra seg av
bekymring.”Sett over vann, vi bader hos henne.“
Laura raste avgårde for å be kjøkkenet varme flere bøtter vann
og noen tjenestejenter løp opp for å trekke frem badekaret som
sto hos Isabeau. Cian fikk en av kjøkkenfolkene til å hente to
store beger med varm kryddervin og gav seg ikke før han
hadde fått Isabeau til å tømme hele ene begeret. Da hostet hun
og harket lenge av den sterke smaken men det trengtes. Etterpå
bar han henne opp der tjenestejentene ennå gjorde klar til bad.
Han halte av henne de våte klærne og pakket et teppe rundt
henne og så fikk han av seg sine egne klær og tjenestejentene
stirret storøyd og fnisende men han brydde seg ikke om det nå.
Han fikk tullet seg selv inn i et teppe og gned Isabeaus iskalde
armer og hender mens han ventet på at de ble ferdige med å
helle i vann. Laura kom og helte diverse urteavkok i vannet og
snart luktet det som et helt drogeri men Cian visste at den
gamle visste hva hun gjorde. Det ville gjøre dem godt. Han
løftet Isabeau over i badekaret selv om hun protesterte og
mente at hun kunne gå selv nå. Vannet var varmt, nesten for
varmt med en gang men etter litt vente han seg til det og de ble
sittende der side ved side og nøt varmen som sakte seg tilbake
i kroppen. Laura kommanderte dem ned i vannet med hodet og
så gned hun et eller annet i håret på dem begge to. Cian nøt
behandlingen, han følte seg langt bedre nå men han hadde ennå
en ekkel følelse av at noe hadde skjedd. Noe som ville få
forferdelige konsekvenser.
Da de fikk skyldt ut det Laura klinte på dem gikk den gamle og
overlot dem til seg selv, Isabeau sukket lettet og lente seg
tilbake mot kanten av karet.”Hun er en engel men litt slitsom
til tider.”
Cian måtte smile av Isabeau som snudde seg mot ham og
kjælent begynte å leke med håret på brystet hans. Han måtte
vedgå at han brått ble veldig god og varm og da hun etter litt
ok seg skrevs over ham hadde de begge glemt alt om hulen og

drageskjelettet og det merkelige sverdet. Da de omsider kom
seg ut av karet hadde mye vann havnet på steingolvet og Cian
ante at tjenestejentene nok hadde stått utenfor døra og hatt
tidenes underholdning men han brydde seg ikke om det, ikke i
det hele tatt. Begge havnet på senga som om de ble kastet dit
og sluknet nesten momentant. Hushovmesteren fant rubinen og
sverdet i oppakningen deres og bar tingene varsomt ned til
skattekammeret der begge gjenstandene ble grundig innelåst.
Han antok at herren deres ville forklare hvor de kom fra
senere. Natten senket seg over slottet og med den fred og ro.
Men den freden var kun et skjørt skall, og lite skulle til for å
knuse illusjonen. Flere sov urolig den natten, et eller annet
strøk gjennom drømmene deres som et svakt pust av usynlig
vind og folk klynket i søvne og vred seg. Og mørket lå som et
tungt teppe over de sovende sinn og skjulte det som burde blitt
synliggjort.

Daithe

Daithe strakk seg stølt, hun hadde sovet på en rot den natten og kjente det godt, det var som forbasket også. Lamara og Cherdis var våkne for lengst og satt ved bålet og spiste og vaktene hennes hadde også stått opp og gjort seg klare. Hun var den tregeste av dem virket det for og hun rødmet fort mens hun kom seg i klærne og rullet sammen teppene sine igjen. Hun undret seg på om hun savnet livet som kongelig men kom til at hun ikke gjorde det. Dette var så mye bedre tross i mangelen på komfort. Lamara virket tankefull og fjern og Cherdis skar en liten grimase da Daithe kom bort til dem og satte seg ned.»Hva feiler det jenta? Hun er verre enn en værsjuk katte!»
Daithe måtte le, Lamara satt der og stirret ut i ingenting og av og til rykket det lett i henne, sammenligningen var faktisk god.»Lamara? Er noe galt?»
Hun gjorde stemmen så mild hun kunne og Lamara snudde hodet, Daithe fikk sjokk av øynene. De var nesten helt svarte og uhyggelige. Daithe følte en brå trang til å rygge unna men Lamara smilte sakte.»Vi må vekk fra veien, de forfølger oss.»
Cherdis rykket til og det kom noe forferdet i blikket hennes.»Alt nå?»
Lamara nikket sakte.»De er nær, vi må vekk.»
Daithe så vantro ut.»Er gaven din så sterk vanligvis?»
Lamara ristet på hodet.»Nei, men vi skal følge elva innover, på øvre siden av den.»
Daithe ropte en av vaktene bort til seg, hun kjente en ekkel følelse av at de alt ble overvåket av noen som ikke ville dem noe godt.»Få pakket leiren så fort som mulig, og send et par menn i forveien og finn et vadested. Vi må ri fort, vi har folk i hælene på oss.»
Mannen så litt forbauset ut men adlød og Daithe så til at de to

andre jentene ikke etterlot noe der som kunne røpe dem.
Deretter salte de opp og kom seg til hest. Daithe stirret bak
seg, hun så ingenting men Cherdis pekte mot horisonten med
skjelvende hånd.”Ser dere, ved de høye trærne!”
Daithe skygget med handa, noen store fugler hadde fløyet opp
og kretset rundt trærne og hun forsto at de var skremt opp av
noe, de lettet aldri så tidlig ellers siden disse fuglene helst ville
ha solvarmen til å løfte seg før de tok til vingene.”Du har rett,
vi rir!”
Hun smattet på på hesten og fulgte sporene etter de to vaktene
som red i front.
Det var slake svaberg ned til elva der hovene ikke ville
etterlate spor og Daithe var nøye med å velge en rute der de
unngikk bløte områder. De red litt i sikksakk også og hun så til
sin glede at både Cherdis og Lamara forsto hva hun tenkte på
og holdt hestene sine på samme sporet. Etter litt så de at
vaktene sto og ventet, de hadde funnet et vadested og alle
skyndte seg å krysse. Det var temmelig dypt der men ikke
verre enn at det gikk og Daithe så på Lamara.”Du leder oss nå,
jeg tror du har større sjanse til å finne riktig vei enn meg.”
Den unge jenta nikket bare og smattet på hesten, hun virket
merkelig sikker i sin sak. Først gikk det gjennom et tett
krattområde men så kom de ut på noe som måtte være en slags
sti. Lederen for vaktene så smalt på sporet og spyttet i
bakken.”Det er en smuglervei.”
Daithe rynket pannen og så litt usikkert på ham.”Er det farlig?”
Vakten vred på det.”Ikke nødvendigvis, men noen av de
folkene er temmelig hensynsløse, og de er slavehandlere også
noen av dem. Dere jenter kan være fristende for dem.”
Det siste kom litt unnskyldende, som om han ikke riktig visste
om Daithe foretrakk å bli benevnt som en av jentene eller som
en av mennene.
Hun bare smilte kort.”Vi får håpe vi ikke støter borti noen, og
vi er seks bevæpnede personer, det bør kunne avskrekke de
fleste.”

Vakten trakk på skuldrene.”Deres høyhet har rett selvsagt, men jeg syns allikevel at vi bør være forsiktige. En kan aldri ta for mange forhåndsregler.”

Daithe klappet hesten på nakken og holdt den i rolig trav enda den ville løpe fortere.”Du har rett men vi kan ikke være for forsiktige heller lenger. De er etter oss.”

Vakten så heller bister ut.”Om jeg ikke har misforstått totalt er det snikmordere som er ute etter frøken Cherdis her?”

Daithe sukket lavt.”Oss alle, siden hun har fortalt oss om det.”

Mannen gren på nesa og spyttet i bakken igjen, han betraktet terrenget med smale øyne.”Da har vi et virkelig problem, de folkene gir seg aldri, de blir drept av sine egne om de feiler.”

Daithe så avventende på ham.”Og du foreslår?”

Vakten sukket lavt.”Om nå Lamara virkelig er synsk bør hun kunne holde oss unna dem men jeg sier at vi bør prøve å endre oddsene i vår favør.”

Daithe så smalt på ham, hun hadde en anelse om at hun ikke ville like det mannen foreslo men hun visste at han var en veteran fra flere år med krig. Om metodene hans ikke var renslige var de garantert effektive.”Og hvordan gjør vi det?”

Han pekte på de andre vaktene.”To av oss rir opp i terrenget, det bør la seg gjøre å se hvor mange som er etter oss. Jeg har en del ideer som i det minste vil forsinke dem.”

Daithe så fast på ham.”Greit, send to opp, men de bør ved gudene sørge for å ikke bli sett.”

Han gliste og vinket på to av karene.”Vær ikke redd, de er gode.”

Daithe tvilte ikke på det. Hun hadde valgt ut de beste mennene i vaktgarden da hun bestemte seg for å gjøre denne reisen.

De to forsvant og hun følte at uroen rev i henne. Egentlig følte hun for å spore hesten og ri alt hun maktet bort fra fiendene men visste at det var uklokt. En red kanskje bare bort fra fare mot en enda større fare og hun måtte ta hensyn til Lamara og Cherdis. Cherdis klaget over at hun var støl og ble sår av ridningen og Daithe visste at det å ri lange strekker neppe var

normalt for en som henne. Antagelig hadde hun bare ridd små
turer i parkene, for å vise seg frem mer enn noe annet. Lamara
virket ikke for å ha problemer i det hele tatt enda hun snaut
kunne ha vært på hesteryggen før, men hesten hennes lot til å
vite hva hun ville før hun i det hele tatt gav uttrykk for det.
Veien var ganske jevn og her og der hadde noen gjort seg stor
umak med å velte unna steiner og slikt, det var noe som måtte
være gamle vognspor der også og her og der var det hugd inn
merker i steinene langs veien. Vakten pekte på
dem."Avstandsmerker, de gjør ikke ting halvveis de folka nei.
Da vet de akkurat hvor de er hen hele tiden."
Daithe så litt forvirret ut."Men hvorfor smugle? Det er da ikke
noen grenser her og jeg trodde da ikke at reglene var så
strenge?"
Vakten bare gliste."Det er varer som er ulovlige i de fleste
landene og med god grunn."
Daithe så at Lamara virket for å være i transe igjen og Cherdis
jamret seg og prøvde å finne en annen stilling i salen. De to var
så forskjellige som to personer kunne være og samtidig var det
noen underlige likheter ved dem."Og de grunnene er?"
Hun var nysgjerrig, hun måtte bare vedgå det.
Vakten tenkte seg om et kort øyeblikk og slo etter en klegg
som ville sette seg på hesten hans."Vel, enhver kan skjønne at
magiske gjenstander ikke er særlig gunstige i ukyndige hender.
En del droger og slikt smugles også, noen typer drikkevarer
også."
Daithe ble litt forvirret."Men.. drikkevarer? Vin er da helt
vanlig?"
Vakten smilte kort."Jeg snakker ikke om vin, den er jo
skattepliktig men summen er uansett latterlig liten. Nei, jeg
snakker om noen typer brennevin som er bortimot livsfarlig.
En kan miste vettet totalt av det sies det."
Daithe rynket pannen og begynte å synes at dette var
fascinerende. Som dronning hadde hun lært mye men slikt som
dette var ikke hverdagskost, ikke engang for henne."Blir man

så full av det?"
Han ristet på hodet."Nei, gal. De sier at noen typer er brygget
på dragebein, drikker en det kan en brått få det for seg at en
kan fly eller tåle ild eller slike ting."
Daithe måtte le, hun så det for seg."Men hvorfor vil folk kjøpe
det da?"
Vakten sukket litt oppgitt."Fordi det også får deg til å føle at
du er verdens herre, at du er uovervinnelig. Noen hærførere har
foret soldatene sine på det før slag. Og forbrytere er også
avhengige av det, ihvertfall sies det."
Hun bikket på hodet."Noe mer de smugler?"
Han nikket."Slaver som sagt, slavehandel er forbudt i de fleste
landene her nå. Noen steder har de ennå slaver men det er kun
slike som er født av slavefamilier som har tjent under dem i
generasjoner. Det er forbudt å kjøpe og selge folk på markeder
slik det var i de riktig gamle tidene. Men det er ikke vanlige
slaver som blir smuglet må du tro."
Daithe så forvirret ut igjen."Ikke? Hva mener du med det?"
Mannen stirret ned i manen på hesten sin, det var noe mørkt i
ansiktet hans."Jeg mener ikke menneskelige slaver ærede, de
kan gå for vanvittige priser."
Hun gispet høyt og måpte."Ikke menneskelige? Hva slags
skapninger mener du da?"
Vakten så kaldt på henne, den mørke minen var ennå tydelig
og hun kjente noe kaldt gli nedover ryggen."Ærede, for mange
er ingen grenser for avskyelige å krysse. Du er en konges
datter og jeg vet at du har kjempet hardt for å bli den du er,
men du vet lite om verden utenfor den sfæren du har levd i. Jeg
vet ikke om du i det hele tatt bør få vite om dette."
Daithe knep øynene sammen, kjente seg et øyeblikk nesten
fornærmet."Tror du ikke jeg tåler det? Spytt ut, du har gjort
meg nysgjerrig."
Han gliste men blikket var ennå dystert."Greit, du er tøff så jeg
får tro du klarer å takle det men skyld ikke på meg om du blir
for skremt."

Han kremtet og så seg rundt, som for å samle tankene."Jeg kan
gi deg et eksempel, jeg jobbet for konsulen i Ar-Altarab for en
del år siden og hadde ansvaret for sikkerhet og ro i en by like
ved grensa til Felderi. Og vi hørte noen horrible rykter om en
underholdning som fikk det til å gå kaldt nedover ryggen på
meg."
Daithe stirret avventende på ham og han slo ut med handa og
virket for å ha vansker med å fortelle."Vi fikk snusen i at det
var en gjeng med tvilsomme karer fra både adel og borgerskap
som drev med det og tjente noen vanvittige summer på det. Og
vanvittig var akkurat ordet."
Daithe kremtet."Og?"
Han gliste litt mildere."Du er vant til å kommandere skjønner
jeg. Vel, de arrangerte kamper. Før var det jo vanlig med
hundekamper og oksekamper og slikt, til et fornuftig hode
gjorde det forbudt med blodsport."
Daithe gyste, hun visste at det hadde vært populært før, hunder
mot okser, hunder mot hunder og slaver og enda til mot ville
hingster. Det hadde vært ren barbarisme. Han så ned i
hestenakken igjen."De hadde fått smuglet inn svære dogger fra
Zetir og øyene utenfor, bikker så store som et lite esel. Og de
sloss mot ikke mindre enn minotaurer, dverger og Urtaner."
Daithe gispet forferdet, hun følte for å si at han måtte lyve men
visste at det var sant."Men... en minotaur vil jo lage mos av en
hund, uansett hvor stor den er?"
Han nikket."Så de blindet dem og helte kokende vann i ørene
på dem så de ikke hørte heller. En minotaur er seig, de lever
lenge og kjemper desperat til det siste."
Daithe kjente seg kvalm."Og dverger? De er jo som.. ja som
folk. Hvordan kunne de få dverger til å slåss slik?"
Vakten så trist ut. Han klappet hesten sin på nakken"Dverger
er som folk ja, men på noen måter er de bedre enn oss, de ville
aldri gjort noe slikt, aldri! Men det er en ting som er deres
svakhet og den ble grundig utnyttet. De er villige til å gjøre alt
for barna sine Daithe, uten å nøle eller tenke seg om. Dør de

for å forsvare dem er det et lite offer for en dverg.”
Daithe forsto, ved alle guder.”Så de..”
Vakten nikket bare kort.”De tjoret et dvergbarn inne i arenaen
og slapp hundene og foreldrene prøvde desperat å forsvare
ungen, ubevæpnet selvsagt. Dverger er også svært seige, de
dør sakte sies det.”
Daithe svelget hardt, hun visste at mennesker var
ondskapsfulle til tider men så ille?”Men det du sa, urtaner, hva
er det?”
Vakten gliste litt ondskapsfullt.”Noe de forregnet seg på, jeg
tror de bare prøvde seg med slike et par ganger og det gikk
veldig galt. Folk døde visst så de gav seg med to forsøk, takk
og lov for det. En løs Urtan kan skape et kaos uten like på
svært kort tid.”
Hun presset på nå.”Men hva er de?”
Vakten skar en grimase.”Et svært sjeldent dyr, få vet om dem
og de fleste tror de bare er en legende, eller noe som fantes for
svært lenge siden, før de tre landene drev bort fra hverandre.
Om du tar en stor okse og blander den i tankene med en like
stor hund, legger på den et panser som på en stridshest og
tilsetter noen horn langs nakken og over skuldrene så har du
noe som kanskje ligner en urtan.”
Daithe sperret øynene opp.”Hvor stor?”
Han slo ut med hendene.”Jeg vet ikke, jeg har aldri sett en, vet
bare at hudpanseret til en lå i rådhuset i flere år før jeg kom dit.
De sier at om en snudde det rundt ville det vært like stort som
de små båtene de bruker langs kysten, de med fire rekker med
årer på hver side.”
Daithe så for seg en slik i tankene og bannet matt.”Ved alle
guder, de må være enorme!”
Han nikket.”Men ved alle guder som de angret på at de tok inn
to slike, hundene hadde ingen sjanse og da bikkjene var døde
prøvde de å bryte seg ut. Det var da folk ble drept. Urtaner er
nemlig ikke rovdyr, de er grasetere og alt de ville var å komme
seg bort. Dumme er de også, som et nybakt brød. Men

ingenting kan stanse dem når de er i farta.”
Daithe måtte le høyt av sammenligningen og mannen lo også.
“Men det var til kamper og slikt, smugler de skapninger til
andre formål også?”
Han ble alvorlig igjen, blikket flakket litt.”Selvsagt. Jeg har
aldri sett noe av dette og håper og tror at det er sjeldent men
antagelig forekommer det. De sier at noen langs kysten tjener
penger på å fange kelpier og havfruer.”
Daithe så forvirret på ham.”Hva er en kelpie og hva faen skal
noen med en havfrue? De lever jo i vann?”
Han klappet hesten igjen og så seg rundt, de to vaktene de
hadde sendt ut var på vei tilbake til gruppen og kom i galopp
bak dem.”En kelpie er en slags nøkk. De viser seg på land som
en utrolig vakker hvit hingst og en lokker dem frem med en
brunstig hoppe. Når de har fanget den med et nett spunnet av
jomfruhår og en spesiell urt legger de på den et hodelag med et
bitt av stål og da må den tjene den som eier hodelaget så lenge
vedkommende ønsker det. Og de kan løpe fra enhver dødelig
hest, er sterkere enn noe annet dyr med unntak av en drage og
lever bortimot evig. Så en som har en kelpie kan tjene grovt på
å la andre ta hoppene sine til dem for føllene blir også lynraske
og sterke. Men ville, svært vanskelige å temme. For noen
spiller det ingen rolle, de vet å knekke dem uansett.”
Daithe skar nesten tenner, hun elsket hester.”For noen svin.”
Han nikket og sukket lavt.”Jeg så en slik hybrid en gang,
vakreste dyr jeg noen gang har lagt øye på men bortimot
umulig å ri. De sier at noen få kan temme dem og få dem til å
adlyde men da må vedkommende ha blodet fra de gamle ætter
i årene.”
Hun så at de to vaktene snakket med de andre som red bak
henne og vakten hun snakket med.”Og havfruer?”
Han rødmet svakt.”De er visst populære.. på bordeller.”
Daithe så forvirret på ham.”Men.. de har jo fiskehale, og
mangler.. eh...”
Han gliste litt brydd.”Joda, men om en tar en havfrue og heller

vann en prest har velsignet over henne og leser noen særlige besvergelser samtidig så blir hun forvandlet til menneske i noen timer, og da er hun svært vakker og jomfruelig.”
Daithe forsto, hun fikk en mine av avsky i ansiktet.”Så de selger henne rett og slett?”
Han nikket kort.”Jepp, og når kunden er ferdig legger de henne i saltvann igjen, hun får hale og de gjentar det hele. Og hun kan selges som jomfru igjen og igjen. Til slutt dør de som regel men da har eieren tjent gode penger.”
Det svimlet for henne, hun begynte å skjønne hvorfor smuglerne kunne tjene penger. Og det på andre skapningers lidelse og død. Hun begynte å merke at hun ble sint og møtte de på disse smuglerne ville ikke hun engang prøve å være vennlig. De to vaktene red bort til dem.”Det er åtte som er etter oss. De har lett lenge og er på andre siden av elva, de fant ikke vadestedet. Men jeg er redd de har tenkt seg over snart. De må ha skjønt at vi har krysset.”
Lederen trakk seg i den lange barten.”Greit, vi må legge en plan her, vi er nødt til å sinke dem så mye som mulig.”
Han nikket til Daithe.”Du kan se om de andre to orker en lang dagsmarsj i dag, vi må legge en slagplan her.”
Hun følte seg direkte avspist men red bort til Cherdis som nå hadde satt seg sidelengs over hesten med ene beinet over salhornet. Det så temmelig utrygt ut men hun syntes visst at det var bedre enn å sitte overskrevs. Daithe kunne nesten skjønne det, hun husket hva Cherdis hadde vært utsatt for og husket ennå med en smule humor hvor sår hun hadde vært første gangen Feargus lå med henne.”Vi har dem bak oss, vaktene vil prøve å sinke dem på noe vis, greier du en lang dagsetappe?”
Cherdis nikket innbitt.”Det står om livet gjør det ikke? Selvsagt.”
Daithe smilte oppmuntrende og red frem til Lamara som virket for å sitte å smånynne mens hun lot hesten velge tempoet.”Går det bra?”

Lamara nikket kort, hun stirret fremover mot enden av den brede dalen.”Der dalen ender vil vi finne hjelp.”
Daithe så på henne med mistro.”hjelp? Her?”
Lamara nikket sakte.”Ja, de vi befrir.”
Hun bare smattet på hesten og smilte drømmende og Daithe forsto mindre og mindre av jenta. Det virket for at hun bare ble mer og mer synsk jo lengre de kom. Men kanskje det var riktig.
De red en stund til, så sendte lederen de andre vaktene ut i terrenget i ulike retninger, han virket målbevisst og Daithe ante at metodene var ufine. Han smilte kort da karene vendte tilbake en etter en og avla rapport og Daithe sakket hesten og red ved siden av ham.”Hva har dere gjort?”
Han skar en grimase.”Lagd en del feller, det er steder de er nødt til å passere siden de er til hest og vi har etterlatt noen overraskelser der.”
Hun så strengt på ham.”Som?”
Han trakk på skuldrene.”Det jeg pleier å kalle orke-feller. Primitive men effektive kan en si.”
Daithe ville si noe men lukket munnen, bare ordet orke-feller fortalte mer enn hun ønsket å vite. Hun visste at krigene mot orkene i nord hadde vært en særdeles lite renslig kampanje med en myriade av skitne triks en kriger ellers aldri ville drømt om å bruke. Hun gyste kort.”La oss håpe at de faktisk virker.”
Han nikket og det luet i blikket.”Det vil de!”

Aidan

Aidan og de andre fra broderskapet hadde ridd hardt og visste at de var like bak byttet men natten hadde sinket dem for de kunne ikke ri i mørket. De var på farten igjen tidlig om morgenen og holdt en god fart og de fant en leirplass som måtte være brukt og forlatt den morgenen. Det var ingen tvil om hvem som hadde brukt den heller. Lederen deres var fornøyd, de hadde bare noen timer igjen, så ville de være ferdige med dette oppdraget og kunne vende tilbake til byen. Men sporene forsvant over steingrunn og de fant dem ikke igjen. Det var ganske så klart at disse kvinnfolka visste at de ble forfulgt og det var et alvorlig problem. De måtte ha fordelen av å overraske fienden skulle de beholde overtaket. Seks væpnede menn kom uansett til å bli en utfordring. Aidan satt og følte seg direkte uvel, han likte ikke dette i det hele tatt. Han viste det selvsagt ikke men skulle ønske av hele sitt hjerte at det var en vei utenom. Kunne han ha rømt, men det var en umulighet også.

Aidan hadde vært en rebell like fra han var en guttunge, stor og lang men ikke særlig sterk. I stedet var han smidig og rask og hadde en tunge like kvass som en skarpretter øks. Og han var frekk og uredd og det skaffet ham fiender men også tilhengere. Hans mor var enke og hadde sju barn til som krevde all hennes oppmerksomhet. Siden han var eldst fikk han gjøre mye som han ville og ble fort en ganske god tyv. Han stjal til familien til å begynne med men så døde moren og fem av søsknene av pest og hans to gjenværende søsken ble plassert som tjenere hos en av fogdens venner. De hadde det visst bra men ham var det ingen som ønsket velkommen. Han var en bølle, visste akkurat hvordan han skulle såre noen og unngå å avsløre sine egne svakheter, like pågående og innbitt som en bulldogg søkte han

ut andres hemmeligheter og svakheter og gikk rett i strupen med dem. Han ble etterhvert fryktet og var på mange måter en kald og farlig person. Men det var utenpå, kun utenpå.
Den sjelelige rustningen han bar avslørte aldri at han innerst inne var en myk og sårbar gutt som savnet moren og eventyrene hun pleide å fortelle om kvelden når de la seg. Han savnet tryggheten i hjemmet og følelsen av samhold. Det var nok årsaken til at han lot seg friste da en fra brorskapet begynte å snakke med ham, ta ham under sine vinger. Men han var ikke slik, han var ikke noen morder. Han ville ikke egentlig såre eller skade andre, det var bare for å ikke bli skadd eller såret selv at han var så hard og kald. Og nå var det for sent, de trodde han var en av dem men det stemte ikke og fant de det ut var det en dødsdom. Han gyste og trakk hetten på kappen tettere fremover, livet hadde blitt forferdelig nå, og han så ingen vei bort. Han var fanget som en fisk på en krok og noen ganger hadde han nesten pisset på seg av frykt når han ble med de andre ut på oppdrag. Det hadde gått bra men han visste at dette slettes ikke var hva han burde gjøre med livet. Så lenge han var en lærling og en treg en attpåtil kunne det gå, men den dagen han fikk i oppdrag å drepe noen, hva da? Han ville aldri greie det, aldri! Og de andre ville drepe ham.
Lederen røsket i tøylene på hesten sin og bannet grovt, de hadde ridd langs elva lenge og det var ikke spor å se noe sted."De må ha krysset her et sted, finn et vadested."
To av mennene red avgårde og speideren deres brukte øynene flittig."Jeg tror det må være en vei på andre siden, antagelig en smuglerrute. Jeg ser noen merkelig rette linjer i terrenget her og der."
Lederen deres brummet kort og jaget på hesten som begynte å bli svært sliten nå."Det kan stemme, jeg vet det er en smuglerrute i dette området."
En av karene kom tilbake i galopp, han så opphisset ut. "Jeg så en rytter, mot åskanten der fremme, bare noen sekunder men det var en mann i uniform tror jeg."

Lederen gliste stygt.”Da er vi bare en halv fjerding bak dem.
Sett opp farten karer.”
De red mot elva og Aidan la seg ydmykt bakerst som vanlig.
Han likte ikke å trekke oppmerksomhet mot seg selv lenger,
ikke i det hele tatt.
De fant et sted der det gikk å krysse og karene red på, stormet
opp på bredden av elva og gjorde seg klare til å ri hardt etter
byttet men det skjedde brått noe uventet. De første fire som
kom i land fikk problemer med hestene som brått steilet og
skrek vilt, de vaklet og danset og en av dem falt faktisk så
rytteren nesten ble fanget under dyret. De som kom bak stanset
sine hester i elva med et rop og de fire kom seg på bakken og
undersøkte de pesende hestene. En av dem trakk noe løs fra
hoven på hesten sin med en stygg banning, Aidan så med store
øyne at det var en slags metallgjenstand med
flere lange skarpe pigger, plassert slik at et par av dem alltid
pekte oppover uansett hvordan tingesten landet i
grusen.”Hovjern!”
Lederen bannet stygt men det kom et glimt av noe usikkert i
blikket hans.”Da er de ikke vanlige soldater men veteraner,
greit, vi må være forsiktige. Hvor ille er det?”
De fire undersøkte fort dyrene.”To av dem må avlives, alle fire
beina er spiddet. De to andre kan klare seg.”
Mannen som snakket så temmelig rasende ut, han hadde nok
regnet med et enkelt oppdrag og en god belønning og nå dette.
Lederen trakk seg i skjegget.”Fordømt! Vel, avliv de hestene
og slipp de andre to fri. De vil vende hjem når de blir friske
igjen og det er mye bra gras her i dalen.”
Han snudde seg mot Aidan.”La de andre ta hesten din, to kan
ri den, så kan de andre to sitte opp med Jorg og Chirek.”
Aidan svelget og spratt ut av salen, så han måtte altså traske
etter til fots, det var bare å forvente. Noe som lignet sinne
begynte å røre seg i ham.
“Om herren tillater det, jeg vil bare sinke dere, er det ikke
bedre at jeg vender tilbake til byen og forbereder deres

triumferende tilbakevendelse?"
Lederen så smalt på Aidan, så gliste han."Greit, du er langbeint, kanskje du faktisk rekker tilbake før oss. Men nåde deg om du er for sen."
Aidan bare nikket og grep oppakningen sin, han hadde en merkelig følelse av at dette var et skjebneøyeblikk. Alt avhang av hva han nå bestemte seg for å gjøre. Han så at de andre red videre og så nølte han et lite øyeblikk før han smatt inn i den tette underskogen og la på sprang, ikke tilbake mot byen, men langs elva, i samme retning som sine brødre.

Midar

Midar trykket seg ned mot bakken, han vågde nesten ikke puste der han la klemt innunder en trestamme. Bare et par meter fra ham sto det to vakter og han så lyset fra bålilden som speilte seg i rustningene deres. Han hadde sett hvordan den gråhårete lederen deres spradet rundt og han kjente at noe som lignet desperasjon klemte om hjertet hans. Hvordan skulle han få henne vekk fra dette stedet? Det var folk overalt! Han hadde løpt til hjertet formelig brant i ham og han mere vaklet enn gikk men desperasjonen drev ham ubønnhørlig videre, han kunne ikke stanse. Da følget omsider stanset hadde han hvilt seg litt, så hadde han brukt over en time på å snike seg inn mot leiren deres. Men nå kom han ikke nærmere, det var ikke flere gjemmesteder igjen. Han visste at hun var der et sted, antagelig i det enkle teltet de hadde satt opp og han prøvde på alle måter å finne en måte å komme seg dit på, uoppdaget. Han brukte øynene det han greide, det var en ganske stor gruppe og han så at noen av de mer høytstående der hadde våpenkjoler med tegnet til noe som måtte være Arcan slekten. Han visste at de satt med mye makt i nord og nordvest men også at de aldri hadde vært av de mest fremstående slektene. Men det var altså tydelig at de var interessert i henne og hvorfor det? Hun måtte være viktigere enn han trodde først, mye viktigere.
Han begynte å skjønne at han hadde rotet seg opp i noe som var så utrolig mye større enn han først hadde trodd, og det gjorde ham ærlig talt vettskremt men han kunne ikke la disse folkene stikke av med henne. Ikke for hennes skyld og ikke for sin egen. Han var den beste, han måtte finne en måte å komme seg til det teltet på. Noe måtte da kunne ta oppmerksomheten til de folkene? Han rykket til, et skjærende skrik skar gjennom luften og det kom fra teltet. Hjertet stanset nesten i brystet på

ham, torturerte de henne? Ved alle guder... Tenk Midar, tenk!
Han stirret desperat etter en utvei, hun skrek igjen, smerten i
stemmen skar i ham som kniver. Forbannede svin, han skulle
drepe dem, han burde drepe dem alle sammen. Vaktene bare lo
der de sto, svinepelser, bastarder. Midar knøt hendene sammen
så hardt han kunne, kjente tårer av hjelpeløshet svi i øynene.

Meyret hadde blitt behandlet som en gjenstand hele dagen, hun
ble ikke sluppet ned av hesten en eneste gang før de slo leir og
så fort de fikk opp teltet ble hun halt inn dit og bundet til
stolpen i midten. Hun greide ikke stå så hun hang etter armene
og snart kjentes skuldrene hennes ut som om de skulle revne.
Hun var naken også og det var like ille, og blikkene de sendte
henne var direkte utrivelige. Trollmannen satt i enden av teltet,
han bladde i en bok og virket for å lete etter et eller annet, og
han tok seg god tid. Hun antok at det var for å bryte henne ned
også. Hun ante ikke hvem de var men de var tydeligvis fast
bestemt på å ikke la henne slippe unna. Hun svelget og kunne
bare be gudene om at Midar hadde sluppet unna, selv om
fornuften sa henne at han nok var død. Elvedrager var glupske
beist som aldri lot et måltid slippe unna..
Iliman kom seg på beina og smilte men det var et stygt smil,
det var illevarslende. Han tok en runde rundt henne, så
vurderende på henne."Synd at jeg ikke vet hvor mye du tåler i
denne skikkelsen, vel, du har overlevd frem til nå så noe greier
du nok."
Han la handa på brystet hennes, hun var temmelig flat nå så det
var ikke mye å ta i men hun rykket til og hikstet og han gliste
stygt."Du er jaggu lite pen, men gir du etter kan jeg love deg at
du vil få skjønnheten tilbake, og så mye makt du bare ønsker
deg."
Hun så rasende på ham, flekket tenner til ham. Han lot som om
han tok et steg tilbake men det var bare for å samle krefter, han
slo henne i ansiktet så hardt at hun slo bakhodet i teltstanga
med et smell. Iliman smilte igjen, det var et fornøyd glis." Åh,

jeg er glad du er stri, jeg gleder meg til å temme deg.”
Han strøk henne over ansiktet, hun blødde fra nesa og han
gned blodet inn i fjeset på henne.”Du vet vesla, det er to måter
å gjøre dette på, uansett vinner jeg.”
Han presset ene handa inn mellom beina på henne med et
brutalt grep og hun klynket skremt og vred seg.
Han tvang beina henne fra hverandre og gliste igjen.”Du vet,
du ser ikke ut men det spiller ingen
rolle for karene her ute, jeg tenker du vil være mør når de har
hatt deg på omgang et par ganger. Ja det er jo mulig du stryker
med til slutt men da får vi i det minste underholdningen.”
Meyret kjente at det sved i øynene, hun ville ikke la ham se
tårer men kroppen forrådte henne. Hun skalv og han grep
henne om halsen.”Men jeg tror jeg vil prøve noe annet først, er
jo synd å ødelegge alt for mye med en gang er det vel?”
Han trakk frem en slags liten krystall fra kappen, den var filt
helt rund i enden og hun følte magien i den. Hun så skremt på
gjenstanden han lekte med liksom litt nonsjalant.”Hva dette er?
Jo det skal jeg fortelle deg min skjønne, det er noe som får folk
til å snakke, høy eller lav, det spiller ingen rolle. Ja den vil få
deg til å snakke også, det kan jeg love deg, magi eller ingen
magi.”
Han strøk enden på krystallen nesten kjærlig langs innsiden av
låret hennes og hun stivnet til i det en vanvittig smerte skar
gjennom kroppen, hun kjente det som om huden revnet og
brant, som om klør rev henne i kjøttet og syre rant i årene. Hun
skrek, hadde ikke trodd hun kunne snakke eller lage lyd uten at
noen av den opprinnelige ætten var der men hun kunne visst
skrike allikevel. Hun skrek til lungene ikke greide mer og han
sto der og lo, gapskrattet av smerten hennes.”Å du morer meg,
de sier at jo mektigere en sjel er jo vondere er det. Du bør faen
meg være verdt det slik du bærer deg.”
Hun hev etter pusten, tårene rant nedover kinnet hennes og
sved i sårene etter slaget hun fikk. Hun greide snaut puste og
hjertet hamret som om det prøvde å bryte ut av brystet på

henne. Han så smalt på henne.”Nei se, du gråter jo. Så søtt.”
Han strøk en finger over kinnet hennes igjen, nesten kjærlig.
“Men det er ingen grunn til at du skal pines slik min kjære, du
er jo tross alt en drage. Bare gå med på det vi krever og vi
holder det vi lover, du skal igjen få herske i luften.”
Hun prøvde å samle seg, prøvde å tenke men det var umulig.
Alt bare spant rundt. Hva var vitsen med å herske nå? Hun var
alene, det var ingen igjen av hennes folk. Hun var den siste, en
fortapt sjel. Hun hulket og han ristet på hodet, liksom
beklagende.”Tenk på det jeg sa, og det vil være over. Før jeg
lar soldatene der ute bruke deg, jeg tenker at du går fra vettet
før du faktisk dør, men det er ditt valg.”
Han satte enden på krystallen mot magen hennes og strøk den
sakte nedover mot underlivet hennes med et sadistisk glis. Hun
skrek igjen, det gnistret for øynene, smerten var
altoverskyggende og hun håpet der og da at den tok livet av
henne. At hjertet hennes ikke tålte belastningen, at dette var
slutten. Han holdt krystallen der lenge, så hvordan kroppen
rykket og danset i krampetrekninger mens smerteskrikene skar
gjennom luften, hun tålte visst det utrolige. Men før eller siden
gav hun etter, før eller siden gav alle etter.
Han la handa rundt ansiktet på henne, så forskende på henne.
Med det avbarberte håret og alle lusestikkene var hun et
ynkelig syn, mager og herjet. Men han så kraften hennes i
auraen hennes, den var vanvittig, det sterkeste han hadde sett.
Og han måtte binde den til sin herres glede og nytte. Han ville
greie det. Han løftet krystallen og holdt den foran øynene på
henne.”Vondt ikke sant? Hva om jeg later som om den er
elskovslansen til en av soldatene og knuller deg med den? Jeg
tenker du vil kjenne det selv om den er heller ynkelig av
størrelse.”
Meyret gispet forferdet og stirret i totalt angst på trollmannen
som smilte sakte.”Vet du hva, jeg tror vi prøver!”
Hun prøvde å vri seg unna, prøvde å unngå ham men det gikk
ikke. Og hun skrek igjen, skrek til hun kjente blodsmak i

munnen, skrek til alt var smerte og frykt og verden spant foran
øynene på henne og langsomt ble svart.
Iliman så forbannet på henne, hun hadde rett og slett besvimt.
Han hadde ikke trodd at det var mulig men så menneskelig var
hun altså blitt. Greit, han fikk ha det i mente til senere. Han
fjernet krystallen og gliste for seg selv, det hadde vært
opphissende å se på, faktisk svært så opplivende. Han nølte et
lite øyeblikk, så trakk han unna kappen og grep tak i henne,
fikk beina hennes ut til siden der hun hang etter armene og
skjøv seg på plass. Han gispet av fryd, dette var virkelig like
bra som å torturere henne. Hun rykket til og åpnet øynene, han
stirret henne rett i øynene og peste av opphisselse og hun så
forferdet på ham og hulket forpint. Hun lukket øynene og lot
tårene renne mens dette ubeistet brukte henne brutalt. Han økte
tempoet og hun ønsket mer enn noe annet å være død, dette var
et mareritt, nei verre enn det. Hun måtte ha dødd og dette var
helvete og hennes straff for den hun hadde vært. Iliman brølte i
det han kom og hun ynket seg igjen, hun var sår innvendig og
det sved noe helt vanvittig. Han trakk seg ut og ristet kappen
sin ned igjen, så fornøyd på henne, klasket til henne over
kinnet igjen.”Vet du hva min skjønne? Jeg tror jeg liker deg,
du er sterk. Vi skal nok få mange slike gode hyrdestunder, før
jeg lar soldatene få deg. Med mindre du sier ja til å tjene mine
herrer selvsagt men jeg håper nesten at du lar være, jeg har
aldri fått knulle noe så mektig som deg.”
Meyret bare hulket, hun var knust, ilden i henne var brent ut.
Om noen nå kom med et sverd ville hun ønske det kalde stålet
velkommen i hjertet, døden var å foretrekke, ja som en lenge
savnet bror.
Midar hørte henne skrike igjen, han rykket til og bannet
innvendig så det lyste. Det gikk litt, så skrek hun enda en gang,
enda verre enn noen gang og han kunne ikke forestille seg hva
som ble gjort mot henne. Han kjente at tårer av ren medfølelse
brenne i øynene. Det ble stille igjen i noen minutter, så hørte
han en mann som brølte og han forsto først ikke hvorfor, men

så skjønte han og ble iskald innvendig. Ved alle guder, skulle det ikke være noen ende på ydmykelsene for den arme jenta? Han hikstet og ønsket alle de svina langt ned i helvete der de egentlig hørte til. Han lå der og prøvde å finne en utvei da han brått så at en av vaktene vaklet og ramlet om. Han stivnet til og ble liggende musestille under stokken. Vakten ved siden av ble var at kameraten falt og snudde seg forbauset og gurglet til i det en grov pil brått stakk frem fra strupen på ham. Han falt ved siden av den andre vakten og de andre soldatene så hva som skjedde. De spratt opp og grep etter våpen men en skur av piler kom susende og de fleste falt med skrik og rop.
Den gråhårete lederen kom løpende, han prøvde å nå bort til hestene men to piler stakk brått frem fra ryggen på ham og han falt som om de var tunge steinblokker. Midar kjente at hjertet hamret i ham av frykt og opphisselse. Hva var dette? Var det en ny sjanse? Brått raste flere ryttere frem fra skogen og red ned de resterende soldatene, Midar så rett opp i buken på en hest som sprang over stokken han lå under, han holdt pusten av spenning. En av rytterne rev bort teltduken med lansen og en mann med barbert hode og tatoveringer sto der og så forferdet ut. Han rakte ut handa og begynte å rope noe som sikkert var en besvergelse men en pil kom og plantet seg selv rett i strupen på ham. Mannen gurglet og falt sakte om. Midar så Meyret, hun hang etter armene i teltpålen, blodig og tydelig bare halvveis bevisst, hjertet sank i ham. Hun virket for å være halvdød, og han ønsket ikke noe levende vesen den skjebnen, å dø slik. En av rytterne drev hesten bort til henne og skar henne løs, slengte henne over hesten foran seg som et slakt før han kom med et rop og samtlige bare red bort i full fart. Hele angrepet hadde bare tatt noen korte minutter og var mesterlig gjennomført. En av karene kappet tjoringstauet til hestene til soldatene og trakk dem etter seg og en annen kastet en fakkel på restene av teltet. Det eneste som lå tilbake var lik og stanken av død.
Midar ble liggende, hjertet hamret og han var på gråten av

forvirring. Hva i alle guders navn betydde dette? Hvem var
hun egentlig? Det var tydelig at hun var verdt å drepe for, men
samtidig var de ikke snauere enn at de torturerte og voldtok
henne? Midar svelget den bitre smaken av nederlag og visste at
han nå ihvertfall ikke ville gi seg, han ville til bunns i dette,
koste hva det koste ville. Det kunne være noe å tjene på det for
ham også, mer enn bare litt gull og land. Og kunne kan redde
henne fra de beistene var det bare en bonus. Han skulle til å åle
seg frem da han hørte hover og krøp inn bak stokken igjen, var
det ingen ende på dette? Flere ryttere på gode hester kom
travende og han så at en høy mann med lyst hår ledet ann. Han
stanset og virket forferdet, så seg rundt med store øyne. De
andre spratt av hestene og løp rundt."Noen har tydeligvis tatt
henne fra hvem som nå tok henne fra fangehullet og nå har
andre tatt henne fra dem igjen."
Den lyshårete bannet sakte."Ved alle guder, hvor mange vet
egentlig om dette?"
En av de andre så ned i bakken."Spionene mente at den
mannen var løsmunnet til flere enn en person. Om han solgte
opplysningen til flere hus?"
Den lyshårete svor så det lyste."Det forklarer mye ja. Men vi
må finne henne og få henne under vår kontroll, før de
kjøtthuene Darasher oppdager at hun er borte."
Den andre mannen svang seg i salen på sin hest igjen."Å tro
meg, de vet det allerede. De har gode spioner."
Den lyshårete ristet oppgitt på hodet."Vel, de har henne ikke
ennå. Vi er mange og kan slåss."
Den andre karen tørket svetten og snudde hesten sin."Og ... det
skrivet dere leter etter?"
Den lyshårede så ut som om han ville rive seg i håret."Vi har
folk ute etter det forbannede kvinnfolket også, vi trodde vi var
de eneste som visste men nei, uansett, det spiller ingen rolle
om vi ikke får tak i det som ble stjålet, da er alt tapt."
Den andre karen gav mennene ordre til å lete grundig."Jeg
forsto det slik som at det skrivet gir eieren makt over dem?"

Den lyshårete gren på nesa."De sier det, men jeg vet sannelig ikke, eldgammel magi er sjelden å stole på. Men det er verdt å prøve og får vi tak i henne kan hun ikke nekte å adlyde men da må vi få tak i det igjen. Alle djevler danse for en suppe dette har blitt."

En av de andre ropte og pekte."De red denne veien herre Janos."

Den lyshårete nikket og smattet på hesten."Vi rir etter, menn, stans ikke. Vi skal vinne vår nøkkel til makt tilbake, for fremtiden, for Ranclin."

Mennene ropte tilbake og sporet hestene og Midar lå der og måpte mens han prøvde å finne hode og hale på dette. Darasher? Ranclin? Arcan? Det var de mektigste av de gamle adelsslektene, så forgrenet og utbredt som et tornekratt og minst like farlig å prøve å forsere. Han visste at det var seks slike slekter og de andre var Macallif Ohdrasar og Nurmadag, den siste var liten men det ble sagt at de var uvanlig æreskjære og stae. Hva slags slangereir var det egentlig han var i ferd med å stikke beina inn i? Det ble helt stille og han snek seg frem fra stokken, skvatt så han nesten pisset på seg da han hørte noe som rørte seg i krattet. Han snudde seg langsomt og så rett inn i øynene på en hest. Antagelig hadde den stukket av da magikeren og de andre slo leir og ingen hadde giddet lete etter den siden hester som regel søker tilbake til sine egne. Det var en liten grå vallak som så heller møllspist ut, antagelig var den et pakkdyr som hadde båret teltet og den var da heller ikke sadlet. Midar klappet den varsomt på halsen og den bare sto der og hang sedat med ørene."Du er ingen fullblods lille venn, men jeg håper at du i det minste kan trave."

Han trakk seg opp på ryggen av dyret som sto veloppdragent stille."Og ikke vrinsk om du ser andre hester, vær så snill."

Han sparket hesten i gang og den trasket avgårde i et slags grisetrav Midar visste ville riste ham i fillebiter før det var gått en fjerding men han måtte bare tåle det. For Meyret og for sin æres skyld.

Lathisa

Lathisa åpnet sakte øynene, hun kjente seg merkelig fortumlet og et øyeblikk husket hun ikke noe etter at hun falt ned gjennom hullet i bakken, så demret det og hun hikstet i og så seg rundt i total forvirring. Hva i alle guders navn hadde skjedd? Hun hadde vært i mørket sammen med Jochmun og hun hadde vært døden nær og nå lå hun i en god seng i et opplyst rom og kjente seg nesten uforskammet pigg. Var hun død og dette verden etterpå? Hun satte seg sakte opp og det lød et snøft ved siden av sengen som ble etterfulgt av et realt smell og et stønn da noen tydeligvis reiste seg for fort og slo hodet borti bordet som sto ved hodeenden av senga. Hun kikket bestyrtet over kanten og så at Jochmun strevde seg opp mens han gned seg på hodet med en beklagende mine. Han så at hun var våken og grep handa hennes med lettelse i ansiktet.”Takket være gudene, hvordan føler du deg?“
Hun gned seg i øynene, prøvde å finne ut hva hun egentlig følte.”Æh, jeg er helt fin tror jeg, hva hendte?”
Jochmun smilte og strakte seg, han måtte ha sovet en stund.”De hørte oss og de er heldigvis vennligsinnede. Det er en kvinne her som er deres helbreder, Thyega, og hennes lærling Ushara som reddet deg. Ushara er en hadak forresten.”
Lathisa satte seg langsomt opp, det gjorde ikke vondt noe sted lenger, hun tittet ned på kroppen under den istykkerskårne kjolen og alt så normalt ut. Hun rødmet og trakk teppet rundt seg igjen.
“Det... det burde være umulig. Jeg var døende.”
Jochmun smilte kort.”De er dyktige, men det var Ushara som gjorde mest.“
Han satte seg ved siden av henne på senga.”Gudene skal vite at jeg er lettet over at du er ok, jeg var sikker på at det var slutten

en stund.”

Hun strakte seg prøvende.”Jeg føler meg faktisk merkelig bra.”

Jochmun klappet henne på hodet og skulle til å spørre om hun var sulten da Thyega kom inn. Lathisa rykket litt til og stirret i noen korte øyeblikk på dvergen før hun innså hvor lite høflig det var og trakk blikket til seg igjen. Thyega lot seg ikke merke ved det og smilte imøtekommende. Hun tok Lathisas håndledd og målte høytidelig pulsen hennes.

Hun slapp handa igjen og smilte bredt.”Du er helt frisk ærede. Vær ikke redd, vi kan å ta vare på våre gjester.”

Hun så fort på Lathisas medtatte kjole.”Vi har nok et eller annet her som kan passe deg, den der er ødelagt.”

Lathisa bare rødmet kort og Jochmun så litt spørrende på Thyega.”Vet dere noe mer om de som jagde oss?”

Dvergen rynket pannen og så på ham med en litt skjelmsk mine, hun så ut som en litt belærende liten bestemor.”Ja, det var et ordentlig slag nede i dalen, speiderne våre sier at det var flere grupper som sloss der. Både fredløse og noen andre. Få kom seg derifra i live, det var mange lik der og en del sårede.”

Jochmun løftet ene øyebrynet spørrende og Thyega så ham rett i øynene med et temmelig kjølig uttrykk i ansiktet.”De forlot sine sårede der de lå og våre speidere gjorde slutt på lidelsene. Ingen av dem var annet enn illegjerningsmenn og leiemordere, mørke sjeler alle som en.”

Jochmun nikket sakte, han var glad dvergene hadde vært vennligsinnede mot ham og Lathisa.

Lathisa svingte beina ut over golvet, hun grep seg til hodet og prøvde å ta seg sammen.”Ved alle guder, jeg er så susete i hodet.”

Thyega skyndte seg bort og la handa på pannen hennes.”Det er ikke rart, du hadde store skader og selv Ushara klarer ikke lege alt. Du trenger hvile i mange dager, og god mat. Men frykt ikke, vi har godt kjøtt i mengder. Du vil fort finne styrken igjen.”

Lathisa smilte blekt og trakk teppet om seg med en nølende

mine.”Hvordan kunne hun helbrede skadene mine? Jeg ... jeg var døende.”

Thyega så smalt på henne.”Ushara er et skjebnebarn, ingen kjenner hva som hviler i bunnen av hennes sjel og jeg ønsker ikke å kjenne til det heller. Hun er unik på mange måter min kjære lærling, jeg tror dere vil se det før dere forlater berget her.”

Hun reiste seg og gikk bort til et bord ved veggen, begynte å helle noe i et beger fra en krukke som sto der. Hun vendte tilbake og rakte begeret til Lathisa som nølende tok i mot det.”Drikk, det smaker ille men det vil styrke deg.”

Lathisa tok begeret og satte det mot munnen etter å ha gjort en stygg grimase, antagelig luktet det ille også. Og minen da hun drakk røpet at det smakte like ille som det luktet.

Thyega klappet henne på ryggen.”Jeg har fått noen av speiderne til å lete iblant det som var etterlatt etter tingene deres, og jeg tror de fant riktige oppakninger.”

Jochmun lyste opp og Thyega smilte smalt.”Jeg får det brakt hit, jeg tror ikke de tok feil for det er deres lukt på tingene. De måtte fange inn igjen en hest for ene oppakningen og den andre lå på en død hest, ikke sant?”

Jochmun nikket og Lathisa hostet og prøvde å bli kvitt den fæle bitre smaken i munnen. Det hjalp sikkert men hun aktet ikke å drikke av det brygget igjen. Dvergen snudde seg mot Jochmun.”Du er selvsagt fri til å se deg rundt her i byen vår, men ikke gå ned til de lavere nivåene, de er farlige, selv for oss. Dette fjellet er ustabilt, det skjer ras rett som det er og mange ganger har blitt forlatt helt. Vi vet hvilke som er trygge og usikre, det er vanskelig å skjønne for andre så vær så snill å gjøre som jeg sier.”

Jochmun rynket pannen.”Ustabilt? Dere dverger pleier da aldri bygge i ustabilt fjell? Jeg har aldri hørt om en slik tabbe fra deres side?”

Thyega sukket og la armene over kors, hun så svært bestemt men også trist ut.”Nei, men fjellet har endret seg de siste

årtiene. Vi vet ikke hvordan men det virker for at det er noe som presser landet oppover og sprekker og forkastninger dukker opp på steder der de aldri har vært før. Og det har vært jordskjelv her, svake men tydelige. De gamle er redde for at et eller annet vil skje, noe dramatisk.”
Jochmun så litt forvirret på henne men Thyega bare ristet på hodet og gjorde mine til å gå.”Ikke spør om denslags, jeg er helbreder, ikke av dem som bryr seg om bergarter og slikt. Jeg overlater det til mennene.”
Hun smilte fort til Lathisa og gikk og Lathisa så litt forbauset ut.”Jeg har hørt rykter om at det har vært jordskjelv i Zhymorne i det siste, mer enn før.”
Jochmun nikket sakte.”Jeg har også hørt dem, og det har blitt nevnt at noen har sett røyk fra dragetind.”
Lathisa bare gyste og trakk teppet opp i halsen, hun så brått svært liten ut.
Etter litt kom noen dverger med tingene deres, og de så litt nysgjerrig på de to menneskene før de gikk igjen. Lathisa sukket lettet og fant frem en underskjorte fra sin saltaske. Det var alt hun hadde men det hjalp da litt. Hun rotet litt mer og fant brått skrivet hun hadde tatt fra Arustere. Hun hadde ikke tenkt på det i det hele tatt i det siste. Arkene var krøllet og ille medtatt men hun brettet dem ut og så forskende på dem. Det var skrevet med tegn hun ikke forsto og hun rynket pannen og prøvde å fatte hva det var for noe. For alt hun visste hadde hun tatt med seg regnskapet til Arustere, eller en oversikt over elskerinnene hans. Jochmun kom nysgjerrig bort til henne og så over skulderen hennes.”Hva i alle guders navn er det der?”
Hun rakte ham arkene.”Det er skrivet Arustere sto med da jeg drepte ham. Jeg tok det bare med vet du, uten å tenke meg om.”
Jochmun tok øverste arket, han skar en grimase. “Det er lønnruner, jeg har sett slike før og jeg tror det er den typen de bruker langt østover.”
Han holdt arket mot lyset og skakket på hodet.”Knepet her er

at en ikke skal lese fra venstre mot høyre som vanlig, en må
begynne nederst i høyre hjørne og lese oppover radene mot
venstre. Jeg tror jeg kjenner noen av tegnene, skal jeg se om
jeg kan tyde noe av det?"
Lathisa nikket nølende."Gjør det, jeg vet ikke om det er noe
betydningsfullt eller bare søppel men..."
Jochmun brummet lavt."Arustere hadde de skitne fingrene sine
iblandet mye rart, kan hende det kan gi oss noe vi kan bruke
senere."
Lathisa likte at han sa vi, hun ante ikke hvorfor men hun hadde
begynt å trives sammen med Jochmun, selv om han var upolert
og heller krass i kantene.
Jochmun satte seg ved bordet med skrivet og hensank i
grublerier om hvorvidt det lot seg tyde eller ei og Lathisa satte
seg på senga igjen. Hun følte seg ennå merkelig og lett i hodet.
Det var underlig hvor fort hun hadde avfunnet seg med at de
var i en dvergby, egentlig burde hun var over seg av
forbauselse men hun tok det heller rolig. Kanskje hun var i
ferd med å bli en langt mere avbalansert person enn hun hadde
vært. Hun satt og prøvde å bestemme seg for om hun skulle
legge seg nedpå igjen da et par dvergkvinner kom inn med en
kurv med noe som måtte være klær. De trakk frem noen plagg
og kastet lange og tydelig nysgjerrige blikk på Lathisa som
smilte litt stivt til dem mens hun i smug betraktet dem. De var
så forskjellige fra alt hun før hadde sett. Høyden var enn ting
men det hadde hun selvsagt regnet med, kvinnene var neppe
mer enn en meter og tretti høye og utrolig kraftig bygd men
allikevel mere elegante enn mennene. De gikk i noen meget
forseggjorte kjoler som måtte være sydd av lapper av ulikt
farget materiale. Resultatet var faktisk ganske tiltalende
kombinert med damenes forkjærlighet for svære blanke
smykker og annen pynt. Hun så at håret deres var omhyggelig
frisert selv om det akkurat som mennenes var heller stivt og
stritt av natur og det hang alskens pynt også i det. De to var
begge mørke med grove trekk men de hadde ikke skjegg, en

eller annen hadde fortalt henne en gang at hos dverger hadde begge kjønn skjegg. Hun burde ha skjønt at det var løgn.

Den ene neide kort og la en kjole foran henne på senga.”Denne burde være passe til deg ærede, og fargen er fin.”

Stemmen var merkelig nasal og fjern og Lathisa hadde litt vansker med å forstå for aksenten var tjukkere enn rømme men hun smilte så vennlig hun kunne og reiste seg forsiktig, løftet kjolen og la den inntil seg for å se på størrelsen. Den virket for å passe akkurat. Hun så litt forvirret på dvergene, kjolen var finere enn de fleste hun hadde hatt i slottet. Den var lagd av et slags tykt fløyelsstoff i en flaskegrønn farge med vakre gylne broderier langs linning og ermer og gylne blonder var påsydd nederst. Det var en kjole som var verdt nesten like mye som en god hest og hun ante at dvergene nok var nesten uforskammet rike. Hun smilte til dem.”Takk, jeg tror den er akkurat passe.”

Dvergkvinnene fniste og gikk igjen etter å ha sett lenge og tilsynelatende fascinert på Jochmuns skjeggløse hake. Den ene sa noe lavt til den andre som lo hest før de forsvant og Jochmun gryntet lavt. Lathisa så forvirret på ham.”Forsto du det de sa?”

Han nikket kort og gliste litt.”Nok til å vite hva de sa ja, de lurte på hvordan vi menneske menn kan duge til noe i senga uten mannens viktigste pryd.”

Lathisa måtte le.

Lathisa så på døra og skar en liten grimase.”Tror du at det er greit om vi går ut litt, jeg begynner å bli litt lei av dette rommet.”

Jochmun så forskende på henne.”Er du sterk nok til det? Jeg syns at du bør...”

Hun avbrøt ham.”Jeg vet hva du syns ja, men jeg orker ikke ligger her lenger. Snu deg så jeg kan kle meg om, så kan vi utforske litt av dette stedet. Jeg føler meg faktisk utrolig bra.”

Jochmun så litt betenkt ut.”Du føler deg bra ja, og du ser bra ut. Visste jeg ikke at det er umulig ville jeg sagt at hun tok ti år av alderen din.”

Lathisa rykket til og la hendene på kinnene, hun så forskrekket
på Jochmun som nikket sakte til hennes uuttalte spørsmål."Jeg
mener det, du ser yngre ut."
Lathisa lo litt hysterisk og vinket ham rundt, han adlød og hun
fikk av seg restene av den gamle kjolen og skjorta og fikk på
seg den nye. Den passet perfekt, eneste aberet var at den var
litt kort og trang om hoftene men hun antok at det var en liten
bakdel. Jochmun stirret da han fikk snu seg igjen."Hadde jeg
ikke visst hvem du var ville jeg neppe kjent deg igjen nå, det er
en stor fordel."
Hun nikket og festet det gamle beltet sitt rundt den nye
kjolen."Så, da er jeg klar til å gå. Jeg begynner å bli sulten
også."
Jochmun smilte skjevt."Vel, de har sikkert mat nok."
Han åpnet døra for henne og hun stanset og stirret på den
svære hallen med sine mange gallerier i minst ti etasjer.
Jochmun hadde sant og si ikke giddet betrakte detaljene der
noe særlig men nå så han at det var en serie enorme ildsteder
lang en rett linje midt på golvet. Det var liv i et par av dem og
det ble tydelig lagd mat ved dem. Det sto en del møbler i
grupper rundt på golvet og en avdeling
måtte være en lekeplass for unger for han så at en hel flokk
dvergbarn raste rundt der med skrål og skrik slik unger av alle
folkeslag har for vane. Et par eldre kvinner satt visst og passet
på dem men de brøt ikke inn i levenet på noe vis. Jochmun
visste at dverger elsket barna sine over alt på jord og gav dem
en barndom få andre raser kunne oppvise maken til. Lathisa
gikk sakte bort til trappen som gikk ned til golvet, det var en
etasje under dem og de gangene som gikk innover fra golvet
var svært store og brede. Det virket for at det var arbeidsrom
alt sammen for de hørte lyden av hamre og blåsebelger og en
varm strøm av luft sto ut av noen av dem.
Lathisa gikk bort til noen bord og stoler som sto oppstilt like
ved et av ildstedene, noe som måtte være en hel okse ble stekt
på spidd der og hun snuste i lufta. De måtte være mestre med

krydderet for det luktet utrolig godt. En dvergkvinne som
lignet mest av alt på en kule måtte være kokka og hun
kommanderte en liten hær av underordnede rundt med alskens
ingredienser og utstyr. Lathisa og Jochmun satte seg nølende
og Thyega dukket brått opp, hun smilte bredt og klappet
Lathisa på skulderen.”Det gleder meg at du er så frisk at du
ville ut av rommet, hvordan føler du deg?”
Lathisa svelget kort.”Sulten, som en ulv.“
Dvergkvinnen smilte bredt og hjertelig.”Ingen ting å si på det,
jeg regnet med det faktisk. Kroppen din trenger næring nå.”
Hun satte seg ved siden av dem og vinket på kokka som gjorde
tegn til at hun hadde lagt merke til dem. Et par yngre
dvergjenter med lange fletter og glatte ansikter kom stormende
med svære begre med noe som måtte være mjød. Jochmun
gned seg litt i hendene og jentene fniste og svinset bort igjen,
Thyega smilte litt skjevt og noen kom bærende med noen
svære tallerkener med kjøtt og noe som måtte være mos av
rotgrønnsaker. Uansett luktet det himmelsk.
Etter litt hadde Lathisa en merkelig følelse av at hun neppe
ville greie å spise noe særlig igjen noen gang, hun var
proppmett. Men det var synd for hun hadde lyst på mer, det
smakte så fantastisk at hun skulle ønske hun hadde fire mager
som en ku. Jochmun hadde også stappet seg og Thyega hadde
spist litt også, men hun virket for å være vant med maten. Hun
reiste seg og smilte vennlig.
“Bare spaser litt dere, men husk det jeg sa, ligg unna de lavere
nivåene her.”
Jochmun nikket og Lathisa strøk seg over magen med en
plaget mine på ansiktet.”Om alle kokker her lager slik mat så
vet jeg fyrster som ville gitt halve riket sitt for å ansette dem.”
Jochmun nikket kort og skjøv tallerkenen unna.”Utrolig at de
klarer å få til noe slikt her langt nede i berget men det er så lite
vi vet om dverger egentlig. De er så hemmelighetsfulle.”
Lathisa la albuene på bordet og støttet haken i hendene.”Ja hva
vet man egentlig?”

Jochmun slakket ut et hakk på beltet og rapte diskret bak neven, han så faktisk litt søvnig ut."Vel, historien deres er jo lang som et vondt år, det blir sagt at dvergene faktisk var den første rasen som oppsto. Om det er sant eller ikke vet ingen men gudene skal vite at de er stolte av historien sin, og at de aldri unnlater å skryte av slekta. Ætten og klanen er alt for dem"

Lathisa smilte litt skjevt, det hadde hun fått med seg. Jochmun satte seg bedre til rette på stolen og vred på seg litt."De sier at da de tre landene skilte lag hadde dvergene allerede gjennomboret nesten alle fjell og funnet nesten alt som fantes av rikdommer, antagelig var de mektigere enn noen andre på den tiden. Men så endte den tidsalderen i forferdelige katastrofer og de sier at fjellene sank i havet mens nye hevet seg. Om det er sant eller ikke vet ingen levende sjel nå, men alt endret seg. Og dragemestrene tok makten og styrte lenge og vel."

Lathisa nikket sindig, hun kjente verdenshistorien ganske godt, en hersker skulle det.

Jochmun lukket øynene et kort øyeblikk."De trakk seg tilbake over årtusenene, ble mer og mer interessert i å være alene med sine egne saker. Og det har vært greit slik. Det blir sagt at dvergene og alvene hadde noen reale bruduljer i andre tidsalder, slik ca på 11-1200 tallet men så sluttet de fred og alvene trakk seg jo mer eller mindre tilbake til hvor det nå er de ble av. Mange tror at dvergene også forsvinner sakte men sikkert. Jeg vet ikke om det er sant, siste gangen dvergene gjorde noe stort utav seg var i slaget ved Zhibar, det er over tusen år siden. De sørget for at ingen av de fem store husene fikk all makt alene, etter det har de snaut nok stukket nesa frem."

Lathisa så seg rundt og undret seg litt. De var mektige på sitt vis, hvorfor hadde de ikke valgt å vise den makten? For en fyrste blant mennesker ville det vært helt normalt, ja nesten uunngåelig. Om en ikke viste den styrken en hadde og sørget for å avskrekke sine fiender, ja da mistet en snart alt en hadde, gjerne hodet med.

Jochmun stønnet og strøk seg over magen."Jeg tror jeg er forspist gitt, jeg får sitte her litt til. Men du får bare gå litt om du må, men vær forsiktig kjære deg."

Lathisa nikket og smilte før hun reiste seg litt ustøtt og samlet kjolen før hun begynte å gå, hun valgte en gang som virket litt roligere enn de der det ble smidd og arbeidet. Hun kunne ikke fatte hvordan de kunne skape noe slikt i fjellet, det virket som om de hadde skåret i mykt smør, ikke i beinhardt fjell. Gangene var så glatte som glass og vakre striper av krystall og edle metaller tegnet fortryllende mønstre overalt. Her og der hadde de tydeligvis latt kunstneriske evner komme til uttrykk for det var skapt de rene blondegardiner som hang ned fra taket men alt var i krystall. Lathisa kunne ikke fatte hvordan det gikk an, hun var overveldet av skjønnheten der. Overalt brant det i små lamper og hun vågde seg borttil for å se hva som brant, det virket for at det var gass for det strømmet noe usynlig ut fra ørsmå hull i berget og tok fyr. Hun ristet på hodet av ren vantro og gikk videre. Hun forsto hvorfor dvergene kunne være så rike, de måtte grave frem edle steiner og slikt i tonnevis hvert år.

Hun ble så fengslet av alt det merkelige hun så at hun ikke merket hvor langt hun egentlig gikk, hun forsto brått at hun var langt vekk fra bo områdene. Dette var mest lagre og slikt, hun så at det var stablet opp kasser med malm mange steder og det var store haller fulle av utstyr og slikt. Alt var velholdt og i orden og hun antok at det krevde en halv hær med folk bare for å holde alt i orden. Det var merkelig fascinerende, så fremmed og samtidig på en merkelig måte kjent. Hun hadde også hatt ansvaret for å holde oversikten over alt da hun styrte over sitt rike. Hun måtte vite hva som fantes av ressurser og fordele dem klokt. Hun skammet seg dypt, hun hadde feilet totalt med det. Hennes egen svakhet hadde gått ut over hennes land og folk ikke minst, hun hadde vært en dårlig fyrste. Det var egentlig fortjent at hun mistet alt også.

Hun gikk inn i en ny hall, den var enormt høyt under taket og noen svære lykter gav lys høyt der oppe, hun måpte og betraktet det som måtte være en forsteinet skog. Trær og busker sto der i kunstferdige grupper men alt var av stein. Hun kunne ikke dy seg for å gå bort og se, hva alt skåret ut av stein eller var det forsteinet trevirke? Hun kom til at det faktisk var forsteinet alt sammen, de måtte ha samlet det over mange hundre år. Hun sto og betraktet de forvridde greinene på noe som hadde vært en eldgammel eik da hun hørte noe bak seg. Det var noe tungt og Lathisa kjente seg brått nervøs. Hva kunne det være her i berget? Hun snudde seg sakte og et skrik stivnet i halsen på henne. I åpningen til hallen sto et enormt beist, en monster hun aldri hadde sett maken til. Drage var det første som falt henne inn men dragene var utdødd, det visste alle. Og skapningen hadde ikke ordentlige vinger heller.

Den sto der og snuste og Lathisa gispet lavt av skrekk og smøg seg inntil trestammen og prøvde å bli usynlig. Beistet var minst fem meter til skuldrene og på form nesten som et slags kattedyr, med et stort hode på en kort men smidig hals, sterke forbein og lange sterke bakbein samt en enormt lang hale med noen digre beinklubber og tagger i enden. Og den var panserdekket, digre plater med harde skjell dekket den over det hele og sto her og der ut som rene spidd. Langs ryggen sto en dobbel rekke med spisse pigger og det var også en rekke pigger nedover hodet på den, helt frem til den butte snuten og det brede gapet. Hva i alle guders navn var dette? Den kunne nok ha hatt vinger en gang i tida men de var korte stubber nå, også dekket med panser og antagelig et våpen i seg selv. Ingen hadde sagt noe om slike dyr til henne.

Hun skalv av skrekk og dyret begynte å jogge utover i hallen, utrolig smidig og lett til å være så svært og langt. Den stanset ved et av de forsteinede trærne og snuste lenge på det, så gjorde den noe som fikk Lathisa til å miste mål og mæle totalt. Den flyttet litt på seg, så løftet den ene bakbeinet....og pisset på

treet som en annen hund. Hun holdt handa over nesa, lukta av
urin var utrolig stram og rev i en. Brått hørtes løpende føtter og
en ganske lang og tynn dverg med langt hår og ungdommelig
fjes sprang ut i rommet, han bråstanset og så forskrekket på
hva som skjedde. Lathisa holdt pusten, hva var dette? Dvergen
rev seg nesten i det lange rødgylne håret, han trampet med
foten og dyret stanset med det den gjorde og så brått veldig
skyldbetynget ut.”Ublan, hva er det du gjør?! Jeg har sagt at
det der ikke er lov, du etser opp trærne!”
Det svære beistet la hodet nesten helt ned på golvet og kom
med en litt ynkelig pipelyd, den så brått stakkarslig ut.
Dvergen gikk rett bort til det svære hodet med de
fryktinngytende tennene og klappet den på nesa. “Det blir
ingen kveldsmat på deg i kveld gutt, slem gutt!”
Dyret klynket og la seg på siden, rullet seg over på ryggen så
det knaste i et par trebenker som ble knust til pinneved.
Dvergen smålo, han klødde dyret under ene forbeinet med
begge hender og beistet gned hodet mot golvet i tydelig
fryd.”Jada Ublan, jeg er ikke sint lenge, neida gutten.“
Dyret satte seg opp igjen og dvergen gjorde et tegn med handa,
den reiste seg og satt på bakbeina med forbeina pent hengende
og den lange kløvde tunga ut av kjeften.
Lathisa så brått hva den oppførte seg som, en vanlig hund!
Hun kunne ikke vært mer forbauset om alle de mannlige
dvergene brått begynte å danse forbi henne iført rosa
ballkjoler. Dvergen klappet i hendene og tok noe frem fra en
lomme, det var en liten blå ball og beistet begynte å pipe og
pistre og svinge med halen mens den formelig siklet av iver.
Han løftet ballen og viste den frem, så hev han den utover og
den spratt bortover med beistet etter. Ballen kom dansende rett
mot treet Lathisa sto bak og da den nesten traff henne grep hun
den på instinkt. Beistet bråstanset foran treet og hun vågde seg
forsiktig frem, dyret så forbauset ut først. Så snuste den lenge
og vel og senket hodet mot henne, hun kunne pisset på seg av
ren skrekk men blikket dens var godmodig selv om øynene var

store og røde og skremmende. Den pep litt, så begynte den å
logre intenst og hoppet opp og ned med forbeina mens den
lagde lykkelige små lyder. Lathisa skjønte lite men kastet
ballen til den og den fanget den elegant i lufta med kjeften og
snudde hodet mot dvergen som kom løpende med et både
forferdet og forbauset uttrykk i ansiktet."Ved alle guder...."
Han stanset og så forbauset på Lathisa som så like forbauset på
beistet som rundslikket ham før deretter og gi henne en real
omgang med en lang og sleip tunge. Hun vågde ikke røre seg
mens det pågikk."Åh.. eh... han liker deg jo..."
Lathisa hostet og spyttet og trakk seg litt tilbake, hun ante ikke
riktig hva hun skulle si."Æh, det er tydelig ja."
Dvergen klødde seg i hodet."Jeg.. du er den kvinnen som var
såret og som Ushara helbredet ikke sant?"
Lathisa nikket og så åndeløst på det enorme dyret som nå
klødde seg under haka med ene bakbeinet akkurat som en hund
med lopper. Dvergen skar en grimase."Jeg tror ikke det er
meningen at du skal være her frue, har du gått deg vill
kanskje?"
Hun kremtet og tørket vekk noe sikkel fra ansiktet med en flik
av kjolen. "Æh, ja, jeg bare gikk og så endte jeg her."
Dvergen smilte litt motstrebende, hun så fort på ham og han
var påfallende høy til dverg å være, faktisk bortimot en seksti.
Og trekkene var jevnere og penere enn på de fleste dverger,
faktisk var han svært pen å se på med de brune øynene og den
klare huden. Han kunne ikke være fullblods, tanken slo henne
brått. Hun pekte på dyret."Hva... hva i alle uhellige guders
navn er det der?"
Dvergen skar en grimase."Du må ikke si at du har sett ham
ærede, han er en hemmelighet ser du."
Lathisa sperret øynene opp."En hemmelighet? Det kaller jeg
en gedigen en i såfall, han er enorm!"
Dvergen så litt perpleks ut, strøk det lange håret ut av
ansiktet."Vel, han er faktisk svært liten tro det eller ei,
halvdrager pleier å være nesten dobbelt så store så han er en

stakkar.”

Lathisa pep nesten, dyret slikket seg nøye ren forneden før den begynte å snuse på de nærmeste trærne.”Liten?! Stakkar? Den skremte nesten vannet av meg!”

Dvergen rødmet kort.”Ja, jeg snakker sant. Antagelig har den vært en svekling moren ikke ville ha, vi fant den vandrende rundt i hulene under Tåketind for snart åtti somre siden. Da var den nesten død men vi greide å berge den.”

Lathisa ristet på hodet for å klarne tankene.”Pleier..pleier dere å ta til dere foreldreløse.. æh.. halvdrager?”

Dvergen ristet på hodet.”Å nei, de er livsfarlige men vi helligholder dem, det sies at det var halvdrager som lærte oss å grave oss ned i berget da vi først ble skapt.”

Lathisa så smalt på dyret som lekte med ballen rundt bakerst i hallen.”Og de pleier å te seg som groteskt forvokste kjøtere?”

Dvergen ristet på hodet og plystret, dyret roet seg litt ned og begynte å grave i bakken så steinblokkene suste bakover.”Fankern skjære, nå har han fått teften av gamle bein igjen, ja ja, ikke noe å gjøre med det.”

Han sukket og snudde seg mot Lathisa igjen.”Nei, han er unormal, han ramlet ned i en kløft da han var bare ungen og slo hodet sitt, etter det har han vært slik. Men han er helt harmløs, så lenge ingen truer meg eller andre han liker.”

Lathisa gyste sakte.”For da?”

Dvergen løftet på skuldrene.”Han griller dem, eller river dem i fillebiter, eller verre enda, pisser på dem!”

Lathisa snudde seg på refleks og så på treet Ublan hadde løftet på beinet mot, hun gispet lavt. Det var bare en dissende haug med stinkende masse igjen av det.

Lathisa måtte svelge hardt.”Han er en hemmelighet sa du? Hvorfor?”

Dvergen trakk seg i håret med en litt plaget mine.”Fordi de andre dvergbyene vil kreve at vi tar livet av ham siden han er så.... merkelig. De vil se på ham som et misfoster. Vi er venner vi to, jeg vil aldri la noe galt skje ham.”

Lathisa så skarpt på dvergen, det var noe merkelig i stemmen hans som røpet følelser hun på et vis kjente igjen.”Du regnes som det samme ikke sant?”

Dvergen rykket til og så forferdet på henne, så sank han litt sammen og så ned i golvet.”Ja..”Stemmen var åndeløs og Lathisa kjente en bølge av sympati for ham. Hun rynket pannen.”Men ved gudene, å være halvblods eller hva du nå er da ingen forbrytelse?”

Dvergen så ned igjen og vred munnen i en underlig grimase.”Jeg er halvblods ja, min mor var menneske. Men...” Han virket forferdelig brydd.”Det er ikke derfor jeg må være her i utkantene med Ublan.”

Lathisa lente seg mot treet.”Ikke det? Hvorfor da?”

Han så ned i golvet igjen, var rød i kinnene.”Jeg...æh.. jeg klarer ikke små tette rom og ganger, det er som om jeg blir kvalt der inne, som om de lukker seg rundt meg. Jeg må holde meg i de store hallene og gangene, ellers blir jeg gal.”

Lathisa måpte med munnen vid åpen i flere sekunder før hun stengte den med et smell. En dverg med klaustrofobi? Nå sto ikke verden til mikkelsmess.

Hun trakk håret ut av ansiktet.”Vel, jeg skal ikke si noe om at jeg har sett dere til de andre. Jeg er Lathisa forresten.”

Dvergen bukket kort.”Jeg er Kalek, de kaller meg stakan her inne. Og han er Ublan.”

Lathisa så nysgjerrig på halvdragen som nå hadde gravd seg langt ned i golvet og kom opp igjen med et gedigent bein av noe slag.”Hva betyr det?”

Kalek skar en grimase.”Ublan betyr ganske enkelt « Idiot»på gamlespråket vårt.”

Lathisa måtte le, en halvdrage ved navn idiot og en dverg ved navn stakan. Kalek så brydd ut.”Som sagt, de andre dvergene liker oss ikke særlig godt så vær så snill, gå og ikke si noe om at du møtte oss.”

Lathisa så smalt på ham.”Er det ingen her inne som liker deg? Du må da ha venner?”

Han nikket med et lite smil.”Thyega er snill mot meg og ham, hun gir ham medisiner som holder ham litt mer rolig. Og hun gir oss mat og beskytter oss når de andre vil kaste oss ut. Ja noen ser på ham som hellig selv om han er korka men de fleste her syns han er mer til skade enn noe annet og vil ha ham ut.”
Lathisa rynket pannen.”Men hvorfor gjør dere ikke det, går deres vei?”
Kalek så forferdet på henne.”U..ut? Der ute kan jo himmelen falle i hodet på en, eller så kan en falle opp i den..”
lathisa måtte le.”Jeg har aldri opplevd at noen av delene har skjedd med noen gitt, stol på meg. Noen andre her som liker dere?”
Han så litt skremt ut men nikket kort.”Ushara. Hun er grei, og pen også. Og han liker henne veldig godt. Det hender at hun er med oss og utforsker de gamle gruvene og slikt.”
Lathisa smilte og så at Ublan nå lå og knaste og koste seg med beinet som en annen tolv tonns dogge. “Jeg får gå, før de leter etter meg. Det var ... interessant å treffe dere.”
Kalek nikket.”I like måte, jeg har aldri sett at han har vært så begeistret for noen før.”
Hun prøvde å avgjøre om hun likte den til gjengjeld eller ei og kom til den forbausende konklusjonen at hun faktisk gjorde det. Det var noe tiltalende over den til tross for at den egentlig var forbasket skremmende og fryktinngytende. Hun vinket og gikk tilbake og Ublan klynket skuffet og ville være med henne og hun hørte at Kalek kjeftet halvhjertet på ham.
Lathisa skyndte seg tilbake til hovedhallen og heldigvis var det ingen som hadde blitt engstelig for henne for Jochmun hadde sovnet der han satt og en eller annen av dvergungene hadde festet en taustump med en grastust i enden til beltet hans.
Lathisa måtte le og fjernet den før hun rusket i ham. Jochmun rykket til og så forvirret ut før han kom seg opp i sittende posisjon, han hadde mønsteret i tøyet i ermet sitt preget inn i ansiktet og så lang mer menneskelig ut enn ellers. Han gryntet og gned seg i øynene.”Åh dæven, jeg sovnet. Har jeg sovet

lenge?”

Lathisa nikket og satte seg på benken ved siden av ham.”Jada, en god stund faktisk.”

Han smilte litt brydd.”Det var ikke meningen. Fikk du en god spasertur?”

Hun nikket blidt.”Jada, en lang god tur, og jeg møtte faktisk verdens største kjøter på turen.”

Hun fniste som en skolejente da hun så Jochmuns forvirrede ansiktsuttrykk og så begynte hun å fortelle om det vesle møtet mens serveringsjentene fløy rundt og bar frem mat til diverse dverger som måtte være ferdige med dagens dont.

Wulf.

Wulf hadde ridd hardt innover mot vandringsveiene i et par dager, han hadde oppdaget at han savnet Vardhys på en måte, men han var trygg der han var så offiseren fokuserte nå alt på å finne Lathisa. Og han skjønte fort at det ville bli meget vanskelig. Menn var sendt ut fra både Arusteres ætt og Lathisas manns familie pluss at en belønning var blitt lovet. Og dermed hadde bortimot enhver lykkejeger fra Tholir bukta til Solamida regionen hevet seg på jakten etter den forsvunne mordersken. Enhver kvinne som kunne tenkes å ligne dronningen sto i fare for å bli bortført og det var kaos noen steder. Wulf skar tenner av frustrasjon, snart ville kongen bli nødt til å blande seg inn i dette. På vertshusene var det overfylt med menn som høylydt preket om hva de skulle gjøre med belønningen når de tok den tispa som de kalte henne, og andre mente at hun var sett på omtrent alle steder som tenkes kunne pluss en god del utenkelige. Et par fornuftige røster mente at hun allerede var på vei til Ardot i en eller annen smuglerskute men de ble fort hysjet ned. Ingen ønsket å høre noe som kunne være dårlige nyheter. Alle ønsket å tro at de ville bli den som fanget denne kvinnen og fikk belønningen, enten det ble fra ene eller andre holdet.

Wulf ante ærlig talt ikke hvor han burde begynne å lete, hun måtte ha medhjelpere men ikke mange, et følge ble svært tydelig nå om dagen. Og om han ikke husket feil var hun omtalt som en stor skjønnhet, kanskje ikke helt ung lenger men allikevel en kvinne folk ville legge merke til. Wulf tenkte for seg selv at om hennes hjelpere var noe tess hadde de sørget for å endre på det. Antagelig så hun helt annerledes ut nå så han så ekstra nøye på alle kvinner med mørkt eller rødt hår. Det var mye trafikk langs veiene nå, det var den tida på året da

tjenestefolk gjerne skiftet arbeidsgivere og det var også en del
folk ute og reiste. Wulf ante at det kunne bli meget vanskelig å
finne en person i disse mengdene, og hva om hun slettes ikke
fulgte de vanlige rutene? Det var flere muligheter og om en var
vågal kunne en ta fjellene fatt. Der var det bortimot umulig å
finne en person om en ikke visste akkurat hvor en tok veien.
Det var som å finne ei nål i en høystakk.
Wulf lot som om han var en vanlig offiser som hadde vært ute
på et eller annet slags oppdrag for kongen, han blandet seg
ikke med de som reiste eller åpenlyst røpet at de var i tanker
om å prøve å finne denne kvinnen. Han lot som om han ikke
kunne brydd seg mindre mens han lyttet med begge ører og
prøvde å finne ut hva som kunne være fornuftig og hva som
var rent visvas. Det var ikke før han kom til en liten kro langt
vest i Solemida regionen langs fjellene at han omsider fikk et
lite   hint om noe som kunne være et spor. En gammel fyr som
hadde kommet med et helt følge med vandrere påsto at en
gjeter hadde sett to personer til hest på full fart inn mot
villmarka og etter dem hadde det fulgt flere væpnede menn
som åpenbart hadde tenkt seg i samme retning. Wulf måtte
tenke seg om litt men kom til at det var klokt å reise bare to.
Det var faktisk svært fornuftig, to personer kan lettere
forsvinne enn en gruppe. Han kom til at det var verdt å sjekke
ut og red i den retningen den gamle kom fra. Det var en
landsby et stykke lenge inn og han var glad han hadde en
meget god hest som greide å holde en stor fart lenge. Han
hadde store områder å dekke.
Han ankom landsbyen sent på kvelden og det var begynt å bli
mørkt. En hel tropp soldater hadde slått leir like utenfor byen
siden det lå en garnison langs grensa ikke langt derifra og de
hadde tydeligvis vært på utfart for han så at mange var sårbeint
og tydelig slitne. Det var en fin ting, da gikk han enda mer i ett
med bakgrunnen siden han da bare ble en ny militær blant de
andre. Han red mot kroa som også var stedets vertshus og
samlingssted og skulle prøve å finne et sted å gjøre av hesten

da det braket i døra der som om den skulle gå av hengslene. Han måpte og to menn kom ramlende ut som om de var skutt fra en kanon, begge var ganske så fulle og ble liggende å gulpe i gjørma. Det smalt i døra igjen og en til kom ramlende, uten skjorte og med blod rennende fra nesa. Det måtte være et realt barslagsmål der inne og Wulf ble nysgjerrig.
Han gikk nærmere og hørte brått noe han dro kjensel på."Ved Orenes tanngard, er det ikke en eneste kjeft her som tåler litt juling?!"
Stemmen kunne tilhørt en okse og det klirret formelig i rutene der. Wulf ble stående og måpe, kunne det virkelig være? Døra gikk opp igjen og en kjempe av en mann dukket opp, han var kledd som en av kongens ryttersoldater men bar i tillegg en lærrustning og to sverd i kryss over ryggen. Fjeset var barskt men ganske pent og han hadde håret samlet i en lang flette. Wulf måtte glise, det var ham. Han gikk frem mot lyset og fyren fikk øye på ham, et øyeblikk måpte han som om han hadde falt ned fra månen, så bredte et enormt glis seg over ansiktet og han hev seg fremover og gav Wulf en real bjørneklem som fikk stakkaren til nesten å miste pusten."Wulf, du her?! Ved alle guder, for en overraskelse. Jeg trodde aldri jeg skulle få se noen med litt klasse her!"
Wulf kom seg løs fra grepet og ristet mannens hånd hjertelig."Jeg er glad for å se deg også Barech, hva gjør du her forresten? Reiser du alene?"
Barech smilte ennå, han klappet Wulf på skulderen med en hånd som en skinke."Jeg har eskortert en adelsmann hjem igjen, fyren greide å erte på seg feil folk i ene havnebyen sør for Zhymorne og hadde ikke vakter så hans majestet ville ha ham trygt hjem igjen. Og nei, jeg reiser ikke alene."
Wulf så nysgjerrig på den svære mannen som kastet fletta tilbake over skuldreren."Noen jeg kjenner?"
Han husket at vennen hadde reist sammen med en ganske pen ung Unlarsk ridder i noen år. Barech ristet på hodet."Eh nei, ingen du har møtt, men bli med inn og treff reisefølget mitt da

vel?”
Wulf smilte og tjoret hesten sin i tjoringsbommen.”Selvsagt!”
Han visste godt at Barech foretrakk menn, det var flere av dem
i hæren men de færreste vågde være så direkte med det som
Barech. Men med hans rykte var det ingen som vågde å prøve
å være frekk eller morsom på hans bekostning og Wulf hadde
aldri hatt problemer med ham. De to hadde vært gode venner
helt siden de begge sloss mot en farlig bande med lovløse sør i
Ebanar regionen for femten år siden, de hadde vært i samme
tropp og en lot aldri en så ubetydelig ting stå i veien for tillit til
kameratene. Den var livsviktig under slike oppdrag. Wulf
hadde oppdaget at Barech var bunnsolid, hundre prosent til å
stole på og også en fantastisk slåsskjempe som aldri lot seg
stanse av noe.
De gikk inn, vertshuset var lite med bare et enkelt stort rom i
første etasje, komplett med et digert åpent ildsted og en slags
bardisk der alle drikkevarene ble oppbevart. Det satt noen få
personer der, de så lettere utskremt ut og Wulf kunne forstå det
om de hadde vært vitne til det Barech kunne gjøre med andre.
Ved ene bordet langs veggen satt det en lang lyshåret mann
som Wulf først trodde var en jente til han så nøyere etter. Det
var tydelig at mannen var halvt alv på ansiktstrekkene og han
var så pen at mange jenter ville vært grønne av misunnelse.
Dessuten så han utrolig velstelt og pleid ut og til og med
neglene var rene. Wulf lo ikke, han kjente til vennens smak og
dette var akkurat noe for ham. Om denne karen var av riktig
støpning gjensto å se. Han smilte mot halvalven som reiste seg
og bukket høflig, Wulf la merke til de to lange alveknivene
som satt festet på lårene hans og det var noe i bevegelsene som
fortalte enhver med erfaring at fyren faktisk ikke bare var
forferdelig feminin. Han kunne antagelig slåss og det bra også.
Barech smilte og klappet Wulf på skulderen med et
smil.”Fhadan, dette er Wulf, han som reddet skinnet mitt ved
Orthaga.”
Fhadan gjorde store øyne og så smilte han og ristet Wulfs hånd

meget entusiastisk.”Åh guder altså, Barech har fortalt så mye
om deg. Tok du virkelig hodet av fem orker bare for å redde
ham?”
Wulf kjente at han rødmet litt uvillig.”Jooo, jeg gjorde vel det.
En gjør jo slikt for å redde en venn.”
Barech satte seg og det knaket i stolen.”Jeg hadde vært
kjøttpudding hadde det ikke vært for deg Wulf, er du sulten
forresten?”
Wulf nikket og Barech vinket ivrig på verten.”En real porsjon
av den lekre stuingen din til offiseren min gode mann.”
Verten bare nikket og gikk for å oppfylle ordren og Wulf
betraktet de to grundig. Han så at Fhadan var så feminin i
bevegelser og talemåter at han nok var av dem som burde vært
født som kvinne men han holdt det ikke i mot noen. Av og til
gjorde til og med gudene en og annen bommert og det burde
ikke gå ut over folk at de ble skadelidende. Fhadan strøk
hendene kjærlig over fletta til Barech som smilte like kjælent
tilbake og la handa på halvalvens smale lår. Om en ikke visste
at Fhadan var en mann kunne det sett helt vanlig ut men Wulf
antok at de to nok hadde måttet tåle mye motgang på grunn av
det de følte. Verden kunne være stygg til tider. Verten kom
med en bolle stuing som luktet og smakte utrolig bra og
Barech satte seg bedre til rette i stolen, han dreide et ølkrus
mellom fingrene.
“Du har ikke svart på hva du gjør her ennå?”
Wulf tørket seg om munnen med ermet men fikk et krast blikk
fra Fhadan og tok famlende etter en serviett.”Vel, det er et
delikat lite oppdrag på hans majestets vegne. Et jeg sliter med
skal jeg være ærlig.”
Barech lente seg ivrig forover.”Trenger du hjelp, vi er ledige
nå! Om du trenger et par ekstra sverdarmer er vi med på det
meste.”
Wulf smilte kort.”Tenk det regnet jeg med. Vel, jeg vet ikke
helt. Det er temmelig hemmelig også.”
Barech blåste i nesa.”Du kjenner da meg? Jeg jobba fem år for

kong Ulgars etterretning, ikke en eneste hemmelighet slapp fra
meg.”
Wulf sukket og tømte bollen sin, så begynte han å fortelle om
det han var sendt ut for å gjøre og de to satt og hørte og ble
videre og videre i blikket mens han fortalte.
Barech ristet på hodet og sukket da han var ferdig med å
fortelle.”For en suppe, men måtte virkelig vår hersker gripe inn
slik?”
Wulf nikket.”Tenk dere hva som ville skje om de virkelig får
tak i henne? Ille om Borams slekt får tak i henne men om
Arusteres slekt tar henne? Og de som står bak hva det nå er de
konspirerer rundt? Hun er riktignok ikke av den mektigste
familien kan en si men på Ardot har de mye å si, om handelen
brått kuttes ned er det mange som sitter der i møkk til
oppunder armhulene.”
Fhadan gliste litt uskikkelig og tok en dyp slurk av glasset sitt,
han drakk vin, ikke øl eller mjød.
 “Penger veier alltid tyngst, uansett hva som ligger til bunns.”
Wulf støttet hodet i hendene.”Ja, derfor har jeg fått den
løsungen hennes trygt plassert også. Gudene vet hva som kan
skje med ham om ting går riktig galt.”
Barech ristet på hodet med en oppgitt mine.”Jeg er glad jeg
ikke er av noen av adelshusene men sønn av en vanlig
handelsmann. De maktkampene der tror jeg ikke ender før
verden faller.”
Fhadan hevet begeret sitt.”Enig i det gitt!”
Wulf smilte bare litt og den svære mannen beordret verten til å
komme med mer drikkevarer.
Han tørket seg under nesa med ermet og Fhadan så skarpt på
ham også, det var tydelig at halvalven var temmelig nøye med
etiketten.”Vel, nå har du fått to medhjelpere, om det er folk i
hælene på kvinnfolket trenger du virkelig noen som kan holde
dem vekk.”
Wulf smilte litt matt, de to der vekket oppsikt men på den
andre siden, kanskje det var en fordel? Barech kunne skremme

fanden selv om han ville og halvalven så kanskje ikke
skremmende ut men enhver som kjente litt til de ulike
folkeslagene visste hva en slik kunne få til. Jo, han var glad de
ville være med. Han tok det nye begeret som ble plassert foran
ham og skålte med de to.”For hell, og for suksess.”
Barech og Fhadan bare gliste og Wulf trakk frem et kart han
hadde i beltelommen. Han bredte det ut på bordet og de to slo
nesten hodene sammen da de bøyde seg fremover for å se.”Nå
ja, vi er her. Om den gamle mannen jeg snakket med hadde rett
må de være et sted her inne.”
Barech rynket pannen.”Hæ? Det er ingenting der inne, ikke
stier eller veier eller noe og det er jo en temmelig merkelig rute
om du vil til Ardot.”
Fhadan pekte på noen utydelige streker på kartet.”Nei, faktisk
ikke. Om du vil ta en skute fra Bheki bukta kan det være smart.
Men det strøket har et merkelig rykte på seg. Få reiser dit inn
om de ikke må.”
Wulf så litt forvirret på halvalven som lekte seg ubevisst med
en bordkniv på en måte som ikke etterlot noen tvil om hva han
kunne få til med et skarpere og bedre blad.”Å?”
Fhadan fniste nesten og pekte på et punkt på kartet der det ikke
var tegnet inn noe som helst av betydning.”Dere vet hva det
der betyr?”
De to andre så spørrende på ham. Barech klødde seg under
linningen på rustningen.”At kartmakeren var lat?”
Fhadan fnøs.”Når det ikke står noe på et kart er det som regel
et tegn på at ingen har vært på stedet, og det betyr ofte at folk
unngår det. Ihvertfall når det er et kart lagd av kongens egne
opptegnere. De sier at det bor dverger i området, og de er
ekstremt lite glade i å bli forstyrret.”
Wulf skar en grimase.”Det kan bety trøbbel.”
Barech ristet på hodet.”Nei, faktisk kan det tale til vår fordel.
To personer lar de seg neppe forstyrre av, men kommer et helt
følge med folk som herjer og bråker og leter ja da vil de gripe
inn. Og jeg vet hva som skjer med de som våger å yppe seg

mot dvergene."
Fhadan gyste synlig og Wulf nikket fort. Han visste også hvor utrolig gode krigere dvergene kunne være. Han satte kruset i bordet."Vel mine venner, da rir vi i morgen den dag om det passer dere, tiden går."
Barech gliste kort og strøk hendene gjennom halvalvens lange blonde hår."Der sa du ihvertfall et sannhetens ord min venn. Vi rir i morgen ja, vær du sikker."
Wulf nikket og tømte begeret sitt, når alt kom til alt ville det bli langt triveligere å reise sammen med andre enn å reise alene.

Olric

Olric klemte arket han hadde fått i handa så hardt at neglene grov seg inn i huden, han kjente noe som lignet kald angst samle seg i brystet og hendene hans skalv der han trasket mot et redskapsskjul som sto bakerst i den vesle parken som hørte godset til. Han følte for å stanse og løpe tilbake, dette var ikke ham! Han var ikke i ferd med å utstede en døds dom over flere andre mennesker. Dette skjedde bare ikke men han gikk som om noe annet enn ham selv drev ham fremover. Svetten rant på innsiden av klærne og han visste hvor blek han hadde blitt. Han hadde mottatt arket før på dagen, faktisk ankom det med en av de store tamme blåvingene så tidlig at nesten ingen var oppe ennå. De hadde vært raske, og grundige også ville han tro. Men sporene var neppe utslettet, alle hadde spioner og antagelig var det mange flere som visste. Han kunne bare handle når det gjaldt de han visste om.

Han stanset nesten foran døra til skuret, samlet seg med en gedigen kraftanstrengelse. Hva ville hans mor ha sagt til dette? For ikke å si Addah, hun var så stolt av at han var en slik fredelig mann som skydde alle konfliktene og all maktkampen som foregikk mellom husene og rikene. Og nå var han en del av en hemmelighet som gikk hundrevis av år tilbake og som kunne forandre alt, for hele verden. Og den forandringen ville ikke skje via diplomati og fredelige forhandlinger, det var han totalt klar over. Han gikk inn, takket i sitt stille sinn gudene som hadde gjort stedet så mørkt at den som ventet der inne ikke så hvor nervøs han var. Mannen satt på en trillebåre og så ut som en alminnelig arbeider, han renset neglene med en pinne og tygde på en bit Gholi rot så munnen så blodrød ut. Olric sukket og rakte ham lappen, mannen så bare avventende på den."Alle på listen, og særlig de som er streket under med rødt. Om dere kan få det til å se ut som tilfeldige ulykker så gjør ved gudene det, ellers så får dere bare angripe."

Mannen reiste seg sakte, det var noe merkelig truende i bevegelsen for en som visste hva han var.

"Og andre til stede? Tjenere, slaver?"

Olric svelget hardt, han måtte gjøre seg hard nå, for fremtidens skyld."Dem også, ingen overlevende som kan fortelle, forstått?"

Mannen bukket kort og gliste, det var noe iskaldt i blikket som gav Olric frysninger nedover ryggen. Takk og lov at hans ætt hadde knyttet denne klanen med Irshanere til seg fra før, de var så avgjort de aller beste som fantes og svært lojale. Hans familie hadde ikke brukt dem på flere generasjoner men det hindret dem ikke i å først og fremst adlyde sine velgjørere. Tross alt hadde Athar"Darasher skaffet dem hjem og alt annet de trengte. Det var på tide å kreve tilbake gjelden. Mannen skulle til å snu, Olric kremtet fort."Og... om noen av de andre husene kan få skylda...så er det bare en fordel."

Mannen lo lavt og hjertelig og forsvant i mørket som en skygge og Olric ble stående igjen med hamrende hjerte og tørr hals. Det var gjort, det var i gang. Alle guder tilgi og beskytte ham, om det ikke var han selv som ville begå mordene så ville det allikevel være hans ansvar. Han hang med hodet da han gikk inn igjen for å hjelpe Jhoser med leksene. For barnas skyld måtte han være sterk!

Daithe

Daithe og de andre to jentene hadde ridd på nå, de holdt et
ganske høyt tempo og vaktene hadde lagt seg bak og gjort seg
klare til å ta seg av forfølgerne. Daithe hadde egentlig mest
lyst til å slå følge med dem men noen måtte også passe Cherdis
og Lamara. Det var tydelig at de to jentene var nervøse og
Daithe kunne forstå dem. Veien var rett og fin der nå så de
holdt hestene i trav og selv Cherdis protesterte ikke mot
tempoet. Hun var for redd rett og slett. Daithe hadde løsnet
sverdet og holdt skarp utkikk og Lamara var den av dem som
virket mest rolig, hun så ikke ut til å engste seg i det hele tatt.
Daithe holdt hesten an, hun syntes hun kjente lukten av røyk
og fikk de andre to til å stanse også, de nærmet seg enden av
dalen nå og hun forsto at Lamara hadde rett. Det var så avgjort
noe eller noen der og hun bet seg i underleppa og visste ikke
riktig hva hun burde gjøre. Vaktene burde kunne ta seg av de
som forfulgte dem, uansett hvor mange det var siden de
allerede visste om dem, men en kunne aldri være sikker. Et
slikt snikmorderlaug var som regel sammensatt av folk som så
avgjort ikke kunne kalles amatører, de var livsfarlige og selv
en godt trenet soldat var ingen match for dem om de greide å
trekke fordelen av å komme brått på og være raske.
Hun fikk de andre to til å ri litt bort fra veien, fant et skjule
sted i krattet og steg av, Cherdis og Lamara gjemte seg bak en
stein og Daithe ble stående på vakt. Hun følte seg underlig
delt, ante ikke riktig om det var riktig å bli der men hun kunne
ikke ri rett på uten å vite hva eller hvem de ville møte på der
fremme. Var det fiender kunne det gå svært galt når hun var
alene, flere bevæpnede personer ville vært å foretrekke da. Det
hadde gått en stund da hun hørte hovslag og hun så at det var
lederen for vaktene og to til.

Hun ropte og løp frem til veien og de stanset og så andpustne og villøyd ut. Lederen stanset hesten og bannet, hun så blod på ham og forsto at det hadde vært en kamp av noe slag."Hva skjedde?"

Han spyttet i graset og roet ned hesten."Vi la oss i bakhold, tydelig at hovjernene gjorde nytta si for det var seks stykker som red to på en hest, lederen deres var den eneste som slapp det visst."

Han så beroligende på Cherdis og Lamara som kom frem fra skjule stedet sitt med ganske så nervøse miner."Vi tok mange av dem, ihvertfall fire er døde."

Daithe gren på det."Da er det tre igjen? Det er tre for mye!"

Han nikket bistert."Og de fikk to av våre også så de kan slåss, selv om vi kom brått på."

Daithe tok seg sammen, prøvde å tenke som en kriger og ikke som en dronning."Så hva gjør vi nå?"

Det er en slags leir der fremme et sted, vi kjente bålrøyk. Han fikk en innbitt mine i ansiktet, så kastet han et fort blikk på de andre to."Dew, Bhan, ri frem og se om dere kan finne ut hva som finnes der, men bli ikke oppdaget. Vi må videre og kan ikke la noe stanse oss."

De to bare nikket og sporet hestene og han sukket og virket litt betenkt."Tre av dem i hælene på oss er like ille som sju egentlig. Vi må prøve å riste dem av oss, eller å bli kvitt dem for godt."

Daithe smilte skjevt."Jeg er enig med deg der, men det blir ikke lett."

Han nikket og det var noe som lignet mørk humor i blikket."Selvsagt, livet er aldri lett."

Cherdis og Lamara kom seg til hest igjen og Daithe gjorde det samme, hun følte seg straks noe bedre. Det gikk bare litt så kom de to vaktene tilbake."Det er en leir med smuglere, det er ikke mange av dem men de er bevæpnet."

Cherdis så litt usikker ut."Men hva gjør vi da? Rir rundt dem?"

Vakten gren på nesa."Går ikke, elva går helt inntil veien der,

og det er smalt, er steinur overfor. Vi må gjennom leiren skal
vi forbi."
Lederen grep ordet igjen."Hva type smuglere var det?"
Vakten trakk på skuldrene."Den verste typen tror jeg, det var
bur der, så ikke helt hva som var inni dem men det ene ble
trukket av en Ohrus, og de folka så ikke ut som gudenes beste
barn for å si det pent."
Cherdis så forbauset på de tre."Ærede, hva er en Ohrus?"
Vaktlederen smilte fort til henne."Kall meg Ighal du, en Ohrus
er en slags ... tja hva skal en kalle dem?!"
Han så litt beklemt på Daithe som skar en grimase."De ligner
litt på minotaurer, men er mer menneskelige på noen områder,
og de er egentlig rovdyr. Utrolig sterke og stolte skapninger."
Vakten som måtte være Dew skar inn igjen."Den var i en stygg
forfatning, det er det eneste jeg kunne si sikkert."
Lederen så smalt på Daithe."Hva tror du, kan vi forhandle oss
forbi eller bør vi bare sprengri inn og knerte smuglerne og
befri hva det nå er de har fanget?"
Daithe så fort på Lamara og Cherdis, de to så litt nervøse ut og
det var kanskje ikke så rart. De hadde leiemordere i hælene
ennå og smuglere foran seg. Daithe tok en beslutning, folk som
smuglet på det viset ville neppe bare la dem passere, ihvertfall
ikke uten kompensasjon og penger hadde de ikke. Hun smilte
stramt til Ighal og løsnet sverdet igjen."Vi tar dem, da gjør vi
uansett en god gjerning gudene vil prise."
Lederen nikket fornøyd og så til at de andre to også hadde
våpnene klare."Som jeg skulle sagt det selv, karer, vi rir inn
hardt. Drep alle som griper til våpen og nøl ikke."
De to bare smilte og Daithe fikk Cherdis og Lamara til å legge
seg bak dem så de red i midten. Hun kjente selv at hjertet
hamret i brystet av spenning og skrekk. Hun hadde aldri sett
strid slik noen gang, og hadde vel heller ikke regnet med at
hun skulle gjøre det. Men det var ingen vei utenom.
Veien gjorde noen svinger og de red sakte, sørget for at ikke
hestene lagde for mye lyd før de var rett på leiren. Daithe så

den på røyken som steg fra et par ildsteder og et par vogner var
såpass høye at de rakk over de høye buskene. Så nære elva var
det lite ordentlige trær, mer en slags tett jungel av halvhøye
busker og urter. Den fremste av de to gav et tegn og så sporet
de hestene og red på, Daithe hadde trukket sverdet og var klar,
instinkter og trening gjorde alt merkelig krystallklart der og da.
Hun visste hva hun skulle gjøre. De raste inn på en liten plass
mellom elva og ura, den var dekket med kort gras og grus og
noen vogner sto plassert i en halvsirkel mot ura. Noen hester
var tjoret mellom dem og hun så i farta at dyrene var radmagre
med sår etter seletøyet og pisken. Seks karer hadde sittet ved
ene ildstedet og spist, de for opp og grep etter sverd og økser
og en hadde en bue men vaktene visste nøyaktig hva de skulle
gjøre nå. De red mannen rett ned og han ble drept av hesten til
Dew som trampet på ham.
Bhan eskorterte de to jentene gjennom leiren mens de tre som
var igjen tok seg av de siste fem mennene. De var tydeligvis
vant med å slåss mot folk svakere enn seg selv, de hadde ingen
teknikk og ingen disiplin og Daithe tok hodet av en mann og
gav en annen et hugg i skulderen han ikke kunne overleve. Det
var over på få minutter. Ingen av Daithes følge var skadd og de
seks smuglerne var døde alle sammen. Ighal ristet blodet av
sverdet med en fornøyd mine og Daithe så seg rundt for første
gang. Det var fire vogner, alle med store bur på og foran den
ene sto det ganske enkelt en Ohrus bundet. Det var tydelig at
den måtte trekke vogna for et åk var festet rundt nakken på den
og den var radmager og full av sår og skader. Daithe kjente seg
underlig skamfull av synet, de var stolte skapninger som holdt
til i fjellene nord i Longaria regionen av Longil og de holdt seg
for seg selv og brydde aldri andre. Skapningen sto der og så
avventende på dem, det var noe sløvt i blikket og hun antok at
den var så svak at den ikke lenger orket gjøre motstand mot
plageåndene. Hun steg av hesten og så fort hva burene
inneholdt. Til sin forskrekkelse så hun at det var to svære
kattedyr i hvert sitt bur, i bur nummer tre var det en jente av et

folkeslag Daithe aldri hadde sett før og i bur fire lå en bylt
dekket med filler. Gudene alene visste hva det kunne være.
Daithe gikk varsomt bort til Ohrusen, den hang med hodet og
hun så at lenkene var solide og godt festet. Ighal rotet gjennom
klærne til de døde."Her, dette må være nøklene til burene,
fort!"
Daithe grep nøkkelknippet og fant riktige nøkler, hun låste opp
Ohrusens lenker og brøt løs åket den hadde båret. Hun gyste da
hun så hvor sår huden var der det hadde ligget. Skapningen så
forvirret på henne og hun prøvde å smile til det enorme
ansiktet med nesten saueaktig profil og katteøyne. Den
snuteaktige nesa vibrerte og hun så at den begynte å våkne til
live igjen."Jeg befrir dere, skjønner du??"
Hun nølte litt, jenta i buret virket tilforlatelig nok men kattene
turte hun ikke slippe løs. Jenta så at hun kom med nøklene og
presset seg mot sprinklene."De heter Skarpklo og Skarptann,
de er mine og adlyder meg, Det er ingen fare å slippe dem ut."
Daithe så litt forvirret på jenta, hun kunne være på hennes egen
alder og var mørk i huden og håret samt at hun hadde en slags
merkelig tatovering i fjeset. Den var eksotisk men på en
underlig måte pen også. Jentas øyne var blå, nesten lysende blå
og de skapte en skarp kontrast til det mørke ansiktet."Eh, greit,
hvem er du egentlig?"
Jenta så fort ned, hun var også tynn og det var tydelig at hun
var blitt mishandlet for det var blåmerker mange steder på
henne."Jeg er Moyesh, jeg er prestinne for Ajhatele, fra Ardot.
Vær så snill. Slipp meg ut!"
Daithe skyndte seg og låse opp burene og de enorme kattene
lusket rolig ut, de var på størrelse med en stor ponni og begge
to var svarte med lysegrå streker og flekker som skinte som
polert metall i sola. Hun hadde aldri sett slike dyr noen gang
og Ighal så på dem med en blanding av respekt og beundring.
Moyesh så ikke engang på Daithe, hun raste bort til det siste
buret og åpnet det, gikk bort til haugen med filler og trakk den
vekk. Daithe gispet lavt av synet, hun gikk bort til gitteret for å

se bedre. Ighal bannet matt.”Jævler så inderlig fortære....”
Skapningen som lå der på golvet i buret var forholdsvis lang
men lå i fosterstilling og derfor så den liten ut men var det
ikke. Den var smal og spe med lange armer og bein og huden
hadde en varm grønnfarge som var jevn og vakker over det
hele. Håret var langt og underlig i noe som lignet fletter men
som nok var naturlig, ihvertfall lignet det de tufsene med ull
som noen saueraser utvikler men var lengre. Daithe holdt
pusten, ansiktet var alveaktig men noe spissere enn på en alv
og svært fremmed. Moyesh virket fortvilet.”Finn vann, fort!”
Dew hentet en flaske fra salen sin og rakte henne og Moyesh
presset fort i skapningen halve flaska.”De har tørstet henne ut,
hun er svært syk.”
Daithe kjente seg svært forvirret og Ighal så seg rundt med uro
i blikket. De måtte videre, fort.
Daithe ante ærlig talt ikke hva hun skulle gjøre, hun syntes
ikke at de bare kunne forlate disse her heller, ikke når en av
dem var syk. Lamara så medlidende på skapningen i buret og
Moyesh trakk henne ut i åpningen av det. Hun så seg rundt
med tårer i øynene.”Hun trenger hjelp ærede, ellers dør hun.”
Ighal så smalt på skapningen.”Hva i alle guders navn er hun?
Jeg har aldri hørt om noe slikt engang.”
Moyesh strøk henne over panna.”Hun er en Idhrin, en
skognymfe.”
Cherdis hadde også stått og sett på med store øyne.”Og hva i
all verden skulle de svina med henne? Og med deg og dyra
dine? Eller Ohrusen?”
Moyesh ristet på skuldrene av ubehag.”Det vet jeg ikke, men
vi har vært fanger lenge.”
Ighal la armene over kors.”Uansett, vi må videre! Før de tre
gjenværende får tak i oss.”
Moyesh så fort på ham.”Blir dere forfulgt? Om dere tar oss
med hjelper vi dere, vi har store krefter, vi trenger bare næring
og hvile alle sammen.”
Daithe så ned.”Har dere noe å ri på? Vi må videre og det kan

ikke gå sakte."

Moyesh nikket fort."Jeg rir på kattene mine, og Bhikoor kan løpe fort om han må. Tåkesang må nok bæres men hun veier ikke mye."

Ighal så fort på henne."Bhikoor?"

Moyesh nikket."Ohrusen, de er ikke dumme dyr vet du, han har et navn."

Daithe så at den omtalte ohrusen nå reiste seg stølt og kom bort mot dem, hun gispet da hun innså hvor stor skapningen egentlig var. Den var tre meter til skuldrene og svært bred og det store hodet med horn som en vær svingte sakte mens den gikk. Den var ikledd noe som måtte være et slags lendeklede men ellers var den hårete kroppen naken. Antagelig trengte den ikke mer påkledning. Beina hadde bare tre tær og de hadde nesten hover ytterst men hun så at den nok var rask om det trengtes på oppbygningen. Den bukket kort for dem."Er Bhikoor, er takknemlig. Vil tjene."

Ighal så litt fortvilet ut men Daithe smilte så verdig hun kunne."Det er vi glade for, jeg tar med glede i mot ditt tilbud."

Ohrusen lysnet opp og smilte, tennene var som på en ulv. Dew og Bhan hadde løsnet trekkhestene og bant dem sammen, de så utålmodige ut. Daithe tok seg sammen."Ighal, ta Idhrinen foran deg på hesten, Dew tar kjørehestene og så får resten bare henge på."

Moyesh hev seg opp på en av de enorme kattene."Hun heter Tåkesang."

Daithe smilte fort og stresset."Greit, Tåkesang."

De kom seg til hest og red fort ut av leiren, Lamara virket svært fascinert av Idhrinen og red ved siden av Ighal mens hun betraktet skapningen med store øyne. Cherdis så skremt på Bhikoor som løp lett og elegant ved siden av hesten hennes og Daithe måtte med et lite glis vedgå for seg selv at de snart lignet et omstreifende menasjeri. Moyesh satt avslappet på ryggen av dyret sitt, Daithe betraktet henne i smug og først nå la hun merke til at jenta bare hadde et kort skinnskjørt på og ellers bare tatoveringer og det lange rufsete svarte håret sitt. Men det var liten tvil om at hun nok kunne slåss for Daithe kjente igjen en krigerkropp når hun så den. Hun håpet å få vite mer om hvordan disse merkelige skapningene hadde havnet i smuglernes garn. Dalen de kom inn i var lang og ganske smal med en litt større og striere elv i bunnen og Lamara tok ledelsen og satte kursen innover, Daithe kunne bare håpe at hun visste hva hun gjorde. Ighal virket nervøs og hun forsto hvorfor, det var ingen tvil om at det nå kom til å bli personlig. Snikmorderne som var sendt etter Cherdis ville hevne seg nå, det var ikke lenger kun et oppdrag. De tre mennene ville gjøre alt nå for å hevne sine døde brødre.

Daithe skar en grimase, antagelig ville de følge etter hvor langt det enn skulle være. Ja like til kysten av nordhavet om det så var, hun så det slik at de hadde to muligheter nå. Enten prøve å flykte og fortsette å være på flukt eller bli kvitt fiendene en gang for alle. Som ridder ante hun hvordan en bedømmer en fiende og hun visste at den metoden de burde velge var den siste. De måtte bare få anledning til selv å velge den arenaen striden skulle stå på, en god jeger lokker byttet til seg i stedet for å jakte på det. Denne gangen burde de være like mye jeger som bytte. Hun antok at Ighal tenkte på samme måten, mannen var en veteran fra mange slag og erfaren nok. Men ville de greie å finne et godt sted å kjempe fra? Og hva med de nye vennene deres? Hun så fort på Moyesh som red der med steinansikt, en prestinne kunne antagelig mer enn bare å kurere hikke med kaldt vann, og Ohrusen var sterk som lite annet. Kunne de ha nytte av disse merkelige fremmede burde de utnytte det for alt det var verdt.

Lamara red på og Ighal så til tider litt tvilende på ungjenta, det virket ikke for at han helt stolte på evnene hennes. Daithe skjønte det og hun tvilte av og til selv også men noe sa henne at den unge kvinnen virkelig visste hvor de skulle til slutt. Dalen svingte brått og elva falt dramatisk ned i et juv med en høy foss, duren hørtes på lang avstand. Det gikk en ridesti opp

langs elva og de red på rekke så fort de kunne opp den
kronglete veien som ikke ville vært mulig å forsere med
vogner. Ighal holdt skarp utkikk bak dem, han visste at de
gjenlevende nå fulgte etter, beinhardt bestemt på å drepe dem
alle og han var redd for knepene slike grupper ofte benytter seg
av. Hovjernene var et like stygt knep men det hadde vært
berettiget og han kunne ikke ha gjort noe annerledes. Som
gammel soldat hadde han sett nøyaktig hvor lenge edelmot og
høviskhet varte og det var sjelden særlig lenge når fienden sto
ved porten. De ville bli nødt til å bli kvitt de tre, og det fort
også. Han ante ikke hvor den synske ønsket at de skulle dra for
så vidt han visste var det ingenting der innover annet enn
villmark befolket av merkelige stammer og alskens ville
rykter.
Dagen gikk mot hell også, det var verre for de kunne ikke bare
ri på mot natten, dyrene trengte hvile, de trengte det samme og
det var uklokt å ri i mørket på slike ukjente stier. Lamara
smilte drømmende til ham."Vi skal slå leir snart, det er en hule
et stykke opp fra elva rundt svingen der."
Ighal rynket pannen og tøylet hesten som prustet og slo med
hodet."Har du vært her før?"
Hun ristet på hodet."Nei, men jeg vet det bare."
Daithe så skarpt fremover, veien svingte virkelig og hun kunne
skimte noe som måtte være en huleinngang i bergveggen der.
Den var stor og åpen og lett å forsvare siden det var åpent
foran den, faktisk var det en hellende slette og ingen kunne
nærme seg hulen uten å bli sett. I det minste i dagslys. Ighal
ante at det ble noe helt annet om natten men ideen var ikke så
verst. Med noen til å stå vakt og bål tent utenfor burde de klare
å holde seg trygge i det minste en stund. Lamara ledet an opp
mot hulen og Daithe så at den var stor ytterst før den smalnet
av ganske mye, antagelig var det et stort rom innenfor det
smale partiet igjen.
Ighal gren på nesa men det var et bra sted, like bra som noe
annet. Det ville være vanskelig å snike seg inn dit med vondt i

sinne. De steg av hestene og Moyesh sendte de to kattene ut i skogen etter

mat. Bhikoor satte seg stølt ned og Moyesh forsvant ut i krattet en kort stund og kom tilbake med noen planter hun gned på sårene hans. Hun lignet nesten en dukke ved siden av den enorme skapningen men Daithe ante en styrke i henne en vanligvis ikke finner i så unge personer. Hun ble mer og mer nysgjerrig på disse fremmede. Tåkesang var ennå bevisstløs og virket ikke for å våkne på lenge ennå men hun så bedre ut, Daithe kunne ikke riktig sette fingeren på det men hun virket virkelig friskere. Dew og Bhan forsvant fort med hver sin bue, de skulle lete etter vilt og se ettter spor av fienden og Ighal prøvde å få oversikt over stedet. Det var som han hadde tenkt, hulen var et perfekt sted å forsvare. De slapp hestene løs på enga og de tok for seg av graset med iver mens jentene lagde en provisorisk leir inne i hulen.

De to kattene kom tilbake med hvert sitt rådyr i kjeften og Moyesh skar like godt av et lår av hvert av dem, det virket ikke for at de svære rovdyrene brydde seg noe om at hun tok av maten de hadde fanget til seg selv. Daithe savnet egentlig ikke det gamle livet hun hadde levd, slottet hadde vært så stort og kaldt og merkelig upersonlig men hun savnet noen av bekvemmelighetene. Hun skulle gjerne hatt et varmt bad, og litt mer forseggjort mat enn kjøtt grillet rett over åpen ild. Cherdis og Lamara satt der med hvert sitt teppe over seg og så slitne og malplassert ut og Moyesh så ut som om hun virkelig trivdes der hun satt med en stor bit blodig kjøtt mellom hendene og et bredt glis. Dew og Bhan kom tilbake med en kanin og noen rotfrukter, de hadde ikke sett noe til forfølgerne men Dew mente at nakkehårene hans fortalte ham at de var i nærheten. Det var mulig de hadde kvittet seg med hestene, slike menn løp like raskt i terrenget som en hest og er langt vanskeligere å oppdage enn en rytter. Daithe var klar over den muligheten og kommanderte de to til å sette ut noen enkle snublefeller i buskene.

Hun satte seg ved siden av Moyesh og prøvde å trykke innpå sin del av kjøttet, det smakte ikke så verst og magen hennes rumlet sultent på tross av det uvante i det. Hun så at den fremmede jenta virket svært avslappet situasjonen til tross og ante en slags selvtillit der som gjorde henne litt usikker. Hva lå til grunn for den? Moyesh kastet noe kjøtt bort til Bhikoor som brummet takknemlig og trykket det i seg med et par glefs, egentlig var han svært skremmende men også på et underlig vis vakker. Det var den samme skjønnheten en ser i ethvert godt fungerende dyr og Daithe var litt forbauset over at noen hadde greid å fange ham. Moyesh bet en bit av kjøttet og bikket med hodet mot Ohrusen."De forgiftet ham."

Daithe så forvirret på jenta, hadde hun lest tankene hennes?"Si meg, er du tankeleser?"

Moyesh gliste."Nei, jeg så bare blikket ditt. De gav ham en kanin de hadde proppet full av Rødbladet krypeurt så han sovnet og så bandt de ham og foret ham med kjøtt med andre urter i, som sløvet ham."

Daithe grøsset kort."Hva ville de med ham egentlig?"

Moyesh skar en stygg grimase."Selge ham til noen som ville ha ham til å slåss selvsagt. Antagelig mot hunder eller orker eller noe slikt."

Daithe tørket fettet av haken og følte at hun måtte spørre."Og dere, hvordan ble du og Tåkesang fanget?"

Moyesh strøk det lange ville håret ut av øynene, blikket var så utrolig blått, blåere enn noen safir Daithe noen gang hadde sett."Det er en lang historie. De hadde allerede Bhikoor da de tok oss, jeg tror de mente å selge meg som en litt eksotisk slave og Tåkesang til en magiker eller noe slikt. Arphaene mine skulle nok endt som Bhikoor tenker jeg."

Daithe så fort på henne."Arphaene? Det er kattene?"

Hun nikket og tok et nytt stykke kjøtt. Cherdis hadde lagt seg og lukket øynene, det var en mine av smerte på ansiktet hennes og Daithe kunne ærlig talt ikke forestille seg hva den jenta måtte føle nå. Lamara sov tydeligvis allerede og vaktene hadde trukket inn i krattet og var borte vekk men hun visste at de var der ute et sted."Du sa du var fra Ardot? Hva gjør du her i Zhandoria da?"

Moyesh smilte sakte, Daithe så at hun hadde lange hjørnetenner, nesten som på et rovdyr og det var et eller annet katteaktig over ansiktet som var litt urovekkende. Hun ante instinktivt at denne kvinnen var mer enn bare livsfarlig."Jeg er på leting ærede, det er en hellig oppgave jeg har fått og jeg kan ikke svikte."

Daithe rynket pannen."En helllig leting? Etter hva da?"

Moyesh strakte seg, hun virket like avslappet som en bortskjemt pusekatt i en rik dames budoir.

"Etter den siste Marhesh."

De blå øynene skinte litt skøyeraktig og Daithe så spørrende på henne."Og hva er en Marhesh?"

Moyesh så inn i bålet, det var noe trist og samtidig bittert i blikket."Hvor godt kjenner du vår historie ærede? Hvor mye vet du om Ardot?"

Daithe skar en grimase og rødmet ufrivillig."Svært lite er jeg redd, jeg kan litt om byene på kysten mot Zhandoria men ellers er jeg blank."

Moyesh nikket."Som de fleste av ditt folk da vil jeg tro. De færreste kjenner sannheten om Ardot og dets fall."

Hun rettet seg opp, la de lange slanke armene om knærne og stirret inn i ilden."Marhesh er en hedersbetegnelse, det beskriver en person av den gamle kongeætten som rådet over Ardot den gangen vi var mektige. Det er kun en igjen av den ætten nå, og den personen må jeg finne. Det er mitt kall og min plikt, vårt folk trenger det."

Daithe satte seg bedre til rette, hun følte seg litt fascinert av dette, for hun visste i grunn forsvinnende lite om nabo kontinentet og folkene der.

Moyesh stirret inn i ilden med et intenst blikk."Ardot ble styrt av folket som kalte seg Arzhaia og de var mektige og kloke med sterk magi. De bygde store byer og landene var rike og vel styrt. Deres konger var i stand til å forutse hva som ville skje før det skjedde og de holdt folket trygt og alt var vel lenge."

Daithe så litt forskende på Moyesh." Men så gikk det galt?"

Den mørke jenta nikket kort."Noen få prester hadde fått det for seg at de skulle ha større makt enn de andre, de mente at kongene var for milde og ettergivende. De var arrogante og gale og de gjorde en forferdelig feil, en som forandret landene for alltid."

Daithe så spent på Moyesh."Hva da?"

Moyesh smilte litt skjevt."De prøvde en slags magi som gikk galt, landet sank faktisk ned noen steder og andre steder steg det opp fjell der det før var sletter. De fruktbare slettene ble ødelagt, og jungel spredte seg der det var skoger. Nå er mye av kysten jungel og sumper og slikt, der det var rike bygder før."

Daithe så for seg kart hun hadde sett av landet, det stemte. Mye av kysten var lav og sumpete og befengt med mygg og diverse andre ukoselige krek. Det var innlandet som var noe verdt men selv der var det harde livsvilkår."Det må ha vært for lenge siden?"

Moyesh strakte på beina og nikket."Det er det, det var for flere tidsaldre siden. Den gamle slekten mistet mye av makten og riket falt i ruiner, bare noen få husker det som en gang var og opprettholder den gamle kunnskapen. Senere kom drageherrene og styrte i noen tusen år og de styrte også bra men skaden var skjedd. Ardot var ikke lenger verdens have, nå lignet det mer på en forlatt gård ingen har stelt på lenge."

Daithe tenkte seg om."Og så kom folkene fra Zhandoria?"

Moyesh nikket med en grimase."Og så kom de ja, først som venner men senere som erobrere. Og de ribber det gamle landet for alt som er igjen av verdier mens de tråkker folket under hælen. Ja, det er opprør titt og ofte og hadde ikke folket vært så kuet og uten ekte ledere ville de ha kastet Zhandorianerne tilbake over havet."

Daithe smilte fort, hun kjente til den spente situasjonen der

borte. Mange trakk store rikdommer ut av landet og hun ante at befolkningen ikke fikk stort tilbake annet enn sorg og smerte og tap.”Men hva har dette å gjøre med den du leter etter?” Hun la armene rundt knærne og lente haka mot dem. Moyesh pirket i ilden med en pinne.”Da folket fra Zhandoria tok over makten lot de den gamle kongefamilien sitte på tronene, på den måten sikret de seg folkets lojalitet. Men for noen tiår siden fant de ut at det ikke lenger var nødvendig, eller så ble de for grådige. Det var kun en familie igjen av det gamle folket og de fikk herskeren fengslet for et eller annet de fant på. Og dronningen og sønnene ble sporløst borte, mange tror de ble drept. Kongens døtre ble gitt til Zhandorianske menn som gaver, det var fire av dem og kun en av dem levde særlig lenge etterpå. Hun ble gitt til en lord og bar ham en datter. Det er den jenta jeg må finne. I henne hviler nøkkelen til Ardots frihet.” Daithe så forvirret på Moyesh.”Og dere vet sikkert at denne jenta lever og slikt? Vet dere hvem hun er?” Den mørke jenta så litt beklemt ut.”Vi vet hvor hennes mor ble brakt, ikke mer. Og vi kjenner navnet på lorden som fikk henne som gave. Ikke mer. Men prestinnene har merket jentas livskraft og jeg fikk oppdraget siden jeg er en utvalgt.” Daithe så nysgjerrig på henne.”En utvalgt? Hvordan da?” Moyesh pekte på øynene sine.”Blå øyne, og jeg har magien til de første prestinnene. Det er en stor ære og jeg vil ikke feile.” Daithe trakk på skuldrene.”Men hva er det hun kan gjøre da?” Moyesh så fast på henne.”Det første folket var ikke som oss andre, de eide evner ingen andre har. Det er gamle sagn hos oss som ennå blir husket enda blekhudene prøver å slette ut alle minner om den storhet som var. Vi vet at ting snart vil endre seg.”
Det rusket brått i krattet og en av de store kattene kom ruslende og slo seg ned ved bålet, den gjespet så Daithe kunne telle alle de svære tennene, Moyesh smilte kjærlig til den og rettet seg opp litt.”Det vil komme en tid med store forandringer, og i denne tiden vil hun kunne sikre folket vårt så

de igjen blir frie."

Daithe nikket bare, hun så at Cherdis nå sov og det Lamara rørte seg svakt i søvne og klynket litt før hun rullet seg over og sov videre. Moyesh så smalt på de to."Jeg sanser at den unge jenta er en seer, hva er hun andre? Og hva er du egentlig?"

Daithe rødmet kort."Jeg er Daithe, de kaller meg « suggas datter» Jeg var dronning men min mann døde og jeg reiste for å finne ut sannheten bak hans død, og for å hevne meg om det var et mord."

Moyesh så smalt på henne."Du rir kledd som en mann, og du bærer stridens merke på din panne, det er synlig for de som kan se. Du er hennes sverd, du ville aldri blitt en mild herskerinne og du vet det i ditt hjerte."

Daithe så forvirret på Moyesh, det virket for at prestinnen kjente henne bedre enn hun kjente seg selv."Det... det stemmer vel, jeg ville alltid bli ridder, ikke fin dame."

Moyesh gliste bredt."Holder jeg med deg i, vi som tjener gudinnen lærer både å kjempe og å be. Vi trenger ofte begge deler. Og Cherdis?"

Daithe tok seg sammen."Hun var en kurtisane fra Zhymorne, en av de aller beste. Men hun ble vitne til et mord og nå vil de bli kvitt henne også. Det er snikmordere vi har etter oss."

Moyesh grublet litt."Jeg har hørt om dem, Arfones prestinner ikke sant? Vi har en lignende gudinne i Ardot men hennes prestinner tjener henne ikke slik.. Uansett, jeg holder det ikke i mot henne, folk får tilbe som de selv ønsker det."

Daithe smilte fort, hun var glad Moyesh så slik på det."Lamara er den som leder oss, men selv hun vet ikke hvor vi er på vei. Det eneste hun har sagt er at det største som frykter det minste skal redde oss og at jeg skal få hevn over de som drepte min mann."

Moyesh så rolig ut."Da stemmer det sikkert, jeg kan se at hun virkelig har gaven. Det er ikke mange som kan skryte av det."

Daithe skar en grimase."De kastet henne ut av tempelet og trodde hun hadde mistet evnen siden hun ble bortført og

voldtatt, det er egentlig et mirakel at hun er i live.”
Moyesh så forskrekket på Lamara, det kom en mine av
medfølelse på det vakre ansiktet.”Virkelig? Da er de ikke
sanne tjenere av gudene lenger.”
Daithe gliste litt stygt.”Tenk det har de ikke vært på lenge tror
jeg, det er mer makt og penger og denslags som betyr noe.”
Det brakte i krattet og Dew kom gående, han så alvorlig
ut.”Det er folk i nærheten, det kom en hjort løpende for litt
siden, noe har skremt den. Jeg vil anbefale at dere kommer
dere inn i hulen og gjemmer dere.”
Moyesh var på beina i løpet av et sekund og Daithe rusket i de
to andre. De forsto først ikke noe men adlød da Daithe fikk
forklart situasjonen. Bhikoor satte seg foran åpningen inn mot
det indre av hulen, han virket ganske så fast bestemt på å ikke
la noe slippe forbi. Daithe trakk sverdet mens Dew slukket
bålet og sjekket at hestene var godt tjoret. Han nikket i retning
skogen.”Ighal og Bhan ligger i bakhold der ute, jeg vil foreslå
at dere gjemmer dere også.”
Moyesh plystret og den svære arphaen forsvant i skogen som
en skygge.”De kan ikke komme seg hit uten at de oppdager
dem, og de vil varsle meg.”
Hun hadde ingen våpen så Daithe rakte henne dolken sin og
Moyesh gliste kort og tok den med et smil.
Hun kjente at hjertet hamret i brystet nå, det hadde blitt mørkt
og hun ante at øyne så på henne. Det kunne være at nattens
skapninger fulgte med på hva som skjedde der men hun ante at
det var mennesker. Dyr gjør aldri så mye ut av seg med vilje.
Moyesh hadde skjult seg i skyggene nær åpningen til hulen og
Daithe fant fort et lignende skjulested. Hun visste at de som
var ute etter dem nok hadde funnet leiren til smuglerne og ante
at de nå var flere enn før men hun trodde ikke det stanset dem.
De ville være for bestemt på å hevne seg til å tenke på egen
sikkerhet og hun visste også hvor dyktige slike grupper er, Et
angrep kunne komme fra nesten en hvilken som helst retning
og det kunne ta en hvilken som helst form. Hun var tørr i

halsen og klemte skjeftet på sverdet i handa så hardt at neglene
grov seg inn i læret. Hun skulle ønske hun hadde hatt det gode
nattsynet til kattene, eller luktesansen til en hund. Dette var
nervepirrende!

Et stykke unna den enkle leiren satt Aidan skjult under et falt
tre, han hadde fulgt følget hele veien og samtidig holdt et øye
med de gjenværende mennene fra brorskapet. Det hadde gledet
ham at fire ble drept av vaktene men det irriterte ham at to av
dem ble drept også. Han aktet ikke å la sine forhenværende
brødre vinne her, han ville gjøre det han kunne for å ødelegge
for dem. Han visste at de tre var der ute i skogen et sted og han
kjente metodene deres godt nok til å kunne forutse hvor og
hvordan de ville slå til. De ville aldri angripe rett på, men fra
sidene og han hadde allerede vært i buskene der og gjort noen
små forberedelser. Han hadde sett de to enorme kattedyrene og
ante at hans forhenværende venner nok ikke hadde regnet med
noe slikt, og det enorme beistet hadde skremt ham. Han kunne
bare håpe at dette gikk bra. Han visste med total sikkerhet at
han aldri var ment å bli en av brorskapet, at det hele var et
gedigent feilskjær. Kunne han gjøre noe godt for å gjøre opp
for feilene han hadde gjort kunne det kanskje få gudene til å
tilgi ham. Han trakk pusten og ventet spent på at noe skulle
skje.

Natten var helt stille og det virket ikke for at noe var levende
der ute, men Daithe visste at det ikke stemte. Hun sto og
prøvde å puste så stille hun kunne da et brak med ett brøt
stillheten, det var en tørr gren som hadde brukket og lyden var
som torden i stillheten. Hun rykket til men greide å holde seg i
ro, lyden hadde kommet fra fjellveggen et stykke borte fra
hulen, det var ingen av vaktene der og hun forsto at det var en
av fienden som hadde tråkket på greina men hvordan kunne en
slik mann gjøre en slik feil? Det var merkelig. Nå visste de
hvor han var og Daithe gjorde seg klar til å om nødvendig
forsvare seg. Hun var svett i hendene og hjertet hørtes ut som
en flokk galopperende hester i brystet. Brått hørte de et

avgrunnsdypt brøl, et kort skrik av skrekk og en motbydelig knekkelyd etterfulgt av en hes ralling som fort døde bort.

Hun forsto at en av arphaene hadde funnet snikmorderen og nå var det en fiende mindre å bry seg om. Hva kom de andre til å gjøre nå?

Ute i skogen hadde de to gjenværende hørt hva som skjedde med deres bror og de hadde stanset opp, en smule forvirret og også skremt. De hadde ikke trodd at følget hadde tatt med seg noen fra leiren de hadde funnet, men det hadde de altså. Og nå var situasjonen endret. De var bare to igjen men å avbryte var ikke i deres tanker i det hele tatt. De måtte hevne sine døde, og fullføre oppdraget. Å slå retrett var rett og slett umulig slik de så det. Lederen tenkte hardt en stund, han hadde aldri vært i en slik situasjon før, det var tydelig at dette følget var mer ressurssterke enn de først trodde. Han aktet å lykkes uansett og brydde seg vel egentlig ikke så mye om hvor mange av sine han måtte ofre. Han gav den gjenværende mannen et signal og han begynte å snike seg mot leiren fra en annen retning. De kunne da umulig holde øye med hele skogen der. Mannen var usikker men adlød, han var ganske selvsikker og regnet seg selv om bedre enn de andre som var gått tapt så han trodde ikke at noen kunne ta ham. Han ålte seg frem mot hulen og var totalt lydløs og usynlig i mørket.

Daithe sto der i skyggene og holdt pusten, det var stille igjen, noen stjerner blinket vakkert på himmelen og et par nattefugler pep i tretoppene. Hun syntes sansene virket nesten plagsomt sterke nå, hver en lyd ble liksom øredøvende. Hun syntes hun hørte noe som skrapte svakt til venstre for hulen, der Moyesh sto, hun sto som en statue og prøvde å høre hva det kunne være. Det kom et merkelig dunk og en dump lyd etterfulgt av nok en ralling og noe som plasket. Daithe svelget hardt, hun forsto at Moyesh hadde tatt seg av en av mennene og det på en effektiv måte også. Nå var det bare en igjen og han kunne egentlig være hvor som helst. En svak vind fikk det til å rasle i bladene på trærne og lyden var forstyrrende. Hun lukket

øynene og prøvde å sile ut lydene av naturen, det var vanskelig
nå. Brått smalt det igjen, og hun hørte halvkvalte rop og metall
mot metall, hun gispet og forsto at det var en av vaktene som
sloss, det lød som en real sverdkamp i mørket. Så ble det stille
igjen og hun ble redd for at de hadde mistet en mann til. Hun
ville ut og se etter ham men visste at det var dumt, hun måtte
bli stående der. Stillheten var brått en fiende i seg selv, den var
liksom så øredøvende og overveldende.
Hun skulle til å trekke seg litt mer tilbake da hun så en skygge
som beveget seg lynraskt i retning huleinngangen, et angrep
rett på! Det hadde hun ikke regnet med, mannen som løp der
måtte være over sin første ungdom men rask som en katt der
han spurtet mot inngangen og Daithe visste at hun ikke kunne
nå ham før han nådde hulen. Antagelig brydde han seg ikke
om hvorvidt han ble drept eller ei, bare han fikk gjort jobben.
Hun hev seg fremover så fort hun kunne men han var snart ved
hulen og Moyesh var også for langt vekk til å stanse ham. Da
hørte de en merkelig dur i luften og mannen snublet i et eller
annet som brått tvinnet seg om beina på ham. Daithe så
forvirret på det som måtte være en slags bolo, et tau med to
steiner i endene som spant og fanget beina på den det ble
slengt mot. Ingen i følget hadde en slik? Moyesh ropte noe til
Bhikoor som reiste seg fra skjulestedet sitt og raste frem
raskere enn noen skulle tro det var mulig for en så enorm
skapning. Mannen var fri fra tauene og prøvde å reise seg og
trekke sverdet men han var ikke rask nok. Ohrusen grep
mannen med begge hender og kylte ham med hodet først rett i
bergveggen så det riktig knaste og brakte. Daithe kjente seg litt
kvalm men det var ingen tvil om at mannen var død. Moyesh
så smalt på Daithe, hun plystret og fikk svar fra skogen. Ighal
og Bhan kom gående, Dew hang over skulderen på Bhan og
var tydelig såret men det var neppe særlig alvorlig. Den
mørkhudet jenta så skarpt på dem."Det var ingen av dere som
kastet det tauet."
Alle så forvirret på hverandre og Daithe sto med sverdet klart,

hun så seg rundt. Det raslet i krattet og en figur kom til syne
med armene i været. Det var en ganske lang og smal gutt som
var kledd nesten som de døde mennene men han bar ingen
maske og fjeset var nervøst men også merkelig stolt. Ighal
trakk sverdet og så truende på nykommeren."Du er en av dem,
men du hjalp oss, hvorfor?"
Gutten så fast på ham."Jeg var en lærling men det var bare
fordi jeg ikke fikk noe valg, jeg ville egentlig ikke bli en av
dem og jeg fikk nok. Jeg har forrådt dem og de vil drepe meg
om de får vite om det."
Daithe så smalt på gutten, han så egentlig ærlig ut og det var
mot i ham, hun kunne ane det. Ighal brummet svakt."Hvordan
vet vi at du ikke bløffer?"
Han smilte svakt."Det vet dere ikke, det er bakdelen ved å
være en avhopper fra en slik gruppe. Om dere vil drepe meg
vil jeg ikke kjempe, jeg håper bare at gudene vil tilgi meg de
synder jeg har gjort nå som jeg har gjort en god gjerning også.
Jeg er Aidan av Zhymorne, jeg har vært en lærling hos dem i
flere år."
Moyesh gikk bort til ham og hun så granskende på ham med
de isblå øynene. Så la hun handa på pannen hans og han rykket
til og gispet lavt, øynene hans rullet og han skalv tydelig i noen
sekunder. Moyesh smilte kort og fornøyd."Han er oppriktig,
han vil ut av ordenen, og han vil hjelpe oss. Det er ikke
forræderi i tankene hans."
Ighal stakk sverdet i sliren igjen, han sukket litt oppgitt."Greit,
om galt skal være trenger vi et sverd til, Dew er såret og vil
neppe kunne slåss skulle det bli nødvendig igjen."
Aidan så fast på dem."Nå som de er døde alle sammen vil det
gå en stund før resten av ordenen finner ut av det, den tiden
bør utnyttes. Om dere greier å skjule sporene deres godt kan
det være at de ikke vil finne dere igjen, Og dessuten er
brorskapet dyre i drift, de tar klekkelig betalt for tjenestene
sine, uansett hvor rike de familiene er, de vil ikke fortsette å
betale for alltid og med Cherdis ute av byen kan det være at de

gir seg. Hun er neppe noen trussel lenger."
Daithe sukket lavt, hun håpet det samme."Hun er jo tross alt
bare en kurtisane, og de vil vel kanskje tro at hun er for redd til
å si noe."
Aidan nikket kort og Ighal tente bålet igjen, han virket
stresset."Vel, vi er kvitt dem i det minste. Hadde vi bare visst
litt mer om hvor dette bærer.»
Daithe var enig men hun kastet et fort blikk mot hulen der
Cherdis og Lamara kom ut igjen, Tåkesang lå fremdeles der
inne og Bhikoor hadde satt seg med ryggen mot veggen. Han
så sliten ut og antagelig var det lenge før han var i sin fulle
styrke igjen etter fangenskapet. Bhan tok seg av Dew og
Moyesh hjelp ham, Daithe var på en måte glad de hadde truffet
på denne merkelige lille gruppen, hun ante at de kom til å bli
en ressurs men kunne ikke si hvorfor eller hvordan ennå.

Mannen som satt behagelig tilbakelent mot stolen som sto
foran bordet Ademer hadde valgt som sitt eget virket like
malplassert som en grisegjeter i et palass. Han var godt kledd
og så ut som en vanlig adelsmann men det var noe i blikket
hans som fortalte om en person som totalt manglet
samvittighet og empati. Det lyste formelig av en slags kulde og
selv Ademer følte et ubehag med karen i nærheten. Men han
var nyttig, og for den som ønsket mer makt er ingenting mer
verdifullt enn denslags medhjelpere. Mannen la beina over
kors og så selvbevisst ut."Han snakket til slutt, men det satt
langt inne."
Ademer så smalt på mannen som møtte blikket hans helt uten å
vike, det var det ikke mange som gjorde."Og dere fant ut hva?"
Mannen betraktet fingerneglene sine med et blikk som antydet
at han egentlig kjedet seg gudsjammerlig ved å sitte der og
avlegge rapport. "Vi fant ut ganske mye vil jeg si, hun tynte
virkelig penger ut av området her, det er knapt nok noe av
verdi igjen som ikke er belånt eller tilhører noen utenfra.
Kvinnfolket var en total idiot når det gjelder verdier, men det

visste vi jo fra før.”

Ademer så litt sint ut.”Ikke noe bedre enn det?”

Mannen så hovent på ham.”Fyren er bare en hushovmester, det er begrenset hva en slik får vite men joda, noe interessant fant vi da ut. Det virker for at han sendte et skriv til vår konge med informasjon om denslags hennes spioner hadde funnet ut, og joda, Hun hadde en hemmelighet.“

Ademer lente seg litt fremover bordet.”Javel?”

Mannen lente seg tilbake og så på ham med et smil som var heller kjølig.”Hun hadde en løsunge, fra før hun giftet seg.”

Ademer hadde hørt ryktene men trodde ikke på dem, han hadde ikke regnet med at det kvinnfolket hadde følelser nok til å la seg lokke til denslags.”Ved alle guder, vet dere hvem det er?”

Mannen nikket og det var noe mørkt i blikket hans.”En væpner under en av ridderne her, Vardhys heter han visst. Men vår herre har visst kommet oss i forkjøpet, en av kongens egne menn var her for en tid tilbake og lånte med seg gutten. Jeg betalte en del folk mye for å få den informasjonen må jeg si, det var gjennomtenkt og smart utført. Ingen ante noe om det.”

Ademer bannet kort og slo handa i bordet.”Alle djevler fortære, hadde vi guttungen kunne vi lokket den tispa ut i dagen, eller i det minste hevnet Arustere, men han er altså vekk. Noen ide om hvor han kan ha blitt av?”

Mannen tidde noen sekunder.”Nei deres nåde, dessverre har vi ikke funnet noen spor av ham. Kongens mann er en meget dyktig kar sies det, han har garantert gjemt guttungen et sted og gjemt han godt også.”

Ademer så oppgitt ut.”Vel, få sparket folkene dine i gang og se om noen greier å finne ham. Et eller annet sted er guttungen og jeg akter ikke å la ham slippe unna.”

Mannen så skrått på Ademere, det var noe meget tvilende i minen.”Vel, jeg tror ærlig talt ikke at det er mulig men vi skal selvsagt prøve.”

Ademer brummet bare kort og konsentrerte seg om papirene

sine igjen, han måtte finne en måte å få hevn for sin døde
slektning, og aller helst i kombinasjon med pengene det
kvinnfolket skylte også.

Lord Uther av Ranclin satt foran peisen med et glass vin og
slappet av. Han prøvde å tvinge tankene bort fra problemene
som tårnet seg opp. Janos var ute i fjellene der et sted og lette
etter den, gudene alene visste hvordan han hadde fått vite at
den var stjålet men Uther visste at den gode Janos hadde
kontakter selv i de andre husenes nære stab. Og de måtte få tak
i den, og det forbaskede skrivet også. Uten det ville de ikke
kunne kontrollere den. De hadde mye folk ute men det var ikke
mottatt noen duer fra dem i det siste og han hadde en merkelig
følelse av at ting skar seg. Det forbaskede kvinnfolket hadde
antagelig flyktet med dyktige medhjelpere og ingen ante jo
hvor det hadde blitt av henne. Han satte fra seg vinglasset og
tenkte dyster i hu på hvor rasende Ordhur ville bli om de ikke
lyktes i dette. Det var han som hadde kommet over den
verdifulle kunnskapen og skaffet skriftet den idioten Arustere
hadde greid å tape til sin morder. Uther gyste litt, selv om
Ordhur var en ganske så fet og tilsynelatende ufarlig mann så
var han slu og i stand til å få i gang renkespill ingen kunne ane
rekkevidden av. Han visste hvilke knapper han burde trykke på
for å få folk til å reagere akkurat slik han ønsket det og selv om
det var en god egenskap å ha gjorde det Uther betenkt. Ordhur
hadde aldri brydd seg om slekten, for ham var det kun
utsiktene til personlig makt som betydde noe og han hadde
kommet seg dit han var utelukkende ved å tråkke på andre. Det
økte slektens makt jovisst men det gav dem også et dårlig
rykte. Ranclin hadde alltid vært en av de mest hederlige ættene
og Uther var stolt av det. De var ikke som Darasher som så
makt og rikdom som sine eneste mål. Ranclins motto hadde
vært Ære stolthet og styrke mens Darasher kun fokuserte på
den makten de en gang hadde. Deres motto var ganske enkelt «
glem aldri hva vi var»

Uther visste at det var den eldste delen av Darasher som hadde greid å holde den hemmelig gjennom århundrene, det fortalte bare hvor utrolig tålmodige og viljesterke de var. De ville ha ventet enda lengre om ikke noen hadde stjålet den. Uther undret seg på hvem det kunne ha vært? Det måtte være en av de andre sterke ættene men hvem? Det var vanskelig å finne ut og det var enda vanskeligere å gjette hvordan katten var sluppet ut av sekken. Noen måtte ha vært løsmunnet og han var ikke særlig lykkelig over det. Jo flere som visste om dette jo verre ble det.

Og Janos var ikke der for å gi dem råd, det var en strek i regningen egentlig, han var den av dem som hadde erfaring i slikt. Uther strøk det grå håret ut av ansiktet og så for seg den lyshårede slektningen, alltid like flinthardt bestemt på å greie det han satte seg fore og kronisk på å finne utveier der ingen utveier tilsynelatende fantes. Joda han regnet med at Janos ville finne den og sikre den for Ranclin og så ville han nok finne Lathisa og det forbaskede skrivet også. Kunne det bare gå litt fortere!Han gikk bort til vinduet og stirret ut i nattemørket, det vesle godset hans var ganske så representativt for slekten, de pleide å greie seg med lite men Ordhur var annerledes, hans eiendom var voldsom og prangende og gjenspeilet mannens grådighet. Han måtte trekke på smilebåndet, om Ordhur la på seg mer nå trengte han snart en trillebår og to tjenere for å forflytte seg. Månen var såvidt oppe og kastet et svakt lys over murene og takene, det var et fredelig syn og han lente seg mot vinduskarmen og spant noen tanker om hva de kunne få til om de fikk makten over den. De ville nekte å bøye seg for noen og den betydningen de en gang hadde hatt ville igjen bli deres. Ranclin hadde en gang vært nesten like mektige som Darasher men de hadde tapt mye, alt for mye. Han rynket pannen og tenkte fort på Ademer, at den idioten ble sendt for å gjøre opp ved Lathisas hoff var en feiltagelse, men han var tross alt en halvbror av Arustere og beinhard. Han var egentlig litt redd mannen, den delen av slekten likte han mindre. Men det kom fra en kvinne fra Macallif ætten som var blitt giftet inn i slekta for fem hundre år siden, alle visste det. Hun hadde vært splitter pine gal og døde også av galskap men ikke før hun hadde gitt sin mann hele sju sønner som alle var mer eller mindre tvilsomme med en forkjærlighet for perversiteter av det slaget en aldri nevner. Det hadde ødelagt den delen av slekten for all fremtid og Uther hadde aldri helt greid å se dem som ekte medlemmer av den gamle og ærefulle slekten.

Han skulle til å snu seg og gå bort fra vinduet da han ble var et lys, han rynket pannen og vendte seg tilbake, stirret forvirret på det. Det lignet på et bål i åsen som lå et lite stykke fra murene, men hvem var ute på denne tiden av døgnet? Og ute var det regn og virkelig gyselig vind. . Han følte brått en merkelig kulde som gled nedover ryggen, noe var galt. Han var kanskje ikke noen soldat eller ridder men han hadde instinkter og det bålet eller hva det nå var betydde fare. Han vætet leppene og ante ikke om han burde slå alarm eller hva han skulle gjøre. Portene var stengt for natten og murene var sterke så det var lite trolig at noen kunne bryte seg inn. Og ihvertfall ikke i mørket, det var gjørmete og steinete rundt murene og folk satte seg fast i gjørma hver dag nå. Hvorfor skulle forresten noen ønske å angripe dette avsides lille stedet? Det var ingen ting av verdier der og alle visste da det. Bålet virket for å flamme opp og brenne hetere, det ble ihvertfall større. Han glante forvirret på det men så gikk det opp for ham at det ikke brant høyere, det kom nærmere!

Uther gav fra seg et lite rop og rygget ufrivillig et par steg fra vinduet, han forsto det nå. Det var en katapult der ute og den hadde akkurat avfyrt et brennende prosjektil av noe slag mot godset. Ilden kom susende rett mot hovedbygget og han stålsatte seg, ante at det ikke var mulig å bare løpe før han visste hvor jævelskapet ville lande. Ilden lyste opp selve borggården i et kort sekund før prosjektilet brakte inn i veggen på hovedbygget et sted i andre etasje. Det lød et forferdelig brak etterfulgt av et smell som nesten gjorde ham døv og han mistet nesten fotfestet siden hele bygningen skalv i anslaget. Skrik og rop steg gjennom natten og flammer slo ut av bygget, Uther gispet av skrekk og styrtet ut av rommet, han kom ut i en gang som allerede var full av røyk og løp hostende og harkende ned en tjenertrapp til gårdsplassen. Han stønnet fortvilet av synet, nesten hele fasaden brant og skadene inne i bygget var enorme, det måtte ha vært noe eksplosivt i prosjektilet og flammene strakte seg grådige mot himmelen. Gårdsplassen var snart full av folk i vill panikk og i stallen skrek hestene i angst, Uther grep tak i to av arbeiderne og gav dem ordre om å åpne portene og de løp for å etterfølge ordren, folk måtte ut derifra for ilden spredte seg vanvittig fort nå siden alle bygningene der var tjærebredd. Mennene trakk bort slåene og skjøv på portene men de ville ikke rikke seg. De tok i alt de greide og flere karer kom til og presset desperat mot treverket men det ville ikke gi etter en tomme. Flammene var så sterke nå at de sprang fra bygning til bygning og samtlige som kunne komme seg ut var allerede ute nå. Flere var skadd og Uther var bare glad for at hans hustru var hos sin søster langs kysten nå, han ante hva som nå skulle skje. De visste at han og de andre tre visste og det samme ville skje dem før eller siden om det ikke allerede skjedde eller hadde skjedd. Han gispet lavt og hostet av røyken, varmen var uutholdelig. Noen prøvde å komme seg opp på murene for å heise seg ned på utsiden med tau men samtlige falt brått ned fra muren med skrik og stønn, han så pilene som stakk ut av dem. Uther forbannet dagen da Ordhur fikk nyss om hemmeligheten, han forbannet både de som nå sørget for å bli kvitt rivalene sine og slektningen som brakte dommen over dem alle slik, Han løftet blikket, flere brennende kuler var på vei og han avfant seg stilltiende med skjebnen. Det var ingenting han kunne gjøre nå, absolutt ingenting. Det ville ikke være en eneste levende sjel igjen der når morgengryet kom, bare svart svidde bein og rykende ruiner. Han lukket ikke øynene før den første brennende oljekrukken fylte hele blikket hans.

Vardhys

Vardhys var forvirret på flere enn en måte, han følte seg så velkommen der, så utrolig hjemme på en måte. Og det var underlig ved tanke på hva han trodde og syntes om Jaspers profesjon før. Men denne familien var uvanlig lykkelige og det var en varme og omsorg der han ikke hadde sett før. Men noe gjorde ham allikevel urolig, han hadde fått en hel kasse med bøker opp til seg på det enkle rommet og han leste mye av tiden og en av bøkene var en samling gamle historier og profetier fra gamle tider. Han kunne ikke annet enn å undre seg på om noen av dem noen gang ville bli oppfylt, det var deler av boka som var temmelig skremmende. Antagelig var den ikke ment for ungdom men for eldre og visere menn som kunne skille fantasier fra virkelige spådommer. Men han var glad for all kunnskapen han fikk, den var alltid en god ting. Han la fra seg boka, ute var det sol og fint vær men han måtte holde seg inne, antagelig ville han gått fra vettet uten bøkene. Han så ikke mye til de andre annet enn ved måltidene som alltid var en stor fryd, det var helt tydelig at fruen i huset var en sann mester og han ønsket virkelig å gjøre noe til gjengjeld for all vennligheten. Han ble behandlet som en høyt elsket sønn og det gjorde ham brydd og flau. Han var ikke vant med denslags oppmerksomhet. Jala ropte på ham fra kjøkkenet og han gikk ned, Esther var allerede der og vasket opp noen boller med sikre bevegelser. Han visste nå at hun var et snaut år yngre enn ham og hun var trivelig men det var noe ved henne som gjorde Vardhys merkelig usikker. Hun virket liksom så sikker på en måte, og det var noe i blikket hennes som han ikke riktig greide forstå. Hun sto med ryggen til og han la merke til at hun hadde på en ren bluse og et skjørt som måtte være nytt, det var snørt inn i midjen så hun fikk mer fasong

enn før. Han grep seg i å stirre på henne og trakk øynene til seg
med en brydd mine. Han hadde da lært å være ridderlig og
høvisk.

Jala ba ham komme til bords og han satte seg, det var en slags
pudding som sto på menyen, det luktet himmelsk og han
prøvde å oppføre seg dannet og ikke sikle synlig. Esther kom
og satte seg ved siden av ham, hun så ikke på ham men han
syntes han merket en endring i måten hun beveget seg på. Og
blusen var løst snørt også, han så mer av den svakt gylne
huden hennes enn før. Vardhys var ikke vant med jenter, han
kjente at synet fikk ham til å koke innvendig. Jala skar opp
noen reale porsjoner og han prøvde å konsentrere seg."Hvor er
Jasper?"

Jala smilte fort."Ute ved bortre byport, han skulle brennemerke
en tyv."

Vardhys gryste synlig og Jala smilte vemodig."Jeg vet det gutt,
det er tøft å bli stilt overfor det livet vi har blitt vant med, og
det min husbond gjør for å tjene til livets opphold. Men ta det
som en erfaring. Om du skal bli ridder kan det være lurt av deg
å se skyggesiden av verden også."

Vardhys bare skar en grimase og prøvde å konsentrere seg om
maten. Den var som utrolig god som vanlig og han prøvde å
ikke proppe seg, det tok seg ikke ut.

Esther satt og spiste i stillhet men Paulina skravlet i ett sett om
noen rare sauer hun hadde sett på markene og den nye kjolen
hun skulle få til vinterfesten. Vardhys skar en liten grimase,
det var tydelig at jenta ikke ennå skjønte at hun neppe fikk
delta på festen siden hun var datter av Jasper. Esther lente seg
over bordet etter brødet og den bare armen hennes strøk mot
hans egen et lite sekund, det føltes rent elektrisk men hun så
ikke engang på ham, hun bare brøt av brødet og spiste videre.
Vardhys svelget krampaktig og tvang blikket bort. Jala begynte
å instruere jentene om hva som skulle gjøres resten av dagen
og han lengtet brått tilbake til bøkene der oppe på
kvistværelset. Han unnskyldte seg så fort han kunne og gikk

opp igjen som om noe jaget ham.

Han ble sittende på senga og prøve å lese en bok med historier fra øyene vest for Zhandoria men greide ikke konsentrere seg. Tankene bare fløy overalt, han hadde alltid trodd at han bare kom til å bli væpner resten av livet og kanskje ridder om han hadde mye flaks. Og så var han dronningens egen løsunge? Men forandret det egentlig den han var? Han hadde kommet til at det ikke endret stort, og han greide liksom ikke helt å vri hodet sitt rundt ideen om at han faktisk var i arverekken for hele det lydriket moren hadde styrt over. Det var ikke ham, han var ment å gå sin herre til hende og leve et liv som var enkelt men krevende. Og nå satt han der hos en bøddels familie og var i skjul for slektningene til en mann hans til da ukjente mor hadde drept. Det var egentlig helt vanvittig. Og så var det Esther, han kjente fortsatt hvor armen hennes hadde rørt hans og han svelget og prøvde å tvinge synet av den halvåpne blusen hennes ut av tankene.

Vardhys var ikke vant med jenter men han likte dem og han var en typisk sekstenåring, han visste hva jenter var og hvilke glede en kunne ha av dem men Oleg hadde nøye instruert ham om hvordan han burde te seg. Å krenke en dames ære var det siste Vardhys kunne tenke seg å gjøre men han var også opplært til at en dames ord var lov. En sann ridder vil alltid føye seg om en dame ønsker noe så fremt det ikke stred mot den alminnelige høviskheten. Men han hadde selvsagt lagt merke til alle tjenestejentene på slottet og han hadde fått kysse en jente en gang, på kinnet! Han kom neppe til å glemme det noen gang. Og om nettene hendte det at han drømte om jenter han hadde sett og noen ganger hadde han tømt seg i søvne også. Oleg hadde tålmodig forklart hva som skjedde og hvorfor og han hadde også forklart ham at det var mulig å slippe trykket på egen hånd som han kalte det men også at en ikke burde gi etter og gjøre det alt for ofte heller. Det kunne gjøre en tossete i hodet og Vardhys hadde prøvd å adlyde men det var ikke alltid enkelt. Han syntes det var alt for ofte at han måtte gjøre det for han var redd for å bli tossete men samtidig var trangen til å gjøre det så utrolig intenst og mye sterkere enn ham selv.

Han la fra seg boka og lukket øynene igjen, han måtte huske hvem han var. Han skulle bli ridder og Esther var bare en bøddels datter, han måtte ikke bry seg for mye om henne uansett hvor vennlig hun var. Men hun var søt, ja faktisk var hun pen på en litt valpete måte, og hun hadde så smalt liv og hoftene var runde og virket faste. Og det var en fin tyngde under blusen på henne også, de andre væpnerne ville kalt henne et realt støkke men Vardhys ville ikke kalle en jente noe slikt. Han skulle være en ordentlig ridder, ikke en slik ussel type som bare forsynte seg med kvinner og annet etter forgodtbefinnende. Oleg hadde lovt ham å ta ham med til et hus når han ble gammel nok, Vardhys hadde vel egentlig fått litt sjokk da Oleg sa det men forsto at ridderen var fornuftig. Det var best om han lærte av en kvinne som visste hva hun gjorde. Men tankene på denslags gjorde det ikke bedre å konsentrere seg om bøkene og resten av ettermiddagen ble han heller sittende å lage enkle tegninger med kullstift på noen ark Jasper hadde fått som lønn for å kastere en hannkatt for en finere frue nede i byen.

Han sov urolig den natta og dagen etter var det gråvær og kaldt så alle holdt seg innendørs. Han ble sittende på rommet og lese etter å ha hjulpet Jasper med å slipe noen redskaper og han gyste over jobben men klaget ikke. Bare det å få noe å gjøre føltes som en lettelse. Når han satt til bords satte Esther seg ved siden av ham og han greide liksom aldri å finne ut om det var med vilje eller helt tilfeldig og når han sto og hjalp til med oppvasken hendte det at hendene hennes rørte hans nede i vaskevannet. Hun så ikke ut til å bry seg om det så det var nok tilfeldig og han forbannet seg selv for å være så fiksert på at hun var ei jente. Han burde ikke tenke slik om henne, hun var da en dydig og ærbar jomfru og prøvde sikkert bare å være vennlig. Han kjente seg ofte skamfull over sine egne tanker og om kvelden når han var alene ble han enda mer skamfull når han ga etter for lysten.

Det fortsatte å regne i mange dager og Jasper var ofte ute på oppdrag, han fikk i oppgave å henrette en forbryter i en nabolandsby og reiste for å bli borte noen dager og Vardhys skulle nesten ønske at han kunne bli med. Men han fikk beskjed om å holde seg inne og lese og han godtok sin skjebne med et sukk. Jala var overalt og vasket og ryddet og lagde mat og Paulina var søt men plagsom der hun støtt og stadig spurte ham ut om livet på slottet og hva damene gikk med og slikt. Han prøvde å være vennlig mot henne for hun var bare et barn men det var ofte direkte vanskelig og han så at Esther ofte var oppgitt over at lillesøsteren aldri lot henne være i fred med masingen. De var liksom så vanlige og alminnelige. Slik en regnet med at en familie skulle være.

Vardhys satt og leste litt da han brått hørte banking på døra, han la ned boka og Esther kom inn, hun bar en stabel med rene sengeklær og smilte vennlig mot ham mens hun la tøyet fra seg på bordet. Hun bikket på hodet.”Du greier å legge det på selv regner jeg med?”

Han nikket og ble litt tørr i halsen, hun luktet mildt av kamomille og urter og hun hadde rullet opp ermene på blusen så han så de slanke men sterke armene. Hun var svakt solbrun og han tvang blikket bort. Hun så på boka.”Hva er det du leser på?”

Han svelget litt anstrengt.”Æh, historier fra øyene. Er mest maritim historie og slikt.”

Hun satte seg ved siden av ham og grep boka, studerte den.”Er det noe spennende da?”

Han kjente at han begynte å dirre, hun satt så nær at han følte varmen fra henne og siden han var høyere enn henne så han ned i utringingen i blusen.”Jo.. joda, den er spennende nok. Masse... masse gamle forlis og slikt... Og berømte sjøfolk og slikt.”

Esther smilte litt drømmende og så skrått på ham.”Vet du hva?

Du er kjempeheldig."
Vardhys rynket pannen og så forbauset på henne."Hvordan det?"
Esther så litt skarpt på ham."Du er gutt, du kan gjøre som du vil. Og du skal bli ridder ikke sant? Du kan reise og se verden. Det kan ikke vi, bare fordi far er bøddel."
Stemmen hennes var sår og han forsto brått hvor ensomt det måtte være for en som henne å leve der, så isolert."Æh, det er urettferdig at dere ikke får være sammen med andre folk, din far er jo en kjerne kar."
Esther smilte og nikket forsiktig."Ja, men folk ser ikke det, og reglene er så strenge. Det har hendt at folk har kastet stein etter oss."
Vardhys gispet opprørt og Esther så på ham med halvlukkede øyne."Men du vil aldri gjøre noe slikt vil du vel?"
Han ristet på hodet og hun smilte pent."Det er bra, du er grei. Det er det få som er."
Hun sukket og strøk hendene over boka igjen."Jeg skulle så gjerne ha reist rundt også, og sett ting. Søsteren min har jo reist sin vei og hun har aldri sagt noe om hvor hun er fra og hvem far er. Derfor har hun fått en mann og et hjem."
Vardhys svelget, stemmen hennes var så trist, han skulle så gjerne trøstet henne.
"Det er jo.. hyggelig for henne."
Esther nikket men så ned."Jeg får nok aldri det, jeg kommer jo aldri herifra. Og hun var penere enn meg også."
Vardhys følte at han var på virkelig vaklende grunn, ja at han vadet i ei hengemyr av episke proporsjoner."Men... eh... du er jo pen du også...."
Hun smilte igjen, det strålte liksom opp."Syns du det? Å du er snill."
Hun klappet ham fort på skulderen i det hun reiste seg."Du kan være min ridder, som i de gamle historiene. En slik som redder folk fra drager og slikt."
Vardhys kjente seg brått veldig modig, det var rent

merkelig.”Jeg kunne sikkert ha drept en drage, men da måtte jeg nok ha trent noen år, og blitt sterkere og høyere.”

Esther stanset i døra et lite øyeblikk.”Åh men jeg syns du er sterk alt nå jeg altså.”

Hun gikk og Vardhys ble sittende å føle at det hadde skjedd et eller annet som hadde gått ham hus forbi.

Dagen etter var hun helt som vanlig og Vardhys begynte å tro at han virkelig innbilte seg ting, hun var da bare koselig mot ham, det var ikke noe mer enn det. Jasper var ikke der og Jala var ute mye av dagen nå siden hun hadde mye å gjøre på jorda deres og hun var også i skogen og plukket bær og nøtter. Paulina var med henne mens Esther styrte hjemme siden hun var gammel nok til det og Vardhys prøvde ikke å komme i kontakt med henne mer enn høyst nødvendig. Han ville ikke såre henne og han ville ikke såre seg selv heller. Og han var engstelig over det Wulf hadde fortalt ham, Arusteres familie var mektige, han hadde skjønt så mye. Og om de ikke fikk tak i hans mor ville de nok bli glade for å ta ham i stedet. Det var merkelig å tenke på men han måtte ta det på alvor. Men Esther distraherte ham, hun gjorde det sikkert ikke med vilje men han kunne ikke unngå å se hvor fin baken hennes var når hun bøyde seg over ildstedet for å røre i grytene, eller hvor glatte og runde leggene hennes var når hun vasket føttene sine om kvelden. Og det kokte i ham hver kveld og gav ham lite eller ingen fred.

Han var til tider litt fortvilet over hva han følte, der var han en gjest i huset og hadde de mest skamløse tanker om Jaspers datter? Det var uhøflig var det. Han håpet at ingen av dem fant ut av det, han var direkte æresløs som tenkte slik. Esther var uansett ikke noe for ham, selv om hun var fin. Han måtte tenke på sitt kall som ridder og ikke la seg friste til å gjøre dumme ting. Men hans indre stemme protesterte på dette med dumme ting, den mente visst at det var alt annet enn dumt. Han prøvde å lese de mest spennende bøkene i samlingen men det hjalp ikke. Hun var i tankene hans allikevel. Så en kveld etter at han hadde lagt seg og nesten sovnet rykket han til av en fremmed lyd, det knirket i døra. Det var sent og huset hadde gått til ro og han åpnet øynene og var lysvåken. Det var Esther som kom inn med et lite lys i ene handa og hun hadde slått ut håret og var bare kledd i en nattkjole som var så tynn at den var nesten helt gjennomsiktig. Vardhys gispet forferdet og trakk teppene helt oppunder haka, han så storøyd på henne.”Hva,, hva gjør du her nå?”

Han hvisket det og Esther smilte fort og satte fra seg lyset.”Paulina snorker, jeg får ikke sove. Jeg vil heller sitte her og snakke med deg.”

Vardhys svelget hardt og prøvde å ikke se på henne, kjolen var så tynn at han så de rosa brystvortene hennes som presset mot tøyet og han skimtet den mørke skyggen oppe mellom lårene hennes. Det verket brått i ham, han presset seg mot senga med panikk og fortvilelse og hun satte seg smilende ned på sengekanten og så ikke ut til å være klar over hva hun gjorde med ham. Vardhys prøvde desperat å finne på noe klokt å si, noe som fikk henne til å gå uten å såre henne eller avsløre hva han følte. Esther strakte seg litt og lyset skinte gjennom kjolen og avslørte hver en detalj av henne, han ønsket seg ti mil vekk og samtidig var synet av henne det fineste han hadde sett noen gang. Esther fniste litt.”Du ser blek ut, er du syk?”

Han fikk en ide.”Ja, æh, sikkert. Du bør gå, kanskje det er smittsomt?”

Esther fniste igjen og strøk handa over pannen hans, han rykket til og så på henne med en blanding av desperasjon og frykt.”Jeg tror ikke du er syk, har du aldri sett en jente noen gang?”

Han så forvirret på henne.”Selvsagt har jeg sett jenter før?”

Esther smilte litt skjelmsk.”Jeg mener nakne jenter selvsagt.”

Vardhys gulpet, det kokte i blodet på ham virket det for og han ville ta på henne men det måtte han ikke gjøre, det fikk han ikke gjøre.”Eh. Nei...”

Hun så på ham med et lite smil men det var trist.”Vet du, de

andre jentene på min alder her i byen er som regel gift, eller i det minste bortlovet. Men det skjer ikke med meg, for det er ingen andre her i byen som driver med det samme som far."
Vardhys klemte teppet mellom fingrene som han prøvde å klemme det i stykker."Det.. det er jo synd.. jeg mener...."
Hun spisset munnen litt, så skrått på ham."Syns du jeg er pen Vardhys?"
Han svettet der han lå."Jooo, du er veldig pen."
Hun smilte strålende."Takk, det var pent sagt av deg."
Han prøvde å smile men det ble veldig stivt. Esther så litt trist på ham igjen."Ingen gutter vil se på meg engang, enda jeg er like pen som de andre jentene. Og jeg har vært voksen i to år allerede."Vardhys forsto først ikke hva hun mente med voksen men så forsto han og rødmet som en tomat. Han prøvde å finne noe klokt å si men greide det ikke helt."Jeg... jeg ser det..."
Esther lente seg litt mot ham."Det er urettferdig vet du, at jeg ikke kan leve som de andre bare fordi far har den jobben han har. Jeg vil bare være en vanlig jente."
Vardhys prøvde å ikke se på henne."Joda, det er veldig urettferdig, det har du rett i."
Han kjente hvor hås stemmen hans var og han prøvde å ta det med ro men det var ikke enkelt. Esther så litt trist på ham, ansiktet hennes fortalte så veldig tydelig hva hun følte."Liker du meg ikke? Er det på grunn av far?"
Han så snurten til tårer i øyekroken hennes og fikk litt panikk."Nei... neida, jeg liker deg veldig godt, det er ikke noe galt med deg på noen måte altså, det er bare at... at.."
Esther lente seg mot ham og kysset ham lett på pannen, han fikk brystene hennes bare noen få centimeter foran øynene og kjente lukten av kroppen hennes, han ynket seg og trakk knærne opp. Hun smilte glad."At hva? Du kan si det til meg vet du, jeg sladrer ikke."
Vardhys tok seg sammen med en kraftanstrengelse."Jeg... jeg skal jo bli ridder og ... jeg skal ikke vanære kvinner, eller gjøre noe som kan skade dem, eller ryktet deres."

Esther så på ham med skinnende øyne, ved alle guder så nydelig hun var."Men du er bare væpner ennå ikke sant? Og du vanærer da ingen bare fordi du liker meg gjør du vel? Og en ridder skal jo etterfølge damers ønsker ikke sant?"
Vardhys svelget hardt igjen, hun satt så han hadde den myke kroppen hennes bare tommer unna og han ante ikke hva han skulle gjøre."Eh... joda, det... det stemmer vel."
Esther smilte lekent."Ser du? Det er ikke farlig, ingen får vite noe om det. Og jeg liker deg også."
Hun strøk ham over kinnet med en myk hånd og han ynket seg nesten."Men du har altså aldri sett en naken jente før, jeg har aldri sett en naken gutt. Og jeg vil gjerne se. Om du får se meg, kan jeg få se deg da?"
Vardhys bare gapte, han ante ikke hva han skulle si.
Denne situasjonen var kommet totalt ut av kontroll, han måtte få henne vekk men kunne ikke flytte seg og han ville ikke virke avvisende heller, det var jo synd på henne. Esther reiste seg fra senga og han trakk et lettelsens sukk og trodde at hun hadde tenkt å gå men nei. Hun snudde seg mot ham og trakk opp nattkjolen, Vardhys stirret rett på henne og ønsket desperat at han kunne forsvinne ned gjennom senga. Hun så skuffet på ham, underleppa hang. "Syns du ikke at jeg er fin?"
Stemmen var nesten gråtkvalt og Vardhys lukket øynene."Jo du er fin men jeg kan ikke..."
Hun så bedende på ham."Du trenger bare å se?"
Han tenkte fort og åpnet øynene, håpet at det ville være nok. Hjertet hans hamret vilt og han greide ikke trekke blikket til seg, det hang som limt til området der lårene hennes møttes. Det var som om den lille trekanten var en magnet. Vardhys skalv, han var like ved å søle seg til og det uten å engang røre ved seg selv. Esther smilte litt lekent, det glitret i blikket hennes."Liker du den?"
Vardhys kunne bare hikste frem noe uforståelig noe, synet av henne hadde fått ham helt på grensen. Esther så dvelende på ham, så strøk hun fingrene på ene handa ned over seg selv og

lot dem gli innover så han fikk et glimt av glatt rosa fuktighet. Vardhys hev etter pusten, klemte teppet enda hardere mellom hendene og kjente at rykningene begynte og de lot seg ikke stanse. Han stønnet og vred seg og skulle ønske at han var død eller noe mens det kom oppover magen på ham og Esther stirret på ham med store øyne og noe som lignet et fornøyd glis. Han hadde mest lyst til å begynne å grine av ren flauhet. Esther fniste og klappet ham på hodet."Var jeg så fin?" Han nikket plaget og hun smilte ertende."Da har du fått se meg, i morgen vil jeg se deg. Avtale?"

Vardhys så bare fortvilet på henne og hun smilte fornøyd og slapp kjolen ned igjen. Hun slukket lyset og gikk ut igjen med et lite flørtende vink med handa. Vardhys ble liggende igjen med en følelse av å ha havnet i verdens verste trøbbel. Hva i alle guders navn skulle han gjøre nå? Han kunne ikke la det gå lenger enn dette men hvordan skulle han få henne til å forstå det? Han ble liggende til han fikk roet seg litt ned, så trakk han bort teppet og betraktet den tilsølte nattskjorta med et gys. Han fant vaskevannsfatet og vasket av seg og tørket av skjorta også, han kunne dødd av skam. Han hadde virkelig trivdes der, nå føltes det som et fengsel. Ja han ville ha foretrukket å være tilbake på slottet med Ademere og hele Ranclin slekta bak ham. Da Vardhys omsider sovnet den kvelden var det med følelsen av å være et dyr i en felle.

Olric

Olric hastet avgårde gjennom gangene, han følte seg merkelig
trett og utilpass og det syntes også. Han var gusten i ansiktet
og blek, Addah var svært bekymret for ham. Han kjente en
slags knute dypt i brystet, den var øm og vond og han visste
hva den skyldtes. Det var skyldfølelse, og anger, og frykt. Alt i
en salig blanding som stadig vokste og este og tæret på sjelen
hans. Og det var ingen han kunne stole på, som var hans
fortrolige i dette. Nå skulle han møte sin onkel ansikt til ansikt
og gruet seg inderlig, han hadde mislikt onkelen før men nå
greide han ikke å tvinge ubehaget tilbake, og mannen var der i
egen opphøyde person. Olric klemte et lite ark i handa, han
hadde fått en kort rapport om at en av de tre de kjente til var
uskadeliggjort og han hadde også hørt om det via andre
personer, en skrekkelig brann ble det sagt. Han følte seg
kvalm, folk var døde, alt for at denne hemmeligheten skulle
forbli deres. Var det i det hele tatt verdt det?
Han gikk seg på en av barnepikene i gangen, hun virket
forvirret og han stanset og så fort på henne."Er noe galt
Iselle?"
Jenta vred hendene."Vi leker gjemsel og jeg finner ikke igjen
Nell, den jentungen kan det med å gjemme seg!"
Olric måtte trekke på smilebåndet ved tanken på jentungen,
hun var virkelig en energibunt og han forsto at barnepiken
hadde en real jobb med å holde orden på henne. Men han var
stolt av alle de tre barna og Nell var den søteste av dem, og
utrolig sjarmerende med den underlige naiviteten og måten
hun bare buste ut med ting på. Han husket utallige tilfeller av
hennes mangel på diskresjon og måtte smile der han gikk
videre. Iselle fant henne nok etterhvert, eller så ble hun lei av å
være gjemt og kom frem av seg selv. Tålmodighet var ikke

akkurat hva den jenta var mest kjent for.

Onkelen ventet i en av de finere rommene i huset, en ganske stor hall som var prydet med vakre møbler og gobeliner, det var der de hadde gjestebud når det passet seg. Lord Thomas av Athar"Darasher var en ganske høy og mager mann med et bistert oppsyn under buskete øyebryn og en konstant misfornøyd mine på ansiktet. Han så alltid sint ut og stemmen var kald og tålte ikke å bli motsagt. Det gikk stygge rykter om hvorfor lorden var blitt avskjediget fra hæren, noen mente at han bedrev så hard kadaverdisiplin at flere soldater døde. Olric visste ikke sikkert men det ville ikke forundre ham. Thomas brydde seg bare om seg selv og sine egne mål, det fantes ingen varme i mannen i det hele tatt. Olric svelget hardt og gikk inn, onkelen snudde seg på hælen, han så skarpt på nevøen og det var noe beregnende i blikket."Nå, der var du, det er uhøflig å la en gjest vente!"

Stemmen var kald som vanlig og Olric stålsatte seg."Jeg beklager, jeg kom så fort jeg kunne."

Onkelen bare blåste i nesa, Olric kjente en bølge av sinne ved lyden, insinuerte virkelig mannen at han løy?

Thomas snudde seg mot vinduet igjen."Har du gjort det du skulle?"

Det var forakt i røsten og Olric følte en trang til å sparke onkelen hardt, bare for å statuere et eksempel."Selvsagt, Uther av Ranclin er tatt hånd om, Ordhur står for tur når som helst og det samme gjelder denne Janos. Har du gjort det du skulle?"

Han sa det siste med tydelig sarkasme men det prellet av på onkelen."Jeg har sendt folk etter henne om det er hva du mener, og jeg tror jeg vet hvem som står bak tyveriet også. Det virker for at det er en av de mer obskure delene av Ohdrasar slekten som fikk henne stjålet fra oss."

Olric rynket pannen."Men hvordan kan de ha funnet ut av det? Og de er da ikke særlig maktgale?"

Onkelen snudde seg igjen og så bistert på ham."En av tjenerne fra slottet ble borte for et år siden, bare forsvant. Vi tror han var løsmunnet."

Olric sukket lavt."Og hvordan skal du løse det? Ohdrasar er mektige mange steder, og det er en stor slekt. Vet du hvem som står bak?"

Thomas bare gliste stygt."Mine spioner finner ut av det, tvil ikke på det. De vet hvordan de skal få folk til å snakke."

Olric gyste, han hatet bruk av tortur, det fikk folk til å si ting som var totalt feil bare for å slippe unna. Han bare ristet på seg og prøvde å ikke tenke på hva det var dette impliserte.

Thomas stirret bare kaldt på ham."Hun er vår, vår belønning for århundrer med tålmodighet, vår arv! Vi fortjener den makten hun vil gi oss, den makten vi tapte for så lenge siden. Jeg vil finne henne igjen, tvil ikke på det."

Han snudde seg igjen."Og ingen slapp unna brannen hører jeg?"

Olric svelget hardt."Ingen slapp unna nei, de var... dyktige."

Thomas lo håst og satte hendene i siden."Så flaks at vi ennå har de folkene knyttet til oss, jeg ville aldri overlatt den jobben til deg. Du er bløt og udugelig som din far."

Olric trakk pusten hardt i et forsøk på å beherske seg. Thomas bare glodde hardt på ham."Du ville latt dem stikke med henne, det vet jeg du ville. Du eier ikke det minste grann av ærgjerrighet. Og du vil aldri få blod på hendene selv, du er en kujon og hadde du ikke vært min nevø ville jeg ordnet dette selv. Men jeg trenger folkene dine."

Olric ante ikke hva han skulle si, det var en stygg fornærmelse få menn ville funnet seg i men han visste at onkelen på en måte hadde rett. Han var ingen voldelig mann, han foretrakk å leve i fred og fordragelighet med få andre mål enn å holde godset i hevd og sikre barna en god fremtid. Men var det så ille? Alle kunne ikke være krigere som onkelen. Thomas gikk bort til vinduet og kikket fort ut med en mine av avsmak på ansiktet, det virket som om han bare følte avsky for harmonien og det velordnede ved nevøens liv."Men jeg trenger å vite sikkert at også de to andre er borte så fort som mulig. Alle må dø, er det

klart?"
Olric bare nikket."Jeg har gitt ordrene..."
Thomas lo hest igjen."Du? Gi ordre? Du kunne ikke gi
ordentlige ordre om livet avhang av det."
Olric bet tennene hardt sammen."Du sa at Ohdrasar arrangerte
tyveriet, hvordan visste disse Ranclin folka om henne?"
Thomas så et lite øyeblikk forvirret ut og Olric gledet seg over
at han hadde fått mannen ut av balanse."Det virker for at de
fikk vitenen fra samme kilde, og det går et rykte om at de også
hadde kjennskap til magien som gir kontroll over dem."
Olric fikk et kort øyeblikk en merkelig frysende følelse
nedover ryggen, som om han nesten fanget et hint av noe
skrekkelig men ikke greide å ta tak i det."Vel, uansett vil de
snart være historie."
Thomas så kaldt på ham, blikket var som stål."Best for deg om
det stemmer gutt. Jeg stoler på folkene dine, de er gode i
jobben men kjenner jeg deg rett kan du rote til selv dette."
Olric kjempet med seg selv for å beholde selvkontrollen."Var
det alt da onkel? Jeg har plikter jeg skal gjøre her, jeg driver
faktisk stedet selv."
Thomas bare smilte foraktelig av ham."Gå tilbake til pliktene
da, så får vi mannfolka ta oss av det reale arbeidet."
Olric bare bukket kort og gikk igjen, så sint at han kjente at
blodet formelig kokte i ham. Men han var en bedre mann enn
onkelen og han aktet å vise det også. Han kunne kontrollere
seg selv og ordne ting uten å bruke trusler og vold. Det kunne
en ikke si om onkelen.
Thomas ble stående ved vinduet og stirre ut, han var irritert
over nevøens mangel på ærgjerrighet og i hans øyne
mannsmot. Det var ingenting å vinne på å bare sitte der med
hendene i fanget, slekten krevde at de handlet. Og hensikten
helliget alle midler slik han så det. De måtte få tak i henne
igjen, og så kunne de ikke vente lenger men kreve den makten
de hadde ventet på så lenge. Om hun nektet fremdeles skulle
han nok vite å knekke henne. Han visste hvordan selv den

sterkeste kan knuses. Han smilte selvbevisst da han brått hørte
en lyd bak seg og virvlet rundt. Ene gobelinet rørte på seg og
han trakk dolken sin og så litt forskrekket men også innbitt på
bevegelsene. En spion? Han ble stående stille, gobelinet gled
til side og avslørte at det var en avstengt luke bak det. Rommet
var akkurat så stort at et barn kunne gjemme seg der og det var
nettopp et barn som klatret ned. Han så smalt på jentungen
som så litt snurt ut og ble stående å se litt forbauset på ham.
Han kjente henne igjen på beskrivelsene. Det var nevøens
datter Nell. Han bannet innvendig men prøvde å holde seg
rolig, en unge var ikke noe problem.
Han bøyde seg litt fremover, prøvde å se vennlig ut.”Men lille
venn, hva gjør du her?”
Jentungen så litt usikkert på ham.”Leker gjemsel, men de
finner meg jo ikke, det er kjedelig.”
Thomas bannet kort for seg selv, hun måtte ha gjemt seg der
før han og nevøen ankom.”Si meg lille venn, hørte du hva vi
snakket om?”
Jentungen så sky ned i golvet og nikket.”Noen skulle drepes,
noen som het Ranclin, og så var det noe med et tyveri og noe.
Og magi.”
Thomas trakk pusten dypt og smilte så bredt han kunne, de
gule hestetennene hans kunne sikkert skremt hvem som helst
og jentungen rygget litt bort.”Vet du hva? Jeg tror du er en
riktig smart liten jente, ja mye smartere enn andre på din
alder.”
 Nell så litt forbauset på ham men hun smilte litt
forsiktig.”Takk.”
Thomas smilte ennå, det verket i ansiktet hans så uvant var
minen.”Jeg er din fars onkel men det vet du sikkert. Og jeg
syns du er en riktig søt liten jente, har du lyst på en gave?”
Nell lyste opp, hun glemte visst at hun syntes denne mannen så
skummel ut.”Åh ja, hva slags gave da?”
Thomas tenkte fort.”En hundevalp, den er ute for jeg kunne
ikke ta den med inn, vil du se den?”

Jentungen hoppet nesten av iver og han smilte kaldt til seg selv. Han hadde lest henne riktig. Det var synd at hun hadde overhørt dem men feilen kunne hviskes ut fort. Spørsmålet var bare hvor han skulle gjøre av henne? Det måtte se ut som en ulykke. Så de lekte gjemsel? Det gav ham en ide. Han smilte til den vesle jenta og geleidet henne ut en av sidedørene som sjelden ble brukt. Han kjente bygget fra utallige besøk før og han visste hvor han burde gå for å ikke bli oppdaget. Dette burde være fort ordnet og så fikk han komme seg hjem, dette stedet kjedet ham bare.

Olric gikk til sitt private studer kammer, han satte seg ned med en mine som kunne syrne nysilt melk og prøvde å roe seg. Det var ikke enkelt. Så det var ikke bare disse tre herrene fra Ranclin som ante om det, Ohdrasar var også innblandet. Og kilden var felles? Han fikk en ekkel følelse av at dette kom til å ende med en komplett katastrofe. Ranclin var et mektig hus i noen riker men mindre innflytelsesrikt i andre, men de var uvanlig dyktige til å ta vare på hverandre. Det var virkelig litt av en en for alle og alle for en holdning der og ingen av husene hadde så god oversikt over slekt og venner og allierte som dem. Og Ohdrasar? De var mektigere enda, og steinrike. De eide store gruver i nord og selv om flere av dem var i områder der Ranclin eller Arcan satt med det meste av makten så betalte de seg inn i det meste som foregikk. Felderi hadde alltid vært den ættens hoved område men nevene deres grep tak i alt mulig fra Ibir øyene i vest til Zetir i øst. Han kunne bare håpe at ikke Arcan slekten eller Macallif også ble innblandet, det kunne bli totalt kaos. Dette var virkelig et mareritt i levende live og han ante ingen vei ut av det. Han ble sittende å gruble lenge, fant liksom ingen vei ut av uføret og ønsket onkelen langt pokker i vold.

Det banket på døra og han ropte høyt og irritert, en av tjenerne stakk hodet inn med en beklagende mine.”Herre? De finner ikke igjen Nell noe sted.”

Olric sukket oppgitt.”Da har de ikke lett godt nok, hun har nok

funnet et nytt flott gjemmested. Den jentungen er rene
røyskatten. Fortsett å lete dere."
Tjeneren smilte litt nervøst og bukket."Din onkel red forresten
ut for litt siden, øh... si meg.. jeg vet at du ikke liker ham
men... kom det til håndgemeng mellom dere?"
Olric rynket pannen, han så forbauset på tjeneren."Nei?
Hvordan det?"
Tjeneren skar en merkelig grimase."Vel, han hadde et klor
eller sår av noe slag på kinnet og ene epåletten på jakken hans
manglet, og han så litt bustete ut kan en si."
Olric bare fnyste i nesa."Han går jo med nesa i sky hele tiden
så kanskje han gikk seg på en dør eller noe. Godt at han er
borte."
Tjeneren bare nikket igjen og gikk og Olric ble sittende å
gruble enda en stund
Noen timer senere var stemningen en ganske annen, Nell var
ikke funnet ennå og nå lette hele husholdningen over hele
godset med lys og lykte. Addah var med og lette og hun var
likblek av fortvilelse. De to andre barna var plassert på
rommene sine med beskjed om å bli der og barnepikene sine til
stede, de var også skremt for de forsto at noe var fryktelig galt.
Olric var med på letingen, hjertet hugget i ham av angst og han
var småkvalm. Gudene kunne ikke være så grusomme, det
måtte ikke ha skjedd henne noe, det uskyldige barnet. Om de
straffet ham slik for hva han hadde gjort burde de heller ha tatt
hans liv enn hans datters. Tanker på forferdelige ulykker gled
gjennom tankene hans der han løp rundt med en lampe og
ropte på jenta. I stallene løp stallkarene rundt og lette i hvert et
spiltau og rommet der de oppbevarte torv til strø ble
gjennomsøkt flere ganger i tilfelle ungen hadde gjemt seg der,
og fått haugen over seg på noe vis. Og havrebinger og
seletøyslager ble gjennomsøkt med en finkam! Inne i
hovedhuset ble hvert rom gjennomgått, alle kister åpnet og alle
skap også, kjøkkenet ble gjennomsøkt og til og med
bakerovnen åpnet og sjekket. Loft og kjellere ble gjennomgått

og noen menn med hunder gikk utenfor murene og lette etter spor om jenta skulle ha tatt seg ut av portene. Noen tok hester og red ut til de ulike løene i området bare for å sjekke dem og uhyggen spredte seg over hele godset. Det at et uskyldig barn forsvinner slik påvirket hele husholdningen og flere av tjenestejentene var på gråten av bekymring. De elsket den muntre lille jenta alle som en og også mennene var synlig påkjent, de tenkte på sine egne barn og tenkte på hva de ville følt om det var deres unger som var savnet slik. Addah kollapset etter noen timer og noen av tjenerne hennes tok seg av henne, fikk henne til sengs og helte i henne beroligende urtedrikker. Olric var på gråten, han følte at dette var hans skyld alt sammen, han vaklet mer enn han gikk der han var med på letingen, flere så medfølende på ham og han kjente seg som verdens verste skurk.

Da sola steg var Nell ennå ikke funnet, folk var bleke av utmattelse men alle lette fremdeles. Kokka prøvde å få i folk litt mat men mange nektet, de ville ikke gi seg før barnet var funnet. Hushovmesteren fikk litt oversikt og greide å organisere letingen litt bedre så alle deler av bygningene ble gjennomgått planmessig. Olric greide ikke tenke nå, alt han så for seg var Nells lille troskyldige ansikt og han kjente at angsten truet med å kvele ham. Han kunne ikke gi seg med å lete selv om beina snaut bar ham lenger. Han raste rundt fra tårnene på hovedbygget til de store tønnene i bryggerhuset, hver en krinkel og krok måtte sjekkes og dobbeltsjekkes. Da sola nådde middagshøyden var hun ennå ikke funnet og Olric kollapset av ren utmattelse. Tjenerne fikk plassert ham i en stol og han ble sittende der å skjelve og hikste selv etter at han ble tvunget til å drikke en stor bolle med varm og sterk kryddervin. De måtte finne henne igjen, han tryglet alle guder han kjente om at hun bare hadde gjemt seg et sted hun ikke kom seg ut av og at de snart fant henne uskadd.

Nell ble ikke funnet den dagen og flere måtte avslutte letingen, det var et stille hus den kvelden, et hus som allerede var i sorg

enda de ikke kjente til hva som hadde skjedd ennå. Noen ymtet varsomt frempå om at det fantes syke menn der ute som anså slike søte småpiker som svært tiltrekkende og portene hadde jo stått oppe? Bare tanken fikk Olric til og nesten besvime og han forbød alle å så mye som nevne den muligheten til Addah, han var så alt for klar over at det ikke bare var mulig men også sannsynlig. Veien til bukta gikk ikke så langt unna godset og om nå en slik person kom vandrende på jakt etter jobb eller noe slikt og kom over jentungen? Det var godt mulig å smugle henne ut usett og han sendte menn ut på veien for å se om de kunne finne spor eller noen som hadde sett noe. Og alle husene som hørte godset til ble gjennomsøkt, også de som lå flere fjerdinger unna hovedbygningene. Men ingen fant noe, og Olric ante ikke om det var en god eller dårlig ting. Denne uvissheten var det aller verste, det var et helvete og han skulle ønske han kunne betale for hva han hadde gjort med sitt eget blod, bare barna hans ble spart. Angsten og skyldfølelsen rev i ham, han følte seg som et dyr fanget i et bur og visste at han burde ha vært hos Addah og trøstet henne og vært hennes sterke klippe som før men han greide det ikke. Hun var ren og god, selv var han tilsølt med ondskap nå, og den ville bare spre seg og øke gradvis.
Natten var dyster og stille og det ble fremdeles lett men nå var det mer på ren desperasjon. Rom som var gjennom søkt flere ganger før ble gjennomsøkt igjen, til og med takene ble sjekket av noen modige gutter som hang ut av taklukene i solide tau. Ja en ekstra modig gutt sjekket til og med pipene i tilfelle hun på et eller annet vis hadde havnet i dem enda det var bortimot umulig. En eller annen hadde tilkalt en prest fra nærmeste tempel og mannen prøvde så godt han kunne å trøste og oppmuntre men til liten nytte. Addah bare gråt og Olric var fanget i sin egen verden nå. Ingen bar sort ennå men noen praktiske sjeler blant tjenerne hadde funnet frem sørgeklær og gjort dem klare uten å si noe om det. De var fornuftige nok til å vite at når ikke barnet var funnet ennå var sjansen for at hun

var i live minimal.

Morgenlyset krøp sakte frem over åsene og badet takene i gyldent og varmt lys, det var et vakkert syn men godset var merkelig stille. Bare noen hunder bjeffet liksom litt halvhjertet og i stallene vrinsket hestene etter morgenhavren. Roen ble brått brutt av et skingrende skrik fra ene bakhagen, flere kom løpende til og kilden til skriket var en av tjenestejentene som jobbet i fjøset. Hun sto med en bøtte og skalv og var blek som en kalket vegg. En av mennene grep henne og hun ristet hysterisk og pekte på den lille overdekkede brønnen gartnerne brukte når de vannet plantene om våren. Nå på høsten var brønnen stengt med en solid helle men det var en luke i den og hun hadde tydeligvis tenkt å hente vann der.”Jeg.. jeg skulle ha vann til kyrne og det var jo en hel haug med folk ved brønnen på gårdsplassen som skulle vanne hestene så jeg tenkte på denne og..”

Hun hylte igjen og den ene mannen fikte til henne bare for å roe henne ned. Hun holdt kjeft og virket halvt i svime og en av de mer modige gikk bort og åpnet luka. Den hadde ikke blitt låst ennå men ville snart blitt avstengt for vinteren. Han kikket ned og gispet, så snudde han seg med en mine av pine i ansiktet, stemmen var anstrengt.”Noen, løp og hent herren.. si... si at vi har funnet henne...!”

Olric hadde sovnet og sov som en stein da en av tjenerne kom og rusket i ham, han hadde drømt en merkelig drøm om en elv av blod som strømmet over landet og slukte alt og han gispet og satte seg opp. Tjeneren så bare på ham med tårer i øynene og han forsto av rent instinkt hva slags nyheter han kom med. Olric hev etter pusten, tvang seg til å beholde roen.”Hvor?” Tjeneren rensket stemmen og prøvde å beholde minen men greide det ikke.”Den gamle brønnen i bakhagen, ene budeia trengte vann til kyrne og orket ikke vente ved hovedbrønnen til hestene var ferdig vannet. Hun fikk sjokk stakkars.”

Olric reiste seg fra senga på skjelvne bein, han slo en slåbrok om seg og fulgte stille etter tjeneren som hulket lavt. Olric

følte seg nummen, brønnen? Den luka var blytung, alt for tung for et barn å løfte og uansett ville hun da neppe vært dum nok til å tro at hun kunne gjemme seg der nede? Det var bare et svart hull i bakken, unger er redde for slikt, og han hadde ofte forklart dem alle tre hvor farlige gamle brønner er.
Det sto en gruppe folk ved brønnen da han kom frem, de så triste ut alle sammen og flere av kvinnene gråt åpent. Olric senket farten, en av mennene hadde fisket henne opp, han så noen blåhvite bein og enden av kjolen hennes bak de som sto der. Folkene gikk til side, ingen så på ham, de så bare i bakken. Olric svelget hardt og tok de siste stegene frem til liket, hun lå der og var vassen i huden og blåblek. Det var et grotesk syn og han ble akutt kvalm og greide ikke helt å fatte at dette var hans datter. At dette var den glade lille jenta som hadde vært hans glede og stolthet. En av mennene tok et steg frem, han så sint ut men det var også noe merkelig avventende i ansiktet. Olric kjente ham som en av karene som jobbet for godsets medikus, en eldgammel gubbe som nå var nesten senil og aldri forlot rommet sitt."Herre? Dette barnet druknet ikke!"
Olric så uforstående på mannen som så ham rett i øynene med hardt blikk."Min mester har lært meg mye, jeg kommer til å ta over for ham når han dør."
Olric svelget tungt, greide ikke trekke blikket bort fra datterens ynkelige døde kropp."Hva.. hva mener du?"
Mannen så seg rundt og nikket til de andre der."Få kvinnfolkene unna, dette trenger de ikke høre."
Noen geleidet de tilstedeværende kvinnene bort og mannen så smalt på Olric."Folk som drukner har vann i lungene, jeg har undersøkt og hennes er tomme. Og se på halsen hennes."
Olric hadde ikke egentlig sett, han prøvde å tvinge vekk sorgen og tenke logisk men det var vanskelig. Han lente seg fremover og så at det var noen mørke merker i huden der. Mannen trakk varsomt til side leppene på den lille munnen, tunga stakk frem mellom tennene og den var nesten bitt over. Olric kjente at noe kjempet seg frem gjennom ham, ante ikke om han måtte kaste

opp eller skrike eller begge deler.”Hun ble kvalt!”
Stemmen hans var nesten uhørlig. Mannen nikket kort.”Ja
herre, hun har blitt kvalt, det er merker etter hender. Store
sterke hender også.”
Han la handa si over blåmerkene og Olric så at de ikke dekket
dem på langt nær men det var så avgjort merkene etter fingre.
Olric bare hev etter pusten, han greide ikke si noe, alt bare gikk
rundt. Hvem kunne ha gjort noe så forferdelig. Han rensket
stemmen og hvisket det bare frem, det han fryktet mest.”Er
hun.. ? Har noen... du vet..”
Mannen ristet på hodet.”Jeg har undersøkt, hun er intakt og har
ingen merker så hvem som enn gjorde dette, vedkommende
har ikke gjort det for syke lysters skyld.”
Olric sukket lettet og strakte ut handa, rørte nølende ved den
lille kroppen. Dødsstivheten var allerede borte, og han kjente
at han skalv av sinnsbevegelse. Ene handa hennes var hardt
knyttet og han tok den, prøvde å legge armene hennes i kors
over brystet på henne. Neven var hard å bryte opp og han så at
det var noe i den. Han fisket det nølende frem, det var en bit
tøy og han rynket pannen og brettet det ut. Det var en epålett,
rød og gylden og et øyeblikk sto tiden stille. Alt var merkelig
fjernt, bare den vesle biten med tøy var virkelig. Han så
nærmere på den vesle kalde handa, det var spor av noe
rødbrunt under neglene hennes og han strøk en finger langs
dem og fikk et svakt rødt spor. Det var blod, alt kom tilbake til
ham. Olric grep datterens kropp og presset den inntil seg,
rugget frem og tilbake i sorg og desperasjon mens han skrek av
sinne og smerte.
Han ble sittende der og bare brøle ut følelsene til brølene ble
hulk og han kollapset. Vennlige hender grep ham og trakk et
teppe over ham men han brydde seg ikke om det. Alt han så
var datterens livløse kropp. Han strøk en skjelvende hånd over
det blonde våte håret, hvisket ordene for seg selv. Dette var
hinsides skyld og gudenes straff. Dette var en manns verk! Og
det skulle ikke skje ustraffet. Noe i hjertet hans knøt seg

sammen, skapte et hulrom sterkere enn stål, kaldere enn is og
mer brennende enn noen vulkan. Han grep hatet sitt, sinnet og
sorgen og lagret det der inne. Han fortsatte å stryke henne over
håret."Å kjære lille venn, du skal ikke ha dødd til ingen nytte,
du skal ikke være uhevnet. Du skal få blod for blod min
elskede datter. Han skal brenne i helvete, hører du min søte
lille? Han skal få lide, evig lenge. Alle djevler ta ham og
arrogansen hans, alle djevler ta arven!"
Han hulket og noen prøvde å få ham på beina men han greide
ikke finne balansen.
En tjenestejente kom styrtende, hun var blek."Fruen, jeg vet
ikke hvordan men hun vet...."
Olric gispet bestyrtet og ville reise seg, han hadde ikke tenkt
på Addah i sorgen, ikke på de andre to barna heller. Flere
tjenestejenter løp inn for å prøve å stanse en katastrofe men det
var for sent. Olric hørte et hjerteskjærende skrik, det skar
gjennom marg og bein og Addah kom styrtende ut av en av
tjenerinngangene i bare nattkjolen. Mennene der snudde seg
øyeblikkelig, den var så tynn at de kunne skimte nesten hver
en detalj av henne og hun var uflettet og ustelt. De visste at
den vanligvis så pertentlige husfruen heller ville dø enn å la en
fremmed mann se henne slik men denne situasjonen var
annerledes. Hun skrek igjen, kjempet seg frem selv om et par
kvinner grep etter henne og ville stanse henne. Olric kom seg
på beina, brukte det siste han hadde av krefter til å prøve å stå i
veien for henne. Hun var sterk, sterkere enn noen skulle tro det
var mulig. Hadde ikke to andre menn også trosset skikkene og
sin egen respekt for husfruen og grepet tak i henne med
bortvendte ansikter ville han aldri greid å stanse henne. Addah
klorte i luften, ansiktet var vilt og uttrykket i ansiktet nærmest
umenneskelig, "Gi meg henne, gi meg barnet mitt!"
Olric vaklet, han kjente at han snart ikke greide mer. Han
omfavnet henne og hun hylte vilt da hun så den vesle kroppen
på bakken."Addah. Kjære, hør på meg..."
Stemmen hans var halvkvalt og hun hørte ikke på ham. Hun

skrek datterens navn igjen og ristet over hele kroppen. Olric
tok seg sammen og fiket til henne men det hjalp ikke, hun bare
stirret og skrek og flere av tjenerinnene hennes kom løpende
med en morgenkåpe og fikk trukket den på henne med store
vansker. Mannen som hadde undersøkt Nell så smalt på henne,
han trakk frem noe fra en lomme og holdt det under nesa på
henne men hun reagerte ikke. Hun bare skrek og øynene
begynte å rulle i hodet på henne. Olric så fortvilet og forvirret
på henne. Addah falt sammen på bakken og ble liggende å riste
og den blivende medikusen bannet og presset en flik av kåpen
inn mellom kjevene på henne."Hun får anfall, hun må i hus."
Olric kjente at desperasjon og sinne skyllet over ham som en
flodbølge, han vendte ansiktet mot himmelen og skrek ut. Folk
så medfølende på ham og han fulgte vaklende etter mens de
bar den nå bevisstløse kvinnen i hus. En eller annen pakket
datterens kropp inn i et teppe og bar henne inn også og Olric så
til at Addah ble lagt til sengs. Så brast det for ham totalt og han
ble liggende å gråte som et barn helt til han sovnet av ren
utmattelse.
Da han våknet var alt stille, huset var i sorg og tjenerne tok seg
av ting som skulle gjøres. Noen hadde båret ham til
soverommet og fått ham i seng. Han kjente seg tom, hul. Det
var en avgrunn i ham og ingenting kunne noen gang fylle den
igjen. Men han hadde gitt seg selv en lovnad, og han ville
holde sitt ord. Livet hans hadde et mål nå, hva det enn var
onkelen planla og tenkte, han skulle ødelegge det, alt. Han
skulle ødelegge onkelens liv like sikkert som at hans eget liv
var blitt ødelagt. Han slet seg opp av senga og fikk på seg
klærne som var lagt frem. De var blitt for store, det var
merkelig men han hadde ikke merket seg ved det. Han så seg
selv i speilet og rykket til, han hadde magret av og ansiktet var
grått og dratt. Og øynene merkelig svarte, som tomme brønner
ned til helvete selv. Det passet, det var helvete han var i, men
han skulle ikke være alene der. Nei, han aktet slettes ikke å
være alene der. Han gikk ut og tjeneren som satt utenfor døra

skvatt da han så ham.

 "Herre? Du er våken?"

Olric så bare tungt på mannen."Ja, åpenbart. Jeg vil ha mat." Tjeneren raste opp og gikk foran ham til kjøkkenet hvor kokka temmelig skremt gav ham en stor porsjon eggerøre og flesk. Han tvang seg til å spise, hadde i seg maten med maskinaktige bevegelser. Han spiste for å få styrke til å gjøre det som måtte gjøres, verken mer eller mindre.

Han gjorde seg ferdig og tjeneren kom tilbake med medikus sin lærling, mannen så smalt på Olric og satte seg ned."Herre, unnskyld at jeg sier det men du ser for jævlig ut, bør du være oppe?"

Olric så skarpt tilbake, han tørket seg om munnen."Ja, det er ting som må gjøres. Jeg vet hvem som drepte Nell, og jeg må handle deretter. Hvordan går det med Addah? Og min gjenværende sønn og datter?"

Mannen sukket lavt."Addah er bevisstløs, jeg tror det anfallet skadet henne alvorlig. Jeg har sett slike tilfeller før."

Olric stønnet, han gjemte ansiktet i hendene et øyeblikk. All hans kjærlighet til hustruen svulmet i ham og minnet ham om alle de gode stundene de hadde delt."Hvordan da?"

Mannen skar en grimase."Hvor mye vet du om menneskers anatomi? Og da særlig hodet?"

Olric sukket."Lite, du må forklare."

Medikus sukket og tenkte seg om."Vel, det som har skjedd med din kone er at en blodåre i hodet har revnet, da blir det blod i hjernen og det presser mot innsiden av hodeskallen. Det skader hjernen og kan drepe folk."

Olric kjente seg brått kvalm."Kommer hun til å dø?" Stemmen hans var ynkelig.

Medikus så trist på ham."Nei, da hadde hun alt vært død. Hun vil nok leve, men jeg tviler på at hun våkner igjen på lenge, og våkner hun kan det være at hun er som et barn igjen, eller ikke kan snakke og gå eller huske noenting."

Olric hulket lavt og kjente at tårene sved mot kinnene, men

hun fortjente dem, hun fortjente et hav med tårer om det kunne
blidgjøre gudene."Og barna?"
Mannen skrapte i bordet med bordkniven."Fortvilet, fra seg.
De skjønner at søsteren er død men ingen har sagt noe til dem
om hvorfor. Og de forstår ikke hvorfor du og moren ikke er der
hos dem. De lider også Olric, husk det."
Han nikket sakte, tok seg sammen."Jeg vet det, og jeg skal
gjøre det som er riktig, stol på meg. Han reiste seg og tok
medikus i handa."Jeg takker for deg hjelpen, jeg aner ikke hva
jeg skulle gjort."
Mannen smilte svakt men litt uforstående til ham. Olric gikk
fra kjøkkenet med faste skritt, han gikk til hushovmesteren og
fikk avklart detaljene rundt datterens begravelse. Så gikk han
til Addahs rom. Hjertet sank i ham da han så henne, hun lå der
og var blek og urørlig men ved alle guder så vakker hun var.
Han lente seg over henne og kysset henne på pannen, all
kjærligheten han følte til henne truet med å overvelde ham
totalt. Han tørket tårene og hvisket til henne."Min sjels
elskede, jeg vet ikke om du kan høre meg men vit at du er lyset
for meg. Vær så snill, for barna sin skyld, og for min. Våkn
opp igjen, våkn opp igjen og vær Addah. Jeg ber deg!"
Han grep handa hennes, den var varm og levende og han
kysset den hardt."Jeg ber deg tilgi meg, jeg har brakt ulykke og
sorg over vårt hus, men jeg vil gjøre bot for det. Jeg skal endre
det. Det er ting jeg må gjøre som dere ikke vil like men de må
like fullt gjøres. Nell må hevnes, jeg var ikke verdig verken
deg eller din kjærlighet om jeg ikke gjorde min plikt der. Jeg
ville ikke være en mann."
Han svelget hardt."Jeg må reise bort en stund, jeg vet ikke når
jeg er tilbake men jeg håper at du våkner før jeg reiser. Og jeg
håper at du kan tilgi meg. Jeg har vært en tosk, en stor idiot og
har latt andre sterkere menn lede meg til å gjøre ting jeg alltid
vil angre. Jeg har blod på hendene nå Addah, og det lar seg
aldri vaske bort. Men jeg skal sikre oss, tvil ikke på det."
Han strøk henne kjærlig over pannen."Vent på meg her kjære,

så fort vår datter er begravet må jeg reise, det er informasjon
jeg ikke kan overlate til noen budbringer. Jeg håper du vil
forstå, når jeg kommer tilbake vil jeg forklare alt for deg."
Han kysset henne varsomt."Jeg elsker deg Addah, våkne opp,
la meg se deg smile igjen, vær så snill."
Han gikk ut og fant veien til studer kammeret sitt, satte seg ned
og begynte å skrive en lang liste med navn og flere brev. Det
han satte i gang nå ville få fryktelige konsekvenser men han
brydde seg ikke om det, bare hans uskyldige datters liv ble
hevnet kunne verden brenne. Thomas skulle i sannhet få svi for
dette. Han ville sikre sin kone og deres gjenværende barn så
ikke de ble skadet, hva som ble hans egen skjebne var ikke lett
å spå men hva den enn ble, han ville møte den som en mann.
Gikk dette bra kom ingen til å lenger tenke på ham og hans
hus, kanskje de ville komme ut av det som vinnere tross alt.
Han brukte mye av dagen på å skrive ferdig og så med slitent
blikk på stabelen med papirer. Han hadde drømt om en elv av
blod da datteren ble funnet, han følte seg ganske så sikker på at
han var sanndrømt denne gangen. Han smilte bittert mens han
pakket brevene ned i en saltaske. Det var en stor runde han
måtte gjøre unna men alt han hadde skrevet ned måtte komme
til rette vedkommende. Det var mye nag og gammel urett som
lurte og ventet på å bli utløst og han skulle ved gudene være
utløseren denne gangen. Om Thomas fikk viljen sin og fant
henne igjen ble han en fryktelig hersker, men om de var flere
om beinet? Olric gliste for seg selv, et øyeblikk lignet han litt
på onkelen. Djevlene så inderlig ta onkelen og hans planer.
Olric brydde seg ikke om hvem som fikk kloa i henne, så lenge
det ikke var Thomas, og det skulle han se til å ordne. Onkelen
skulle få angre på at han i det hele tatt var blitt født.
Etterpå gikk han med lettere hjerte til sine to gjenværende barn
og tilbrakte ettermiddagen med dem, han hadde aldri følt slik
nærhet til dem noen gang før og visste at han gjorde dette for
deres skyld også. De ville lett bli ofre i onkelens maktgalskap,
men han aktet ikke å la det skje. Thomas skulle ikke få en

dråpe mer av hans blod. Han satt tålmodig og lyttet til de to og prøvde å forklare uten å røpe noe og han gikk ikke fra rommene deres før det var tid for kveldsmat. Han visste det dypt inne, kun kjærligheten til dem gav ham styrke og mot nok til å gjennomføre dette. Men han hadde tatt valget og det gav ham styrke nå. Det gav ham et mål, og en kunne si mye om Athar-Darasher, men de hadde alltid vært sta.

Cian

Cian bråvåknet og satte seg opp i senga, han hev etter pusten og kjente at kroppen var klam av svette. Forbannede mareritt, de kom nesten hver natt nå men han husket dem aldri når han våknet. Det eneste han husket var angst, ren og total angst som gjorde ham halvveis lammet innvendig. Han bannet matt og strøk håret ut av øynene. Ute lysnet det sakte og han forsto at han fikk stå opp og ta fatt på dagen, det var ikke så mye som måtte ordnes nå siden han hadde jobbet så hardt før på høsten. Nå var den første snøen kommet og han lot folkene få litt mer fri. Det var lite en kunne få gjort uansett når kulda tok tak. Det hadde blitt mer hjemmekoselig og avslappet der nå og han visste at folkene der trivdes og koste seg, men noe hadde endret seg i det siste. Noen av tjenerne mente at de hadde sett mørke skygger som løp gjennom vegger og dører og det lød underlige lyder mange steder i bygningene. I stallene var hestene ofte nervøse og svette om morgenen og det ble hvisket om at det var forbannelsen fra det gamle slottet, og at han og Isabeau hadde tatt den med tilbake til godset.

Cian sukket og svingte beina ut, han hadde budsendt etter en trolldomskyndig som kunne forklare litt om hva de hadde sett der under åsen. Eller i det minste finne ut om det var noe i dette våset med en forbannelse. Han gjespet og strakk seg, fikk på seg klærne og gikk ned til spisesalen, han kjente at magen rumlet og hilste vennlig på kjøkkenstaben som raste rundt som vanlig. Det var alltid hektisk aktivitet der og i det siste hadde det vært ekstra mye siden det nærmet seg vintersolhverv og da var det vanlig med en større fest. Cian gledet seg egentlig til det, folkene fortjente en real belønning for alt arbeidet de hadde gjort. Han hadde sørget for at forsyninger var skaffet og alt burde gå på skinner. Vinteren hadde egentlig kommet sent det året og det var ikke særlig kaldt heller, det var en god ting. Isabeau hadde virkelig blomstret og en så ikke lenger på henne at hun hadde vært en avmagret og kuet sjel, nå var hun virkelig en rose og Cian hadde etterhvert blitt meget glad i henne. Hun var svært smart og underholdt ham mer enn mange andre jenter han hadde kjent kunne. Og det gode humøret hennes var smittende og gav ham et ekstra løft i hverdagen. Han takket gudene ofte nå for at Marcellius hadde sendt ham dit. Det var det beste som hadde hendt ham.

Han hadde begynt å bære sverdet de fant, han visste ikke riktig hvorfor men han hadde bare gått ned til skattkammeret en dag og hentet det og nå gikk han sjelden noe sted uten det. Det var en merkelig følelse av at han var forsvarsløs uten det ved sin side, at han måtte ha det der. Ihvertfall var det et fantastisk våpen og han kunne ofte sitte og beundre glansen i bladet og det fantastiske håndverket. Han ante ikke hvem som hadde lagd det, men vedkommende hadde vært en stor mester uten tvil. Isabeau snakket aldri om opplevelsen i hulen nå, hun forberedte festen og sprudlet mens hun sydde på ny finkjole og sladret med de andre kvinnene der. Laura var tydelig fornøyd med utviklingen og Cian var klar over hvor glad Isabeau var i den gamle kvinnen. Og han var glad i henne også, hun var som en snill gammel bestemor en kan betro seg til om alt en bekymrer seg for.

Cian red ofte lange turer nå med Tordenkile, hesten trengte å bruke kreftene sine og han lekte litt med tanken på å arrangere en turnering på sitt landområde til sommeren igjen. Det kunne trekke folk og kanskje også inntekter. Men det ville også koste en del og han var ikke såpass ajour ennå med regnskapene at han kunne garantere at godset tålte en slik ekstra kostnad, ihvertfall ikke ennå. Men en vakker dag ville han ha råd og da skulle han virkelig slå på stortromma. Det hadde han lovet seg selv. Ute lekte ungene i snøen og hylte og lo mens de pepret hverandre og alle andre med snøballer og noen menn skuffet unna snø fra gårdsplassen mens noen andre fjernet snø fra

brystvernet. Cian følte seg merkelig fornøyd men de merkelige
marerittene var et agg i tankene hans rett som det var. Kunne
det være at han rett og slett var redd for ansvaret som nå hvilte
på ham? At det var et tegn på hans indre frykt for å feile? Han
ante ikke men han ville ikke uroe Isabeau med det så han sov i
sitt eget rom som regel, hun undret seg over hvorfor og han slo
i henne en plate om at han snorket og ikke ville vekke henne.
Isabeau ble litt fornærmet men avfant seg med det og var like
kjærlig og omtenksom som før. Og han elsket henne for det.
Hun hadde lenge vist ham en iver han frydet seg over og hver
gang de var sammen var det like fantastisk, hun var slik en
frydefull blanding av naiv glede og nysgjerrighet og hun fantes
ikke redd for ham i det hele tatt. Han kunne ikke få nok av
henne, av den myke kroppen og de myke godlydene hun gav
fra seg når hun virkelig nøt det han gjorde. Og han hungret
etter mer hele tiden, hungret etter å høre henne skrike navnet
hans i ekstasen og presse ham enda tettere mot seg med armer
og bein. Hun var ikke som noen annen kvinne han hadde hatt
og han undret seg dagstøtt over hvilke guder det var som hadde
velsignet ham slik.
Snøen lavet ned helt frem til vintersolhverv, da stanset det og
ble litt kaldere og forberedelsene til festen var hektiske. Cian
var høyt og lavt og sørget for at alt skulle være perfekt, alle de
som jobbet for ham var invitert og det ble båret inn benker og
stoler og golvene i riddersalen ble skurt og utstyrt med ny
halm. Einer og duftende urter ble blandet i halmen og duker og
pynt plassert med omhu. Kokka var i sitt ess, Cian hadde fått
tak i ti ekstra jenter fra den nærmeste landsbyen og de jobbet
så svetten rant av dem, det var mye som skulle klaffe nå.
Isabeau løp rundt og strålte formelig og han syntes til tider det
var et merkelig hemmelighetsfullt uttrykk i ansiktet hennes,
som om hun skjulte noe for ham men han hadde ikke tid til å
spørre hva det var. Han og de andre mennene reiste ut på jakt
og var borte i to dager og de kom tilbake med to store villsvin,
en hjort og flere dusin harer og kaniner samt to rådyr og flere

knipper storfugl. Kokka gjorde alt klart og hang opp kjøttet og
Isabeau fikk den ærefulle oppgaven å male sukker til en stor
kake. Sukkeret var noe av det dyreste de hadde der og bare
husfruen hadde adgang til det. Hun gjorde det med entusiasme
selv om det var blytungt arbeid.
Kvelden kom, folk raste rundt som forvirrede høns men det var
orden i galskapen, mye av maten var lagd på forhånd og
trengte bare varmes og det var også bedt inn folk fra
landsbyene rundt omkring så salen kom til å være overfylt.
Cian badet og fikk på seg sine beste klær, han følte seg nesten
litt brydd over oppmerksomheten han kom til å få og talene
han måtte holde men det hørte med. Så fort folk fikk litt
innenbords ville nok stemningen bli bra. De første gjestene
ankom og ble geleidet inn av hushovmesteren som hadde fått
en ny uniform for dagen og var så stolt som en hane av den.
Folk roste dekorasjonene og skrøt av alt de så og stemningen
var bra der. Cian og Isabeau kom ikke ned før alle var kommet
siden det var skikken og Isabeau var fantastisk vakker i den
nye dyplilla kjolen hun hadde sydd, den var kantet med
gullbånd og hun hadde flettet gullbånd i det blanke håret også.
Laura hadde sminket henne diskret og Cian gispet da han så
henne, hun lignet en gudinne og han følte en brå trang til å
knele for henne. Isabeau smilte litt forsiktig og la handa si i
hans og han smilte tilbake. De gikk ned sammen og gjestene
klappet og jublet og mange stirret beundrende på Isabeau som
formelig glitret der hun satt ved hans side. Cian fikk nesten
ikke blikket fra henne. Han holdt talene, skålte med gjestene
og var takknemlig da de offisielle pliktene var over. Snart ble
det spist og skålt og herjet og noen danset på den lille plassen
som var til overs. Cian hadde fått tak i et par karer fra
landsbyen som spilte fele og fløyte og de kunne mange kjente
viser folk sang med på. Noen av dem fikk Isabeau til å rødme
mens andre var latterlige. Cian koste seg stort der han satt.
Det var langt på kveld da det brått hendte noe uventet, det
blåste riktig friskt ute og en brått vindkast fikk dørene til å slå

opp og en iskald vind slo inn i rommet i noen korte sekunder
før et par sterke karer fikk stengt igjen og satt slåen for så det
ikke skulle skje igjen. Cian gyste litt over kulden som brått
hadde trengt inn men det ble fort varmt igjen og folk brød seg
ikke om det inntrufne, mange mente det hadde vært
forfriskende for lufta der var temmelig tett nå, og slikt skjedde
jo ofte. Men Cian fikk en merkelig følelse, det var som om noe
hadde fulgt med vinden inn, noe fremmed. Han kunne ikke
definere det men han fikk en merkelig følelse av at noe stirret
på dem, noe som ikke ville dem noe godt. Det hadde blåst inn
litt snø og en av tjenerne skyndte seg å feie den bort før den
smeltet og gjorde golvet vått. Mannen rykket til og bøyde seg,
fisket opp noe av snøen. Han holdt noe i handa og Cian gikk
bort til ham liksom tilfeldig for å se. Han ville ikke uroe
Isabeau som satt og fniste og hvisket med de andre kvinnene.
Tjeneren rakte ham det han fant i snødriva, det var en fjær. En
stor fjær som var blankt svart med en rød stripe i midten. Cian
så forvirret på den, ingen fugl han kjente til hadde slike fjær,
og den var så stor. Like lang som handa hans fra håndleddet til
ytterst på langfingeren.
Tjeneren gikk og satte seg igjen og Cian følte seg tvilrådig et
kort øyeblikk, han puttet fjæren innenfor vesten og gikk og
satte seg ved bordet igjen. Han drakk litt mer enn han burde,
havnet i en vennlig brytekamp med smeden og vant faktisk og
ble utfordret til kappdrikking av borgermesteren i landsbyen
som vant med glans. For en stakket stund glemte alle sin plass
og rang og koste seg like mye og kokka bar inn mat på harde
livet. Alt ble fortært med takknemlighet og høye lovprisninger
og Cian så at noen av de yngre jentene der hadde blitt såpass
fulle at de ikke lenger brydde seg mye om blyghet og
anstendighet. De danset rundt på ene bordet med kjolelivene
rundt midjen og diverse mannfolk jublet helhjertet av synet.
Isabeau satt og var blank i øynene og fniste hele tiden og
hadde tydeligvis tødd opp ganske så mye for han hørte
bruddstykker av samtalene hennes med de andre damene og

den var ikke mye diskret. Cian var glad hun koste seg, han unte henne det av hele sitt hjerte. Da kvelden gikk mot en ny morgen dabbet det litt av etterhvert og Cian bestemte seg for at nok var nok.

Han grep Isabeau og hun hylte lekent og klamret seg til ham mens han bar henne opp til rommene. Det var ingen der nede som merket seg ved at de gikk og så fort de var innenfor døra kysset hun ham hardt og sultent. Cian besvarte det og rygget seg bort til senga, ville sette henne fra seg men hun skjøv ham bakover på teppene og satte seg skrevs over lårene hans mens hun åpnet beltet og buksene hans med et lekent glimt i blikket. Cian lot henne gjøre det, det spant svakt for ham men han var klar som aldri før og hun gispet lavt da hun fikk klærne hans ut av veien.

Cian likte at hun tok initiativet og det gjorde hun til de grader nå, hun skjøv seg oppover til hun var i posisjon og fikk kjolen ut av veien, lot ham sakte gli inn i seg. Cian stønnet av nytelse og iver og Isabeau lukket øynene og beveget seg rolig over ham, hun hadde et uttrykk av total fryd over ansiktet og stakk tungespissen litt ut og synet var utrolig opphisselse. Cian grep henne om hoftene og hun fanget blikket hans med sitt og hevet rytmen sakte men sikkert, stønnet mykt av nytelse og han skulle ønske at dette øyeblikket kunne vare evig. Etter litt merket han at hun falt ut av rytmen og at hun begynte å skjære grimaser, han gispet av iver og begynte å støte i mot og Isabeau lukket øynene og skrek ut i det hun kom, han presset seg så hardt mot henne han kunne og kjente hvordan musklene hennes formelig kjærtegnet ham. Han hikstet og grep tak i henne, rullet dem rundt så hun ble liggende under og fortsatte i sin egen rytme, støttet seg på strake armer og nøt å se grimasene hun skar. Det gikk ikke lenge, så begynte hun å rykke og vri seg under ham, gispet etter luft og så låste hun beina rundt ham og hylte i det det raste gjennom kroppen på henne enda en gang. Cian følte hvordan varm våthet formelig sprutet av henne og han ropte ut i det han kjente at han også kom voldsomt og nesten smertefullt. Hun låste ham i seg, klamret seg til ham og han slapp seg helt løs, prøvde ikke å holde igjen noe. Det svartnet nesten for ham og han kollapset over henne og ble liggende å pese lenge før han greide å samle seg og tenke en klar tanke igjen. Isabeau smilte bare fornøyd og han kjente at hun ennå holdt ham der med sterke bein. Han smilte og kysset henne kjærlig, hun kroet seg og slapp ham og han kom seg opp, fikk av seg klærne. De måtte vaskes, diverse kroppsvæsker hadde gjort dem temmelig våte flere steder. Isabeau fikk av seg kjolen og han hjalp henne med kjolelivet og det andre, det var noe drømmende i blikket hennes og hun la seg inntil ham etterpå. De ble bare liggende slik en stund, stille og avslappet og Isabeau lekte litt med håret hans, tvinnet lokker rundt fingrene. Hun så skrått på ansiktet hans, så tok hun handa hans og plasserte den på magen sin. Cian forsto ikke og lot bare neven ligge der og Isabeau fniste og kysset ham på halsen."Snart må vi ta det litt mer med ro når vi gjør dette."

Cian så forundret på henne."Hvorfor det? Liker du det ikke?" Isabeau smilte litt oppgitt til ham, klemte handa hans tettere om magen."Jeg elsker det og du vet det, men jeg er redd det kan bli litt voldsomt for vår kommende sønn eller datter der inne."

Cian skjønte først ikke hva hun sa, så gikk det opp for ham og han måpte vantro. Isabeau nikket med et bredt smil."Jeg er med barn, det er tre hele måner siden jeg blødde sist."

Cian fikk ikke frem en lyd, han kjente at et skred av følelser raste gjennom ham, det tårnet seg opp og han hikstet og grep henne, klemte henne inntil seg i en brå eksplosjon av lidenskap. Isabeau hikstet halvkvalt."Er du glad?"

Cian svelget hardt, han hadde egentlig ikke tenkt på det før nå, at dette kunne skje. Han hadde liksom sett for seg at joda, det ville skje men ikke på lenge ennå men nå var det virkelig og han følte at en underlig glede fylte ham. Ved alle guder, de var i sannhet velsignet av gudene. Han hikstet og kysset henne og

hun besvarte det kjærlig.”Å kjære deg, om jeg er glad? Jeg er...
jeg er den lykkeligste mann i verden akkurat nå.”
Isabeau fniste og klemte ham hardt til gjengjeld.”Da er jeg
også lykkelig.”
De ble liggende der og bare holdt hverandre og Cian følte seg
underlig ydmyk. Han visste allerede nå at han var villig til å
ofre alt for sin nå voksende familie, ja livet selv om det så var.
Han hadde endelig en mening og han ble liggende å holde
henne tett resten av natten og langt ut på dagen.
De neste dagene spredte nyheten seg temmelig fort gjennom
befolkningen og lykkeønskningene og gratulasjonene ville
ingen ende ta. Etter en uke kom det til og med en due fra
kongen selv med en knapp men helhjertet gratulasjon. Det
virket for at Marcellius var glad han hadde valgt Cian til å ta
over området, han ville gjøre det til et produktivt len igjen.
Cian kjente en nesten tåpelig trang til å ta vare på henne, han
behandlet henne som hun var av glass og Isabeau måtte ofte
leende forsikre ham om at hun faktisk tålte det meste, i det
minste foreløpig. Men de merkelige hendelsene der skjøt fart,
det skjedde mer og mer og nå begynte mange å bli virkelig
bekymret. Ting forsvant for å dukke opp igjen på de
merkeligste steder, hønene sluttet å legge egg og melka ble sur
på et par timer. Vinduer og dører åpnet seg av seg selv og
mange klagde over at et eller annet så på dem. Cian visste ikke
hva han skulle tro, han ventet ennå på den trolldomskyndige
men det tok tid å reise på denne tiden av året og han visste at
mannen kom fra et sted sør for Felderi sjøen., nå som sjøen var
isdekket tok det tid å reise nordover. Isabeau virket ikke for å
bry seg særlig med det underlige som skjedde, hun hadde evig
nok med å sy barneklær og pludre med de andre kvinnene.
Cian var glad for at hun var så lett til sinns, det hevet hans eget
humør for han følte seg av og til engstelig for at noe skulle
skje. Det lå som et slags agg bak i tankene hans hele tiden, som
om han ventet seg et eller annet som ikke var av det gode.
En vakker morgen fikk han de merkelige tankene bekreftet,

han hadde sovet lenge den morgenen for kvelden før hadde de slitt med ei god melkeku som skulle kalve og kalven lå feil så de hadde vært nødt til å slite lenge før de greide å berge den. Cian var sterk og greide det til slutt og han visste at folket der respekterte ham siden han ikke var redd for å ta i selv. Andre ville overlatt den jobben til andre men han var ikke slik. Han var bare halvveis våken da det begynte å hamre på døra hans og det på en slik måte at han øyeblikkelig skjønte at det var noe alvorlig som lå bak. Han spratt opp og rev opp døra, det var ene kammertjenerinnen til Isabeau og hun var blek og skjelven."Du må komme med en gang, det er noe galt med fruen."

Cian slengte på seg noen klær med hjertet i halsen og stormløp over til rommet hennes, det var allerede flere der og Laura satt på senga og så forvirret og skremt ut. Isabeau lå og vred seg og stønnet men øynene var lukket, en skulle tro hun bare sov og drømte noe vondt. Laura så på ham, hun så oppriktig redd ut."Hun vil ikke våkne, vi har ristet i henne og til og med helt kaldt vann på henne men hun sover! Og drømmer tydeligvis noe grusomt."

Cian bannet og hev seg på senga fra andre siden, ristet i henne og ropte navnet hennes men hun reagerte ikke. Hun bare stønnet og vred seg og hadde et uttrykk i ansiktet som fortalte at hun var redd. Cian følte seg merkelig maktesløs, han forsto ikke dette i det hele tatt. Laura klasket til henne på kinnene men uten noen respons i det hele tatt. Isabeau begynte å vise at hun var godt på vei nå, magen hennes svulmet og Laura mente at hun kom til å bli temmelig svær før tiden var inne. Cian syntes synd på henne men hun hadde aldri vist noe tegn til ubehag eller motvilje. De andre kvinnene sto der og så redde ut og Laura så fort på ham. ."Jeg tok meg den friheten å sende en rytter ned til landsbyen etter medikus der og jordmoren også, hun vet mye om slikt som kan ramme ventende kvinner."

Cian svelget, han var brått livredd, totalt iskald av angst for at noe alvorlig skulle skje med henne.

"Det... det var bra, klokt tenkt..."
Han satt bare der og holdt den ene handa hennes og hun hev på
seg igjen og stønnet noe uforståelig.
Laura vætet en klut og tørket henne over den svette pannen,
Isabeau bendte hodet bakover og skrek brått, et skingrende
skrik som fikk flere av de andre kvinnene der til å fare sammen
med vettskremte hvin før et par av dem rett og slett tok beina
fatt og forlot rommet i en faderlig fart. Cian forsto dem, de var
overtroiske og ble sikkert grundig skremt av dette. Han prøvde
å snakke til henne, prøvde å få kontakt men hun våknet
fremdeles ikke. Det gjorde vondt å se på det og han hikstet
fortvilet og ba alle guder han kjente til om hjelp.
Etter litt virket det for at hun roet seg ned og han begynte å
slappe av, så begynte hun å skrike igjen og Laura undersøkte
henne fort for å forsikre seg om at hun ikke var i ferd med å
miste barnet men alt virket for å stå bra til i den enden
ihvertfall. Isabeau hylte som om noen prøvde å drepe henne
men det meste var uforståelig. Noen ord forsto de da, hun
skrek noe om blod og arv og drager, og det virket nesten for at
hun slåss mot noe. Cian følte en dyp trang til å skrike også, av
ren desperasjon og fortvilelse. Ved alle guder, hva foregikk
egentlig? Det gikk en liten stund, så hørte de lyden av hester
og en slede utenfra og Cian raste bort til vinduet. En slede med
noen personer i svingte inn og hestene var skumsvette og måtte
ha galoppert alt de maktet helt fra landsbyen. Cian visste at
alle i lenet elsket Isabeau høyt og de ville antagelig gjøre alt de
kunne for henne. En av kammertjenerinnene raste ned trappene
for å vise veien og Cian bet tennene sammen så det verket i
kjeven. Dette må gå bra!
Det gikk et par minutter, så kom lyden av løpende føtter og
døra gikk opp med et brak, Cian steg til side for medikus som
var en eldre mann med briller og et digert skjegg. Han var
kledd i en svart kjortel og en merkelig svart hatt som ville sett
komplett tåpelig ut på noen andre men på ham så den bare
riktig ut. Jordmoren kom løpende etter, hun var et digert

kvinnfolk med et magert og rødsprengt ansikt og bistre trekk men hun var dyktig og kunnskapsrik og den bistre væremåten var utelukkende rettet mot menn. Overfor kvinnene var hun omsorgen selv og Cian kjente til ryktet hun hadde, hun hadde berget liv ingen andre ville greid å gjøre noe for. Han hadde stor tiltro til dem begge og han sto der med verkende hjerte og kjente seg iskald til margen av engstelse. Medikus lyttet på hjertet hennes mens Laura forklarte hva som skjedde.

Jordmoren brukte et slags rør og lyttet på magen også og de to legekyndige snakket sammen i forte fyndige setninger de andre ikke forsto mye av. Medikus rettet seg opp og løftet på ene øyelokket hennes, øynene hennes var vrengt bakover og han sukket og så betenkt ut.”Hva det enn er, hun er frisk og sunn fysisk sett. Men hun våkner altså ikke.”

Han klødde seg i hodet og hatten havnet på snei og så enda mer malplassert ut. Jordmoren kjente varsomt på magen hennes og ristet på hodet.”Jeg finner heller ikke noe galt her. Men jeg tror ikke dette er bra for henne i lengden.”

Medikus nikket, han tok opp veska si og fant frem en liten flakong, den inneholdt en merkelig rød væske og han fikk jordmoren til å åpne munnen hennes. Han helte forsiktig tre dråper av væsken på Isabeaus tunge og så fikk han Laura til å gi henne litt vann.”Dette vil få henne til å sove så dypt at drømmene opphører, da kan det hende at hun våkner igjen som normalt.”

Cian så villøyd på ham.”Og om ikke?”

Mannen trakk på skuldrene og så ned i golvet.”Da går det ille, hun kan ikke få i seg mat slik hun er nå.”

Cian stønnet lavt og satte seg ned i en stol for å ikke røpe hvor svake beina hans et øyeblikk føltes.

Laura prøvde å smile.”Jeg skal se til at dere får mat og varme, vi setter pris på det om dere blir en stund til.”

Medikus smilte varmt.”Selvsagt, vi vil gjerne holde et øye med det kjære barnet, hun er jo en av oss.”

Cian ble bare sittende der. Isabeau roet seg, pusten ble dypere

og hun sluttet å vri seg og stønne, nå sov hun normalt og han trakk et dypt lettelsens sukk. Nå kunne de bare håpe at det virket! Han krøp sakte opp på senga og la seg ved siden av henne, han aktet ikke forlate hennes side før alt var i orden igjen. Laura kom opp igjen etter en stund, hun satte seg tungt ved senga og så oppgitt på ham.”Det har allerede begynt..”
Cian rynket pannen.”Hva har begynt?”
Laura sukket stille.”Frykten, overtroen. Noen tror visst at det er trolldom. Kjøkkenjenta fant en halshugd hane foran inngangsdøra og noen har malt det onde øyet på porten. For å holde onde ånder ute.”
Cian bannet matt.” Nå ja, det er jo ikke skadelig, men jeg liker det ikke.”
Laura lukket øynene et kort øyeblikk.”Det kan fort bli skadelig Cian, det har skjedd mye rart her og folket i lenet er skrekkelig overtroiske. Det er ikke mer enn snaut tjue somre siden de fikk ei stakkars jente brent i nabolandsbyen. Hun var tossete i hodet og helt klart ufarlig men det gikk en epidemi med smittsom kalvekasting og noen måtte jo ha skylda for det ikke sant?”
Lauras stemme var sarkastisk. Cian svelget hardt.”Mener du at noe slikt kan skje her også?”
Laura så på ham med smale øyne.”Jeg sier at det ikke er utenkelig at noen tar saken i egne hender. Jeg får håpe den mannen du budsendte kommer fort, de har respekt for slike og vil nok roe seg ned om han rensker huset.”
Cian stønnet bare og støttet hodet i hendene.”Åh ved alle guder...”
Laura så trist på ham.”Ta det med ro, hun blir nok frisk igjen. Det kan skje mye merkelig med kvinner som venter barn, det er bare slik naturen er vet du.”
Han prøvde å smile men greide det ikke. Hele kroppen var en knute av nervøsitet.
Han ble liggende der og Laura gikk ned for å snakke med medikus og jordmoren igjen, han sovnet etter litt på tross av frykten. Han var mer utmattet av sinnsbevegelse enn han

hadde greid å innse og han våknet ikke engang da Laura var innom igjen og trakk et teppe over ham. Han drømte en underlig drøm der han lette etter noe i en slags labyrint, han løp rundt for det hastet men han greide ikke finne det hva det nå var. Et eller annet sted hørte han latter men den var skremmende og kald og et underlig rødlig lys syntes å komme fra alle steder. Noen hvisket navnet hans med sorgtung røst og han ble mer og mer skremt. Han bråvåknet av at noen rusket i ham og han slo øynene opp og så rett på Isabeau som så søvndrukkent på ham med forvirring i blikket."Kjære? Hva gjør du her nå?"

Cian gispet av lettelse og omfavnet henne heftig, Isabeau så skremt ut og han forklarte fort hva som hadde skjedd og hun så forvirret ut."Jeg husker at jeg drømte noe merkelig, om den hulen og steinen vi fant, men ikke noe mer enn det?"

Cian var over seg av lettelse og kysset henne på pannen, på kinnene, klemte hendene hennes og hun fniste og strøk fingrene gjennom håret hans."Ta det med ro kjære, jeg er ok! Jeg føler meg fin, æresord, er bare sulten."

Han sukket lettet og så kjærlig på henne."Hva er det du har lyst på?"

Isabeau rødmet kort."Det er helt vilt, men jeg har lyst på blodpudding, og lever... Og jeg vil gjerne ha noen kokte egg, og en pølse, nei to pølser."

Cian rynket pannen og så på henne med like deler vantro og forvirring."Du hater jo lever, og blodpudding? Du sa jo at du synes bare synet er motbydelig?"

Hun så ned, den fine rødmen spredte seg over kinnene igjen. "Jooo, men nå har jeg skrekkelig lyst på det, vær så snill?"

Cian reiste seg, han visste at kvinner som ventet barn ofte kunne få lyst på de merkeligste ting, kona til en han kjente hadde forlangt saltede muslinger fra Zetirbukta, på vinteren. Det hadde vært et mindre helvete å få tak i det men hun gav seg ikke før hun fikk det hun ville ha. Han ante at det ville være direkte uklokt å nekte henne noe så han klappet henne på

hodet og gikk for å hente maten. Det var merkelig, før spiste hun heller minimalt men nå ville hun altså ha et lite berg med mat. Det var antagelig bare bra, barnet trengte nok næringen. Cian var matt av lettelse da han gikk ned i kjøkkenet og avleverte bestillingen og kokka hevet øyebrynene og gliste et kort øyeblikk.”Så hun har nådd det stadiet der ja, ja da kan vi vente en del underlige bestillinger fremover.”
Hun gikk for å gjøre maten klar og Cian visste at Laura ville bringe det opp til henne. Han satte seg ved et bord og fikk seg litt mat selv, han var ennå matt i kroppen og tenkte litt selvironisk at han kom til å besvime så sikkert som en lås om han skulle være til stede når barnet ble født.
Han gikk i stallen og tok ut Tordenkile på en kort men rask tur og nøt å kjenne at hesten tok i og formelig danset gjennom snøen. Noen av godsets menn felte noen gamle halvdøde trær langs elva og de vinket ivrig til ham og han hilste høflig tilbake. Han skulle gjerne ha stanset men hesten ville blitt for ivrig da og han lot den strekke ut en stund før de snudde tilbake til godset. Da han kom inn igjen var stemningen der god, folk satt og snakket og Laura smilte mot ham og tok kappen hans.
“Hun spiste alt, hver en rubbel og bit. Det er et veldig godt tegn, det blir en sterk unge skal du se.”
Cian bare gliste litt fårete og satte seg ned for å spise middag med de andre, han begynte å tro at han hadde overreagert, han var jo så lite vant med kvinner og gravide kvinner enda mindre. Isabeau var i uvanlig godt humør da han så til henne senere på ettermiddagen, hun formelig strålte og han fikk en litt merkelig følelse når han så det lykkelige uttrykket hennes. Det var nesten så han grep seg i å tro at det var et spill, det var liksom så alt for perfekt.
Neste morgen sov hun svært lenge men det var normal søvn og hun forlangte sporenstreks et større måltid med en gang hun våknet. Cian kom da hun var i ferd med å spise og stanset en smule sjokkert ved senga. Hun hadde fått et sengebrett satt opp

til seg og det var en hel stabel med tomme skåler og tallerkener
på senga ved siden av henne. Hun gnog for øyeblikket på en
kylling så fettet rant nedover haken på henne og det var noe
nesten desperat i blikket hennes. Cian så vantro på at hun gnog
i seg alt kjøttet på kyllingen, så hev hun seg over en halv
ribbesteik som om hun var en utsultet hund. Cian kremtet kort
og Isabeau rapte, slo forskrekket handa for munnen og fniste
litt unnskyldende før hun tømte et beger med øl i en eneste
lang slurk. Cian måpte, hun orket vanligvis ikke mer enn et par
lår av en kylling før hun var mett og hun brukte en kveld på å
tømme et slikt beger.
Laura sto og ryddet i kisten med sengeklær, hun hadde et
merkelig uttrykk i ansiktet. Cian gikk bort til henne,
tilsynelatende for å hjelpe henne med å flytte kisten bort til
vinduet der det var bedre lys men egentlig for å kunne hviske
til henne uten at Isabeau hørte det.”Er det der normalt? Hvor
mye har hun spist egentlig?!”
Laura så fort på ham, det var stum forferdelse i blikket hennes,
hun pakket ned et par tepper med nesten demonstrativt harde
bevegelser. Han skjønte at hun var dypt berørt og hun strøk
bort en lokk hår som hadde kommet frem under hetten.”Nei,
det er ikke normalt, jeg har aldri sett på maken. Hun har spist
nok til å mette tre voksne menn.. på en liten stund!”
Cian så skremt på den gamle som slo igjen lokket på kista med
et smell.”Men..hva skjer Laura? Kan det skade henne?”
Laura bare så på ham med stum fortvilelse i blikket og han
svelget hardt og smilte litt skjelvent til Isabeau som slikket av
fingrene med en merkelig ild i blikket. Hun rapte igjen og
sukket fornøyd.
“Det var deilig med litt mat.”
Cian prøvde å smile naturlig til henne, dette skremte ham mer
enn søvnen hun ikke ville våkne fra, han klappet henne på
kinnet. Hun hadde lagt på seg, han så det nå, det var en rundhet
i kinnene som ikke hadde vært der før.”Det tenker jeg nok, du
kommer vel til å spise oss ut av huset fortsetter du slik men det

er deg vel unt."
Hun smilte søtt og strakte seg velbehagelig foran ham, det var
noe dovent i blikket."Vet du hva jeg har lyst på nå?"
Cian så på henne med bange anelser."Ikke mer mat håper jeg?"
Hun fniste og grep ham i kraven, trakk ham nærmere og kysset
ham hardt."Nei, deg!"
Hun vinket Laura ut og den gamle så dypt sjokkert ut og
sendte Cian et advarende blikk før hun stengte døra. Isabeau
skjøv restene av måltidet til side og nærmest hev seg over ham,
rev av ham beltet og tunikaen og Cian så skremt og vantro på
henne."Kjære, ptroo, er dette så lurt? Jeg mener..."
Hun bare smilte og trakk opp kjolen, satte seg over skrevs på
ham."Jeg trenger det, åh jeg kjenner det i margen."
Cian svelget og kunne ikke annet enn å reagere på kjærtegnene
hennes men de var liksom ikke henne, hun var for rå, for
direkte. Hun pleide ikke å være slik? Hun lo høyt av fryd mens
hun red ham, klorte ham faktisk til blods og han var alvorlig
redd for at hun hadde blitt aldeles gal. Dette var ikke normalt,
det kunne det ikke være. Hun skrek høyt da hun kom og han
var redd det kunne skade barnet, selv følte han seg mer eller
mindre voldtatt og han skjønte at noe virkelig var galt med
henne. Isabeau bare kollapset etterpå og sovnet og snorket som
et dyr og Cian fikk skjelvende på seg klærne igjen. Han kjente
seg rystet til margen. Og han var redd, det var som om han
ante at et eller annet skrekkelig kom til å skje.
Ute i gangen sto Laura, hun så ikke mindre bekymret ut og hun
tvinnet hendene sammen og var blek."Si at jeg tar feil, men
hev hun seg rett over deg?"
Cian rødmet men nikket."Hun var helt desperat!"
Laura lente seg mot veggen og ristet på hodet."Jeg liker ikke
dette, noe er galt men jeg vet ikke hva."
Cian så ned i golvet."Det var som om det ikke var Isabeau,
men noen annen om du skjønner hva jeg mener?"
Laura svelget tungt."Jeg har en teori, men håper ved gudene at
det er feil, og jeg må uansett sjekke grundig først."

Cian så litt forvirret på henne, prøvde å rette på klærne for å spare huden der Isabeau hadde klort ham. Hun hadde da aldri hatt så lange negler før?"Hva slags teori?"
Laura presset leppene hardt sammen, det var noe mørkt i blikket hennes."Det prater vi om når jeg har undersøkt. Ikke før!"
Hun bare snudde på hælen og gikk og Cian ble stående igjen med en følelse av at verden var i ferd med å rakne i sømmene, og det var ingenting han kunne gjøre.
De neste dagene gikk som i en slags døs, merkelig nok hadde det roet seg ellers på godset, ingen så mere skygger og det skjedde ikke noe annet merkelig enn at smeden kom edru hjem til kona. Cian var glad for det, men han hadde en anelse om at dette var stillen før stormen. Han hev seg over arbeidet for å skjule engstelsen og han og Laura gjorde sitt beste for å skjule Isabeaus merkelige oppførsel for de andre. Hun åt ennå som en hest, stappet innpå så ofte hun kunne og este ut, Cian fant det høyst urovekkende og det virket ikke for at hun merket seg ved hva hun gjorde. Det var som om hun eksisterte bare i nået og krevde å få de umiddelbare behovene tilfredsstilt der og da. Og hun maste på ham titt og ofte og ville ha ham igjen men Cian greide ikke tanken på det. Han unnskyldte seg og stakk så fort han kunne og Isabeau ble merkelig sint og bannet og svor, noe hun aldri hadde gjort før. Laura var ofte på rommene sine med en del gamle bøker og hun studerte dem visst grundig men sa ikke noe om hva hun eventuelt fant ut.
Cian ante ikke hva han skulle gjøre, dagene ble uker og Isabeau ble bare større og større. Laura mente at hun så ut som om hun ventet tvillinger minst men det var bare et barn. Og Cian la merke til noe annet som skremte ham. Det var tydelig at ungen var svært aktiv og sparket og beveget seg men det virket for at det bare var om natten. Til å begynne med merket han seg ikke med det men etter noen dager begynte han å se mønsteret og det skremte ham. Han spurte Isabeau ut ganske så diskret og hun bekreftet det, ungen rørte seg ikke i det hele tatt

om dagen. Hun var munter og stappet ennå i seg mat og Cian
ante ikke hvor dette ville ende.
Så en kald morgen dukket det opp en liten vogn foran porten
og vakten sendte bud til Cian. Det var den trolldomskyndige
og han trakk et lettelsens sukk og raste ned for å ta i mot
gjesten. Han bare håpet at den mannen kunne si noe om alt
som hadde skjedd der. Det hadde vært rolig i godset lenge nå
og folk hadde roet seg, nå var de bare litt bekymret for Isabeau
men de ante ikke hvor merkelig tilstanden hennes var ennå.
Mannen som ventet nede i hallen var yngre enn Cian hadde
ventet, han hadde trodd han skulle møte en olding men karen
var bare middelaldrende og kort og tynn med et asketisk
utseende. Han så liksom utmagret ut og fjeset var litt spisst og
smalt med utstående fortenner og et par merkelig blasse små
øyne som lå dypt. Mannen var stygg, ingen kunne benekte det
men han hadde en aura av autoritet og makt og det var noe
meget selvsikkert ved bare måten han førte seg på. Klærne var
dyre og forseggjort og han bar på en stor sekk med noe som
måtte være bøker og andre harde gjenstander. Cian bukket
dypt og mannen smilte, det var ikke et tillitsvekkende smil
siden det fikk de lange gule fortennene til å synes men
antagelig var det det beste mannen fikk til. Han så seg
rundt."Så dette er stedet du mener kan være hjemsøkt?"
Cian nikket og mannen gikk bort til bordet og satte seg. Flere
av tjenerne så spent på ham og han bukket kort for dem."Jeg er
Agidhan av Unlan og jeg kan love dere godtfolk, er det
spøkelser eller onde makter her vil jeg finne dem og befri dere
for dem."
Flere av ansiktene der var fylt med den dypeste ærefrykt og
Cian forsto dem. Den som kunne fjerne slikt disse enkle
menneskene fryktet var vel verdt all deres respekt.
Cian fulgte mannen bort til bordet og kokka gav ham en
gedigen porsjon med varm mat som mannen med en gang hev
seg over med en ulvs appetitt. Agidhan så litt unnskyldende på
Cian og rapte litt bak handa."Jeg må bare beklage min mangel

på manerer men jeg har snaut spist i det siste. Jeg var med en skute nordover som dessverre frøs fast i isen og den idioten av en kaptein hadde snaut med proviant. Vi måtte gå i land over halvsikker is og det tok også en liten evighet å finne en slede og en god hest som var til salgs.”
Cian bare smilte matt.”Men vi er evig glade for at du er her nå min gode mann.”
Agidhan avsluttet måltidet med et krus varm kryddervin og sukket fornøyd. Han ble vist til et gjesterom og kom ned igjen temmelig fort. Nå iført mer behagelige klær og med et ivrig uttrykk i ansiktet.”Så, la oss komme til saken. Forklar alt som har skjedd og ta det kronologisk.”
Cian så at mannen trakk frem en blyant og en liten notatbok og satte et par briller på nesa. Brått så han ustyrtelig festlig ut men Cian røpet det ikke med en mine. Fjeset minte ham om en røyskatt med briller på.
Laura kom og satte seg ved siden av dem og Cian begynte nølende å fortelle om opplevelsen i hulen, det som skjedde senere og Isabeaus tilstand. Agidhans ansiktsuttrykk gikk sakte fra fascinert og interessert via vantro til forferdelse. Da Cian hadde fortalt alt klappet mannen sammen notisboka med et smell og lente seg fremover, han var lettere blek.”Min herre, dere har et stort problem her, ja faktisk et forferdelig problem.”
Cian så skremt på ham.”Hva... hva mener du?”
Agidhan sukket og sikret seg om at ingen andre lyttet til samtalen.”Dette står om livet, forstår du det? Jeg er nødt til å sjekke med bøkene mine men jeg tror jeg allerede har en konklusjon.”
Cian ble iskald nedover ryggen og Laura la handa på skulderen hans nærmest for å trøste. Agidhan så smalt på dem.”Jeg skal lese i kveld og se om jeg finner et botemiddel for dette, i morgen handler vi for det haster!”
Cian ville mase og vite hva det var som var så farlig men uttrykket i mannens ansikt gjorde at han klappet igjen uten å si noe. Laura så spørrende på mannen.”Men du er sterk nok?”

Agidhan smilte litt skjevt, det var noe nesten sårt i blikket."Neimen om jeg vet!"

Agidhan gikk noen runder rundt salen med med noen slags røkelsespinner og messet et eller annet men Cian forsto at det bare var for å berolige folk, det hadde ingen betydning i det hele tatt, det var bare staffasje og spillfekteri for å vise folkene der at noe faktisk ble gjort. Og de virket meget fornøyd og lettet. Cian følte seg langt fra fornøyd og lettet, han var kald av uro da han la seg den kvelden, selv ikke en hard ridetur hadde greid å tvinge tvilen bort fra ham og sovnet sent. Han begynte fort å drømme, mesteparten var bare vrøvl slik det gjerne er men brått drømte han at han sto i et merkelig rom med et dust rødlig lys. Det var en ekkel lukt der og han hadde en følelse av at noe forferdelig voktet på ham, at det ventet på at han skulle gjøre en feil av noe slag. Han snudde seg og skrek nesten, Isabeau satt på golvet bak ham, hun satt på kne og ansiktet var dekket med blod. Synet var forferdelig men det var enda mer forferdelig lenger nede, det lå en kniv foran henne og magen var skåret opp. Hun bikket på hodet og smilte, det rant blod fra munnen på henne og han så nå at mye av blodet kom fra øynene, det virket for at selve øyeeplene var revet ut. Cian rygget bakover et langt steg, ville våkne men greide ikke. Hjertet hamret av skrekk og han var kvalm. Hun vendte hodet mot ham."Vil du ikke se ham, vår sønn? Han er så sterk og frisk, og han vil leve under månen og jakte og ete seg stor." Hun strakte ned hendene til såret i magen, halte frem noe blodig og forvridd og Cian stirret vantro på vesenet som ble plassert på golvet. Det var en baby men den kunne allerede sette seg opp og den løftet hodet mot ham. Isabeau smilte bredt."Ser du? Han har mine øyne."

Skapningen åpnet ene handa og det lå to øyne i den, Cian følte at han nesten ble kvalt. Skapningen lagde en knurrende lyd, åpnet øynene. De var blodrøde med pupiller som på en katt og den smilte. Den søte lille munnen ble et bredt gap fylt med rader med skrekkelige spisse nåletenner som på en

flaggermus.”Ta ham opp da vel, gi ham en klem.”
Beistet var brått på beina og raste mot ham med gapet vidåpent
og Cian bråvåknet med et håst skrik av redsel, kastet seg opp i
senga og ble sittende der å pese som en sprengt hest mens
kaldsvetten rant som bekker av ham. Han knuget teppene så
hardt at fingrene verket.
Det hamret på døra og Laura stormet inn, hun så forskrekket ut
og var i ført bare en tykk nattkjole og en morgenkåpe.”Ved
gudene Cian, hva er det? Du skrek som et såret dyr!”
Han presset seg mot senga og gyste fra hode til fot.”Et
mareritt, eller et syn. Jeg vet ikke hva! Det var grusomt.”
Laura satte seg ned ved siden av ham, la ene handa på pannen
hans.”Du har ikke feber, så du er nok ikke syk, hva så du?”
Han prøvde å puste normalt men det var vanskelig, han hadde
mest av alt lyst til å gråte av skrekk slik han hadde gjort som
barn når han hadde vonde drømmer.”Det.. det er for
forferdelig...”
Laura strøk ham over det svette håret og trakk ham inntil seg
som om hun var hans mor.”Det gjør ikke noe, bare fortell.”
Cian fortalte med hes røst om drømmen og Laura stivnet til,
hun så meget bekymret ut.”Jeg skal nevne denne drømmen din
til Agidhan, det er mulig han kan tolke det. Nå bør du sove litt,
det er lenge til morgenen igjen. “
Cian hikstet.”Sove? Jeg vil aldri klare å sove igjen, noen
gang!”
 Laura bare sukket oppgitt og reiste seg.”Vent her.”
Hun gikk og kom tilbake med en liten flakong og han kjente
den igjen som den medikus hadde gitt Isabeau dråper av. Laura
så strengt på ham.”Dette er sterkt men det virker. Vær flink
gutt og ta medisinen frivillig.”
Cian gyste kort.”Hva er det?”
Laura telte opp tre dråper hun dryppet i munnen på ham og det
smakte komplett forferdelig.
 “Ekstrakt av blå valmue, det kan få folk til å sove men for
mye er dødelig.”

378

Hun satte fra seg flakongen.”Denne ene flakongen her inneholder nok til å ta livet av ti hester.”
Cian følte seg brått kvalm, så ble han merkelig susete i hodet og Laura pakket teppene rundt ham igjen. Hun klappet ham kjærlig på kinnet.”Sov nå, jeg sender noen til å vekke deg i morgen.”
Cian prøvde å si noe men det svartnet for øynene på ham og han sov som en stein og det uten å drømme mer i det hele tatt. Han våknet av at en av tjenerne rusket i ham, heller voldsomt.”Våkne herre, det er langt på dag og Laura og den magikeren vil snakke med deg.”
Cian hadde vondt i hodet, halsen føltes som om den var fylt med et eller annet riktig så motbydelig noe og han var støl over det hele. Han husket marerittet og tvang følelsen av kvalme tilbake. Etter at han fikk på seg klær og hadde fått ryddet opp i halsen med noe varm te gikk han ned til salen der Laura og Agidhan satt med alvorlige ansikter. Cian fikk bange anelser da han så uttrykket i Agidhans øyne, det var et slags mørke der som gav ham frysninger nedover ryggen.”Jeg er her nå....”
Laura så stille ned i bordet, hun var blek og Agidhan kremtet kort. Han holdt noen ark i hendene og virket ikke for å riktig vite hvor han skulle begynne. Cian så avventende på ham og mannen tok seg synlig sammen, svelget så adamseplet danset opp og ned på den magre halsen.”Vel, la meg begynne med begynnelsen, nemlig hulen under det gamle slottet.”
Cian lente seg bakover i stolen og nikket, han følte seg merkelig hul, som om alt bare var en underlig drøm.
Agidhan senket stemmen og tok frem et ark, det var en enkel tegning der av steinsirkelen de hadde sett og det sto skrevet noe underlig rundt den med runer. Cian så spørrende på ham mens han forklarte.”Dette er hva dere så, minus drageskjelettet vil jeg tro. Disse gamle sirklene er faktisk så eldgamle at ingen lenger kjenner hva slags funksjon de hadde, men de har en enorm makt om en vet hvordan en skal vekke den. Den første herren til slottet kunne tydeligvis den kunsten.”

Han snudde arket og pekte på steinene."Han må ha vært en meget farlig og samvittighetsløs mann, en blottet for annet enn maktbegjær. Det han gjorde der var en magi av aller svarteste slag."

Cian gyste sakte og han så at Laura hadde et drag av smerte i blikket. Agidhan snudde arket igjen.

"Han må ha trodd at han kunne fange livskraften og styrken til en drage i den rubinen som lå der, og kanskje greide han det også men han fanget også mer med sirkelen. Han fanget diverse onde ånder og demoner i den, vesen fra en annen og mørkere dimensjon."

Agidhan så rett på Cian og det var dypt alvor i blikket hans."Du sa at Isabeau gikk inn i sirkelen og hentet rubinen men at noe holdt deg tilbake?"

Cian nikket og mannen lukket øynene et kort øyeblikk, mumlet noe for seg selv."Det passer ja, alt passer."

Laura gispet lavt og Cian så på henne at hun allerede forsto, antagelig bekreftet dette hennes teori. Agidhan fortsatte med lav stemme."Jeg antar at du allerede skjønner alvoret? Dere tok virkelig med dere noe mer enn bare den rubinen og det sverdet fra ruinene. Dere tok med dere det som hadde vært fanget der inne, eller rettere sagt. Isabeau tok det med seg. Og de energiene har vært løse her, har skapt kaos og merkelige hendelser men nå, nå har de funnet en måte å leve på, en kropp å besette."

Han satte øynene rett i Cian."Din hustru er besatt og barnet med henne. Og den fjæra som dere fant i snøen? Også et varsel, og ikke et lykkelig et."

Cian var tørr i munnen, han greide ikke si noe. Agidhan så ned i golvet, ansiktet var dradd og ulykkelig."Jeg vet ikke om jeg kan berge henne min herre, jeg vil prøve men det er en stor sjanse for at jeg feiler. Jeg vil uansett tro at barnet er fortapt."

Cian gispet et lavt nei og Laura stønnet."Og om du feiler?"

Cian kjente at stemmen hans skalv og han greide knapt sitte stille. Agidhan så trist på ham."Da må hun drepes, det er ikke noen annen utvei. Om det som besetter henne virkelig får ta over blir hun et forferdelig monster etterhvert. Kanskje ikke i det ytre men så avgjort i det indre."

Cian gispet og klemte hendene mot kanten av bordet, bare for å føle at han hadde noe bastant å gripe tak i.

Laura svelget hardt."Hva kan du gjøre?"

Agidhan sukket og trakk av seg brillene igjen."Det er et rituale jeg kan prøve meg på, det er vanskelig og farlig men jeg tror jeg kan klare det. Det krever bare en del forberedelser og de må vi gjøre i dag for venter vi for lenge får det for godt grep om henne uansett."

Cian svelget hardt, han kjente at han var svett."Hva slags forberedelser?"

Agidhan tenkte seg om."Først og fremst, er det et stort rom her et sted som ligger usjenert til, der ingen kan spionere?"

Cian tenkte seg om."Ene lageret i kjelleren, det er ikke i bruk på grunn av fukt."

Agidhan smilte kort og fornøyd."Bra, det vil passe. Så trenger vi en del remedier."

Han løftet et annet ark og studerte det fort."Blod fra en hvit kvige og blod fra en hvit merr. Urent blod fra en kvinne, ahem."

Laura så fort ned i golvet."Det kan jeg sikkert skaffe, noen av tjenerinnene har tida si nå."

Cian forsto brått hva de mente og ble sprutrød i ansiktet."Vi trenger også en del andre ting men det har jeg med meg, og urter og slikt kan dere vel skaffe vil jeg tro?"

Laura nikket ivrig."Vi har det aller meste her ja."

Agidhan reiste seg og så alvorlig på Cian."Gjør klar det rommet før det blir kveld, dette må vi holde hemmelig, husk det. Jo færre som vet sannheten jo bedre er det."

Cian bare nikket og ble sittende ved bordet med hamrende hjerte. Han så fort på Agidhan.

 "Rubinen? Hva skal vi gjøre med den?"

Mannen skar en grimase."Den rommer stor makt Cian, en

makt ingen dødelig kan mestre. Men farlig er den ikke, den er bundet til deg på et vis, jeg merker det. Den er din, inntil videre. Jeg tror den venter på noen, noen som vil befri kraften i den. Du er ikke som vanlige dødelige Cian, men det har du nok allerede skjønt innerst inne."

Cian så forvirret på mannen som nikket mildt."Jeg har hørt om deg Cian, du overlevde treff på turneringsbanen ingen andre ville kunne gått levende fra. Det er ikke tilfeldig."

Mannen og Laura gikk for å gjøre forberedelser og Cian ble sittende med en vond følelse av at alt dette hadde vært forutbestemt like fra den dagen da kongen gav ham den ordren. Hva ondt hadde han gjort for å fortjene dette? Hva ondt hadde Isabeau gjort? Han lente hodet mot hendene og stønnet lavt. Han var fanget i marerittet nå, og det var ingen vei ut av det. Det måtte bare få komme til sin egen ende, som det selv ville. Han gikk etter en stund ned i kjelleren, fant rommet og ryddet bort de få kassene og sekkene som ennå sto der, hentet lamper og plasserte dem og prøvde å se for seg hva Agidhan ønsket der nede. Etterpå red han en tur men hesten følte at han var anspent og redd og oppførte seg utrolig vanskelig så han avbrøt og red hjem, prøvde å roe seg ned men det var umulig. Laura hadde gitt Isabeau mat igjen, hun hadde spist for fem som vanlig og Cian kunne ikke for sitt bare liv fatte hvordan den vesle spe kvinnen kunne få plass til så mye mat.

Resten av dagen gikk han som i en døs, det føltes som om han var pakket inn i ull og alt var diffust og utydelig. Alt han så for seg var Isabeaus lykkelige ansikt den kvelden hun fortalte ham om barnet de ventet. Hvordan kunne slik lykke bli snudd til dette? Hvor var det rettferdige i det? Han prøvde å oppføre seg som normalt. Agidhan gikk rundt og tegnet merkelige tegn på dørene og messet merkelige ramser og det var tydelig at alle på godset nå følte seg trygge for stemningen var lettere enn på lenge. De hadde kullsviertro på den vesle magre mannens evner. Cian skulle ønske han hadde det samme. Laura snek i Isabeau sovemedisin og da godset gikk til ro bar de henne ned til lageret i fellesskap. Agidhan virket stresset, Cian forsto at dette måtte gjøres før månen sto høyt. De la henne behagelig på et teppe og Agidhan samlet seg tydelig, han tegnet opp en sirkel rundt Isabeau med blodet og skrev noen merkelige tegn langs den ytre kanten før han satte noen små kjerter på bestemte steder og fylte dem med urter han tente på. Det spredte en ganske så illeluktende røyk og Agidhan så fast på de to.”Nå må ingen av dere trå inn i sirkelen, samme hva som skjer. Er vi heldige våkner hun i morgen og husker ikke noe av dette, og er normal. Går det galt så.. vel, det vil jeg helst ikke tenke på.”

Han trakk frem en stokk fra et slags hylster, den var av svart polert tre og det var festet en slags krystall i toppen av den, helt kulerund og melkehvit. Stemningen i rommet ble brått en annen, det senket seg en slags illevarslende stillhet og det ble merkbart mørkere. Agidhan gav dem hver sin lille krystallbit.”Hold denne og slipp den for all del ikke, den vil beskytte dere fra å bli besatt også. Han samlet seg tydelig, så hevet han staven og kulen på den begynte å lyse med et mildt og nesten kjærlig lys. Agidhan begynte å synge noe med enstonig røst, det lød monotont og nesten søvndyssende men det var noe merkelig kommanderende i røsten, noe som krevde å bli hørt. Isabeau vred seg plaget, stønnet lavt og Cian lukket øynene, uansett hvor vondt han hadde av henne nå, han kunne ikke gjøre noe annet enn å vente. Agidhan hevet stemmen og begynte å gå rundt sirkelen i en merkelig haltende rytme mens han slo enden av stokken i golvet på innsiden av den opptegnede streken. Det smalt merkelig hult og Cian gyste da han hørte at hun brått hveste som en slange. Hun greide ikke bevege seg stort, bare vri seg men det var tydelig at hva det nå var som var i henne ønsket å stanse Agidhan. Laura sto og ba, han så at leppene hennes beveget seg uavbrutt og hun var blek med svetteperler i pannen.

Agidhan hevet rytmen, stemmen steg til en kommanderende torden og Isabeau hveste og knurret og skrek et eller annet uforståelig med hes røst. Agidhan lot seg ikke merke med det, han var blek og svett også men det var beinhard konsentrasjon i blikket og han nølte ikke. Rytmen endret seg i det han messet frem, den ble mer truende og tung og Cian så at rommet nå var nesten helt mørkt. Lampene greide ikke spre lys lenger, det var som om et kompakt mørke av noe stofflig men usynlig var falt over dem. Cian kunne snaut huske å ha vært så redd noen gang. Isabeau skalv og rykket, det skummet rundt munnen på henne og hun var merkelig rød i ansiktet. Han var redd for hjertet hennes men dette kunne ikke stanses nå, det måtte fullbyrdes. Agidhan virket for å vri seg i smerte noen ganger og Cian forsto brått at dette som gjemte seg i Isabeau faktisk angrep ham mentalt, han kunne bare håpe at mannen var sterk nok til å stå i mot.

Røyken fra kjertene begynte å trekke inn mot midten av sirkelen, det så fullstendig naturstridig ut, den flettet seg og steg som en enslig søyle mot taket og Agidhan begynte å rope ut ting som antagelig var svært sterke besvergelser. Isabeau freste, sprellet så den store magen disset og de hørte alle lyden av flere stemmer som ropte sint.

Agidhan var våt nå, håret hang og han vaklet nesten men stanset brått overfor hodet hennes. Slik han sto kunne hun ikke se ham og han senket fort staven så kulen på den berørte pannen hennes. Den vakre gylne gløden fra steinen ble et øyeblikk uutholdelig sterk, som om sola selv var kommet ned i rommet. Det gikk et voldsomt rykk gjennom henne, hun hveste og spente hodet bakover så hun nesten sto i bro et øyeblikk. Deretter ble hun brått slapp og falt sammen. Røyken fortettet seg, et øyeblikk syntes Cian at den tok formen av groteske ansikter som stirret på dem med hat og raseri. En stemme skar gjennom rommet."Vi vil få vår hevn Ashitan, bare vent å se." Dermed forsvant røyken med et boff og lampene lyste normalt igjen. Isabeau lå bevisstløs på teppene og Agidhan sto stønnende og støttet seg på stokken sin, han var likblek."Ved alle guder..."

Cian så spørrende på ham og mannen smilte matt.”Det er i orden, hun er fri.”
Han tok kappen sin og helte et eller annet på streken fra ene lomma, sirkelen forsvant som om den aldri hadde vært der og Cian gikk bort til henne og la handa på kinnet hennes. Det var varmt og bløtt og normalt og han tryglet gudene om at dette var slutten på marerittet. Han så på Agidhan som tørket svetten av pannen og pustet ut.”Tror du at barnet er ok?”
Magikeren sukket og trakk på skuldrene.”Det vet jeg ikke, ærlig talt.”
Laura kremtet.”La oss få henne i seng, det er sent og jeg er sliten.”
Agidhan nikket og hjalp dem med å samle teppene og Cian bar henne opp. Han så fort på mannen som trakk av seg den våte kappen med en mine av avsky. Det luktet faktisk svidd og svovel av ham.”Det den stemmen sa. Ashitan, er det deg?”
Mannen ristet på hodet.”Nei, jeg kjenner ikke ordet. Men det lød illevarslende.”
Cian kunne bare følge på oppover trappene og de fikk lagt henne og gikk til ro. Cian bestemte seg for å sove i rommet hennes, han ville passe på henne og ingen protesterte. Det gikk lang tid før han sovnet men han sov faktisk bedre enn på lenge. Kanskje hadde det faktisk virket det den magre mannen gjorde. Morgenen etter våknet han sent, Isabeau sov ennå men Laura hadde gitt henne en real dose medisin så annet var ikke å vente. Han ble liggende å gruble og kom til at han på et eller annet vis trodde at Agidhan visste noe han ikke ville ut med. Noe angående ham selv. Det han hadde sagt tydet på det og han måtte vedgå nå at det var noe sant i det. Han hadde trodd han bare hadde flaks men nå så han at det var sant. Han hadde overlevd smell andre ville blitt drept av, og ikke bare overlevd, han hadde vært nesten uskadd. Tankene gjorde ham svimmel og han bare lå der og prøvde å tenke på ingenting men det var heller ikke enkelt. Laura bar opp mat til ham og han ble sittende der og lese, han hadde funnet en bok om gamle

jaktmetoder og den kunne vært underholdende hadde situasjonen vært en annen. Nå så han knapt bokstavene.

Isabeau hostet brått, så slo hun øynene opp og så seg forvirret rundt. Cian så avventende på henne, var hun normal eller var hun fremdeles en annen? Hun tørket seg i øynene og fikk øye på ham, smilte blygt."Har du sovet her hos meg? Så snilt!"

Cian gikk bort og satte seg på senga hennes, strøk henne over håret. Hun var seg selv, det var liten tvil om det. Hun så ned på magen sin og gispet forskrekket."Ved alle guder, når ble jeg så svær? Hva har skjedd? Og jeg er jo feit!"

Cian tok handa hennes varsomt."Du har vært litt syk min kjære, og du har sovet lenge. Det er grunnen."

Hun så skremt på ham, blikket tryglet om svar."Er ungen min ok?"

Cian presset frem et merkelig smil."Den har det helt fint, ta det med ro."

Hun pustet lettet ut og prøvde å vri seg opp men stønnet av ubehag."Ved alle guder så tungt, og så støl jeg er."

Hun smilte og trakk teppene bedre om seg."Har det gått lang tid?"

Stemmen var litt engstelig og han nikket nølende."Du har ikke riktig vært deg selv kjære, men det er du nå. Og det er jeg veldig glad for."

Hun sukket og lente seg mot teppene, klappet magen."Det er bra."

Cian visste at han ville få det hardt fremover, med å skjule uroen han følte overfor henne. Han husket hva han så i det marerittet, hva om barnet var et monster? Ikke bare besatt men et virkelig uhyre? Han gyste og klemte henne hardt inntil seg og hun fniste og klemte ham tilbake.

Agidhan bestemte seg for å bli, offisielt var årsaken at han ikke orket å reise mer om vinteren og ville vente til det ble sommer og varmt i været men Cian visste den egentlig årsaken. Han vågde ikke reise før barnet var født i tilfelle det ville bli bruk for ham. Agidhan avslørte at han kunne mangt og meget og

han ble merkelig nok meget populær blant damene der siden
han hadde en fantastisk hukommelse og kunne tegne opp
mønstre til kjoler makne til dem adelsdamene langs kysten
brukte bare fra fantasien. Dessuten elsket hundene ham, Cian
hadde aldri før sett en mann med slik hundetekke. Selv de
svære sure doggene som vanligvis brydde seg fela om
mennesker stimlet sammen om karen som hadde en godbit og
et godord til alle sammen. Og Isabeau var verken så glupsk
eller så overerotisk som før, hun var som før men nå måtte de
tvinge maten i henne siden hun følte at hun ikke hadde plass til
noe. Og hun magret av, hun magret av så Cian ble bekymret på
nytt og det var han ikke alene om. Det virket som om ungen
tæret henne opp innenfra og den var faktisk nattaktiv så hun
snaut fikk sove. Og sterk, sparkene hun fikk var så voldsomme
til tider at hun nesten mistet pusten. Laura sa at unger av og til
knakk ribbeina på mødrene sine men Cian ante at det bare var
for å roe ham at hun sa det. Han visste det med sikkerhet nå,
barnet i henne var ikke et menneske, og hadde nok aldri vært
det.
Spørsmålet var hva de kunne gjøre, og om hun ville kunne
overleve å føde noe slikt. Laura gikk i angst hver dag og Cian
fryktet hver dag som gikk mot våren og tiden da hun skulle
føde. Han hadde syntes at månedene gikk pinefullt sakte til å
begynne med men nå gikk tiden så alt for fort og han skulle
ønske at han kunne sinke den på et eller annet vis men det var
umulig. Våren nærmet seg og med den forberedelser av ulike
slag. Cian fikk mer enn nok å henge fingrene i, han fikk
oversikt over hvor mye såfrø de hadde og fordelte avlingene til
de ulike jordene, planla om noe jord skulle ligge brakk og
hvile og om de skulle svi av mer kratt og dyrke det opp. I stall
og fjøs kom nytt liv til og gårdsplassen yrte snart av lam som
danset og spratt rundt samt geitekillinger som var til allmenn
plage og muntrasjon. En tidlig morgen kom en bonde kjørende
med kjerra si, han fortalte at han hadde funnet et merkelig dyr
og at han ikke visste hva det var for noe. Agidhan burde

kanskje kunne identifisere det? Vakten slapp mannen inn og hentet Agidhan og Cian ble også med. Han var nysgjerrig og visste ikke om dyr der i området som var fremmede?

Bonden virket brydd men stakk ut til vogna og kom inn igjen med en skapning i bånd og Agidhan gispet og samtlige stirret på dyret. Cian måpte."Hva i alle guders navn?"

Agidhan gikk forsiktig bort til dyret som satte seg og stirret på dem med vakre juvelgrønne øyne.

"En S'haga, og det er kun en unge!"

Cian så vantro på den."En unge? Den er jo stor som en av doggene her? Hvor stor blir den?"

Agidhan gliste kort."På størrelse med en god hest vil jeg tro, neppe like stor som din Tordenkile men neppe særlig langt ifra."

Cian bare stirret og ungen gapte og gjespet og avslørte utrolig skarpe melketenner. Bonden skrapte i golvet med føttene, ble brydd av oppmerksomheten. "Den lå i en skråning og skrek, jeg syntes liksom ikke at jeg kunne slå den ihjel heller, ikke uten å vite hva det var. Kona gav den melk og den vokser som noe stygt. Vi tør ikke ha den lenger."

Cian så nærmere på dyret, den lignet litt på en tiger i formen men var kortere og mer langbein med dypt bryst og forholdsvis lang hals. Halen var utrolig lang og smidig med en stor fane lange hår i enden og dyret var skinnende hvitt med silkeaktig pels unntatt på beina og hodet der den hadde tydelige blodrøde striper som en tiger. Det gikk to striper også over skuldrene på den og pelsen var lang. Cian ante ikke hva han skulle si eller gjøre. Agidhan smilte til bonden."Slipp ham, jeg tror dette dyret er her av en årsak."

Mannen så litt forvirret på ham men gjorde som han fikk beskjed om, han slapp båndet og S'hagaen gjespet igjen og slikket seg om de kraftige kjevene. Cian så at hodet var likt et tiger hode i profil men litt smalere med tydeligere kjever og øynene var større enn på andre katter. De virket nesten menneskelige og de betraktet folkene der med en egen ro.

Ørene var ganske store og det vokste to lange hårtuster fra enden av dem, de var også røde som stripene og Cian måtte vedgå for seg selv at dyret var vakkert men også skremmende. Så stort som en hest? Gode guder! Den begynte å luske rundt og virket for å betrakte folk, hundene trakk seg pipende unna og til og med de største og tapreste jakthundene pep og viste underkastelse med halen mellom beina. Det forundret ham ikke, et slag fra de labbene der kunne knuse en hundeskalle som ingenting.

Dyret stanset foran dem, så granskende på dem lenge, så gikk den bort til Cian og presset snuten mot handa hans. Han strøk den varsomt over hodet med en forbauset mine og dyret mol og satte seg foran beina hans med eiermine. Agidhan smilte smalt.”Da har den valgt deg, du er dens herre eller tjener, alt ettersom hvordan en ser det.”

Cian så forvirret på trollmannen som stirret på katten med tydelig beundring.”Hva mener du med det?”

Agidhan sukket.”De er ikke som vanlige dyr Cian, de er gudenes egne skapninger. De velger selv om de vil knytte seg til folk og de velger bare de som er spesielle, de gudene har en egen plan for. Det har de for deg Cian, det er enkelt å se.”

Cian skar en grimase men noe ved tanken var tiltalende. Et slikt dyr ved hans side? Det var noe betryggende ved det. Agidhan smilte igjen.”Hva heter han Cian?”

Cian rynket pannen men et ord trengte seg frem i tankene hans, tvang seg frem.”Eh, Karma!“

Trollmannen nikket.”Han gav deg navnet sitt, da er det ingen tvil. Han er Karma, han er gudenes dom over synderne.”

Agidhan betalte bonden fyrstelig for bryet som han kalte det og mannen var overstrømmende lykkelig. Cian ble sittende der med Karma ved føttene og han grep seg i å stryke fingrene gjennom den lange pelsen. Den var virkelig så myk som silke og han kjente styrken i dyret som noe fysisk. Agidhan nikket.”Han bør begynne å spise kjøtt snart, men vær ikke bekymret. Den vil snart forsyne seg med vilt og vil neppe

prøve seg på bufeet. Den er for intelligent til det."
Cian bare smilte matt og Karma slikket fingrene hans med en
tung som et rivjern. Hvorfor skulle han ha dette dyret? Og med
det navnet? Han ble engstelig men samtidig var det noe dypt i
ham som skalv av begeistring, som om det visste noe han ikke
var klar over.
Folkene der ble fort vant med katten og den ble grundig
bortskjemt, kvinnene lurte godbiter til den og ble belønnet med
kjærlig murring og mennene snek seg til å klappe den og
beundre styrken i de massive potene. Cian tok den med ut noen
ganger og den fanget snart sin første kanin og spiste den i noen
få glefs. Det ville kreve mye kjøtt å få den kroppen der opp til
voksen størrelse men den vokste fort. Faktisk så en så det fra
en dag til den neste. Og Isabeau vokste også, hun orket ikke ut
av senga nå, hun var sliten hele tiden og Cian merket på henne
at hun hadde begynt å skjønne at noe var galt. Han prøvde å
trøste og oppmuntre henne men det var ikke enkelt når den
samme angsten red ham også. Snøen forsvant i liene og snart
på marka også, de første blomstene stakk hodene ut av bakken
og sola varmet virkelig. Det var en god tid men for Cian var
det kun en tid med angst og tvil. Når han var alene var han
sikker på hva som kom til å skje, at barnet ble hva han hadde
sett. Andre ganger blåste han det av og var sikker på at det
gikk bare bra. Og Laura gikk der og virket mer og mer nervøs.
Cian visste at Agidhan også var nervøs, han gikk stadig og
mumlet på diverse besvergelser og det luktet merkelig fra
rommet hans. Folk var vant med mannen og han sørget for å
løse småproblemer de hadde så de satte stor pris på ham. Cian
følte seg kald av angst ved tanken på å miste henne, bare ideen
var knusende. Han hadde aldri elsket noen før, ikke på den
måten, og uten henne ville livet kun være som en grå smertens
dal. Han ba hver kveld, ba av hele sitt hjerte om at hun måtte
greie det, om at ungen måtte være normal. Men tvilen lot ham
aldri være i fred. Folk jobbet ute i de lyse vårnettene og fikk
grøden i jorda, Cian var med og jobbet så svetten rant av ham.

Det var som om han slett ikke kunne arbeide hardt nok, som om han bare måtte brenne ut energien og rastløsheten på noe. Han var med og brøt løs røtter på nye jorder, bar stein til det knaket i ham og gikk milevis bak plogen. Han hadde aldri trodd at han skulle gjøre en bondes arbeide men her var han altså, og han likte det faktisk. Det var meningsfylt og gjorde ham stolt over hva han fikk til. Tordenkile ble sendt på beite med et knippe villige hopper og var like lykkelig som noen kan være og Karma vokste stadig. Den hadde nådd ham til hoftene før, nå nådde den ham til over livet og den satte til livs en hel dåhjort i et måltid. Og den var intelligent, den lyttet til det han fortalte og den adlød men bare om den selv fant det for godt. Cian var fascinert av den og Isabeau også. Hun hadde ikke fått vite årsaken til at han fikk den, hun trodde han bare hadde likt dyret og bedt om å få kjøpe det av bonden og hun anså den som et vanlig dyr, bare litt uvanlig. Karma likte henne, men den hadde noe ved seg når den var nær henne som gjorde Cian overbevist om at den sanset barnet og at noe ikke stemte. Isabeau var meget tynn nå, like ille som da han første gangen så henne og hun var svak. Hun orket bare kjøttsuppe og utvannet vin og Laura var fortvilet. Hun ymtet flere ganger frempå til ham at hun ville gitt jenta urter som fremkalte en abort alt da hun fikk vite om graviditeten hadde hun visst hva som ville skje. Og Cian var enig. Han hatet seg selv for det men det hun sa var fornuftig. På et eller annet vis følte han at det var hans skyld, at det var noe ved ham selv som hadde skapt denne situasjonen.

Det kom brått en voldsom varmeperiode, ingen kunne huske at det hadde vært så varmt på forsommeren noen gang og de fleste var meget glade for at det verste arbeidet var unnagjort. Det var ganske enkelt for varmt til å arbeide særlig hardt. Isabeau gikk over tiden nå, og han merket at stemningen begynte å bli trykket. De fleste var engstelige og selv om de ikke ante noe om hvor alvorlig det egentlig var så engstet de seg naturlig nok. Isabeau hadde ikke vist seg i hallen på flere måneder nå og de fleste stakk oppom og hilste på men de merket uroen hennes. Som det gjerne gjør når det blir stekende hett ble det tordenvær og det et ualminnelig voldsomt ett, det dundret og smalt og lynte som om himmelen falt ned og Cian ble fullt geskjeftiget med å organisere ryttere som red ut og holdt utkikk etter branner. Det var svært tørt nå og en grasbrann kunne fort bli fatal. Han satt og håpet på regn da Laura kom gående ned trappa, hun gikk sakte og behersket men Cian så på blikket hennes at det var noe spesielt. Hun gikk bort til tønnen med vin som sto der og helte i to beger, nikket til Cian.”Kan du gi meg en hånd?”

Han nikket og tok begrene fra henne, hun gikk foran ham opp trappa og hvisket rolig.”Jeg vil ikke at hele bygget her skal vite om det, før de må. Jeg har sendt ene stallkaren etter jordmora, han vil få henne inn ene bakporten.”

Cian kjente at hjertet sank i ham, han ble klam og hjertet hoppet nesten over flere slag.”Det har begynt?”

Laura smilte til ham, tilsynelatende helt rolig.”Det begynte i dag tidlig, men den tåpelige jenta har ikke villet si noe for ikke å gjøre oss nervøse.”

Cian så vantro på den gamle damen som skjøv opp døra med en lukket mine.”I dag tidlig?! Men...” Laura nikket mildt til ham og gikk bortover gangen.”Det kan ta flere døgn første gangen, det er ikke uvanlig.”

Cian bare trasket etter, flere døgn? Kvinner var virkelig underlige skapninger.

Laura stanset foran døra til Isabeaus rom, så alvorlig på ham.”Hva du enn gjør nå, ikke gjør henne mer engstelig enn hun er. Prøv å virke optimistisk uansett.”

Cian svelget hardt, det kom til å bli tungt.”Må jeg være her?” Stemmen hans var svak og Laura klappet ham på handa.”Vanligvis sender vi fedrene bort men denne gangen vil jeg ikke det, situasjonen er for spesiell.”

Hun åpnet døra og gikk inn og Cian fulgte etter. Isabeau satt i senga med håret utslått og alle lisser på nattkjolen løsnet, hun

var litt blek og svett men smilte og virket ivrig. Hun vinket ham bort til seg og han lente seg over henne og kysset henne på kinnet."Går det bra?"
Isabeau smilte og klappet ham trøstende på kinnet, det var noe skjelmsk i blikket hennes."Selvsagt, ikke engste deg. Snart så har vi ungen vår her."
Hun rettet seg opp mellom putene."Det er rart, vi har jo ikke engang tenkt på navn..."
Cian prøvde å smile men kjente at ansiktet var underlig stivt."Det kan vi gjøre når vi vet om det er jente eller gutt, da slipper vi å bruke tid på noe det ikke blir noe av."
Isabeau fniste og rugget på seg."Du er da alltid så praktisk."
Laura fant frem en stol til ham og et teppe om han frøs og han så at Isabeau med jevne mellomrom ynket seg og fikk et forpint uttrykk i ansiktet. Han følte seg totalt utenfor sitt territorium, helt på jordet. Dette ante han lite om enda han hadde tatt i mot både føll og kalver. Det ble liksom noe annet med hans egen art. Jordmoren dukket opp noe senere, hun hadde med seg to medhjelpere hun påsto var med for å lære men Cian skjønte fort at de var utlært, det var bare at damen ville helgardere seg. Og Agidhan kom også innom og satte seg i en stol bakerst i rommet med en bok. Ingen protesterte på det enda fremmede menn normalt sett så avgjort ikke har noe å gjøre på rommet til en fødende kvinne. Cian skjønte etter en stund at ryktet hadde spredd seg, det tasset folk forbi i gangene som ikke hadde noe der å gjøre, og det hadde blitt påfallende stille også ute. Ingen virket for å jobbe og han følte seg lettere irritert.
Det tok tid, Laura hentet mat og drikke, Agidhan satt og leste for seg selv og Isabeau pludret uanstrengt med jordmoren og hjelperne hennes, det virket ikke for at hun engstet seg i det hele tatt men Cian visste at noen mennesker reagerer slik på smerte. De blir nesten beruset og opptrer uvanlig muntert. Og han merket at det ble hardere etterhvert for henne, stønn ble lave skrik og han forsto på jordmoren at vannet hadde gått

forlengst. Han visste ikke om det var en god eller dårlig nyhet. Men han burde ha vært et annet sted, dette var et kvinnenes domene helt og holdent og han følte seg like malplassert som en svart drage i en saueflokk. Jordmor var ofte nede og undersøkte Isabeau som jamret seg hver gang og han prøvde desperat å tolke stemningen for å finne ut om ting var bra eller motsatt. Men han skjønte ikke noe. Kvelden ble natt, Cian var sigen og prøvde å holde seg våken men han duppet av med jevne mellomrom og det virket for at Isabeau også sov litt av og til men nå skjønte han at jordmoren var engstelig.

Han fikk med seg Laura ut på gangen, så spørrende på henne.”Hva skjer?”

Laura smilte litt stivt.”Det går for sakte, det er hva som skjer. Og hun er ikke sterk nok heller.

Cian kjente selv at han bleknet tydelig.”Er det noe dere kan gjøre?”

Laura senket stemmen.”Vi skal gi henne urter som setter fart på det, og noe som styrker henne. Barnet ligger riktig etter det jordmoren kan forstå og det er bra, men det er en stor unge.

Cian så bedende på henne.”Men det kan gå bra?”

Laura så ned.”Det kan gå bra ja, men fest ikke all din lit til det. Det kan være at du vil måtte velge.“

Cian så forvirret på henne.”Velge? Hva mener du med velge?!”

Laura så slitent på ham.”Mellom Isabeau og barnet, kan vi ikke få det ut må enten det eller hun ofres.”

Cian sank nesten i kne, han hev etter pusten og lente seg mot veggen, kjente at det svimlet for ham. Laura så hardt på ham.”Dette er tungt for deg, du burde gå å legge deg. Vi kan vekke deg om det skjer noe.”

Cian ristet på hodet.”Nei, jeg må være her, dette er min skyld.”

Laura sa ikke noe mer, hun bare trakk på skuldrene og gikk inn igjen og Cian fulgte med henne.

Jordmoren gav Isabeau flere kopper med et eller annet som tydeligvis smakte forferdelig men hun drakk det uten å klage,

Cian begynte å se at dette tæret på henne. Øynene var matte og redde og hun prøvde ikke lenger å være munter. I stedet jamret hun seg og vred seg og de to medhjelperne sto der og prøvde å snakke oppmuntrende til henne. Medisinen virket tydeligvis for riene ble kraftigere og kom tettere og nå begynte hun å skrike, Cian ønsket inderlig at han var døv så han slapp dette, det skar i ham og han holdt det ikke ut. Men han måtte være der, om det gikk galt måtte han få hennes tilgivelse før det var for sent, få sagt adjø. Det måtte ikke gå som i marerittet, det var alt han greide å tenke på. Og natten skred sakte frem, han forsto at det ble kritisk etterhvert. Jordmoren strevde med et eller annet og Isabeau skrek hjerteskjærende hele tiden, Cian så at det var blod, og mengder av det. Han følte seg kvalm, kjente at tårene rant uhemmet nedover kinnene. Han visste hvor det bar nå, visste det med hvert et bein i kroppen. Agidhan hadde sluttet seg til jordmoren og det virket for at han prøvde å bruke magi til å styrke Isabeau men han kom tilbake, blodig og sliten og Cian bare hulket lavt.

Isabeau sluttet å skrike, hun bare ynket seg matt av og til og Laura kom bort til ham. Hun var hoven rundt øynene og ristet sakte på hodet.”Jeg sa at du kanskje måtte velge, jeg tror ikke du trenger det. Barnet er nok allerede dødt, vi hører ikke hjertet lenger.”

Cian så opp på henne, han visste at han så ille ut men det brydde han seg lite om nå.”Isabeau?”Stemmen hans var sår og lav og Laura omfavnet ham heftig. Det sa egentlig mer enn han trengte vite. Hun trakk ham opp av stolen, og han fulgte etter som en viljeløs slave. Han besvimte nesten ved synet av alt blodet, og Isabeau var likblek og knapt bevisst. Hun snudde hodet sakte mot ham, prøvde å snakke men smerten hadde gjort henne nesten for svak til å greie å lage lyd. Hun smilte svakt.”Vi var slik en vakker drøm var vi ikke?”

Cian klemte handa hennes hardt, han følte en trang til å skrike, til å rase mot gudene og angripe alt og alle om det kunne endre det.”Vi... vi var det.”

Stemmen hans var hul og hun prøvde å stryke ham over håret som før.”Vær så snill, barnet mitt er ikke dødt, jeg vet det bare. Redd det!”

Cian så fortvilet på henne.”Hvordan?”

Hun grep etter ham, pekte på kniven han alltid bar i beltet og Cian rygget bakover i sjokk.”Nei kjære, jeg kan ikke gjøre det, ikke mot deg!”

Isabeau hulket lavt og han så at hun pustet unormalt nå. Jordmoren sto der og så slagen ut og Laura hikstet bak forkleet hun holdt foran ansiktet. Han klemte handa hennes igjen, hikstet vilt.”Vær så snill Isabeau, tilgi meg! Dette er min skyld.”

Hun lagde en svak skygge av det muntre smilet hun hadde vært så kjent for.”Vi var da to om det om jeg ikke husker helt feil?”

Hun stønnet og vred seg svakt.”Å guder, smerten!”

Cian så fortvilet og bedende på Laura som nikket stille. Hun gikk ut og Cian kjente det som om hjertet i ham ble knust. Han kysset henne på den bleke pannen.”Men jeg trenger din tilgivelse uansett min elskede, ellers vil jeg aldri få fred.”

Hun gispet lavt og et øyeblikk virket det for at hun skulle svime av men hun tok seg inn igjen.”Du vet... du vet at du har den min kjære. Jeg tilgir deg, alt!”

Han kysset henne igjen og hun prøvde å smile igjen.”Jeg dør Cian, ikke prøv å lyve for meg. Det er for sent for det nå.”

Han bare nikket og hun sukket og holdt handa hans.”Det er rart, jeg så aldri for meg en slik skjebne. Jeg så for meg oss to, gamle og grå med en hel gjeng barn og barnebarn.”

Cian hulket lavt. “Det ville blitt fantastisk.”

Hun sukket og strøk fingrene over kinnet hans. “Jeg er takknemlig, jeg var lykkelig etter at du kom hit. Mer lykkelig enn noen gang før i mitt liv, jeg takker deg for det. Jeg visste ikke at kjærlighet fantes, nå vet jeg det. Og jeg kan møte forfedrene med et rent hjerte.”

Cian bare stønnet av ordene hennes og ønsket at han kunne bytte med henne, at gudene kunne ta ham i stedet.

Laura kom tilbake med et krus med vin, hun rakte det til Cian med et lite diskret tegn, hun holdt fem fingre i været og han forsto. Fem dråper med valmue ekstrakt, det drepte smertefritt. Isabeau drakk sakte, nesten høytidelig. Det var som om hun forsto. Hun så mildt på ham.”Snart får jeg hvile, gi oss en vakker begravelse min eneste ene.”

Cian blåste nesa, prøvde å virke verdig.”Jeg sverger Isabeau.”

Hun nikket underlig rolig, smerten var allerede borte fra øynene hennes.”Glem meg ikke, men jeg vil at du skal bli lykkelig igjen. Finn en god jente og gift deg, få nye barn.”

Cian slapp pusten i noe som lignet et håst prust.”Nei Isabeau, ingen skal ta din plass. Jeg vet det!”

Hun så bedende på ham.”Hør på meg min kjære. Jeg ser ting så tydelig nå, en dag vil det komme en ny kvinne i ditt liv. Det er skjebnen.”

Cian bare ristet på hodet og hun sukket og kysset handa hans varsomt.”Det er merkelig, men jeg er ikke redd.”

Cian hikstet, strøk henne over håret.”Det er bra min kjære.”

Hun smilte svakt og et øyeblikk var hun like vakker som noen gang før, det var som et eget lys i henne og øynene hennes glitret svakt.”Så vakkert....”

Cian så forferdet på henne, brått var blikket hennes tomt og handa ble slapp. Laura nikket stille og Cian kollapset med et brøl av sorg og smerte. Han bli liggende ved siden av henne på senga og skrike som et barn til Laura og Agidhan grep ham og halte ham bort til en stol.

Agidhan snudde seg mot jordmoren, han hadde et hardt uttrykk i ansiktet.”Ta ut barnet, vi må undersøke om det var normalt eller ei.”

Jordmoren så et øyeblikk sjokkert ut men hun hadde fått høre om de merkelige hendelsene og adlød. Hun hadde en god kniv og var dyktig, snart trakk hun frem barnet fra et kutt i Isabeaus mage. Laura og Agidhan samlet seg rundt henne, stirret forskende på barnet. Det var stort men virket velskapt og det var en gutt. Jordmoren kjente etter i den blottede livmoren."Morkaken hadde løsnet, derfor alt blodet. Da ville vi ikke klart å gjøre noe uansett."

Laura nikket og Agidhan undersøkte ungen varsomt. Den var normal, tenner hadde den ikke og øynene ville vært blå. Laura trakk et lettelsens sukk og Agidhan bare bet tennene sammen uten å si noe. Det var en normal død i barselseng, slikt skjedde dessverre alt for ofte.

Laura gikk bort til Cian, han stirret bare tomt bort på senga der jordmoren sydde sammen igjen flengen i Isabeaus mage og dekket liket med et laken. Laura løftet ansiktet hans varsomt mot lyset, stemmen hennes var hes."Hun led i det minste ikke på slutten..."

Cian hikstet."Og det skal være en trøst?"

Han følte for å løpe ut, bort, skrike til det ikke lenger var luft igjen. Laura svelget kort."Gå og legg deg Cian, vi ordner det nødvendige."

Cian så sløvt på dem, han visste at folket der brente de døde og det måtte gjøres før det var gått et døgn. Han bare nikket og prøvde å reise seg, han vaklet mer enn han gikk og en av medhjelperne ble med ham til rommet. Han falt sammen på senga og kvinnen gikk igjen. Han hørte allerede de første klageropene fra godsets egne folk, de hadde forstått hva som hadde skjedd. Cian kjente at tårene silte nedover kinnene, at verden brått fortonte seg som et dypt svart hull som truet med å svelge ham hel og han kunne ikke se noe liv uten henne. Han stønnet og vred seg rundt. Dette var virkelig hans feil, uansett hva hun hadde sagt. Han hadde bent frem drept henne. Han fikk øye på noe som sto på bordet ved vinduet, det var et vinbeger og ved siden av det flakongen med valmueekstrakt. Han visste brått hva han måtte gjøre, hva som var riktig. Han kunne se henne igjen, om han så ble fortapt så måtte han se henne igjen. Det var ingen fremtid uten henne, ingen verden og ikke noe liv.

Han grep et ark fra skatollet i enden av rommet, skrev fort hva han ønsket skulle skje med godset, at han ville at Tordenkile

skulle bli avlshingst og kun det og at Karma fikk gå dit den
ville. Han følte seg brått bedre, nesten lettet. Det var egentlig
så enkelt. Han tok flakongen, den var minst trekvart full, nok
til å ta livet av ti hester? Det burde ihvertfall greie å ta livet av
ham temmelig fort. Og han ønsket virkelig ikke å leve lenger,
han ville se henne igjen på den andre siden og kanskje han der
kunne gjøre det godt igjen. Han la seg i senga og så på rommet
med en merkelig klarhet. Så lite alt dette egentlig var verdt.
Han trakk ut korken og drakk hele flakongen, kastet den fra
seg med en grimase av den fæle smaken. Han la seg pent midt
på senga og lukket øynene. Det svartnet for ham og han
hvisket navnet hennes kjærlig, så ble alt svart og han lot seg
drive vekk uten engang å prøve å protestere.
Han våknet sakte av lys i ansiktet. Han forsto først ikke hvor
han var eller hva som hadde skjedd, så husket han og gispet
ufrivillig. Var han ikke død? Han slo øynene opp og stirret rett
på Agidhan som ristet på hodet og viftet med flakongen foran
nesa på ham.”Så du prøvde den utveien, men når skal du
skjønne at det ikke går? Ikke med deg ihvertfall.”
Cian kunne bare kvinke, halsen var sår av ropene og det han
svelget og han kjente seg merkelig lett i hodet, ellers var han
ok.”Hva...”
Agidhan så mørkt på ham.”Jeg har den store ære å stå foran et
mysterium, i levende live. Du er antagelig så godt som
udødelig Cian. Ihvertfall kan ikke vanlige ting skade deg. Og
ihvertfall ikke gift, så kom deg på beina.”
Han satte seg sakte opp, noen hadde vasket ham og han rødmet
og kjente seg merkelig brydd.”Vet de....”
Agidhan ristet på hodet.”Bare Laura, hun slo i dem en plate om
at du ble så fra deg at hun bedøvet deg. Alle tror det også. Og
stedet er i dyp sorg nå.”
Han rakte Cian en bunke med mørke sørgeklær og Cian stirret
bare på dem, lamslått og vantro.
Agidhan så bistert på ham mens han sakte kledde
seg.”Begravelsen er snart, så fort sola går ned. Det er mange

samlet nå."
Cian svaiet svakt, han følte seg totalt kraftløs og hikstet hardt.
Hun var borte for alltid, og han hadde ikke engang lykkes med
å bli forenet med henne igjen på andre siden. Han jamret seg
og Agidhan så medfølende på ham."Det er tungt for deg gutt,
jeg vet det. Men du må ta deg sammen. Skjebnen har en egen
plan for deg."
Cian tørket tårer ut av øynene og ristet på hodet."Om det var
sant, hva slags plan da? Jeg merker ikke noe til noen plan... Jeg
vil ikke dilte etter skjebnen som en plog etter en hest."
Agidhan skar en grimase."Jeg tror ikke at det er hva skjebnen
vil med deg, jeg sanser blod i dine spor gutt, mye av det."
Han klasket Cian på skulderen, så tungt ned i golvet."Den
fjæren var et dødsvarsel, men kun et dødsfall blir ikke varslet
slik. Bare store mengder døde."
Cian kjente seg kald med ett, han trakk på seg kappen og så
fortvilet på Agidhan som nikket mykt.
 "Kom nå, de venter på deg."
Cian ble med ned, han følte seg kraftløs men også underlig
frisk, ante ikke hvordan det var mulig. Det var bygd et stort bål
på en haug utenfor portene, alle på godset og mange fra
landsbyen var samlet der og han så at de fleste gråt synlig, til
og med mange av mennene. Han lot selv tårene renne uten å
prøve å stanse dem. Laura sto der og hun nikket sakte til
ham."Vi har pyntet og vasket henne, hun... hun er vakker."
Cian snudde seg mot bålet, Isabeau var lagt på en liten
plattform midt på bålet og han så at de hadde tatt på henne den
vakreste kjolen hennes. Hun var vasket og sminket og så
nesten levende ut. Barnet var også vasket og reivet og lå i
armene hennes og Cian kjente at knærne gav etter ved synet.
Han skrek av sorg igjen og to av tjenerne grep tak i ham før
han sank sammen på bakken. Folk så medfølende på ham, de
visste hvor sterk kjærligheten mellom de to hadde vært.
Agidhan begynte å lese begravelsesritualene, han velsignet
bålet og en gutt fra godset klatret opp på det med en stor

krukke olje han helte over veden rundt de to døde. Han fikk
flere krukker brakt opp til seg og tømte dem alle sammen og
Cian bare hang der på de to karene og peste formelig. Han så
opp og ble var et svakt lys ved horisonten. Først var han ikke
sikker på hva det var men så kom han på at det var fullmåne,
den var på vei opp. Han stønnet i det han husket noe fra
marerittet. Isabeau hadde sagt at barnet ville leve og jakte
under månen og han så fortvilet på Agidhan og vinket ham
bort til seg. Mannen virket irritert over å ha blitt avbrutt i
seremoniene men Cian hvisket fort det han husket og Agidhan
ble blek. Han tenkte fort, så smilte han verdig til
mengden."Godtfolk, jeg tror det er lurt om dere trekker litt
vekk fra bålet, det blåser opp og jeg vil ikke at noen skal bli
svidd."
Folk trakk seg lydig tilbake og Cian stirret blekt på likene, han
greide snaut å se for tårer. Det måtte ikke være slik, det kunne
ikke være sant. Agidhan så fort mot horisonten og månen var
snart synlig, han svelget synlig. Han snudde seg mot Cian,
smilte sorgtungt."Egentlig skal en vente til månen er oppe med
å tenne bålet men jeg ser hvor utmattet du er, og det er kaldt
her og det er barn tilstede. Så bare gjør det min venn. La oss
ikke kaste bort unødig tid, send henne til forfedrene og husk de
gode minnene."
Cian tok fakkelen en av mennene rakte ham, han hulket og
greide snaut løfte armen og folk sto stille og betraktet ham. De
forventet at han sa noe, og han prøvde å ta seg sammen."Min
kjære, mitt lys. Måtte gudene ta i mot deg som den vakre
sjelen du er, og må de holde deg trygg til vi en dag møtes
igjen."
Han hulket og gjemte ansiktet i handa et øyeblikk. Han hev
etter pusten."Jeg har vært dum, og jeg har gjort tåpelige ting.
Jeg håper du kan tilgi meg for det.. Farvel Isabeau, husk meg!"
Han løftet fakkelen og hev den inn på bålet i det månen tittet
frem over åskammen. Bålet brast i flammer med en gang,
veden var knusktørr og oljen gjorde sitt også. Folk trakk langt

tilbake for varmen ble snart vanvittig. Cian ble stående, han følte ikke varmen, han så bare at ilden tok tak i kroppen hennes og han ulte formelig av sorg.

Det lød et svakt boff, det rørte seg midt på bålet men bare han sto nær nok til at han så at spebarnet vred seg ut av reivene og prøvde å komme seg på beina. Det stirret mot ham og han så de røde øynene og de djevelske tennene, det prøvde å bykse ut men ilden var for sterk velsignet som den var. Bålet raste med et blaff og Cian rygget bakover mens det luktet svidd av ham. Han ble stående der helt til ilden var brent ned og kun en flate med røde glør var tilbake. Folket gikk, Laura og Agidhan ble stående med ham og etter litt kom Karma ruslende og strøk seg mot ham. Han strøk den over ørene.”Da er det bare oss to gamle venn. Da er det bare oss to.”

Laura og Agidhan grep ham i armene og geleidet ham inn igjen og han fulgte dem som en annen marionett. Det var ingen vilje i ham lenger.

Midar og Meyret

Mennene red hardt, og de virket for å ha en plan med hvor de skulle også. De hadde gode hester og holdt en vanvittig fart på de smale skogsstiene. Meyret hang over en hest foran en mann, salen gnog i henne og hun var matt av forvirring og angst. Hva var dette? Hun følte seg merkelig tom, som et hult skall, var det ingen ende på fortapelsen? Hun ville foretrukket fangehullet fremfor dette. Hun så lite siden hun hang med ansiktet inn mot hestesiden, men hun greide å vri ansiktet så hun så litt fremover. Hestene kjempet seg opp en bratt skråning med løs grus og stein, så svingte den nesten usynlige stien igjen og de red langs en smal åskam før de svingte ned mot et nytt dalføre. Der var det en liten sjø og hun så til sin forundring at de red i vannet rundt sjøen til de nesten hadde ridd hele runden. Hun forsto at de prøvde å skjule sporene sine. Mennene sa lite og hun hørte dårlig over støyen av hovene. Men hun hørte såpass at hun skjønte at de også var leid inn for å finne henne, og at de hadde satt en sporing på Midar. Hun ble kald innvendig, hun visste hva det var. Det var knyttet magi til en eller annen gjenstand han hadde og de kunne merke den på lang avstand.

Det gjorde vondt å henge slik og hun kjente at hun var kald til margen. Og det verket i henne etter torturen en magikeren utsatte henne for, hun hadde aldri følt slik smerte noen gang og bare tanken på å oppleve noe slikt igjen gjorde henne iskald av redsel. Hun greide ikke engang gråte lenger, hun var for redd og forvirret. Men hun hadde en følelse av at hun visste hva dette var. Flere enn en ætt hadde visst om henne eller så hadde flere fått vite om henne og som gribber rundt et åtsel samlet de seg for å om mulig få sin del av måltidet. Hun hikstet, om ikke menneskene hadde endret seg mye kom det til å bli et

hundeslagsmål av dette. Og det ville være hennes skyld.
En gang ville tanken på å sette hus og familier opp mot
hverandre fylt henne med den søteste fryd men nå greide hun
ikke lenger se det festlige i det. Hun var kun et askeflak i
vinden, dømt til å måtte flyte med hvor den bar henne og
følelsen tappet henne totalt for mot og styrke. Om livet virkelig
var slik for vanlige mennesker kunne hun ikke fatte at de holdt
ut. Mannen som hadde henne i salen foran seg virket ikke for å
bry seg om henne i det hele tatt, han bare så til at hun ikke
ramlet av men prøvde ikke letne det for henne på noen måte og
salhornet skar seg inn i kroppen på henne hver gang hesten
måtte bykse. Hun bet seg i underleppa, tenkte på Midar. Han
hadde vært vennlig mot henne, han hadde hjulpet henne og nå
var han sikkert død, og det var hennes skyld. Hun burde ikke
finnes, at hun var der ville bli en katastrofe, hun merket det i
dypet av sjelen. Hun prøvde å søke i sitt indre etter sinnet og
hatet som hadde gjort henne sterk men det var ingenting der,
kun tomhet. Hun var brent tom, et skall. Kunne ikke gudene ha
vært barmhjertige i det minste en gang og latt henne dø av det
den trollmannen gjorde med henne? Det ville spart mange, hun
visste det med sikkerhet. Men hun kunne ende dette, og hun
ville ende det. Så fort hun fikk en mulighet måtte hun selv
finne en måte å dø på, hun hadde overlevd sitt folk og sin tid
og det var ingen plass for en som henne i verden lenger. Hun
hadde vært dronning over en sterk og vill klan, nå var hun kun
dronning over de døde og hun lengtet etter dem. Hun visste
ikke om hennes slag engang hadde det menneskene kalte en
sjel men uansett håpet hun å møte dem igjen.
Mennene red i mange timer og Meyret greide snaut puste da de
omsider stanset i en liten trang dal der det sto en sirkel med
eldgamle trehytter skjult under noen enorme bartrær. Noen av
karene forsvant for å holde vakt mens andre tok seg av hestene
og hun ble brutalt halt ned av hesten av en lang smal kar med
et eget iskaldt blikk. Hadde hun kunnet lage lyd ville hun ha
skreket av smerte, hun var så stiv at det føltes som om hvert et

bein i kroppen på henne måtte knekke. Mannen gliste bare
foraktelig og gav henne et spark der hun lå på bakken, for svak
til å røre seg. En litt lavere og fint kledd mann kom bort til
henne, han bøyde seg og vrengte henne rundt, stirret på henne
som en stirrer på en hest en har tenkt å kjøpe på et
marked.”Hun er faen meg tynn som en gammel tigger, og
stygg som juling.”
Mannen som trakk henne av hesten spyttet bare i graset.”Fruen
får vel fetet henne opp igjen og håret vokser ut igjen. Og hun
blir fin igjen, se på fasongen.”
Den velkledde nikket sakte.”Jo, men jeg håper bare at det
kvinnfolket vet hva hun har brakt over seg med dette. Finner
de rette folka ut at den er hos henne så....”
Den høye bare gliste.”Hun vet å holde ting hemmelig, bare de
aller rikeste vil få tilgang til denne lille godbiten. Jeg kjenner
menn som garantert vil betale det meste de eier for en natt med
en som henne, de sier at det kan gjøre en mann bortimot
udødelig.”
Den velkledde blåste i nesa.”Det tror jeg bare hva jeg vil om,
men de kan tro hva de vil så lenge vi får lønna vår.”
Han vinket på et par av de andre karene.”Bind henne i ene
hytta, og få i henne mat. Vi rir videre så fort det blir lyst.”
De to løftet henne som om hun var giftig eller noe og trakk
henne inn i en liten hytte som sto bak de andre, der ble hun
bundet til veggen og ble sittende rett på det halvråtne golvet.
Hun kjente at veggene formelig trakk seg sammen rundt henne
og kjempet for og i det hele tatt greie å puste.
Hun var tilbake i fangehullet, uten sjanse til å komme ut, med
bare århundrer med tomhet å se frem mot og hun skalv som et
aspeløv i vinden. Og hun visste hvorfor disse mennene hadde
tatt henne bort fra trollmannen og de andre. Hun måtte vekk,
hun kunne ikke la det skje. Fortvilelsen rev i henne og hun
krøllet seg sammen i fosterstilling som da hun var i cellen dypt
under bakken og tryglet alle guder om å la henne dø. Men snart
hørte hun fottrinn utenfor døra og noen kom inn, det kom en

egen rå lukt og noen grep henne og tvang henne opp. Det var en av karene som sto der og han hadde noen ubestemmelige biter med kjøtt i nevene. Det var skittent og langt fra ferskt og han gliste sleskt.”Vi fikk ordre om å mate deg så du har værsågod å ete.”

Han satte seg på kne ved siden av henne og grep henne om kjaken, tvang ansiktet hennes opp og stappet brutalt en stor bit kjøtt i munnen på henne. Et par andre karer kom også inn, de sto og stirret og gliste.

Meyret gulpet og prøvde å spytte det ut, hun greide ikke tygge noe slikt og det smakte aldeles grusomt. Det var så avgjort bedervet, hun kjente at hun ble skrekkelig kvalm og fyren så på henne med noe merkelig i blikket.”Så du er utakknemlig også?”

Han slo henne i ansiktet og hun greide å spytte ut kjøttet, den råtne smaken ble enda sterkere. En av de andre trakk frem en lommelerke, han hadde en liten djevel i blikket.”Såda, skjønner du ikke at en slik fornem frøken er vant med god drikke til maten?”

Han rakte frem lerka og den ble tatt i mot med et stygt glis. Meyret fikk den trykket mot munnen og mannen holdt henne om nesa så hun ikke fikk puste om hun ikke drakk. Meyret gispet og hva det enn var, det var så sterkt at det brant i halsen på henne og truet med å kvele henne totalt. Tårene rant og hun hveste desperat. Mannen bikket på hodet og gliste igjen..

”Nei men se, hun tåler ikke drinken sin, hun er nok for fin på det.”

Mennene lo og Meyret prøvde å kaste opp men magen og halsen hadde låst seg totalt. Mannen strøk en finger over kinnet hennes, fanget tårene nesten kjærlig.

Han snudde hodet mot de andre.”Nei men se, hun gråter. Så synd, stakkars liten.”

Stemmen var ondsinnet og hun stålsatte seg for hva som nå kunne komme. Han grep henne om kjeven igjen, tvang en ny kjøttbit i munnen på henne. Hun hostet og spyttet den ut og

han slo igjen, så hardt at hun kjente at alt svimlet. Fyren så på henne med smale øyne.”De herre fine herremenna som leder oss trur dem er bedre enn alle andre vet du, og de skal visst levere deg til ei madam i Zhymorne som har et av de beste horehusene der. Det er visst bare de som har ræva full av gryn som skal få gleden av å ri deg. Og jeg hørte dem si at det å ha en slik som deg kan gjørra en mann nesten udødelig.”
Han vred ansiktet hennes mot lyset.”Du er faen meg styggere enn ei utpult gammal hore men det kan være bryet verdt allikevel. Vi er da faen meg ikke mindre til mannfolk enn de bleikfeite adelsgrisene.”
Meyret ble iskald, kjente at skjelvingene ble sterkere og angsten eksploderte formelig i henne. Ikke igjen, ikke igjen! Men mannen grep henne og halte henne ut på golvet så hun ble liggende utstrakt med armene fremdeles bundet til veggen, hun vred seg og prøvde å trygle om nåde, om å slippe dette men hun greide ikke lage en lyd. Mannen med lommelerka flirte skjelmsk.”Se som a skjelver, kanskje hu er jomfru?”
Mannen med kjøttet slet opp buksene og gjorde seg klar, han peste litt anstrengt og tvang beina henne fra hverandre. Hun hadde ikke krefter til å kjempe i mot, kjente bare at tårene rant nedover kinnene som flytende is.”Er a det varer det ikke lenge nå.”
Fyren kom seg i posisjon og hun lukket øynene og prøvde å tvinge tankene tilbake til det fredelige stedet hun hadde vært på så ofte, flytende på vinden med andre av sitt slag ved sin side. Men det gikk ikke, smerten skar i henne og hun følte seg snart merkelig nummen. Hun festet blikket på ingenting, så bare ut i mørket og merket ikke kroppen sin lenger, det var som om hun var utenom den, fløt der et sted under taket og så ned på det som skjedde.
Hun følte ikke noe i det hele tatt og det var bra slik, hun ønsket å bli der. Så sin egen magre blåslåtte mishandlede kropp, så hvordan mennene byttet på å ta henne men det var liksom ikke henne de tvang seg inn i og besudlet slik. Hun så dem bite

henne i brystene og så dem slå henne, og de lo og moret seg
over det. Var hun virkelig så lite verdt? Hun tvilte på at de
ville behandlet selv en syk hest på en slik brutal måte. Til slutt
kom en av lederne inn og gav dem noen krasse ordre og de
kneppet på seg buksene igjen og gikk ut, etterlot henne der.
Hun så fremdeles ned på seg selv fra oven, hun lå fremdeles
der som de etterlot henne, med armene strukket over hodet
som i overgivelse og beina strukket ut til siden. Hun så ynkelig
ut, stakkarslig. Det var ingenting ved henne som kunne fortelle
om hva hun engang var. Ville de ha vært like brutale og
jævlige mot en vanlig kvinne? Hun ante ikke men noe sa henne
at noen av dem ville og andre ikke. Hun var ikke som dem, det
legitimerte det hele.
Hun ville bli der oppe, der ikke noe gjorde vondt og hun var fri
men hun ble trukket tilbake til kroppen og prøvde å slåss i mot
det men det gikk ikke. Hun var brått seg selv igjen og hadde
hun kunnet skrike ville hun skreket til lungene brast. Det
hamret mellom lårene hennes og hun kjente smerten sprenge
helt opp i magen. Hun trakk seg mot veggen, sakte og
møysommelig som et halvveis knust insekt. Det var en stor
dam med blod der hun hadde ligget, blod blandet med sæd og
lukten fikk henne til å brekke seg igjen. Det ble et blodspor
etter henne og hun fikk brått et lite håp, hva om de hadde
skadet henne så alvorlig at hun blødde ihjel? I såfall ville hun
velsigne navnene deres før hun døde. Hun trakk beina mot
kroppen for å prøve å få litt varme før slutten, kunne bare
smertene stanset. Hun følte seg døsig og merkelig lett, hjertet
hamret fort i henne og hun visste at det var på grunn av
blodtapet. Hun hadde aldri trodd at dette skulle bli slutten men
skjebnen talte som den ville. Hun lot mørket ta henne med et
uttrykk av lettelse i ansiktet.

Midar hadde ridd så hardt han kunne, den vesle grå hesten var
så avgjort ingen ridehest men det hadde også en fordel.
Bevegelsene var så forferdelige at han ikke sto i fare for å

ramle av på grunn av søvnighet og den ville tilbake til de
hestene den kjente så den fulgte sporene som en annen
sporhund. Han kjente at forvirring og desperasjon kjempet i
ham men han tvang seg til å tenke klart. Han måtte finne ut av
dette og han måtte få henne tilbake. Det var lett å følge sporene
og han bare red på, håpet at hesten var så rask at den holdt
følge men ikke rask nok til å ta igjen de bakerste rytterne. Men
den grå var da i det minste utholdende og den løp i en egen
rytme han ante at denn kunne holde hvor lenge det skulle være
nesten. Han stanset bare et par ganger for å la den drikke og
den løp villig videre. Det ble mørkt og han lot hesten finne
veien og etter å ha krysset en bratt ås og ridd rundt en liten sjø
kom de ned i en smal dal som virket temmelig forreven og vill.
Det var en elv der nede kjente han på trekken men han så den
ikke så antagelig gikk den i et juv. Det var et svakt flakkende
lys ved en bergvegg og Midar forsto at det måtte være de siste
som kom ridende. Han tok seg sammen, prøvde å få overblikk
over situasjonen. De ville sikkert også prøve å få tak i henne
fra mennene som bare red inn i leiren og han burde prøve å
være før dem. De var mange og godt bevæpnet og det kom
garantert til å bli et slag.
Han slapp hesten og tok av den grima og gned den tørr så
ingen kunne se at den hadde vært ridd. Så lot han den bare gå
og snek seg ned mot leiren med hamrende hjerte. Han hadde
nesten ikke noe av tingene sine igjen heller, kun våpen og
klærne sine og noen småting han hadde i en liten sekk han bar
over ryggen. Det kunne være at han måtte stjele utstyr. Det var
mørkt i skogen der og han var dyktig til å snike seg frem. Hans
læremester hadde nøye lært ham hvordan han skulle gå lydløst
selv i skogen og han fant snart den lille flammen. Det var
ingen egentlig leir, bare et forsøk på å hvile litt og hestene sto
der fullt sadlet og klare. Mennene var samlet rundt bålet og
Midar så ingen vakter. Det var antagelig ikke vits i å sette ut
noen om de skulle videre snart. Han snek seg nærmere nesten
pinefylt sakte, det var noen steiner ikke langt fra bålet på siden

av lysningen som vendte mot bergveggen bak og han siktet seg
inn på dem. Det satt ingen helt ved dem og han visste at de
skarpe og ubehagelige steinene med våt mose og slikt var noe
folk ubevisst unngikk. Etter litt var han i posisjon bak en bred
og flat stein som sto på høykant og kunne begynne å lytte.
Den lyshårete mannen de hadde kalt Janos satt og tegnet i
sanda med en pinne, han så konsentrert ut.”De er nede på
sletta, det er noen gamle jakthytter der fra den gangen dette
området tilhørte Longil. Ghiran sier at de er ganske mange
men vi er flere og bedre bevæpnet. Vi må slå til brått, uten at
de rekker å organisere noe forsvar, er det klart?”
Alle nikket og han pekte på noe på tegningen.”Hun er nok i en
av hyttene så ikke tenn på dem hva dere enn gjør, ihvertfall
ikke før hun er vår.”
En av karene klødde seg litt usikkert i hodet.”Men hun er jo en
drage, og drager tåler da ild?”
Janos så oppgitt på mannen som trakk blikket til seg som om
han var blitt slått. “Ja, men i menneskeskikkelse. Hun er ikke
stort sterkere enn oss nå, og tåler lite etter et så langt
fangenskap. Hun er svak og det er en fordel for oss, hun kan
ikke sette seg til motverge.”
De andre mennene mumlet sammen og Janos reiste seg.”Vi
angriper når månen blir borte bak åsen der borte. Har vi først
henne kan vi konsentrere oss om den forbaskede Lathisa og det
skrivet etterpå. Hvil dere litt nå men hold vinflaskene korket,
jeg vil ikke ha noe av at dere snubler halvfulle inn i den leiren.
Gudene vet hvem som står bak den gjengen men Ghiran sa at
lederne virket for å være adelige, antagelig noen som er utstøtt
fra sine hus og slike menn er troende til hva som helst.”
Karene brummet og tok frem litt mat og la ikke merke til
skyggen som raskt forsvant inn i skogen igjen. Midar stanset
ikke før han var langt vekk fra den enkle leiren, da lente han
seg tungt til et tre og stirret vilt inn i mørket. Nå skjønte han
det, nå sto det klart for ham og han måtte tvinge seg selv til å
ta det med ro. Hun var en drage, Meyret var en drage! Nå

forsto han hvorfor hun hadde vært så godt skjult,
hemmeligholdelsen og det tydelige renkespillet. Selvsagt ville
folk ha tak i henne, den som hadde en drage hadde praktisk talt
verden i sine hender! Han tvang seg til å puste, prøvde å forstå
hvordan det var mulig men det var vrient. Hun så ikke ut som
noen mektig skapning, bare som en mishandlet og utsultet
jente og han kjente at han merkelig nok fikk enda mer
medfølelse med henne nå. Hun måtte ha vært mektig, kanskje
ond men uansett en skapning han kun kunne forestille seg i sin
fantasi. Og så bli fanget på den måten? Bli ydmyket og
mishandlet og nesten glemt? Ved alle guder, han kunne
skjønne at hun var knekt. De hadde neppe gitt henne mat på
flere år, det var derfor hun var så mager. Og det var altså en
gren av Darasher ætten som hadde hatt henne der.
Han måtte ransake hukommelsen, da rikene oppsto hadde
Darasher vært den mektigste ætten, den som visstnok sto
nærmest til de eldgamle dragemestrene. Men krigen som fulgte
gjorde dem langt mindre mektige. De satt ennå med
herredømme over mange av både de store og små rikene i
Zhandoria men de var ikke på langt nær så sterke som før.
Mangel på rikdommer var en av årsakene. Det hjalp ikke å
være mange om det bare var mindre herregårder og lav adelige
uten særlig mange sverd å stille. Men de hadde sterk
innflytelse mange steder bare på grunn av navnet og Midar
grøsset svakt. Det ble sagt at å erte på seg Darasher var som å
erte på seg et sint villsvin. En kunne kanskje komme unna det
første angrepet og kanskje det andre også men før eller siden
fikk det en. Han hadde skjønt hvor de fremmede hadde slått
leir og han gikk så fort han kunne nedover i dalen. Han måtte
finne henne før denne andre gjengen gjorde det. Mørket var et
problem men han hadde godt syn og fant sporene etter hestene
deres og fulgte dem. Det var temmelig åpent inn mot hyttene
der nede og han gyste av synet. De var falleferdige og han ante
at de måtte være flere hundre år gamle for en gang var de
dyktig bygget. Antagelig var det en eller annen jaktgal konge

som bygde dem da grensene var helt annerledes enn de var nå. Meyret var altså i en av dem, men hvilken? Det var vakter der, han så det. Noen menn vandret rundt og et par sto plassert på selve plassen mellom hyttene. Han måtte være ytterst varsom men det var ikke umulig.

Han snek seg nærmere, om han hadde en fange ville han neppe plassere den i den beste hytta. Den vesle som lå bakerst var hans beste gjetning men det gikk vakter foran den og han så seg rundt. Han visste mye om hvordan mennesker oppfører seg, og han visste at folk stort sett ser svært dårlig i mørke. Det var et bål midt på plassen og det ødela også nattsynet. Og folk skimtet bevegelser mye lettere enn rolige objekter. Han utnyttet trærne, løp i sikksakk mellom dem hver gang vaktene snudde ryggen til og bare ba gudene om at de ikke lot ham tråkke på en kvist.

Det ble en nervepirrende spissrotgang for han visste at det ikke var lenge før den gruppen med Ranclin folk ville angripe og de kom til å drepe alle de så. Hytta var morken, pillråtten og han gjemte seg bak den med hamrende hjerte. Han kjente en stank av noe som måtte være bedervet kjøtt, gammelt brennevin og en søtlig lukt av blod samt noe han etter litt identifiserte som sæd. Det veltet seg i ham, gudene var i sannhet grusomme mot henne og han sverget for seg selv å få henne bort. Han kjente varsomt på bordene bak i hytta. De satt løst, pluggene hadde rett og slett råtnet løs og han kjente svetten renne mens han varsomt trakk bordene bort et for ett og la dem ned i den myke lyngen. Hun lå rett bak veggen, sammenkrøllet og hendene var bundet til en krok i veggen. Han løsnet henne fort og kjente at hun var iskald, hun pustet snaut og han så alt blodet på golvet og forsto. Han bannet inderlig innvendig, trakk henne varsomt ut og prøvde å orientere seg, om han løp i retning elva? Det kunne være steder der en kunne gjemme seg på? Han løftet henne og hun var tung men han kjente at fortvilelsen gav ham ekstra krefter. Han løp gjennom skogen og brått hørte han brøl og rop og vrinskende hester bak seg. For sent, angrepet var i gang!

Han hikstet og økte farten alt han greide, han vaklet og snublet men holdt seg på beina, Meyret var stille og bevisstløs og var kort og godt dødvekt men han kjempet seg videre til han kjente blodsmak i munnen. Bak ham raste kampen og han hørte lydene, skrik og klang av stål og brøling. Skogen var mørk, kanskje de ikke så sporene? Han prøvde å skjule dem men med henne over skulderen var det hardt. Og tiden gikk, de ville snart oppdage at hun ar borte, om de ikke alt hadde merket det. Han var iskald av frykt og tvang seg videre uten egentlig å se seg for. Etter litt følte han draget av elva og økte farten, det hadde stilnet bak ham og han visste at snart lette de. Han løp ned en liten skråning og måtte bråstanse, innså at han hadde gjort en skrekkelig tabbe. Elva gikk i en krapp sving og han var fanget ute på en liten tange som strakk frem i den. Det var en bratt klippe som hang ut over det grønne vannet og han visste hvor kaldt slikt vann var. Og det var minst tolv meter ned også, han bannet fortvilet og så om han kunne løpe opp igjen men han hørte hover og rop nå i skogen og kjente at tårene brant i øynene. Ham kom de så avgjort til å drepe og så måtte hun pines og plages på nytt, til hun underkastet seg. Meyret vred på seg, åpnet de vakre øynene sakte. Hun fikk øye på ham og han skjønte at hun nå så normalt, hun smilte svakt."Midar, du lever...."

Han smilte tynt og strøk henne over hodet."Ja Meyret, og jeg fant deg, "

Hun sperret øynene opp, hørte lydene av forfølgerne minst like godt som ham. Han klemte henne.

"Jeg er så lei for det jente, jeg er så lei for det!"

Meyret bare smilte svakt, hun virket svært medtatt."Det er greit, ikke la dem ta meg, vær så snill."

Midar så ned på de vakre øynene og smilte mildt."Nei Meyret de skal ikke få deg."

Han hadde gjort mange dårlige valg i sitt liv, mange dumme ting. Det var mye han angret på men han kysset henne varsomt på pannen og hun lukket øynene og det var tillit i ansiktet hennes. Han løftet henne varsomt, han så ilden fra fakler nå og han snudde seg. Tok det siste steget mot kanten og hvisket en kort bønn for han tok steget ut i ingenting. Vinden rev i dem et kort sekund og han låste grepet om handa hennes, så slo iskaldt vann rundt dem med et voldsomt slag og verden ble bare kulde, vann og en desperat kamp for luft og liv og håp.

Midar kom sakte til seg selv, hodet spant og han var kvalm og så kald at han ikke fattet det. Han husket bare en desperat kamp for å holde seg selv og henne flytende, elva var bred men stri og rant fort og han ante ikke hvor lenge de hadde drevet nedover. Meyret var slapp, hun virket ikke for å prøve å unngå å drukne engang og han måtte kjempe for å holde henne oppe. Ved et tilfelle kolliderte de med en trestokk som fløt og han fikk buksert henne på den selv om han var så kald at han nesten ikke merket at han hadde lemmer lenger. De måtte ut men hvor? De så ingenting, elva hadde dem totalt i sin makt men et sted måtte det da være mulig å komme opp. Midar låste armene rundt en grein og bare hang på mens tennene hakket i ham. Meyret virket bevisstløs og så mye blod som hun hadde mistet kunne hun være døden nær nå. Høye klippevegger stengte for stjernene og
månen og Midar jamret seg fortvilet. Det var liten tvil om at de hadde unnsluppet forfølgerne men til hvilken pris?
Han så seg rundt, stokken hadde kilt seg fast mot en utstående klippe og han så at det var en liten
strand der, det gikk å komme opp og han prøvde å sette bein for seg. Det gikk heller dårlig, han kjente dem ikke. Han følte seg merkelig sløv, skjønte at han var like ved å fryse ihjel og kanskje var det like greit. Meyret lå på stokken ennå, hun virket ikke for å puste lenger og han jamret seg lavt. De sa at det ikke gjorde vondt å fryse ihjel, kanskje de hadde rett? Han skulle bare så gjerne ha hvilt et annet sted enn i ei elv, han hadde aldri sett for seg at han skulle fryse ihjel i ei fjell elv.

Men skjebnen kan av og til være merkelig. Han smilte svakt, strakte seg og fikk såvidt tak i handa hennes. Den var kald og virket stiv, han følte en merkelig sorg spre seg i sjelen. Hun fortjente det ikke, hun var en drage. Han hadde hørt legender om deres makt og velde og han hadde elsket å høre kvinnene på barnehjemmet fortelle dem som smågutt. Og så hadde hennes siste dager vært slik, bare smerte og frykt og ydmykelse. Han var den som hadde brakt henne ut fra fangehullet og inn i dette marerittet og han kjente tårer i øynene, kaldere enn is. Det svartnet for ham igjen og han klemte den kalde handa igjen."Tilgi meg ærede."
Stemmen var kun et hvisk og øynene hans gled igjen og det ble svart.

Sola begynte å såvidt farge horisonten men ville ikke nå de to skikkelsene i elva på lenge ennå, elvejuvet var dypt og trangt, det var sjelden sola i det hele tatt nådde dit ned. Det raslet i løvet i den smale ravinen som ledet ned til stranda der stokken lå, en merkelig skapning kom sakte vandrende ned til vannet, den sto og stirret litt på stokken og de to, så vasset den ut og grep stokken med en underlig lang og knortete hånd. Trakk hele greia inn på land, de to medregnet. Den så grundig på dem, lot fingrene gli forsiktig og nesten umerkelig over huden, lagde noen korte klikkelyder. Det avlange hodet med store bleke øyne og et bredt gap med hesteaktige tenner vred seg som om skapningen tenkte grundig. Den løftet hodet, virket for å lytte til noe i vinden. Så nikket den sakte og verdig, den virket gammel og kanskje var den det også, like gammel som fjellene og landet selv. Den la varsomt den enorme neven på Meyret, handa begynte å gløde svakt i en mild tone og gløden virket for å spre seg over hele kroppen før den trakk seg inn og ble borte. Skapningen smilte kort og strøk henne over det barberte hodet."Lev vinddanser, og la det bli som det ble sagt."
Den snudde seg og la handa på Midar også, smilet var nesten trist."Du også Ashitan, lev og se æren som venter."

Den grep begge to, halte dem lenger inn på stranda og brummet lavt."Og nå, klar dere som dere kan, jeg har gjort hva jeg kan, hva gudene gir meg lov til."

Den kastet et siste blikk på dem og sjokket oppover ravinen igjen, etterlot bare noen utydelige spor og en svakt vammel lukt av gammelt tøy og mugg.

Midar åpnet sakte øynene, han var kvalm og hodet verket intenst og han var så kald at han trodde blodet i ham var blitt is. Men han levde, hvordan var det mulig? Han løftet hodet med et stønn, han lå på stranda og Meyret lå der ved siden av ham, hun pustet nå og han jamret seg da han prøvde å løfte kroppen. Alt gjorde vondt. De burde være døde begge to, hva hadde skjedd? Men han forsto at dette mirakelet bare var en liten utsettelse om han ikke fikk varmet dem på noe vis, så seg rundt med fortvilelse. De hadde ingenting nå, det eneste han hadde var de dyvåte klærne han hadde på og en kniv i beltet. Det var en liten flate et stykke opp fra elva, med gras og kratt og han så at det i det minste var muligheter for ly der. Han slet seg opp på knærne, spydde vann og hostet vilt en stund før han greide krabbe bort til Meyret. Hun var bevisstløs og kald og skalv og han så alle de stygge merkene på henne og gyste kort. Han måtte greie dette, han grep henne i armene, halte henne sakte og møysommelig opp den bratte bakken.

Flaten var på bare et par kvadratmeter, han tråkket ned krattet og rev sammen mose til et slags leie før han fant noen tørre kvister. Han hadde lært å lage gnist med flint og stål men flint hadde han ikke, kun en kniv. Men han kunne ikke la det stanse seg. Han fant en hard stein og noen tørre strå og litt tørr lav og prøvde. Han måtte forsøke mange ganger og skar seg i fingrene også før han fikk forsiktig fyr. Med skjelvende hender fikk han ilden til å vokse og la på tørre kvister til han hadde et bål. Det kunne røpe dem for fiender men nå trengte de varme begge to, desperat. Han trakk Meyret nærmere ilden, kjente at han var totalt frossen og prøvde å tenke logisk. Mat hadde de ikke, eneste våpenet var kniven hans og tok han ikke feil var

de så langt inne i fjellene nå som en kunne komme. Og der
fantes det verken landsbyer eller veier. Han trakk av seg de
dyvåte klærne fra innerst til ytterst, la dem så nær bålet han
vågde og la seg på andre siden av ilden, prøvde å trekke i seg
så mye varme som mulig. Dagen grydde og det hjalp,
temperaturen nede i kløfta steg ganske fort på tross av elva
siden det var sol men høsten gav den lite egentlig varme.
Midar ble sakte litt varmere, han la på flere greiner og bålet
brant godt nå, han la seg til rette og sovnet faktisk men våknet
av en litt fresende lyd. Han rykket til og bannet, det var tørt der
og ilden hadde begynt å krabbe bortover lyngen og nå var
klærne hans håpløst avsvidd. Han visste ikke om han burde le
eller gråte. Han fisket frem kniven sin, den var da i det minste
uskadd men læret på den var svidd. Han betraktet den med et
oppgitt blikk da han brått rykket til og slapp den, det hadde et
øyeblikk steget en slags røyk fra den som øyeblikkelig løste
seg opp med en liten freselyd og han så vantro på våpenet som
nå lå der helt som vanlig. Han svelget hardt og tok den opp
igjen, holdt den ytterst i enden og ventet at noe mer skulle skje
men ingenting hendte og han sukket og la den sammen med
det heller svidde beltet. Der satt han, naken som dagen han
kom til og Meyret var også så udekket som det gikk an å bli.
Ikke akkurat en hyllest til anstendigheten noen av dem. Han
måtte trekke på smilebåndet selv om situasjonen virket håpløs.
Han sørget for å trekke noen steiner inn rundt bålet så ilden
ikke skulle spre seg igjen og nå kjente han at han var litt
varmere og det gjorde ikke så vondt overalt. Meyret var ennå
bevisstløs og han var engstelig for henne, han krøp bort og
kjente at hun var kaldere enn ham, det virket ikke for at hun
greide ta i seg varmen fra bålet så godt. Han sukket og la seg
bak ryggen hennes, trakk henne nær og gyste over den kalde
huden hennes. Han håpet bare at hun ikke tok det ille opp, men
det sto om liv og lemmer. Og han ville aldri våge å engang
tenke på å utnytte en kvinne i en slik situasjon, og ihvertfall
ikke henne. Men situasjonen var prekær uansett om hun greide

seg eller ei, han måtte få henne levert til herren som leide ham
selv om alt han var strittet i mot selve ideen. Han forsto hva
som kunne skje om en slekt fikk grepet om henne og den
balansen som hadde eksistert mellom rikene og ættene var
skjør som gammelt papir. Et vindkast kunne rive den i stykker
og Meyrets tilstedeværelse var en orkan!
Det ble forholdsvis varmt etter en stund, den vesle flaten lå slik
at fjellveggene fanget heten og Midar sovnet enda han nå
begynte å kjenne at han var sulten. Sola gled sakte fremover og
de sov begge to men etter en stund begynte Meyret å røre på
seg. Hun tvang øynene opp og stirret på et nesten nedbrent bål,
kjente noe rundt seg og fikk først panikk. Hun husket ikke noe
men så kom det tilbake til henne, Midar hadde overlevd, og
han hadde funnet henne og befridd henne og hoppet i elva med
henne for å berge henne fra de folkene. Hun gispet lavt, hvem
hadde vel noen gang gjort noe slikt for henne? Det var jo det
rene selvmordet men de hadde greid seg? Hun hadde vært
sikkert på at hun hadde vært død, alt hadde vært så lyst og
vakkert og varmt og hun syntes hun hørte stemmene til sine
døde slektninger kalle på henne. Hun var svimmel, det gjorde
vondt overalt og hun stønnet, det var så avgjort ingen drøm
ihvertfall. Til det var det alt for smertefullt.
Hun prøvde å snu seg, Midar lå bak henne og varmet henne og
hun følte noe merkelig mykt i brystet men også et stikk av
fortvilelse. De hadde overlevd, og kommet seg unna, for denne
gangen. Men så lenge hun levde kunne hun aldri være trygg.
Hun hadde håpet på at hun døde der borte i hytta og hun visste
også at bare hennes død kunne hindre en katastrofe. Og så
lenge han var med henne var han i fare. Hun hikstet, sorgen og
skammen skar gjennom henne, hun var uren, besudlet på det
verste. Han måtte vite det nå, og allikevel prøvde han å
beskytte henne? Var det uselvisk eller var det kun fordi de som
leide ham hadde et grep på ham? Hun visste ikke. Midar
merket bevegelsene og våknet, han glippet med øynene og
strøk det halvlange mørke håret ut av øynene og prøvde å

smile mot henne. Han satte seg opp, strøk henne lettet over
ryggen.”Du er våken...”
Stemmen hans var myk og Meyret skalv, hun hikstet og la
armene rundt seg.”Jeg... jeg bør ikke leve Midar, jeg...”
Hun holdt på å røpe hvem hun var men tok seg inn.”Jeg er
uren og ingen vil ha noe med meg å gjøre nå. Jeg håpet at elva
skulle drepe meg.”
Midar strøk henne over kinnet, fikk seg ikke til å si at han
visste sannheten nå.”Vi var mer eller mindre døde begge to
Meyret, jeg husker at vi lå i elva og jeg tror du var død, du
pustet ikke. Men noe trakk oss i land her og vekket oss, jeg vet
bare ikke hva.”
Hun så vantro på ham og svelget hardt. Hun ante ikke om hun
skulle tro på det, hun følte seg bare jaget og sorgen hang tungt
i henne. Hun presset hendene mot magen, smertene skar i
henne igjen. Midar så på henne med fortvilelse i blikket.”Du
trenger en helbreder!”
Meyret hikstet, ville ikke se på ham.”Det er for sent Midar, du
skulle latt meg dø!”
Han trakk henne varsomt nærmere.”Men jeg kan ikke det
Meyret, det vet du!”
Hun snufset, varmen hans var så utrolig god og hun følte seg
så underlig trygg der med ham. Som om noe i henne strakte
seg mot ham, noe hun ennå ikke kunne forstå.”Hvorfor? Du vil
aldri være trygg så lenge du er med meg, tro meg. De vil jage
meg til verdens ende og deg også.”
Midar så ned, han tenkte fort og så på henne med åpent
blikk.”Jeg hadde en blodsbror Meyret, en venn som var alt for
meg. Vi var tettere enn brødre. Han gjorde noen ingen tyv har
lov til, han giftet seg uten å ha tillatelse av vår mester, og han
fikk en sønn. Han fikk meg til å sverge å passe på kona og
barnet deres om noe skjedde med ham og...noe skjedde!”
Meyret så på ham med en synkende følelse i magen.”Han
døde?”
Midar nikket og hun så tårer i blikket hans.”Ja, og de som leide

meg vet om de to, og om jeg feiler vil de drepe dem."
Meyret så på ham og greide ikke liksom bestemme seg for hva
hun skulle synes. En del av henne var likeglad, det burde da
ikke angå henne om en menneskekvinne og et barn ble drept?
Men en ny side av henne tvang seg frem, hun svelget hardt.
"Det... det er jo trist, men om jeg er død så spiller det vel ingen
rolle? Du kan si sannheten, at jeg ikke overlevde og da kan de
jo ikke gjøre dem noe?"
Midar smilte sårt."Jo, de vil hevne seg. Vi sitter i saksa begge
to er jeg redd."
Meyret så ned, hun begynte å få en ide, i hennes øyne var det
bare en utvei for noen ganger må en ofre de få for å redde de
mange, uansett hvor sårt det enn er.
Hun så fort på ham, hadde ikke tenkt over at han var naken før
nå og rødmet fort."Hvorfor er du avkledd?"
Midar rødmet dypt."Æh, jeg ville tørke klærne mine men ilden
ble for sterk, så de er temmelig oppbrent."
Meyret måtte måpe og fniste litt hysterisk."Hva har vi egentlig
igjen av utstyr?"
Midar så litt beskjemmet ut."Æh, kniven min?"
Meyret følte en bølge av hysteri slå gjennom sjelen."Ved alle
guder, så her sitter vi i villmarka splitter nakne med bare en
kniv?"
Midar så ned, han så beskjemmet ut."Ja, jeg beklager. Det
skjedde forøvrig noe merkelig med den, kniven altså. Den ble
svidd og da kom det en slags røyk fra den, og hvesing."
Meyret rykket til, hun husket hva mennene hadde sagt."Midar,
det er bra vi mistet tingene, det var sporinger på dem.. og
sikkert på kniven også men ilden renset den."
Midar så vantro på henne."Hva? Sporinger?"
Meyret svelget."Det er en magi, det er slik de har funnet oss."
Midar sperret opp øynene."Så da har de merket hvor vi har
vært? Å guder!"
Han tenkte seg om."Men da kan vi gjemme oss nå ikke sant?"
Meyret sukket og så smalt på ham."De vil gå gjennom skogene

her med finkam Midar, du kan komme deg bort men jeg er for
svakt til å engang gå selv ennå. Og jeg mistet mye blod. Du har
jo ennå kniven..”
Han så fort på henne, det var noe bistert i blikket.”Og med det
mener du?”
Hun så ned.”Du vet hva jeg mener.”
Midar tok henne og ristet henne hardt.”Nei Meyret, jeg kan
ikke gjøre det. Jeg har aldri drept noen og jeg vil ikke begynne
med det heller. Og ihvertfall ikke deg!”
Hun sukket bittert.”Og om du ikke hadde din blodsbrors hustru
og sønn å tenke på, hva da?”
Han så fast på henne.”Ikke engang da Meyret, jeg vil ikke la
deg dø.”
Hun bare sukket og trakk beina opp, ynket seg og kjente at
smertene slettes ikke gav seg. Hun var skadet alvorlig, kanskje
det uansett var slutten på henne. Han så minen på ansiktet
hennes og ble blek.”Er du stygt skadd?”
Hun hikstet, ville ikke se på ham, ville være alene med
skammen og avskyen.”Hva tror du, du må ha sett blodet i
hytta...”
Midar sukket tungt og strøk henne over skulderen.”Å Meyret,
jeg ville ha drept dem alle sammen, kjempet til døden for deg
om det så var. Ingen fortjener noe slikt.”
Hun svelget hardt. “Du mener det?”
Han nikket og det var noe merkelig i blikket hans, som om han
var forvirret over seg selv.”Jeg mener det jente.”
Hun følte forvirring selv også.”Du føler ikke avsky, selv om
de... etter det de gjorde med meg?”
Midar strøk henne over hodet og ristet på hodet.”Jeg synes
synd på deg, jeg lå skjult ved den teltleiren og jeg hørte.... jeg
hørte deg skrike, og jeg hørte den trollmannen eller hva han
var...”
Han bet seg i underleppa.”Han fortjener å brenne i all evighet.”
Meyret gjemte hodet mot halsen hans.”Han brukte en magisk
ting på meg, som lager smerte. Jeg var sikker på at jeg kom til

å dø.”
Midar sa ikke noe, han bare fortsatte å stryke henne over
kinnet. Hun svelget hardt.”Jeg har aldri vært så hjelpeløs. Det
var forferdelig.”
Midar nikket og hun så seg rundt, så på ravinen og
sukket.”Men her er vi da, nakne med bare en kniv og jeg kan
ikke engang gå.”
Midar måtte le.”Vel, det er temmelig ille ja men jeg har vært i
verre situasjoner..”
Meyret skar en grimase.”Når da?”
Han klappet henne på skulderen.”Jeg husker ikke, men jeg er
sikker på at det har vært slike stunder en gang.”
Hun hikstet hjelpeløst og lente seg mot ham igjen. Han var så
varm og god og hun hungret etter varme nå. Hun ville ha vært
livredd for en annen mann men av en eller annen grunn fryktet
hun ikke Midar, han ville aldri gjøre henne noe vondt. Hun la
seg bedre til rette og han la armene rundt henne.”Blir du varm
igjen?”
Hun nikket sakte.”La meg bare sitte her litt, du er varm og
god.”
Midar sukket og gned armene hennes.”Det er ihvertfall ikke
noe en kan si om deg. Du er kald ennå synd jeg. Vi er nødt til å
finne noe å kle oss i.”
Meyret bare lukket øynene, hun var slapp og svimmel og det
brant i henne, hun skulle hatt en helbreder som han sa men
visste at det ikke fantes slike der noe sted. Midar måtte sove
før eller siden og da... Hun bare håpet at hun var sterk nok til å
greie det. Men det var en god kniv, den virket skarp og hun
visste da hvor hjertet hennes satt. Det var synd på Midar men
uten henne å ta vare på kunne han sikkert finne en måte å
redde den kvinnen og barnet på, han var uvanlig snartenkt og
smart. Hun ville bare sinke ham og da ville de finne dem begge
to. Hun måtte bare prøve å skjule det til tiden var inne. Etter en
stund la han henne ned og fikk liv i bålet igjen, han reiste seg
og hun rødmet og så bort. Det var så uvant å se nakne

mennesker og menn spesielt. Men han var ikke vond å se på, selv hun skjønte det. Han var høy og slank og senesterk og hun la merke til at skuldrene var brede. Han var antagelig sterkere enn han så ut for ved første øyekast og musklene røpet at han var en mann vant med å bevege seg på flere måter enn en ridder. Han var bygd for å klatre og krype, for sprang og løp og hun tittet litt blygt i øyekroken. Han hadde en del hår på brystet og det var svart som håret hans og en stripe vokste nedover den harde magen og forbi navlen og ned mot skrittet. Hun trakk blikket bort og kjente at hun rødmet igjen. Hun hadde virkelig fått stifte kjennskap med den delen av mannlig anatomi og ikke på en god måte men av en eller annen grunn syntes hun ikke at synet av ham var motbydelig. Han så bare riktig ut.

Midar så seg rundt.”Det kan være bær i skogen nå, jeg får se meg litt rundt, vi trenger mat begge to.”

Han tok kniven og smilte til henne.”Bare hvil deg ved bålet, og skjer noe så er jeg ikke langt vekk.”

Hun bare smilte matt og så at han noe forsiktig tok seg opp ravinen, han så så hjelpeløs ut uten klær, huden var blek over det meste men han hadde en svakt gylden tone i huden som passet til det mørke håret. Hun måtte nesten smile, han var ikke vant til å gå barbeint, støvlene hans var like svidd som resten virket det for. Og diverse utbrudd av typen”au for fanden» fortalte henne om at barnåler i føttene var noe han ikke likte for godt. Hun lukket øynene og prøvde å hvile og finne styrken til å gjøre det hun visste at hun måtte gjøre.

Midar prøvde å gå normalt men det var forbasket vanskelig, da han var en guttunge gikk han barbeint og sålene hans var harde som gammelt lær men nå var de myke etter år med støvler på beina og han bannet og svor. Oppe av ravinen var det ganske flatt og skogdekket, det var en heller tynn skog av gamle furuer og det luktet solvarm skog der. Han trakk i seg lukten med velbehag og prøvde å finne litt bær. Det gikk litt, så fant han en stor buske med modne svarte bær av det slaget mange

solgte på markedet og han skar ut en bit bark fra et tre og samlet dem i. Da han hadde stappet i seg alt han kunne fylte han barkebiten så full han kunne og klemte den enkle oppbevaringsboksen mot brystet mens han gikk tilbake til henne. Bærene var søte og sterke på smak og han kjente at han allerede følte seg mye bedre. Det var vanskelig å gå ned med alle bærene uten å miste noen men han greide det og plasserte dem foran Meyret som smilte trett og begynte å spise varsomt. Han så hvor blek hun var, hun var blå under øynene og han visste at blodtapet hadde skadet henne alvorlig. Han ante ikke noe om hvordan han skulle kunne hjelpe henne men visste at de svina hadde skadet henne innvendig. Hun åt sakte men likte tydeligvis bærene og hun fikk i seg alle sammen. Midar så rundt på skogen som sto der. Det sto noen unge trær langs elva og han skar ut noen biter med bark, rev ut lange remser med seig innerbark og greide etter mye om om men å lage noe som kunne gå for å være en slags unnskyldning for sandaler. De beskyttet da fotsålene men ville neppe vare særlig lenge. Han tok også en litt større bit og slo den myk, lagde seg et slags primitivt plagg som i det minste dekket skrittet selv om det bare var såvidt. Han følte seg så avgjort ikke vel slik, å gå rundt splitter naken var han slettes ikke vant med.
Han satte seg ved bålet og så at sola var på vei ned, de kunne ikke flytte seg før neste morgen uansett nå. De rakk ikke langt før det ble mørkt og han visste at de trengte mer ved. Han tok noen tynne kvister og flettet til noe som lignet et slags dekke og gjorde bålplassen litt bedre. Noe måtte han gjøre for å ikke føle seg totalt ubrukelig og unyttig. Meyret lå bare og stirret på ilden med merkelig tomt blikk og hjertet hans blødde for henne. Kunne han bare ha vært mer til hjelp. Da det var gjort satte han seg ned for å prøve å finne ut hvor de kunne være, han prøvde å se for seg kartene han hadde hatt men det var vanskelig. Han hadde ikke så god hukommelse heller. Han undret seg fort på hva denne Janos og de andre gjorde nå, gav de opp eller fortsatte de å lete? Han ante ikke hvor lenge de

hadde drevet med elva og elva rant fort. Forhåpentligvis var de
så langt vekke at ingen kunne finne dem lenger.

Janos og gruppen hans hadde angrepet på en måte som krevde
tålmodighet, de hadde spredt seg og kom stille gjennom
skogen, hestene hadde fått sokker på beina og filler rundt
bittene og først da alle var i posisjon og hadde observert stedet
en stund angrep de. Brått og brutalt. Janos sine menn var for
det meste profesjonelle, de nølte ikke og de tvilte ikke, det
utgjorde den store forskjellen. De red rett inn i leiren, red ned
noen menn og kappet hoder og andre kroppsdeler. De hadde
med gode bueskyttere som tok seg av de som prøvde å løpe sin
vei og slaget var egentlig over på svært kort tid. Lederne var
dyktige, de slåss vel men selv ikke de hadde noen sjanser mot
et slikt antall. Janos fikk en av mennene til å røpe hvem som
hadde hyret dem før de drepte ham og han kjente en følelse av
avsky. Så de hadde aktet å selge henne som en annen hore?
Verden sluttet aldri å forskrekke ham. Da de fant hytta tom og
veggen med et digert hull var det lett å legge to og to sammen
og de fulgte sporene i all hast. Janos bare betraktet sporet i
stille taushet da han skjønte at den som tok henne hadde
hoppet i elva med henne. Han bet tennene sammen, enten var
vedkommende gal eller så var det så om å gjøre at ingen andre
fikk henne at vedkommende gladelig ofret livet for å hindre
det. Mennene lette nedover elva en stund men de så ingenting
og Janos sukket og måtte bare vedgå at det var liten sjanse til å
finne henne igjen for øyeblikket. De fikk følge elva nedover og
se om de så lik for åtselfuglene var vel likedan her som alle
andre steder. Og han regnet med at de kunne få selskap
etterhvert. Om dette ble hva han fryktet ville fjellene kry av
folk. Han gav folkene sine orde, så fulgte de sakte elva
nedover mens hver en sving og krok ble grundig sjekket.
Kvelden falt og det vakre rødlige kveldslyset gjorde stedet de
satt på nesten koselig en liten stund. Det var ingen varme i
lyset så Midar la på bålet. Han hadde samlet så mye ved han

kunne og håpet at det var nok. Meyret kom krypende bort til ham og la seg inntil ham og han følte seg rørt over tilliten hun viste ham. Han var sulten igjen men nå var det for sent å gå å plukke bær, han fikk holde ut til dagen etter. Det ble mørkt og skyene fløy fort over himmelen og skygget for stjernene, han merket at han sakte ble søvnig igjen, Meyret virket for å ha sovnet der hun lå og han strakte seg på mosen og lot søvnen ta seg. Meyret lå helt stille, hun hadde gjort sitt valg nå og alt hun følte var et slags vemod. Det var ingen tvil i henne og hun ventet til hun merket at han sov dypt. Stjernene var så vakre der oppe, hun så på dem en stund. En gang hadde hun fløyet der oppe, høyt høyt over jorden der stjernene var merkelig klare og hun trodde noen ganger at hun kunne ha flydd høyt nok til å røre dem om hun hadde turt.

Hun fant kniven i mørket, beveget seg minst mulig for å ikke vekke ham. Hun kjente på eggen, den var barberblad skarp og hun trakk pusten dypt. Hun hadde en gang i tiden skapt de rene blodbad men tiden var forbi. Dette var menneskenes tidsalder, hennes folks tid var omme. Hun var et relikt, et minne. Og hun passet ikke lenger inn noe sted, ihvertfall ikke som et makt symbol. Hun skjøv seg så opp som hun kunne og satte knivspissen mot brystet, forberedte seg. Midar lå ser og sov og hun senket kniven igjen sakte, hva i gudenes navn var det han gjorde med henne. Hun,,. hun greide det ikke når han lå der. Hun prøvde å snu seg, å ikke se ham men det var som om han var i tankene hennes hele tiden og fortalte henne at hun ikke fikk dø. Og hun måtte adlyde ham. Meyret bannet lavt for seg selv og satte kniven mot brystet igjen, lukket øynene og prøvde å finne styrken til å presse den inn men armene hennes bare skalv og hun gispet og la kniven fra seg. Hun bet seg i underleppa, hun orket ikke dette, greide det ikke. Greide ikke minnene om det som hadde skjedd med henne, greide ikke frykten for hva som kunne skje.

Det var Midar som gjorde det, det var noe ved ham. Hun trakk pusten dypt og prøvde å overvinne kvalmen som steg i henne.

Hva om han var død også? Ville det da gå? Hun grep etter kniven igjen og visste at hun kunne drepe ham lett slik han nå lå og sov. Selv om hun var svak var kniven skarp og det ville gå fort. Kniven var brått som bly, hun klarte ikke løfte den i det hele tatt og hun hikstet fortvilet. Hun greide ikke drepe seg selv og hun greide ikke drepe ham. Ved alle guder, hva var dette? Hvorfor måtte hun gjøre som han sa? Hva slags magi var dette? Var det halsbåndet sin skyld? Hun gjemte ansiktet i hendene og hikstet og hørte en bevegelse bak seg, Midar hadde våknet og han hadde fattet situasjonen, han så kniven og han hev seg formelig over henne, rev våpenet vekk. Meyret hulket og han så sint på henne.”For svarteste! Kan du ikke skjønne at det der ikke går an? Det finnes ingen lett utvei!”
Meyret prøvde å dra til ham i ren fortvilelse.”Jeg kan jo ikke, på grunn av deg, jeg hater deg!!“
Midar grep tak i hendene hennes, låste dem med sine egne sterke.”Hva er det du snakker om?!”
Hun skalv, så bort.”Det... det betyr ingenting. Bare...”
Han stirret hardt på henne og hun hikstet over det hun så i øynene hans.”Jeg...jeg må adlyde deg..”
Midar så vantro på henne.”Hva?!”
Hun stønnet lavt og ville ikke se på ham.
Midar tok tak i ansiktet hennes og snudde det mot seg, øynene hans var utrolig blå, hun hadde ikke innsett det før nå.”Jeg.. jeg må gjøre som de sa, de som satte på meg dette halsbåndet... og du er nok av samme slekten...”
Midar trengte noen sekunder på å skjønne hva hun mente men så måpte han.”Det er ikke mulig?!”Hun så ned og bet seg i underleppa.”Joo, du er nok en bastard vil jeg tro men det er deres blod i deg. Og da må jeg gjøre som du sier.”
Hun hikstet igjen.”Så jeg greier ikke gjøre det!”
Midar så vantro på henne. Han var foreldreløs, det visste han men han hadde alltid trodd at han var en ganske vanlig person, ikke av noen bedre avstamning enn de fleste. Men det kunne stemme, når han tenkte seg om var det ikke umulig. Det var

ofte at uønskede bastarder ble overlevert til barnehjem slik.
Han måtte glise, så en av hans foreldre var en Darasher. Det
endret pent lite men gjorde altså at Meyret ikke greide å ta livet
av seg så lenge han ikke tillot henne det. For en gangs skyld
var han glad for magien i halsbåndet.
Han strøk henne varsomt over kinnet og prøvde å smile til
henne."Kjære deg Meyret, jeg vet at du er redd, at du frykter at
de skal få tak i deg men jeg føler på meg at de ikke vil greie å
finne oss. Jeg vet ikke hvordan men gudene har andre planer
for oss. De ville latt deg dø i det fangehullet om det ikke var
meningen at du skulle leve."
Hun gyste ved tanken på fangenskapet og lot ham trekke seg
nærmere varmen. Hun prøvde å finne trøst i varmen fra
kroppen hans, i nærheten hun hadde savnet så lenge."Sverger
du at du ikke lar dem finne meg?"
Stemmen var tynn og Midar kjente noe merkelig ømt i brystet.
Han la armene rundt henne."Jeg sverger, jeg vil gjøre alt for å
beskytte deg Meyret."
Han visste med en gang at det ble en ed som ville bli vanskelig
å holde. Han måtte jo overlevere henne men på et eller annet
vis burde han greie å avverge det også, uten å risikere livet til
de to han skulle beskytte. Det var et dilemma, han ville bli
nødt til å bruke tid på å tenke på. Meyret dirret litt, så slappet
hun av i favntaket hans igjen og han kunne bare håpe at hun
greide å innse at de hadde en oppgave. Han forsto henne godt,
skammen og skrekken måtte være overveldende og nå som han
visste hva hun var forsto han også at hun fryktet
konsekvensene om flere prøvde å få tak i henne. Men Midar
husket hva hans læremester ofte sa. Selv de største har reist seg
fra bunnen av, et ørlite frø kan bli et mektig tre om det bare får
tid på seg og slik er det med folk også. En kan aldri vite hva
man kan få til før en virkelig prøver.
Etter litt sovnet hun virkelig og han ble sittende lenge til han
var sikker på at hun ikke lot som. Han hvisket stille til
henne."Du skal ikke prøve noe slikt igjen, hører du? Og du

prøver ikke å knerte meg heller, det skal stå ved lag om jeg lever eller er død.”
Han ante ikke om hun oppfattet det men ordene var sagt og han ante at det var nok. Han la hodet bakover og lot søvnen ta seg igjen, det var kaldt men bålet hadde varmet opp godt der og han hadde vent seg til kulden mer enn kvelden før. Han sovnet fort og drømte med ett om en skog, en skog med enorme rette stammer som så ut som om de var søyler som strakte seg like inn i himmelen. Og noen av stammene var stein, enorme nåler av stein som virket for at de ville skrape bunnen av skyene. Han gikk fremover laget av tykt gammelt løv, så to skikkelser foran seg. Det var to ryttere og han så vantro at det var ham selv og Meyret, de var godt kledd og red to utrolig vakre hester, blåskimler med lang hvit man og hale. Seletøyet var rikt og godt og bak dem travet to enorme ulvelignende beist nesten like store som hestene. De var svarte som en stormnatt og øynene forheksende gylne. Meyret hadde fått håret tilbake men det var ikke svart lenger, nå var det som polert sølv og meget vakkert. Midar stønnet lavt, han vred seg. Han så også ravinen de lå i nå, og over den blinket en uvanlig klar stjerne, noe sa ham at de skulle følge den. Drømmen endte og han sov tungt.
Da Midar våknet dagen etter var det til grå himmel og en mild vind, det fortalte om regn og han hutret og så at Meyret lå og småskalv, hun var blek og han kjente at hun brått var gått fra å være iskald til å bli glovarm. Han snudde henne og hun klynket og hikstet av smerte. Hun var syk, det var ikke annet å vente etter det som skjedde med henne. Han bannet fortvilet og skjønte at det nå hastet, han kikket opp. Stjernen var faktisk såvidt synlig ennå og han bet tennene sammen og løftet henne opp. Det kom til å bli en hard marsj og han ante ikke hvor han skulle eller hvor langt det var. Men han måtte prøve. Bare det å komme seg opp av ravinen ble vanskeligere enn han trodde, hun var tung og vanskelig å balansere og hun var bare halvveis bevisst. Hun greide ikke holde seg fast i ham heller. Da de

kom seg opp var han allerede sliten og måtte hvile. Han haltet svakt da han gikk videre, barksandalene var ingen god ide viste det seg. Han gikk en god stund før han måtte hvile allikevel, det var lettere på flat mark men terrenget steg mot et høyere område og han måtte opp mange harde bakker etterhvert. Og da han var på vei opp en av bakkene så han noe som gjorde ham kald innvendig. Han kunne se elva der nede nå og noe blinket fort i lyset. Han sto helt stille og så etterhvert at det var en rustning som fanget sola når mannen som bar den flyttet seg. Han svelget hardt. De ville finne leiren sikkert som en lås og legge to og to sammen. Det hastet nå.

Han gikk til beina verket, sparket vekk sandalene og gikk videre. Stein og kvister skar i føttene hans men han gikk mens han peste av anstrengelse og smerte. Det flatet ut igjen, de var på et høyt platå virket det for og skogen der var enorm. Trærne var giganter men ikke så store som i drømmen hans.   Han etterlot blodspor nå, og Meyret var enda varmere og pustet anstrengt, det surklet i henne og han var på gråten av fortvilelse. Ryttere til hest kunne ta ham igjen på en liten stund. Om han hørte ryttere ville han bruke kniven først på henne og så seg selv. Det var ingen annen utvei da, han måtte holde det han hadde sverget.

Skogen var åpen og sval og vakker og her var det merkelig sommerlig, det virket som om høsten ikke hadde satt spor der ennå. Han haltet seg fremover, gispende og jamrende, beina verket intenst og ryggen kjentes nesten av men han gav ikke opp. Han kjempet seg videre, ville aldri gi opp før det ikke var noen annen utvei. Av og til bar han henne over skulderen og av og til i armene og han rusket i henne og tryglet henne om å holde ut. Det var hjelp å få, han visste det. Han syntes han hørte fjerne rop og tryglet gudene om å være barmhjertige og vise ham en utvei, vise ham noe som kunne frelse dem. Han rundet en klippe og foran ham så han trær så store som i drømmen, han måpte for han hadde aldri trodd at noe slikt kunne finnes i virkeligheten. Han svelget og gikk fremover, det var nesten som en portal der og han kjente et merkelig gys i det han passerte mellom klippene. Sola skinte og bakken var dekket av et tykt lag løv som var behagelig å gå på selv med hans oppskårne og såre føtter. Og steinsøylene var der, så svære at ingen bygg i Zhymorne kunne måle seg mot dem. Han gikk sakte fremover, Meyret klynket plaget og han rugget henne trøstende. Det var en slags sti der og han fulgte den med en merkelig følelse av at de som fulgte sporene hans ikke ville finne portalen. De ville finne noe ganske annet.

Han gikk litt til, så fikk han øye på huset som lå der mellom to slike gigantiske trestammer. De lignet nesten på hovedtårnene på storborgen i Zhymorne sammenlignet med en liten gjeterstue. Huset var ikke lite, det var i to etasjer og laftet, det så solid og gammelt men velholdt ut og det var en atmosfære der av ro og trygghet. Midar svelget og gikk noen steg videre, det røk av pipa og han så at det var dyrket opp en rikholdig hage rundt huset og trærne. Et par fete kyr gikk fredelig rundt og gresset og noen katter satt dovent på trappa. Midar følte seg usikker, det var makt der, stor makt. Han sanset det. Meyret gispet av smerte og han bet tennene sammen og gikk nærmere. Døra gikk opp og en kvinne kom ut, Midar stirret for han greide ikke plassere henne. Hun kunne være både ung og gammel for det var umulig å si alderen på henne. Hun var kledd i typiske bondekone klær, skjørt og forkle og en tykk bluse og håret var flettet på en sirlig måte. Hun så både mild og streng ut på en og samme tid.

Kvinnen så smalt på ham og han rødmet ned i tærne, han var nesten naken, Meyret var naken og han ante ikke hvordan hun ville reagere.”Unnskyld at vi forstyrrer men..”

Kvinnen gjorde en rask bevegelse med handa.”Inn med henne gutt, stå ikke der og heng. Det haster!”

Midar gispet forvirret men kvinnen så på ham med merkelige dype øyne og han visste at hun visste. Han skyndte seg inn og hun grep Meyret og la henne på en benk der. Midar så seg rundt, det lignet på vanlige bolighus på de fleste større gårder men det var urter og slikt overalt. Og det var rent og ryddig og luktet godt. Han rødmet og satte seg nølende og kvinnen la pannen på Meyrets panne.

 "Har hun hatt feber lenge?"
Midar ristet på hodet."Siden i dag tidlig, det var folk etter oss, jeg er redd for at..."
Hun bare fortsatte med det hun drev med."De vil ikke finne dette stedet, eller dere."
Hun hentet en eske med diverse ting i."Vet du hva som har skjedd med henne? Jeg må vite så mye som mulig."
Midar svelget hardt."Vel, bortsett fra juling så... så misbrukte de henne. Først var det en trollmann og han brukte visst et slags magisk instrument på henne som gav smerte, men jeg vet ikke om han brukte det... æh.. slik altså. Og så tok han henne selv også. Og siden var det noen andre som gjorde det samme."
Kvinnen så smalt på ham."Jeg merker det, kroppen husker også selv når ikke sjelen vil. Den lagrer alt."
Hun tok opp noe fra esken, det virket for å være en slags salve i en krukke. Hun smurte den fort på alle blåmerkene."Dette vil ordne det, men det er innvendig det verste ligger er jeg redd."
Midar så skremt på kvinnen som smilte beroligende til ham."Jeg kan hele henne, men svak vil hun være lenge."
Hun tok frem noen slags instrumenter og Midar så vantro på henne, de så skremmende ut og kvinnen virket for å føre noen av dem inn i Meyret. Hun kjente på magen hennes og klemte her og der og han hørte at hun mumlet med seg selv. Hun hørtes fornøyd ut og fjernet de fæle greiene, la dem i en potte ved ildstedet."Hun hadde underlivet fylt med verk, nå har jeg sluppet det ut."
Midar bare grøsset og kvinnen virket for å kjenne i henne med fingrene, hun ristet oppgitt på hodet."Svin, men det forundrer meg ikke."
Hun tok frem en slags juvel fra en silkepose og la den over Meyrets underliv, den glødet svakt og merkelig varmt og det

virket for at hun gjorde noe som gjorde vondt for Meyret
stønnet og jamret seg men våknet ikke. Midar skar grimaser av
medfølelse og ubehag. Kvinnen fjernet krystallen og smilte
fort.”Hun hadde stygge flenger, men de er helet nå. Nå trenger
hun bare tid.”
Kvinnen tok frem et teppe og rullet dem rundt Meyret som var
rolig igjen. Hun strøk hendene over hodet hennes, nesten
kjærtegnende.”Jeg har salver som vil ta seg av lusestikkene og
det andre også.”
Midar ble sittende, han var hul av sult og kroppen verket men
han greide bare tenke på henne og kvinnen løftet Meyret og
bar henne over i en seng som sto langs ene veggen der. Hun
mumlet noe mens hun gjorde noen tegn i luften og han så at
det skimret i den, som om den et øyeblikk var blitt til glass.
Midar satt der og kvinnen gikk bort til ham, smilte litt
skjevt.”Du er tapper, få andre ville greid å gå hit slik.”
Han svelget.”Det var ingen utvei.”
Hun nikket.”Jeg vet det.”
Hun tok frem en balje med vann og satte den foran ham.”Beina
oppi takk!”
Han adlød litt skjelvent og det sved noe vanvittig, han jamret
seg mens hun vasket føttene hans og studerte sår og kutt og
fisket ut stein og slikt som satt i dem. Deretter tok hun frem
noe annen salve og smurte beina hans med det og bandasjerte
dem fort. Det føltes utrolig godt og han begynte å forstå at han
var trygg, at de begge var trygge. Han svelget kort.”Jeg må
takke deg. Jeg er Midar, hun heter Meyret.”
Kvinnen smilte sakte.”Jeg vet det, og jeg er Imla, bare det.
Dette er stedet utenfor, og her er alle i nød velkomne.”
Hun reiste seg igjen og Midar hadde en sterk følelse av at hun
ikke var et menneske, men at han så henne som det fordi det
var hva han kunne greie å tolke. Hun smilte mildt til
ham.”Dere vil være trygge her til hun er sterk nok til å reise
videre.”
Midar så litt forvirret på henne.”Hvor mye er det egentlig du

vet, om oss?"
Imla bare smilte igjen."Alt barn, alt. Men frykt ikke, jeg vil
dere bare godt."
Hun forsvant inn i et siderom og kom ut igjen med en tallerken
med noe som måtte være en slags kaker av fett og kjøtt malt
sammen med bær samt noen store sopper og en bolle bær. Hun
satte det foran ham."Forsyn deg, her sulter ingen."
Hun gikk og Midar stirret litt storøyd på maten, det var en rent
kongelig porsjon og han kjente hvor totalt hul han var. Han
hadde snaut spist annet enn bær på flere døgn.
Maten smakte utrolig godt men han mistenkte at alt ville smakt
himmelsk nå, han fikk i seg det aller meste og så fikk han et
beger med en slags fruktsaft til å skylle det ned med. Og Imla
viste ham til en kulp et stykke bak huset der han fikk vasket av
seg det verste og hun hadde et par rene bukser og en skjorte til
ham samt noen lave støvler som var behagelige for de såre
føttene. Han følte seg utrolig mye bedre. Men det var noe i
Imlas blikk som gjorde ham nervøs uansett, noe vurderende.
Han skulle likt å vite hva det var hun visste, men på den andre
siden, kanskje ikke. Imla viste ham en seng i et bakrom som
han kunne få bruke og den var bred og god og han følte en
akutt trang til å legge seg men visste at han burde vente til
kvelden. Meyret lå og sov ennå og Midar gikk ut, kikket på
trærne og følte seg svært svært liten, og meget forvirret.

Lord Ordhur av Ranclin var ikke noen elsket herre i sitt len,
han var for glatt og for maktsyk og han hadde en ekkel evne til
å finne svakheter hos folk han senere utnyttet på sitt eget
subtile men infernalske vis. Han hadde et rikt område med god
jord og mange fine gårder og godset var om ikke stort så i det
minste luksuriøst og det ble tisket og hvisket om at han hyret
kun de aller beste kokkene. Og det syntes. Men de færreste
fikk dele godene med ham, han hadde ingen kone og det gikk
noen saftige rykter om at han foretrakk bakenden på unge
gutter fremfor kvinner. Men han var rik og hadde mange fingre

ute overalt og det gjorde ham respektabel i det minste på overflaten. Lorden hadde vært i landsbyen og snoket til seg litt sladder om diverse personer samt at han hadde fått et par rapporter angående skrivet de lette etter. Noen mente at det forbaskede kvinnefolket måtte være i fjellene et sted og han hadde beordret flere menn dit. Og det var kommet en due fra Janos om at han også var på vei inn i de ville fjellene på grensa men lengre sør. Ordhur ante at han hadde sine grunner til det men stolte faktisk på den lyshårete. Janos kunne virke som en dandy til tider men var kvass som et spyd og beinhard. Han gjorde sjelden noe uten at det var god grunn til det.

Ordhur var mer bekymret for skrivet og han tenkte hardt på det mens han red langs veien. Han hadde en meget god hest av ypperste rase og hadde ridd fra de to tjenerne sine som ikke vågde holde slikt tempo. Han gren på nesa av dem, feiginger var de. Han trengte riktignok hjelp for å komme på og av hesten men han var ikke redd for det.

Han gledet seg til han kom seg i hus igjen, kokken hadde fått tak i noen ualminnelig lekre lammelår og hadde lovet å tilberede dem på beste måte og det var også ankommet en vinhandler dagen før som hadde med flere tønner med en særdeles god årgang. Middagen kunne bli et virkelig høydepunkt. Ordhur kunne stappe seg med vanvittige mengder mat, han var så vant med å spise mye at magen rommet mye. Og at han var feit plaget ham ikke. Han satte gleden ved et gedigent måltid mye høyere enn noe annet. Som gutt hadde Ordhur faktisk vært tynn, en liten spjæling som sjelden fikk annet enn kjeft av sin far som så ham som vek og en skam for familien. Da faren døde hatet gutten ham med såpass glødende intensitet at han fikk faren slengt på elva i stedet for begravet. Og han begynte med en gang å stappe i seg siden han så alt for ofte måtte gå sulten som straff. Hesten var sterk siden den greide ham, ikke av den lette fullblodstypen men en langbeint stridshest avlet for å bære en mann i full rustning og den tålte vekten hans godt. Og han satte pris på dyret, han brydde seg ikke noe om andre av sin egen art, men det var noe edelt i en god hest han aldri fant i mennesker.

Han red bortover veien og nøt synet av åkrene, snart skulle de skjæres og han kunne se at avlingen ville bli svært god. Kornet var så tungt at aksene nesten brakk og den vakre fargen fortalte at tiden snart var inne. Veien gikk over noen enorme åkre akkurat der, som en sti skåret rett over og han vendte tankene til middagen som ventet igjen. Han fikk vann i munnen, den kokken var den beste han hadde hatt noen gang og kunne trylle med krydderet. Og han var stri nok til å feie av slaktere som solgte dårlig kjøtt, den karen nøyde seg aldri med noe mindre enn det aller beste, akkurat som Ordhur. Han burde gi mannen en liten tittel som takk en eller annen gang, kanskje en egen gård? Ordhur skulle til å snu seg for å se etter de to håpløst sene tjenerne da hesten hans snublet. Ikke slik lett og forsiktig de gjør om de løfter ene foten litt for lite, nei, den falt fremover som om det ikke var noe for den å sette på beina på og Ordhur var ingen god rytter. Han grep instinktivt etter salknappen men var alt i lufta forover. Han traff bakken med et smell og et knekk og ble liggende stille midt i veien. Hesten kavet seg skremt på beina og en skygge hoppet opp av grøfta og fjernet tauet som hadde vært spent oppe tvers over veien. Den grep hesten, sjekket at tauet ikke hadde lagd merker på den, så grep den ene forbeinet til dyret og løsnet litt på skoen. Om folk trodde hesten snublet på grunn av en løs sko var det lite grunn til at de skulle legge skylden på den. Det ville ligne Ordhur på en prikk å overse noe så selvsagt som en løs sko. Dyret ble sluppet og haltet bort fra veien og begynte å forgripe seg på avlingen og skikkelsen forsvant som en ånd i en fillehaug. Det var ikke nødvendig å fjerne andre i Ordhurs husholdning, alle visste at den mannen holdt alle hemmeligheter så tett ved brystet at ingen andre ante noe om dem.

Olric

Olric red hardt langs hovedveien nordvest over, han var over grensa fra Longil til Genna og han red med kun to menn ved sin side. De var leiesverd og totalt lojale til den som betalte dem mye, og hans belønning var kongelig. Olric hadde ridd i et par uker, etter datterens sørgelige begravelse hadde han fulgt sin ennå bevisstløse kone og de to andre barna til et kjent hospital sør i Longil og satt noen av sine mest lojale folk til å vokte dem. Han hadde nøye forklart sin sønn og datter at han ikke ville forlate dem men at han måtte gjøre det. At han ikke var verdig navnet han bar om han ikke sørget for at den som drepte søsteren deres fikk sin straff. Og han holdt fast ved planen, ved gudene som han gjorde. Familiens spioner hadde vært dyktige og i mange generasjoner hadde de samlet opp snusk om nær sagt alle andre. Og det var nøye oppskrevet. Olric hadde samlet det, analysert det og brevene han skrev var resultatet. Hvert enkelt et var et mesterverk av informasjon, som røpet nok til å virke tillitsvekkende uten å si for mye. Og det hintet om mye mer. Han bet tennene sammen og peiset på hesten. Mange hadde allerede fått sine brev, mange var sendt med duer og budbringere som gav det over til andre igjen til ingen visste hvem som hadde sendt det avgårde. Det ville ikke være noen hemmeligheter igjen når han var ferdig. Zhandoria var en krutt"tønne og han var den som tente lunta. Onkelen var den han hadde rotet frem mest snusk om, og mye av det var av en type som ville gi gamle dødsfiender blod på tann. Og hemmeligheten han hadde vært så uvitende om? Den skulle nå deles av alle, og alle ville tro at deres fiender var den som hadde henne. Han så for seg elven av blod igjen og smilte sakte. Gudene tilgi ham, men han kunne ikke gjøre det annerledes. Det var stygt og brutalt men nødvendig. Ingen

skulle ha så mye makt som den de hadde hatt i sine hender, det
var ikke for mennesker å begjære. Nei, han aktet å se den
gamle orden falle, de sterke ville klare seg og kanskje ville
verden renskes i ild og blod atter en gang. Han hadde mange
brev igjen ennå, og de ville alle havne hos sine rette mottagere,
og vispe opp igjen gamle konflikter og gammelt hat men så
subtilt og så mesterlig at ingen ville forstå at noen satte dem
opp mot hverandre.
En gang hadde dragemesterne styrt Zhandoria, all makt
strømmet fra dem og den øverste av dem var den som dømte
og bedømte. Ingen av husene hadde vært eneveldige i noe rike,
de hadde vært likeverdige og alle hadde jobbet til felles beste.
Han drømte om en dag med den samme tilstanden. Han så på
de to som red med ham, harde og kalde menn med vold og
råskap som språk. De var respektinngytende men han hadde
ant en skikkelse i sine drømmer i det siste. En ridder kledd i en
svart rustning med tegninger i blodrødt, med bare en halvhjelm
uten visir på. Og bak mannen et enormt kattedyr av noe slag
med kjever dryppende av blod. Synet hadde gjort ham kald til
margen, han hadde ant slik en makt, slik en forferdelig
villskap. Kanskje han banet veien for noe slikt nå, men han
brydde seg ikke. Han ville ødelegge alt som hadde ødelagt for
ham, djevelen ta alle husene og deres stolthet og makthunger.
Og særskilt onkelens! Han smilte kaldt der han red mot en by
der han visste at huset Arcan satt med mye av makten. De var
spredt, kunne snus mot hverandre og det aktet han å gjøre.
Snart skulle ingen lenger kunne skille mellom venn og fiende
for troskap og gamle eder skulle kun bli tomme ord. Han
kunne gnidd seg i hendene av fryd. Og han håpet at han fikk
leve lenge nok til å se det skje.

Daithe

Det vesle følget ble ved hulen den dagen, Tåkesang var ennå bevisstløs og Daithe var litt usikker på hva hun skulle tro om skapningen. Moyesh behandlet henne med stor respekt og Daithe begynte å skjønne at en Idhrin hadde store krefter. Men også svakheter, det virket ikke for at de kunne klare seg uten vann stort lenger enn noen timer før de ble svakere. Og smuglerne hadde tørstet henne ut for å temme henne. De tre vaktene virket svært lettet over at de hadde greid seg mot snikmorderne som var sendt etter Cherdis og at det ikke lenger var noen som forfulgte dem men de virket usikre på hva de egentlig skulle gjøre fremover. Og Daithe var like usikker, hvor skulle de egentlig? Lamara virket for å vite det men hun var like lukket som alltid, det var som om hun støtt og stadig levde i sin egen lille virkelighet.

Arphaene kom draende på to hjorter de hadde drept og Ighal og Aidan gjorde opp kjøttet, Ighal stolte ikke på gutten og han var av den oppfatning at en holder sine venner nær og sine uvenner enda nærmere. Bhikoor fikk et helt lår og satte seg til å gnage det i seg og Moyesh virket for å sette mest pris på hjertet av ene hjorten, rått. Daithe gyste litt da hun så det men antok at det var en av skikkene prestinnen var nødt til å følge. Cherdis og Lamara fant en gryte i oppakningen og fant en del urter som de kokte sammen med kjøtt til en slags stuing som i det minste var spiselig om ikke akkurat gourmet mat. Dew fikk stelt såret sitt og bannet ille mens Cherdis renset og sydde det, det viste seg at hun hadde fått en mer grundig opplæring enn Daithe trodde. Det å kunne hjelpe syke var visst også en del av det å være en prestinne for Arfone. Bhan mente at Dew var heldig, vanligvis ville han ha måttet betale dyrt for Cherdis sine tjenester og Cherdis så først fornærmet ut men så lo hun. Aidan var taus og virket urolig og det var forståelig, ingen der stolte på ham men han prøvde tydeligvis å bevise at han ikke var farlig for dem, han ordnet bålved, så til hestene og var så frempå som han kunne. Ighal brummet lavt til henne at fyren i det minste dugde som tjener om ikke annet. Daithe syns det var litt stygt sagt men forsto det også.

Bhikoor virket for å komme til krefter igjen, han så friskere ut allerede nå og Daithe ante at hans art sikkert var skapt slik, i stand til å ta seg inn igjen svært fort om det var nødvendig for å overleve. Hun var imponert over hvor hurtig den hadde vært og hun ante at med ham som en alliert hadde de virkelig en kraft å regne med i bakhånd. Kvelden kom sigende, og med den tåke som smøg seg ned over åsene som et tynt grått slør, sola gav skyene en vakker gylden tone som mørknet til rødt og lilla før det ble mørkt og de ordnet nattebål og en ordentlig leir. Da det ble helt mørkt våknet Tåkesang, Moyesh var der og gav idhrinen mer vann og hun drakk grådig og virket svært forvirret over hvor hun var. Moyesh forklarte på et syngende merkelig klikkende språk Daithe aldri hadde hørt før og Tåkesang så på dem med store grønne øyne. Øynene var faktisk helt grønne, uten noe hvitt og med en merkelig avlang pupill. Hun var svært vakker men også fremmedartet. Daithe kunne sammenligne henne med en edel hest av noe slag, det var noe forfinet men samtidig sterkt ved henne. Ighal åpnet et skinn med vin han hadde med og alle fikk litt og Moyesh fortalte om hvordan hun hadde krysset havet fra Ardot med en frakteskute. Det hadde vært en fryktelig reise for en som ikke var vant med havet og båter og hun hadde vært livredd men det viste seg snart at det ikke var ferden hun burde frykte. Problemene hadde startet da hun kom frem.

Daithe satt spent og hørte på mens prestinnen fortalte om alle tabbene hun gjorde siden hun snaut snakket språket, om hvor redde folk var arphaene hennes og hvor ensom og redd hun hadde vært. Hun hadde funnet Tåkesang i en skog like utenfor havnebyen der hun kom i land. Hun hadde vært skadet og Moyesh hadde pleiet henne tilbake til helse. Og en dag hadde det kommet en vandrer forbi som mente at han kunne hjelpe henne finne den personen hun var sendt etter men det hadde vært løgn. Hun og Tåkesang ble fanget og dyrene hennes også og slik hadde de havnet i smuglernes hender. Moyesh hadde vært for naiv, hun trodde at folk i Zhandoria var mer til å stole på i sitt eget rike enn i hennes men der tok hun feil. Etterpå underholdt hun dem med fortellinger om riket hun var fra og Daithe ble sittende å lytte fascinert til historier om mektige kongedømmer og byer som jungelen nå hadde svelget. Ighal satt med smale øyne og så litt spørrende ut, Moyesh så på ham og han lagde en kort grimase."En venn av meg hadde vært i Ardot, på nordkysten et sted. Han sa at det lå et hvalskjelett i en fjellvegg mange mil fra havet, det var også mange hundre meter opp fra havoverflaten. Er det sant?"

Moyesh smilte litt lekent."Det er sant, forandringen skjedde fryktelig fort. Vi har sjøer inne i landet hvor det lever fisk som egentlig skulle vært i sjøen, og i grunnene mange steder langs kysten er det kilder med ferskvann. Sagnene våre sier at vi en dag skal få tilbake det landet som havet tok, og at de byene som nå er oppe under skyene igjen skal bli beboelige."

Daithe rynket pannen."Er de ikke det nå?"

Moyesh fniste og ristet på hodet."Nei ærede, de ligger så høyt at det ikke er luft å puste i der oppe. Det er byer lengre nede også som en gang lå lavt, men de kan en bare besøke for en kort tid om gangen, ellers blir en fryktelig syk."

Ighal gyste."Jeg har hørt om noen slike steder, de sier det er byer der det bare bor oldinger og menn."

Moyesh nikket sakte."Det er sant, kvinner får ikke bo i de byene for om de blir med barn dør de. Så de må holde seg lengre nede i fjellene. De sier at det er et fjell i det indre av fjellkjeden vi kaller Dragens bein som er så høyt at tuppen er ute blant stjernene. De sier at drager kunne fly opp dit men ingen andre."

Daithe så litt forbauset på prestinnen som nippet varsomt til vinen sin, hun var tydeligvis ikke vant med denslags."Jeg visste ikke at dere på Ardot hadde legender om drager, jeg trodde det var typisk for Zhandoria?"

Moyesh ristet heftig på hodet så det svarte håret sto som en man."Nei, alle riker har legender om drager, til og med nord i Hietlai der isen aldri blir borte. Og vi har mange, svært mange."

Cherdis så dvelende på henne."Fortell en da vel, fortell en legende om drager."

Moyesh tenkte seg om litt."Det er en legende, den var alltid min yndling da jeg var yngre. Den forteller om dagen da dragene vil vende tilbake."

Ighal så litt forundret på henne."Det er en slik fortelling her i landet også, men jeg kan den ikke altså. Legender og slik var aldri min sterke side er jeg redd."

Moyesh stirret inn i ilden."Ja, jeg tror den finnes mange steder, for ordene som ble ytret en gang ble spredt til mange riker. Og legenden er temmelig lik fra sted til sted av den grunn."

Hun satte seg bedre til rette.

Daithe trakk beina nærmere og Aidan kastet på bålet, han virket også fengslet av samtalen."De gamle sa at denne tidsalderen ville ende på samme måte som den forrige, med fryktelige katastrofer. Og gammel makt ville bli omveltet og ny bli skapt. Legenden forteller om en dag da solen ikke vil stå opp og månen vil være rød som blod. Den dagen vil nye drager bli født av fjellene og de vil fly ut og ta over verden med mindre de utvalgte og den ene har gjort det de skal. De skal utføre ritualene og dermed vil dragene lyde dem og de vil gjenbygge verden til det den var da dragemestre var herskere forrige gang."

Lamara smilte sakte."Sier legenden noe direkte?"

Moyesh tenkte seg om hardt."Nei, den er så lite spesifikk. Men den nevner noe som kalles den mørkestes hjerte, og blodets barn."

Hun trakk teppet sitt litt tettere om skuldrene."Og den nevner en skapning som kalles dragen av blod og mørke men det er en mann. Han skal sette fri den siste av de gamle og dronningen

av aske og død skal herske med den øverste ved sin side.”
Ighal gyste.”Gamle sagn skal da alltid være så dystre også, er
det ingen som kan noe som er mer muntert?”
Bhan skar en grimase.”Jeg kan en historie som er munter nok
vil jeg tro.”
Ighal så nesten skremt på mannen.”Ikke her som det er damer
til stede mann, jeg kjenner historiene dine.”
Cherdis fniste og ristet litt på handa, som for å feie bort et
innbilt fnugg støv.”Vel, jeg har historier som vil behage dere,
mange om dere vil.”
Ighal sukket lettet.”Ja, kom med dem kjære deg.”
De ble sittende der mend Cherdis fortalte om den gangen hun
danset i et bryllup der brudens far gjorde skandale da han ble
så full at han morgenen etter bryllupsfesten ble funnet med
buksene på anklene i en binge i fjøset sammen med ei søye. Og
hun fortalte om en mann som kjøpte henne for en natt bare for
at hans hustru skulle se på og se hvordan det egentlig skulle
gjøres.”
Daithe måtte le av måten hun fremla ting på, hun hadde
virkelig evnen til å sette ting på hodet. Og hun var morsom,
Cherdis viste seg å ha en slags tørrvittig humor som gav alt et
ironisk preg. Hun beskrev livet som en av Arfones prestinner
og Daithe syntes det var interessant. Jentene ble grundig
opplært før de i det hele tatt fikk komme nær en mann og de
første de fikk stifte bekjentskap med var spesielt utvalgte
prester som var de eneste de fikk trene med de første årene.
Hun hadde sett for seg noe langt mer tvilsomt noe men nei.
Men Cherdis hadde morsomme anekdoter der også. Hun
beskrev en vakker sommerdag da en rik adelsmann med mer
enn en skrue løs i hodet sitt kom vandrende med en vakkert
pyntet hoppe og forlangte at prestene skulle vie ham og dyret.
Arfone var da gudinnen for kjærlighet og han mente at det gikk
på tvers av arter. Det var sjelden noen ble avvist i tempelet
men den mannen ble kastet på hodet ut døra ble det sagt.
Daithe var ikke klar over at de viet folk der og Cherdis

forklarte tålmodig at de ofte gjorde det, og gjerne par som
verden ellers ville skille. Det var ikke få rømte ungdommer de
hadde smidd sammen foran gudene til slektens store
forskrekkelse og harme. Og de hadde viet menn til menn og
kvinner til kvinner og flere ganger også flere kvinner til en
mann og i sjeldne tilfeller det motsatte også.
Ighal fingret med ermet på tunikaen sin."Du som er Arfones
prestinne, er det andre av rasene som tilber henne?"
Cherdis nikket kort."Alvene, men de kaller henne noe annet og
tilber på en annen måte men det er den samme gudinnen i bunn
og grunn."
Daithe lente seg fremover, hun var nyssgjerrig."Har noen av
dere noen gang sett en alv? Jeg har aldri gjort det."
Cherdis rødmet fort og la ene handa over munnen for å kvele
et kort knis."Jeg har, mer enn sett også."
Ighal satte store øyne i henne."Du mener da vel ikke at du
har... vel.. æh?"
Cherdis avbrøt ham."Ligget med en alv? Faktisk ja."
Lamara så vantro og og Moyesh så ut som om haken hennes
ville treffe brystet."Du har favnet en av de evige?! Gudinnen
være med deg!"
Det virket som om den mørke jenta var over seg av
ærbødighet.
Cherdis stirret inn i ilden."Han var en reisende, kom til
tempelet for å tilbe og vel, jeg tilbød meg å dele tilbedelsen
med ham. Jeg har aldri tilbedt henne med større glød enn den
natten, det må jeg virkelig innrømme."
Daithe måpte."Men.. hvordan.."
Cherdis så dvelende på henne med et uskikkelig lite
smil."Hvordan det var mener du? Ubeskrivelig!"
Daithe rødmet som en tomat."Jeg mener, hvordan var.. han?"
Cherdis gliste fremdeles."Fantastisk, jeg kan ikke si annet.
Vakrere enn noen annen jeg har sett, og allikevel av kjøtt og
blod. Han var lang og svarthåret med de grønneste øyne jeg
har sett noen gang og hud som perlemor. Og jeg kunne snaut

gå på flere dager etterpå."

Cherdis smilte fornøyd og det var noe salig i blikket hennes
som fikk Daithe til å forstå at minnet var verdsatt. Ighal lo."Ja
jeg har hørt rykter om hva de kan få til mellom lakenene. Men
de er få, de viser seg sjelden for oss mennesker. De var
vanligere før blir det sagt."

Moyesh så inn i ilden."Vi har alver i Ardot også, men de
skjuler seg meget godt. Men de gamle sagnene sier at de vil
vise seg igjen og bli ledet av mannen jeg nevnte når tiden er
inne."

Hun så ned i bakken med en konsentrert mine."Og jeg husker
også at en mann som blir kaldt dolkens spiss skal starte en
fryktelig krig, på grunn av uskyldig spilt blod. Det høres
merkelig ut men..."

Ighal trakk på skuldrene."De gamle sagnene sier jo så mye.
Kan noen noen andre historier, eller sanger?"

Han kastet et truende blikk bort på Dew og Bhan."Og nei, jeg
mener ikke dere to!"

Cherdis reiste seg mykt."Jeg er ikke noen sanger, men jeg kan
danse."

Moyesh gliste og tok frem en trepinne og en stein."Jeg kan
lage rytme i det minste."

Den mørkhudete jenta begynte å slå og Cherdis tok rytmen og
begynte å bevege seg til den. Og Daithe forsto brått hvorfor
Cherdis hadde vært så populær, hvorfor det å leie henne for en
kveld var status. Hun var brått noe ingen kunne ta øynene fra.
Bevegelsene var flytende, som om tyngdekraften brått ikke
betydde noe for henne, og hun glødet formelig av en slags
hemmelig fryd som fikk alle som så på til å håpe at det var for
deres skyld. Det var stille bortsett fra Cherdis sine bevegelser
og Moyesh sin rytmiske hamring, alles øyne var fiksert på
Cherdis som elegant svingte seg rundt. Ighal var blank i
øynene."Nå der har vi poesi i bevegelse folkens."

Etter en stund gav hun seg og Daithe klappet imponert. Hun
hadde ofte hatt dansere til å underholde når det hadde vært

holdt fester i slottet men ingen hadde vært nær ved å være like
gode som Cherdis. Lamara satt og så storøyd på danserinnen
og Moyesh beveget leppene uhørlig som om hun ba. Dew og
Bhan var stille, de bare glante som om de hadde fått en
åpenbaring. Aidan satt med haken ned og tilbedelse i blikket
og Daithe måtte nesten le av ham. Antagelig hadde han aldri
sett noe slikt. Cherdis smilte kort og litt fornøyd."Det var et
lite eksempel."
Daithe kremtet kort."Danser du slik hver gang?"
Cherdis ristet på hodet."Noen ganger er det mer høytidelig, i
tempelet danser vi flere sammen og da er det nøye
koreografert. Men leies jeg kan det hende at jeg må danse på
mange ulike måter, til og med det vi kaller å danse for
gudinnens gave."
Daithe og de andre så uforstående på henne."Hva er det?"
Cherdis rødmet kort."Da danser en først for forsamlingen og
lar verten ta av en et plagg for hver runde en gjør. Når en er
naken danser en kun for verten og så nær at en gnir seg mot
ham eller henne, helt til ja, dere forstår?"
Daithe og Lamara så fremdeles uforstående ut mens Moyesh
rødmet intenst.
Cherdis sukket kort."Dere er da forbasket uskyldige også
jenter. En gnir seg mot fyren helt til han spretter korken kan en
si."
Daithe forsto allegorien og gjemte ansiktet i hendene mens hun
fniste og Lamara så ut som om hun hadde smakt på noe
motbydelig. Karene klukket lavt og Daithe hørte at Bhan
hvisket noe til Dew. Daithe skar en grimase."Gjorde du det
ofte?"
Cherdis ristet på hodet."Nei, bare et par tre ganger, det kostet
for mye for vanlige folk. Men jeg likte det ikke særlig godt.
Gudinnens gave skal deles av begge, ikke bare nytes av den
ene parten."
Daithe kjente til holdningen Arfones tilbedere hadde, det som
hadde skjedd med Cherdis var ikke mindre enn et alvorlig

brudd på troen, en vanhelligelse og et alvorlig overtramp. Det var rent blasfemisk egentlig. Hun undret seg stille over hvordan det ville påvirke Cherdis fremover. Lamara gikk for å legge seg for hun var sliten og Tåkesang hadde ikke forlatt hulen for hun var for svak ennå. Men hun hadde visst lovet at hun kunne greie det neste morgen. Ighal begynte å diskre forhøre Aidan om gruppen han hadde vært lærling hos og Moyesh satt og stirret tomt inn i ilden. Cherdis rettet på klærne og flettet håret sitt med forte sikre bevegelser og Daithe så langt på henne. Hun kjente at Cherdis for henne var et større mysterium enn Lamara var, det var underlig men slik var det faktisk. Cherdis så vennlig på henne.”Jeg ser at du undres Daithe, hva er det du vil vite?”

Daithe rødmet og så bort, hun hadde brent inne med et spørsmål lenge hun hadde ønsket å spørre Cherdis men hun hadde ikke våget det.

Cherdis flyttet seg nærmere henne og så avventende på henne.”Vel, spytt ut, jeg kan svare på mye enten du spør meg som prestinne for Arfone eller som privatperson.”

Daithe så at Moyesh fremdeles virket for å være i en slags transe og bet seg fort i underleppa. Hun kjente seg skrekkelig brydd men det var noe hun hadde undret seg over lenge og hun hadde ikke hatt noen å betro seg til heller. Ingen å spørre om denslags. Hun tok mot til seg.”Vel, jeg var jo gift, men..”

Hun svelget og tok seg sammen.”Feargus rørte meg ikke før etter lenge, og det var bare et halvt år vi fikk som mann og kone på ordentlig før han døde. Men jeg ble aldri med barn...”

Cherdis så opp og knep øynene sammen.”Det er ikke alltid at det hender så fort kjære deg, mange ganger kan det ta et år eller mer.”

Daithe rynket pannen.”Men jeg har jo hørt om jenter som blir smelt på tjukken første gangen de gjør det, eller etter et kort sidesprang eller noe slikt?”

Cherdis lo kort.”Ja, men da har et klaffet med tida, hvor mye vet du egentlig om de tingene der Daithe? Jeg vet at du er en uvanlig kvinne med uvanlige interesser. Lærte du noe om slike ting da du var yngre?"

Daithe rødmet igjen."Svært lite, jeg husker at jeg fikk totalt panikk da jeg blødde første gangen. Var ene stallkaren som måtte forklare det for meg."

Cherdis fniste kort."Jeg regnet med noe slikt. Men jeg kan si deg at en kvinne kun er fruktbar noen få dager hver måned og treffer en ikke da skjer det ikke noe. Er du regelmessig?"

Daithe forstå først ikke, så rødmet hun og ristet på hodet."Nei, faktisk ikke."

Hun følte seg temmelig blottlagt ved å sitte der og fortelle om slikt til en hun tross alt var fremmed for men hun visste at Arfones prestinner hadde kunnskap om slike ting også. Cherdis så smalt på henne."Hvor lenge går det mellom hver gang?"

Daithe rødmet enda mer."Æh, kan ta flere måneder."

Cherdis betraktet henne med noe fjernt i blikket."Greit, bli med meg inn i hulen, jeg må undersøke noe."

Daithe reiste seg og ble med men følte seg på svært gyngende grunn, og ikke minst usikker og brydd som sjelden før.

Det var tent et lite bål i hulen og Lamara sov allerede, Tåkesang lå også og sov eller dormet og Cherdis snudde seg til Daithe."Legg deg på ryggen og trekk ned buksene til hoftene, jeg vil kjenne litt på deg."

Daithe så bedende på henne."Det er ikke så farlig altså..."

Cherdis så alvorlig på henne, det var noe i blikket som gjorde Daithe urolig."Nei, men det kan være alvorlig. Jeg gjør ikke dette for morro skyld Daithe."

Hun la seg ned og Cherdis knelte ved siden av henne, Daithe hvinte fort da hun kjente kalde fingre mot huden og Cherdis så strengt på henne."Ligg stille."

Daithe prøvde å ligge i ro mens Cherdis strøk over magen hennes og hoftene og klemte og gned ganske kraftig til tider. Daithe så spørrende på henne og Cherdis gned hendene sine og skar en grimase."Vel Daithe, jeg tror jeg vet hvorfor det ikke ble barn på deg og din mann. Jeg tviler på at du er fruktbar i

det hele tatt."
Daithe kjente at en merkelig kulde løp gjennom henne, en slags skuffelse blandet med en merkelig følelse av å være noe merkelig.
Hun så på Cherdis som så beklagende ut, Daithe hadde egentlig aldri ønsket seg barn, men hun hadde liksom regnet med at det uansett kom til å skje av seg selv da Feargus omsider begynte å fatte kjødelig interesse for henne. Og nå følte hun seg brått som et merkelig dyr, som om hun ikke var en ordentlig kvinne lenger. Cherdis satte seg ned i sanden ved siden av henne."Du er for det første alt for tynn, og du har for mye muskler. Dessuten tror jeg at du er litt feil innvendig, jeg kan ikke si hvordan men jeg tror ikke jeg tar feil."
Daithe så ned, hun følte seg forvirret."Men..."
Cherdis la en hånd på skulderen hennes."Beklager om det får deg til å føle deg som en fiasko, men slik er bare naturen."
Daithe rynket på pannen."Egentlig gjør det jo ingenting for jeg har ikke tenkt på det med familie i det hele tatt, men det er litt merkelig."
Cherdis sukker lavt."Ja, var du en vanlig kvinne var det en tragedie men du har valgt å leve ved sverdet har du ikke? Gudene vet hva de gjør Daithe, det er det beste for deg. Og din mann er jo død også så..."
Daithe nikket og trakk opp knærne."Ja, hadde det gått lenger hadde vel folk begynt å stille spørsmål tenker jeg, jeg ville vært forpliktet til å skaffe ham en arving."
Cherdis så på Daithe med noe trist i blikket."Og når det ikke skjedde ville du uansett ha fått skylden, for slik er det bare."
Daithe nikket litt usikkert."Jeg regner med det, men Feargus var så sær så det kan hende at folk ville ha gått ut fra at det var ham det var noe galt med."
Cherdis så smalt på henne."Sær?"
Daithe nikket litt blygt."Han ville bli magiker, og han kom ikke nær meg i det hele tatt første året vi var gift. Han mente at kvinner forstyrret ham."

Cherdis fniste kort."Av det slaget? Men det forandret seg?"
Daithe rødmet."Det forandret seg ja, han ble klar over meg og til slutt så, ja, du vet."
Cherdis bikket på hodet, strøk en lokk av det vakre håret ut av øynene."Så han tok til vettet til slutt, var han noe god?"
Daithe fniste litt."Vel, hvordan definerer en det egentlig?"
Cherdis smilte bredt og satte seg bedre til rette."Det er enkelt, tilfredsstilte han deg?"
Daithe måtte hoste for å skjulte hvor brydd hun ble."Æh, det var ikke så verst."
Cherdis sine øyne smalnet og hun hadde et litt oppgitt uttrykk i ansiktet."Ikke verst? Med andre ord nei!"
Daithe så bare tvilrådig på henne og Cherdis ristet på hodet."Jeg tipper at han aldri fikk din verden til å riste eller hva?"
Daithe så ned og kjente at ansiktet var stivt av forlegenhet."Det... nei.."
Cherdis sukket og la armene rundt knærne, så strengt på henne."Arfone liker ikke slikt, det er misbruk av hennes gave. Har du i det hele tatt fått kjenne gudinnens nåde?"
Daithe rødmet enda dypere, hun forsto hva Cherdis mente."Æh, det var en gang da..."
Cherdis ristet på hodet, hun smilte litt sardonisk."Nei, du har ikke kjent det noen gang, det skjønner jeg godt. For da hadde du så avgjort visst det."
Daithe så bare beklagende ut og Cherdis smilte igjen."Men frykt ikke, før eller siden møter du noen som klarer den biffen "

Daithe bare vred seg, hun var plaget. Cherdis gliste litt stygt."Men hold deg unna alver, en bør være godt innkjørt før en begynner å prøve seg på dem."
Daithe skar en stygg grimase og Cherdis hadde et uttrykk av fryd i blikket."Jeg har prøvd en gang og glemmer det aldri, det skal være sikkert og visst."
Daithe sukket og så ut på bålet der ute. Karene satt og snakket

lavmælt sammen og Bhikoor gnog ennå på hjortelåret. Den virket ikke for å ha magemål. Cherdis reiste seg elegant.”Jeg ville ikke ha noe i mot å lære deg litt Daithe, du er utrolig naiv på det området tror jeg.”
Daithe bare så ned og visste at Cherdis hadde rett, Feargus hadde vært blottet for fantasi i så måte, han bare gjøv på i samme stil hver gang og hun rakk aldri å føle noe særlig før han var ferdig. Men hun hadde vært glad i ham, og hun aktet ikke å la ham være uhevnet.
Det ble sent og de fleste gikk til ro, Ighal holdt litt vakt men arphaene var vakter gode nok nå og da morgenen kom var ihvertfall Daithe uthvilt. Lamara satt oppe i huleinngangen og virket for å beundre soloppgangen. Hun hadde et merkelig lukket uttrykk i ansiktet og Daithe så forskende på henne. Jenta stirret mot åsene med fjern mine og tok ikke blikket fra dem.”Er det noe du ser?”
Lamara så bare fremfor seg men hun merket at Daithe var der.”Flammer, og blod. Jeg ser død, og forandringer, store forandringer.”
Daithe skar en grimase.”I fremtiden?”
Lamara så ned, hun var lett blek.”Nei, nå. Det skjer nå, eller har begynt.”
Hun løftet blikket mot himmelen.”Jeg vet hvor vi skal, i hvertfall hvor vi skal først. Det er en ting vi skal finne.”
Daithe så forvirret på jenta som reiste seg sakte.”Så hvor er det vi skal da?”
Lamara smilte kort.”Jeg så et slott ved en sjø, et merkelig slott i sort. Og jeg så et våpenskjold, en griff som kneler foran en drage.”
Daithe ante ikke om noen slekt som hadde det som sitt merke men så var det hundretalls adelsætter, ikke bare de store og mektige. Lamara smilte drømmende.”Det er en kvinne, hun venter på noe og vi skal bringe det til henne. Og hun vil gi oss en gave til gjengjeld.”
Daithe kremtet kort og prøvde å finne hode og hale på

det."Men hvor er det da, dette slottet?"

Lamara hadde fått det fjerne tilbake i blikket."Der månen hviler."

Hun sa ikke noe mer og gikk ut og Daithe ble stående å riste på hodet i vantro forvirring. Ighal kom gående, han virket søvnig og gjespet så en kunne se alle tennene hans. Han klødde seg usjenert i håret og rettet på klærne."Hestene har det bra, de er friske alle sammen så vi kan ri videre i dag."

Daithe bet seg fort i underleppa."Ighal, har du hørt om noe hus med en knelende griff som merke? Og et sted som benevnes som der månen hviler?"

Ighal så storøyd på henne."En griff som kneler? Det er en eldgammel slekt som ikke finnes lenger, de døde ut for mange hundre år siden. De var en grein av Darasher tror jeg, eller så var de i slekt med Macallif men jeg er ikke sikker på hvilke. Uansett var de en familie med magikere og trollmenn og hekser og ingen ville ha noe med dem å gjøre."

Daithe så skremt på ham."Hvorfor det?"

Ighal strammet beltet sitt, litt vel demonstrativt, som om han følte seg uvel av spørsmålene."Vel, de tuklet med ganske mye. Det blir sagt at de skapte uhyrer og slikt. Og at de krysset grensene mellom liv og død. Det er så mange slike legender og det meste er vel bare propaganda fra deres fienders side."

Daithe presset på, "Men hva med stedet?"

Han skar en stygg grimase."Der månen hviler, vel, det er en sjø. Den er kunstig visstnok, de demmet opp en elv. Og hovedkvarteret deres lå der. Men de forlot det etter at det brant ned gang på gang. De greide ikke finne ut hvorfor. Det ligger ennå en ruin av et slott der, men for alt jeg vet er den helt borte nå."

Daithe sukket."Lamara sier at vi må dit, at det er noe vi skal ha som er der. Jeg vet ikke hvorfor."

Ighal rynket pannen og ansiktet ble hardt, han knyttet nevene rundt beltet sitt."Jeg har respekt for Lamara, hun har gaven men jeg er usikker på om dette er lurt. Stedet ligger langt nordøstover, i grenseområdene mellom Longil og Altarab. Et vilt område, snaut nok kartlagt og fylt med orker og vetter og gudene alene vet hva andre skapninger en kan komme over der oppe.”

Han så ned i graset.”Det er galmannsferd Daithe, er det ingen utvei?”

Daithe følte seg merkelig usikker.”Jeg regner ikke med det. Lamara vet hva vi skal gjøre Ighal, jeg stoler på henne.”

Ighal strøk seg gjennom håret.”Det gjør jeg også forsåvidt, men bare det å finne den sjøen kan bli vanskelig. De sier at hele dalen var skjermet med magi.”

Daithe prøvde å se for seg kartet i sitt indre.”Det er kjempelangt dit!”

Ighal nikket.”Mange måneders reise ja. Jeg vil ikke anbefale det.”

Daithe følte seg brått fanget.”Jeg vet det, men jeg tror vi må. Lamara sier vi er del av noe større enn oss selv så kanskje det er et offer vi bare må gjøre.”

Ighal spyttet i bakken.”Det kan hende, men vi vil ikke være trygge. Ikke i det hele tatt.”

Daithe så ned i bakken, hun følte seg merkelig hul, som om noe trakk alt motet og viljen ut av henne.”Jeg regner med det, vi må bare prøve.”

Ighal sukket og trakk på skuldrene.”Vi har sverget å følge deg Daithe, så vi vil stå ved din side.“

Hun bare smilte takknemlig og snudde seg for å se om de andre var i ferd med å komme seg opp.

Moyesh hadde varmet vann og lagde en slags urtedrikk som smakte ganske godt og gjorde en litt mer våken og Daithe fikk i seg litt tørket kjøtt og noen frukter som var søte men også litt sure på smak. Moyesh hjalp Tåkesang ut, hun var høyere enn noen av dem med unntak av Bhikoor og den smale skikkelsen var underlig å se på. Daithe så forundret på at idhrinen satte seg med beina i kors ved bålet og drakk noe av urtedrikken. De lange lemmene gjorde at hun så gebrekkelig ut på et vis, nesten skjør. Cherdis så til Dew sitt sår og det virket for å ville gro greit og Bhan begynte å sale opp hestene. Dyrene var ivrige for det var lite gras der og de var tydelig ivrige etter å komme seg mer ned i lavlandet igjen. Lamara var ganske taus, hun bare gikk der med et svakt smil om munnen og Daithe kjente at det var et snev av uhygge ved det. Hadde bare jenta kunnet oppføre seg litt mer normalt.

Leiren ble ryddet sammen og Moyesh hjalp Tåkesang opp på en av kjørehestene de hadde tatt med fra smuglerleiren, dyret virket ikke for å bry seg stort med vekten og at det så temmelig komisk ut siden Tåkesang hadde så lange bein. De var til hest og på vei oppover dalen da Daithe ble var at fuglene fløy opp fra trærne med skrik og skrål, en merkelig dur fylte luften og hestene bråstanset og vrinsket skremt mens de vrengte med øynene og danset rundt. Lamara smilte drømmende, hun stirret ut i ingenting.”Det har begynt.”

Det var alt hun sa og Daithe fikk en ekkel følelse av at jenta visste noe hun ikke ville ut med, noe forferdelig.

Da jordskjelvet var over var stillheten rungende, nesten for tung å bære. Bakken hadde gitt seg med å riste og dyrene roet seg fort ned men Daithe var blek og Ighal svelget hardt, han så nervøs ut.”Det pleier ikke være jordskjelv så langt nordøst over. Cherdis nikket ettertenksomt.”Det stemmer, noe er i endring.”

Moyesh virket for å be for hun hadde lukket øynene og munnen beveget seg sakte, hun slo øynene opp igjen og blikket var underlig skarpt.”Hun har rett, det er i gang! Jeg hører det i vinden, blodets dans har begynt.”

Gheiral av Arcan var en mann livet hadde fart godt med, han var svært mektig siden hans landområde var stort og flere mindre slekter var hans vasaller og betalte skatt. Han hadde fem døtre som alle var godt bortgiftet til strategisk utvalgte menn og han hadde sju sønner som alle gjorde ham stolt. Hovedkvarteret hans var en stor hall bygd på en liten ås med utsikt til den store sjøen som ble kalt for Arzam havet og der så nær kysten var jorden rik og avlingene store hvert år. Han hadde vært en meget dyktig ridder en gang i sin ungdom og hadde tjent sin konge godt, derfor hadde han blitt en av de mektigste i sin ætt i hele riket. Belønninger og stor ære hadde trukket andre mektige menn til hans tjeneste og han var nesten å regne som en konge og kunne nok antagelig tatt tittelen men han begjærte ingen krone. Gheiral var en vis mann, en mann som så verden gjennom øyne som så både de gode og de dårlige sidene ved et valg. Å være konge var å leve i frykt, han ville mye heller være kongens undersått for en undersått kan endre lojalitet skulle en ny mann ta tronen. Lev i dag og kjemp igjen i morgen var hans filosofi og han brøt kanskje en del av ridderskapets regler med det men han var praktisk, ikke preget av den idiotiske æreskodeksen som krevde at man kjempet til døden.

Han var i en moralsk knipe nå, ante ikke hvordan han skulle reagere på dette. Hans brorsønn var blitt drept, slaktet brutalt ned som et umælende dyr. Og ætten krevde at han hevnet drapet, hans bror hadde vært død i flere år og han var den eneste med menn nok til å utføre hevnen. Han sto ved vinduet og stirret ut mot soloppgangen, den var uvanlig fargerik, som et teppe av blod kastet ut over himmelen og han ante at det var et omen. Morderne var vasaller til et annet hus, Thiery av Ranclin. Om han krevde morderne utlevert og henrettet ville de kreve hevn til gjengjeld, og de var om ikke så mektige som Arcan slekten så svært stridige av seg og de fleste av dem var krigere, ikke bønder. Det var et hardt valg han måtte gjøre. Hevn og krig eller vanære og fred? Noen menn sto bak ham, de sto der iført rustning og våpen og var klare til å adlyde hans ordre og de ventet å bli kommandert til å gå til angrep. Enhver mann ville forvente det.

Ættens blod var spilt og selv om det skulle være sant det de påsto, at brorsønnen hans hadde voldtatt en jente av ætten deres så var ikke en skarve jentunges uskyld verdt en manns

liv? Arcan hadde vært herrer over landet før, alt hadde vært deres så hvorfor skulle det være annerledes nå? Kanskje det var på tide at de igjen viste muskler, viste de mindre ættene at de faktisk krevde respekt og underkastelse. Thiery av Ranclin var en gjeng med spyttslikkere slik han så det, geiteknullere og idioter som var alt for stolte over sin heller brokete fortid. Gheiral snudde seg på hælen, stirret hardt på ridderne som ventet der. Han smilte sakte."Ta med to tropper og vis de fjolsene hvem de har fornærmet, brenn Nharedhall først og om de tar igjen så har dere frie hender."
Mennene nikket med glis om kjeften og bukket før de nesten løp ut for å etterkomme ordren. Gheiral så at et par hundre mann red ut og han smilte sakte for seg selv. Mennene hadde vært for lite aktive lenge, de trengte treningen. Så fort de hadde vist de udugelige Thiery folkene hvem som var sjefen kom ting til å gå tilbake til det normale igjen. Han sukket og gikk tilbake til arbeidet med å bestemme neste års skatt, han var for gammel til å ri i striden selv, det var å beklage for han lengtet etter en real kamp. Slottslivet gjorde en bare bløt.

Lord Ivfer av Ohdrasar var en kjent figur i de fleste større byer, han var en playboy og notorisk på å bruke penger og leve et overdådig liv. Men han var rik nok til å tåle det, hans gods sør i Or-Felderi var såpass stort at det understøttet en slik overdådig livsstil og allikevel gå i pluss og vel så det. Han var sin fars eneste sønn og var svært heldig slik sett, han ble tilgitt stort sett alt han gjorde på grunn av det. Enda han ofte hadde gjort ting som ville fått en far til å slå hånden av en sønn. Ivfer var normalt sett i et glitrende humør, men akkurat for øyeblikket så han ut som om han var i ferd med å eksplodere. Det vanligvis så rolige ansiktet var rødt og øynene sto en smule ut, han stirret på brevet han hadde i handa som om han ikke maktet lese det. En tjener som sto der stirret vantro og skremt på mannen som brøt ut i en lang tirade med banning som ville imponert en brygge sjauer.

Ivfer var kanskje en nytelsessyk og tilsynelatende veik mann men det var på overflaten, han var egentlig meget bevisst sin egen stilling og han prøvde så diskret han kunne å øke sin betydning. Aldri fort, så folk merket det, men sakte og i skjul. Det moret ham å se hvor fort folk avblåste ham som et null og hvor merkelige de ble når han håvet inn alt de eide og så dem ligge igjen i ruiner.

Dette brevet kunne rive ned alt han hadde jobbet for å bygge opp, alt han var. Han tok seg sammen med en kraftanstrengelse. Dette måtte hindres før noen fikk vite mer. Så de toskene av noen slektninger trodde at de kunne dupere ham? At de kunne ta den makten som skulle være hans? Han smilte stygt og satte seg ved bordet sitt, fant frem ark og penn og blekk, fort skrev han ned noen setninger og forseglet brevene med et merke som ikke var hans eget. Tjeneren så litt betenkt ut da han tok brevene og lovte å få dem sendt, det lignet ikke herren å oppføre seg slik?

Ivfer skrev så et nytt brev og dette brukte han tid på, han hadde slektninger i nord som ville bli glade for å vite hva slags renkespill deres eget blod bedrev der i sør. De ville garantert komme for å ta sin del av makten og i kaoset ville han vite å komme ut som den seirende parten. Han gliste og kjente at sinnet sakte la seg. Han kunne snu oddsene i sin egen favør uansett, det var han god til, det var slik han hadde nådd så langt han hadde. Var han tålmodig nå kom ting til å ordne seg, helt av seg selv. Han tømte et glass vin og unnet seg et til, egentlig var han et geni, og snart ville de alle bli klar over det.

Ivfer og mange med ham hadde kanskje blitt mindre begeistret om de hadde sett hva som skjedde i et område ganske langt nord i Longil, på grensa mot Ibar. Det vesle riket hadde aldri vært sterkt, det var stort sett preget av åser og ville elvedaler med lite bebyggelse og lite rikdom men for mange hundre år siden hadde et klokt hode funnet ut at fjellene der rommet store mengder edle stener og mineraler. Og gruvene spratt opp nærmest over natten, men siden dette riket lenge hadde vært dominert av Darasher ætten var det de som eide de beste. I noen av dem hadde andre ætter, blant annet Ohdrasar kjøpt seg inn men i det store og det hele var det Darasher som satt med mesteparten av makten. Det lå mange gruver også nord i Longil og Rooz men de beste var av en eller annen grunn plasert i Ibar. Det var bare slik geologien var der. Athar-Darasher eide flere gruver, og det betydde kort og godt at Thomas av Athar-Darasher var herre og mester over mye av det som ble gravd frem der. Nå hadde et eller annet skjedd, det virket for at en slags galskap hadde falt over landet. Folk som hadde holdt fred i lange århundrer var brått i strupen på hverandre som gale hunder, slekt kjempet mot slekt, familie mot familie og gamle bånd og troskapsløfter var brått like lite verdt som hundemøkk. Allianser og vennskap gikk fløyten og landsbyer og gods ble forlatt i panikk av en redselslagen befolkning. Og gruvene ble angrepet, de var en kilde til stor rikdom og alle ønsket å eie dem nå. Været var som det pleide være der nord på denne tida av året, det høljet ned med iskaldt underkjølt regn og det var rimelig mørkt under skylaget. Og det brant, i utallige bygninger hadde flammene grepet tak og fortærte ivrig det mennesker hadde brukt år på å bygge opp. Tårn og lagre gikk opp i røyk og kampene som ble kjempet mellom gruver og slagghauger var blodige og ville. Menn kjempet vilt med alskens våpen, fra sverd og lanser til huggerter og hamre og bakken drakk blod og regn i like store mengder. Noen steder kjempet organiserte tropper mot gruvearbeidere, andre steder var det leiesoldater mot leiesoldater eller riddere og det samme vanviddet virket for å ha grepet dem alle. Alt som var bygget opp virket for å falle i grus og verdiene var brått på en manns hender den ene dagen men på en annens dagen etter.

Noen forskanset seg i fort og borger, andre tok sjansen på å flykte sørover men der var det heller ingen trygghet å finne. Gammelt nag og gammel urett ble hevnet på blodig vis og ingen var trygge noe sted. Fiender inngikk nye allianser og gamle venner var brått forsverget til å drepe hverandre. Og dødsgudene måtte gni seg i hendene, aldri hadde de fått en slik ladning sjeler tilsendt. Og aldri hadde så mange bønner blitt sendt mot himmelen. Vanviddet spredte seg sakte, fra nord til sør, fra øst til vest. Bud ble sendt ut til både konger og adelige, man krevde at man stilte opp for sine hus og sin ætt. At spilt blod ble hevnet og at gammel gjeld ble tilbakebetalt i form av stridende menn. Og ilden flammet opp på sted etter sted.

Wulf

Wulf og de to andre red ut tidlig om morgenen, de tok ikke med seg mer enn de absolutt trengte men Wulf visste at de kunne skaffe seg mye der ute om de brukte det de kunne. Barech og Fhadan var ivrige på å gjøre noe nyttig og Wulf var glad de ville bli med ham. De var i det minste selskap men han ble engstelig også. Garnisonen like ved landsbyen hadde fått utferdsordre, det virket for at samtlige soldater ble rasket sammen og sendt avgårde i en aller helsikes fart og Wulf forsto ikke hvorfor. Det var sjelden det skjedde noe som krevde så mange menn men til og med ekstra mannskapene var utkommandert. Wulf greide å stanse en offiser som red avgårde med blekt ansikt og spurte hva som var på ferde. Mannen tørket svetten og så redd ut."Galskap, det er hva som skjer. Det har blitt krig mellom Ranclin og Arcan, og Arcan i nord har alliert seg med flere slekter hos Macallif mens de i sør har vendt dem ryggen igjen og lagd sine egne allianser."
Wulf så forskrekket ut."Hva? Men..."
Offiseren bare ristet på hodet."Ingen vet hvorfor, men det er som om folk brått har mistet vettet, det vesle de hadde ihvertfall."
Wulf bet seg i leppa og kjente at noe kaldt spredte seg i sjelen."Siden når?"
Offiseren så bare forskremt ut som en hare foran en rev."Det er bare et par dager siden det brøt ut. Det går rykter om at de slåss i nord også, om gruver og land og gudene vet hva mer. Freden er brutt ærede, nå er det hver mann for seg."
Wulf så fort på offiseren."Og dere, hvor er dere på vei?"
Offiseren så ned."På vei til kongebyen, det trengs flere folk. De er redde for angrep der også."
Offiseren sporet bare hesten og red på og Wulf ble stående og

kjempe mot en brå følelse av total forvirring og angst. Det kunne da ikke være Lathisa som hadde startet dette? Eller disse papirene hun visstnok hadde?

Wulf vurderte et øyeblikk å vende tilbake til byen i tilfelle hans majestet trengte ham der men kom til at det ikke var klokt, han fikk oppfylle det oppdraget han hadde fått. Om Kong Halder trengte ham ville han garantert sende bud etter ham. Han fortalte om det han hadde fått vite til Barech og halvalven og de to så brått litt forvirret ut. "Krig? Det er århundrer siden det var krig mellom de forbaskede husene. Det lyder ikke bra."

Barech sin stemme var rolig men Fhadan så nervøs ut. "Det betyr at alle de mindre husene må velge side og det vil rive landene i fra hverandre, som et villdyr river i kjøtt."

Wulf svelget hardt, han visste at Vardhys var så trygg som han kunne bli hos Jasper, han fikk bare håpe at urolighetene ikke spredte seg til det rolige vesle stedet.

Barech så fort på ham. "Men vi rir allikevel etter det kvinnfolket?"

Wulf nikket kort. "Vi rir etter Lathisa ja, kanskje hun kan forklare noe av det som ligger bak dette. I det minste kan vi trygge henne, det kan være gjelda hennes som har utløst det."

Ranclin mot Arcan, det høres lite trivelig ut. De har det ikke med å gi seg og de har mange mindre hus som en lojale mot dem. Barech bare gliste. "Det er ingenting som en god krig!"

Wulf måtte trekke på smilebåndet. "Deg om det, jeg ville foretrukket fred ja."

Barech red en svær svart hoppe med et tydelig arrig gemytt og ubestemmelig rase men det virket for at den svære mannen ikke hadde noen problemer med henne. Det virket faktisk som om den svære hoppa bent frem elsket sin herre og mester men ingen andre. Fhadan red en spinkel skimmel som virket nervøs og tynn skinnet men antagelig var den rask som et oljet lyn og meget modigere enn en skulle tro. Wulf visste at alver var overlegne ryttere og han visste også at de valgte seg dyr som

sjelden var noe annet enn enestående. Begge de to hadde nok
våpen til å tømme et lite arsenal og Wulf måtte smile litt skjevt
der de travet ut av landsbyen. Om noen så dem ville de vel tro
at de var leiesoldater på vei for å skaffe seg arbeide et eller
annet sted. De vendte mot fjellene og Wulf lot Fhadan lede vei,
halvalven visste å finne ridbare stier og de holdt et godt tempo.
Wulf og Barech satt for det meste og mimret om gamle dager
og Fhadan brøt av og til inn på sitt eget flørtende vis.
Wulf merket stadig følelsene mellom de to, og han ante også at
dette faktisk var alvor fra begge sin side. Barech hadde nok
vært glad i sin forrige partner også men ikke på denne måten.
Antagelig var den feminine halvblodsalven en perfekt
kombinasjon med den svært så mandige Barech. Wulf var i
ferd med å spørre ut vennen om hvordan de to hadde møttes da
Fhadan brått stanset hesten og skygget for øynene.”Veien nede
i dalen der, et helt følge med folk.”
Wulf stirret, han hadde rett. Det var et følge med mange
mennesker og vogner og de virket for å trekke med seg alle
sine eiendeler. Barech så fort på ham.”Skal vi sjekke det ut?”
Wulf nikket og sporet hesten sin.”Vi gjør det, jeg er nysgjerrig
på dette.”
De red ned mot den smale veien som snaut var annet enn et
krøttertråkk og så at følget for det meste besto av kvinner og
barn og noen eldre menn samt et par yngre karer som måtte
være riddere eller væpnere og en eldre herre i fin kappe og
gode klær på en dyr hest. Mannen så knekt ut og Wulf så at de
andre mennene grep etter våpnene da de så rytterne som kom
mot dem. Wulf løftet armene som tegn på at han ikke hadde
vondt i sinne og han visste også at uniformen hans fortalte hva
han var. Herren fikk ridderne til å senke lansene og holdt
hesten inne, han var grå i skjegget og grå i ansiktet og det var
en aura av fortvilelse om ham som fikk Wulf til å sanse en
tragedie.
Wulf stanset hesten sin like ved den eldre herren og bukket
høflig, presenterte seg fort. Mannen sukket og tørket svette av

pannen.”Jeg er Thorstan av Elvefall, dette er hva som er igjen av mitt hus og min stab. Vi er på vei mot kysten, jeg har slekt i Ardot jeg tenker søke tilflukt hos.”
Wulf så forvirret og forferdet på det vesle følget.”Gode herre, hva er det som har skjedd?”
Thorstan vendte blikket mot himmelen som for å søke styrke.”En katastrofe, intet mindre. Jeg var en lojal vasall for lord Imherin av Miehar-Darasher. Men brått har han slått hånden av alt mitt folk og min ætt og krevd alt vi eier og har. De sa at min far skyldte hans farfar enorme summer. Jeg har aldri visst om det men de har et gjeldsbrev som beviser det.”
Han sukket og tørket svetten igjen.”Verden har gått av hengslene, jeg kan ikke si annet.”
Wulf svelget kort.”Vet du noe om det som foregår rundt omkring? Jeg har kun hørt rykter.“
Thorstan så ned i nakken på hesten sin og mennene virket alle nervøse eller heller pissredde. Han strammet tømmene.”De gamle ættene har tydelig glemt alt som heter verdighet og vett, de beskylder hverandre for de mest horrible gjerninger og gammelt nag og hat er gravd opp igjen virker det for.”
Wulf rynket pannen.”Er det noe konkret i det?”
Thorstan sukket og nikket.”Jeg har en venn som tjener hos en av slekten Ohdrasar, en lord. Det virker for at en av ættene eide noe skjult som de alle ønsker. Og den som har det vil ha all makt, men dette noe er visst stjålet. Ingen vet hvem som har det nå og de er som hunder i en kamparena, klare til å gå i strupen på hverandre.”
Wulf gjorde store øyne og den eldre herren vinket på mennene sine.”Dette er en sorgens tid min gode ridder, jeg er redd det spår ille for fremtiden.”
Wulf bare red til siden og lot følget ta seg frem, han så at mange av folkene var svake eller såret og noen av vognene virket for å ha vært svidd. Barech satt og stirret på dem med et dystert uttrykk i blikket og Fhadan virket for å be noe innenat. Wulf ble sittende der til følget forsvant bortover veien, så satte

han fart på hesten igjen. Om dette stemte så var dette neppe de siste flyktningene de kom til å få se. Han fryktet at det kom til å bli mere av det slaget, mye mere. Fjellene var et område med lite folk og han følte på en måte at de avskar seg selv fra videre informasjon på dette viset men han aktet ikke å svikte nå. Det å finne Lathisa var enda viktigere enn før. Han hadde en merkelig følelse av at hun på et eller annet vis kunne gi dem en løsning på hva det egentlig var som foregikk. Vinden var kald nå og Wulf ante at de burde få dette unnagjort så fort som mulig, vinteren var for inntur og kunne bli hard dette året om ikke tegnene løy så de burde komme seg til lavlandet igjen før det ble alt for mye snø og kulde.

Den første kvelden slo de leir ved en liten sjø der det tydeligvis var vanlig at reisende slo seg ned for det var lagt opp en bålplass, det var ordnet noen benker å sitte ved og bommer å tjore hestene til. Fhadan var litt betenkt, han tok en runde i terrenget og kom tilbake med et hardt uttrykk i ansiktet, han slo seg ned ved bålet og pekte rundt seg.”Det har vært mye folk her, jeg har sett spor etter ihvertfall fire forskjellige følger på ulik størrelse, alle på vei innover.”

Barech rynket pannen og klappet øksa si nesten kjærlig.”Flyktninger eller noe annet?”

Halvalven gren på nesa.”Noe annet, jeg så at en god del av hestene gikk med slike sko de militære bruker, antagelig fra Arusteres palass vil jeg tro. Jeg så at det hang noen fiber fra en uniform på ei grein nede ved elva og de var mørke grønne, bare den slekten bruker slik farge på uniformene til soldatene sine.”

Wulf sukket kort, han forsto overhodet ikke hva som skjedde nå. Barech pirket i bålet.”Jeg vil tro de har betalt en del folk for å finne henne, i tillegg til de som har blitt tiltrukket av belønningen.”

Wulf brummet.”Det er noe slikt jeg er redd for, å finne henne er en ting, men jeg tror også at en del personer gjerne helst ser henne død.”

Barech bare nikket ettertenksomt og bet i en bit tørket pølse.
Han så helt rolig ut og Wulf antok at han som vanlig ikke
engstet seg det aller minste for dagene som kom. Barech var en
av de minst bekymrede personer Wulf noen gang hadde møtt.
Og han var ikke redd for noe som helst så for ham var det å
uroe seg unødvendig helt ukjent, Wulf skulle ønske han hadde
noe av den egenskapen.
De sov på skift gjennom natten og neste dag red de videre i
retning fjelldalene. Det var fort klart at de så avgjort ikke var
alene der inne, de så flere sett med spor og utpå dagen kom de
over en flokk hester som gikk og gresset alene. Et par av dem
var salet men sadlene var ødelagt siden dyrene hadde lagt seg
og rullet seg og Fhadan fanget dem inn og tok av dem det
ødelagte seletøyet. Et par av dem var lettere skadd og det
virket for at det hadde vært en slags kamp. Fhadan pekte mot
horisonten.”Se der, ravn og kråker.”
Wulf fikk en sur følelse i munnen og han gav ordre om at
dyrene fikk klare seg selv, de ville trekke mot folk etterhvert
og det var fine hester som ville bli godt behandlet. En god hest
var meget verdifull og ingen ville forringe dem ved å behandle
dem dårlig. De tre red på og snart kom de til en liten elv som
svingte seg dovent gjennom terrenget, den var grunn og
ørekyte og andre fisker suste skremt vekk da de red nærmere
samt at et par hegrer også tok til vingene med fornærmede
skrik. Barech pekte.”Oppover strømmen, to hundre meter.”
Fhadan spratt av skimmelen sin og forsvant i krattet som en
ånd, han var like god til å ta seg frem som en fullblodsalv og
de hørte ikke en lyd fra ham engang.
Det gikk noen minutter, så hørte de en gjøk som gol og Barech
satte fart på hesten og red opp mot strømmen. Wulf fulgte på
med en følelse av å vite hva han ville få se. Det var verre, han
var en yrkesmilitær og hadde sett mye i sitt liv men maken til
slakt hadde han aldri opplevd. Det hadde vært et følge på rundt
tolv mann, samtlige var døde og de bar preg av å være
lykkejegere og leiesoldater. Ingen bar uniform og våpnene var

tilfeldig sammenraskede greier uten stor verdi. Det lå lik i elva, på bredden og inne i skogen. Noen var hugget rett ned mens andre så ut til å ha forsvart seg til ingen nytte. Wulf så en mann som hang over en fallen trestamme, hodet så ut til å være knust av en stridsklubbe. Fluene summet ivrig overalt og det stinket alt ganske så friskt. Hestene blåste i nesa og trippet og Wulf betraktet scenen og prøvde å se for seg hva som hadde skjedd der. Fhadan sukket kort.”De møtte en overlegen fiende, de var ikke flere men langt dyktigere. Og langt mer samvittighetsløse.”

Wulf red litt rundt, betraktet blodbadet fra flere vinkler.”Disse karene var nok ikke særlig godt trent, et par av dem ser ut som om de har vært råskinn men er en ikke trent hjelper det ikke om fienden er bedre enn deg.”

Barech bare gliste og plukket opp noen sverd, han kikket kyndig på dem.”Detta er jammen dårlige greier, billig rusk. Et sving med et realt blad og disse ryker tvert. Jeg tror dette var folk som var ute etter belønningen, og morderne soldater fra Arusteres slottsgarde eller noe slikt. Det ser så profesjonelt ut.”

Wulf nikket og kjente seg litt usikker, om det var slike folk i terrenget kunne ikke de føle seg for sikre heller. Fhadan smilte kort.”Jeg merker om det er noen i nærheten, ingen fare. Og vi er bare tre, det er mindre trolig at de ser på oss som en trussel. Jeg vil tro at de som drepte denne gjengen er minst to dager foran oss, kanskje mer også. Likene har ligget en stund og det har vært kaldt nå så det er vanskelig å si akkurat hvor lenge det har vært.”

Wulf snudde hesten og sukket.”Greit, vi holder øynene åpne og unngår å blottstille oss alt for mye ok? Og ha våpnene klare hele tiden.”

De to bare nikket og Wulf fikk en ekkel følelse av at de hadde stukket nesa inn i et vepsebol.

De red varsomt, holdt skarp utkikk og brukte terrenget, det gjorde at de brukte lengre tid på å forsere noen mil enn ellers men det var et offer de bare måtte finne seg i å gjøre. Og det

gikk bare et par korte dager før de fant enda en gruppe med
døde. Denne gangen måtte det være en flokk fredløse for de
hadde en leir som tydeligvis var grundig ransaket og de døde
var samlet i en flokk. Det virket som om alle potensielle rivaler
skulle ryddes av veien og det var noe ved det hele som gjorde
Wulf kald innvendig. Det virket så likegyldig, som om målet
helliget alle midler. Barech hadde fått noe beregnende i minen
og han spyttet langt i graset og flyttet sverdene sine litt.
Fhadan gikk og studerte sporene og han likte visst heller ikke
det han så. "De søker gjennom området svært grundig, jeg kan
se at de har hatt ute speidere som leter etter spor og så reagerer
de deretter. Disse stakkarene hadde aldri en sjanse."
Wulf tenkte seg om."Kan du bedømme hvor mange de er?"
Halvalven skar en grimase og trakk seg litt i den lange blonde
fletta."Tror neppe det er flere enn ti, kanskje åtte men sporene
overlapper hverandre."
Wulf var virkelig bekymret, åtte eller ti godt bevæpnede menn
som var hensynsløse og harde var en formidabel fiende og han
ønsket ikke rote seg bort i åpen kamp. Han tok en brå
beslutning.
 "Heretter rir vi i åssidene, og vi tenner ikke bål om kvelden.
Jeg har en følelse av at disse folkene ennå er i dette området."
Barech så smalt på ham. "Jeg tror du har rett gitt, magen min
sier meg det. Og da vil jeg tro at det kvinnfolket også er her
inne et sted."
Wulf smilte kort."Akkurat, hun har antagelig med seg en
dyktig medhjelper, men det er bare en person og disse
mennene er også gode. De må gjemme seg godt og jeg er redd
for at de blir oppdaget i det øyeblikket de stikker nesa frem.
Om de hadde funnet henne ville de vært over alle hauger nå."
Fhadan sukket og så seg rundt, blikket var fjernt."Dette er et
vakkert og fredelig land. Det liker ikke forstyrrelsene."
Barech bare brummet håst."Så la oss håpe at vi kan komme oss
herifra igjen, så fort som mulig."
Fhadan hadde noe fjernt i de vakre øynene."Stol ikke på det,

jeg sanser farer!"
Wulf skar en stygg grimase, han likte dette særdeles dårlig
men de måtte fortsette letingen. Han hadde aldri sviktet
kongens ordre og aktet ikke starte med det heller.
Barech og Fhadan var dyktige begge to, de forsto farene og var
forsiktige men samtidig hadde de to en slags form for
skjødesløst mot Wulf av og til ble nesten irritert over. Men han
visste at de ikke tok noen sjanser, de visste bare hvor langt de
kunne gå og snart hadde Fhadan greid å tyde såpass mye av
sporene gruppen etterlot seg at de visste at det var ti menn med
sikkerhet. Og det var tydelig at de måtte være fra Arusteres
vaktgarde samt at noen var elitesoldater fra hæren der.
Antagelig var de drevet av et visst pengebegjær i tillegg til at
de var beordret ut. Fhadan greide faktisk å finne leiren deres
etter å ha sneket seg gjennom skogen i flere dager. Det var
tydelig at det hadde vært en kamp i området for det var en stor
samling med kråker og ravn i skogen der og Fhadan hadde sett
at noen antagelig hadde forfulgt Lathisa og hvem det nå var
hun reiste sammen med. Men det hadde blitt kamp mellom
flere grupper og nå hadde disse soldatene slått seg ned ikke
langt fra stedet kampen sto. Det tydet på at denne kvinnen var i
nærheten ennå, spørsmålet var hvor? Og hvordan skulle de
greie å finne henne når de hadde ti dyktige motstandere som
også lette? Wulf følte på seg at hun ikke var langt vekk, det var
et instinkt han hadde. Og han bestemte seg for å stole på
vennenes evner og erfaring, om noen kunne gjennomsøke
skogen der uten å bli oppdaget var det Fhadan og ble det kamp
var Barech i stand til å drepe selv troll som om de var ufarlige
små kosedyr. Nei, det han ikke forsto var hvor Lathisa kunne
være, for selv en gruppe soldater måtte da kunne kunsten å
spore og lete?

Lathisa

I fjellet hadde Lathisa fortalt Jochmun om møtet og han var en smule forundret over det hun fortalte, han skulle gjerne sett denne skapningen og måtte nesten le av måten hun beskrev den på. Men han hadde mer viktige nyheter. Han hadde jobbet litt mer med skrivet mens hun var hvilte og han hadde oppdaget noe urovekkende. Lathisa var nysgjerrig men Jochmun var merkelig tilbakeholden, han sa at han aktet å vente med å si noe mer før han hadde tydet hele greia men han røpet såpass at hun forsto at skrivet var noe som kunne ha alvorlige konsekvenser for maktbalansen i rikene om det virkelig stemte det han hadde greid å tyde. Det gjorde Lathisa urolig og hun tenkte fort på sønnen hun hadde etterlatt seg. Hvordan ville hans fremtid bli?

De ble sittende der siden det var interessant å følge med på hverdagslivet i fjellet og Lathisa merket at hun faktisk var litt støl i beina etter turen hun hadde gjort. Hun var ikke vant til å gå på hardt fjell og undret seg over hvordan dvergene greide det uten å bli helt ødelagt men de var nok bygd for det". Skotøyet deres var så langt hun kunne se svært enkelt. Noen kvinner ankom og begynte å vaske opp og de skravlet og koste seg virket det for, noen av dem skysset muntert unna noen av karene som tydeligvis bare satt der uten å gjøre noe særlig og det virket for at ting ble gjort både elegant og effektivt uten noe stress. Det tydet på at alle visste akkurat hva de skulle gjøre og når. Lathisa undret seg over det hun hadde funnet ut om dem. At de helligholdt halvdrager var bare en side av saken, men hun hadde ikke trodd at de skulle være så stivsinnet at de så ned på noen bare fordi vedkommende hadde klaustrofobi?

Hun nevnte tankene for Jochmun og han fortalte henne at

dvergene nok var åpne og svært inkluderende på noen måter
men stivsinnet på andre. Det var blant annet vanlig at barn født
med misdannelser ble satt ut og de sosiale reglene var egentlig
temmelig stive på en del områder, selv om det ikke så slik ut
ved første øyekast. Lathisa begynte å forstå at hun egentlig
visste særdeles lite om verden, hun hadde lært det hun trengte
å kunne for å klare sine daglige oppgaver men det var så mye
hun aldri hadde ant noe om. Thyega kom etter en stund
vandrende sammen med to yngre dvergkvinner som bar hver
sin kurv full av noe som måtte være sopp. Lathisa så litt
forvirret på fangsten for den var fersk og Thyega smilte litt
skjelmsk.”Vi har åkre her inne, i store haller lengre oppe i
fjellet. Vi kan dyrke det meste her.”
Lathisa rynket pannen.”Men hva med lys? Dere må da ha lys
for å dyrke noe?”
Thyega nikket og smilte litt kry.”Ja, vi har vinduer noen steder,
slike som er umulige å se for folk siden de ligger i fjellsider
som er utilgjengelige. Men for det meste bruker vi krystaller
som fanger sollys og slipper det ut igjen. De er svært
effektive.”
Jochmun løftet øyebrynene imponert.”Jeg tror jeg har hørt
rykter om slike, men dere må da finne enormt med verdier her?
Bruker dere alt til noe eller lar dere det bare ligge?”
Thyega trakk på skuldrene.”Verdi er i øyet som ser, for andre
er det kanskje store verdier det vi graver frem men for oss er
det ubrukelig. Joda, smedene våre bruker noen steiner og slikt
til smykker og pynt men for oss er det metaller som er mest
verdt, men gull og sølv er mykt og lite brukbart.”
Lathisa så forvirret på henne.”Men dere kan jo sikkert bytte til
dere hva som helst dere ønsker for edelsteiner og gull og
slikt?”
Thyega så seg stolt rundt.”Si meg, ser det ut som om vi trenger
noe særlig annet enn det vi allerede har?”
Hun satte seg og så skarpt på de to.”Jeg skal fortelle dere noe
mine venner. En gang, for lenge siden, tenkte vi også slik. Vi

ønsket rikdom og luksus og det holdt på å bli vårt fall. Vi mistet nesten alt som gjør oss til et folk, og det brøt ut kriger og elendighet. Nei, vi klarer oss med hva vi har, det er godt slik. For stor hunger etter verdier leder en bare til fordervelse."
Lathisa skar en grimase, hvor godt kjente hun ikke til det? Det var hennes egen hunger etter rikdom og slikt som hadde ført henne ut i dette uføret. Thyega så minen hennes og smilte smalt."Jeg ser at du har gjort dine erfaringer der min venn, men husk at erfaringer er hva som bygger oss. Det du har lært er en verdifull gave for fremtiden."
Lathisa bare smilte litt blekt og Jochmun klappet handa hennes deltagende."Men noe har dere vel funnet som er av verdi også for dere?"
Thyega nikket sakte, det var noe fjernt i blikket hennes."Jo. En gang sies det at en av våre store ledere fant noe spesielt i dypet av en av gruvene. Noe han voktet som om det gjaldt livet selv, og de sier også at det han fant var forferdelig farlig. At det til slutt førte til hans død og at det slapp løs en forferdelig skrekk her i berget."
Jochmun så litt forbauset på henne."Hva da? Dere har da ikke for vane å bli skremt av hva som helst akkurat."
Thyega nikket stramt, hun rettet på sjalet med et sukk."Dette er bare legender, husk det. Men jeg tror det var virkelig allikevel. Det er ting som tyder på det."
Lathisa lente seg litt forover."Kan du fortelle om det? Jeg liker slike gamle historier, det er spennende."
Thyega smilte litt brydd, hun virket for å sette pris på å bli spurt."Tja, de unge her bryr seg lite om de gamle tidene, kanskje det er på tide at også andre får bære våre legender videre."
Hun satte seg bedre til rette og så litt ned i bordet før hun fortsatte."Legenden sier ihvertfall at kong Arkhatan fant to juveler i dypet, og at de var skapt av eldgammel magi og skjult der den gang verden var ny for makten i dem var forferdelig om den ble misbrukt. Kongen voktet dem skinnsykt og lot ikke

noen andre få se dem engang men det straffet seg. Hans hustru fødte et tilsynelatende dødfødt barn men på natten våknet det til live og ble et forferdelig monster som drepte mange før en magiker greide å ta knekken på det. Det viste seg at det å røre ved den ene juvelen gjorde det med ham, om han avlet barn ble de slike uhyrer. Men i stedet for å kvitte seg med den valgte han å i stedet avstå fra kvinner."
Lathisa gyste og Jochmun bannet kort."Må ha vært en fyr med uvanlig viljekraft."
Thyega måtte smile av uttrykket hans."Det var han nok. Men han begynte å oppføre seg merkelig og til slutt ble han myrdet av sin egen livvakt. Han begynte å oppføre seg som om han var totalt gal og folket orket ikke mer. En av de vise tok steinene og gjemte dem i dypet av berget men noen hundre år senere kom det en magiker hit og stjal den ene. Hvor den andre ble av vet ingen."
Lathisa så litt forundret ut."Stjal han den bare? Oppdaget dere ham ikke?"
Thyega ristet på hodet med et sukk."De sier at han hadde magi som skjulte ham, og han var ute etter den juvelen. De sier at den fanget kraft og kunne gi den til andre om de kjente de riktige ritualene. Det var en rubin stor som et barnehode, og den var meget vakker. Den andre steinen kalte de den mørkestes hjerte for den var nesten hjerteformet og svært mørk på farge, allikevel var det som om den glødet. Ingen visste hva den rommet av magi, men det ble spådd at den en gang ville bli meget viktig. Men ingen vet hvor den er lenger, og bra er det. Magi er sjelden en god ting, det bringer bare elendighet og ulykke."
Lathisa grøsset av det Thyega fortalte og Jochmun mumlet noe for seg selv."Du har rett i det Thyega, magi er sjelden bra, selv for de som tror de behersker det."
Dvergen smilte skjevt og reiste seg igjen."Nettopp, og derfor prøver vi å avstå fra denslags. Her blir ikke noe gjort om det ikke kan gjøres på den gode gamle måten, med meisel og

hammer."
Hun nikket vennlig til dem før hun snudde på hælen og gikk
uten å si mer og Lathisa så langt etter henne.
Hun støttet hodet i hendene."Jeg undrer meg litt over hva slags
livssyn de har egentlig, jeg trodde dvergene brukte en del
magi?"
Jochmun ristet på hodet."Nei, faktisk ikke, men det er et par
stammer som har gått andre veien og er meget bevandret i det.
De regnes dog ikke med i det gode selskap kan en trygt si."
Lathisa måtte fnise litt av måten han uttrykte seg på."Så de blir
uglesett?"
Jochmun gliste smalt."Til de grader, de regnes ikke engang
med blant andre dverger, de regnes som en egen rase faktisk.
Men jeg er glad det er få som bruker denslags krefter, jeg tror
ikke det er lurt å prøve å lure naturen."
Lathisa nikket."Som den kongen, tenke seg til, å få bare uhyrer
i stedet for barn."
Jochmun nikket bare ettertenksomt. Det ble etterhvert litt
kjedelig å sitte der og han ville jobbe mer med skrivet så de
gikk tilbake til rommet og Lathisa følte seg faktisk sliten så
hun la seg nedpå. Hun så på at Jochmun arbeidet og ble nesten
motvillig litt fascinert av ham. Hun kjente ham som en farlig
mann, en snikmorder og kriger som sjelden brydde seg stort
om samvittighet men hun begynte å ane at det var en maske.
Det var mer ved ham enn hva øyet avslørte og hun hadde
etterhvert fått en god del respekt for ham som person også. Og
han var tydelig kunnskapsrik. Hun hadde egentlig ikke regnet
med noe slikt fra ham.
Lathisa sovnet etter en stund og Jochmun jobbet med skrivet til
øynene verket. Da la han arbeidet fra seg med et sukk og la seg
til å hvile også. Det var ikke verdt å presse seg for mye heller
og han regnet med at de ville tilbringe en del dager der før
Lathisa var sterk nok til å reise videre. Hun virket kanskje frisk
nå men han forsto at hun måtte samle krefter, og selv måtte
han prøve å legge planer og finne en god rute videre. Han

hadde skjønt at det var folk ute etter dem som neppe skydde noen midler og om skrivet var hva han trodde det var så forsto han hvorfor også. Det gikk en stund og så sovnet han også og våknet ikke engang da et par dvergkvinner bar inn et par fat med litt brød og ost og et par kagger med svak vin.

Lathisa våknet brått, hun hadde drømt om sønnen hun hadde forlatt og nå var minnene om ham merkelig såre og klare. Hun hadde faktisk fortrengt det hele i mange år men nå var det som om det skjedde i går og hun var forbauset over hvor god hukommelse hun hadde. Hun gremmet seg egentlig fremdeles, og hun hadde vært svært heldig som unngikk at familien slo hånden av henne da det ble oppdaget at hun var med barn. Hun ble liggende å tenke over hvem hun hadde vært den gangen, hun kunne vært et helt annet menneske for den sakens skyld for hun var totalt forskjellig fra den naive og håpløst uvitende jentungen hun hadde vært. Det var vel naturlig men hun skar en grimase ved minnene allikevel. Hun hadde ikke engang vært forelsket i den gutten, men hun hadde vært totalt skjermet og fullstendig uvitende og da han kom til hennes foreldres slott for å bli opplært i de høyere klasser innen ridekunst var han et friskt pust i en kjedelig tilværelse. Og hun hadde stolt totalt på ham. Lathisa hadde ikke noen grunn til noe annet, hun var oppdratt slik.

Og da han foreslo at de skulle leke sammen var det ikke nei i hennes munn, det hadde startet uskyldig nok med å holde hender og slike barnslige leker men det hadde eskalert til at de så på hverandre når de badet. Til slutt hadde han foreslått at de skulle prøve å gjøre slik de voksne gjorde og hun hadde vært nysgjerrig og sa ja. Og angret seg med en gang men da var det for sent, hun lå der under ham og var paralysert av sjokk og smerte og forsto ikke noe for dette hadde ingen fortalt henne noe om og skulle det virkelig være så vondt? Ingen kunne da like noe slikt? Han hadde ligget der og stønnet og strevd til han kom og etterpå måtte hun love at hun ikke fortalte noe om det til noen, for da ville de tro at hun bare var en hore. Lathisa

visste ikke hva en hore var men hun hadde forstått at det var
noe fryktelig så hun sverget å ikke fortelle selv om hun hadde
veldig vondt og var redd.
Nå kunne hun knapt fatte hvor naiv hun hadde vært men slik
hadde det vært. Og siden hun var så ung og snaut hadde begynt
å blø ennå forsto ikke kammerjomfruen hennes hva som hadde
skjedd før etter ganske lang tid. Lathisa var smal og mager på
den tiden og det syntes lite. Og da det ble kjent ble hun utskjelt
og sendt bort nesten på dagen, livredd og forvirret over hva
som skjedde.
Hun trakk teppet bedre rundt seg, det hadde vært dager med
kaos og vonde følelser. Hun hadde ikke skjønt hva de hadde
gjort, og hva resultatet var. Hun trodde bare at hun hadde blitt
tykk og ville slanke seg men tanten hun ble sendt til var
heldigvis ikke så hardhjertet som resten av slekten. Hun hadde
varsomt fått forklart hva den gutten egentlig hadde gjort med
henne og hva som kom til å skje. Men Lathisa hadde vært
totalt panisk da fødselen startet og jordmoren dopet henne like
godt ned så hun husket lite av det hele. Hun husket bare at hun
fikk se barnet og at tanten lovte å sette ham bort til en god
familie. Senere fikk hun sporet ham opp og ordnet så han ble
væpner men det var en senere historie. Alt hun nå brydde seg
om var at gutten var trygg. Det var merkelig, men det var først
nå som hun var svak og uten det skallet tittelen var at hun
kunne tillate seg å virkelig føle noe for andre.
Giftermålet med hennes mann hadde vært arrangert og hun
hadde ikke protestert, hun ønsket seg bort fra slekten som så
ned på henne men ting gikk ikke som hun ventet. Hun var
livredd for ham
som mann, og hun greide aldri å bli kjent med ham som
person. Og hun oppdaget at spill og slikt var det eneste som
virkelig gledet henne. Kanskje det var en reaksjon på at hun
aldri fikk bli kjent med sønnen hun hadde født, hun ante ikke
men hun skulle så inderlig gjerne ha gjort opp for sine feil.
Både sine egne og de andre tvang henne til å gjøre. Og nå var

hun på flukt bort fra alt, fra alt hun noen gang hadde kjent til.
Det var skremmende, og hun bare håpet at de kunne greie å
komme seg til Ardot. Jochmun var dyktig og hun stolte på ham
men hva om noe skjedde? Hun orket ikke tanken og la seg til å
hvile igjen, det var best å ikke bruke for mye tid på slike
tanker.
Det var vanskelig å holde følge med tiden i berget. Lathisa
hadde ikke tenkt på det før. Men det var ingen sol eller natt og
hun ble fort forvirret og merkelig sliten. Når hun våknet ante
hun ikke hvor lenge hun hadde sovet og om det var morgen
eller kveld og Jochmun var likedan. Men han satt mye og
jobbet med skrivet og Lathisa ble med Thyega litt rundt bare
for å få tiden til å gå. Hun følte seg bra nå men den gamle
dvergkvinnen mente at hun trengte noen dager til før hun
kunne dra videre. Hun hadde vært alvorlig skadet og kroppen
trengte tid på å ta seg inn igjen selv etter at selve skaden var
helet. Og hun var forferdet over sin egen apetitt, hun åt som
aldri før men la ikke på seg heldigvis. Hun fikk se hagene der
de dyrket alt fra sopp til grønnsaker og hun måtte vedgå at hun
ikke kjente til mer enn noen få av vekstene som grodde der.
Kvinnene der hadde en liten hage der de dyrket blomster bare
fordi de var pene, det var mulig at noen kanskje mente det var
å sløse med plassen men som Thyega sa det, også sjelen
trengte føde. Lathisa så ikke noe til Ushara, det forundret
henne litt men på en måte forsto hun også. Om jenta virkelig
var så uvanlig så skilte hun seg sikkert ut der.
Jochmun prøvde å planlegge ruten videre og satt gjerne med
noen kart dvergene hadde funnet til ham, Lathisa blandet seg
ikke inn i det for hun ante at han trengte konsentrasjonen og
hun stolte på at han visste best. Selv kjente hun ikke disse
traktene i det hele tatt. Lathisa var sammen med et par
dvergkvinner som ivrig viste henne hvordan de vevde vakre
stoffer av ull fra noen merkelige ville dyr som levde på fjellene
da noe brått skjedde. Lathisa elsket kunstverk og de tøyene de
vevde var så avgjort kunstverk, så myke og vakre at hun snaut

kunne forstå hvordan de fikk det til. Hun sto og prøvde å skjønne hvordan vevstolene deres fungerte da hun brått hørte en merkelig lyd. Det var som et slags hult stønn som ble etterfulgt av en merkelig romling og noen skarpe brak. Kvinnene stivnet til og så skremte ut og Lathisa følte at en bølge av ren panikk skar gjennom henne, hun ante ikke hvorfor men det var nok et instinkt som slo inn. Dvergene klynket av angst og bakken skalv under beina på dem. Hun så at de stirret på veggene og taket mer enn golvet og hun forsto at de var redde for ras ovenfra. Lathisa krøp sammen inntil en av vevstolene og kvinnene fikk åpenbart panikk for de løp ut skrikende. Lathisa ville følge dem men beina bar henne ikke, hun ventet bare at hele fjellet skulle rase sammen over henne. Skjelvet stanset brått, like fort som det kom og hun satt der og skalv og følte seg brått mer levende enn noen gang før. Hun kom seg opp og løp ut, det var dverger overalt i korridorene og mye hyling og rop, det virket for at folk lette etter sine kjære mens andre prøvde å organisere litt på en ordentlig måte. Hun sto bare der da Jochmun kom løpende, han var blek og grep henne unødvendig hardt. Lathisa ville vel blitt rasende om noen behandlet henne slik før men nå ble hun bare med ham mens de løp tilbake til hovedhallen. Det var mye dverger der også men de virket ikke så panikkslagne og Lathisa ante at dette var folk som visste hva de skulle gjøre. Noen ble sendt ut og hun ante at det var for å se om det var blitt skader noe sted og om folk var ok. Jochmun var ennå vill i blikket og Lathisa tvang seg til å vise et rolig ansikt. Hun burde ikke glemme sin verdighet selv nå, hun ante at han trengte hennes ro."Vet du noe? Har det skjedd noe alvorlig?"
Jochmun strøk hendene gjennom håret og ristet på hodet."Nei, det er kaos ennå. Men skjelvet var alvorlig, det var sterkere enn noe skjelv før og jeg tror jeg hørte en eller annen rope noe om ganger som hadde rast i lavere nivå."
Lathisa gispet lavt."La oss håpe at det har gått bra."
Jochmun skar en grimase."Ja, men jeg er redd det har blitt

skader og dødsfall, de hadde neppe reagert så voldsomt ellers."
De ble bare stående der og betrakte den ville aktiviteten som
brått skjedde rundt dem. Dverger raste rundt som skremte mus
og noen eldre menn skrek ordre og sendte andre rundt i ulike
retninger. Og Lathisa kjente at hjertet sank i henne da de bar
frem de første overdekkede bårene. Det var døde og hun hørte
allerede de første sorgtunge skrikene fra de som hadde mistet
nære og kjære. Thyega kom løpende og hun var blek og
ansiktet var merkelig dratt. Hun stanset bare et lite øyeblikk
foran de to og Lathisa ble skremt over frykten i blikket
hennes."Det har gått flere store ras der nede, noe slikt har aldri
skjedd. Og temperaturen har økt på de laveste nivåene. Det
lover slettes ikke godt. Det kan hende vi må segle dem av."
Lathisa svelget tungt. "Er mange skadet?"
Thyega snudde seg og skrek et eller annet til noen kvinner som
kom løpende, så snudde hun seg kjapt."Ja, svært mange ærede,
vi trenger alle hender vi kan få tak i nå, så om du ønsker å
hjelpe til er du hjertelig velkommen."
Lathisa nølte et kort øyeblikk, hun så at de kom løpende med
sårede nå, de ble brakt inn i en hall hun ikke hadde vært i før i
fortsettelse av den store og kvinner og noen menn løp rundt og
prøvde å vurdere skadene og ta de mest alvorlige først. Hun
nikket bare og begynte å hjelpe til med å finne bandasjer og
slikt og prøvde å kvele frykten og avskyen for de mange
stygge skadene. Hun hadde aldri sett slikt før, åpne brudd og
dype sår, folk med knuste lemmer og blod rennende overalt.
Hun følte seg akutt kvalm og forferdet som aldri før men visste
at hun måtte hjelpe. Hun ville ikke kunne leve med seg selv
etterpå om hun bare sto der og glodde. Jochmun hjalp til også,
han bar sårede og døde og siden han var så mye høyere enn
dvergene virket det for at han fikk et bedre overblikk enn dem.
Ushara kom løpende, hun måtte ha vært et annet sted for hun
var kledd som for jakt og ansiktet var merkelig uttrykksløst,
som om alt hun så totalt overmannet henne. Hun raste rundt til
å begynne med og virket ikke for å kunne bestemme seg for

hvor hun skulle starte, så snakket Thyega til henne og hun begynte å jobbe med de hardest skadede. Lathisa så at jenta brukte vanlig legekunst vel så mye som gavene hun måtte ha men det gikk inn på henne alt sammen. Hun virket for å å lide sterkt der og det var svette på pannen og noe som lignet desperasjon i blikket. Hun virket for å sky de mest blodige skadene og Lathisa forsto brått hvorfor. Dette måtte være utrolig vanskelig for henne, en forferdelig prøve på viljestyrke og mot.

Lathisa så til sin forferdelse at flere barn var skadd. Noen lå der helt apatiske mens andre skrek vilt og uavlatelig mens mødrene fortvilet prøvde å roe dem ned. Thyega og de andre kvinnene tok seg av barna først men det var tydelig at det gikk gale veien med noen av dem. De var for hardt skadd. Ushara virket for å være på gråten og satt ved en liten mørkhåret jente. Lathisa gikk sakte bort og så. Barnet så nesten uskadd ut til en så på hodet, det hadde fått en merkelig dump på ene siden og Ushara satt der med tårer i øynene og holdt hendene over barnet. Hun svettet tydelig og prøvde visst å helbrede ungen. Mora satt like ved og stri gråt og lyden var trøstesløs. Thyega gikk bort til Ushara og sa noe til henne og Ushara freste formelig tilbake. Thyega så bekymret ut og Ushara bare fortsatte med det hun drev med. Lathisa så bekymringen i Thyegas ansikt og dvergen smilte trist og nikket mot den vakre jenta som tydelig satte alt hun hadde inn på å redde barnet.”Ushara vil aldri gi seg, hun nekter å la døden vinne men noen ganger er det en kamp som må tapes. En må ta valg, noen kan en berge, andre må en bare la vandre. En kan ikke bruke tid og krefter på de håpløse og det barnet er håpløst.” Lathisa svelget trist, det var slik en vakker liten pike og moren virket for å være totalt knust.

Ushara satt der lenge men ikke noe skjedde og alle var travelt opptatt med alt annet nå. De fikk delt opp de skadede i ulike grupper, de hardest skadde ble tatt hånd om og de med mindre farlige skader ble behandlet. Lathisa løp med bandasjer og

noen trepinner til spjelking av brudd da hun så at Ushara gjort
et eller annet borte ved barnet. Hun hadde tydelig gitt opp for
hun satt der og formelig hang og tårene rant men det var noe
desperat over henne som fikk Lathisa til å kikke nærmere etter.
Et eller annet instinkt advarte henne om at jenta hadde noe i
sinne som ikke var bra. Hun lot som om hun sorterte bandasjer
mens hun kikket på den vakre unge kvinnen fra øyekroken,
Ushara virket for å med vilje stikke seg i fingeren på en
bandasje nål. Så presset hun frem noen bloddråper og lot dem
falle ned i barnets munn i skjul. Lathisa rynket pannen,
hvorfor? Så ble hun kald innvendig, hun husket det Jochmun
hadde fortalt om jenta, det der var antagelig meget dumt gjort.
Var hun virkelig så desperat at hun brøt alle lover en helbreder
skal følge? Liv og død måtte aldri lures på en slik måte.
Lathisa ante ikke hva hun burde gjøre, skulle hun si fra til
Thyega? Hva om det faktisk hjalp? Og hun skyldte Ushara
livet, hun bestemte seg for å holde munn om det, inntil videre.
Skrikene og ropene dabbet av, det ble mer orden der og de som
var behandlet ble brakt bort til andre rom og noen begynte å
vaske bort blodet men stemningen var dyster og trykket.
Lathisa merket brått at det måtte ha gått mange timer og hun
var sliten og sulten og aldeles sår i øynene av tårene som
hadde falt.
Jochmun tok henne med til spisesalen og noen jobbet hardt
med å lage mat men også de var tause og tydelig preget av det
som hadde skjedd. Og Lathisa kunne lukte frykten som nå
gjennomsyret fjellet, hun var brått engstelig for Kalek og
Ublan, hva om noe hadde skjedd dem? Jochmun spiste men
fulgte mer med på hva som skjedde enn maten, han bare åt helt
automatisk. Lathisa kjente ikke smaken på noe, hun følte seg
helt nummen. Jochmun sukket lavt."Om fjellet har blitt ustabilt
kan det hende at de må dra herifra. Det er nok andre steder de
kan bosette seg og de frykter neppe arbeidet det vil bringe med
seg men dverger er svært stedegne. De forlater nødig byene
sine, bare om de absolutt må."

Lathisa svelget litt nervøst.”Det hun sa, om temperaturen?”
Jochmun skar en grimase.”De har gravd svært dypt vet du,
mye dypere enn en skulle tro det var mulig å komme. Og der
nede er en svært nær lag i berget som er flytende.”
Lathisa så vantro på ham.”Flytende?”
Jochmun tok en slurk av ølet sitt.”Ja. Rett og slett lava, slik
som kommer ut ved vulkanutbrudd.”
Lathisa ble kald og varm om hverandre.”Men da...”
Han nikket kort.”Bryter det gjennom blir dette fjellet en ny
vulkan.”
Han så det forferdede uttrykket hennes og smilte
beroligende.”Men de kjenner fjellet Lathisa, de vil segle av de
nivåene før noe slikt skjer.”
Hun rynket pannen.”Men hvordan kan de greie det? Det høres
umulig ut.”
Han trakk på skuldrene.”Jeg vet ikke, men de vil klare det.
Tvil ikke på det.”
Lathisa svelget og tvang seg til å tenke rolig.”Jeg tror vi bør
komme oss herfra ganske så snart.”
Han nikket sakte.”Ja, du har rett. Du er ganske så frisk nå, og
kan klare turen videre. Jeg tror ikke dette stedet er klokt å bli
på særlig mye lengre.”
De ble sittende en stund men Lathisa ble så sliten at hun måtte
gå og legge seg og Jochmun ble med henne, han satt og tenkte
en stund før han også sovnet og sov tungt. Lathisa på sin side
sov urolig, hun hadde en merkelig følelse av at noe eller noen
stirret på henne hele tiden og det var ikke en god følelse.
Lathisa bråvåknet i totalt forvirring siden hun hørte skrik, ville
vettskremte fortvilede skrik. Først husket hun ikke hva som
hadde skjedd, så kom det tilbake til henne og hun spratt opp av
senga så fort at hun ynket seg. Hun var støl ennå og kjente seg
merkelig uvel. Jochmun våknet også og ristet på hodet for å bli
ordentlig våken og klar. Skrikene fortsatte og Lathisa så
forvirret på Jochmun, hun kunne forstå skrik av sorg og smerte
men disse var vettskremte. Var noe galt der ute? Jochmun

bannet lavt og fant sverdet sitt, gikk ut mot døra og åpnet den forsiktig. Han kikket ut og gispet forskrekket. Det lå flere døde dverger der og samtlige var blodige og forrevet. Noen kvinner løp rundt og skrek vettskremt mens andre sto på bordene og hylte like ille. Thyega sto på et bord og hun var likblek og forferdet og Jochmun så årsaken. Lathisa kikket frem bak ham og skrek i, et kort skrik i brå forståelse. Det som raste rundt der på korte men lynraske bein var den vesle jenta Ushara hadde prøvd å berge. Men nå så hun ikke lenger søt ut, hun var blodig i hele ansiktet og øynene var svarte og kalde. Og hun var kritthvit i ansiktet, det var noe totalt unaturlig som løp rundt der og Lathisa forsto. Jenta var blitt en vampyr, en mini vampyr som var minst like blodtørstig som en av mer normal størrelse.

Jochmun bannet matt, dvergene var for skremt til å gjøre noe og beistet hadde allerede drept flere. Han kjente seg iskaldt rolig samtidig som at han var livredd men han visste godt hva han måtte gjøre nå. Han gav Lathisa streng beskjed om å bli stående der hun var før han trakk sverdet og samlet motet sitt. Nå gjaldt det å være like rask som da han drepte det beistet. Han svingte bladet et par ganger for å få følelsen med det. Så satset han alt og løp ut i hallen så raskt han greide det. Uhyret var raskere enn noen dødelig skapning men hadde en svakhet, det var ikke særlig intelligent. Det hadde ikke skjønt at det kunne krabbe opp på bordene via stolene ennå og han måtte ta den før den rakk å bite noen flere. Beistet skrek vilt og raste rundt med hunger i blikket og han brølte kort. Beistet bråsnudde og kom rasende mot ham, fortere enn en skulle tro det var mulig men han var forberedt. I stedet for å løpe unna løp han mot det og uvesenet nølte et ørlite gran. Det var nok for en erfaren mann som Jochmun. Han gjorde en fort sving i fart og lot farten bære sverdbladet gjennom luften samtidig som han dreide på kroppen i en merkelig piruett som hadde berget ham unna motstandere mange ganger. Han hadde et godt sverd, det skar gjennom halsen på vesenet som om hun var lagd av smør og kroppen tok noen raske skritt før den falt sammen. Og hodet klasket i golvet og ble liggende der og gape og prøve å bite. Jochmun skar en grimase av avsky og skrekk men visste hva han måtte gjøre. Han hadde bare en mulighet til å tilintetgjøre noe slikt og tok den. Han grep hodet i det lange silkemyke håret og bar det med seg i stormløp bort til det største ildstedet. Skapningen prøvde ennå å bite men han slengte hodet rett inn i ilden. Det lød et forferdelig smell, og ilden strakte seg mot taket i grådige røde flammer i noen sekunder før også kroppen tok fyr der den lå. Jochmun stakk sverdbladet inn i glørne for å rense det, så snudde han seg og så at dvergene sto der på bordene og så skremt og forferdet på ham. De hadde rett og slett ikke ant hva de sto overfor, eller hvordan de skulle bekjempe det.

Jochmun samlet seg, han så at dvergene sakte kom ned fra bordene igjen, bleke og rystet og fylt med skrekk. Thyega var ennå blek, hun klemte hendene sammen og skalv synlig og Jochmun satte sverdet tilbake i sliren og så utover forsamlingen.”Dere må brenne de døde, og gjøre det nå med en gang. Ellers vil de våkne som en større versjon av den jeg drepte.”

Thyega svelget krampaktig, hun tvang seg til å virke verdig men det holdt hardt.”Hun døde for bare noen timer siden, og moren la henne sammen med de andre døde. Og brått var hun i live igjen, men slik... slik som hun var nå.”

Jochmun nikket kort.”Forundrer meg ikke. Men faren er over for denne gang, så lenge dere brenner alle de døde.”

Thyega var ennå svart i blikket og blek.”Men... hva skjedde? Hvordan kunne barnet bli et slikt monster?”

Jochmun måtte se ned.”Det.. vet jeg ikke, men jeg har hørt om lignende tilfeller...”

Thyega så at Lathisa tittet frem fra døra, blek og preget og hun satte kursen bort til henne. Dvergen så hardt på Lathisa som svelget hardt og så ned.”Du vet noe!”

Det var ikke et spørsmål, det var en ordre og Lathisa vred

seg."Ja, men jeg har ikke noe ønske om at folk skal havne i trøbbel."

Thyega så bare bestemt på henne og hun stirret i golvet."Det var Ushara, hun gav barnet noen dråper av sitt eget blod."

Thyega gispet og ble rød og hvit om hverandre før hun hikstet noe lavt for seg selv og snudde på hælen, småløp bort.

Jochmun så storøyd på Lathisa som bet seg i underleppa. Han satte hendene i siden og så brått skremmende ut."Det der burde du ved gudene ikke ha holdt for deg selv, aner du hva hun gjorde?"Lathisa svelget krampaktig."Nei, jeg visste det ikke, før nå. Er Ushara i vansker?"

Det siste kom temmelig skjelvende. Jochmun skar en grimase, så i golvet og opp igjen."Det avhenger av om Thyega greier å roe ting ned, og hindrer de andre i å finne sannheten. De vil aldri tilgi henne om de finner ut hvilken sjanse hun tok."

Lathisa så lidende ut."Men hvorfor skjedde det? Hvorfor ble den vesle jenta et slikt uhyre? Ushara er da bare halvt vampyr? Hun må ha trodd at hun kunne redde barnet slik?"

Jochmun trakk Lathisa med seg bort til en benk og de satte seg, han hadde en innadvendt mine.

"Ushara har store krefter Lathisa, større enn hun selv kjenner til siden hun er oppdratt her inne i berget. Jeg har hørt om slike som henne og jeg kjenner litt til hvordan de fungerer. Siden hun kan helbrede kan hun overføre den evnen via sitt blod, men bare til det i en person som stemmer overens med henne selv, Det var vampyrblodet i henne som ble styrket og helbredet og tok over barnet, ikke barnets eget liv."

Lathisa gyste."Ushara prøvde jo bare å hjelpe, hun ønsket ikke å tape."

Jochmun brummet kort."Ja, men noen ganger er jeg redd for at slike edle instinkter kan være direkte farlige. En må vite hvor grensene går og Ushara er ikke gammel og erfaren nok til å skjønne det."

Lathisa knøt hendene sammen til knyttnever, hun var redd for at dette skulle gå ut over Ushara, hun kunne forstå hvordan en

kunne begå feil når en var ung og ikke hadde lært mye ennå.
Jochmun sukket bare og klappet henne på handa og Lathisa
fant litt trøst i det. Det løp ennå dverger rundt og nå var det
tydelig at de gjorde som Jochmun hadde sagt for likene ble
brent der og da. Det stinket
ille av svidd kjøtt og hår og Lathisa følte seg kvalm og gikk
tilbake på rommet. Jochmun ble sittende i nærheten av
ildstedene for å holde øye med det i tilfelle noen rakk å våkne
til live før de andre rakk å brenne dem. Thyega var ikke å se
noe sted, antagelig var hun løpt for å finne lærlingen sin.
Jochmun la merke til at en del menn løp inn en bestemt dør og
hadde med utstyr og redskaper. Han ante at de skulle segle av
de nederste nivåene og det gjorde ham nervøs. Jordskjelvet
måtte ha gjort større skade enn han først hadde trodd.
Det gikk en stund og så roet ting seg ned igjen så han gikk
tilbake til Lathisa som satt og tygde på litt mat med motløs
mine. Hun virket rystet ennå og Jochmun måtte igjen undre seg
over hvor ungdommelig hun brått virket. Kunne virkelig
Usharas krefter ha forynget henne? Han fant litt mat også og
satt der og prøvde å få i seg litt tørket kjøtt da Thyega kom
gående, hun var blek ennå og virket brått mye eldre enn før.
Lathisa så litt beskjemmet ut men det virket ikke for at den
gamle dvergen bar noe nag til henne. Thyega tørket seg under
øynene med en flik av ermet sitt og sukket tungt."Jeg har ikke
fortalt noen hvorfor barnet ble forvandlet, men reglene våre er
strenge og må være det. Og hun forsto selv hva hun hadde
gjort. Det er ikke lenger plass for henne her i berget, hun
ønsker å bli med dere når dere forlater stedet."
Jochmun svelget kort og nikket bare, Lathisa så både trist og
glad ut."Det er greit for oss, det er en ære å reise sammen med
henne."
Thyega sukket dypt og minen var usigelig trist."Vi kan ikke
lære henne alt hun bør kunne, verken om henne selv eller
verden. Det må hun lære selv, det er på tide at hun tar til
vingene og forlater redet."

Dvergen smilte litt skjevt og klappet Lathisa fort på skulderen."Bare si ifra når dere vil dra, så skal jeg sørge for at dere får med dere proviant og alt annet dere trenger også."
Jochmun takket overveldet og Thyega virket merkelig lukket. Han sanset at mye plaget henne og så forskende på det vanligvis så kryptiske ansiktet.
Thyega så tilbake på ham og han bikket med hodet ut mot døra."Hvor ille er skadene her egentlig? Jeg har sett dem løpe nedover med utstyr?"
Thyega lukket øynene et kort øyeblikk."Det er meget alvorlig er jeg redd, våre eksperter sier at skjelvet har avdekket en forkastning i fjellet her vi ikke ante noe om før. Det er mulig vi må evakuere byen, i verste fall på kort varsel så gangene ut vil bli åpnet og gjort klare."
Lathisa så litt forbauset på henne."Jeg trodde ikke dverger likte å være utendørs?"
Thyega skar en grimase."Du har rett min venn, vi liker det absolutt ikke men raser fjellet så må vi bare ut."
Lathisa ble blek, hun grep tak i Jochmuns hånd nærmest på instinkt og han klemte varsomt tilbake. Thyega så minen hennes og smilte svakt."Jeg skal få ordnet med utstyr til dere, så dere kan reise når som helst skulle det bli nødvendig."
Lathisa skar en grimase."La oss håpe at det ikke blir nødvendig."
Dvergen bare sukket og gikk og Jochmun så langt etter henne."Hun har rett, vi bør dra så fort vi får proviant og utstyr i orden. Jeg har en ekkel følelse her."
Jochmun begynte å pakke sammen de få tingene de hadde og Lathisa så på skrivet."Har du greid å tyde mer av det?"
Jochmun så kvast på henne."Ja, og jeg liker det så avgjort ikke! Det er magi og det av verste sort også er jeg redd. Men jeg kan ikke skjønne hvordan det skal kunne være til nytte for noen."
Lathisa rynket pannen og så spørrende på ham."Hvorfor det?"
Jochmun trakk på skuldrene og vred på munnen."Det er mye

mulig at jeg tar feil, men det virker som om det er besvergelser
som skal tvinge en drage til å adlyde og tjene en.”
Lathisa måtte nesten le.”En drage? Men det finnes ingen slike
lenger, de døde ut for flere hundre år siden!”
Jochmun nikket sakte med en egen glød i blikket.”Nettopp,
men hva om noen faktisk fant en levende drage nå? Hva ville
skje da?”
Lathisa holdt pusten et øyeblikk mens konsekvensene ble
tydelige for henne, hun var tross alt en dronning, hun kjente til
hvordan makt blir skaffet og hvordan den blir bevart.”Det ville
gjøre den som styrer den utrolig mektig.”
Jochmun smilte bistert.”Ja, nesten allmektig. Ingen kan vise til
noe lignende, en drage!”
Hun smilte skjelvende.”Da er det bra at det ikke finnes drager
lenger. Jochmun fikk noe tenkende i minen.”Ja, men hva om
det ikke stemmer?”
Hun strøk handa over halsen i en refleksbevegelse.”Da får vi
bare håpe at ingen finner dem i såfall.”
Det banket på døra og noen dverger kom inn med et par sekker
som måtte inneholde proviant og annet de to kunne få bruk for
og Lathisa fikk et belte med et par lange og smekre kniver i.
De var nydelig håndverk og hun ante at de var meget
verdifulle. De fikk også et par ganske korte men kraftige buer
og hvert sitt kogger med svartskaftede piler. Lathisa hadde
aldri skutt med noe slikt noen gang men sa ikke noe om det.
De kunne få bruk for dem. Jochmun gikk gjennom sekkene og
virket meget fornøyd og han smilte fort til henne.”Nå hviler vi
oss, så reiser vi så fort det blir lyst, ok?”
Lathisa nikket bare og løftet opp den tykke kappen som
tydeligvis var til henne. Den var solid og varm men ikke særlig
kledelig og temmelig klumpete på fasong, men bedre enn
ingenting. Hun gruet seg brått til å forlate berget igjen.
 Jochmun ble merkelig taus og Lathisa greide liksom ikke nå
inn til ham. De spiste litt og la seg til å hvile og Lathisa sovnet
faktisk enda hun da hadde sovet mye i det siste. Det måtte

være mangelen på dagslys som gjorde det. Jochmun satt også å døset i en stol mens han prøvde å fatte hva det var Arustere hadde hatt for planer. Det var klart at mannen måtte ha ansett skrivet for verdifullt, og de tingene det impliserte i ytterste konsekvens var ikke mye trivelige. Jochmun kunne bare håpe at han var paranoid og for mistenksom men erfaringen hans talte med tydelige ord. Han fryktet at det verste faktisk hadde skjedd. Jochmun dormet av etter litt og satt der og småsnorket, han var ikke ung lenger og orket ikke holde tempoet alt for lenge. Han gledet seg til å se åpen himmel og skyer igjen, fjellet virket knugende og forstyrrende på ham. For ham var friheten ute i skogene alt han ønsket og livet i en slik by var for vanskelig for en som ham, det var for mange skrevne og uskrevne regler å forholde seg til.

Både Lathisa og Jochmun våknet samtidig av at bakken igjen skalv som besatt, det duret og brakte og alt løst hoppet og danset rundt. Lathisa skrek og Jochmun bannet grovt, grep sekkene deres og trakk henne på beina.”Vi må vekk, fort! Jeg tror ikke byen tåler dette særlig lenge.”

Lathisa kjempet for å holde seg på beina, hun var likblek av skrekk og Jochmun fiket til henne for å få henne til å ta seg sammen. Hun gispet kort og løp sammen med ham ut døra. Synet fikk dem begge til å stanse opp i noen sekunder. Det var sprekker overalt, og de dannet seg mens de så på. Svære gapende sår i berget som røpet hva som snart ville skje. Dvergene løp som gale, det så ut som kaos men antagelig var det en mening bak alt. De grep med seg ting de trengte og lot alt annet ligge tilbake. Jochmun så at kvinner og barn hadde kurset ut en utgang midt på hallen og ville løpe etter men et rop stanset ham. Ushara sto i en døråpning i bortre enden av hallen og vinket på dem. Hun virket svært oppbrakt. Jochmun så at store stykker av taket snart falt ned men han følte på seg at de burde høre på Ushara. Det var noe i minen hennes som fortalte ham at det var viktig. Han grep Lathisa og så løp de alt de greide mot den vakre jenta som var merkelig forknytt i minen. Ushara fikk dem med seg innover en ganske smal gang som virket mer solid enn de mer forseggjorte passasjene.

Lathisa så skremt på henne.”Hva skjer?”

Ushara så seg rundt mens hun løp. Blikket hvilte aldri lenge på samme sted, det var noe ivrig men også nervøst ved henne.”Fjellet raser! Men jeg tror ikke vi bør ut der de andre går, de liker ikke meg lenger, og det er to til som vil ut.”

Ushara løp som en vind gjennnom ganger og rom Lathisa ikke hadde sett før og mange av dem hadde stygge sprekker nå. Det lød en dyp dur fra bakken selv om skjelvet hadde stanset og Jochmun var merkelig grå i ansiktet. Ushara fryktet visst det samme men beholdt fokuset.

Det hørtes smell og brak, røyk fylte luften med en stank av knust stein og støv og Jochmun bare ba om at Ushara visste hvor hun var på vei. De raste ut i en ganske liten hall som ennå var intakt. Den var helt tom og en gang ledet videre. Jochmun ante at den ledet ut. I hallen sto Kalek og Ublan, halvdragen pep og så om seg med skremt blikk og Kalek var grå av støv og vill i blikket. Ushara nikket til ham.”La ham grave oss ut, det er bare noen meter fra enden av gangen og ut.”

Jochmun stirret storøyd på Ublan som knurret skremt og virket for å være forvirret. Kalek pekte inn gangen og sa noe til den, det lød rolig og bestemt og dyret skakket på hodet og klynket før den gikk inn i gangen som så vidt rommet den og begynte å grave. Lathisa kunne ikke tro det hun så, svære steinbiter formelig fløy baketter og den lignet på en hund som graver seg ned i en kaninhule. Det gikk ihvertfall fort og nå som den skjønte hva den skulle gjøre gikk det fort for den å komme seg gjennom noen meter med stein.

Ushara stirret bak dem med uro i blikket og Lathisa forstå brått hvorfor, det kom en sterk stank av noe som måtte være svovel og det ble brått temmelig mye varmere. Jochmun så skremt på henne.

 “Bryter fjellet ut?”

Ushara nikket bare.”Dvergene er dyktige men de har aldri vært inne mot dette fjellets hjerte, berget der er for hardt. Men det har jeg, jeg fant gamle tunneler under her og de ledet til naturlige kanaler. Fjellet er en utdødd vulkan og nå våkner den igjen til live."

Lathisa gispet høyt og så fortvilet på gangen der Ublan nå var helt borte vekk."Men hva med de andre, vil de klare seg?"

Ushara så bare redd ut."Kanskje? Jeg fortalte om tunnelene men de hørte ikke på meg. Kommer de seg ut på et trygt sted bør det gå bra, ellers...."

Lathisa trengte ikke noen utdyping av hva som ville skje. Ushara pekte på veggene."Den flytende steinen er alt nesten ved toppen, og kan bryte gjennom tak og vegger til byen når som helst."

Jochmun bare mumlet kort."Gudene bevare oss, og dem."

Ublan grov som en helt og brått kom et støt av vind, Kalek hadde vært taus av skrekk, nå ropte han ut i lettelse og vinket på de andre."Han er gjennom!"

Ushara grep Lathisa i armen og tvang henne til å løpe gjennom kaoset av steinbiter og støv, Ublan var virkelig igjennom. Lathisa så lys og det skar nesten i øynene. Jochmun kom til sist, han stirret bak dem og så at ene bakveggen i hallen begynte å bule utover på en faretruende måte, og varmen steg stadig."Løp alt dere kan!"

Lathisa gispet og hostet og kjempet seg frem og Kalek var langt fremme. Ublan satt foran åpningen den hadde gravd, den gryntet usikkert og dvergen roet den fort ned. De kom ut i dagslyset og blunket forvirret med øynene, det var vanskelig å beskrive akkurat hva de så. Over og bak dem virket det for å henge et forferdelig teppe av svart røyk Lathisa ante var aske, vinden blåste det nordover og hun så at det kom fra toppen av fjellet. Jochmun brummet kort."Den har ikke brutt ut ennå, det er tid."

Han studerte terrenget og Ushara skar en grimase over lyset. Kalek så vettskremt ut, ikke bare for farene fra fjellet som hadde huset ham hele hans liv men også for verden der ute.

Han stirret vantro utover og skalv synlig. Ublan derimot var brått meget ivrig, den pep og hoppet på forbeina og Kalek hadde problemer med å få den til å høre. Ushara bet seg i leppa.” Å guder, jeg håper de andre har funnet en trygg utgang!”

De hørte et drønn bak seg og merket en strøm av varme og Jochmun grep sekkene igjen og la på sprang bort fra åpningen. De andre fulgte etter og Ublan hoppet og spratt og virket fra seg av begeistring over å oppdage en ny og større lekeplass. De hørte en dur som fra en elv og så sto en tykk stråle av glødende masse ut av åpningen de kom fra. Tørt gras og trær brast i flammer og det fløt som en elv av ild nedover fjellsiden mot dalen. Kalek gispet hardt som om han hadde løpt lenge, han pekte mot en liten ås som sto frem fra fjellsiden et stykke foran dem.”Der kan vi kanskje være trygge, vi er i det minste høyt!”

Jochmun nikket og det var noe beinhardt i blikket hans.”Du har rett, vi må opp. “

Han så hardt på Ushara.”Hvor tror du det bryter ut?”

Ushara hikket nesten av sjokk, øynene var oppsperret av angst.”På baksiden, fjellet er svakt der. Det er en ubebodd dal der!”

Jochmun så lettet ut og hjalp Lathisa over trestammer og steiner der de løp. Bakken skalv igjen men nå var det ikke et jordskjelv, nå var det fjellet som gav etter for skadene. Her og der ble de nesten løpt ned av paniske dyr, hjort og bjørn og alt mulig annet. Fugler fløy bort i svære flokker og Lathisa så hvordan elver og bekker vokste siden snøen på toppen av fjellet smeltet. Jochmun bannet uavbrutt, hun ante at det var for å holde egen angst i sjakk. Trærne svaiet som i sterk vind og duringen var øredøvende.

De nådde foten av den bratte åsen, kjempet seg opp. Ublan løp foran i mektige sprang og virket ikke for å være redd i det hele tatt. Den virket bare nesten tåpelig glad og moret seg med å gripe trestammer i kjeften og slenge dem i hytt og pine rundt

seg. Lathisa greide snaut puste siden hun ikke var vant til å løpe slik og hun merket at hun egentlig ikke var helt frisk ennå heller. Ushara løp som en gaselle, ingenting virket for å stanse henne men Kalek var grå i fjeset ennå og stirret konsekvent nedover. Han greide ikke synet av himmelen over seg. Jochmun løftet nesten Lathisa med seg noen steder og til slutt nådde de toppen av åsen, den var forreven med svære steinblokker og sprekker og de ble stående der og hive etter pusten. Ushara snudde seg, pekte på fjellet.”Se!”
Armen hennes skalv og Lathisa skjønte godt hvorfor. Men de sto og så på var det som om et eller annet gigantisk brått presset noe usynlig ned på fjellet og trykket det ned som det var en klump leire i en pottemakers hender i stedet for hardt fjell. Fjellet falt inn i seg selv, en enorm sky med støv og røyk brøt opp, bakken ristet på seg som en utemt hest med en rytter på ryggen og en enorm gylden glød steg fra baksiden av fjellet. All lavaen hadde funnet en vei ut der, før alt fjellet falt ned i kanalene som ledet den opp og stengte tilførselen. Lathisa klemte hendene over ørene, ras dundret nedover fra skjelvende fjellsider, toppen var ganske enkelt borte i en sky av aske og steinstøv og det lignet mest av alt på en visjon av helvete. Det begynte å komme små harde smell rundt dem og Ublan fnyste og så seg forvirret rundt, det regnet brått med små svarte steiner og Jochmun pekte mot en liten hule under en stor stein.”Vi bør søke ly nå.”
Ushara sto ytterst på en kant og stirret nedover mot dalen, hun prøvde å finne tegn på at dvergene hadde kommet seg ut men så ikke noen, Lathisa så fortvilelsen i blikket hennes og forsto henne. De hadde vært hennes eneste familie, alt hun hadde kjent til. Og det var hennes egen iver etter å gjøre det gode som hadde ført til at hun ble å regne som en utstøtt. Hun klynket og løp bort til dem, søkte også ly. Ublan bare danset rundt, de små steinene gjorde ikke ham noe og det virket for at den bare syntes at det var morro. Jochmun smilte smalt.”Jeg tror vi er trygge her, for øyeblikket.”

Lathisa lente seg tilbake mot steinen, lukket øynene. Ting
hadde skjedd så fort, hun hadde ikke greid å henge med på det
i hele tatt. Det ville ta tid før hun fikk tatt seg inn igjen. Hun
bare håpet at jordskjelvet ikke hadde gjort skader andre steder,
og at sønnen hennes var trygg der han var nå.

Vardhys

Vardhys hadde en følelse av kommende dom, av at
forferdelige ting kom til å skje. Han følte seg som et dyr i en
snare med jegeren på inntur og tankene jobbet på høygir med å
finne en utvei. Hadde han bare kjent byen kunne han ha
stukket av til Jasper selv kom hjem men han var totalt ukjent
der og ante nok at den var som de fleste andre byer. Farlige for
den som ikke er kjent. Der mange mennesker kom sammen var
det sjelden de fineste sidene av menneskeheten som kom til
syne, det var mer de mørkere instinktene som slo til. Og
Vardhys var bundet av sin oppdragelse og sitt syn på livet. På
et eller annet vis måtte han greie å overbevise Esther om at det
hun prøvde på var galt. Men hvordan? Å spille syk var ikke
noen god ide, det ville bli gjennomskuet med en gang, og å
bare si at nei dette går ikke an? Det ville såre henne var han
redd for. Hun var jo et offer for fordommene som klenget ved
hennes fars yrke. Vardhys led seg gjennom dagen, han prøvde
å late som om han var veldig opptatt og holdt seg på rommet
mens han svettet og prøvde å unngå å se på jenta når han var
sammen med resten av husholdningen. Esther kunne ikke være
klar over hvilken effekt hun hadde på ham, eller hadde hun
det? Da dagen dro seg mot kveld tenkte han seriøst på å
gjemme seg et sted, det burde da være noen kroker i dette
huset som kunne skjule ham? Men det var barnslig, og han
skulle jo ikke vise redsel som skulle bli en ridder. For det var
redd han var, han måtte innrømme det for seg selv.
Han ble sittende å tenke på hva Oleg hadde lært ham, å møte
frykten med løftet hode var å vise styrke, selv om den bare var
et hult skjold. Vardhys visste at jenta ville holde ham til hans
ord, og han bare håpet at hun var fornøyd da, at hun ikke ville
ta det noe videre. Tross alt var det vel vanlig at også jenter var

nysgjerrige på det andre kjønn? Da huset gikk til ro for kvelden lå han der som på nåler og ventet bare å høre fottrinnene hennes i trappa. Det var rent så ørene hans verket mens han lå der i en blanding av frykt og forventning. Det varte og rakk og han rakk å slappe av og nesten sovne før hun brått sto der i døra. Vardhys rykket til og stirret forskrekket på henne. Denne gangen var hun naken, like kliss naken som da hun kom til verden og han prøvde å trekke blikket til seg men det var umulig. Han kunne like gjerne prøvd å trekke en steinblokk bortover grov mur med en sytråd. Esther fniste og satte hendene i sidene, hun bikket på hodet og så oppfordrende på ham, det lekte en djevel i blikket på henne og Vardhys svettet brått.

Hun kom glidende mot senga, satte seg på kanten av dem så nært at han kjente varmen fra henne og fikk lukta hennes rett inn nesa.

Esther smilte mykt."Holder du det du lovet?"

Vardhys svelget hardt, tvang seg til å se på ansiktet hennes enda hun var det fineste han noen gang hadde sett. Det rent verket i ham etter å ta på henne, se om hun var så myk og silkeglatt som hun virket å være."Jeg... jeg må vel det!"

Hun så forventningsfullt på ham og han trakk sakte dyna til side, trakk opp nattskjorta med bortvendt blikk og et ansikt som brant av forlegenhet og skam. Nå syntes hun sikkert at det var ekkelt og gikk sin vei og så var han ferdig med denne forsmedelige episoden. Esther trakk etter pusten, flyttet litt på seg og så kjente han brått en fjærlett berøring der han minst av alt ventet det. Hadde han greid å si noe eller skrike stopp ville han vel gjort det, i stedet ble han bare liggende med haken på brystet nesten å stirre på den smale lille handa som gjorde slike vanvittige ting med ham. Vardhys stønnet, kroppen spente seg mot grepet hennes og det gnistret rent for øynene på ham mens hun utforsket og ertet og smilte lekent.

Han greide å samle seg i noen sekunder."Du.. du skulle bare se..."

Esther smilte igjen, det var et merkelig dvelende smil."Jeg skulle se ja, og jeg ser. Og mer til. Ikke si at det ikke er godt, jeg ser at du liker det."

Vardhys gispet etter luft, han hadde bare sekunder igjen nå."Hvor.. hvordan vet du at du skal.. gjøre det slik?"

Hun fniste."Jeg har da tjuvlyttet til andre jenter vet du."

Vardhys jamret seg, prøvde å få handa hennes bort men i stedet grep hun neven hans og la den mellom sine egne bein. Den berøringen var dråpen som fikk det til å renne over for ham. Vardhys bet tennene sammen for ikke å skrike mens kroppen rykket og tømte seg oppover magen på ham. Esther gispet fascinert og beholdt grepet hun hadde tatt, beveget handa ennå i rolige bevegelser. Vardhys så bedende på henne."Nå har du sett, så nå kan du da gå?"

Stemmen hans var ynkelig og hun lo litt overlegent, det var ren beregning i blikket han fikk."Nei, for jeg vil se mer."

Han prøvde å trekke seg unna henne og dekke seg til men hun trakk teppene bort så han ikke fikk tak i dem og tok handa hans igjen. Han strittet i mot men hun var forbausende sterk og bestemt og fikk handa plassert på ene brystet sitt. Vardhys hikstet av følelsen, det var så mykt og varmt og deilig å ta på og vorten sto der og var så stiv som tre og det var det andre ting som begynte å bli igjen også.

Han bet seg hardt i leppa, så bedende på henne."Esther, tenk deg om. Du bør ikke være her, tenk på ryktet ditt.."

Hun så bare fast på ham."Ryktet mitt er ødelagt allerede Vardhys, jeg er en bøddels datter, har du glemt det? Jeg vil ha det de andre har!"

Hun beveget handa igjen og han ynket seg og prøvde å tvinge kroppen tilbake under hans egen kontroll men det var heller vrient. Den gjorde som den selv ville. Han var like hard igjen som da hun kom inn døra og hun la handa hans mellom beina sine igjen. Han ville ikke men fingrene hans greide ikke unngå å gli rundt, utforske og erfare hvordan hun var skapt. Esther gispet av iver og nytelse og Vardhys greide ikke holde munn heller, han var liv redd for at noen skulle høre dem men det var for sterkt for ham, for krevende. Det hun hadde vekket i ham krevde hver celle i kroppen, tvang ham til å overgi seg. Brått snudde Esther seg og satt på kne i senga, plasserte ene kneet over ham og satt brått skrevs over ham. Vardhys innså brått hva hun aktet å gjøre og det var en sterk besluttsomhet i blikket hennes. Han prøvde skyve henne vekk for han ville ikke dette, det brøt med alle regler han hadde lært. En skulle ikke krenke en ren kvinnes dyd på en slik måte, ikke uten at man var gift med henne.

Men Esther var for sterk, for ivrig, hun klemte ham formelig ned mot madrassen og han kjente at hun ledet ham på plass med handa før hun senket seg over ham og han så vantro og sjokkert på henne der hun satt over ham og hadde ham inne i seg. Det var deiligere enn noe han kunne forestilt seg, det var vanvittig! Han kjente at tårene sprengte seg på for selv om det var skjønt så følte han seg overkjørt. Esther stakk tungespissen ut mellom tennene, virket for å føle på følelsen av ham litt før hun hevet seg litt opp og senket seg igjen ganske hardt. Vardhys stønnet, det var som en motstand som brått ble borte og Esther kastet hodet bakover med et skarpt kvink og det gikk en grimase over ansiktet hennes. Han kunne ikke tro det, han hadde deflorert en jomfru og han burde ha skammet seg mer enn han gjorde. Hun gispet og begynte å bevege seg igjen, rytmen hennes var flytende og god og han kjente at alt han var skrek i en blanding av ekstase og anger. Esther strøk seg selv med ene handa, støttet seg på ham med den andre og brått stoppet hun opp og skar grimaser mens hun stønnet håst. Vardhys kunne kjenne hvordan det glatte varme våte kjærtegnet ham i harde rykk og det var mer enn han greide. Det eksploderte i ham igjen og han jamret seg mens han kom i henne. Esther ble sittende, det var et fornøyd uttrykk i ansiktet hennes og han kunne ikke riktig fatte det. Hun burde da ikke være så glad for å ha mistet uskylden? For ham var det noe av det mest verdifulle en jente hadde. Men kanskje folk på landet

så annerledes på det enn de som levde i slott og palasser?
Esther løftet seg av ham, satte seg elegant ned på senga ved
siden av ham og klappet ham på kinnet."Du vet at jeg er din
nå, men sier du noe om dette til noen vil jeg si at du tok meg
med makt. Og de vil tro meg også."
Vardhys kjente seg kald til margen, hadde ikke trodd at en
jente kunne være å beregnende. "Men ikke vær redd kjære
deg, vi skal ha det mye morro fremover, jeg likte dette veldig
godt."
Han ante ikke hva han skulle svare. Så bare hjelpeløst på
henne."Men.... hva om... hva om jeg gjør deg med barn?"
Esther fniste bare lavt."Da sier jeg bare at faren var en gutt
som overfalt meg i en bakgate, men om du prøver å si noe til
noen kan jeg love deg at jeg kan gjøre livet ditt til et helvete
fremover. Skjønner du det?"
Han nikket skremt og hun reiste seg mykt."Det er bra, ikke se
så nedfor ut. Du vil like det, jeg kan love deg det."
Hun gikk ut og Vardhys ble liggende å riste i noen minutter før
han krøllet seg sammen i fosterstilling og begynte å gråte.
Før eller siden må han ha sovnet for han våknet i en krøll i
senga med tepper og laken i en eneste knute rundt seg, han var
tett i halsen og hadde vondt i hodet. Først husket han ikke noe
men så kom det tilbake til ham og han krympet seg og hikstet
kort. Ved alle guder, hva hadde han gjort? Eller rettere sagt,
hva hadde han latt seg bruke til? Han innså det nå, hun hadde
planlagt det fra første stund og han hadde latt seg lede som et
annet fe. Han ante ikke om han burde bli sint eller trist men
visste at han uansett var i en knipe. Hun kunne uten tvil lyve
godt og han ville neppe bli trodd om han fortalte sannheten.
Ingen foreldre tror noe slikt om deres søte uskyldige datter?
Han hang med hodet og trakk seg ut av senga, hvordan ville
dette ende? Skulle han bare være kynisk og la seg bruke? Han
måtte vedgå for seg selv at han ville oppleve det igjen men til
hvilken pris? Hun anså ham visst som en eiendel nå. En skulle
føye damer var regelen men dette gikk på ære og samvittighet

løs. Han fikk vasket seg i fatet og fikk på seg klærne, følte seg temmelig uren fremdeles. Hvordan skulle han unngå å røpe seg?

Han kreket seg ned til kjøkkenet med et håp om at Jasper skulle komme tilbake fort, så han kunne holde seg sammen med ham ute og unngå Esther mest mulig. Nede var kvinnene i gang med dagens arbeide som vanlig og smilte vennlig mot ham men han så at Esther hadde et advarende glimt i blikket. Han prøvde å te seg som vanlig men syntes at det måtte synes for alle hva de hadde gjort kvelden før. Jala så litt forskende på ham. "Sovet dårlig gutt? Du ser litt forvåket ut?"

Han smilte stivt. "Ja, eh, jeg hadde vonde drømmer!"

Han sa det siste litt skarpt helt automatisk, rettet mot Esther. Han var slettes ikke fornøyd med hennes oppførsel. Han fikk i seg maten men den vokste formelig i kjeften på ham, den dårlige samvittigheten tynget ham virkelig og han skjønte ikke hvordan dette skulle ende. Jala smilte og klappet den yngste datteren på håret. "Vi går for å plukke nøtter i skogen, dere får passe huset. Esther, husk å vaske de klærne. Din far trenger dem når han kommer hjem igjen i overmorgen."

Esther bare nikket lydig og de to plukket med seg et par kurver hver og trakk på seg de tykke stygge kappene som røpet at de ikke skulle tilsnakkes av vanlige folk. Esther så på Vardhys med fryd i blikket og gav seg til å svinse rundt mens hun ryddet vekk maten og gjorde pliktene sine. Vardhys gjorde tegn til å gå opp igjen men Esther gav ham et skarpt og advarende blikk. Han stønnet og prøvde å tenke ut en måte å slippe unna på. Esther ble ferdig med å rydde og slengte en bunt skitne klær ned i en dunk med vann som sto klar på golvet i et hjørne. Etterpå trakk hun skjørtet opp og begynte å tråkke dem ned i vannet med bestemte steg. Hele tiden stirret hun på ham og han kunne ikke slippe unna det blikket. Hun løftet skjørtet høyere så han så alt, tråkket jevnt med beina og han prøvde å trekke blikket til seg alt han greide. Han resiterte det hans mester hadde lært ham om utgangsposisjoner i fekting, gikk gjennom de bønner og religiøse tekster han kunne og prøvde desperat å ikke gi etter for den verkende lysten som oppsto når hun var nær ham.

Men det var som å stanse et jordras med en plantepinne, brått satt han der på en stol med buksene på anklene og henne på fanget og hun red ham og hvinte av fryd og Vardhys kunne bare henge med som best han kunne. Esther måtte virkelig ha tjuvlyttet på mange for hun kunne mye, mer enn ham. Hun viste ham hvordan de kunne variere det og til tider glemte han helt at dette var galt og bare gjorde som hun sa med både iver og fryd. Men så husket han og skammet seg. Men hun fikk ham med på alt hun ønsket, han greide ikke motstå henne og han undret seg over hvordan han kunne være så svak? Var virkelig viljen hans så elendig?

Da han omsider slapp fra kjøkkenet hadde hun fått ham til å ta seg flere ganger og han var så sliten og matt at han nesten skalv i knærne. Og Esther var strålende fornøyd med ham, ihvertfall virket hun fornøyd. Han bare ba alle guder om at hun ikke trengte dette så ofte. Hun gav seg til å vaske og rydde bort sporene av det de hadde gjort og hun luftet ut også og han stablet seg opp trappene til rommet sitt. Joda, han likte det fysisk, men på det sjelelige planet led han mer og mer.

Han holdt seg på rommet hele ettermiddagen og prøvde så godt han kunne å fortrenge hele greia men det gikk bare ikke. Til middagen kjente han seg hellig overbevist om at moren hennes ville avsløre dem men ingen ting skjedde og han ble liggende våken lenge om kvelden i overbevisning om at hun kom til å dukke opp men det gjorde hun faktisk ikke. Neste dag skulle Jala og den yngste jenta ned til elva for å legge kvister til bløt. Jala tjente litt på å flette kurver som en vennligsinnet kone i byen solgte for henne og de lange emnene måtte bløtes lenge før hun kunne gjøre noe med dem. Vardhys hadde sett noen eksempler på hva hun fikk til og var imponert men greide liksom ikke helt engasjere seg i beretningene om hva en kunne lage med denne teknikken. Esther ertet ham hele tiden, lot ham liksom tilfeldig få et glimt av hud eller berørte ham på måter som ikke kunne misforstås. Han gledet seg bare til Jasper kom tilbake. Og han slapp ikke unna denne dagen heller, Esther nesten tvang ham med på det med dårlig skjulte trusler og han merket til sin skrekk at det stadig ble enklere å gi etter og glemme alt om ære og verdighet.

Jasper kom tilbake dagen etter, han var sliten og Jala tok gledesstrålende i mot ham, Vardhys hadde sett hvor tydelig glade de to var i hverandre og i det store og det hele var familien svært harmonisk. Men Esther virket for å være av en annen støpning enn de andre, det var et eller annet ved henne han ikke kunne sette fingeren på men det var ikke bra. Det var han hundre prosent sikker på. Jasper hadde tjent bra på jobben han hadde gjort og han hadde tatt med seg små gaver til alle. Vardhys fikk faktisk en liten dolk av ham, den var sikkert ikke dyr men fint lagd og han var glad for den men også dypt skamfull. Han var en gjest i huset og i hans øyne utnyttet han gjestfriheten grovt. Jasper la ikke merke til den mutte gutten, i stedet fortalte han om stedene han hadde sett og folkene han hadde møtt, men uten å nevne sin egentlige jobb med et ord. Vardhys var glad for det. Jala disket opp med et kongemåltid som alltid og kvelden ble svært hyggelig. Esther oppførte seg faktisk ordentlig og Vardhys slappet av for første gang på flere dager. Nå som Jasper var hjemme igjen kom hun sikkert til å roe seg ned igjen.

Vardhys tok feil, nå som Jasper var hjemme var det som om det brått brant en merkelig ild i henne, hun virket for å gjøre det nærmest på trass, eller for spenningen alene. Hun fikk ham med seg ut i vedboden og han måtte gjøre det der også, selv om de kunne bli oppdaget når som helst. Han ble tvunget til å ta henne på rommet sitt, på kjøkkenet og nesten alle steder i huset og hele tiden var faren til stede for å bli tatt på fersken. Og Esther virket ikke for å bry seg om det i det hele tatt. Vardhys kunne ikke fatte hvordan hun kunne være så ansvarsløs? Var det hele et slags opprør? Han visste ikke men han ønsket seg ti mil vekk. Hver gang Jasper tok ham med seg ut var han glad til. Han ble aldri med langt, bare til jordene de hadde eller de få vennene Jasper hadde og Vardhys så at de undret seg over ham. Han prøvde å te seg som en ramp eller gategutt når de møtte folk, men det var vanskelig. Når en er oppdratt til å være ridderlig og høvisk er det vanskelig å brått være det stikk motsatte. Jasper roste ham for forsøkene og han rødmet og skammet seg dypt.

Dagene gikk og han begynte å forutse Esthers utfall og han fant på måter å lure seg unna på. Han tok på seg arbeide for Jasper og sørget for å holde seg så nær ham eller Jala at Esther ikke kunne gjøre tilnærmelser uten å bli sett. Hun var rasende for det, han merket det. Og hun ble voldsom med ham når de var alene sammen, det hendte at hun var rett og slett slem. Vardhys ble etterhvert litt redd for henne, han begynte å ane at noe faktisk var virkelig galt med henne. Hun reagerte ikke på ting slik normale personer gjør. Han fikk også en mulig forklaring en ettermiddag han satt og hjalp Jala med å karde noe ull hun hadde fått. Hun fortalte sentimentalt om da barna var små og det kom frem at Esther hadde vært født for tidlig og at de hadde trodd hun var død da hun kom til, for hun hadde ikke villet puste. Jordmora hadde fått liv i henne men de hadde trodd at hun ble skadd i hodet. Heldigvis hadde det gått bra, og Jala hadde vært overlykkelig over det men Vardhys forsto at det faktisk hadde vært en skade på barnet, Og den viste seg ikke før nå!

Jasper hadde en del bekymringsverdige ting å fortelle, det gikk rykter om stygge jordskjelv langs kysten og langs fjellene, det var sett røyk fra Dragetind og en del adelige slekter hadde åpenbart mistet alt vett for de sloss å kranglet så busta føyk og ingen visste hvorfor. Det var brent flere landsbyer ble et sagt og i nord var det harde kamper overalt. Vardhys kjente et stikk av en slags iver da han hørte om det, han så for seg riddere i kamp på prustende stridshester og ønsket inderlig å kunne bli en av dem. Han var sikker på at han kunne kjempe både tappert og ærefullt. Men Jasper virket bekymret, han mente at det ikke lovet bra og var ofte ute for å fange opp rykter fra reisende og andre som kunne vite noe.

En kveld gikk Jasper for å gjøre en jobb i byborgen, en voldtektsmann skulle gjeldes og Jasper var uvanlig dyster da han gikk. Han likte ikke slike oppdrag men måtte bare ta dem. Vardhys hadde fått fred i noen dager nå, han visste ikke hvorfor men håpet inderlig at Esther ganske enkelt hadde gått lei av ham. Det var et eller annet som sa ham at han ikke lenger var nok for henne, han trodde han hadde sett henne snike seg ut av huset ved et par tilfeller og det var noe merkelig fornøyd ved henne. Og hun hadde gått med en liten nål hun ikke hadde hatt før, den virket dyr og måtte være en gave men fra hvem? Han gav blaffen, hun kunne ha halve byen som elskere for alt han visste. Han var glad til så lenge hun ikke lenger trengte ham. Vardhys hadde lagt seg og sovnet da han bråvåknet av at senga brått hoppet og spratt som en vill hest, han hikstet og grep i panikk tak i kantene. Det duret og brakte og han hørte at Jala og Paulina skrek i første etasjen. Han forsto at det var et jordskjelv og kom seg på beina, raste ned trappa enda den også svaiet vilt. Bygget var gammelt og tilsynelatende solid men slik juling som det fikk nå var ikke noe hus bygget for å tåle. Han kom seg bort til døra mot bakrommet der Jala og minstejenta sov og så kom det et forferdelig brak og noe traff ham i hodet og slo ham ut på stedet.

Vardhys kom sakte til seg selv, alt spant for ham og han hadde forferdelig vondt i hodet, noe varmt rant nedover ansiktet og han skjønte at han var skadet. Han prøvde å reise seg med noe tungt lå over ham og presset ham ned. Vardhys fikk nesten panikk, det gjorde vondt og han så lite for det var mørkt og han hørte noen stønne like ved. Med en kraftanstrengelse tok han seg sammen og prøvde å tenke, hva om han prøvde å krype og trekke seg fremover? Han tok i, beinet hans satt fast men med et gisp av smerte og anstrengelse fikk han det løs, fort krøp han

forover til han kjente at han kom frem i noe som måtte være et
åpent rom. Det var et svakt lys der, han prøvde å orientere seg.
Det verket ille i hodet og han kjente seg kvalm, var svimmel på
toppen av alt. Da han fikk gnidd blodet ut av øynene så han at
huset hadde rast totalt sammen, veggene hadde kort og godt
slått innover og taket og andre etasje landet oppå det hele. Han
befant seg midt i bygningsrestene og hadde en sprekk i taket
like foran seg. Den gikk opp til kvisten der han hadde sovet og
han kunne skimte lys fra det som hadde vært vinduet der oppe.
Han hørte at noen jamret seg men kunne ikke se, og visste at
det for ham ville være umulig å finne folk i ruinene.
Han kravlet seg opp, slo seg og bannet grovt, rev seg opp på
skarpe utstikkere av brukne planker og spiker. Lyset der oppe
var som det forjettede land, han måtte se! Av og til skalv
bakken igjen og det knaket og skrek i ruinene, han svettet av
skrekk. Omsider greide han å kare seg opp til vinduet som var
knust og forvridd men det var da en åpning og han så noe som
fikk ham til å gispe og tro at han var død allikevel og at dette
var helvete. Byen var opplyst av et rødlig skinn av mange
branner, svart røyk steg mot himmelen og formørket den og
skrik og bråk gjorde scenen komplett. Han så at folk løp rundt i
gatene, noen var skadd og andre var tydeligvis halvt
hysteriske. Det virket for at mesteparten av husene hadde rast,
og ilden spredte seg så en så det. Det meste var trebygg og tørt
og tjærebredd. Vardhys svelget hardt, han ante ikke hva han
skulle gjøre. Det brant i dette kvartalet, han hørte ilden og så at
noen desperate løp rundt og slengte bøtter med vann på
flammene men det var omtrent like effektivt som å pisse på
dem. Han kjente trekket av vinden, ilden ville komme denne
veien snart. Han måtte få ut Jala og veslejenta. Hvor Esther var
ante han ikke, for alt han visste kunne hun ha vært ute der et
sted i byen og hatt seg med gudene visste hvem.
Han kravlet seg ut av vinduet, skar seg igjen men brydde seg
ikke noe om det. Han måtte ned på gata å få overblikket,
kanskje det var en måte å komme seg inn til de to på fra en

annen vinkel. Han kjente at haugen med vrakrester av huset skalv når han beveget seg på den, han prøvde så godt han kunne å unngå videre ras. Omsider sto han på bakken, den dirret av og til fremdeles og han var livredd for et nytt kraftig skjelv og han mumlet de bønner han kunne i håp om at ihvertfall noen gode makter var med ham. Det så håpløst ut, han kunne ikke se noen vei inn gjennom kaoset av planker og bjelker og takstein. Han så at nabobyggene også var rast sammen og tok en rask beslutning, han løp rundt til det som hadde vært inngangen til gårdsplassen bak byggene, den var også rast men det gikk å komme seg gjennom for en så smidig som ham. Han så bedre nå, baksiden av huset var synlig siden mye var avdekket og han så at det var en slags sprekk langsmed muren. Det var mulig at det gikk å komme seg inn der.

Han svelget skrekken, det brant allerede noen få hus unna og han visste godt at ingen ville hjelpe om han ropte, denne familien måtte klare seg selv, uansett. Han kikket inn i mørket, det var nesten umulig å skimte noe men det virket for at mesteparten av bygningsmassen hadde vippet fremover mot gata. Altså var det ikke så mye over det vesle rommet der Jala og jenta oppholdt seg. Han fant det oppmuntrende og tvang skrekken bort. Nå måtte han vise seg som en sann ridder og gjøre det han kunne, uansett hvor skremt han var. Han krabbet inn, lyttet nøye og kunne høre svake lyder til venstre for seg. Når han tenkte seg om måtte det være omtrent der senga var. Han takket gudene for at han var smidig og sterk, han greide å åle seg frem gjennom kaoset av bjelker og treverk på tross av at han visste at et nytt skjelv kunne fange ham totalt. Han hostet av støvet og prøvde å kontrollere seg men det gikk ikke. Han kom bort til senga, en del av taket lå over den og han famlet seg frem, nådde noe mykt som lignet hud men det var merkelig kaldt å ta på. Med et kvink lot han handa følge det, det var et bein, et lite og rundt et som måtte være jentungens. Han lot handa ligge der, kjente ingen puls eller bevegelse og skjønte med et hikst at barnet var dødt. Han renset stemmen."Hallo?

Det beveget seg like bortenfor der barnet lå."Vardhys? Å guder, er du uskadd?"

Han kvinket, det var Jala, hun var i live!"Jeg... jeg er nesten uskadd."

Hun hev etter pusten, han hørte smerte i det."Esther?"

Vardhys nølte et sekund."Jeg vet ikke, jeg har ikke sett henne. Jeg tror hun har kommet seg ut, kanskje hun har løpt etter hjelp."

Jala gispet lavt."Å guder, Jeg.. jeg ser ingenting her, veslejenta? Jeg når henne ikke!"

Vardhys svelget hardt."Hun.. hun ligger like ved kanten av senga, men..."

Han hørte at hun forsto hva han prøvde å si. Hun skrek kort, et merkelig halvkvalt skrik som ble avløst av korte host med en ekkel gurgling. Lyden gav ham akutte frysninger, han hadde lært nok til å vite hva det betydde."Jeg sitter totalt fast, tror en av bærebjelkene ligger over brystet mitt."

Vardhys prøvde å finne noe å si."Jasper får deg løs, ingen fare."

Hun hostet hardt."Nei Vardhys, ikke la ham prøve. Jeg er døende, jeg vil ikke at han skal risikere livet for meg. Han må leve, for Esther og for vår datter ved kysten."

Vardhys hikstet."Men..."

Hun stønnet og han hørte at det knaket stygt i treverket. Ilden spredte seg mot dem nå, han kjente allerede varmen. Jala hikstet lavt."Gå Vardhys, ikke la deg fange her inne. Det brenner snart."

Han stønnet og prøvde å tenke rasjonelt men greide ikke samle tankene.

Han tvang seg til å begynne å krabbe ut, panikken grep ham og han krabbet og slet seg frem som aldri før. Han presset seg ut av ruinene og kom seg på beina, ilden hadde tatt tak i byggene på andre siden av gårdsplassen allerede. Han kjente tårene strømme og ante ikke hva han burde gjøre nå. Hun var i live der inne, kunne han virkelig la et menneske brenne til døde på en slik forferdelig måte? Han sto der og skalv og sank i kne, han var svimmel og merkelig matt og det virket for at synet hans var fordreid også for alt var merkelig uklart. Han skulle til å svime av da han så en skikkelse dukke opp i den sammenraste porten, det var Jasper. Han var blodig og tydelig alvorlig skadet, vaklet mer enn han gikk og Vardhys tok seg kraftig sammen og greide å komme seg opp igjen. Jasper skrek navnene deres og Vardhys kreket seg mot ham. Jasper så ham og rykket til, antagelig så han forferdelig ut men hvem gjorde ikke det nå?"Vardhys! De andre?"

Vardhys bet seg i leppa."Esther må ha kommet seg ut men hun er ikke her, antagelig har hun fått panikk og bare løpt for livet."

Han prøvde med vilje å skjule sannheten, det var ikke verdt at Jasper fikk vite hva jenta egentlig drev med.

Jasper gispet lettet."Da er hun kanskje trygg, Jala og jentungen?"

Vardhys så ned."Jeg har vært der inne, veslejenta er borte Jasper. Og Jala sitter fast under en bærebjelke, hun har store skader. Jeg hørte at hun snaut kunne puste, antagelig er brystet hennes knust."

Jasper hev etter pusten, han stirret med ville og svarte øyne på haugen med treverk og stein."Å guder, jeg må få henne ut!"

Vardhys så fortvilet på ham."Det går ikke, mesteparten av vekten ligger på henne tror jeg, se hvordan huset har falt. Hun ville ikke at du skulle prøve å få henne ut! Hun ville ikke at du skulle bli skadd også!"

Jasper slo nevene mot lårene, brølte av fortvilelse. Vardhys så at ilden nå spredte seg fremover de sammenraste bygningene, som et ondsinnet og målbevisst uhyre. Jasper raste bort til ruinen, prøvde å rive bort planker og bord med bare nevene men kollapset. Antagelig hadde han brukket flere ribbein eller noe slikt og kreftene strakk ikke til.

Han brølte navnet hennes, hamret nevene mot treverket og Vardhys så tårene renne nedover kinnene hans. Ute på gata løp folk for livet nå, ilden forfulgte dem formelig, jaget dem foran seg som et rovdyr jager sitt bytte. Vardhys trakk ham i ermet."Vi må vekk, hun ville at du skulle leve!"
Jasper skrek av sorg og sinne, den kraftige mannen ristet av sinnsbevegelse."Tenk på Esther, hun er der ute et sted, kanskje hun leter etter deg? Hun er sikkert redd og alene!"
Jasper tok seg sammen, han stirret vilt på ruinene. Flammene sprang over nå, det begynte å brenne i restene av huset hans nå. Varmen var nesten uutholdelig og Vardhys visste at de måtte vekk før ilden sperret dem inne. Han kjente selv hvor merkelig uvirkelig alt fortonet seg og antok at det var sjokket som gjorde det.Han grep Jasper og halte ham med seg, mannen hulket og ropte og var fullstendig ute av seg. Ilden fatet i hele huset og de hørte et skjærende skrik, så raste det hele enda mer sammen og skriket ble formelig kuttet over. Jasper skrek navnet hennes og Vardhys måtte bruke alle sine krefter på å trekke ham etter seg bort fra flammene.
De kom ut på gata og en skikkelse kom løpende, det var Esther. Hun var svart av sot og halvnaken men virket uskadd og stanset ved synet av ilden og de to. Hun hikstet og nølte et øyeblikk."Å far, jeg... jeg var ute og lette... jeg..."
Vardhys så ned, hun hadde vært ute og solgt seg, det var sannheten men han ville ikke legge ytterlige stener til byrden nå. Jasper omfavnet henne heftig, klemte henne inntil seg."Å jenta mi, de er døde!"
Esther så vantro på ham og ristet på hodet."Det.. det nekter jeg å tro... Det er ikke mulig ..."
Vardhys så hardt på henne."Det er sant. Din mor og søster er døde, vi må bort herfra før vi brenner vi også."
Esther så fortvilet på dem og ble var farens skader. Hun kvinket og det var noe i blikket som fortalte Vardhys at hun var like ved å miste vettet. Han grep henne i armen og trakk henne og Jasper etter seg."Vi må ut av byen!"

Jasper sa ikke noe, han bare mumlet og virket nesten
likegyldig og Vardhys måtte slite for å få ham med. Heldigvis
tok Esther seg sammen og hjalp ham og de begynte å kjempe
seg frem langs sammenraste bygg og gater fylt med vrakgods.
Vardhys bet tennene sammen, byen var livsfarlig nå, alle var
på vei bort fra den og han så at panikken hadde fått folk til å
slippe alt og løpe. Han åpnet et par porter på veien og slapp ut
husdyr som var innestengt, og han spente fra noen vettskremte
hester som sto spent foran en vogn som sto håpløst fast.
Dyrene løp avgårde og ville antagelig finne veien til portene.
Esther støttet faren og overalt var det folk som prøvde å
komme seg til portene. Mange var blodige og forrevet og
vaklet mer enn de gikk, Vardhys syntes igjen at det lignet litt
på en variant av helvete. Ingen stanset dem eller virket for å
bry seg med dem, alle tenkte bare på å komme seg vekk.
Jasper stønnet av og til og Vardhys ble alvorlig redd for
mannen. Han kunne være stygt skadet og ingen av dem ante
noe om legekunsten. Omsider kom de seg til porten, bak dem
brant mye av byen nå, flammene slikket mot himmelen
ledsaget av skrik og brak fra bygg som raste sammen. Det var
et mareritt, han kunne ikke beskrive det som noe annet.
Portene var tettpakket med folk, ville skrik hørtes i det folk ble
klemt i mengden og Esther hikstet fortvilet. Jasper tok seg
sammen.”Det nytter ikke komme seg ut her nå, jeg vet om en
annen vei ut.”
Han gikk skjelvende mot den smale gata som gikk langs
murene og Vardhys støttet ham opp mens Esther småløp foran
dem. Jasper stønnet lavt.”Det er en liten port bak huset til
lederen for bygarden, jeg bruker den siden folk ikke liker å se
meg i hovedporten.”
Esther lysnet opp.”Jeg vet hvor det er! Hun løp avgårde og
Vardhys hadde vansker med å holde følge.
Etter litt nådde de bygget, det hadde rast men heldigvis var
porten uskadd og Vardhys brøt den opp med en bit vannrør.
Utenfor var det en smal sti som ledet mot hovedveien og

Esther hjalp ham med Jasper. Mannen virket ute av seg og forvirret og Vardhys ante at skadene gjorde det. Veien var proppfull av folk som bare prøvde å komme seg vekk fra byen, mange hadde slått seg ned på engene langs den og det var en merkelig stillhet som var mildt sagt forstyrrende. Ingen sa noe, de hørte bare jamring fra sårede og gråt. De slet seg bort til en stort eiketre som sto litt for seg selv, hjalp Jasper til å sette seg og mannen gispet og grep seg til siden. Esther så på ham med tårer i øynene."Hva skjedde far?"
Jasper lukket øynene et øyeblikk."Jeg var på borgen, kom meg ut men ene sidetårnet raste og jeg ble truffet av en steinblokk."
Vardhys så skremt på ham."Er det alvorlig?"
Jasper smilte smalt."Ja gutt, jeg har ikke lenge igjen."
Esther skrek skremt og Vardhys så fortvilet på ham."Du kan ta feil!"
Jasper ristet på hodet, det var pine i minen hans."Nei gutt, jeg tar ikke feil. Jeg kjenner menneskekroppen vet du. Jeg har knust mye innvendig og flere ribbein er gåene. Jeg blør ihjel innvendig."
Vardhys snufset og Esther så fortvilet ut."Men er det ingen leger her..."
Jasper så medlidende på henne."Jenta mi, du vet at ingen vil hjelpe meg!"
Hun bare gjemte ansiktet i hendene og Jasper så inntrengende på Vardhys."Du må få henne i sikkerhet, prøv å kom deg til kysten, og finn søsteren hennes. Hun kan bo trygt der så lenge ingen vet hvem hun er."
Vardhys nølte et kort øyeblikk før han nikket."Jeg skal gjøre det, jeg lover!"
Jasper smilte blekt."Det er godt gutt, du er en person jeg stoler på."
Vardhys skalv innvendig, han kunne ikke fortelle Jasper hva han hadde gjort, hvilket svik han hadde utført. Men på den andre siden, hun var like mye skyldig som ham. Jasper så seg rundt."Dere har ingenting, men det gjelder flere nå."

Han pekte på buksene som var opprevne og blodige."Se etter i venstre lomme, jeg skal ha noen mynter der."
Esther gjorde som han sa og trakk frem en liten pung. Det var bare noen få slanter i den men det var bedre enn ingenting.
Jasper trakk av seg beltet, det hang en kniv i det i en pen slire og han rakte den til Vardhys."Ta vare på denne, dere kan få bruk for den."
Vardhys svelget hardt."Du er da ikke død ennå for farao!"
Jasper så rolig på ham."Nei, men jeg lever ikke natten over. Jeg vet det bare. Jeg har sett døden så ofte at den for meg er som en velkjent gammel felle, jeg frykter den ikke."
Vardhys kjente brått at fortvilelsen sprengte på, han kjempet mot tårene. Om jordskjelvet hadde skadet også andre byer kunne det bli anarki, og han skulle ha ansvaret for Esther?
Jasper så fast på ham."Du er av edelt blod gutt, glem ikke det. Du har evner du ikke selv har sett ennå. Du vil greie å holde dere trygge, jeg vet det."
Esther satt der og strigråt og Jasper klappet hennes sakte på handa."Jeg vil snart møte din mor igjen, og din søster. Vær tapper for deres skyld."
Hun nikket bare og prøvde å smile men greide det ikke. Hun så brått bare veldig ung og sårbar ut og Vardhys kjente at han syntes synd på henne tross alt.
De ble sittende der. Esther krøp sammen så godt hun kunne og skalv og Vardhys kjente at han også frøs så han ristet men alt virket merkelig uvirkelig fremdeles. Det var som om det ikke var han som satt der og skalv, men en annen person han ikke kjente. Etter litt ble utmattelsen og frykten for mye og han sovnet på tross av alt. Esther sovnet også og morgengryet kom sakte krypende. De våknet av at sola stakk i fjeset på dem, Vardhys jamret seg for hele kroppen var vond og Esther var blå om leppene. Hun ristet i Jasper men han var borte. Vardhys så det med et halvt øye, det var som om han hadde ventet med vilje til de to sov. Ansiktet var merkelig fredelig og Vardhys mumlet en fort bønn, han følte seg totalt fortapt, som en båt

uten ror på et opprørt hav.

Over byen hang et tett slør av svart røyk, det brant ennå og strømmen av folk virket for å ha avtatt. De som kunne komme seg ut hadde allerede gjort det. Esther hikstet og trakk restene av kjolen sin tettere om seg, hun så seg skremt rundt. Vardhys forsto hvorfor. Desperate folk er villige til å gjøre ting de ellers aldri ville gjort, voldelige ting inkludert. Vardhys så på henne og prøvde å smile.”Jeg tror ingen vil prøve å rane oss, vi har ingenting verdt å ta.”

Selv hadde han bare en bukse på seg full av hull og blod og noe som hadde vært en nattskjorte. Og hun hadde bare en tynn kjole. Nei de var så avgjort ikke noen folk ville rane. Esther slet seg på beina.”Hva skal vi gjøre? Vi kan da ikke bare gå fra ham? Her?”

Vardhys så ned.”Vi må Esther, jeg tror ikke han bryr seg om det. Vi må vekk og få deg i sikkerhet.”

Hun hikstet og tårene rant.”Jeg har mistet nesten alle, hva om min søster der ute ved kysten også er død?”

Vardhys tok henne i handa, leide henne med seg mot veien.”Tenk ikke slik Esther, det vil gå bra.”Hun bare nikket tamt og fulgte etter ham som en viljeløs slave. Det overlegne ved henne var aldeles borte. Kanskje hun nå ville bli en bedre person? Han håpet det, å skulle reise sammen med den personen hun hadde vært ville blitt en sann utfordring.

Olric

Han trakk kappen tettere om seg, stirret inn i flammene og
lyttet nøye til snakket rundt seg. Den vesle gruppen med
leiesoldater han hadde slått seg sammen med var en høyst
blandet forsamling, det var alt fra vanærede riddere til
bondesønner som så det å leve av sverdet som eneste mulighet.
Og pratet gjenspeilet det, det var ikke akkurat noe dannet språk
som ble brukt. Men det fortalte ham alt han ønsket å vite. De
hadde reist vestover lenge og han hadde overlevert alle de
brevene han hadde skrevet, hadde satt ting i sving overalt
virket det for. Duene hadde virkelig jobbet overtid en periode
og han var på en bisarr måte glad for at han hadde forberedt
seg så godt. Nå var han på vei tilbake mot sitt hjemområde, nå
reiste han som en fattig ridder og skjulte sin sanne identitet
nøye. Han aktet å se hvordan det gikk hos onkelen før han gav
seg, han aktet å se mannens liv og eiendom falle i grus totalt.
Han hadde ikke barbert seg på lenge, så skjegget var allerede
tykt og langt og han hadde latt håret gro også. Nå så han
ganske så vill ut ingen ville kjenne ham igjen om han støtte
borti kjent folk.
Effektene overveldet ham, det var kaos på gang i de fleste
husene og mistenksomheten og beskyldningene ville ingen
grense nå virket det for. De mennene han red med skulle slutte
seg til en gruppe leid av en familie av Ranclin ætten som
hadde et horn i siden til onkelen etter at deres sønn døde under
hans kommando. Det var fantastisk å se hvor mye gammel nag
og hat spionene hadde greid å rote frem. Olric hadde aldri
vært en mann av krigen, han hadde kun brydd seg om seg og
sine og å leve et godt og anstendig liv. Nå virket det for at alt
det gamle var glemt og kun et falmende minne. I begynnelsen
hadde han vært forferdet, ja nesten lamslått av alt han så av

vold og død. Så sluttet han gradvis å bry seg, han ble herdet og avstumpet på en forbausende kort tid. Nå brydde det ham ikke lenger å se horder med flyktninger og lik som lå strødd etter slag og overfall. Mange mistet alt de hadde i disse dagene og noen av dem tydde til ran og overfall for å fø seg og sine, røverbandene herjet langs veiene og mange steder i rikene hadde infrastrukturen allerede rast sammen.

Og i bakgrunnen lå kunnskapen han hadde gitt dem som en verkende råtten tann, alle trodde at noen andre hadde henne, at de gjemte henne. Og de fryktet det og angrep heller enn å vente og kanskje bli angrepet av en overlegen fiende. Han hadde sett brente gods og borger, områder der det nesten ikke fantes mennesker tilbake. Og han kjente en slags kald fryd, dette var det han som hadde startet. Det var noe han aldri hadde kunnet forestille seg for bare noen korte måneder siden men nå var det realitet og han følte seg overveldet over effekten. De skulle bare visst hvem som sto bak! Han gliste igjen og trakk kappen enda bedre om skuldrene. Hvor den forbaskede dragen var blitt av ante han ikke og han brydde seg ikke heller. Hun kunne være død for alt han ante og sannsynligvis prøvde samtlige adelshus desperat å få tak i henne. Det kunne de bare gjøre, han gav faen. Landet ville renses i blod og ild og kanskje ville gamle tider vende tilbake med ære og storhet. Nei han angret ikke, han angret slettes ikke. Ilden gav gjenglans i blikket hans der han satt sammenkrøpet, han var ikke lenger å skille fra dem han reiste sammen med. De ville nå onkelens område om noen få dager, Oric aktet ikke å spare seg om det ble til kamp. Måtte han kjempe gjorde han det med glede om det kunne velte den mannens makt. Han ville glede seg når han så onkelens gods brenne, hva som skjedde etterpå var enhvers gjetning. Så lenge Thomas av Athar.-Darasher døde kunne hele verden dø med ham for alt Olric brydde seg. Det ville bli en gledens dag.

Cian

Det var et stille sted den sommeren, gleden hadde forsvunnet
fra alle og selv om ting ble gjort og det like bra som noen gang
manglet det noe nå. Cian var snaut å se, han prøvde så godt
han kunne å fullføre sine plikter men det var vanskelig for
ham. Han ante kort og godt ikke hva han skulle gjøre. Savnet
etter Isabeau rev i ham hele tiden og såret grodde ikke virket
det for. Han var like knust som dagen hun døde og Laura
prøvde på alle måter å muntre ham opp men det gikk ikke. Den
trolldomskyndige reiste etterhvert siden det ikke lenger var
bruk for ham men han lovte å forske litt rundt tilfellet og se om
han kunne finne noe relevant. Cian brydde seg ikke om det,
han hadde sunket ned i en dyp svart brønn av depresjon og
ingenting virket for å kunne trekke ham opp av den. Karma
vokste dag for dag, katten var snart like høy som en vanlig hest
og jaktet i områdene rundt godset, folk var ikke redd den
lenger for det var tydelig at den var mer enn et digert rovdyr.
Det var en menneskelig intelligens i de store ravfargede
øynene og den virket for å forstå alt som ble sagt til den.
Sommeren var fin det året, avlingene så ut til å bli rekordstore
og folket gledet seg men Cians depresjon bekymret dem alle
sammen. Det at kvinner døde i barsel var de vant med, slik var
det bare. De døde ble husket men en kunne ikke la dem trekke
en selv med seg ned i mørket, en måtte bare rette ryggen å gå
videre.
Cian var av og til ute å red men han hadde magret av og var
blek og underlig tom å se til, det var ikke noe liv igjen i blikket
hans. Laura var alvorlig bekymret men hun visste også at han
ikke kunne ta livet av seg. Det gikk kort og godt ikke og han
hadde skjønt det nå, han ville ikke være så tåpelig igjen. Men
han kunne ikke fortsette slik, det gikk bare ikke an. Laura

undret seg over hva som skulle til for å rykke ham ut av denne merkelige likegyldige sinnstilstanden, hun prøvde desperat å finne på noe hver dag. Cian gjorde da det han skulle men ikke mer, gleden var borte for ham og han var stille og forsagt. Ridderne mente at han lignet en hest som var blitt temmet med makt, livsviljen var borte. Han var bare en skygge av hva han hadde vært.

Sommervarmen lå som et dirrende usynlig teppe over jordene da det kom et bud med et brev fra hovedstaden. Agidhan hadde gjort som han lovet, han hadde undersøkt de enorme hvelvene under biblioteket der etter noen skrifter som kunne forklare hva som hadde skjedd med Isabeau og barnet og hva som var meningen med drageskjelettet og alt det andre de hadde sett under åsen. Og han hadde funnet noe som han hadde skrevet opp og sendt avgårde til Cian med ilbud. For det var ganske så alarmerende. Laura gikk til Cian med skrivet og hun kjente på seg at dette ikke lovet godt, det var som om hun gikk og bar på selve dommen. Cian tok brevet med tomt blikk og begynte å lese, han bleknet og slapp det nesten ned på golvet. Laura fuktet leppene."Hva står det ærede?"

Cian så sakte opp på henne. "At jeg antagelig er fordømt..." Hun tok brevet fra de slappe fingrene hans og så på det med en følelse av frykt. Hun leste det sakte, Agidhan hadde funnet et skriv en omreisende hadde skrevet ned for mange tusen år siden, det var en samling legender han hadde samlet hos dvergene og særlig en hadde fanget Agidhans oppmerksomhet. Om dvergkongen som fant en stor rubin og ble sakte gal mens barna han avlet måtte bli monstre. Det stemte bare alt for godt. Laura hev etter pusten og så på Cian som så ned med sluknet blikk."Så jeg kommer til å bli gal etterhvert, og blodet mitt er for evig forgiftet. Jeg kan aldri få barn igjen, for de vil bli slike monstre som det som drepte min Isabeau."

Laura ante ikke hva hun skulle si til det, hun bare sto der. Cian slet seg på beina."Men hvordan havnet den rubinen her i området? Vel, det får vi vel aldri svar på. Jeg forbanner dagen

jeg fant den forbannede tingesten.”
Laura strakte ut handa for å støtte ham men han slo den vekk
med en mine av avsky.”Nei, ikke rør meg, for alt vi vet kan det
være smittsomt. Jeg trenger ingen hjelp!”
Han bet tennene sammen så Laura nesten hørte det knake i
dem.”Og jeg kan ikke dø, for en ironi det er i dette!”
Det var noe kaldt i stemmen som ikke hadde vært der før og
Laura følte brått et merkelig stikk med angst, det var som om
hun i ham så noe nytt og farlig, noe som sakte grodde frem
som en spire fra et frø gjemt dypt i jorden. Cian bare gikk og
hun ble sittende igjen og stirre mot veggen med en følelse av at
et eller annet kom til å skje, og det kom uansett ikke til å bli
trivelig.
Etter et par uker kom kongens skatteansvarlige innom for å se
på godsets regnskaper, mannen roste det grundige arbeidet som
var gjort der og Cian var høflig og vennlig men alle så at den
fremmede følte et slags ubehag rundt Cian. Det var som om
sorg og tungsinn spredte seg fra ham som en slags gift i luften
og mannen reiste så fort alt var gjennomgått. Enda det var
dårlig vær og elendige veier i mange mils omkrets. De tidlige
avlingene ble ferdige til innhøsting og stemningen blant folk
var høy nå, de gledet seg over de gode resultatene og glemte
sin herres merkelige sinnstilstand. Laura var fremdeles
bekymret, hun var gammel og visste det i selve margen at noe
ondt var på vei. En månenatt våknet hun av at tre ravner
kranglet høylydt over gårdsplassen og to netter senere fant
portvakten en død hjort liggende foran porten tilsynelatende
uten en eneste skade. Det var et dårlig omen men ingen brydde
seg om det nå. Høstingen var for døra og det var årets glade
tid, en tid med overflod og glede og det var få som brydde seg
om gammel overtro nå. Sola skinte og været var godt og ting
gikk på skinner. De fikk få brev fra kongen men en dag kom
det et, det var litt merkelig og Cian forsto ikke helt hva
majesteten mente. Han skrev noe om rykter i adelshusene, om
noe spioner hadde funnet ut og om merkelige hendelser i

nordvest. Cian syntes ikke det lignet Marcellius å skrive slikt,
det var liksom ikke hans stil. Men brevet gjorde ham på et vis
nervøs, det måtte være noe alvorlig som krevde kongens
oppmerksomhet.
Men ikke mer skjedde og innhøstingen tok all
oppmerksomheten de hadde, de måtte få alt i hus før vinteren
og Cian virket litt lettere til sinns når han hadde fysisk arbeide
å bruke energien på. Og Laura håpet inderlig at det ville
vedvare. Det var en fin høst med lite regn og vind og overalt
bugnet trærne av frukt og skogen var full av bær og nøtter
kvinnene høstet med iver og takknemlighet. Det var en tid av
merkverdig idyll. Så en dag kom en handelsreisende kjørende,
han hadde fulgt sjøen nordover og hadde vogna full av diverse
varer. Slike folk reiste rundt hele året og solgte alt mulig og nå
så tidlig på høsten var mange ivrige på å se hva han hadde med
seg. Mannen hadde alt fra vakre tøyer til smykker og mer
nyttige redskaper og særlig kvinnene hang ved vogna som
småfugl rundt et havrenek. Cian smilte ved synet, mannen ble
kvitt mesteparten av varene sine der og kom nok til å snu
tilbake for å fylle opp igjen i de store byene før han søkte mot
bygdene igjen.
Det ble festet ganske ofte og befolkningen i landsbyene var
ofte på godset for å jobbe eller feste og Cian deltok da men det
virket alltid som om tankene hans var på et ganske annet sted.
Så kom nyheten om at en mann nede i landsbyen var blitt syk,
det var i og for seg ikke noe merkelig men medikus ante ikke
hva det kunne være for symptomene var så underlige. Og før
det var gått to dager var resten av familien også syk, og
mannen døde. Det var da Laura forsto hva den merkelige uroen
hadde varslet, noe som virkelig kunne bli slutten. Medikus ble
syk og så spredte det seg fort over landsbyen. Cian ble
informert om at det var en epidemi av noe slag men det virket
ikke for å gå inn på ham før de første på godset ble syke. Da
gikk alvoret opp også for ham og han prøvde å skaffe legehjelp
utenfra men det gikk ikke. Ingen ville komme dit når det herjet

pest i distriktet og de få som kunne ha hjulpet var av de første
som døde.
Det var en forferdelig sykdom, med sterk feber og tørste som
ble fulgt av en blålig misfarging av huden og så svulmet en
liksom opp og ble helt rund i ansikt og lemmer før en døde i
kraftige krampeanfall. Det hele kunne ta under et døgn i noen
tilfeller og angsten spredte seg. Folk isolerte seg på gårdene,
holdt alle fremmede borte fra sin jord og selv slektninger ble
jaget bort. Det løp rykter om merkelige hendelser i vest og det
ble merket jordskjelv og sett røyk fra fjellene og mange
begynte å tro at det var varsel om verdens ende. Og det virket
for at et eller annet virkelig hendte på andre siden av bukta for
brev kom fra kongen med fortellinger om en ren borgerkrig
som hadde brutt ut og som nå spredte seg som ild i gras. Cian
gikk til det steg å stenge av godset, ingen fikk komme inn eller
ut og det virket lenge som om pesten nå holdt seg i ro. Ingen
nye ble syke og det skjedde ofte at slike epidemier bare døde
ut av seg selv, men det svake håpet de hadde hatt døde ut.
Pesten kom tilbake, enda mer aggressiv enn før og folk ramlet
døde om uten å engang ha vist symptomer.
På godset isolerte de seg helt, folk satt der i angstfylt apati og
ante ikke hva de skulle gjøre, om de burde flykte eller bli. Cian
gikk rundt i sine rom som et hvileløst dyr, han prøvde å
komme opp med en metode for å redde sine folk men hvordan?
De lot bål brenne hele tiden for å fjerne eventuelle onde ånder i
luften og de ofret en geitebukk foran porten for å hindre det
onde i å komme inn. Cian sto øverst i tårnet hver morgen og så
at det røk fra stadig færre piper i lenet, det virket for at pesten
ville rive alt liv bort derfra. Dyrene løp rundt eierløse og snart
ble det vinter også. Siden de ikke fikk noen nyheter lenger ante
de ikke om hvorvidt krisen de hadde hørt om hadde spredt seg
eller ei, eller om det bare var et lite opprør. Og alle fryktet å
føle de første symptomene, å kjenne feberens klamme hånd på
kroppen. Og de fryktet hverandre, paranoia en spredte seg like
fort som pesten. Var ikke gamle onkel Jheren litt blek i dag?

Og hun der, hun hostet da virkelig? Best å holde seg unna dem for sikkerhetsskyld.

Cian ba alle guder han kjente til om hjelp og nåde, men det virket for at de hadde vendt det døve øret til. Utenfor godset var det etter noen uker blitt stille, det røk ikke fra noen piper lenger og flokker med eierløse hunder og andre dyr søkte seg mot godset men der var portene stengt for alle, både to og firbeinte. Og det virket for at det faktisk kunne berge dem, ingen der ble syke. Det var en vanvittig balansegang mellom håp og fortapelse og Cian følte av og til at han nesten ble gal av det. Skjebnen kunne da vel ikke være så grusom at den krevde alt fra ham? Så en dag kom en flokk med ravn flygende over godset og en av dem bar på noen den slapp ned så det ramlet et eller annet sted innenfor murene. Det ble lett og en av stallguttene fant en halvråtten hånd. Den ble brent øyeblikkelig og nå satte Cian ut vakter på takene som skjøt fugler som kom for nær. Han krysset fingre og ba om at det skulle være nok. Men to dager senere ble ene kokkejenta syk, gudene var nådige og lot henne ikke lide lenge før hun døde, men nå var pesten kommet og den aktet ikke spare noen. Cian åpnet portene igjen, det var ikke lenger noen vits i å bli der inne når det de fryktet var der med dem. Noen flyktet men for andre var godset hjemme, de ville ikke reise men dø der de følte seg trygge. Og døde gjorde de, en etter en. Cian slapp løs alle dyrene og ventet på å selv bli syk men det skjedde ikke. Og han satt ved Laura sin seng da hun sakte gav tapt for sykdommen, og bar henne selv bort til det store bålet som brant kontinuerlig utenfor porten nå. Han følte det som om han var det eneste mennesket igjen på jord og ensomheten var sønderslitende. Han ønsket av og til at det gamle sagnet var riktig, om han ble gal ble det nok lettere å bære. Men han forble normal, og ofte gikk han ned i hvelvet og forbannet den vakre røde rubinen men ingenting skjedde og den svarte aldri på hans beskyldninger. Og han ble den eneste igjen der, godset var dødt nå, og han tok Tordenkile og red rundt og alle var

døde på gårdene og i landsbyene også. Mange lå bare der de
hadde falt og han brukte dager og uker på å begrave de døde.
Til slutt skremte ikke døden ham lenger, han ble nesten
familiær med den. Han samlet alle dyrene som løp rundt og så
til at det fantes for til dem og han sørget over alle disse gode
menneskene han hadde blitt kjent med. De hadde støttet og
hjulpet ham men han hadde ikke visst å sette pris på dem, ikke
før nå.
Da det begynte å bli kaldt kom det første budet, en ung mann
som måtte ha ridd hardt og lenge for han var tydelig sliten og
skalv. Mannen stanset ved porten og Cian trodde han hørte feil
da lyden av en menneskestemme nådde ham. Cian slapp budet
inn og mannen var nok modig for han virket ikke redd for å ri
over et land der pesten hadde drept alle unntatt en. Men visst
gjorde det inntrykk på ham. Budet fortalte mens Cian lagde
mat og gav ham litt varm vin å drikke, pesten hadde herjet over
det meste av området rundt Felderi sjøen. Mange tusen var
døde men nå hadde den brått stanset og ingen hadde blitt syke
på noen uker. Ting skjedde som var meget urovekkende,
adelshusene hadde brutt ut i åpen krig og kong Marcellius
hadde vært utsatt for flere attentater men heldigvis hadde han
sluppet unna lett, småskader var alt som hadde hendt ham.
Flere av Ohdrasar var derimot myrdet og av Cians familie var
bare onkelen tilbake og han var såret og svak. Det var kaos og
komplett anarki overalt. Cian undret seg over hva kongen
ønsket av ham siden han sendte et bud hele denne lange veien
og mannen måtte vedgå at det var en ordre han kom med.
Marcellius hadde gitt budet beskjed om at om Cian levde
skulle han reise nordvest over til de gruveområdene Ohdrasar
ætten var deleiere i og om mulig stabilisere situasjonen der
oppe. De trengte inntektene derifra sårt, ellers kom landene til
å gå konkurs fort og enda mer trengte de metallene som ble
trukket opp av jordens buk der nord. Cian skulle få alle
fullmakter og alt han ønsket av utstyr og så mange menn han
ville ha å råde over.

Budet kunne også fortelle at det hadde vært flere sterke jordskjelv som hadde vært følt helt til Felderi og det gikk rykter om at et av adelshusene hadde hatt en drage i fangenskap og nå prøvde alle å få tak i den og gjøre den sin. Cian kunne forstå at det kunne bli kaos om noe slikt var sant, maktgale som de fleste var. Han brukte natten til å tenke, og han tenkte lenge og vel. Det var ingenting igjen for ham der og hjertet hans var svart og dødt, det var ingen glede igjen,. Men han var ennå en god stridsmann og om kongen ønsket det av ham ja så fikk han bare adlyde. Han gav budet flere skriv med detaljerte instrukser og sendte dem med ham med strenge formaninger om hvem som skulle ha dem. Deretter ble han sittende der på godset og vente. Han levde, det var alt. Han åt og sov og red turer med Tordenkile og så hvordan naturen tok tilbake det han hadde skapt på den tiden han hadde vært der. Høystakker ble revet utover av vinden og gjerder bikket overende. Frosten ødela veiene og i hus og hytter brant ingen ild og ingen stemmer kunne høres. Det var et dødt land han var hersker over, han var sorgens ridder nå.

Etter noen uker kom det flere menn med det han hadde bedt om, på de fremste hestene var det flere kasser og han tok dem inn uten et ord og åpnet dem. Det var en rustning, smidd av en mann som alle regnet som den aller beste smed noen sinne. Den hadde vært gjemt i hans families gods i århundrer og hadde aldri sett dagens lys siden den ble skjult men nå var det på tide at den ble brukt. Han hadde fått kongens egen rustningssmed til å endre litt på den, den hadde vært komplett svart men nå var det lagt til stiliserte flammer i rødt gull på brystplaten og ryggen og den åpne hjelmen hadde fått en rød hjelmpryd av farget hestehår. Den passet perfekt men han hadde regnet med det. Fem riddere var blitt med for å hjelpe ham å rekruttere de riktige mennene fra kongens mange militære utposter og de så på ham med en slags skrekkblandet respekt. Han var den eneste der som hadde overlevd pesten og de kjente til hvem han hadde vært men ikke hva han hadde

blitt. Den før så muntre unge mannen var blitt dyster og taus,
nesten illevarslende i sin fremtoning. Det lange håret var
uklippet og ustelt og han hadde blitt mørk om øynene og
underlig kald i blikket. De visste hva sorg kunne gjøre med en
mann, enten myknet den ham eller så gjorde den ham hard og
Cian hadde herdet til å bli som diamant nå. Ingenting gikk inn
på ham lenger.
Noen dager etter at utstyret ankom red en mann fra slekten
Uther-Darasher inn på tunet sammen med fire riddere og noen
hjelpere. Mannen hevdet at han kunne kreve godset og lenet
som sitt siden han var en fjern slektning av Isabeau og Cian så
sannheten med en gang. Det var en ren løgn, mannen var bare
ute etter rikdommene der og Cian og de fem drepte alle
sammen uten å nøle og uten å føle noe annet enn forakt. Cian
tok en beslutning der og da. Stedet hadde vært godt mot ham,
det hadde gitt ham glede og et hjem og ingen skulle vanære
det. Han pakket alt han ville ha med av verdi, sverdet og
rubinen også, så salte han opp og jagde ut alle dyrene før de
satte fyr på alle bygningene. Cian følte noe som lignet en slags
tilfredshet da han så ilden strekke seg mot himmelen, om noen
skulle bo der igjen måtte de bygge alt opp på nytt. Da ble det
ikke lenger hans, men de nye eierenes. Hans minner og hans
sorg var uplettet, de var hans egne. Han snudde Tordenkile
nordover og Karma kom løpende og fulgte etter dem ved hans
side. Den var like høy som Tordenkile nå og på et eller annet
vis skjønte Cian at dette var noe som måtte skje uansett. Det
hadde vært forutbestemt. Skjebnen slapp ingen unna og det var
med et hardt uttrykk i ansiktet han red den i møte. Komme hva
som komme ville, han ville aldri vike unna.

Midar og Meyret

Midar følte seg fort overlatt til seg selv, han var glad for at Imla brukte tiden på Meyret men selv følte han seg fortvilet og forvirret. Han fryktet hva som ville skje med de to ved kysten og han skulle ønske han visste mere om hva som egentlig foregikk. De første dagene var han for svak til å gjøre stort annet enn å sitte i sola og slappe av men snart ble han rastløs og begynte å prøve å tenke ut måter han kunne kontakte sin blodsbrors enke på. Det måtte være en måte å advare henne på, når han ikke avleverte Meyret på riktig sted ville den motbydelige hyenen av en herre sikkert gjøre alvor av truslene. Det var en ting som kunne virke, det hele avhang av at hans venn hadde lært henne litt om deres yrke og de hemmelighetene det førte med seg. Få visste det men tyvene hadde lenge vært et eget laug og det førte med seg mange ting som bant alle medlemmene sammen. Hemmelige koder og språk var en del av det og det meste var fremdeles i bruk selv om de ikke lenger var et laug. Om hun hadde lært de viktigste tegnene kunne det kanskje være håp. Men hvordan skulle han få overbrakt en slik advarsel til henne? Han ante at det ikke var bare bare å komme seg fra dette stedet til verden utenfor. Meyret ble bedre men våknet ikke de første dagene, hun ble antagelig holdt bedøvet av Imla som til stadighet gned henne med diverse sterkt luktende salver og helte i henne ulike urtedrikker som ikke akkurat luktet noe bedre. Midar håpet at hun ville bli frisk og sterk igjen men hva skulle så skje? Skulle han avlevere henne? Nei, han visste at det var en umulighet, at det aldri burde skje! Ingen måtte få tak i henne, ingen burde få besudle og knekke henne igjen. Hun burde være fri, uansett hva og hvem hun var. Imla virket for å nesten overse ham men han fikk da mat og drikke og alt annnet han trengte. Han hadde våknet ene morgenen og funnet et komplett sett med gode klær ved senga og nå som føttene hans var noenlunde igjen hadde han også fått gode støvler. Dette stedet var liksom så fredfylt og godt og han ønsket å glede seg over det men det hang som et agg i ham hele tiden. Han hadde forpliktelser han ikke ville glemme eller gå bort fra.

Han satt ved kjøkkenbordet og prøvde å trykke i seg litt mer mat da Imla brått kom gående og så på ham med merkelig dypt og vitende blikk.”Du frykter for din svigerinne ikke sant? De som sendte deg etter Meyret har truet med hennes og hennes sønns sikkerhet.”

Midar svelget hardt, han kunne ikke forstå hvordan det var mulig for henne å vite slikt men hun visste åpenbart. Han nikket nølende og hun smilte svakt.”Det er ingen fare for dem for øyeblikket, ting skjer der ute i verden som endrer balansen på mange måter. Mannen som sendte deg ut etter Meyret er død nå, myrdet av en slektning som også ville ta del i makten Meyret ville brakt.”

Midar så storøyd på kvinnen som satt der, hun så ut som en vanlig bondekone men han ante noe i henne, noe eldgammelt og mektig han fikk frysninger av.”Myrdet? Men....”

Imla så ned i bordet, blikket var fjernt.”Det har begynt, dolkens spiss har brutt demningen og elven av blod har brutt løs. Og galskapen skal bre seg over landene.”

Midar rynket pannen.”Nå aner jeg ikke hva du snakker om?”

Hun smilte kort.”En mann av ætten som holdt Meyret fanget har latt alle andre vite om henne, for å spre kaos, som hevn for et myrdet barn. Og en av samme ætt som herren som sendte deg har fått ham drept. Snart vil ikke lenger blod og ætt bety noe!”

Midar så vantro på henne.”Det du beskriver skremmer meg...”

Hun la hodet på skakke.”Men det er mer, et tideverv er til ende og et nytt skal begynne, og alle fødsler skjer gjennom smerte og blod. Men det vil du snart skjønne Ashitan.”

Midar rykket til.”Det der du sa nå, hva betyr det?”

Hun så ikke på ham engang, bare reiste seg og gikk."Det vil du finne ut med tiden."
Han så langt etter henne, var det sant det hun sa? Var svigerinnen og sønnen hennes trygge inntil videre? Han kunne bare håpe på det for han visste dypt inne at han ikke fikk forlate dette stedet før dette merkelige kvinnemennesket bestemte det. Midar undret seg stort over stedet han var på, han hadde ikke gått særlig langt bort fra huset ennå men han følte seg nysgjerrig. Trærne var nok til å gjøre ham målløs og han hadde en sterk følelse av at de ikke var de neste miraklene der. Han tok seg en spasertur mens han tenkte over det Imla hadde sagt, det var tydelig at hun visste alt som skjedde i verden der ute men hvordan? Var hun en gudinne av noe slag? En synsk? Han trodde ikke han ville vite svaret på det heller, ikke egentlig. Men det skjedde altså store omveltninger der ute på grunn av Meyret og han kjente seg iskald ved tanken på fremtiden. Hvordan skulle de kunne bli trygge noen gang? Han kunne forstå hvorfor Meyret ville ta livet av seg, om ting hadde sett så mørke ut for ham ville han vel ha vurdert det samme men på samme tid kanskje ikke. Midar hadde aldri vært av dem som gav opp, han hadde alltid hatt en slags indre driv som nektet ham å gi opp. Hard og kynisk hadde han vel kanskje også vært til tider men det var slik verden formet en, en kunne ikke være bløt om en ville overleve der særlig lenge, spesielt ikke i hans yrke.
Han gikk langs stier som var tydelige og brede, de måtte være mye brukt men han så ingen der. Det var som om han og Meyret og Imla var de eneste som bodde i hele denne enorme skogen. Men den var et vakkert sted, med en underlig ro og han følte seg vel til mote der uansett hva han tenkte på. Det var i seg selv påfallende. Her og der rant det mindre bekker og elver og det var merkelig frodig. Det hele minnet ham mer og mer om en slags overgrodd hage som bare ventet på at gartneren skulle vende tilbake fra ferie. Han så spor etter dyr men antagelig gjemte de seg om dagen så han fikk bare et kort

glimt av noe som kunne være en hjort en gang. Det føltes godt
å gå rundt der, han var trygg og hadde ingenting å være redd
for akkurat for øyeblikket. Han kunne tillate seg å bare
beundre det han så av natur og det han så fikk han til å innse at
stedet var virkelig merkelig. Det var planter og blomster der
han aldri hadde hørt om noen gang og noen av sporene han så
var også totalt ukjente. Nå var han en mann av byen i det store
og det hele men han kunne da litt og mer enn en gang klødde
han seg i hodet over ting han så.. Han var faktisk sliten da han
gikk hjemover igjen.
Da han kom tilbake til huset satt Imla og melket ene kua og
virket ganske opptatt med det så han gikk rett inn. En gryte
med stuing putret over ilden og luktet fristende og det lå et
halvferdig håndarbeide på bordet. Tydeligvis drev Imla med så
mangt. Meyret lå ennå i senga og Midar gikk sakte bort til den,
så ned på henne. Sårene var begynt å gro, de var mer skorper
nå og hun var ikke så blåslått og stygg lenger. Merkene bleknet
og hun så litt friskere ut. Han strakte ut handa og rørte kinnet
hennes varsomt, det var varmt og mykt og han skar en grimase.
Han visste hva hun egentlig var men greide ikke riktig å ta det
inn over seg. I hans øyne var hun uansett bare en hjelpeløs
skapning som fortjente medfølelse og trøst. Det var ikke enkelt
dette, burde han la henne vite at han visste? Imla sto brått rett
bak ham, han skvatt og så litt irritert på henne."Hva med å si
fra før du sniker deg inn på folk slik? "
Hun bikket på hodet, smilte svakt."Så, hva vil du gjøre?
Fortelle henne at du vet sannheten eller late som om hun bare
er en vanlig kvinne?"
Han ble sint, hun leste tankene hans, og det var ikke noe han
likte i det hele tatt."Du har ikke noe i hodet mitt å gjøre Imla,
bare så du vet det!"
Hun smilte ennå."Jeg trenger ikke lese tanker for å vite hva du
plages med unge mann. Men gjør som du vil, det er ikke min
sak. Ting vil skje som de vil."
Han sukket og så litt oppgitt på henne."Men hun vil våkne

igjen?"
Imla nikket mens hun strøk Meyret over hodet."Ja,snart. Hun
har bekjempet infeksjonen og vil begynne å samle krefter
igjen. Hun vil trenge det."
Midar så ned i golvet, kjente at noe sprengte seg frem med
uimotståelig kraft."Kan hun noen gang bli trygg, jeg mener, de
vil prøve å få tak i henne alle som en..."
Imla bikket svakt på hodet igjen, det var noe merkelig
umenneskelig ved bevegelsen som gjorde Midar litt
skremt."Ja, om de får vite hvem hun er vil hun være hva alle
makthungrige sjeler begjærer. Men snart vil hun ikke være
alene lenger. Og sorgens ridder skal bringe henne blodets sten
og hun vil bli hel på ny."
Midar ristet oppgitt på hodet."Og du kan ikke annet enn å
snakke i gåter skjønner jeg?!"
Sarkasmen var tydelig for noen og enhver men hun bare smilte
igjen og gikk.
Midar satte seg ved sengen og bare stirret på Meyret, det var
ennå blå skygger under øynene på henne og hun var
skremmende mager men med maten der i huset ville det endre
seg fort. Men hva kunne de gjøre når hun ble sterk igjen? Hun
hadde ennå det forbaskede halskjedet på seg og hva var
 det egentlig som var meningen med alt? Kunne hun noen gang
bli fri og lykkelig igjen? Han ante at det måtte være hardt for
henne, verden som hun kjente den var borte for godt. Det var
noe nytt hun måtte bli kjent med og han skulle gjerne være der
og lære henne men ønsket hun det? Han var en lavere stående
skapning, bare et menneske. Og hun, hun var... Nei tankene
hans greide ikke engang fatte omfanget av det. Det ble for
vanskelig for ham å fatte.
Imla satte frem boller og bestikk og han forsynte seg og spiste
til han kjente seg mer eller mindre sprengt. Så la han seg nedpå
litt og da han våknet begynte det å mørkne utenfor og Imla satt
og jobbet med håndarbeidet sitt. Midar følte seg merkelig tung
i hodet og satte seg opp mens han gned seg i øynene, det var

aldri lurt å sove så mye på dagen. Han skulle til å spørre om
Imla hadde noe drikke da han hørte at Meyret rørte på seg. Han
spratt på beina og gikk bort til senga, hun lå der men virket for
å være i ferd med å våkne og han satte seg og tok ene handa
hennes. Hun stønnet og slo øynene opp. De stirret rett i taket
og virket ikke for å forstå noe for hun virket vettskremt av
omgivelsene og Imla kom fort bort til dem og la handa på
hodet hennes. Meyret falt liksom litt sammen, blikket ble fjernt
i noen sekunder, så virket det for at hun husket for hun så
storøyd på Midar og svelget synlig.”Midar? hv.. hvor er vi?”
Imla smilte deltagende.”Du er trygg her, jeg har helbredet
skadene dine barn, du vil bli ok igjen. Ingen ond makt kan
finne deg her hos meg.”
Meyret jamret seg lavt og strøk seg mot strupen og Imla hentet
et krus med noe i. Meyret drakk det og hostet litt før hun
prøvde å sette seg opp, det gikk heller dårlig.
Imla hjalp henne opp og støttet henne med noen ekstra puter,
Midar så at Meyret ennå var forvirret men hun var ikke så redd
lenger. Hun så seg om og han smilte forsiktig til henne.”Det er
greit, jeg ville vært forvirret også om jeg var deg. Men bare
slapp av, du vil bli helt frisk igjen snart.”
Imla nikket og hentet noe stuing.”Ja, bare spis og finn krefter
igjen.”
Meyret skalv så på hendene at Midar måtte fore henne med
skje, og hun spiste sakte og med tydelige vansker til å begynne
med. Men han likte å hjelpe henne og hun var sulten, faktisk
nesten desperat men hun greide å styre seg svært bra. Da
bollen var tømt rapte hun og rødmet og Midar måtte le av det
forferdede uttrykket i ansiktet hennes. Imla hadde gått ut så
han snek seg til å gi henne litt mer drikke, det var vin og hun
skar en liten grimase siden den var sterk. Han tørket henne om
munnen og hun rødmet igjen.”Hvem er hun?”
Midar ristet på hodet.”Jeg aner ikke men hun vet tydeligvis alt
om alt, kanskje en gudinne eller noe slikt. Men hun er god, om
ikke alltid like høflig eller diskret.”

Meyret lukket øynene et øyeblikk.”Men de vil ikke finne oss her?”

Han smilte og strøk henne over hodet. “Nei, aldri!”

Hun sukket lettet og han ble ved å stryke over huden hennes, hun virket for å like det. Han så at hun ikke var så blek lenger, det var da en god ting. Hun sukket og prøvde å strekke seg.”Jeg føler meg så tom, hva skal det bli av meg Midar? Jeg vet ikke om noe sted jeg kan være trygg...”

Midar holdt på å røpe at han visste hva hun var men holdt tann for tunge.”Åh vi finner sikkert på noe kjære deg, nå skal du bare spise og kose deg til du blir frisk igjen.”

Hun smilte vagt og lukket øynene igjen. Han reiste seg og gikk bort til bordet, ble sittende å bare glo på ilden som brant på peisen. Imla så smalt på ham.”Om du kjeder deg kan du få lov til å pusse seletøy.”

Midar skar en grimase.”Ok, alt er bedre enn å være inaktiv, kom med det.”

Hun så megetsigende på ham og forsvant bak i huset der det var et rom han skjønte var et slags lager. Hun kom ut med noe som viste seg å være to vakre hodelag i farget lær og slengte dem bort til ham sammen med en pussefille og en liten flaske olje.”Her. Sett i gang.”

Midar husket drømmen, de to vakre skimlene han og Meyret hadde ridd på. Antagelig var det en sammenheng der. Han grep utstyret og gav seg til å bruke det som best han kunne.

Mens Midar pusset seletøy satt Janos og hans menn under noen svære furuer i lia på platået, de hadde fulgt de helt ferske sporene med iver og av blodet skjønte de at byttet var like ved da sporene brått bare forsvant. Deres beste sporfinnere prøvde å finne dem igjen men det var håpløst. Det var som om et eller annet hadde fjernet de to fra jordens overflate og Janos begynte å tro at det var tilfellet også. Ingen av karene hans hadde sett på maken. Nå undret han seg på hva han skulle gjøre, burde han bli der i fjellene og vente til de to eventuelt dukket opp

igjen eller skulle han reise hjem igjen?`Et eller annet sa ham at det siste var nødvendig og ønskelig, det var et eller annet i ham som trakk og tryglet og gav ham en slags ekkel følelse av at noe var alvorlig galt. Janos var kanskje en glatt type mange ville beskrive som en playboy men han var en god soldat og denne følelsen av overhengende fare var aldri ledsaget av noe godt. Han stolte på instinktene sine og visste at de prøvde å holde ham i live. Mennene hans stolte på ham, de hadde fulgt ham på denne ferden med fare for egne liv og han aktet ikke svikte dem heller. Han stirret inn i bålet og prøvde å vurdere situasjonen som best han kunne. Siden de red inn i fjellene hadde de ikke hørt noe fra verden utenfor og han fryktet at ting skjedde uten at han fikk greie på det.
Han tok en beslutning og tok en dyp slurk av feltflaska si, neste morgen ville de ri hjemover igjen. Gudene alene visste hvor den forbannede hunndragen befant seg og antagelig dukket hun tidsnok opp igjen. Og skrivet de hadde tapt til Lathisa var verdiløst uten en drage å befale med det, så han aktet ikke lete alt for ivrig etter det heller. Det var liten vits i det. Han ville hjem og se til at alt sto bra til, at avlingene var i hus og at ting var klare for vinteren. Mennene kom til å bli glade for det, de ville også vekk herfra. Det hadde vært en dømt ferd fra starten av. Han lente seg tilbake mot salen sin og tenkte fraværende på hjemmet med sine sprakende peiser og varme rom med komfort og hygge. Jo, det ville bli godt å se det igjen, denne affæren fikk hvile til over vinteren. Ingen kunne forlange at de skulle fortsette letingen når snøen kom. Og det gjorde den snart, han merket det i lufta, det var en slags kald friskhet som ikke hadde vært der før og alt var merkelig kaldt og klart. Han tvilte på at mennene han sendte etter Lathisa hadde noe mere hell, nei, gudene ønsket tydeligvis ikke at de skulle lykkes med dette og mot dem kjemper selv de sterkeste forgjeves

De neste dagene kviknet Meyret mer til, hun fikk krefter til å

sitte selv i senga og hun spiste så ofte hun kunne. Imla
tilberedte særlig mat for henne, Midar ante at det måtte være
margbein og slike lekkerheter og han skar en grimase og var
glad han ikke trengte ete slikt. Men hun spiste alt med glede og
Imla roste henne lavmælt hver gang. Men han merket en
underlig usikkerhet i henne, en slags forvirring han ikke riktig
greide å sette fingeren på. Det var som om alt var nytt for
henne, bare det at Imla gav henne et slags bekken i senga
gjorde henne nesten fra seg og noen ganger grep han henne i å
sitte der og stirre på sine egne hender. Sannsynligvis hadde
hun aldri fått sjansen til å bli virkelig kjent med denne
skikkelsen.

Midar gikk turer hver dag, og de ble stadig lengre etter som
han ble kjent med området. Den enormt store skogen stanset
noen fjerdinger mot vest, der åpnet den seg mot en lavere
dalgang med en elv i midten og store enger langs den brede
sakteflytende elva. Flokker med kyr og hester beitet langs den
og i det fjerne reiste skogkledte åser seg mot en kjede med
enormt høye og skarpe fjell. De så liksom så ville ut. Han ante
ikke om noen fjell som så slik ut, hadde ihvertfall ikke hørt om
det. Men han begynte å tro at dette virkelig var en annen
verden. Men en han gjerne skulle visst mer om, den virket
enorm og han trivdes med å gå rundt og bare se seg om. Han
fant små sjøer som formelig krydde av fisk og han brukte et
par dager på å fiske og ta med fangsten til Imla som var svært
glad for den. Dagen etter lå det en god bue og piler på bordet i
rommet der han sov og han fikk beskjed om å ta med kjøtt.
Han brukte dagen på å jakte i et område sør for hytta der
skogen sto åpen og merkelig lys og han fikk til slutt en hjort.
Det ble en større jobb å frakte den hjem men han greide det da.
Selv om han bar til det knaket i ryggen på ham.

Imla takket ham og begynte å gjøre opp skrotten og hun kunne
antagelig forvandle den til de fineste retter for han begynte å
skjønne at hun var en sann mester med krydder og mat. Og han
likte utfordringen han fikk i jakten. Neste dag skjøt han en

slags harelignende skapning som var på størrelse med et rådyr
og han var såre fornøyd med det. Imla tørket kjøttet og foret
Meyret jevnt og trutt og Midar la ikke merke til hvor fort hun
kom seg nå. En morgen han skulle ut sto det to hester utenfor
døra, ferdig selet på. En stor brun pakkhest med sal til å henge
ting på og en høy langbeint svart ridehest som virket fyrig men
god. Midar smilte sakte, hun så om han var verdig før hun lot
ham gå et steg videre. Han kom seg i salen og kjente fort at
den svarte hadde krefter i massevis. Han kunne brått dekke et
mye større område og brukte mer tid på å utforske enn å jakte,
Det var et paradis, intet mindre. Han så steder så idylliske at de
ble sittende i sjelen på ham lenge etterpå og han begynte å
egentlig ønske at han kunne bli der for alltid.
Men han så også noe annet, det var andre der, sporene var
diskret men tydelige og han forsto ikke hvem det kunne være
som kunne skjule seg så godt. Her og der så han stier dyr ikke
kunne lagd, små rester av hytter lagd av greiner og løv og slikt
og forsto at det måtte være et skogfolk av noe slag. Mye av det
var ganske ferskt så de måtte befinne seg der ennå, enda han
aldri så noen der. En dag han hadde ridd vestover stanset han
ved en kulp i elva for å kjøle seg ned, selv om det var høst og
nesten vinter var det varmt der og han syntes vannet virket
fristende. Han kledde av seg og vasset uti med et gys, det var
forholdsvis kald men han ble vant med det og svømte noen
runder. Det gjorde godt og han nøt solvarmen og la seg til å
flyte midt i kulpen. Han slappet helt av og tenkte ikke på noe
der han lå. Brått følte han et nærvær og kjente at noe strøk seg
mot huden hans, han trodde først at det det var en fisk men så
merket han at det var noe i vannet med ham, noe større enn en
vanlig liten mort. Han slo øynene opp og stirret rett på to vakre
ansikter med intenst blå øyne, de var underlige men vakre og
han måpte kort. De to jentene var delvis gjennomsiktige og han
satte bein for seg og stirret vantro på dem. De smilte
innbydende og han kjente at noe strøk mot ham igjen men så
ingenting i vannet. De måtte være vannånder av noe slag og

han ble usikker. Var de farlige? De virket vennligsinnede og
berøringene var ihvertfall vennlige. Han begynte å føle seg litt
beklemt, de berørte ham på mildt sagt intimt vis og han prøvde
å vasse til land men de sto i veien for ham og virket bestemt på
å holde ham der i vannet.
Midar ble nervøs, de smilte vennlig og vakkert og var utrolig
flotte å se til men måten de nå gned seg mot ham på etterlot
ingen tvil om hva de ønsket. Men han ville ikke, selv om han
følte at smidige hender håndterte visse deler av ham på en
mesterlig måte. De var for påtrengende og ivrige og han ble
skremt i stedet for å bli tent. Kroppen reagerte så avgjort på det
men han ønsket seg bort fra situasjonen i stedet. Den ene
dukket under og brått følte han noe annet enn en hånd som
kjærtegnet hans mest private kroppsdeler. Midar gispet høyt,
han greide ikke kontrollere seg lenger, det var vanvittig. Han
hadde gjort seg sine erfaringer, med penger i beltet kunne en få
kjøpt det aller meste i Zhymorne og en real munnjobb hadde
han nytt gleden av flere ganger men ingen hadde gjort det slik
som denne skapningen. Han rakk knapt fatte hva som virkelig
foregikk før han kom så det nesten gjorde vondt. Han stønnet
og den andre jenta smilte uskikkelig og ville klenge seg helt
innpå ham. Han var gele i beina, ante ikke hva han skulle
gjøre. Men han hadde en følelse av fare og ville bort selv om
de virket for å bare ville ha sex med ham.
Han skvatt da han hørte to tydelig plask og to piler suste
gjennom luften og boret seg ned i vannet. De to rykket til og
det kokte i vannet i det de forsvant med hves og bobling.
Midar sto som forsteinet til en stemme ropte til ham fra
stranda."Kom deg i land fremmede, med en gang!"
Han tvang de skjelvene beina til å adlyde og karet seg i land.
Han så vantro på den som sto der med en bue like lang som
ham selv og et kogger på ryggen. Mannen var lengre enn ham
selv og kledd i en slags mørkegrønn tunika med bukser. Til og
med støvlene var grønne. Karen hadde en hette i samme
materialet og det glitret i øynene hans i mørket under den.

Midar sto der, han var ubevæpnet og prøvde å virke rolig men
skalv synlig. Fyren nikket i retning vannet.”Det var flaks jeg
kom forbi, du har aldri vært ute for vann nymfer noen gang?”
Midar ristet på hodet.”Nei.. jeg...”
Han så forskende på den fremmede.”Hvem er du og hva var
farlig med dem?”
Den fremmede trakk ned hetta, han hadde et utrolig vakkert
solbrunt ansikt med store skrå grønne øyne og lyst hår og han
hadde tydelige spisse ører. Det var en alv. Midar kunne ikke
måpe mer uten å sette kjeven av ledd, han tok seg sammen
men glodde allikevel.
Alven så skrått på ham.”Du er en av Imlas gjester, derfor hjalp
jeg deg. Hun hjelper de gode og de som skal spille en viktig
rolle i skjebnens spill. Vann nymfer drukner mennesker, etter
at de har fått det de.. æh.. det de vil ha.”
Midar rynket pannen.”Hva da?”
Alven så på Midar som om han var litt dum eller noe slikt.”Det
du gav den ene av dem.”
Midar skjønte først ikke men så forsto han og rødmet kort og
intenst.”T...takk for at du sier ifra.”
Alven bare smilte fort og spente buen på ryggen igjen.”Jeg er
Jirial, og du er?”
Midar tok seg sammen med en kraftanstrengelse. “Jeg kalles
Midar, av Zhymorne.”
Jirial smilte vennlig og bukket fort som tegn på respekt.”Da
byr jeg deg en god dag videre Midar, men pass deg. Dette
stedet er kanskje vakkert men det har også sine farer. Vokt deg
nøye min venn”
Midar prøvde å virke verdig men det var vanskelig når han sto
der skvett naken, han svelget hardt.
“En god dag til deg også ærede, og takk for tipset.”
Alven bare vinket og forsvant i skogen som en ånd i en
fillehaug og Midar skyndte seg å få på seg klærne igjen. Så det
var alver som holdt til der, det kunne han forsto ja. De gjorde
sjelden stort utav seg og selv om dette nok var deres hjem

holdt de seg i skjul selv der.

Han red fort hjem igjen den dagen og var kanskje litt mutt så han snakket lite med Meyret og Imla. Nå var Meyret oppe og hun kunne gå rundt og hun la på seg så en så det fra en dag til den neste. Og alle sårene og blåmerkene var helt borte vekk. Han fikk nesten sjokk da han innså hvor lite han hadde tenkt på henne i det siste. Det hadde vært skogen og jakten som hadde vært i tankene hans hele tiden. Imla sendte ham ennå ut og han adlød men han ville gjerne ha vært mer sammen med Meyret. Det virket nesten som om Imla gjorde det med vilje, så han ikke skulle få snakke alt for mye med henne og han forsto ikke hvorfor. Ofte var de to ute når han kom hjem igjen og kom ikke tilbake før sent og han undret seg på hva de gjorde og hvorfor. Etter nok et par uker med jakt og lange turer var Meyret så godt som helt frisk. Hun kunne spasere rundt og håret hennes hadde begynt å komme tilbake men nå var det som han hadde sett i drømmen mer sølvgrått enn svart. Hun virket forvirret over det men hun syntes å være trygg og avslappet og han likte det.

En morgen kommanderte Imla ham til å bli med Meyret ned til en av de varme kildene i området siden hun ville bade og Imla skulle henge mer kjøtt til tørk. Han ble med og gledet seg over å få litt tid med henne, det hadde vært lite han fikk snakket med henne i det siste. Kulpen lå et stykke unna og hun var munter og glad mens de ruslet nedover stien. Hun hadde fått en slags kjole av Imla som besto av en lang hvit underskjorte og en blå kjole over med snøring og han så godt nå at hun ikke lenger var mager. Kroppen var mer normal og hun var virkelig vakker, faktisk noe av det peneste han hadde sett. Meyret røpet at Imla lærte henne mer om å oppføre seg blant vanlige folk men han merket at hun hadde en slags grense i seg når hun snakket med ham.

Hun ville ikke røpe sannheten om seg selv og han syntes det var synd. Hun prøvde å få ham med på spøk og skjemt hun hadde lært og han lærte henne nye og hun sugde det til seg som en utsultet spiser. Kilden lå i et lite tett snar og det var en liten strand der og noen steiner der en kunne legge fra seg klærne. Han satte seg ved en av steinene med ryggen mot vannet og hørte at hun trakk av seg klærne og vasset uti. Hun plasket og koste seg og han slappet av der og prøvde å overvinne trangen til å kikke.

Faktisk dormet han av der han lå og bråvåknet av at Meyret skrek, korte vettskremte skrik og han var på beina fortere enn han selv greide å fatte var mulig. Han spurtet ut i det varme vannet, Meyret sto bare der og hylte med armene rundt seg selv som om hun frøs mens hun kikket ned i vannet med en skrekkslagen mine. Han grep henne og brydde seg ikke om at han nå ble våt til livet selv.

"Meyret, hva er galt? Svar meg er du snill.."

Hun så på ham med enorme øyne, det var ren forferdelse i dem."Det... jeg...."

Hun svelget hardt."Jeg blør..."

Han ble var at han holdt henne inntil seg og hun var helt naken. Han kikket fort ned, joda det var litt blod og han trodde først at hun måtte ha kuttet seg på noe vannet men så skjønte han brått og kjente seg brydd og litt ute å kjøre. Hvordan forklarte han dette til henne?

Han løftet henne og bar henne i land og hun protesterte ikke i det hele tatt, bare hang i armene hans helt apatisk."Meyret, kjære deg, har du aldri... har dette aldri skjedd deg før?"

Han gjorde stemmen så mild han kunne men en slags erkjennelse banet seg vei gjennom ham. Hun skalv ennå."Nei... er... er det farlig?"

Stemmen var tonløs og han stønnet og rullet med øynene mens han stotrende prøvde å forklare hva det betydde. Hun ble stille, stirret tomt foran seg med merkelig blanke øyne, det var noe skremt i minen hennes."Da... da er jeg ..."

Hun så fort på ham og han forsto henne. Hun hadde vært i menneskekropp så lenge at hun antagelig hadde blitt menneske, helt og holdent. Hun hadde mistet den hun en gang hadde vært. Han strøk henne over det korte håret.”Du er et menneske Meyret, og kroppen din begynner å fungere som en menneskekropp skal. Du har lagt på deg og blitt sterk, da er det bare naturlig.”

Hun hev etter pusten, hardt som om lungene brant.”Å guder, hva skal jeg gjøre? Hva har jeg blitt... Åh..”

Hun så fort på ham og han sukket og klemte henne varsomt inntil seg.”Meyret, jeg vet hva og hvem du egentlig er, jeg vet at du egentlig er en drage fanget i menneskeform.”

Hun så fort på ham og bet seg i leppa.”Vet du det?!”

Det var som et pip. Han nikket og strøk henne over hodet igjen.”Jeg vet det, jeg overhørte noen av de som tok deg til fange.”

Hun gjemte ansiktet i hendene, hele kroppen dirret.”Da er jeg fortapt, jeg vil aldri ri på vindene igjen men bli gammel og dø som alle dødelige må.”

Hun hev etter pusten igjen og han klemte henne hardt inntil seg.”Meyret, du kan sikkert forvandle deg tilbake igjen, bare vi får bort det halsbåndet.”

Hun snufset og la armene rundt ham.”Tror du det?”

Det var håp i stemmen hennes og han tryglet alle guder han kjente om at det ikke var en løgn han fortalte henne. Hun snufset og han strøk henne over ryggen. Hellige ånder så vakker hun var blitt, som en engel. Han følte en slags trang til å knele for henne, i ærbødighet for det perfekte. Hun gjemte ansiktet mot halsen hans.”Så... alle menneskekvinner opplever dette?”

Det var en tone av avsky i stemmen hennes og han nikket.”Ja, hver måned så lenge de kan få barn ja.”

Hun rykket til.”Betyr det at en kan få barn?”

Midar nikket sakte.”Ja, det er tegnet på at en kan det ja.”

Hun svelget hardt.”Takk og lov at jeg ikke blødde før da i så fall, da de...”

Han klemte henne varsomt.”Jeg forstår.”

Hun bare skalv i grepet hans og han forsto hvor forferdelig en omveltning dette var for henne. Hun var menneskelig, ikke bare forvandlet men menneske! Det kunne gjøre noen og enhver forstyrret.

Midar visste liksom ikke helt hva mer han kunne si og bare holdt rundt henne.”Tror du Imla vet hvordan vi kan få bort halsbåndet?”

Midar bet tennene sammen.”Jeg vil tro det ja, hun vet nok det meste.”

Meyret sukket og han kjente at den varme pusten hennes gled mot huden hans.”La oss håpe det.”

Hun prøvde å komme seg opp og han hjalp henne. Hun rødmet svakt men prøvde ikke å dekke seg til for ham. På en måte følte han seg litt beæret over det. Hun hadde virkelig kommet seg, hun så normal ut nå. Han hjalp henne med klærne og hun så litt nervøs ut.” Hva.. hva gjør jeg med... det du vet?”

Midar følte seg flau.”Spør Imla, hun vet det.”

Meyret smilte blygt og han klappet henne på ryggen og hjalp henne på med skoene. De gikk sakte tilbake til hytta sammen og Midar følte at han på en måte hadde fått hennes tillit på en annen måte enn før. Det var en god følelse.

Meyret begynte å snakke med Imla med en gang de fant henne og Midar lot dem være i fred, han ønsket ikke å blande seg opp i kvinne saker. Det gikk en stund, så kom de to tilbake og Imla gikk inn på sitt eget rom og ble der en stund. Da hun kom ut igjen hadde hun med seg en bok, den virket utrolig gammel og var tykk som armen hans. Hun la den fra seg på bordet og så bestemt på dem. Hun åpnet boka varsomt.”De som satte halsbåndet på Meyret brukte sterk magi, det trengs tilsvarende sterk magi for å få det av igjen. Jeg tror jeg vet om noe som kan hjelpe.”

Hun bladde sakte i boka, tok seg god tid og Meyret satt der med et bedende uttrykk i ansiktet. Hun så brått bare veldig ung og sårbar ut og han følte en slags trang til å ta henne i handa og trøste henne. Imla stanset og leste tydeligvis en tekst for leppene hennes rørte seg og hun skar grimaser.

Hun nikket og løftet blikket."Her, jeg tror jeg har funnet det."
Hun snudde boka og viste dem en slags utydelig tegning."Det
finnes et sted med kraft sterk nok til å bryte all slik gammel
magi. Bare å være der vil være nok."
Midar lente seg frem, han så overhodet ikke hva tegningen
forestilte."Hvor er det?"
Imla så skarpt på ham."Et glemt sted, i nord. Det er en dal som
ligner litt på denne."
Midar stønnet."Det tar en evighet å reise nordover på
vinteren."
Imla smilte skarpt."Ja, det gjør det. Men dere skal til et annet
sted først."
Hun pekte på boka."I tempelet i Ar-Marnhu er det en hellig
relikvie dere vil trenge for å vekke makten. Dere må ta den
med dit."
Midar rynket pannen."Det er ute ved kysten, et hellig tempel
faktisk."
Imla nikket sakte og han sperret øynene opp."Vent nå litt, du
mener da vel ikke at jeg må stjele..."
Imla smilte litt djevelsk, hun lukket boka."Jo, jeg mener det.
De vil aldri slippe relikviet fra seg frivillig, men dere trenger
det mer enn de skinnhellige gamle prestene. Når dere har det
kan dere reise nordover. Jeg vil gi dere hjelp, vær ikke redd for
det."
Midar stønnet og gjemte ansiktet i hendene."Det også.."
Meyret så bare forvirret ut, hun svelget hardt."Når skal vi
reise?"
Imla så smalt på henne."Ikke ennå, du er ikke helt klar og tiden
må være perfekt. Det er den ikke ennå. Dere kan ta det med ro,
jeg vil fortelle dere når tiden er inne til å reise."
Midar skulle til å spørre henne om drømmen han hadde hatt
men hun bare smilte hemmelighetsfullt og han forsto at hun
visste. Meyret bare så ned i golvet og Midar snek seg til å
klemme handa hennes under bordet. Hun smilte svakt og
klemte tilbake. Imla bar bort boka og gjemte den igjen i

rommet sitt, Midar følte seg merkelig fortumlet men Meyret smilte svakt."Jeg er glad du blir med meg Midar.
Han kunne bare smile og nikke tilbake, forsto at det faktisk ikke var noe valg lenger. Han hadde allerede valgt å følge henne, til verdens ende om det så skulle være. Så ærlig mot seg selv måtte han være.

Daithe

Fjelltraktene de reg gjennom viste seg å være ganske så
folketomme men her og der var det små bygder med gårder
som klamret seg sammen som redde dyr. De så flere på
avstand men holdt seg borte fra dem, Daithe regnet med at
synet av dem kunne virke skremmende på mange og hun visste
hvor isolert folk på slike steder kunne bli. Og der befolkningen
er isolert gror fordommer og falsk viten godt. Terrenget var
godt og de kunne gjøre god fart men det var en dyster
stemning blant dem. De ante ikke hva de red mot og farer
kunne lure overalt nå.

Lamara var sikker i sin sak, hun ledet dem godt og sikkert og i
det som måtte være riktig retning hele tiden men ingen av de
andre følte seg så selvsikre nå. Daithe skulle gitt mye for å vite
hva alt dette egentlig skulle bety og hun kunne av og til tvile
på om den unge jenta i det hele tatt var normal i hodet. De var
på vei inn i villmarka, til områder der det snaut hadde vært folk
noen gang og som Ighal sa det, de områdene hadde et notorisk
dårlig rykte på seg. Antagelig ikke uten grunn. Dew og Bhan
virket kronisk misfornøyd og begge var mutte og sa lite.
Daithe forsto at de ikke likte dette men at de følte seg tvunget
til å bli med for sin æres skyld. Bhikoor hadde blitt mye bedre
og nå holdt den enorme skapningen lett følge med dem, og han
var forbausende smidig og kjapp til å være så svær. Daithe
ante at de ville ha stor nytte av ham, bare synet kunne nok sette
skrekk i mangt og meget.

Terrenget var forbausende vakkert, myke åser og ville klipper
som ble avløst av store enger med elver og sjøer, bladene
hadde falt av trærne og gjorde skogene merkelig nakne men
det var en slags skjønnhet også i det som forundret henne. Noe
merkelig vagt og vemodig, nesten forsvarsløst som samtidig
bar i seg løftet om en ny vår og nytt liv. Det gjorde henne

underlig saktmodig til sinns og hun så at de andre følte det
samme. Moyesh kunne stirre utover landskapet med
drømmende øyne og mumle på ting ingen av dem forsto og
Tåkesang var av og til i noe som måtte være en slags transe.
Hun var ihvertfall ikke helt til stede og Daithe undret seg over
hva slags evner hun egentlig hadde. Det var godt med vilt der
og i elvene yrte det med fisk så de manglet aldri mat og
arphaene slepte ofte med seg bytte til dem når de slo leir.
Daithe begynte å tro at området neppe kunne være så ille men
tidlig en kald morgen skjønte hun at den antagelsen var totalt
feil. De hadde brutt leir og red i god fart nedover en ganske
smal elvedal der elva hadde lagt igjen en bred slette mellom
seg og åsen. Det var åpent og lett terreng og de hadde ridd en
stund da Ighal holdt hesten igjen og så seg rundt. Det var noe
lyttende i ansiktet hans og Daithe så forvirret på ham.”Hva er
det?”
Han løftet handa som tegn på at alle skulle holde kjeft og sto i
stigbøylene, la ene handa bak øret for å høre bedre. Moyesh så
brått alvorlig ut, hun gjorde det samme og nikket kort.”Fra
retningen vi kom fra!”
Ighal lagde en grimase og snudde hesten, stirret oppover langs
elva.”Hva kan det være?”
Daithe prøvde å høre og hun hørte brått hvordan en ganske
skarp lyd gav gjenlyd mellom åsene. Noe ved den gav henne
gåsehud, hun så fort på de andre. Aidan vætet leppene og så
redd ut og Cherdis var blek. Ighal fikk et hardt uttrykk i
ansiktet.”Hva det enn er, jeg tror ikke vi skal ta sjansen på å
vente å se hva det er. Vi rir på!”
Daithe jaget på hesten og de gjorde god fart nå. Bhikoor holdt
godt følge på tross av den kompakte kroppen og antagelig
kunne han løpe like fort som noen hest. Ighal la seg bakerst, og
Daithe forsto at han tok dette meget alvorlig, ansiktet var
direkte skremt. Hun hørte lyden igjen, mye høyere og skarpere
og noe i den minnet henne om en rovfugls skrik men det var
for høyt og hardt i klangen. Hestene var tydeligvis skremt også

for de tok i alt de greide og galopperte som gale bortover sletten. Her og der lå det falne trær og slikt etter flommene og alle hoppet over dem uten problemer. Daithe så seg bakover, dalen svingte litt på seg og hun så brått hva som kom etter dem. Det var ikke en men to skapninger, begge flygende og svært store. Hun så vantro på Ighal."Så store fugler finnes ikke!"

Han nikket og jaget på hesten."Det er ikke fugler, det er en slags avart av primitive drager. De er små og har ikke ild eller gift men de er livsfarlige for det."

Daithe gyste, små? Hun syntes ikke det var noe lite ved de beistene som fløy der bak dem med sikre vingeslag. Dalen svingte og brått var det slutt på sletta, elva stupte over en bratt kant og veien videre var bratt svingete og farlig. Ighal bannet og ropte til Aidan."Ta med deg Cherdis og Lamara og begynn å gå ned, lei hestene for det er løst og alt for bratt til å ri. Vi andre får se om vi kan stagge beistene litt."

Han trakk frem buen sin og strenget den fort. Daithe og andre steg av hestene og lot dem følge etter de tre som begynte å gå nedover den smale elvekløfta, dyrene fant best fotfeste i den løse grusen på egenhånd.

Daithe var kald over hele kroppen, beistene nærmet seg fort og de var svært store. De brølte og hun så at de hadde sterke bein med lange klør. Det var liten tvil om at de var farlige og hun skulle ønske at hun kunne gjøre noe men et sverd var neppe bra nok mot noe slikt. Ighal fikk plassert alle mellom noen store steiner langs elvebredden, der var det lite sjanse for at udyra skulle greie å få tak i noen. Den første av beistene gikk til angrep, den svingte ut over elva og kom tilbake rett mot dem med et øredøvende brøl og sveipet lavt over steinene mens den prøvde å nå noen med klørne.

Daithe gispet og dukket så lavt hun kunne, beistet stinket ille og hodet med skrekkelige tenner og røde øyne var skrekk inngytende. Den var langt fra vakker og det var noe utrolig heslig ved selve fasongen på den. Den var unatur, kort og godt

noe som ikke burde eksistere. Den svingte tilbake og Ighal og
de to andre soldatene fyrte av pilene sine. De grov seg inn i
skinnet under halsen og i brystet på den men fikk den bare til å
skrike rasende. Antagelig var skinnet for tykt til at pilene
kunne gjøre noen skade på den.
Den andre gikk til angrep også og nå måtte de holde øynene
åpne for to slike uhyrer som prøvde å få tak i dem med tenner
og klør. Stanken de etterlot seg i lufta gav Daithe lyst til å spy
og hun kunne ikke forstå hvordan de skulle greie å holde dem
fra livet. Hun så seg rundt, Bhikoor var ingen steder å se og
hun rynket pannen og ville gjøre Ighal oppmerksom på det da
noe merkelig skjedde. En svær stein kom susende gjennom
lufta og traff det ene beistet i hodet med et knas. Den flakset
med vingene et par ganger men krasjlandet brutalt mellom
steinene og Daithe måpte da hun så Bhikoor hoppe fremover
mellom steinene og lande på halsen på dyret. Han brølte et håst
og merkelig dyrisk rop og grep en stor stein og kylte den ned i
hodet på dyret gang på gang med forbausende fart og kraft.
Det knaste stygt og det rykket i kroppen på beistet, så ble den
liggende stille. Den andre skrek rasende og kom susende for å
hevne maken men da var Bhikoor allerede borte fra stedet og
den steg litt og brølte vilt. Antagelig lot den seg ikke felle så
lett, den hadde sett hva som skjedde om den kom for nære.
Moyesh og Tåkesang hadde sittet i en glippe mellom to steiner
men nå hadde Tåkesang sneket seg frem til litt mer åpent
terreng. Hun hadde satt seg på kne og det virket for at hun
hadde presset de lange hendene ned i bakken hun satt på. Og
nå fikk de enda et utrolig syn i det alt som var av mindre trær
og slyngplanter i nærheten brått fikk eget liv. De lange smekre
men sterke plantene som klatret på de store løvtrærne langs
elvebredden ble brått som slanger, de beveget seg smidig og
samlet og med et piskeslag for alle sammen mot dyret og
slynget seg rundt det med et høyt klask.
Beistet hylte og kjempet mot de seige trådene men det var
håpløst, de trakk den ned og den landet brutalt mellom trærne.

Daithe kunne kjenne bakken skjelve og Moyesh blottet
tennene og sprang frem. Det så nesten ut som om hun bar noe i
hendene som lyste sterkt og Daithe forsto brått at også hun
hadde evner vanlige folk neppe forsto seg på. Den mørke jenta
forsvant i skogen og de hørte et høyt smell, et skjærende skrik
og så lyste hele området opp med en merkelig blålig glød i
noen sekunder. Moyesh kom ut igjen fra krattet med et bredt
glis og noe blodig i nevene. Daithe så storøyd på
henne.”Drepte du den?”
Moyesh nikket.”Ja, de er unatur og gudinnen liker dem ikke,
jeg har visse talenter som prestinne.”Ighal så på det hun bar i
hendene.” Huggtennene dens?”
Moyesh nikket vennlig.”Et flott trofe vil jeg tro.”
Daithe følte seg brått svimmel, å drepe et slikt beist med magi?
Og å få planter og trær til å adlyde en? Hun var kun som en
reivunge sammenlignet med disse to og følte seg merkelig
underlegen og litt skremt også. Og Bhikoor hadde slått ihjel
en! Uten disse tre ville hun og de andre neppe ha greid seg.
Hun var brått utrolig glad for at de tok bryet med å ta dem
med.
Mens de gjenværende slåss mot de to udyra skyndte de andre
tre seg nedover med hestene hakk i hæl. Cherdis virket livredd
men Lamara var mer rolig og Aidan undret seg på om hun
visste noe om utfallet av dette. Bakken var ujevn og dekket
med harde flate fliser av stein og det var lett å skli og falle. Det
gikk bare en smal stripe med gangbar mark langs elva og
hestene gikk ytterst forsiktig og fant best rute av rent instinkt.
Aidan prøvde å se hvor det var minst farlig og konsentrerte seg
om det hele tiden. Han var litt stolt over å ha fått ansvaret for å
få de to jentene trygt ned og aktet ikke svikte. Det tok på å gå i
bratt unnabakke med slikt underlag, beina verket etter litt og
han måtte ofte hjelpe jentene der det var større steiner som
skulle forseres. Cherdis var ennå redd men Lamara smilte
faktisk litt hver gang han hjalp henne. Det føltes forbausende
godt og han begynte å legge mer merke til henne nå. Egentlig

var hun veldig søt og han forsto ikke helt hvorfor hun hadde blitt med denne gruppen. Hun passet liksom ikke inn, men på den andre siden, var det egentlig noen av dem som gjorde det? Etter en nervepirrende tur var de nede på flatmark og fant en beskyttet liten eng like inntil bergveggen der de samlet hestene og tjoret dem. Cherdis satte seg ned på en stein og pustet ut og Lamara ble stående å stirre oppover dit de kom fra for å se etter de andre. Aidan hentet litt proviant fra ene hesten og bød henne og hun tok i mot med et lite nikk. Hun var så mystisk, han hadde skjønt at hun var et orakel og hadde store krefter men det var så lite han egentlig visste om henne. Cherdis hadde han hørt om før, hun var meget godt kjent i byen og på en måte følte han en slags ærbødighet overfor henne. Han kjente selvsagt til oraklene også men de var liksom noe guddommelig som var så høyt hevet over vanlige folk at en snaut nok tenkte på dem en gang. Og nå var hun der og virket for å være en helt vanlig jente med unntak av evnene. Han ble stående å betrakte henne litt i skjul, hun var faktisk ganske pen. Litt mager kan hende men om det stemte det han hadde hørt de andre si så var det ikke så rart. Det var egentlig merkelig at hun hadde overlevd så lenge hun i så fall hadde, ihvertfall i den delen av byen. Selv brorskapet holdt seg langt borte fra den delen av slummen. Bare tanken på det området var nok til å gi ham frysninger nedover ryggen.

Aidan hadde hørt hva de sa, om det som hadde skjedd med henne og han følte at noe som måtte være medfølelse rørte seg i brystet hans. Det måtte ha vært forferdelig for henne. Han så ned i bakken, skjulte blikket sitt. Han forsto henne, bedre enn de andre kunne forstå. Det var minner han hadde som han egentlig for alt i verden ville ha glemt, men de var etset fast i ham like fullt. Og han slapp nok aldri fra dem igjen. Han gyste og trakk seg bort til hestene igjen, følte at varmen fra dyrene hjalp ham med å tvinge minnene bort, i det minste for en liten periode. Å være kun en lærling og lavest på rangstigen i brorskapet medførte mye problemer og han hadde vært sterk nok til å overvinne dem men det hadde vært hardt til tider. Han lente seg mot hesten han red og gjemte ubehaget for verden. De andre kom vandrende ned fra dalen over og arphaene dukket også opp og forsvant i skogen på jakt etter vilt. Ighal sukket trett og smilte litt skjevt til de tre som ventet der.”Dette er et fint sted, vi slår leir her for natten. Vi trenger å komme oss alle sammen er jeg redd, det var litt av en opplevelse.” Daithe satte seg på en trestamme og strakte beina, spaserturen ned den bratte skrenten hadde vært tung og føttene var såre i støvlene. Hun var ikke kledd for å spasere men for å ri og ridestøvelene var ihvertfall ikke lagd for å gå med i slikt terreng. Moyesh sanket ved til et bål og Bhikoor kom like godt trekkende på et helt tre som han hadde dyttet ned. Det var helt tørt og ville bli bra bål ved. Dew og Bhan hakket det opp til mindre stykker og Cherdis satte på en gryte vann til kok. Hun aktet å lage litt ordentlig mat som hun kalte det og fant frem en del fra oppakningen som skulle lage grunnlaget for suppe. Det gikk ikke lenge før den ene arphaen kom trekkende med et par kaniner og Moyesh gjorde dem opp og så skar Cherdis kjøttet i terninger og brukte det i suppa. Det gikk ikke lenge før det luktet herlig og Daithe skjønte at Cherdis faktisk hadde slike talenter også. Hun følte seg et øyeblikk direkte misunnelig. De salte av hestene og stelte dem før de nøt et utmerket måltid og selv Tåkesang spiste av suppa. Ighal la seg med hodet på salen sin og gjespet.”Om noen av dere vil bade tror jeg at det er en kulp like nedenfor fossen. Det er nok kaldt men jeg vil tro at det blir siste sjanse før det blir virkelig kjølig.” Dew og Bhan så på hverandre og ristet på hodet helt unisont, de virket ikke for å være overveldende interessert i å bade nå. Lamara fniste av uttrykkene deres og Ighal trakk på skuldrene.”Vel mine herrer, jeg vil bare understreke at vi ikke akkurat lukter som roser og fioler lenger noen av oss.“ Aidan gyste men reiste seg.”Jeg tror jeg vil gå og ta et bad uansett. Jeg føler meg seig over det hele.” Ighak smilte og nikket. “Lurt gutt, men ikke overdriv. Det

ville vært lite bra om noen av oss fikk lungebetennelse.”
Aidan smilte litt blekt og gikk avgårde. De hadde ikke klesskift
og snaut nok noe å tørke seg med annet enn hestene sine
saltepper men han følte seg nesten tvunget til å vaske seg nå. I
brorskapet tok de ikke lett på rensligheten for om en stinker
kan en bli oppdaget av et offer før en rekker å slå til. Og
minnene gjorde han enda mer oppsatt på å vaske seg. Det var
ganske enkelt en kulp i elva et stykke nedenfor fossen og den
var bred og ganske grunn. Det var sand og mindre rullestein
som dannet elvebredden der og bunnen i elva var like dann.
Aidan trakk av seg plaggene så fort han greide og prøvde å
fortrenge tanken på hvor kaldt dette kom til å bli. Han sprintet
ned til vannet og hev seg utti med et brøl. Det var virkelig
kaldt, som et slag mot kroppen og han hikstet og tvang seg helt
under mens han gned det halvlange håret desperat. Han ristet
over det hele da han kom opp igjen og begynte å bli blå. Han
grep en neve sand og skrubbet seg med den til han var nesten
rødflammete over det hele før han vaklet seg i land og gned av
seg vannet med en lærreim og teppet sitt. Han ble sittende der
litt og hutre og tørke før han begynte å trekke på seg klærne
igjen. Han var kald til margen men følte seg litt bedre
allikevel. I det minste var noe av stanken borte men klærne var
like fullt møkkete. Han satt og undret seg over hva han skulle
gjøre med det da han hørte en lyd og snudde seg fort. Det var
Lamara og hun smilte svakt og satte seg i graset ved siden av
han. Hun stirret ned på elva med et fjernt blikk.”Kaldt?”
Aidan nikket og følte seg usikker med ett, han var ikke vant til
å være alene med jenter og hun virket for å nesten se inn i sjela
på en til tider. Lamara sukket og lente seg fremover, la hodet
mot knærne og så brått utrolig ung og troskyldig ut. Hun stirret
på elva igjen.”Det er ting en aldri kan vaske seg ren fra, det vet
jeg godt. Men det er kun i sinnet at det sitter.”
Aidan så forvirret på henne, visste hun? Lamara strakte de
slanke armene fremover, virket for å beundre hendene
sine.”Jeg tror jeg berget meg på at jeg er sterk innerst inne,

andre i min situasjon ville antagelig ha bukket under. Men jeg visste at det ikke var min feil, at det ikke var jeg som skapte den situasjonen. Det gir styrke og håp."

Hun snudde hodet mot ham, øynene var merkelig åpne og Aidan følte på seg at han ikke burde lyve for henne. Hvorfor ante han ikke men tanken fortonte seg brått som direkte motbydelig. Hun fortjente kun sannheten. Han kremtet kort."Jeg..."

Han kom ikke lenger og hun la handa over hans, berøringen føltes brått som ild og han måpte og kjente at han brått var varm igjen. Hva var dette? Et orakel skal da ikke kunne gjøre slikt? Han åpnet munnen og begynte å fortelle, sakte og haltende men uten å stanse. Han fortalte om den øverste lederen der som holdt alle i et jerngrep og straffet ulydighet med døden eller verre. Han fortalte om mannens syke lyster og forkjærlighet for å nedverdige og ydmyke de yngste medlemmene av gruppen og hvordan han til å begynne med hadde tvunget Aidan til å ta på seg selv i alles påsyn. Senere hadde det blitt verre, mye verre.

Han satt der og skalv mens han fortalte og Lamara bare stirret på ham og det var en slik varme i det blikket at han snaut nok greide ta øynene fra henne. Alt bare fløt ut av ham og hun så ikke engang sjokkert ut. I stedet holdt hun bare handa hans fast og han følte seg merkelig trygg der. Det var paradoksalt for han var da den sterkeste av dem men akkurat der og da var hun den som eide størst styrke. Da han hadde fortalt ferdig bare smilte hun svakt og nikket til ham."Takk!"

Aidan så forvirret på henne. "Takk for hva?"

Hun klappet ham lett på skulderen."For at du stolte slik på meg, føler du deg bedre nå?"

Han måtte ta seg sammen for å kjenne etter."Ja, jo, faktisk så gjør jeg det."

Han kunne ikke helt skjønne hvordan det hadde skjedd men det var som om en mørkt tåke hadde hevet seg fra tankene hans. Han kom aldri mer til å bli kaldt inn til den motbydelige

tyrnannen og bare det var nok til å gjøre ham utrolig lettet. Han
reiste seg litt ustøtt og hun gav ham handa, hjalp ham helt
opp.”Du gjorde noe med meg nå ikke sant? Så jeg skulle
fortelle?”
Hun ristet på hodet.”Nei, du ønsket å fortelle, du ønsket å bli
fri. Jeg var bare redskapet du trengte.”
Hun smilte varmt til ham igjen og begynte å gå tilbake. Aidan
ble stående igjen der og følte seg merkelig ydmyk og nesten
skremt på noen måter også.
Leiren gikk til ro for kvelden, Arphaene og Bhikoor holdt vakt
og Daithe hadde plassert seg inntil en fallen trestamme der det
føltes trygt og godt å ligge. Det var stjerneklart og kaldt men
vakkert med stjernehimmelen så åpent der oppe. Stjernene var
så utrolig klare og skarpe og hun ble liggende å bare beundre
dem. Hjemme hadde de aldri vært så klare, røyken fra piper og
ildsteder hadde virket som et slør så de var aldri slik. Hjemme,
det var et merkelig ord. Det var egentlig ikke hennes hjem og
hadde aldri vært det heller. Kun en liten stund med Feargus
hadde hun vært i en slik situasjon at hun hadde vært lykkelig.
Eller hadde hun det? Hun måtte tenke seg grundig om. Om
ikke lykkelig så kanskje tilfreds var ordet som beskrev tankene
hennes best, hun hadde hatt en oppgave hun mestret og en rolle
å fylle. Det hadde vært nok. Uten ham var hun.. hun visste ikke
sikkert. Tom? Utilstrekkelig? Det var vanskelig å si, og hun
følte en slags merkelig lettelse over at den delen av livet
hennes var over. Hun savnet Feargus og aktet å hevne ham
men hun sørget ikke over sin tapte tittel og status. Nå var hun
kun Daithe og ikke lenger en dronning, det var godt slik. Hun
trengte ikke stå til rette for noen eller bli konstant vurdert av
andre.
Neste morgen var det iskaldt og de fikk i gang bålet og varmet
seg en stund før de red videre. Lamara sa at de skulle videre
innover den dalen de nå var i og ingen protesterte på det. Sola
steg snart og det ble meget vakkert der, og dalen var flat i
bunnen og lett å ri gjennom. Daithe var i godt humør og det

gjaldt de andre også. De var faktisk veldig muntre alle sammen og Daithe la etter en stund merke til at Aidan holdt seg ganske nær Lamara. Ikke påfallende men han red ofte like bak eller ved siden av henne og selv om de ikke snakket sammen fikk Daithe en pussig fornemmelse når hun så dem sammen slik. Det virket nesten som om han prøvde å beskytte Lamara uten engang selv å være klar over det og Daithe måtte trekke litt på smilebåndet av dem. Cherdis småflørtet med Dew og Bhan og Moyesh og Tåkesang snakket sammen på et eller annet språk de andre ikke forstå en stavelse av.

Det begynte å blåse ganske surt etter litt og følget red ganske tett sammen, dalen var ganske ulendt der så hestene greide ikke gjøre svært mye fart. De hadde krysset elva et par steder da Ighal brått stanset hesten og reiste seg i stigbøylene, han virket for å lytte og de andre så forundret og litt urolige på ham. Han knep øynene sammen og Daithe så spørrende på ham."Jeg er sikker på at jeg hørte noe som lignet rop!"

Aidan sto på ryggen av sin hest og lyttet også, han nikket etter litt."Det er stemmer, et godt stykke unna. Ighal rynket pannen og løsnet sverdet sitt."Det skal ikke være folk i dette området etter det jeg vet. Det er ingen landsbyer på mang mils avstand og ingen stier. Jeg liker det ikke."

Daithe svelget kort."Kan vi gjemme oss?"

Ighal ristet på hodet."Tror jeg ikke, vi har satt solide spor etter oss. Det er bedre å se hva dette er tror jeg. Men væpne dere folkens."

Alle grep de våpnene de hadde og plasserte dem så de kunne nå dem fort og lett og så red de videre. Skogen åpnet seg ned mot en liten sjø der og det var en bred strand på ene siden av den. Antagelig var sjøen mye større om våren enn den var nå. På stranda så de en ansamling med folk, kanskje tjue personer totalt. De virket nesten for å ha ramlet ned fra månen og virket for å brakt med seg alskens løsøre og eiendeler. Det var en temmelig sjuskete utseende gjeng og Ighal gav de andre et advarende blikk. Slike kunne være troende til hva som helst.

Moyesh gav arphaene signal om å gå der foran dem godt
synlig og Bhikoor tok posisjon på andre siden av følget. Flere
av folkene skrek opp da de så dem og nå så en at det var både
menn kvinner og barn. Antagelig flere familier. En eldre mann
med langt grått skjegg og hår og et heller ustelt utseende steg
frem. Han var kledd i en lang møkkete kjortel og knuget en
knortekjepp i neven. Han virket gammel og svak men Daithe
kjente et stikk av uro da hun så ham. Det var noe i blikket som
virket feil.
Ighal tok ledelsen, han visste at det virket rart om en kvinne
ledet en gruppe så han tok risken på å være den fremste der.
Han stanset hesten og den gamle haltet seg frem. Han virket
for å ikke helt å tro det han så men Ighal syntes han var
påfallende lite skremt av arphaene og Bhikoor. Tåkesang så jo
også merkelig ut. Ighal holdt hesten an, prøvde å virke lite
truende men samtidig sterk. Han så på den gamle med fast
blikk og så at mannen sakte vek med øynene, han likte det
ikke.”Hvem er dere og hva gjør dere her ute i villmarka?”
Den gamle svelget kort.”Vi kommer fra en liten bygd i enden
av en sidedal lenger innover. Vi har blitt jagd fra våre hjem av
noen forferdelige monstre og nå vil vi prøve å nå mer bebygde
områder. Vi har bare med oss det vi kan bære.”
Stemmen hans var tynn og ynkelig og Ighal så at det stemte, de
bar kun det aller viktigste og folk virket slitne og redde. Det
kunne være sant men et eller annet instinkt fikk nakkehårene
hans til å reise seg.”Hva slags uhyrer er det som plaget dere?”
Mannen så skjevt bort på Bhikoor og arphaene men han virket
ikke nervøs i det hele tatt. Den gamle slo ut med armene.”En
sverm med små beist, store som en ørn kanskje men med klør
og tenner og ild. De ødela alt og jagde dyrene. Det var ikke
noe mer igjen der å leve av.”
Daithe red frem og den gamle så litt sjokkert ut, han hadde
kanskje tatt henne for å være en mann på avstand. Hun så fort
på Ighal.”Jeg har hørt om noe slikt, men det var fra en gammel
bok med fortellinger. Slike finnes visstnok ikke lenger.”

Ighal sukket kort.”Vel, det har hendt før at de vise har tatt feil, disse menneskene virker for å virkelig ha vært utsatt for noe forferdelig.”

Den gamle mannen nikket ivrig.”Vi har tapt alt, avlinger og hus og hjem.”

En kvinne steg frem fra følget, hun kunne kanskje være et sted i førtiårene men så eldre ut, slitt og herjet av et hardt liv. Hun presset hendene sammen og prøvde å se ydmyk ut men det var noe desperat i blikket hennes.”Vi måtte bare flykte i all hast, og har lite mat. Barna sulter snart. Vær så snill og hjelp oss?”

Ighal kastet et advarende blikk til Daithe som bet seg i underleppa.”Vi har lite mat selv er jeg redd, men vi kan kanskje finne noe vilt?”

Hun så spørrende på Ighal som nikket kort og vinket Moyesh bort til seg.”Kan de finne noen dyr fort tror du?”

Den mørke jenta nikket bare og plystret på de to enorme kattene. De forsvant i skogen som to skygger og den gamle mannen smilte litt skjevt.”Vi er meget takknemlige for all hjelp. Vi er gårdbrukere, ikke jegere eller krigere. Vi var totalt uforberedt på at noe slikt skulle skje og måtte bare flykte.”

Cherdis satt tilsynelatende avslappet på hesten og rettet på klærne men Daithe så at det glimtet litt illevarslende i blikket hennes. Det var noe ved det som fikk henne til å ri bort til kurtisanen som slengte beinet over salhornet og lente seg over mot henne.”Ser du det jeg ser?”

Daithe rynket pannen.”Hva?”

Cherdis nikket i retning den vesle gruppen.”Hva mangler der?”

Daithe så grundigere på forsamlingen med enkelt kledde mennesker. Først forsto hun ingenting, så demret det sakte for henne.”Det er nesten bare gamle menn og kvinner, og noen barn. Nesten ingen ungdommer!”

Cherdis nikket tilbake.”Ikke naturlig sier jeg, den gjengen gir meg gåsehud, og den gamle gubben især.”

Daithe måtte trekke på smilebåndet men hun forsto Cherdis sin holdning, det var noe ved den gamle som var urovekkende.

Ighal holdt seg mellom gruppen og hans eget følge, nærmest bare på rent instinkt. Det var noe der som alarmerte ham og han var en erfaren soldat. Han ignorerte aldri den vesle stemmen i bakhodet for det lønte seg sjelden. Han hadde allerede sett det samme som Cherdis og visste at det var uvanlig. Det måtte være yngre folk i en slik liten bygd, ikke bare noen godt voksne og noen få barn. Lamara og Aidan satt ved siden av hverandre og Ighal la merke til at den gamle mannen kastet flere blikk på Lamara, og blikket var illevarslende. Det var fylt av noe som lignet nesten en slags sult av noe slag. Han gav Aidan et fort advarende blikk og den unge mannen virket for å forstå for han lagde et nesten umerkelig nikk tilbake og plasserte sin hest foran Lamaras. Den gamle mannen satte seg på en stein og sukket langt.”Vi er slitne, det har tatt på å vandre slik. Men om gudene vil når vi vårt mål.”
Han rettet på kappen og støttet seg på knortekjeppen.”Jeg var bygdas helbreder og prest, jeg håper jeg kan lede mine får til trygghet.”
Ighal skar en liten grimase og klappet hesten beroligende på nakken.”Det klarer du sikkert. Dere må bare følge denne dalen ut mot slettene, så finner dere sikkert folk der.”
Den gamle nikket sakte.”Det har vandret rykter i det siste, vandrere som har passert har snakket om krig og galskap. La oss be om at det kun er løst snakk.”
Ighal rettet på tømmene for å unngå å røpe seg. Vandrere så langt vekk fra allfarvei? Han trodde det ikke mer enn han ville trodd på en orks æresord.
Det knakte i noe kratt og de to arphaene kom trekkende med hver sin døde hjort. De slapp dyrene rett i bakken og Moyesh roste dem lavmælt. Ighal så en stille advarsel også i den vakre mørke jentas blikk og svor innvendig. Det virket ikke riktig å bare ri videre heller men noe sa ham at de burde komme seg vekk, så fort som mulig. Folkene hev seg over de døde hjortene og gjorde dem opp og skar ut store kjøtt stykker. Et

par kvinner lagde noen bål og snart hang kjøtt til stek over
åpen flamme og Ighal kjente seg nesten litt frastøtt. Det var
åpenbart at folkene var utsultet for måten de hev seg over
maten på lignet mer på oppførselen til en svært sulten flokk
med ulver. Det var noe direkte umenneskelig ved det som gav
nytt blod til hans uro, han gjorde et tegn til resten av følget og
smattet på hesten."Da må vi komme oss videre."
Den gamle mannen så opp litt forbauset."Hva er det som haster
slik? Det er snart kveld og da tror jeg ikke det er trygt her."
Ighal snudde hesten."Det kan så være, så tenn bål og hold
øynene åpne. Vi rir videre uansett, vi har et oppdrag som
venter."
Det virket et øyeblikk som om den gamle ville protestere men
så senket han blikket og slo ut med handa."Jeg må uansett få
takke dere for kjøttet. Vi trengte virkelig å få fylt magene
igjen."
Ighal bare nikket og satte fart på hesten og de andre fulgte etter
ham uten å si noe. Daithe red opp ved siden av ham."Hva tror
du?"
Ighal bet tennene sammen, han så seg ikke tilbake."Jeg tror de
folkene der løy, og det til gangs. Og den gamle radden der
stoler jeg overhodet ikke på. Det var noe direkte ondskapsfullt
ved ham."
Daithe nikket og kjente seg lettet over at de hadde kommet seg
bort fra de fremmede, hun hadde ikke følt seg vel i det hele tatt
i deres nærhet.
De red ganske hardt en stund og drev hestene over et par
mindre elver og opp en ganske bratt ås bevokst med noen store
løvtrær. Ighal bremset ikke på tempoet før de var langt vekk
fra de fremmede og Cherdis virket svært lettet over det.
Lamara hadde et merkelig innadvendt uttrykk i det søte
ansiktet men det var slettes ikke uvanlig når det gjaldt henne.
Dew og Bhan satt og så dystre ut og Bhikoor hadde også et
merkelig glimt i de rovdyraktige øynene. Moyesh freste nesten
og Tåkesang satt med øynene igjen og messet et eller annet

lavt. Ighal så bort på dem og Moyesh lagde et heller grimt smil."Den mannen var en magiker, jeg sanset det. En mektig en attpå til, og ond."

Tåkesang åpnet øynene og mumlet noe lavt og Moyesh skar en grimase."Han vil prøve å finne oss, hun kjenner at han vil ha tak i oss igjen."

Daithe gyste fra hode til fot."Hvorfor?"

Lamara red frem, Aidan fulgte hakk i hæl som vanlig."Han ønsker meg som et offer, han sanset kraften jeg bærer på. Jeg føler det!"

Daithe gjorde store øyne og Ighal bannet så stygt at Aidan skar en merkelig grimase."Da hviler vi ikke men rir videre, jo mer avstand vi får mellom oss og den skapningen jo bedre."

Lamara så ned, hun var litt blek."Jeg er redd det kanskje ikke holder."

Daithe sjekket at våpnene hennes var klare, på en måte beroliget det henne å vite at hun kunne trekke blankt stål om hun trengte det. Med et sverd i neven var hun svært dyktig. Moyesh hadde lagt seg bakerst nå, hun virket for å strø et eller annet på sporene deres. Tåkesang hadde lukket øynene igjen og satt og nynnet og Daithe kunne etterhvert føle at luften virket merkelig tykk og vanskelig å puste i. Den gnistret formelig og hun skjønte at de to trolldomskyndige prøvde å skjule dem. Lamara var blek ennå og Aidan virket for å prøve å oppmuntre henne. Ighal fant en slags gammel sti som ledet i noenlunde riktig retning og de tvang hestene gjennom tette kratt og over gamle steinurer. Det var som en slags trang i dem til å komme seg lengst mulig på kortest mulig tid nå, selv om det snart ville mørkne. Av og til gikk Bhikoor foran og banet vei gjennom villnisset og han brøt også vekk steiner som ville gjort det vanskelig fremkommelig for hestene. Det var tydelig at den hadde fått kreftene tilbake og det til gangs.

Til slutt ble det for mørkt til at de kunne fortsette og det var også blitt bitende kaldt. Himmelen var klar og skyfri og det i seg selv fortalte om sprengkulde. Ighal svor for seg selv mens han lette etter en god plass å slå leir for kvelden. Hestene tålte ikke mer og måtte hvile og det var dessuten farlig å ri i mørket. Omsider fant han en liten kløft som endte nesten i en hule, de var ganske beskyttet der og det var lunt så han så til at det ble lagd et bål som lå såpass i skjul bak noen store steiner at det ikke var synlig på avstand. Arphanene stakk på jakt som vanlig og da hestene var salt av og stelt slo de seg ned ved bålet for å varme seg. Daithe så fort på Moyesh som satt og gjorde noen merkelige tegn over bålet."Hva gjør du?"

Den mørke jenta smilte og kastet noe på bålet fra en liten beholder i beltet sitt. Det gnistret og luktet heller ramt."Prøver å gjøre det umulig for ham å finne oss."

Dew spyttet i bålet."Vi er mange fjerdinger unna nå, og de hadde ikke hester."

Moyesh så strengt på ham."Den gamle var en magiker, de kan forflytte seg på flere måter enn hva en skal tro. Vi er ikke utenfor fare."

Daithe hostet av røyken fra bålet og flyttet seg litt."Men hvorfor vil han ha et offer?"

Moyesh stirret på flammene og de merkelig blå øynene syntes å lyse."Jeg tror det har å gjøre med de beistene som visstnok skal ha jagd dem. Kanskje et offer vil gi ham makt over dem? Jeg er redd han har ofret andre før, antagelig ungdommene i bygda."

Ighal knurret nesten."Slike små samfunn kan være utrolig innsatt med svart overtro. Om noen sier at det er eneste mulighet tror de kanskje på det."

Lamara virket for å stirre inn i bålet og hun beveget leppene som om hun ba."Han styrer dem alle, men nå var det ikke flere igjen med nok kraft, derfor flykter de. Det er ikke de uhyrene sin skyld, for de styrer han selv."

Ighal nikket med et bistert uttrykk i ansiktet, han sjekket sverdet sitt og løsnet det fra sliren for sikkerhetsskyld."Det tror jeg så gjerne, å ha noen uhyrer å kommandere pleier jo gjerne å få folk til å adlyde ikke sant? Er neppe første gang noe slikt

skjer.”
Aidan gyste der han satt, han hadde lest ganske mye i bøkene
som var lagret i brorskapets bibliotek og han visste hvor mye
makt noen slike personer kan oppnå, bare i kraft av å være uten
samvittighet. Cherdis freste nesten, hun trakk klærne tettere
om seg og det var noe hardt i de vakre øynene.”Jeg ante at det
var noe slikt, hva gjør vi nå da?”
Ighal svelget og la litt mer ved på bålet.”Vi holder vakt, og
sørger for at ingen og da mener jeg ingen kommer nær
Lamara. Om vi må slåss gjør vi det.”
Daithe bet seg i underleppa.”Men kan vi virkelig greie oss mot
en magiker?”
Ighal trakk på skuldrene.”Det aner jeg ikke, det avhenger av
hvor dyktig han er, og om han kommer alene eller bringer med
seg hjelp.”
Moyesh flekket tenner og det var ikke noe pent ansikt hun satte
opp.”Han vil komme alene, for han er sterk og selvsikker. Han
trenger ikke medhjelpere for noe slikt. Men der har han sin
svake side også, han undervurderer alle andre enn seg selv.”
Tåkesang nikket stille og sa noe på det merkelige syngende
språket sitt. Moyesh lyttet og la hodet på skakke.”Det er
ritualer som vil beskytte oss, men da må vi skynde oss. Hun
sier at han allerede forbereder seg. Hun føler det i jorden.”
Daithe gyste og skulle ønske det ikke var så mørkt, mangelen
på lys liksom sugde motet ut av en og gjorde henne sårbar og
svak. Ighal reiste seg og kikket rundt seg, ansiktet var
alvorlig.”Da gjør dere de ritualene, har dere det dere trenger?”
Moyesh nikket bare og kom seg på beina, hun trakk kniven sin
og Tåkesang fant frem noe som måtte være tørkede urter fra
beltelommen hennes. Hun hev det på ilden og Moyesh skar seg
i en finger og lot blodet dryppe ned i bålet mens hun messet et
eller annet merkelig. Ilden fikk en underlig blålig farge før
bålet ble merkelig flatt. Det var som om flammene møtte en
usynlig vegg et stykke over bakken.
Moyesh så på de andre.”Lamara, legg deg ned innerst ved

bergveggen, Aidan du legger deg ved siden av henne og ha
våpnene dine klare."
Aidan var synlig nervøs men gjorde som han fikk beskjed om,
Lamara la seg og pakket seg inn i teppene sine, hun så svært
ung ut der hun lå. Moyesh grep en brennende grein og førte
den rundt dem i merkelige mønstre, bevegelsene var stakkato
og ujevne og hun hvisket hele tiden på uforståelige ord.
Tåkesang hadde stukket begge hendene ned i bakken, det
virket for at hun nesten glødet grønt en kort stund. Så rettet
hun seg opp og gikk litt unna de andre før hun la seg ned på
bakken med ansiktet ned og armene spredt utover. Der ble hun
liggende uten å røre seg og Ighal så litt forvirret ut. Moyesh
bare smilte."Hun sanser alt gjennom trær og busker, hun vil
vite det om han kommer. Og gjøre sitt for å stanse ham."
Dew og Bhan hadde strenget buene sine og Moyesh
kommanderte dem til å ta stilling ytterst i den grunne kløfta.
De gjemte seg bak hver sin store stein og Daithe så at Bhikoor
gikk ut i mørket og ble borte vekk. Antagelig gjorde den seg
klar til å slåss også. Arphaene var ennå borte men hun ante at
de neppe var langt vekk. Moyesh vinket Daithe bort til seg og
hun adlød nølende. Moyesh kastet flere urter på det merkelige
blålige bålet."Trekk sverdet ditt Daithe."
Hun gjorde som hun fikk beskjed om, trakk våpenet og
Moyesh klemte ut noen bloddråper fra kuttet i handa og strøk
det ut over bladet fra spiss til hjalt."Stikk det i ilden en gang."
Daithe skyndte seg å gjøre som hun fikk beskjed om, hun
svettet på tross av at det var kaldt. Hun stakk bladet ned i bålet
i noen sekunder og da hun trakk det frem igjen glødet klingen
merkelig grønnlig. Moyesh smilte fornøyd."Da er dette bladet
velsignet av gudinnen, ingen ond skapning kan stå seg mot den
nå."
Cherdis hadde vært taus lenge, nå så hun stivt på dem."Og jeg?
Hva skal jeg gjøre?"
Moyesh gliste litt uskikkelig."Distrahere! Kle av deg."
Cherdis trakk pusten dypt og virket et øyeblikk for å ville

protestere, så trakk hun på skuldrene og gjorde som hun hadde
fått beskjed om. Daithe rødmet, hun var ikke vant til synet av
andre folk nakne men Cherdis gjorde ikke noe av det virket det
for. Ighal satte store øyne før han tvang blikket tilbake og
Moyesh fniste kort."Still deg der borte, på andre siden av bålet
der du er godt synlig. Vær ikke redd, det er ikke deg han er ute
etter, og jeg har lagt en beskyttelse rundt oss alle sammen."
 Cherdis gikk bort med en elegant holdning og lente seg liksom
tilfeldig mot en stein. Daithe måtte vedgå at kurtisanen hadde
en fantastisk figur, hun følte seg et øyeblikk litt sjalu. Selv var
hun atskillig mer kantete og uelegant.
Moyesh satte seg ned ved bålet og la mere urter på det, så
krysset hun beina og lente seg bakover på en merkelig
måte."Vær klare alle sammen, når jeg sier fra gjør som jeg sier
og ikke nøl!"
Daithe var brått veldig glad for at de hadde tatt med disse
folkene, de var dyktigere enn henne og soldatene på mange
måter. Det ble stille, hestene rørte seg utenfor kløfta der de sto
tjoret til et par falne trær, det suste i trærne og ulte litt av
vinden mellom steinene men det var alt. Stjernene var uvanlig
klare og Daithe skulle ønske hun kunne ha nytt synet. Hun
kjente at hjertet hamret i henne og sverdet kjentes merkelig
tungt i hendene. Det var stille lenge, så lenge at hun kjente at
det begynte å verke litt i kroppen, så rykket Moyesh til å
hvisket fort."Han er nær!"
Ighal som sto gjemt mot bergveggen bak en stor stein trakk
sverdet og Tåkesang virket nesten for å synke ned i bakken en
smule, som om den svelget henne. Daithe kjente seg iskald til
margen og hvisket fort noen bønner hun hadde lært da hun var
yngre, bare for å gi seg selv litt mer trøst.
Ting skjedde fort, svært fort. Daithe hørte en slags flaksende
lyd og brått var natten levende av vinger som slo rasende og
hese skrik fra noe de ikke kunne se. Men det var tydelig at
Moyesh sin magi virket for hva det nå var så møtte det en vegg
i luften det ikke kom gjennom. Moyesh mumlet noen ord og

det ble lyst rundt dem, svært lyst. Daithe skrek nesten da hun
så hva det var som prøvde å nå dem, den gamle mannen hadde
ikke løyet da han snakket om uhyrene. Det var en slags
bittesmå drager, kanskje fem fot lange med flaggermusvinger
og rynkete grålig hud. Det så ut som om skinnet på dem var
fem nummer for stort og det stinket noe eldgammelt og surt av
dem. Hodene var nesten bare skinn og bein med lange kjever
og små rødglødende øyne og Daithe kunne med handa på
hjertet si at hun aldri hadde sett noe mer motbydelig i sine
levedager. Moyesh hvisket til dem."Ikke la dem distrahere
dere, de kan ikke nå dere så overse dem."
Daithe fant det vanskelig, det var som om hun på et eller annet
vis kjente dem igjen, som om noe i disse små forvrengte
parodiene på drager snakket til henne i et språk hun en gang
hadde kunnet men nå hadde glemt. Tåkesang sank enda dypere
ned i bakken, nå var det bare ryggen og bakhodet og baken
hennes som stakk opp og Ighal måpte av synet. Den gamle
mannen dukket opp, han svevde flere meter over bakken og
virket rasende over å ha blitt avslørt. Han hveste frem noe som
måtte være en besvergelse og en ildkule suste avgårde mot
Lamara men den ble borte på veien, som om noe usynlig slukte
den. Moyesh virket for å sitte i en slags transe og hun løftet
ene handa og pekte på den gamle.
Han krøket seg sammen med et skrik og mistet staven som falt
ned på bakken. Fort senket han seg etter den men rykket til i
det to piler kom flygende og boret seg inn i kroppen på ham.
Det var neppe dødelig for en magiker, men det distraherte
ham, og Cherdis som vred seg forførende i lyset fra bålet hjalp
sikkert ikke heller. De små uhyrene flakset ennå rundt og lagde
en masse lyd og Daithe ble brått veldig irritert over
forstyrrelsen. Hun følte at det rant over og skrek kort at de fikk
kare seg vekk og det litt brennfort og som ved et mirakel
sluttet beistene å skrike og flakse og steg rett opp i stillhet.
Magikeren så vantro på at de forsvant før han prøvde å sende
avgårde enda en besvergelse, noe som lignet en slags pil suste

mot Lamara men Aidan reagerte lynraskt og slo til prosjektilet
med sverdet sitt så det suste ut i nattemørket og ble borte.
Tåkesang var helt borte nå, svelget av jordsmonnet og før
magikeren rakk gjøre noe mer raste røtter og lianer ut av
bakken og surret seg godt og grundig rundt beina på ham.
Mannen kom ingen steder nå, han prøvde visst å besverge dem
til å slippe men det hjalp lite. Magien bare prellet av. Flere
piler kom flygende og magikeren hveste og virket for å forstå
at han virkelig var i trøbbel denne gangen. Dette var ikke
vanlige forsvarsløse naive landsbyfolk, dette var mennesker
som kunne bite fra seg. Daithe så at Bhikoor kom ut av mørket
som en enorm mørk masse, ustoppelig som et steinskred.
Ohrusen bar med seg en stein i neven og den kylte den i hodet
på magikeren så det smalt. Et vanlig menneske ville blitt drept
momentant av noe slikt, skallen ville blitt knust til mel men
magikeren var beskyttet. Uansett var det nok til å gjøre ham
ytterst rystet og mens han prøvde å komme seg raste Ighal
frem med sverdet klart og kappet av mannen armen med staven
i.
Magikeren skrek, et forferdelig høyfrekvent skrik som skar i
ørene og blodet sprutet fra armstumpen med stanset nesten
øyeblikkelig. Han hadde antagelig evnen til å hele seg selv til
en viss grad. Han sendte av gårde noen ildkuler etter Ighal med
den gode armen men soldaten smatt unna som en røyskatt
mellom steinene. Daithe var livredd men visste at hun fikk
gjøre sitt, Moyesh ropte et eller annet som fikk en kule av
intenst skinnende lys til å legge seg rundt hodet på mannen så
han neppe så noe som helst. Han veivet med handa som for å
få det vekk og Daithe husket det hun hadde lært. Hun brakte
sverdet opp i en angreppsposisjon og raste frem, løp lett på
tærne og sprang forbi mens hun gjorde en piruett som brakte
det skarpe bladet inn i riktig bane. Hun følte seg et øyeblikk
nesten litt kvalm, men det måtte til. Dette udyret var ondt til
margen og da hun var ute av piruetten og stanset i en elegant
stopp positur bikket hodet på magikeren sakte fremover før det

ramlet i bakken. Røttene holdt ennå kroppen oppreist og det så grotesk ut.

Daithe kjente seg rasende ennå, det var noe ved kadaveret som gjorde henne sint enda han var død nå. Hun følte ennå de små beistene over seg, de svevde i mørket der oppe og hun ønsket brått at de kunne ta med seg hele magikeren med hode og alt og ete hver smitt og smule av ham. Det ville være riktig, han hadde antagelig utnyttet beistene like mye som folkene i den bygda. Tanken var knapt tenkt før de igjen hørte vingene og nå stupte de ned og en tett sky av små dragelignede vesen rev tak i liket med skarpe klør og tenner, rev med seg det de fikk tak i. De hørte bare lyden av kjøtt som blir flerret og bein som knuses og Lamara skrek vettskremt av synet. Til slutt sto det igjen et renplukket skjelett der som sakte falt sammen og de siste beistene røsket like godt med seg hodet og stakk med det. Det ble stille, Moyesh løftet hodet og smilte fornøyd.”Han er død, makten hans er borte. Vi greide det.”

Bhan og Dew kom sakte frem fra skjul sammen med Ighal og Bhikoor gliste bredt der han kom ruslende. Han virket meget fornøyd nå. Lamara satte seg sakte opp, hun var blek og øynene var enorme i hodet på henne.”Jeg kjente noe... noe.. merkelig.”

Moyesh så på Daithe med noe som lignet respekt i blikket.”Du styrte dem Daithe, jeg følte det. De adlød deg.”

Daithe fuktet leppene, kjente seg svimmel. Det stemte, hun hadde virkelig styrt dem et kort øyeblikk eller to, men hvordan? Og ikke minst hvorfor? Moyesh smilte underfundig og plystret høyt. De to arphaene kom til syne i bållyset og de trakk på en stor bukk. Moyesh smilte nesten ertende til Daithe som ble stående der å glane opp i himmelen.”Du vil finne svarene i deg selv Ashitan, etterhvert.”

Moyesh sa ikke mer og Daithe så hjelpeløst og forvirret på henne mens hun gjorde opp hjorten. Cherdis så på henne med vantro og det gjaldt vel de andre også. Daithe kjente brått ikke seg selv, hvordan hadde hun kunnet styre de uhyrene?

Tåkesang kom opp av bakken igjen like ren som da hun la seg
ned og hun børstet et innbilt støvfnugg av seg før hun satte seg
ved bålet og drakk ene feltflaska helt tom. Daithe satte seg
sakte ned og prøvde å få orden på tankene sine men det viste
seg å være vanskelig, mye vanskeligere enn det hadde vært å
kommandere de små beistene.

Vardhys

Vardhys og Esther forsto ganske fort at de så avgjort ikke var alene på veiene nå. Det var folk overalt og de fleste hadde vært nødt til å flykte uten annet enn det de sto og gikk i. Få hadde fått med seg noe av verdi og situasjonen var prekær for mange. Han så mennesker med stygge brannskader og folk som åpenbart hadde pustet inn røyk for de gikk å hostet ustanselig. Og de så døde, mange døde. Etter noen fjerdinger var det som om de ikke la merke til likene lenger for det var så mange av dem. Flere satte kurs ut mot kysten og de to ungdommene hang seg på den store mengden med desperate mennesker. Det var liten skilnad mellom høy og lav nå, adelsfolk stavret frem like fortapte og fulle av fortvilelse som de fattigste og sjokk og vantro var etset inn i de fleste ansiktene.

Vardhys skjønte fort hva slags uføre de alle var i, det var lite mat å finne, det var kaldt og ufyselig og området var for det meste villmark. Det var ingen steder der en kunne få byttet til seg noe mat, og uansett hadde han ikke noe å bytte med. Han så desperate slåsskamper om mugne biter med brød og de som hadde såpass med krefter og tankekraft at de prøvde å jakte hadde lite hell. Det virket for at jordskjelvet hadde skremt bort alt viltet også. Esther frøs og klagde over sulten og selv var han totalt innhul men han bet tennene sammen og klagde ikke. Han måtte være sterk for Esthers skyld, han hadde lovet å passe på henne. Mange fortvilte og mente at skjelvet hadde rammet overalt, at alle byer var borte nå og at dette var slutten på verden mens andre igjen så det som en straff fra gudene og prøvde å blidgjøre dem ved å gjøre bot. Vardhys så også noen som prøvde å preke for flyktningene, som snakket om ting som gjorde ham urolig og skremt. Som væpner var han utdannet og visste hva slags makt slike religiøse demagoger kan få blant de som lite håp har. Han fikk med seg Esther unna disse gruppene.

Det gikk et par dager og så ble sulten uutholdelig og han fryktet at de skulle fryse ihjel når som helst. De brant bål om kveldene men det var ikke nok, de var tynnkledd og desperate og Esther led siden hun var vant med en mer behagelig livsstil enn ham selv. Han hadde vært herdet av å følge sin herre rundt til turneringer men det var ikke hun og han prøvde å tenke ut en utvei. De satt ved et lite bål og hutret da flere løftet hodet og lyttet, det var hover som nærmet seg. Noen menn reiste seg og så seg om med uro, det kunne være hjelp men det kunne også være noe annet. Det gikk rykter om at slavehandlere hadde vært sett rundt byen rett etter skjelvet. Forvirrede skremte mennesker er ofte et lett bytte for slike som livberger seg på andres ulykke.

Vardhys så at Esther satt i skjul før han smøg seg frem mot veien, tre ryttere kom sprengende på store blodshester, det var riddere men han kjente ikke våpenskjoldene deres eller fargene de bar. De stanset hestene da de så gruppen med flyktninger, de var ennå mange men strømmen av folk hadde delt seg mer opp nå. De raskeste lå langt foran de som ikke kunne gå så raskt. Den fremste ridderen løftet visiret og så vantro på gruppen med mennesker, det var tydelig at noe skrekkelig hadde skjedd.”Jeg er Ivert av Erdre-Macallif, hva har skjedd?” En mann som var forholdsvis i god form og ennå en ledertype steg frem.”Vi er flyktninger fra landsbyen Jerneng, den brant for fire dager siden etter et fryktelig jordskjelv.”

Ridderen så smalt på gruppen, det var kanskje femti personer i denne gjengen med overlevende og de fleste var unge eller godt voksne personer i sin beste alder. Få var skadde eller svake siden de hang etter.

”Jordskjelvet ble kjent over hele Bheki, og i andre riker også. Men få byer ble skadd. Det må ha vært kraftigere her da enn andre steder. Er dere mange?”

Mannen som hadde snakket nikket sakte.”Alle de overlevende

er på vei mot kysten, i håp om hjelp. Folk har mistet alt de
hadde og byen vår er bare rykende ruiner. Noen har blitt gale
og skylder på gudene.”
Ridderen klappet den stampende hesten på nakken.”Det
forundrer meg ikke, det er galskap løs over hele riket. Ætter
som har holdt fred i uminnelige tider har brått gått til krig mot
hverandre og kaos har tatt over hånd.”
Vardhys trakk pusten hardt og lyttet med hamrende hjerte. Hva
var dette? Ridderen fortsatte.
“Kongen har utstedt en ordre om at ingen har lov til å reise
som ikke må men jeg regner med at dere kan utgjøre et unntak,
naturkreftene kan ingen rå med. Men sett kursen mot kysten
som dere sa, lengre inn i landet har det vært åpne kamper
mange steder. Det er ikke trygt lenger.”
En av de andre ridderne løftet visiret også, det var en yngre
mann med et edelt ansikt og han så sjokkert ut.”Vær
varsomme, lovløsheten sprer seg og folk har blitt ranet for
mindre enn det dere har.”
Mannen som snakket for flyktningene sukket.”Dere har ikke
mulighet til å beskytte folk? “
Ivert ristet på hodet.”Nei, vi har fått våre ordre. Vi skal sørover
til et gods der herren har fanget flere av kongens familie og
holder dem som gissel. Det virker som om alle har mistet
vettet om dagen.”
Han senket visiret igjen.”Jeg kan bare ønske dere lykke til,
men om dere følger veien videre i vår retning kommer dere til
bebygde strøk snart, der kan det hende at noen kan hjelpe
dere.”
Han sporet hesten og de tre raste avgårde igjen.
Vardhys så ned, det måtte være som mange sa, at verdens ende
var nær. Slikt hadde da aldri hendt før? Han skyndte seg
tilbake til Esther og fortalte hva han hadde hørt men hun
brydde seg lite om det. Alt hun tenkte på var at de snart kom til
bebyggelse der det kanskje kunne være en sjanse for å få tak i
litt mat. Følget virket for å splittes i to fraksjoner nå, noen ville

vente til dagen etter med å gå videre mens en annen gruppe ville gå med en gang. Vardhys valgte det første alternativet, det ble snart mørkt og kaldt og de kunne ikke ta sjansen på å gå i bekmørke. Hva som helst kunne skje da. Han fant mer ved til det vesle bålet deres og greide å raske med seg noen halvfrosne bær fra en busk men det var lite å mette magen med. Esther fikk alle og hev dem i seg som en ulv men antagelig pirret det bare magen på henne. Vardhys prøvde å holde seg våken gjennom natta men det var vrient på tross av at han frøs. Bål lyste mellom trærne og gjorde det nesten idyllisk men han kjente sannheten. Om det virkelig var brutt ut stridigheter mellom husene hadde kongen annet å tenke på enn å hjelpe flyktninger fra en naturkatastrofe. De var alene, det var kort og godt sannheten.

Han hadde sovnet for da han våknet skalv han av kulde og bålet var brent ned. Esther satt og hutret så tennene klapret i henne og hun så forferdelig ut nå. Blå under øynene og tydelig avmagret på bare noen dager. Selv var han sårbeint og støl men slet seg opp med et stønn. Folk var i ferd med å komme seg på beina nå for å slite seg videre og Vardhys visste at det ikke var noen vits i å vente. De måtte bare komme seg avgårde og utnytte dagslyset. Esther hang nesten over skulderen på ham og han kjente fortvilelsen klemme om hjertet. Hva skulle de gjøre? De hadde gått en stund da han ble var noe merkelig, en slags sky som hang over horisonten og skilte seg ut fra de andre. Vardhys var så omtåket at han brukte tid på å skjønne hva det var, røyk. Det brant der fremme. Flere ble var røyken og stønnet eller skrek, overbevist om at det samme hadde skjedd der fremme.

Vardhys svelget den sure følelsen i strupen, det måtte være flere bygninger som brant men det var ikke så mye røyk som om det hadde vært en hel landsby. Det gav ham litt håp. De trasket videre som best de kunne og etter noen timer kjente Vardhys en slags vibrasjon i grunnen. Han kjente den igjen, det var mange føtter på vandring i taktfast marsj og etter bare litt ble følget tatt igjen av en hel hærskare med soldater ledet av flere offiserer til hest. Flere av flyktningene prøvde å be om hjelp men ingen stanset, de hadde antagelig ikke lov. Vardhys kjente at hjertet slo litt fortere ved synet av de blanke rustningene og våpnene, dette var elitestyrker som måtte være sendt av kongen selv. Det var nok alvorlig det som foregikk der fremme og han var et øyeblikk litt engstelig men sivile burde uansett være trygge.

Esther så med sløve øyne på troppene som gikk forbi, hun virket oppgitt nå og han skulle så gjerne ha hjulpet henne på noe vis. Selv var han så sulten at han skalv og hun måtte være enda mer sliten ung og utrent som hun var. Baktroppene nådde dem igjen, det var forsyningsavdelingen med vogner med utstyr og slikt samt noen ekstra hester og ekstramannskaper. Flere så sultent på forsyningsvognene men ingen gjorde noe utfall, de visste at det å prøve å stjele fra kongens folk var ensbetydende med dødsstraff der og da. Esther bannet matt og sjanglet nesten og Vardhys tok en fort beslutning. Han så at et par av vognene stanset lengre fremme for å la hestene hvile litt og han snudde seg mot henne."Det armbåndet ditt, er det noe verdt?"

Hun så ned på det enkle smykket og tok det av seg med en sløv bevegelse."Litt."

Han tok det og hjalp henne til å sette seg ved en stubbe."Bli her Esther, jeg kommer straks tilbake."

Fort gikk han mot ene vogna der et par menn virket for å sjekke over seletøyet og vognhjulene. En tredje satt på kuskebukken og en fjerde mann satt i vogna. Han så ikke ut som en soldat akkurat og Vardhys så at han antagelig var en feltskjær om ikke broderiene på jakka hans løy. Soldatene så litt avventende på ham da han nærmet seg men de trakk ikke våpen. De så bare en fillete unggutt og ingen fare for bevæpnede mannfolk. Vardhys holdt frem armbåndet og kjente at strupen skalv, han vågde ikke håpe på hjelp en gang."Vær så snill, har dere noe mat dere kan bytte mot dette? Det er ikke til

meg, det er til min..søster.”
De to soldatene så bare på hverandre og kusken spyttet i
bakken men mannen i vogna vinket på ham.”Kom hit gutt.”
Vardhys adlød og mannen klatret bort og satte seg på kanten
av vogna.”Er dere fra den byen som brant ned?”
Vardhys nikket ivrig og feltskjæren skar en grimase.”De sier at
minst tusen mennesker har omkommet der, og flere døde blir
det er jeg redd. Vi har passert noen av de mere langsomme
følgene og folk ramler om som fluer. Det sprer seg pest gutt,
det gjør alltid det etter slike hendelser. Om du er klok holder
dere dere i gang og skynder dere til kysten. Der kan det hende
at det finnes hjelp. I det minste arbeid, mye oppbygging på
gang etter skjelvene.”
Vardhys skalv nesten.”Takk for rådene herre.”
Mannen så nøyere på ham.”Du ligner ikke en vanlig
fattigfrans, det er edlere blod i deg. Det kan jeg se, men det
betyr ikke noe nå. Er din søster skadet?”
Vardhys ristet på hodet.”Nei, bare svak. Vi har ikke hatt mat
på lenge.”
Mannen rakte frem handa og Vardhys rakte ham
armbåndet.”Dette er billig ræl, men den steinen i midten er
pen. Faktisk verdt litt. Vanligvis ville jeg ikke gjort dette men
min jobb er å hjelpe folk, og det er få igjen å hjelpe på
slagmarkene er jeg redd for.”
Han snudde seg og strakte seg inn i vogna, halte frem en liten
pose.”Her, det er en ost og et brød, det er alt jeg kan avse.
Kongen er for opptatt til å engang utruste styrkene sine
ordentlig.”
Vardhys svelget hardt.”Hvor ille er det? Jeg mener, jeg hører
snakk om krig?”
Feltskjæren sukket og slengte beina inn i vogna igjen.”Det er
galskap, det er hva det er. De store gamle husene er i strupen
på hverandre og de mindre husene må velge side og gi seg med
eller bli aldeles overkjørt og i midten står diverse herskere og
prøver desperat å roe gemyttene uten at det nytter det aller

minste. Verden har gått aldeles av hengslene er jeg redd. Det
står slag hver dag gutt, hold dere langt vekk fra slagmarkene
for der flokkes gribbene sammen og ikke bare de som flyr. De
verste har to bein.”
Mannen slengte ut et gammelt fillete teppe og Vardhys tok
overveldet i mot.”Hold din søster trygg, jeg har sett
slavehandlere flere steder. Og kongen har ikke lenger folk eller
tid til å slå ned på dem. Velg småveiene og vær forsiktige. Og
ved gudene, stol ikke på noen som du ikke kjenner! Det er
ulvenes tid nå gutt, ulvenes og ravnenes.”
Vardhys bukket høflig og vogna seg i bevegelse igjen, de store
hestene prustet og knegget og trakk og han sto igjen med
teppet og maten og følte at han hadde møtt et virkelig genuint
godt menneske. Han skyndte seg tilbake til Esther og hun
gispet overveldet av teppet og maten. Han fikk drapert teppet
om henne og så delte de osten og brødet. Det var ikke mye
men det hjalp og de følte seg begge mye bedre med en gang.
Alt virket lysere med litt mat i magen. De hvilte litt og så gikk
de videre og han merket seg en endring i Esthers sinnstilstand.
Nå virket hun innstilt på å greie seg der hun før hadde vært
apatisk og det var en god endring. Allikevel fikk han en slags
bange anelser, hvorfor ante han ikke.
Da kvelden kom hadde de kommet ganske langt av lei og lå
foran de fleste i følget av flyktninger. Det lyste av bål et kort
stykke foran dem og Vardhys forsto at soldatene hadde slått
leir der. Han valgte med vilje å slå seg ned et stykke unna for
det kunne være skummelt å havne for nær en slik militærleir.
Noen soldater var ikke til å stole på, og han kunne risikere å bli
tvangsvervet og hva ville skje med Esther da? Han tente kun et
lite bål og plasserte det mellom noen steinblokker der det var
lite synlig. Esther la seg til å hvile med en gang og hun virket
tankefull men ville ikke si noe. Selv følte han seg usikker på
hva som ventet der fremme men håpet at de skulle greie å
unngå trøbbel. Han sovnet ganske fort etter at de spiste siste
resten av maten, neste morgen ville han bli nødt til å prøve å få

tak i mat igjen, spørsmålet var hvordan det skulle gå for seg.
Da han våknet var det ennå bare halvlyst, og skogen rundt dem
var stille men det var en viss støy fra leiren der fremme. Han
løftet hodet og så at Esther var oppe, og hun spiste på noe. Han
rykket til og satte seg opp, så vantro på henne. Hun hadde et
brød mellom hendene og rev ut store stykker med tennene og
hun hadde også noe som måtte være en liten bunt med pølser.
Dessuten hadde hun et bedre teppe enn kvelden før og en liten
kagge med noe som antagelig var billig vin av det slaget som
snaut er drikkelig. Vardhys gispet og kom seg helt opp."Hvor
har du fått tak i det der?"
Hun bare så fort på ham, det var et glimt av trass i blikket."Der
borte!"
Han så mot militærleiren."Hvordan?"
Esther slengte en pølse og noe av brødet til ham."Betyr det
noe? Jeg har mat, spis!"
Vardhys svelget, magen ulte og han kjente seg svimmel."Ja,
det betyr noe! Du stjal det vel ikke? For om du blir tatt i å
stjele fra de militære ja da.."
Hun avbrøt ham."Jeg tagg ok? Og noen var snille nok til å gi
litt."
Vardhys tok nølende maten, det luktet himmelsk og han
begynte å stappe innpå. Hun smilte smalt.
 "De gir mer om de ser en søt jente enn om de ser en gutt.
Husk det."
Han kunne på en måte forstå det, hun så stakkarslig ut og
kanskje noen faktisk var såpass bløthjertet at de gav litt men
noe i ham var ennå litt tvilende. Uansett gjorde det godt med
noe i magen og han spiste alt han fikk. Esther trakk teppet
rundt seg og kom seg på beina "Vi må komme oss videre, jeg
tror det er en landsby ikke så langt unna."
Vardhys hutret og så at himmelen var temmelig mørkt nå, snø
ville ikke være bra i det hele tatt men antagelig var det ikke
noe noen kunne gjøre med det. Selv gudene virket for å ha
snudd ryggen til alle.

Det var færre på veien nå, mange hadde valgt å vente og en god del hadde ikke mer krefter å ta av nå. Han antok at de bakerste følgene nok hadde bortimot forsvunnet nå, og visste ikke riktig om han greide engasjere seg i tanken eller ei. Det gjorde liksom ikke noe, og det skremte ham. Soldatene var på marsj ennå men nå ble han var et annet fenomen. De møtte tropper på vei tilbake, og andre som tydeligvis var beordret til nye lokasjoner. Flere så ut til å ha vært i kamp og han kjente et stikk av frykt. Han eide ikke våpen annet enn en kniv og det var lite å forsvare seg med i tilfelle et overfall. Esther så også urolig ut og han la merke til at hun haltet nå, ikke mye men tydelig nok. De fillete skoene hennes gav neppe noen beskyttelse mot verken snø eller de grove steinene som her og der stakk gjennom det enkle veidekket. Utover dagen ble det mer og mer militære på veien, den utvidet seg også og ble en ordentlig vei og nå kunne de se noe som måtte være en borg i det fjerne. Den var innhyllet i røyk og smog og antagelig hadde det brent der. Dette området var tydelig et jordbruksland for det var store åpne åkre og beiter og de kunne se bebyggelse men det virket alt for stille der. Og Vardhys så at flokker med store mørke fugler sirklet og lagde et illevarslende bråk. Esther så forvirret på dem.”Hva betyr det?”
Vardhys svelget hardt og prøvde å virke rolig.”Det betyr antagelig at det har vært et slag eller noe der fremme. De spiser av slikt som ligger igjen.”
Han ville ikke si hva det var, lik og døde hester og slikt. Flyktningene nådde noe om kanskje kunne kalles en liten landsby før kvelden men den var forlatt. Det var tydelig at folk hadde reist i all hast og de som var sterke nok skyndte seg å gå gjennom de få husene etter noe spiselig eller klesplagg å holde kulda ute med. Vardhys kjente seg som en forbryter, som den verste nidingsmann men gikk inn i et fattigslig utseende hus. Han følte at han var nødt, de måtte ha noe mer å holde kulda ute med. Det var lite der inne, men han fant et par gamle saueskinnsfeller og en slags poncho med hette. Den var tykk

og av ull men svært skitten og slitt og eieren hadde neppe eid særlig mye her i livet. Han hadde sett at bakken utenfor var opprotet av hover og det satt noen piler i takskjegget. Det hadde nok vært utkanten av en slagmark. Det eneste han fant av mat var en gammel ost men den var så gammel at han tvilte på at selv ei geit ville klare å fordøye den så den fikk ligge. Esther satt sammen krøket og ventet på ham, hun så seg rundt med noe som lignet forvirring i blikket og han syntes synd på henne igjen. Hun hadde tross alt mistet alt hun hadde.
Resten av flyktningene samlet seg på det som hadde vært torget i byen, der tente de bål og noen tok i bruk husene også men det virket for at det var motvillig. Mange var ennå redde for å ha tak over hodet i tilfellet nye skjelv og det var en slags følelse av å forstyrre de døde eller gjøre annen helligbrøde også som lå i dem. De fleste av anstendige mennesker som ikke ville stjele eller bare ta seg til rette med andre menneskers hus og hjem. Vardhys fant et varmt sted til dem, bak et gammelt hønehus hadde eierne av eiendommen lagret halm i en slags binge med tak og siden stedet lå avsides til var det ingen som hadde funnet det. Nedpakket i halm med saueskinnene rundt seg ble det levelig og han følte seg litt stolt som hadde greid å få til såpass. Han sovnet men i løpet av natten våknet han et par ganger av kraksingen fra store fugler og hovslag som hurtig forsvant men ingen forstyrret dem.
Da Vardhys våknet sov Esther ennå, hun trengte det så han vekket henne ikke og bestemte seg for å bruke denne dagen til hvile. De trengte det begge to og han ville gjerne se seg litt rundt. Det kunne være at det var mer der som var verdt å ta vare på. Hva som helst kunne være til nytte nå som de nesten ingenting hadde. Da Esther våknet ba han henne bli der i halmbingen og så trakk han ene saueskinnet rundt seg og festet det med beltet før han snek seg rundt utkanten av den vesle landsbyen. Det var tydelig at det hadde vært kamper i området, gjerder var revet ned og et par forvillede kyr gikk rundt, ingen hadde prøvd å fange dem og han gadd ikke heller. Kyr tilhørte

noen og han likte dessuten ikke slike dyr. Det lå flere små lave
åser der og de fleste hadde litt skog på toppen og så var det
åkre og eng lengre ned. Han gikk opp på den nærmeste og så
borgen på ganske nært hold, den var bare en kvart fjerding
unna men på andre siden av en ganske bred og stri elv. Det var
brent, det var tydelig nå. Antagelig var røyken de så fra den.
Murene var alvorlig skadd og det røk fremdeles her og der.
Noe som måtte være rester av kastemaskiner sto igjen og han
så interessert på dem før han gikk videre. Ved elva flatet det ut
og han kjente brått en merkelig lukt. Den var søtlig og sterk og
han forsto sakte hva det var. Det var lukten av død, store
mengder død. Han svelget og snek seg frem langs det tette
krattet som vokste langs elvebredden, her kunne ingen være
ordentlig trygg om det var folk der som plyndret.
Vardhys kjente at hjertet sank i ham da han så slagmarken, det
var en stor eng som lå nede ved elva og den var ganske flat og
hadde nok vært verdifull for bonden som eide den men nå var
den så opp rotet at den lignet mest på ei myr. Overalt lå det
etterlatenskaper etter krigens herjinger, han så døde hester og
våpen, knuste rustninger og et par vogner sto igjen pepret med
piler. Noen hadde samlet lik og brent dem og det oste ennå surt
av haugene men det var tydelig at bare ene siden hadde brent
sine døde, for det lå ennå mange lik igjen der. De fleste så mer
eller mindre groteske ut og han kjente at kvalmen truet med å
overmanne ham Stanken var intens, rå og brutal og han gyste
fra hode til fot. Det skulle da vel ikke være slik? Hvor var æren
i dette? Hederen? Han så menn som lå der med gapende sår
etter sverdhugg, noen uten hode eller andre lemmer og andre
igjen spiddet av spyd og lanser. Hester lå der grotesk oppblåst
og sprikte med alle fire beina og ravn og kråke festet tydeligvis
som aldri før. Hele flokker lettet foran ham der han gikk men
de landet igjen så fort han hadde passert. Mange av fuglene var
så mette at de knapt gadd lette på seg. Han så også at hunder
eller ulver hadde vært bortpå et par steder og ble nervøs.
Flokker med løshunder kunne bli meget aggressive og langt

farligere enn noen ulveflokk. Ulvene fryktet mennesker, det gjorde sjelden hunder.

En svær svart ravn landet på en død mann like ved siden av ham, karen lå på ryggen med armene spredt ut og en pil sto plantet midt i brystet på ham. Antagelig døde han fort og Vardhys forsto at det var en velsignelse men ansiktet hadde et uttrykk av skrekkslagen pine som skar ham i hjertet. Det ble ikke bedre da ravnen med et lite kraks lente seg frem og røsket ut et øye med det blanke harde nebbet. Vardhys måtte snu seg og beinfly bort for ikke å begynne å spy enda magen var så godt som helt tom nå. Han kjempet seg bort i et tett holt bortenfor slagmarka, ble stående der å puste tungt lenge før han fikk tatt seg sammen. Han hadde trodd at slag var ordnet, at det var en mening med alt men dette var jo et kaos av død og smerte og ødeleggelse? Han bestemte seg der og da for at om han skulle bli ridder noen gang ble det kun turneringsridder, aldri i livet om han ville utsette seg for noe slikt. Han skulle til å gå for å se om det var noe han kunne ta med seg da han hørte at noe rørte seg der inne i krattet. Han rykket til og ville først løpe vekk men så ble han nysgjerrig, hva kunne det være. Han gikk litt videre i stillhet og stanset brått da han så at det var en hest som sto der inntil et tre. Det var en stor grå hest av det slaget væpnere bruker og selv om den var over sin beste alder var den pen og sikkert verdt en god del. Tøylene så ut til å ha festet seg i noen busker og dyret fikk øye på ham og humret ivrig. Den måtte være både sulten og tørst for det fantes ikke noe å ete på der.

Vardhys nærmet seg varsomt og stanset igjen, noe hang fra hesten på andre siden av den og han svelget tungt da han så at det var en kropp, antagelig satt ene foten fast i en stigbøyle. Han gyste og nølte men fant ut at han ikke kunne la hesten stå der og tørste ihjel med et lik hengende fra salen så han prøvde å snakke til den med lav og vennlig stemme mens han nærmet seg hodet på den. Han holdt på å besvime av sjokk da det som hang der rørte på seg. Det lød en slags stønnelyd og hesten

snøftet og prøvde å steppe sidelengs vekk men greide det ikke.
Vardhys samlet det motet han hadde, var det et menneske i nød
var han forpliktet til å hjelpe, om han ikke var ridder ennå
skulle han jo bli det en vakker dag, om alt gikk som det skulle.
Han gikk rundt hodet på hesten og så at ganske riktig, det hang
en mann etter en fot. Han var kledd i ganske gode klær men
var blodig og fæl og Vardhys gispet da han så hvor ødelagt
ansiktet og hodet var. Det var et mirakel at fyren var i live
ennå. Han kremtet kort.”H.. hallo? Hører du meg?”
Det lød et stønn til, så viftet stakkaren med armene og gurglet
litt, det hørtes forferdelig ut.”Er det noen der... ha nåde..”.
Vardhys skyndte seg bort til salen og fikk foten ut av
stigbøylen, vinkelen på beinet fortalte ham at det var brukket
og blod mengden i buksebeinet fortalte ham at bruddet var
åpent. Han rev ikke opp buksa for å se og prøvde å unngå å se
på det ødelagte ansiktet. Mannen måtte være blind, ene øyet
var knust sammen med øyehulen og mye av skalpen revet
bakover så det lyste i skallen. Den hadde sprekker også,
Vardhys hadde aldri vært så kvalm noen gang. Han så at
mannen også hadde noe som måtte være et sverdhogg i ene
skulderen og det satt en avknekt pil i skrittet på ham. Skaden
fikk Vardhys til å krympe seg.”Vær nådig...”
Ordene kom igjen og Vardhys stålsatte seg.”Kan jeg hjelp deg
herre?”
Han så at mannen var en ridder, men uten rustning eller annet
dyrt utstyr. Sannsynligvis var han en fattig mann som levde
som leiesoldat og snaut nok var mer enn en vanlig fotsoldat.
Mannen rullet med det øyet som var tilbake, det var nesten helt
lukket og hovent og rødt.”Åh guder, spar meg for pinen. Hodet
mitt...”
Armene rørte seg svakt og Vardhys forsto at mannen ikke
kunne røre seg lenger, at noe i hodet var ødelagt. Han grøsset
og gikk nærmere.”Jeg.. jeg er ikke noen lege herre, bare
en...bare en væpner. Jeg...”
Mannen pustet tungt, blod sev langsomt fra munnvikene på

ham.”En væpner... men ikke for noen av de som kjempet her?”
Vardhys svarte som sant var at han kom fra en annen landsby
og mannen stønnet hult.”Om du eier medlidenhet... hjelp meg.
Jeg holder ikke ut.”
Han peste kort.”Ta hesten som takk... den er ikke min... jeg
bare fanget den inn da min egen ble drept under meg.... men
den er god..”
Vardhys så at hesten sto fromt stille, det var virkelig en god
hest.”Jeg... takk...”
Han så seg fort rundt.”Hva.. hva har skjedd her? Hvem har
slåss?”
Mannen hev etter pusten og det gurglet i ham igjen, antagelig
var han skadd innvendig. Vardhys prøvde å skjule avskyen og
frykten, det var forferdelig å se et annet menneske slik.
Mannen hikstet.”Herren her ble gal, trodde at kongen hadde
forrådt slekten hans for mange herrens år siden, noe med
landområder som ble fordelt etter et slag eller noe slikt. Men
det gjorde ham totalt vanvittig. Og han tok to av kongens
barnebarn som gisler. De er døde nå, han hev begge barna over
muren siste dagen så de slo seg ihjel. Da brente de borgen.”
Mannen hikstet og hender og bein dirret på ham, Vardhys ante
at han var døende og bare viljen hadde holdt ham i live så
lenge.
Vardhys svelget igjen, klappet mannen på den blodige handa
med avsky men følte at han måtte, det var et menneske som
burde føle at det ikke var alene nå i sin siste stund. Mannen
gurglet og grep handa hans i et uventet hardt grep. Neven var
sleip av blod og stinket men skalv og var varm og Vardhys
kjente at tårene sprengte på. Det var et virkelig levende
menneske som lå der og led, ikke bare en ting eller noe han
ikke kunne forholde seg til. Han klemte tilbake.”Hva.. hva
heter du herre? “
Den døende ridderen hveste og kjempet for å få luft.”Jeg... jeg
er Sir Uthrad av Uhrend, vasall til Lord Kiber av Darasher.”
Vardhys prøvde å smile.”Jeg er Vardhys.. bare det.”

Uthrad hikstet.”En bastard med andre ord, men skam deg ikke over det gutt. Gode menn har vært født med den skjebnen før.” Han hostet opp en liten fontene med blod og Vardhys måtte snu seg for å ikke bli truffet.”Vær så snill, i gudenes navn. Vær barmhjertig...”

Vardhys så forvirret på den døende mannen.”Jeg.. hva mener du?”

Uthrad lagde en slags parodi på et smil, det så grotesk ut med det ødelagte ansiktet.”Du skjønner det... la meg ikke lide mer... det er et sverd på salen.. ta det..”

Vardhys hev etter pusten og rygget vekk da han forsto hva mannen mente.”Å guder... jeg kan ikke... jeg har aldri...Jeg har aldri drept noen..”

Den døende ridderen surklet faretruende.”Det er en første gang for alt gutt, vær så snill. End lidelsene mine...Vær en sann ridder og gjør meg den tjenesten.”

Vardhys kjente seg svimmel av angst men snudde seg, det hang virkelig et sverd på salen og han grep det og trakk det av sliren. Det var et godt sverd av Felderisk stål og han skalv på neven da han gikk tilbake til den sårede.”Er... det det noe mer jeg kan gjøre...”

Mannen hveste og hev etter pust, armene skalv kraftig.”Om noen spør si at jeg døde.... som en mann.. si det.”

Vardhys hikstet, noe ved ønsket rørte ham dypt.”Jeg lover, jeg skal si det til alle som vil vite.“

Mannen prøvde å snu hodet men greide det ikke.”Jeg skulle ... så gjerne hatt.. et siste glass vin.. og kanskje ei....tøyte også... for sent nå.. Send meg hjem gutt. Nå!”

Vardhys bet seg i underleppa, han visste hvordan han skulle gjøre dette men noe i ham steilet ved tanken. Allikevel brakte han sverdet opp og gjorde som hans mester hadde lært ham. Brakte det gode bladet ned i en rask bue og eggen var så skarp at bladet nesten ikke møtte motstand. Han fikk stanset det før det nådde den harde bakken under og liket sank liksom sammen hodeløst.

Vardhys kjente at han gråt, at tårene rant. Han hadde aldri trodd han skulle drepe en mann, ikke slik. Ikke under slike omstendigheter. Han svelget og ba en fort bønn han husket før han vendte oppmerksomheten mot hesten igjen. Den bare sto der og så forhåpningsfullt på ham og han klappet den forsiktig og løsnet tømmene. Det var en hoppe og han bestemte seg for å kalle den Perle, på grunn av den grå fargen. Med en hest kunne de komme seg videre langt lettere. Han samlet seg og tok en brå beslutning, leide hoppa med seg ut av holtet og lot den beite på det vesle graset som fantes der mens han samlet ting han fant på slagmarken. Ingen hadde vært der og plyndret ennå og han tok med seg det han fant. Kniver og sverd, belter og klær fra den ene vogna også. Han fant noen vinkagger og en pose med brød og fra flere lik tok han smykker og mynter. Likstanken rev ham i nesa men etter litt gjorde han ikke noe av den, det var som en hast i ham nå, en iver etter å finne mest mulig av verdi. Til slutt hadde han en god sum penger og la alt i et hult belte han spente på kroppen under klærne. Han byttet ut de utslitte fillene med ordentlige klær og vasket seg i elva. Da han var ferdig så han brått ut som en væpner igjen, kanskje for en rik ridder.

Han fanget inn igjen hesten og så red han tilbake til landsbyen men holdt seg i skjul. Hesten og oppakningen med ting kunne friste folk og han tok ingen sjanser med sin nyfunne rikdom. Han plystret på Esther og hun kom sakte frem bak hønsehuset og gjorde store øyne."En hest? Hvor har du funnet en hest?" Vardhys smilte kort."Den løp på slagmarken, jeg fanget den bare inn."

Esther så på tingene og klærne og hun ble blek."Har du stjålet fra de døde?"

Han kremtet strengt."De trengte ikke tingene mer. Vi trenger dem mer."

Han ble var at hun holdt noe i handa, det var et eple. Hun så bare ned."Jeg gikk en liten tur, og fikk det av en snill gammel mann."

Vardhys så skarpt på henne men hun bare stirret tilbake så han lot det fare."Ta på deg disse klærne her, de er varme og rene."
Hun strålte opp og smatt bak veggen, fikk på seg klærne og selv om det var mannfolkplagg var de bedre enn det hun hadde hatt på før. Hun så nesten ut som en ung mann hadde det ikke vært for figuren og det lange håret.
Vardhys gav hesten av halmen og de spiste litt selv og drakk ene kaggen med vin. Den var ikke god men bedre enn ingenting og Esther virket mer optimistisk."Kan vi ri begge to?"
Vardhys nølte litt, så nikket han. Hesten var kraftig og tålte godt vekten av de to om de ikke red hardt. Da de hadde spist gikk de videre, de fulgte markene en stund før de tok til veien igjen. Vardhys hadde spent ene sverdet rundt livet og et annet langt slankt stikksverd hadde han plassert over ryggen. Hans mester hadde lært ham å bruke et sverd også slikt og han visste at synet av en bevæpnet mann virker mer avskrekkende enn en uten. Han fikk Esther til å binde opp håret og skjule det i en lue og med ponchoen på lignet hun en gutt om en ikke så godt etter. Selv prøvde han å se voksen ut og om han var heldig kunne det hende at folk tok ham for å være en svært ung ridder. Han gav Esther et kortsverd hun bar i beltet og så skjulte de de andre tingene i en bylt med saueskinnene og teppene de hadde. Det var litt av en bør for hesten men den protesterte ikke selv om det så dumt ut.
Vardhys kunne bare håpe at de ikke møtte problemer på veien, det var ennå langt til kysten.

Lathisa

Det vesle følget prøvde så godt de kunne å gjemme seg for de fallende steinene og all asken. Bakken skalv ennå med ujevne mellomrom og det hadde blitt mørkt som om natta. Lathisa satt klemt inne mot bergveggen og Jochmun hadde plassert seg like ved henne, selv nå passet han på. Kalek satt litt lengre bort ved en svær stein og skalv mens Ushara tok det hele med ro. Antagelig hadde hun lite å frykte i kraft av den hun var. Ublan satt der og virket for å synes synd på seg selv, det var visst ikke så morsomt lenger nå.

Lathisa undret seg over hva de nå skulle gjøre, kunne de komme seg derfra trygt? Var det fremdeles folk ute etter henne? Hun stolte på Jochmun og ønsket virkelig å vise hvor takknemlig hun var for hans støtte men ante ikke hva hun burde si. Det lå et tykt lag aske på alt nå, trær knakk av vekten og her og der hørte de noe som måtte være rene leirskred av aske og smeltevann. Det virket for at de hadde gjort et godt valg av skjulested uansett, de satt høyt oppe og det var solid fjell. Ushara stirret ned i dalen men det var lite å se nå, bare et mørkt kaos av aske og stein og her og der glødet det ennå i lavastrømmer. Selve utbruddet var over siden det hele hadde kollapset men faren var så langt fra over. Ushara lagde et merkelig utrop og pekte mot det nå sammenraste fjellet. Skyen av mørke som hadde hengt over det virket for å falle litt sammen og mye av den raste nedover mot dalsiden i et vanvittig tempo. Jochmun bare bannet matt og Kalek klynket vettskremt."Himmelen faller ned!"

Ushara ristet på hodet."Nei, det er bare askeskyen som kollapser nå som utbruddet er over, men det er ingenting der i dalen som kan overleve."

Hun virket svært påkjent og satte seg ned med hodet i hendene.

Lathisa visste at hun engstet seg for dvergene, kunne de ha klart seg?

Jochmun svelget sakte og så seg rundt.”Vi må vente her, så lenge vi kan, men vi er uten særlig med vann og lufta er vanvittig tørr nå.”

Ushara svarte ham uten å flytte seg eller røre en muskel.”Det vil endre seg, vinden snur nok snart.”Jochmun skar en grimase og trakk kappen sin tettere om skuldrene, han var alvorlig skremt for han hadde aldri opplevd et vulkansk utbrudd noen gang. Lathisa bare hikstet og han så medfølende og undersøkende på henne.”Går det bra?”

Lathisa nikket sakte, hun så på mørket og laget av aske som nesten lignet litt på svart snø. Det minnet henne om gamle fortellinger hun hadde hørt da hun var barn. Hun prøvde å smile.”Jeg husker bare slikt jeg ble fortalt da jeg var liten, legender og slikt.”

Ushara satte seg nærmere.”Hva slags legender da? Jeg har aldri hørt om slikt annet enn det jeg har lært av dvergene.”

Lathisa forsto brått at Ushara visste nesten ingenting om verden der ute, hun hadde nok vært utenfor berget og jaktet men menneskenes verden var fremmed for henne. Hun kjente neppe til verdens historien eller andre folks legender. Lathisa skar en grimase og satte seg litt bedre til.”Vel, det jeg husker handler om fjellene nær det som var hovedstaden i Zhandoria, Zhymorne. Det er et fjell de kaller dragetind og det er en vulkan.”

Ushara rynket pannen.”Er det så lurt? Å ha en stor by nær noe slikt?”

Jochmun trakk på smilebåndet, Ushara tenkte på det rent praktiske med en gang. Hun var klok slik. Lathisa fortsatte.”Vel, da byen ble anlagt ante de nok ikke om det, men legendene forteller at vulkanen hadde utbrudd en gang for svært lenge siden. Og da ødela den alt rundt seg men byen ligger nok for langt vekk til å bli rammet av noe direkte. I legendene sa de at dragene ble født av dragetind, det er derfor

den heter nettopp dragetind.”
Ushara så litt tvilende ut.”En vulkan føder ikke noe annet enn
aske og lava.”
Lathisa nikket.”Det er bare gamle legender, husk det.”
Jochmun trakk på skuldrene.”Av og til kan det være et glimt
av sannheten i slike gamle fortellinger. En vet aldri. Drager
liker varme vet dere.”
Lathisa så strengt på ham.”Tull, det er ingen drager lenger, det
vet du godt.”
Jochmun bare gliste og pekte på Ublan som satt der som en
stor forvokst hund og kjedet seg.”Å? Hva kaller du den der?”
Lathisa smilte fort.”Han er ikke en ordentlig drage, han spruter
da ikke ild! Og han kan så avgjort ikke fly.”
Kalek nikket ivrig.”Nei, drager er veldig mye større og
annerledes bygd. Jeg har sett skjeletter av dem i berget.”
Jochmun så litt forbauset på ham.”Virkelig? Mange?”
Dvergen ristet på hodet, han så fremdeles livredd ut. Det å
være under åpen himmel var skremmende i seg selv og med
askeskyene og mørket var det sikkert enda verre.”Nei, bare en
sju åtte stykker, og de var kjempegamle tror jeg. Nesten
bortmorknet.”
Lathisa så forbauset på ham.”Dragebein der nede? Hvordan
har de kommet seg dit ned?”
Kalek lagde en merkelig liten grimase og trippet litt usikkert
der han sto.”Jeg tror de var på vei opp, ikke ned. Men at de
døde før de rakk å komme seg helt opp.”
Jochmun virket interessert.”Det var merkelig, kanskje det er
noe i det at drager kommer fra fjellene?”
Kalek bare trakk på skuldrene og kastet et nytt nervøst blikk på
himmelen, han var blek og skalv synlig fremdeles. Ushara
sukket og la hodet på armene, hun satt foroverbøyd og det
vakre ansiktet var fordreid av uro. Lathisa kunne så avgjort
forstå det slik situasjonen var. Ublan gryntet av ubehag og nøs
et par ganger. Den så grotesk ut der den satt men Lathisa var
ikke redd den lenger. Nå syntes hun nesten at det var noe

beroligende ved det enorme beistet. Bakken ristet litt igjen og de satte seg tettere sammen innunder overhenget, det kunne antagelig ta litt tid før de kom seg bort fra dette stedet.

Hadde de sett hvordan dalen under dem nå så ut ville de antagelig skjønt at de neppe overdrev akkurat det, overalt var trær veltet av rystelsene, det brant der svære flyvende steiner hadde landet og elver og bekker var blitt brølende monstre som rev i filler selve grunnen de fløt over. Kampestein og trær ble kastet himmelhøyt av vannmassene og lavastrømmene som hadde funnet veien ned i denne dalen glødet ennå og skapte en illusjon av helvete selv. Viltet hadde flyktet i tusentalls, fugler hadde forlatt området forlengst og smådyrene prøvde å gjemme seg som best de kunne for noe som fortonte seg som verdens ende. Stier og veier fantes ikke lenger, alt var omkalfaltrert og ødelagt og mørket gjorde det umulig å orientere seg.

Asken var sleip og tung og gjorde alt svart, det så ikke ut til å være noen ende på ødeleggelsene. Men egentlig var dette kun et lite utbrudd fra en heller ubetydelig vulkan og skadene var innenfor et heller lite område. Noen elver ville gå over breddene sine men siden dette var et landområde med lite folk var det få som egentlig brydde seg med det. De så askeskyen i det fjerne og følte bakken skjelve litt men det var da også alt som skjedde. Vinden sto bort fra befolkede områder og det hele var nærmest bare en slags kuriositet. Men noen merket det og merket det godt også. I en liten hule et stykke nede i dalsida hadde et følge med menn søkt tilflukt. De bar alle uniformer som røpet at de var fra både Arusteres hoff og andre hæravdelinger også og de virket veltrent og motivert. De hadde drept all motstand de hadde møtt og nesten funnet det forbaskede kvinnfolket også, hun hadde vært nær. De var sikre på det. Men så var hun blitt borte og de hadde lett godt og lenge uten å se flere spor, det var frustrerende og uforståelig. Nå var de derimot svært usikre på hva de burde gjøre. Dette var de ikke trent for, de var ikke betalt for det heller. De skulle

finne den forsvunne dronningen og enten bringe henne med
seg eller kverke henne men de hadde ikke ventet å kjempe mot
naturkreftene. Hestene sine hadde de mistet siden dyrene
hadde rømt i panikk da de første jordskjelvene kom og selv
hadde de nesten trodd de var ferdige da fjellet brøt ut men de
hadde greid seg. Riktignok var tre menn døde, en av å ha fått
en flygende lavastein midt i brystet og en annen av å ramle i ei
elv samt at en hadde bukket under med pustevansker. De
overlevende var derimot i god form siden disiplinen de var
vant med tross alt gav dem noen fordeler. De visste hvordan de
skulle takle kriser og fikk ikke panikk. Nå var de sultne og
kalde og fremdeles svært redde siden de hadde sett hvordan
asken raste nedover dalsidene og begravde alt under et
rødglødende lag. De hadde unnsluppet den pyroklastiske
strømmen med nød og neppe og begynte å tro at dette var
gudenes straff og at verden snart gikk under.
Lederen deres holdt motet deres oppe men selv han tvilte litt
nå. Kunne noen ha overlevd det de nettopp hadde bevitnet?
Var det i det hele tatt mulig for noen å unnslippe naturens
vrede? Og hva med byttet deres? Han tvilte på at de ville finne
det kvinnfolket nå, egentlig burde de gi opp og prøve å komme
seg tilbake til folk men det kunne bli vanskelig. De kunne bare
vente til ting roet seg, eller de alle døde. Å forlate stedet de var
på var ren galskap under disse forholdene.

Janos

På hovedveien tilbake mot Tholir hadde Janos og hans følge av
menn ridd hardt i mange dager, herren var ivrig etter å komme
seg hjem igjen etter det mislykkede forsøket på å finne den
forsvunne hunndragen. Og skrivet Lathisa hadde stukket av
med regnet han som tapt uansett. Nå var det heller snakk om å
begrense skadene og prøve å ta seg inn igjen. Men de skjønte
snart at noe var galt. Veiene pleide å være nesten forlatt på
denne tiden av året, nå var det folk overalt og mange av dem
virket for å ha flyktet fra alt de eide og hadde. Janos begynte å
bli urolig, i fjellområdene var det ikke så mye folk men da de
nådde de mer brukte veiene tetnet det til og han forhørte seg
diskre. Det han fikk høre gav ham kalde frysninger nedover
ryggen.
Det virket for at alle de gamle ættene hadde gravd opp
stridsøksa igjen på likt og nå måtte alle velge hvem de støttet.
Det ble kriget brent og plyndret overalt og kaos rådet landet.
Kongene prøvde som best de kunne å få oversikt men
problemet var at de også gjerne tilhørte en av de gamle ættene
og slik sett måtte følge resten av slekten. Og flere av deres
undersåtter og medhjelpere var brått blitt fiender. Janos ble
skremt og etter noen dager greide han å få lurt ut av en
lavadelsmann på flukt mot havet at alle trodde at deres fiender
hadde en drage i bakhånd og derfor ville angripe før de ble
utslettet. Katten var ute av sekken men hvem hadde sluppet
den ut? Og hvorfor? Janos hadde vært redd for noe slikt, nå var
det maktgalskap som rådde, alles kamp mot alle og ingen
tenkte klart lenger i det hele tatt. De så stadig flere tegn på
krig, herjede bygder og brente gods, slagmarker og elendighet
og herren jagde på mot hjemmet. De var alle redde for sine
nære og kjære nå og presset seg til det ytterste. Her og der

hadde kongen lagd veisperringer og prøvde å kontrollere strømmen av folk men siden Janos var adelig slapp de forbi. Da de begynte å nærme seg Na"tholir skjønte de brått alvoret. De møtte på en mann Janos kjente, en annen lavadelig som tilhørte et hus som hadde vært lojale mot Arcan før. Nå var mannen på flukt siden en gren av Macallif hadde tatt over makten i området og drepte alle som hadde vist lojalitet mot andre hus. Mannen fortalte om skrekkelige scener der både kvinner og barn ble brutalt klubbet ned og Janos fikk vite at hans to sammensvorne i den vesle konspirasjonen deres alt var døde. De var drept før selve galskapen brøt ut, noen måtte ha visst at de visste.
Janos ble redd, virkelig redd. Han hadde familie og venner og et stort gods men mannen ante ikke hvordan det sto til hos ham. Alt han visste var at det hadde brent i Lathisas gamle slott og noen mente at tjenerne hadde tent på for å hindre Arusteres slekt i å slå kloa i byen. Da Janos og mennene hans red videre var det med en synkende følelse av at de visste hva de ville få se. Janos ba alle guder om å spare ham og hans hus men det virket for at gudene hadde blitt både døve og blinde. Overalt var det ødeleggelser og og her og der hadde også bakken begynt å røre på seg. Det var snakk om ødeleggende jordskjelv i sør og presteskapet fryktet at enden var nær. De som flyktet trodde de ville være trygge i de store byene der det var såpass mange militære styrker at det ikke ble direkte angrep men Janos visste at det bare gjorde situasjonen verre. Folket brakte uroen og kampene med seg siden de hadde ulik tilknytning.
Janos nådde hjembygda en tidlig morgen, de hadde ridd hele natta og hestene var utmattet og karene ikke særlig mye bedre. De fleste vaklet i salen og klarte knapt styre de slitne dyra. Janos stanset den vaklende gangeren sin på en liten ås og stirret vantro på det synet som møtte ham. Det var snaut en eneste bygning igjen som sto, alt var brent ned. Noen utløer sto med avlingen i men selve godset var borte. Mange bare sto der

og glante i sjokk men Janos sporet hesten og gallopperte ned mot det som hadde vært hjemmet hans. Han forsto, ved gudene som han forsto. Dette var hevnen for det de hadde gjort. Hesten stupte før han nådde frem men han hoppet bare smidig ut av salen og løp mot porten. Det meste var dekket av snø nå og svartsvidde stolper og planker stakk opp overalt. Det var stille der men noen kråker krakset hest og et par hunder streifet rundt på jakt etter mat. Janos senket farten, han kunne ikke tro det han så.

Innenfor porten stanset han bare og stirret på restene av hjemmet, hva hadde skjedd med alle? Var de døde alle sammen? Han rykket til da en litt bøyd skikkelse dukket opp bak et lite skur som ennå sto uskadd, det var den gamle portneren hans og mannen måpte da han så hvem det var. Han sjokket frem mot Janos i snøen og falt på kne.”Å herre, å herre, vi trodde du også var død. Å gudene bevare oss, dette er slutten!”

Janos stirret vilt på mannen som gråt, de rynkete kinnene var røde av kulda og han var kledd i bare gamle filler.”Hva skjedde? Hvem gjorde dette?”

Den gamle stavret seg på beina og ristet på hodet.”Vi vet ikke, de kom om natten og kastet brennende oljekrukker overalt. Og de hugde ned alle som prøvde å flykte. Jeg og et par andre gjemte oss i det gamle mausoleet, alle de andre her døde.”

Janos hev etter pusten, han så nå at det hadde vært en uvanlig voldsom brann.”Så dere ingenting?”Den gamle ristet på hodet.”Nei herre, ikke noe annet enn at de som angrep alle bar svart. Og masker... og lederen deres hadde mistet venstre foten for han hadde bare en skinne på den.“

Janos la seg den informasjonen på minne, en mann med bare en fot burde være mulig å spore opp. Og så skulle han spore opp den som gav ordre til dette.

Den gamle jamret seg og Janos hev noen mynter bort til ham.”Her, det er alt jeg har å gi nå. Jeg er en fattig mann nå men jeg har ennå livet og viljen og så sant mitt navn er Janos

skal de skyldige for dette svi. Det sverger jeg.”
Den gamle mannen bare bukket og Janos gikk tilbake til
karene som nå hadde samlet seg foran den nedbrente porten.
De så sjokkert ut. Janos kjente at sorgen brant i ham, han
prøvde å kontrollere følelsene men det var vanskelig.”Vi setter
kursen mot Arusteres slott, de bør slippe oss inn der. Så kan vi
legge planene derifra.”
Karene nikket og en mann overlot sin hest til Janos og steg opp
bak en annen. Følget satte seg sakte i bevegelse men få lyder
ble hørt, de færreste greide si noe. Mange av mennene hadde
hatt slekt og venner der og tanken på deres skjebne gjorde at
de ville følge sin leder rett til helvete om det så ble krevd for
hevnens skyld.

Lathisa

På fjellhylla ble det etterhvert ganske så rolig, ingen orket si
stort og selv Ublan la seg ned med det enorme hodet på føttene
og sukket oppgitt over mangelen på ting å gjøre. Lathisa
prøvde å sove litt på tross av alt ubehaget, det var liksom bedre
å sitte der med øynene igjen enn å måtte se på all ødeleggelsen
rundt henne. Ushara satt urolig og stirret inn i mørket, hun
rykket av og til i musklene og Jochmun så granskende på
henne. Han ante at det var ting ved denne skapningen hun helst
ikke ville røpe for andre og han gikk bort til henne og satte
seg. Det vakre ansiktet var fordreid av både uro for hennes
venner og smerte. Jochmun sukket lavt.”Du trenger blod gjør
du ikke?”
Ushara rykket til igjen og så litt forskrekket på ham før hun så
ned og nikket taust.
Jochmun klappet henne på skulderen.”Du pleier å ta fra dyr
ikke sant?”
Ushara nikket igjen og trakk beina oppunder seg, hun så sliten
ut med ett.”Ja, for jeg må ha blod av og til. Ikke så ofte som en
vampyr men det er ille nok. Heldigvis er dyreblod nok.”
Jochmun så skammen i blikket hennes, hun var ulykkelig med
den hun var, det var ikke bra. Han så at hun prøvde å unngå å
møte blikket hans, det stolte ved henne var borte.”Det har gått
for lenge eller hva?”
Hun skar en grimase.”Ja, det har gått for lenge, jeg trenger ikke
mye heller men....”
Jochmun sukket og så ut over dalen.”Du er raskere og sterkere
enn noen av oss, og du har lite du trenger å frykte egentlig.
Kan du greie å ta deg frem å finne noe å drikke fra? Et dyr
eller noe slikt? Og samtidig se om du finner en trygg vei bort
herfra?”

Ushara lyste opp."Det kan jeg sikkert klare!"
Jochmun klappet henne på skulderen."Bra jente, jeg er ikke
sikker på at vi er trygge så litt undersøkelser er bare bra. Og
skynd deg!"
Hun bare nikket og festet våpnene godt før hun brått bare
forsvant i mørket
Kalek så litt fortvilet etter henne men vågde seg ikke frem, det
virket for at han fremdeles var overbevist om at himmelen ville
falle i hodet på ham. Lathisa trakk bare teppet sitt tettere rundt
seg, hun bare håpet at de snart kunne komme seg vekk derifra.
Det var kaldt og mørkt og hun var sulten også. Hun trodde ikke
at noen ennå kunne være ute etter henne, i så fall var de gale
eller selvmorderiske. Dette stedet var livsfarlig nå. Ushara løp
lett ned gjennom liene, hun var like rask som en
fullblodsvampyr og langt mindre sårbar samt at hennes
alveblod også gav henne enestående egenskaper. Hun formelig
svevde over bakken, spratt over branner og lavastrømmer og
forserte noen bekker og elver med små vansker. Hun fikk
været av noen hjorter, de var fanget på en liten øy midt i en elv
og hun tok seg over på et fallent tre. Det var fire dyr, et av dem
var alvorlig skadet og Ushara hev seg over det med lynets
hastighet. Hun rev opp strupen på den og drakk det hun trengte
før hun knakk nakken på den. Det hadde vært barmhjertig for
hjorten ville ellers ha lidd en svært langsom død.
Hun tørket blodet av ansiktet og følte seg brått mye bedre, hun
strakte seg og kjente nytt liv i årene. Hun kunne gå svært lenge
uten å gjøre dette men hun kunne ikke unngå det helt. Det var
en evigvarende påminnelse om hva hun var og hun hatet det.
Når hun prøvde å helbrede folk og overvinne døden bar hun
den selv i sine egne årer. Det var et paradoks hun aldri ville
slippe unna. Hun hadde feilet og gjort det utilgivelige og dette
var straffen, hun var sikker på det. Hun var på vei opp lia igjen
da hun brått kjente lukten av mennesker, hun stivnet til og
været i luften. Det var så avgjort folk, hun kjente også lukta av
lær og våte klær og hun snek seg sakte nærmere. Det var kveld

nå og det ble stadig mørkere. Det var en fordel for henne, for
hun trengte ikke lys for å se. Hun kunne se varmen fra levende
kropper og mens hun snek seg frem ble lukten tydeligere. Det
var flere enn en person, og det var menn. Hun visste at det var
folk som ville ha tak i Lathisa koste hva det koste ville, og hun
ante at dette nok var slike for dalen var ellers forlatt. Det bodde
ingen der og jegere tok seg bare inn dit en sjelden gang.
Dalgangen hadde alltid hatt et rykte som skremte bort folk
flest.
Hun snek seg frem, i en liten hule så hun konturene av en
gruppe folk, hun konsentrerte seg og kom til at det måtte være
cirka ti menn der inne. De satt stille og noen sov etter lyden å
dømme mens andre pratet lavmælt med hverandre. Hun ble
sittende like i nærheten av hulen å lytte, hørselen hennes sto
ikke noe tilbake for diverse rovdyrs. Det var etterhvert klart at
hun hadde rett. Dette var menn sendt ut for å finne Lathisa og
de var ikke tilfeldige lykkejegere heller. Dette var menn sendt
ut av Arusteres slektninger og hoff og det virket for at det var
flere også som sto bak dem. De virket for å være sterke og
selvsikre, veltrent og klare til å slå til. Ushara svelget hardt, de
var en fare! Og bare Jochmun og hun kunne slåss noe særlig.
Kalek kunne selvsagt slå fra seg men han var ikke vant med å
måtte forsvare seg med livet som innsats. Det kunne bare ende
galt om han kom i kamp med slike trenede krigere. Hun ble
sittende å undre over hva hun skulle gjøre, bli eller skynde seg
tilbake og advare de andre? Hun kunne drepe mange men hun
var ikke sikker på hvor mye hun tålte selv ennå, og evnene
hennes var også uutforsket. Ushara kom til at hun ville gjøre
sitt for å desimere antallet litt før hun kom seg tilbake til de
andre. Før eller siden måtte noen av dem forlate hulen, og da
ville hun slå til.
Det gikk ganske lang tid, så gikk en av karene ut av hulen for å
late vannet, det hadde roet seg ute nå og folkene virket ikke så
nervøse lenger. Det regnet ennå aske men selve utbruddet var
over og det hadde begynt å blåse svakt så mye ville bli blåst

vekk. Ushara snek seg nærmere, mannen gikk bare noen skritt fra åpningen av hulen men allerede der var det bekmørkt og ingen ville se noe. Fyren var i ferd med å avslutte oppgaven da noe brått traff ham med vanvittig kraft og han døde med knekket nakke før han i det hele tatt rakk å skjønne noe. Ushara var borte før noen ville rekke å merke noe og det gikk flere minutter før de andre begynte å bli urolige og fant sin falne våpenfelle. De trodde at han hadde blitt truffet av en flygende stein eller noe slikt og de sørget ikke akkurat. Nå ble det bare færre å dele på om de fant den forsvunne dronningen. Ushara krøllet seg sammen i krattet og ventet stille på neste mann, før eller siden kom noen flere til å glemme å passe seg og da slo hun til. Hun var vant med å vente på bytte og kunne hun fjerne flest mulig var det en stor fordel. To karer gikk ut for å se hvordan situasjonen var nede ved elva, de gikk varsomt i mørket med hver sin lille fakkel men det var lite lys å få fra det brennende treverket. De kunne like gjerne ha prøvd å lyse opp en katedral med en enslig liten flis. Den våte asken kvalte ilden ganske fort og de bannet og prøvde å orientere seg. Den ene var plutselig borte og den andre fikk panikk og ropte etter kameraten med forbausende lys stemme. Han virret rundt og fant elva som nå var langt over sine bredder og brølte som et vilt dyr der smeltevannet banet seg vei. Denne elva kunne de ikke håpe på å krysse på lenge ennå. Fyren bannet matt og snudde for å prøve å finne hulen igjen. Han kom halvveis før Ushara deiset ned på ham fra et tre og knakk nakken hans med et smell. Hun likte ikke å spille blod, lukten av menneskeblod var så forlokkende for henne at hun var redd hun skulle bli fristet over evne. Og hadde hun først tatt det steget var det ingen vei tilbake. Hun fant veien tilbake til fjellhylla med letthet og kjente seg nesten litt stolt over å ha hjulpet til i det minste litt.

Jochmun ble betenkt da Ushara fortalte om det hun hadde sett og gjort, sju åtte menn var fremdeles en stor styrke og ikke noe de burde ta lett på. Det kunne bli vanskelig å finne en trygg rute videre om det ennå virkelig var folk ute etter Lathisa. Nå hadde hun endret utseende en god del men en kunne aldri være sikker. Ushara mente at de burde vente til det lysnet igjen med å komme seg videre, det var umulig å se noe og ennå kom det skred og styrtflommer ned fra fjellet. De gikk til ro med temmelig dystre tanker men Jochmun var fast bestemt på at de skulle greie dette. De måtte komme seg tilbake til bebodde strøk der de kunne gjemme seg i mengden, Ushara fikk ta seg av Kalek og Ublan, hun kjente dem jo og Ublan var umulig å skjule. Jochmun kunne forestille seg hva som ville skje om han kom traskende inn i en større by. Total panikk overalt! Morgengryet kom men det var grått og merkelig flatt, lyset virket nesten kvalt på en måte siden det ennå var store mengder aske i luften. Jochmun kunne knapt tro det han så, alt var svart. Det lå tykke lag aske over alt og det så nesten ut som svart snø. Lavaflommene hadde stanset og var svarte men glødet rødt ennå i sprekkene og det røk og oste overalt. Vannet hadde roet seg siden alt som kunne smeltes var smeltet og bekkene og elvene begynte å krympe men var fulle av steiner og falne trær. Området var virkelig ugjenkjennelig. Ublan ristet av seg aske og gjespet og så sulten ut og Kalek gav den tillatelse til å lete etter mat. Den forsvant i den desimerte skogen og Jochmun prøvde å finne en trygg vei videre. De burde følge en åsrygg bortover og deretter ta av mot sørøst, det burde være en noenlunde grei rute. Ushara og Lathisa plukket opp sakene sine og Jochmun sjekket at sverdet hans satt lett til. Kalek stirret opp mot himmelen med et skrekkslagent uttrykk, nå var det begynt å klarne opp og det var lite skyer så det blå der oppe virket for å overvelde ham totalt. Han stirret demonstrativt ned i bakken hele tiden og det virket for at han kontinuerlig ba.

I begynnelsen var det lett å gå siden mye av asken hadde blåst vekk men så ble det vanskeligere og falne trær og steiner gjorde det vrient å ta seg frem. De rundet en liten klippe som var som et utspring på en større vegg da Ushara brått stivnet til å skrek i, skriket skingret over dalen og Jochmun bannet kort. Det skriket måtte hele dalen ha hørt, inkludert fiendene deres. Lathisa gispet og la handa over munnen da hun så hva Ushara hadde sett. Mot bergveggen satt noen svartbrente skikkelser som måtte ha blitt truffet av en av de flygende steinene med lava i. Det var en fire fem personer og de var helt klart dverger. Ushara kastet seg ned på kne, prøvde å trekke bort den tykke stivnede massen fra klær og hud men huden bare slapp og likene var for forbrent til at hun kunne se hvem det hadde vært . Jochmun skar en grimase av avsky men rotet litt rundt i det som var igjen av klærne deres. En av de døde hadde et ganske fint utskåret smykke og en annen en forseggjort beltespenne. Ushara tok seg sammen og greide å identifisere dem som speidere. De måtte ha forlatt hovedflokken for å lete etter et trygt sted å være og Ushara var bortimot utrøstelig en stund. Hun var sikker på at også de andre var døde men Jochmun mente at de nok hadde greid seg. Noen hadde kanskje strøket med men det var mest sannsynlig at de fleste fant ly. Ushara var allikevel svært redusert da de gikk videre, hun følte på en måte at dette var hennes skyld. Hun kjente dalen bedre enn speiderne siden hun ofte var ute for å jakte. Av og til ristet bakken fremdeles men det var bare etterskjelv og de var svake. Jochmun holdt øynene åpne for ras og slikt og de kjempet seg frem gjennom tykk gjørme og gamle ras. De så ut som gjørmetroll alle sammen og de var nesten ugjenkjennelige for hverandre også. Lathisa kjente at huden rykket av avsky, asken var seig og samtidig ru og alt ble svart. Ushara brydde seg ikke om det lenger, hun gikk som en søvngjenger og Lathisa var redd for forstanden hennes. De gikk langs en ganske smal åskam da bakken begynte å riste igjen. Denne gangen var det et ganske kraftig skjelv og alle grep panisk tak i trestammer og steiner for å støtte seg. Kalek grep en stein men mistet grepet og ramlet bakover. Steinen bikket etter og han lagde en merkelig lyd i det han ble klemt mot en større blokk. Jochmun tverrsnudde og prøvde å dytte steinen bort fra den stønnende dvergen men det gikk ikke. Steinen var for stor, den veide nok innpå et tonn og hadde stått aldeles å bikket da Kalek grep etter den. Den lange dvergen satt bom fast og selv om han ikke så ut til å bli klemt ihjel med en gang var det en alvorlig situasjon.

Ushara kvinket fortvilet da hun så hva som hadde skjedd og hun prøvde å bikke bort steinen men selv ikke hennes krefter hjalp siden steinen hadde kilt seg fast på verst tenkelige måte. Kalek satt fast med hele kroppen, bare hodet og beina stakk frem under steinen og presset var betraktelig. Jochmun tenkte fort, de hadde ikke noe å bende steinen bort med, og uansett ville det å bikke den til siden uavergelig føre til at enten beina eller hodet hans ble knust. Ushara prøvde å løfte steinen men fikk ikke tak noe sted og Lathisa var til ingen nytte i det hele tatt der hun sto og fortvilte. Jochmun prøvde å se seg om etter en kraftig grein eller noe de kunne støtte steinen av med da han hørte rop. I bakken mot dem så han flere skikkelser som var på vei og han bannet så stygt han greide før han snudde seg mot kvinnene igjen. Det var mennene fra hulen og Ushara freste nesten da hun så dem. Brått var det oppgitte borte og hun var klar til å slåss. Mennene hadde buer og gjorde seg klare til å fyre løs. De hadde hørt skriket og så at det var kvinner der oppe, om det var riktig person eller ei brydde de seg ikke om. De ville sjekke det etterpå for om Lathisa var død eller levende spilte ingen rolle. De fikk uansett kongelig betalt for jobben. Jochmun fikk Lathisa til å gjemme seg bak steinen og trakk sverdet, sju menn var mange men Ushara burde greie å desimere dem ganske godt. Hun var raskere enn noe menneske og selv ikke gjørma burde hindre henne alt for mye så skremt og sint som hun var nå. Mennene hadde spredt seg ut over en lang rekke og gjorde seg klare til å fyre løs men rakk aldri å komme seg så langt. Bakken ristet brått igjen men det var ikke et skjelv denne gangen,. Noe enormt kom nesten flygende over åskammen og dundret nedover mot leiesoldatene og slottsvaktene. Ublan hadde skjønt at dens herre var i fare og smart var den på tross av utseendet. Med et øredøvende knurr hev den seg frem og karene sto som manet i stein, sjokket over å se en slik skapning ble det siste tre av dem opplevde. Ublan tråkket en av dem rett ned, nummer to ble slengt rett inn i en stein og ble knust og den tredje grep Ublan i kjeften og bet ham i to. De gjenværende skrek og prøvde å legge på sprang men det nyttet ikke. Ublan var etter dem og Ushara kom farende fra andre retningen og de var fanget mellom henne og halvdragen. To menn trakk sverd mot Ushara men hun unnvek angrepene lett og rev ut strupen på den ene så blodet sprutet. Den andre slo hun rett i brystet så hardt at hun knuste ribbeina og stanset hjertet. Ublan tok seg av de gjenværende to, de prøvde å fyre av buene sine men piler bare prellet av på halvdragens tykke panser og han grep en og slengte karen skrikende rett til himmels. Han satte foten på en annen og rev av ham overkroppen i et rykk før han tok i mot himmelfareren med et slag med halen som sendte ham rett i en steinblokk med et klask. Det hele var over på kortere tid enn noen skulle tro det var mulig.

Ublan løp opp mot steinen der Kalek lå fastklemt, han pep nervøst og kikket på steinen fra flere vinkler før den tok steinen varsomt i kjeften. Steinen var så stor at halvdragen måtte gape alt den kunne men den fikk tak og løftet varsomt steinen rett opp og slapp den igjen et stykke unna. Kalek lå der og peste og Ushara hev seg bort til ham for å se hvor skadd han var. Lathisa bare satt der og var blek under all gjørma og Jochmun tygde nervøst på noen hår i barten mens jenta undersøkte dvergen. Hun rettet seg opp med et fornøyd uttrykk i ansiktet."Han har ikke brukket noe, men blir grundig blå er jeg redd. Og han har forstuet ene handa."

Lathisa gispet av lettelse og Jochmun smilte fornøyd. En alvorlig skade kunne vært et alvorlig problem. De var i ferd med å komme seg i orden igjen og kare seg videre da de hørte et rop og Jochmun grep etter sverdet igjen, usikker på hva dette var. Foran dem på åsen sto det tre personer, først en

mann i kongens garde uniform og bak ham en svær kar som så
temmelig vill ut samt noe som ved første øyekast så ut som en
pen jente men nok var en halvalv. Bak dem sto en liten flokk
med hester.
Mannen i uniformen vinket med armen.”Vi er ikke fiender, vi
er venner! Jeg er Wulf fra kongens egen garde og dette er mine
venner Barech og Fhadan. Vi har blitt sendt ut for å eskortere
dronning Lathisa til hennes slekt i Ardot. Jeg antar at dere
trenger hester?”
Jochmun senket sverdet men var ennå på vakt, han stolte ikke
på noen, Lathisa bare sukket og så sliten ut.”Hvorfor skulle vi
tro dere? Flere har prøvd å drepe meg!”
Wulf nikket.”Du stoler ikke på oss og det er greit. Men jeg har
hatt i oppdrag å få din sønn i sikkerhet, han er trygg nå. Din
hushovmester røpet det til kongen for å få ham trygget.
Arusteres slekt ville ha brukt ham for å få hevn ellers.”
Lathisa sank nesten sammen og Jochmun så at hun beveget
leppene som i bønn. Han så forskende på henne.”Snakker han
sant?”
Lathisa løftet hodet.”Hva heter han?”
Wulf ble stående der han var og ropte tilbake.”Vardhys! Han
er en pen mørk gutt, svært typisk for sin fars slekt.”
Lathisa hvisket det nesten bare.”Det er sant, de er virkelig
kongens menn.”
Jochmun stakk sverdet i sliren men var ennå anspent.”Sverger
dere ved alt hellig at dere ikke er ute etter henne?”
Wulf la handa over brystet som svar og de to andre gjorde det
samme.”Vi sverger. Vi er her for å hjelpe dere.”
Ublan hadde satt seg pent ved siden av Kalek og så nysgjerrig
mot hestene, dvergen hvisket til den at den skulle ligge unna
de dyrene.
Lathisa reiste seg og prøvde å samle så mye verdighet som hun
kunne i denne situasjonen. Hun så forferdelig ut og visste det,
det var ikke mye igjen av den nytelsessyke og forfengelige
dronningen nå. Hun hadde merkelig nok blitt sterkere og ville

vært en mye bedre hersker nå. Men det var for sent til det. Nå var hun bare Lathisa og hun neide høflig for Wulf og de andre to.”Jeg er beæret over at dere vil hjelpe oss ærede ridder.”
Wulf bukket tilbake og Jochmun så at den yngre ridderen var en sterk mann som sikkert kunne gjøre vei i vellinga med sverdet om han ønsket det. Og den svære karen som het Barech virket for å kunne skremme vettet av et bergtroll om nødvendig. De hadde virkelig bruk for hjelp og med hester gikk det bedre. Wulf smilte kort.”Vi fanget inn noen løse hester nede i dalen, jeg antar at de tilhørte de den skapningen deres drepte nettopp.
Jochmun så på Ublan og smilte litt kort.”Det kan nok stemme, men vi har mer bruk for dem nå.”

Svakt fakkellys blafret mot steinveggene, det var en tung og dyp stillhet der og for mange ville antagelig stedet virket dystert og illevarslende. Den merkelige skapningen som vandret ned gangen brydde seg ikke om det. Det lange ansiktet med merkelige utflytende trekk var uttrykksløst og allikevel høytidelig. Den gikk stødig nedover gangen som virket for å sirkle seg nedover i jordens dyp. Her og der var veggene prydet med merkelige hieroglyfer og det glødet svakt i store krystaller som enten var boret inn i berget selv eller var en naturlig del av det. Skapningen gjorde sin versjon av et smil ved noen av tegnene, rørte dem nesten ømt med en enorm blekhvit hånd. Til slutt kom den ned til en dør, den var gigantisk, minst tjue meter høy og lagd av stein. Svære relieff prydet døra og skapningen stanset og så litt tankefullt på den før den satte handa mot et punkt på ene halvdelen. Det knaket og døra begynte å røre seg, det gikk sakte og verdig for seg og skapningen ble stående der. Den lange kappen var dekket av støv nederst for det var århundre siden noen hadde vært der nede. Det var i sannhet et høytidelig øyeblikk. Bak døra lå en enorm grotte, den var så svær at det var tåke under taket på den og enorme dryppsteiner hang ned mot golvet fra taket langt der oppe. Bunnen av grotten var formet nesten som en stor bolle eller trau og skapningen gikk sakte nedover en elegant trapp mot bunnen. Det steg en haug midt på golvet, den strakte seg opp mot taket og skapningen smilte skjevt mens den betraktet det som lå der og dekket hele golvet i ryddige rekker. Eggene var like høye som den selv men de økte i størrelse mot midten av haugen. Det var mange hundre vanlige egg, gråsvarte og skjellete men merkelig vakre. Så fulgte rekke på rekke med egg som økte i størrelse gradvis til de innerste rekkene som skilte seg virkelig ut. Eggene var merkelig rustrøde på farge og skjellene var små og gav et inntrykk av at eggene var glatte på avstand men kom en nær så en at det ikke stemte.

Skapningen så fornøyd opp mot de øverste rekkene. Fem i den siste rekken, alle mer enn fire ganger så høye som ham selv. De var metallisk blågrønne av farge og midt mellom dem et enslig egg som var over dobbelt så stort som dem igjen. Det var glinsende gnistrende svart, og det var respekt i skapningens dypt liggende øyne da den gjorde ferdig inspeksjonen. Endelig var timen kommet, skjebnen selv fikk rå nå. Rundt veggene i grotten sto en rekke med merkelige statuer, underlige skapninger med halvt dyriske og halvt menneskelige trekk. Om folk hadde sett dem ville de antagelig syntes at de så både respektinngytende og skremmende ut på samme tid. Og de var utrolig godt lagd, de så nesten levende ut som om de hadde vært virkelige vesen som brått var blitt forvandlet til stein av en trollmanns besvergelser.

Skapningen gikk opp trappa til et slags podium, stegene var langsomme og merkelig tunge, som om det var en motstand han måtte overvinne for å komme seg opp. Vel oppe tok den frem en slags lur lagd av et underlig rødlig metall. Skapningen nølte ikke, satte luren for munnen og en forbausende klar og klingende tone steg mot taket i grotten. Lyden var umulig å beskrive for den var som en blanding av all mulig annen lyd, det var en helhet men allikevel kunne en skille ut andre lyder i den. Skapningen blåste lenge. Så slapp den ned luren og

ventet, det glødet svakt i blikket på den. En knakelyd kunne høres og brått begynte statuene langs veggen å bevege på seg. Det var et vanvittig syn, livløs stein fikk brått liv og statuene rettet seg opp fra sine merkelige posisjoner og gikk bort til kanten av gropen eggene fylte. De snudde hodene mot skapningen på podiet og det var noe merkelig naturstridig over stillheten. De lagde ikke en eneste lyd der de sto og skapningen lot blikket gli over den lange rekken med levende stein. Det var flere hundre av dem, en for hvert egg og skapningen løftet armene over hodet."Tiden har kommet, ær det løfte dere gav og den ed dere sverget. Blod og ild." Statuene løftet armene som skapningen som om de var en eneste organisme. Stemmene deres runget gjennom grotten som fjern torden."Vi ærer eden, blod og ild."
Skapningen sto der og så stille på at hver av statuene eller hva de nå egentlig var grep et våpen fra rekkverket langs kanten på gropen. Samtlige kjørte våpenet inn i kroppen på seg og dreide det rundt før de trakk det ut igjen. De sto der mens merkelig grønnlig blod rant fra sårene og begynte å finne veien ned i gropen. Skikkelsene ramlet sakte sammen en etter en og ble liggende mens blodet forsvant ned i gropen som om det ble trukket dit. Skapningen på podiet smilte fornøyd, det så ut som om en tynn grønnlig hinne ble trukket over hver eneste egg og trakk seg inn i det. Etter litt hadde det skjedd med alle eggene og skapningen samlet seg. Den begynte å messe noe underlig enstonig med hul stemme, ordene var vanskelige å skjelne og stemmen steg og sank i en merkelig rytme.
Etter litt stanset den og så utover havet av egg, den bøyde seg og grep tak i en metall spake som stakk ut av golvet og trakk i den. Bak i grotten begynte en glidedør å skli opp, en sterk glød begynte å synes og glødende lava begynte å renne innover i grotten. Skapningen smilte en gang til før den gikk fra podiet og tilbake opp trappa og gjennom den store døra. Døra gled igjen bak den og han snudde seg og ropte noe med myndig røst. Døra ville aldri mer åpne seg, den var låst for all fremtid.

Nå fikk skjebnen selv rå og bestemme hvordan det ville gå. Hans jobb var gjort og skapningen gikk med langsomme skritt tilbake opp veien han var kommet ned. Snart måtte dette fjellet forlates for siste gang, dette var de siste som fantes og hans folk ville snart ha utspilt sin rolle. Det var slik det skulle være. Tiden rullet hen i den retningen den selv ønsket og nye ting erstattet de gamle. Det var ingen sorg i det for det var slik det skulle være. Skapningen stanset på toppen av gangen ned og slo lett til en løs stein, det lød en dyp romling og hele gangen kollapset. Fornøyd gikk den for å avslutte resten av sin oppgave, den var stolt av hva den hadde fått til.

Olric

Kampene hadde herjet i mange dager men de hadde seiret.
Olric og de andre angriperne hadde totalt ødelagt godset og
eiendommene til Thomas av Darasher og innerst inne kjente
han en brennende skadefryd som ville skremt vettet av ham
bare noen korte uker før. De hadde gått på godset med både
beleiringsmaskiner og andre metoder og selv om onkelen
hadde gode soldater der nyttet det ikke mot en stor hær. Olric
hadde sett representanter der fra nesten alle de andre
adelsslektene, både de store og de mer obskure men felles for
alle var at de hadde en god grunn til å hate Thomas. Og de
viste det tydelig, alt ble brent eller knust og erobrerne forsynte
seg av buskap og verdier. Olric kjempet i første rekke, han
hadde aldri vært en soldat eller kriger men som adelsmann var
han da opplært og han fant det etterhvert merkverdig enkelt å
drepe. På slagmarken var det egentlig ganske enkelt, du hadde
kun to valg. Å drepe eller å bli drept og han ville leve. Han
ville leve til å se at alt onkelen hadde ble ødelagt, til å se at den
forhatte mannens liv falt i ruiner og han selv ble vanæret og
drept på¨verst tenkelige vis.
Olric hadde fort utmerket seg ved sin villskap og totale
dødsforakt og nå hadde flere av mennene plassert seg under
hans kommando. Han var ikke sikker på om han likte det helt
men noe måtte de jo gjøre og kunne han spre mer kaos var det
bare av det gode. Til slutt hadde murene gitt etter og
angrepsstyrken hadde stormet godset, det hadde vært nesten et
fort siden Thomas hadde vært en militær som også formet sitt
hjem etter sin profesjon. Men fort eller ikke, det ble beseiret og
Olric brydde seg ikke om at tjenere og andre ble hugd brutalt
ned. Det han var ute etter var onkelen som kjempet tappert og
desperat mot inntrengerne. Olric måtte føle et motvillig stikk
av beundring, onkelen var ikke ung lenger og motstanderne

mange og dyktige men han greide å holde dem unna lenge.
Helt til en tok en armbrøst og plasserte en bolt i ryggen på
mannen.

Thomas hadde kollapset etter litt og Olric prøvde å nå ham
tidsnok til å se ham inn i øynene og fortelle ham hvem som
hadde stått bak dette men en svær kar fra Felderi snøt ham for
den gleden. Han kjørte et spyd gjennom brystet på den gamle
offiseren og Olric bannet stygt og følte en brå trang til å drepe
soldaten men bet seg i det. Gode folk var viktige fremover. I
stedet slengte han onkelens avsjelede legeme opp på et gjerde
og skar hodet av det før han plasserte hodet på et spyd så alle
kunne se det. Deretter pisset han godt og grundig på den døde
kroppen og fikk ganske mange merkelige blikk fra de andre
der. Å drepe en fiende var en ting, å gjøre noe slikt var litt over
kanten, hva om sjelen ble sint og kom tilbake for å hjemsøke
en? Det var respektløst for den gamle mannen hadde slåss
virkelig godt.

Etterpå ble det som var igjen der plyndret og Olric hadde
stukket av med store verdier siden han visste hvor onkelen
oppbevarte det meste av verdiene sine. Han hadde også
beslaglagt onkelens store grå stridshest og flere gode
ridehester. Da den verste blodtørsten var brent ut fikk han
ryddet gildehallen så karene fikk mat og tvang de gjenværende
kokkene til å lage mat, For det ble han brått alles helt siden
mange av de som hadde kjempet var soldater som ikke var
vant med annet enn stridsrasjoner og de var ikke mye å rope
høyt etter. Da Olric forlot restene av godset var det med en
følelse av tilfredshet. Han datter var hevnet til fulle men han
følte på en måte at det ennå gjensto ting, kaoset han hadde
sådd spiren til spredte seg og vokste fort og han aktet å kaste
mer ved på det bålet om han kunne. Det føltes riktig, den
gamle orden ville bli vasket bort og bli erstattet av en ny.
Mange av mennene fulgte ham villig og de skulle likt å vite at
han var den som hadde sparket i gang hele den galskapen som
nå red landene. Han smilte for seg selv der han red, han hadde

smakt på hva makt var og den smaken likte han godt, svært godt. Djevlene kunne ta den hunndragen om hun ikke allerede var død, kun en drage var ingen trussel. Nei, han hadde sett fordelen av å sette sine fiender opp mot hverandre og se hvordan de gjorde slutt på hverandre. Teknikken var genial og han aktet å benytte seg av den til ytterste konsekvens. En vakker dag kom landene til å takke ham, han ar overbevist om det. Olric tenkte ikke lenger på sin kone og gjenværende barn, for ham var det kun stridens stier som nå ledet ham.

Wulf

Wulf og de to andre hadde tatt seg inn i en dal og prøvde å finne spor etter Lathisa. De så helt tydelig at det hadde vært en kamp der for det lå døde hester der samt etterlatte våpen og slikt men noen måtte ha samlet likene og brent dem. Det lå få døde der og Fhadan hadde fått et merkelig uttrykk i ansiktet. Det var som om han mistenkte noe men ikke ville ut med det. Barech gikk med øksa si klar og virket for å vente seg et overfall når som helst men de fant ingen spor. Det var ingenting der som fortalte noe om hvor Lathisa og hennes medhjelper hadde blitt av selv om det var temmelig klart at noen hadde slåss og antagelig slåss om henne. Det var som om bakken selv skulle ha svelget kvinnfolket og Wulf følte seg temmelig forvirret.

De begynte å søke gjennom dalen men svært diskret, de ti mennene var ennå der og de lette også. Wulf ville ikke røpe seg så han og de andre to benyttet seg av de tidlige morgentimene og kvelden for å lete. Fhadan hadde bedre syn enn et menneske og var til stor nytte mens Barech var en meget dyktig sporfinner. De hadde vært der noen dager da de skjønte at de og gruppen med soldater slettes ikke var de eneste der i området allikevel, det var dverger i berget der. Fhadan så noen som måtte være ute på jakt en kveld og de var tydeligvis klar over de ti soldatene for de unngikk behendig å bli oppdaget. Hva om Lathisa på et eller annet vis var havnet hos dvergene? Fhadan mente at det var en trolig forklaring, om de anså henne som ufarlig kunne det være at de ville hjelpe for de var ganske vennlige mot mennesker så lenge de ikke var ute etter å grave i berget eller forstyrre dem på andre måter. Wulf ble frustrert av det, hvordan skulle han nå kunne finne og hjelpe henne? Var hun trygg i berget eller var hun i enda større fare enn før? Det tok på å ikke vite.

De brukte de neste dagene på å tråle rundt etter spor men måtte avslutte da det brått ble jordskjelv. Wulf skjønte ikke hva som skjedde først, han ble bare forvirret og skremt og det var Barech som forsto at det kunne være fare på ferde. Han var en mann med mye erfaring og måten bakken oppførte seg på gav ham bange anelser. De trakk seg derfor tilbake til en litt høyereliggende sidedal mens de prøvde å finne ut hva de nå skulle gjøre. De kunne prøve å få kontakt med dvergene men hadde en mistanke om at de neppe ville få noe ut av det. Om de var vennlige mot Lathisa kom de kanskje til å skjule at de hadde henne og var hun død kunne det sette også ham og de andre to i fare. Skjelvene kom igjen og Fhadan så røyk fra toppen av fjellet, han mente at det var en gammel vulkan og at et utbrudd var på vei. Wulf kunne knapt tro det men etter kun noen få timer skjønte han at halv alven hadde rett. Det var et utbrudd og han takket gudene for at de hadde vært forutseende nok til å trekke unna.

Aske og pimpstein regnet sammen med store glødende stein og selv om vinden sto bort fra dalen der de hadde søkt tilflukt ble tilværelsen snart vanskelig. De gjemte hestene i en hule som virket trygg og prøvde å få oversikt over situasjonen, de ti mennene de skygget hadde sikkert søkt trygghet et eller annet sted for de så ikke noe til dem og dvergene så de heller ikke noe til. Om berget fylte seg med lava døde sikkert dvergene også og hva med Lathisa? Wulf skar tenner og Barech prøvde å roe ham ned. De måtte først og fremst sørge for å trygge seg selv før de kunne lete etter den forsvunne dronningen. Bakken ristet ennå som en utemt hest og steinskred og ras løsnet overalt, det var som en visjon av helvete og Wulf kunne ikke for sitt bare liv fatte at noe kunne overleve der ute. Fra en høyde så de at fjellet kollapset inn i seg selv og så hvordan lava og ild fløt ut på baksiden mot dalen som lå der, de så hvordan askeskyen raste ned igjen og dekket hele dalen med glødende avfall og Wulf var skremt og fascinert av naturens villskap. Det så ut som verdens ende!

Da utbruddet roet seg prøvde Fhadan å se om han fant noen spor av mennene og han fant ut at de hadde en hule de gjemte seg i, men det var ikke lenger ti av dem. Det var sju! Han syntes han merket en litt kjent lukt der men var ikke sikker, uansett var tre menn døde og han visste ikke hva som hadde drept dem. Var det en ulykke eller var det andre der ute? Fhadan kom seg tilbake til Wulf og fortalte om det han hadde sett og de bestemte seg for å bli i området litt lengre. Bare slik i alle tilfellers skyld.

Da morgenen kom fant de en liten flokk hester som løp desperate rundt på en liten øy i elva, de var stengt inne av falne trær og Barech fikk ryddet vei så de kom frem. Fhadan hadde et makeløst lag med dyr og greide å roe hestene og få tak i dem. Det var gode dyr og antagelig var de rømt fra de ti soldatene. De var på vei mot en åskant da de hørte et skrik og det var så avgjort en kvinne som skrek. Wulf satte fart med en gang og Barech og Fhadan trakk blankt og skyndte seg etter. De kjempet seg gjennom asken og de falne trærne bortover åsranden og så brått noen personer som virket for å slite med en eller annen som satt fast. Sju menn var på vei mot dem og Fhadan kjente dem igjen. Han var i ferd med å strenge buen for å skyte da den ene av personene der nede virket for å nesten fly ned mot angriperne mens et enormt beist av noe slag brått kom løpende over åskanten og hev seg over mennene.

Wulf forsto lite, noe slikt hadde han aldri sett før men Fhadan bare gliste kort.”Halvdrage!”

Barech gryntet bare.”Stygg jævel, men se så effektiv!”

Wulf bare stirret mens halvdragen og den ene personen gjorde kort prosess med mennene, det virket ikke for at de trengte hjelp med det ihvertfall. Lathisa hadde funnet seg gode beskyttere om hun var en av folkene der. Wulf hadde fått dronningen beskrevet som en høy blond kvinne med smekker figur og vakkert ansikt men det var umulig å si noe om verken hårfarge eller bygning så dekket som alle var av gjørme. Han så en mann som røpet seg som en trent person og halvdragen løftet bort en stein fra en dverg som var uvanlig lang til å være av rasen. Han virket uskadd og Wulf vinket usikkert med seg de to andre nærmere. Han var ennå usikker da han presenterte seg men ble dypt lettet da han skjønte at den ene der nede faktisk var Lathisa og at hun var uskadd. Han hadde ikke sviktet sin oppgave allikevel.

Cian

Soldatene stormet fremover i en heller uryddig formasjon,
foran dem løp en større gruppe menn som livberget seg ved å
rane og plyndre nå som alt som het orden syntes å ha kollapset.
Cian satt på Tordenkile og ventet på at hans sjanse kom, han
hadde samlet de beste karene fra alle kong Marcellius
forlegninger og nå var de på vei nordover men det gikk sakte.
Situasjonen var verre enn noen kunne gjette på forhånd, rene
borgerkrigen herjet mellom ulike bygder og slekter og alle
prøvde å ødelegge for hverandre med det resultatet at ingenting
ble gjort. Cian prøvde å komme til bunns i problemet men
ingen hørte lenger på sunn fornuft. Gårder og land ble forlatt
og sto og forfalt mens folk desperat prøvde å flykte til roligere
områder. Problemet var at slike områder ikke fantes lenger.
Byer ble angrepet av en styrke den ene dagen og en annen den
neste, fremstående personer ble kidnappet og mange drept og
hele tiden lå det en desperasjon i folk. Det var en frykt der som
var dypt rotfestet i dem. Om deres rivaler til makten hadde fått
tak i dette de alle ønsket måtte de ta det tilbake tidsnok.
Cian hadde skjønt at noen hadde satt slektene opp mot
hverandre, og spilte dem ut som en god kortspiller manipulerer
sine motspillere men han aktet ikke å spille dette spillet etter
reglene heller. Han så stadig hvor gale folk hadde blitt, flere
ganger hadde han og styrken blitt angrepet av hærstyrker
samlet og styrt av de store adelsslektene og hver gang hadde de
kjempet seg gjennom seirende. Cian godtok ikke nederlag, han
så døde hver dag nå. Uskyldige sivile som var offer for
plyndring og rene mord og likene som lå igjen på diverse
slagmarker. Folk frøs ihjel langs veiene eller sultet fordervet
og husdyr og eiendeler ble enten forlatt eller spist. Det virket
virkelig for å være verdens ende nå. Vertshusene langs veiene

var smekkfulle til oppunder taket og selv de som vanligvis
bare tok i mot gjester fra de øvre lag av folket måtte åpne for
gud og hvermann nå. Det var tiggere og flyktninger sammen
med vanlige familier som bare prøvde å komme seg vekk fra
krigshandlingene.
Noen slekter slo seg sammen og bedrev ren gerilja taktikk mot
de andre, angrep nådeløst og uten ære og var bare ute etter å
ødelegge mest mulig mens andre igjen gikk i åpen krig med
bare trenede soldater og riddere. Resultatet var bortimot det
samme uansett, død og ødeleggelse og ingen vant noe på det.
Cian forsto at ingen faktisk hadde denne dragen i sin varetekt,
da ville den slekten allerede ha sittet med makten forlengst. I
stedet hadde man utnyttet gammel frykt og gammelt nag til det
ytterste og kokt det sammen til det rene skjære heksebrygg.
Han så hvordan barn ble forlatt av foreldrene som ikke lenger
hadde krefter til å ta seg av dem. Han så ungjenter som bød seg
frem til soldatene for en stakkars brødbit og hjertet hans
hardnet for hver dag som gikk. Han begynte å skjønne at det
bare var en løsning på dette problemet, noen måtte slå ned hele
opprøret og skape orden av kaos. Og det ville ikke bli mulig å
gjøre det med fredelige midler. Dette landet ville drikke mye
blod før galskapen ble stilnet.
Plyndrerne var alle forhenværende leiesoldater og annet pakk
som for øyeblikket var uten herre, og de var også helt uten ære.
De hadde brent noen gårder og drept alle der bare for
underholdningens skyld og råskapen hadde sjokkert selv Cian.
De hadde begravd de døde men nå aktet han å la de skyldige få
sin straff. De hadde fulgt mennene til noen bortgjemte hytter
og nå var illegjerningsmennene på flukt i retning elva. Cian
hadde sendt fotsoldater etter dem men langs elva var kavaleriet
hans stasjonert og de visste når de skulle angripe. Tordenkile
prustet og grov med hovene og Cian visste at Karma også var
der et sted i skogen. Han var kjent nå, og fryktet. Den sorte
ridderen med de røde merkene og den enorme hesten, mannen
som ikke lot seg beseire. Han hadde kjempet mye de siste

ukene og drept mange også. Han hadde mislikt det i begynnelsen men nå gjorde det ham lite, han innså at man måtte ofre noen for å få situasjonen under kontroll igjen, Det var så totalt ute av kontroll at det ikke virket for at noe kunne bringe landene tilbake til hva de hadde vært. Noen måtte prøve å roe gemyttene og vise slektene at det ikke var noe å vinne på dette men hvordan?

De flyktende mennene kom stormende ned en liten bakke mot et uttørket elveleie og Cian lot Tordenkile få frie tømmer. Han hadde trukket sverdet og de fremste mennene bråbremset da de så den enorme borkete hesten som kom galopperende mot dem. De prøvde å snu men det var for sent, Cian og hingsten raste inn mellom dem som en slags forvokst innhøstingsmann. Cian satte i et brøl og svingte sverdet mens hingsten trampet ned menn og sparket etter andre. Den sloss like innbitt som sin herre og brått hørtes et annet brøl og Karma kom stormende fra andre retningen og begynte å angripe. Noen prøvde å kjempe i mot med sverd og økser men det var til liten nytte. Kjempekatten var ganske enkelt for rask og kun et slag fra de digre labbene var nok til å drepe en mann. Kavaleriet kom like bak og snart var hele gruppen med banditter døde. Cian tøylet hingsten og så at ingen av hans menn var skadd, de ristet blod fra våpnene og samlet seg og Cian nikket fornøyd til sin nest kommanderende. Det var en kort liten kar som var født utenfor ekteskapet med adelig far men vanlig mor. Han var svært bitter overfor sin far som aldri hadde brydd seg om ham eller moren og Cian hadde funnet ut at han derfor var ideell til dette. Han hadde ingen lojalitet til noen av de store slektene og fulgte den som viste vett og styrke. Mannen kalte seg Georg av Zhymorne og var en utmerket rytter samt at han kunne treffe nesten alt tenkelig om han fikk en bue i nevene. Den kunsten hadde han lært seg som tjuv jeger på sin fars marker.

Noen av karene spratt av hestene og samlet de dødes våpen og verdisaker før de omgrupperte seg og slo seg sammen med fotsoldatene igjen. Cian hadde vært fornøyd med sin lille hær til å begynne med men nå ble han mer og mer imponert. Dette var for det meste veteraner, karer som virket for gamle til å virkelig gjøre stor nytte for seg og i kasernene hadde de bare levd et kjedelig og lite givende liv som hakkekyllinger for de yngre og mer fremadstormende karene. Men Cian visste en ting, det var ikke uten grunn at de var nettopp veteraner. De hadde overlevd og de hadde erfaring og det telte mer enn ungdommelig overmot. De kjente alle taktikkene og de visste hva som var enhver hær eller festnings svake punkter. Senere på veien hadde flere menn sluttet seg til dem, noen var profesjonelle soldater som syntes at galskapen hadde gått for langt eller som ikke så æren i hva deres herrer gjorde. Andre igjen ville bare slåss for noen med mer ærlige hensikter enn de adelige og noen kom fordi de hadde hørt om Cian og ønsket å kjempe side om side med ham. Det virket for at han var blitt en legende i levende live.

Cian aktet seg nordover for det virket for at det var der uroen først hadde brutt ut men de mennene han sendte ut som rene spioner fortalte at det hadde brutt ut kamper mellom ættene mange steder på omtrent samme tiden. Det tydet på at de hadde brukt duer eller budryttere til å spre nyhetene og det fortalte ham at den som sto bak hadde ressurser å ta av. Kunne dette være en slags hevn? Noen som var så gale at de ville ta hele verden med seg til helvete? Cian ante ikke men han så stadig flere tegn på at noe var galt også i naturen. Det var ofte jordskjelv og folk fortalte om merkelige varsler og tegn som gjorde ham betenkt. Styrken var på rundt tre hundre mann nå totalt og krevde en del ressurser men ennå kunne han bruke kongens segl for å få det han ønsket. Det lå et stort vertshus lengre fremme langs veien og han aktet å slå seg ned ved det for natten. Karene trengte mat og hvile og det var noen store tomme låver som var bedre å overnatte i enn teltene. Det var begynt å bli ordentlig kaldt så de prøvde å unngå å overnatte ute om det lot seg gjøre.

Vertshuset var temmelig fullt men verten lot soldatene få de tomme låvene uten spørsmål, det var tydelig at han faktisk var glad til for med så mange væpnede menn var de rimelig trygge for overfall. I disse tider kunne en aldri være for sikker. Cian og Georg fikk plass inne siden de var riddere og offiserer og Cian så frem til en rolig natt. Det hadde vært alt for mye feltliv i det siste og han kjente at det tok på. Det var mye folk der, både av høy og lav og de fleste holdt til i spisesalen siden det ikke var rom til alle. Det stinket der inne av skitt og uutluftet rom men mest av alt av fortvilelse og frykt. Det satt mødre der som prøvde å roe ned de viltre barna sine mens andre igjen satt der apatiske og ikke fikk seg til å gjøre noe annet enn å fortvile. Bordene var dekket med enkle tre fat og boller og maten så som så. Den var enkel og billig men fylte da magen om den ikke akkurat var gourmet mat. Cian fikk et eget bord i et hjørne sammen med Georg og et par andre menn som måtte være budryttere. De så slitne og redde ut og Cian forsto dem. Før ville det å stanse eller angripe en budrytter vært komplett utenkelig men nå var de fritt vilt siden alle ønsket å snappe opp fiendens ordre og kommunikasjon. Den ene karen viste seg etter et par vinglass å være en adelsmann som hadde mistet alt han hadde for mange år siden og siden hadde livberget seg som rytter for diverse konger. Han ville ikke direkte si hva som hadde skjedd annet enn at en annen manns hustru hadde vært involvert i skandalen.

Cian drakk lite vin, han ønsket ikke å bli beruset for da var minnene så alt for sterke for ham. Han greide å holde dem borte når han hadde et klart hode. Han hadde også nedlagt forbud mot å drikke seg fulle overfor soldatene, karene skulle være i form om de skulle klare å kjempe godt. Noen var så klart sure på grunn av det men han var en hard hærfører og krevde det beste av sine menn. Vertshusverten kom med noe grillet kylling og noen bakte rotfrukter, det var det aller beste han hadde for tiden og Cian visste hvorfor. Det var lite mat å få tak i for ingen hadde tid eller mulighet til å høste avlingene. Og folk trengte selv de forsyningene de før ville ha solgt. Han

takket høflig for maten selv om han med et halvt øye kunne se
at kyllingen var både tørr og seig og rotfruktene ville vært
grisemat for bare noen korte måneder siden.
Budrytterene satt og småsnakket nervøst om forholdene langs
veiene og Cian blandet seg inn i samtalen. Han prøvde å høre
hvordan situasjonen var andre steder og den forhenværende
adelsmannen tørket svetten av pannen og ristet på hodet.”Det
er ubeskrivelig, jeg må si at jeg har ferdes mye rundt i det siste
og det blir bare verre og verre. Jeg har til og med sett
eksempler på at folk har angrepet og drept egne slektninger.
Før var det utenkelig.”
Cian satte seg litt bedre rette og så spørrende på mannen.”Hvor
er du fra egentlig?”
Mannen skar en grimase.”Niarzam, et område ved Arzam
havet. Jeg var vasall for en herre der nord i mange år, så ble jeg
budrytter for ham men det endte jo temmelig fort da galskapen
brøt løs.”
Cian skjenket i et ekstra glass vin til mannen som takket
høflig.”Det gikk galt med ham?”
Mannen nikket sakte.”Ja, han var en god herre, dyktig og klok
og slettes ikke så fastgrodd i gamle regler om ære og slikt som
de andre der oppe i nord men han ble nødt til å hevne et mord
og dermed gikk det nedenom og hjem med hele slekta der.”
Georg rynket pannen.”Slag?”
Mannen nikket ivrig og strøk seg over det heller beskjedne
håret.”Og alt annet, branner, mord og forbannet trolldom også
så vidt jeg vet. Jeg er selv en Arcan men det er temmelig langt
ute og jeg var aldri annet enn en ubetydelighet. Jeg er glad for
det nå. Arcan styrte en gang landet der oppe men nå har
Ranclin tatt over til gangs. Gheiral undervurderte dem totalt da
han bestemte seg for å gå til angrep.”
Cian så litt forundret på ham.”Så det dreide seg om hevn først
og fremst? Hvorfor?”
Mannen skar en grimase.”Det stemmer, de fikk vite at Ranclin
folkene som forøvrig tilhørte Thiery grenen av ætten hadde

myrdet brorsønnen hans som hevn for en voldtekt på en jentunge av deres familie. Og dermed var det hele i gang. Jeg priser gudene for at jeg slapp unna med livet og forstanden i behold for maken til blodbad har jeg aldri hørt om. De sier at det er ille i nord i gruvedistriktene men jeg tror ikke det var igjen mer enn noen få snes mennesker i live i hele området da jeg flyktet sørover."

Georg så forundret ut."Nå sier de at kampene er på grunn av en drage en eller annen av ættene skal ha i varetekt."

Mannen sukket oppgitt og lente hodet mot hendene."De sier så ja, men jeg tror ikke på det. Det finnes ikke drager lenger, og om en drage dukket opp i våre dager? Det ville bli tidenes panikk, tro dere meg! Ingen kan tvinge en drage til å gjøre noe annet enn det den selv vil skulle jeg tro, Nei, det er bare overtro og gamle løgner som har fått ligge å gjære for lenge og som nå har eksplodert."

Cian knep øynene sammen. Han var av samme mening men samtidig var det noe i det som gav ham en merkelig følelse av at dette var noe han hadde sett komme."Så det er like ille nordover?"

Budrytteren tørket seg om munnen med ermet men husket at det var uhøflig og la armen ned igjen med en litt brydd grimase."Verre, det har spredd seg forbausende fort. Men jeg har hørt folk snakke om brev som har ankommet og fortalt om alskens gammelt snusk, og de derre dragegreiene. Jeg skjønner jo at ættene blir som gale når de har muligheten til å skaffe seg en drage. De vil bli allmektige med en slik under sin kommando."

Cian fnøs nesten."Om noen hadde en drage burde de ha brukt den forlengst, dette blodbadet har ingen mening og bringer ingenting annet enn ødeleggelse og død."

Georg løftet begeret sitt i en skål."Skål i alle tilfeller, for denne dragen ingen har sett."

Cian måtte glise og skålte og budrytteren kastet et halvt skremt og halvt respektfyllt blikk på ham. "Si meg herre, stemmer

det de sier om deg? Vi har hørt rykter og..."
Cian så litt forbauset på ham."Hva slags rykter da?"
Mannen så ned i bordet og virket brått nervøs."At du er
udødelig, og at du er en halvgud. At du er døden selv som
kommer for å straffe synderne før verdens ende."
Cian satte nesten en slurk vin i vrangstrupen og greide å unngå
å hoste kun med en kraftanstrengelse."Ved alle guder, det var
voldsomt. Vel tåler jeg mye men... Hvem sier slikt?"
Budrytteren så fremdeles nervøs ut."Folk, soldater... Slike som
har hørt om hvordan du slåss. De kaller deg den sorte dragen
og sier at ingen kan overvinne deg."
Cian følte en merkelig trang til å le av det hele men på den
andre siden, et slikt rykte kunne komme godt med.
Han klappet budrytteren på skulderen."Vel, jeg er ingen
halvgud ihvertfall og folk får trekke de konklusjoner de selv
vil angående mine evner til å slåss."
Georg smilte kort og forsynte seg med litt mer kylling."Fra
spøk til alvor, noe mer interessant? Jeg mener, informasjon?"
Budrytteren trakk på skuldrene."Mange jordskjelv, rykter om
vulkanutbrudd nord i Dheesa men om det stemmer eller ikke
vet ingen, Det har vært store skader i Zhymorne etter noen
stygge skjelv der men byen er ikke forlatt eller noe enda de
burde reise. Alle vet hvor gamle og gebrekkelige byggene der
er blitt med årene. Det har forresten vært en del mord der i det
siste, ryktene på gata sa at det var Ohdrasar som rensket ut
noen ulydige slektninger. Dere vet, den ætten der tåler ikke at
noen kjører sitt eget løp. Enten deler de eller så ja.. dere
skjønner?"
Cian bare smilte kort siden han selv var en Ohdrasar men hans
gren av ætten hadde aldri vært av de sentrale og var godt og
grundig oppblandet med mye annet. Budrytteren tømte begeret
sitt."De sier at Macallif ætten har drevet med de rene massakre
i sine områder, de har drept alle som ikke er av deres eget blod
men det er ikke merkelig. De folka har vært sjuke i hodet i alle
år, alt for mye inngifte og tvilsom avl kan en si."

Cian måtte trekke på smilebåndet. Macallif hadde fra gammelt av hatt det med å gifte seg innen sin egen slekt og det gikk stort sett bra siden ætten var stor men før i tiden da den var liten hadde andelen medlemmer med diverse sinnslidelser vært temmelig stor en periode."Det vet jeg, de andre ættene?" Budrytteren var begynt å bli litt brisen og han fikk fart på tungebåndet."Arcan har jo sitt å slite med siden en dronning av deres familie gikk hen å kverket en Ranclin, hennes egen svigersønn og enda til hersker over naboriket. Ja de rikene der er knøttsmå og under overherredømme av en sentral hersker men de liker jo å kalle seg konger. Selv om de snaut nok er større enn et vanlig len her i sør."
Cian trakk seg i fletta, han hadde såvidt hørt rykter om noe slikt."Hva med Darasher?"
De var den ætten som en gang hadde hatt mest makt og var alltid referert til som den eldste og mest edle slekten. Men den var også rimelig utvannet. Budrytteren trakk på skuldrene."De har visst mistet mye sies det, Athar-Darasher eide mye av gruvene i nord men der har alt kollapset sies det. Bare rent anarki råder. Noen mener at de står bak alt sammen, for å få makten igjen men hvordan skulle det kunne skje sier jeg bare. De er få nå, og svake."
Cian nikket tenksomt, det stemte sikkert. Folk på gata visste som regel mer enn de høyere opp var klar over."Og Nurmadag?"
Budrytteren gliste kort."De har ingen hørt noe særlig om, de er jo nesten utdødd og har bare litt makt sør i Unlan og i Zetir. Tror ikke det er mer enn maks fem familier igjen av dem og de bryr seg overhodet ikke om maktkampene som har foregått mellom de andre ættene. Det eneste de tenker på er handel og sjøfart. De er gode på det, der har de ingen likemenn."
Han lente seg litt frem over bordet med et konspiratorisk glimt i øynene."Jeg hørte nylig at overhodet for ætten, Lord Joshwert av Nurmadag, har giftet bort en av sine døtre til den nye krigsherren i Hietlai. De er jo kjent for å kunne plyndre skip

om de føler for det og han vil vel sikre at ingen prøver seg på
hans transportskuter.”
Georg så litt forbauset ut.”En hører lite om folket der oppe i
nord, de sier at de er hardhudet av seg. Hva skal en slik en med
en jente fra en såpass ubetydelig ætt?”
Budrytteren bare gliste.”Aner ikke, det er vel for å besegle en
handelsavtale tenker jeg. Nurmadag kan det der med å besegle
og holde avtaler. Jenta skal visst være etter en konkubine fra
Ardot så den godeste lorden er vel bare glad for å bli kvitt
henne. Hadde hun vært ektefødt ville han vel neppe gitt henne
til de villmennene.”
Cian skar en grimase og satte fra seg kruset sitt.”Jeg tror ikke
folket i Hietlai er villmenn. Jeg har hørt at de er svært høviske
og siviliserte men at kulturen deres er temmelig fremmed for
oss fra Zhandoria.”
Georg nikket litt usikkert.”Vel, jeg har hørt at de legger ut
spebarna om natten og at bare de som overlever nattekulda får
vokse opp.”
Budrytteren støttet hodet i hendene igjen, han så sliten ut.”Det
er et tøft land har jeg hørt, kanskje det stemmer. Tror bare de
sterkeste kan klare seg der særlig lenge.”
Han reiste seg fra bordet litt ustøtt.”Da tørner jeg inn for
kvelden, gudene være med dere om jeg ikke ser dere i
morgen.”
Cian bare nikket til mannen og tok litt motvillig et tørt
kyllinglår til. Han trengte mat men var egentlig ikke sulten.
Vertshuset hadde ikke noe baderom men han hadde bedt om å
få vann og håndklær opp på rommet og han var glad for å se at
de hadde etterfulgt ordren. Han trengte et bad og det sterkt, han
stinket til himmels av hest og svette og gammelt blod. Klærne
samlet han i en haug og håpet at han kunne få dem vasket.
Rommet var lite og heller fattigslig, det var ikke store flotte
rom der siden det var et vertshus som lå litt utenfor de mer
trafikkerte veiene. Her var det sjelden rikfolk innom så de
satset ikke på særlig luksus. Det var allikevel en gjenstand i

rommet som vakte hans interesse, et stort speil lagd av pusset metall. Det måtte være verdifullt og var nok et arvestykke eller noe slikt som var plassert der for å gi ihvertfall en illusjon av klasse og stil. Cian skvatt nesten da han så seg selv i speilet, han hadde ikke sett seg selv slik på svært lenge og svelget hardt da han skjønte hvor forandret han hadde blitt. Det fantes ikke lenger noe fett på kroppen, alt var bare muskler og han så at all aktiviteten og kampene hadde herdet ham. Han hadde blitt større enn han var før, kanskje ikke voldsomt mye men merkbart. Det var ikke rart at noen av klærne hans ikke passet særlig godt lenger. Håret var ustelt og langt og han måtte vedgå for seg selv at han lignet en villmann. Fjeset var blitt magert og markert, han så på en måte skarp ut. Han så ut som en mann som er i stand til å svare med dødelig vold og noe ved synet gjorde ham nesten uvel. Han hadde ikke vært slik før, det var ikke ham men allikevel.

Cian gyste og snudde speilet, tråkket varsomt ut i stampen og satte seg. Vannet var svært varmt men det føltes bare godt, det løsnet skitten og svetten og siden de hadde lagt ved en enkel hjemmelagd såpe også fikk han rensket seg skikkelig. Etterpå satt han bare å slappet av helt til han brått fant seg selv i halvsøvne med nesa like over vannet. Han stotret seg opp av vannet som begynte å bli kaldt og slo et håndkle om livet. Det å bli ren var en ren velsignelse og han stakk hodet ut på gangen og ropte diskre på tjeneren som holdt til på etasjen. Vannet måtte fjernes og etter bare litt kom noen tjenere med bøtter og tømte vannet ut gjennom det vesle vinduet. Cian håpet bare at ingen var rett under vinduet for da ble vedkommende selv nødt til å ta et bad så møkkete det vannet hadde vært. Da alt var fjernet tok tjenerne med seg klærne for å vaske dem og Cian la seg. Senga var smal og hard og han regnet med at sengetøyet hadde hatt beboere ganske mange ganger før men det var da forholdsvis nyvasket og det var ingen blodflekker på det som røpet veggedyr eller annen elendighet. Han slappet av og før han riktig visste ordet av det sovnet han som en stein.

Cian pleide aldri drømme, han sov stort sett tungt og
drømmeløst men han var brått i en drøm. Og han visste også at
han drømte, det var en merkelig følelse. Han sto på en høy ås
og foran ham var en liten slette med en slags sirkel av
fremstående steiner. Rundt åsen var det flere åser, merkelig
ensartede og de forsvant utover i blåner som virket endeløse.
Over ham var det en himmel dekket med tynne grå skyer og
lyset virket for å komme fra alle steder. Det var noe ved stedet
som gjorde ham uvel, eller heller redd. Det var noe unaturlig
der, noe farlig. Han ble var at han sto der i full rustning og den
føltes merkelig lett på ham, som om den bare var lagd av papir.
Det var ingen vind der, ingen lukt eller lyd heller. Bare en dyp
stillhet som virket for å ha vart i en evighet.
Han gikk ned til steinsirkelen og ble var at noe lå i midten av
den. Det var den røde rubinen han hadde funnet under åsen ved
det gamle slottet og han svelget hardt og så på den forhatte
gjenstanden. Hva var vitsen med den? Den var ond og farlig og
han aktet såmenn ikke å gå inn i denne sirkelen, aldri! Han
skvatt da han så bevegelse, en skikkelse var på vei inn i
sirkelen fra den andre siden. Det var en jente, svært vakker
med langt sølvaktig hår og en underlig smekker figur og hun
gikk med rolige jevne skritt ut i sirkelen mot rubinen. Cian
ville rope til henne, be henne stanse for rubinen var farlig. Han
ville be henne løpe bort før hun ødela livet sitt slik han hadde
ødelagt sitt ved å ta den med. Men han greide ikke si et ord og
brått følte han en skygge som falt over ham bakfra. Den var
enorm og kald og han kjente hårene reise seg over hele
kroppen mens han instinktivt krøket seg sammen.
Han kunne ikke røre seg, å snu seg var utenkelig for han visste
at han da ville se noe forferdelig, noe han aldri ville greie å
glemme. I stedet vendte han blikket oppover og forsto i det
øyeblikk hvordan den døde dragen i hulen hadde sett ut
levende livet. Det svarte beistet som fløy der oppe var minst
like stort som skjelettet hadde vært og han snappet etter pusten
i en blanding av ærefrykt og angst. Dragen sirklet om sirkelen

som om den ventet på noe og jenta der inne sto helt stille og
stirret på den. Hun virket rolig, nesten lettet på et vis. Og hun
virket også for å vente. Cian frøs og kjente seg merkelig liten,
dette var mer enn bare en drøm, det var en visjon. Og han ante
ikke hva det skulle bety. Et forferdelig brøl kunne høres og den
svarte dragen svarte. Cian måpte, en skikkelse dukket opp på
himmelen, gigantisk og rask og den skjøt mot den svarte
dragen som spredte klørne klar til angrep.
Det var en annen drage men denne var hvit, og formen var noe
annerledes. Den var grovere og mer tettbygd men hadde mer
krefter også. Cian kunne se det. Og den så like farlig ut som
sin svarte motstander, den hadde horn og tagger og foran på
brystet var det et merkelig mønster i skjellene som nesten
lignet skrift. De sto der i rødt og et øyeblikk syntes han at det
lignet tegnene på rustningen hans. De to dragene brakte
sammen, den svarte spydde ild men flammene bare prellet av
på den hvite som til gjengjeld sendte ut sin versjon av ilden.
Den spydde frost og den svarte ble dekket av et tykt islag der
den ble truffet. Den ristet av seg isen og brølte rasende og snart
var de to kamphanene nærmeste innhyllet i en sky av damp.
Cian stirret vantro og fascinert på den vanvittige scenen og ble
var at jenta der inne nå tok opp rubinen. Hun holdt den over
hodet og det var noe merkelig vemodig i ansiktet hennes i det
hun åpnet munnen og sa noe. Og Cian hørte hvert ord som om
hun sto like ved ham, hørte den merkelige syngende tonen i
ordene og det fremmede ved dem og allikevel visste han i
dypet av sjelen at han hadde hørt ordene før.
Hun sang ordene, jublet dem ut og det var også en tone av
sorg, av vemod. Det var noe ved det hun sa som fikk ham til å
skjønne at hun ved å gjøre dette tok et valg som aldri kunne
gjøres om på. Et valg som ville forandre alt.”Ay ihere theu
meer ashitan. Dheir ahere theu meered ashitan. Thi uhere they
moorad ir ashitan. “
Ordene klang mellom steinene igjen og igjen og brått kom et
voldsomt lysblink og jenta var borte. I stedet sto det en drage

der, en gigantisk sølvfarget skapning nesten dobbelt så stor
som de to kjempende dragene. En skapning vakrere og mer
fryktelig enn noe menneskelig øye kunne forestille seg. Cian
senket blikket mot bakken, for overveldet til å greie å ta det
hele inn. Hunndragen brølte, lyden fikk bakken til å skjelve og
de to kjempende dragene sluttet brått. De stillet i luften som
hauker og bukket for hunndragen som hveste langsomt og slo
med de enorme vingene. Cian forsto at det foregikk en slags
konversasjon mellom de tre, og de to flygende dragene fløy
brått bort og virket ikke for å ha en fiendtlig tanke lenger.
Hunndragen snudde seg, Cian kjente at han skalv av ærefrykt
og samtidig var han merkelig høytidelig til sinns, som om han
hadde overvært noe hellig. Dragen tråkket ut av sirkelen, den
virket latterlig liten under henne og hun gikk mot ham. Han
nådde snaut nok opp over foten på det gigantiske vesenet og
undret seg på hva hun ønsket. Men han visste at hun ikke ville
ham noe vondt, noe sa ham det. Den senket hodet og tennene
var mer enn dobbelt så lange som ham selv og enda litt til, de
enorme gylne øynene betraktet ham rolig. Han bukket dypt og
det lød en svakt rumlelyd som måtte være en drages svar på
malingen fra en katt.
 "Cian, sorgens ridder og de glemtes håp. Hør mine ord og
gjem dem i ditt hjerte. Snart våkner ilden og havet kommer.
Du vil finne din sanne mening mellom en eik og en fallen
konge og din sti vil stå klart for deg. Vi vil møtes Ashitan, og
verden vil skjelve."
Cian ville si noe, spørre hva dette mente men drømmen var
brått over og da han våknet forvirret og merkelig slapp i
kroppen skjønte han at han hadde sovet lenge. Det lysnet ute
og han prøvde å kjenne etter om han var ok eller ei. Hodet
føltes tungt og merkelig hult som om han hadde drukket hardt
kvelden før og han satte seg opp i senga med et gjesp som fikk
det til å knake stygt i kjeven på ham. Det var på tide å komme
seg opp, han hadde en hær å føre og hva det nå enn var
drømmen hadde fortalt ham, han forsto forbasket lite av den.

Han sto og trakk på seg buksene da det banket på og døra gikk opp, en av tjenestejentene der kom inn med de rene klærne og hun la dem på senga med et skjelmsk blikk. Han så at hun betraktet ham litt skjult og ante ikke om han skulle like det eller ei. Han hadde ofte blitt utsatt for innpåslitne kvinnfolk på vertshus og andre steder, han så godt ut og var en mann av betydning og for mange var nøden så stor at de ikke så annen utvei enn å selge seg. Tjenestejenta var svært søt, med flotte former under den heller slitte kjolen og et ganske vakkert ansikt men hun fristet ham ikke overhodet.

Cian tok klærne og sorterte ut de han trengte der og da og la resten ned i sekken sin, jenta sto der ennå og så litt usikker ut.”Herre, er det noe mer du ønsker?”

Minen hennes etterlot ingen tvil om hva hun mente men Cian spilte dum med vilje.”Neida, jeg har det jeg trenger nå, litt mat nå og så er vi på vei alle sammen.”

Jenta hang nesten med geipen et sekund, antagelig hadde hun sett for seg at han hadde mye penger og hun kunne sikkert tenkt seg å hjelpe ham av med noen av dem. Før hadde det ikke vært slik på vertshusene, ingen seriøs vert lot tjenerskapet prostituere seg i hans hus men nå var visst alle slike gamle regler for etikette og folkeskikk kastet på båten. Krig gjorde slike ting med folk, han visste det, allikevel var det på en måte urovekkende. Hun bikket på hodet og smilte innbydende mens hun løftet skjørtet helt opp om livet med hendene. Cian måtte gispe, så direkte var det meget sjelden de var, enten var hun virkelig desperat etter å tjene en slant eller så var hun svært uerfaren i spillet og naiv. Hun var langt fra frastøtende å se på, ren og velstelt og riktig så velskapt også men han ble ikke det minste opphisset av synet av hennes mer private kroppsdeler. Han følte seg bare kald, blodet hans var for evig fordømt og han ville aldri risikere å utsette en kvinne for det som hadde skjedd med Isabeau. Å takke nei til denslags gleder var en liten pris å betale i så måte.”Beklager vesla, du har ingenting som interesserer meg.”

Han tok i lomma og flippet opp en kobber mynt og hev den til henne som plaster på såret.”Her, takk for titten i det minste.” Hun tok mynten men det var noe merkelig i blikket hennes, noe nesten frastøtt. Hun gikk ut med nesa i været og en siste replikk som forklarte minen.”Om du vil ha en guttunge så kan du for fanken si det!”

Cian måtte le, det var flere som hadde gjort den feiltagelsen men det gjorde ham ingenting. Det var bedre at de trodde han foretrakk menn enn alternativet. Han hadde ganske så effektivt skrudd av alle tanker på denslags og han visste at det gikk en del merkelige rykter om ham blant karene men det gav han blaffen i. Nå var det kun kamp som var i tankene hans og han begynte å planlegge ruten videre mens han fikk på seg klærne og gikk for å spise. Det var mye folk i spisesalen som vanlig og han fikk noe brød og ost sammen med noe som måtte være en slags fruktsaft. Det smakte vammelt og vondt og han slo det diskre ut i golvhalmen, han tok ikke sjansen på magetrøbbel heller. Georg kom gjespende med det krusete håret i en eneste såte og han hilste kort god morgen før han gikk utenfor døra og lettet seg i alles påsyn. Livet i kaserner og teltleire gjorde ikke akkurat en herre av folk og Cian gliste for seg selv mens han fikk i seg resten av maten. Georg hjalp ham på med rustningen og så gikk de til stallen der hestene deres sto. Tordenkile var nesten for stor for den enkle stallbygningen men den hadde hvilt godt og var full av krefter. Hingsten vrinsket vilt da den så ham og stallkaren så mer eller mindre utskremt ut. Et så vilt dyr var det sjelden de hadde der. Cian klødde den under haka og fant selv frem seletøyet og selte på den. Georg red en svart vallak av betydelig størrelse men selv den ble liten sammenlignet med den borkete hingsten og mange stirret langt etter de to rytterne da de red ut fra gårdsplassen. Det var grått og overskyet og temmelig kjølig og Cian ble urolig ved tanke på hvor de skulle gjøre av seg for vinteren. Det lot seg ikke gjøre å krysse fjellene etter at snøen falt, det var selvmord selv med en stor hær og de måtte snart ta

inn et eller annet sted. Han hadde en plan om å rett og slett
rekvirere et eller annet herresete, det måtte være en eller annen
der ute som kunne la seg overtale til å ta dem i hus. Gruver
eller ikke gruver, det var ikke en idiot som hadde beordret dem
av gårde. Kong Marcellius visste at de måtte stanse for
vinteren, og det var langt igjen til landene der gruvene befant
seg.

Mennene var oppe og klare til å marsjere videre, de hadde spist
og rytterne hadde salt opp hestene sine og satt og varmet
hendene under kappene. Cian så til at alle var klare og han var
stolt av dem. Det var en god styrke han hadde samlet seg men
han tvilte ennå på om de var mange nok. De ville garantert bli
nødt til å kjempe hardt for å komme seg nordover og han tålte
ikke store tap. De marsjerte ut fra vertshuset og tok fatt på
veien og Cian betraktet landskapet med smale øyne. Det var et
jordbruksland som sikkert var et godt sted å bo normalt, lave
åser lå på rekke og rad ned mot elva som lengre sør rant ut i
Bheki bukta og han ante at en på en klar dag kunne se svært
langt utover. Mot elva flatet landet ut ganske så betraktelig og
det var flatt helt til fjellene i Bheki og Longil. Snart ville de
komme så langt nord at de krysset grensa til Ar"Altarab og der
var det stort sett Macallif ætten som satt med makten. Det
kunne by på problemer og han skar en grimase mens han red i
front for mennene. Om nødvendig fikk de kort og godt erobre
et herresete eller gods for vinteren. Krig var krig og han hadde
ingen problemer med å gjøre slikt om han ikke fant
vennligsinnede som gav dem husrom.

Drømmen han hadde hatt kom tilbake i tankene hans, svevende
og uklart men han husket det dragen hadde sagt. Ilden vil snart
våkne og havet kommer. Hva skulle det bety? Havet kommer?
Han ristet på hodet og prøvde å finne ro i tankene igjen men
det var vanskelig. Noe hadde forstyrret fokuset hans og det var
irriterende og nesten plagsomt. De passerte vogner med
flyktninger og store grupper vandrere som snaut så opp på
soldatene som marsjerte forbi. De så forlatte landsbyer og

gårder og her og der løp flokker med hunder rundt soldatene
og tagg etter mat men Karma jaget dem vekk. Bare synet av
shagaen fikk dem til å pile vekk med halen mellom beina.
Georg red opp på siden av ham og pekte forover.”Det er en
landsby helt på grensa, det kan hende vi kan rekke den før
natta om vi ikke stanser for noen.”
Cian bare smilte kort og smattet på hesten.”Godt, vi går for
den, rask marsj alle mann, så holder dere i det minste varmen.”
Karene smilte og økte tempoet og snart var de på vei nordøst
over.

Harod

Like nord for Zhymorne lå den vesle byen Zarafta, den var
vakkert bygd på en lav høyde et stykke fra en elv som kom ned
fra fjellene og møtte Bheki bukten noen fjerdinger fra byen.
Området var flatt og pregløst og de som holdt til der livberget
seg for det meste med saueavl, noe terrenget passet perfekt til.
Det var for tørt der til at det fete graset kyr likte ville vokse
men det tørre og mer strie steppegresset sauer likte var det mer
enn nok av. Zarafta var kjent for sine gode veverier og de flotte
tøyene i vakre farger de lagde. Og byen var velsignet dobbelt
opp siden den lå så nær hovedstaden i Bheki og kunne få
fraktet varene sine ut til kundene på en enkel måte. Resultatet
var at de fleste i den vesle byen var forholdsvis velstående og
en så lite til den slummen som var vanlig i større byer. Her
kjente de fleste hverandre og samfunnet var velregulert og
fredelig.
De fleste husene var lagd i murverk som var dekket med
murpuss som gjerne var malt i milde vakre farger eller i hvitt
og de fleste sa seg skjønt enige i at Zarafta var en vakrere by
enn Zhymorne. Og den var langt tryggere å bo i også, her var
det lite vold og lite intriger siden ingen vant noe på det. Ingen
der var av de store ættene og de få feidene som var skyldtes
som regel saueflokker som blandet seg eller tøy som ble farget
feil. Siden det var mange veverier der var det også et stort
marked for syersker og det ble sagt at de beste sømmerskene i
hele Zhandoria holdt til der i byen. De kunne om de ønsket det
sy kjoler vakrere enn dem noen dronning bar og det stemte at
befolkningen der var uvanlig velkledd med hode for stil og
mote.
Den kjølige aftensola var på vei ned og i hagen på et ganske
stort og herskapelig hus satte en litt eldre mann fra seg en

tallerken og strøk seg fornøyd over magen. Han beundret de vakre fargene og reiste seg fra bordet for å gå inn igjen. Dagen hadde vært velsignet god og han håpet at den ville fortsette på samme måte. Han hadde fått solgt unna de værlammene som var blitt til overs og det til en bedre pris enn han hadde regnet med og håndverkerne hadde bekreftet at hans hus ikke hadde noen skader etter skjelvene i det siste. I Zhymorne hadde det vært store skader etter skjelv i det siste og mange var engstelige men Zarafta var nyere og bygd på bedre grunn enn hovedstaden. Harod kjente godt til de fakta som gjaldt byene og skjelvene, han var en gang lærer for selve kongen og senere hadde han vært lærer for kongens mange sønner, en jobb han hadde gjort med stor nidkjærhet og stolthet. Nå var han sjelden i arbeid og drev beskjedent med saueavl bare for å ikke bli for makelig. Han hadde sine teorier om hvordan avlen burde gjøres og selv om de andre saueavlerene lo av ham i begynnelsen viste det seg fort at han hadde rett. Hans sauer var både større og friskere enn de andres og han lekte litt med tanken på å skape en egen rase. Han var på vei siden han nå hadde greid å få minst halvparten av lammene hvert år til å bli født med særegne svarte hoder og haler og hvite kropper men han var ikke helt i mål ennå. Men det var hans lille glede i hverdagen, og siden kongen hadde lønnet ham meget generøst for arbeidet var han en velholden mann og høyt respektert i byen.

Han gikk inn for å finne avlsboka og gjøre noen notater da hans hustru kom sprintende ut av en sidedør, hun hadde den litt mysende minen hun pleide å ha når det var noe hun ønsket og Harod sukket oppgitt for seg selv og klistret på seg et smil mens han stanset for å høre hva hun nå ønsket. Hans kone var litt for geskjeftig etter hans mening, alt for opphengt i hva andre syntes om dem og en forferdelig skravlebøtte som kunne snakket hull i hodet på en steinstatue.”Ja Myrtle min kjære, hva er det nå?”

Myrtle rettet dydig på det kniplede nettet hun bar over det grå

håret og så med plirende øyne på sin herre og husbond. Hun så svært dårlig nå men det kunne ingen si til henne for da ble hun dødelig fornærmet. Hun hadde vært den beste syersken der og ingen skulle si at hun ikke fremdeles hadde øyne som en hauk. Harod var svært oppgitt over henne men han elsket henne også på tross av det og hun hadde gitt ham fine barn han var stolt av. De hadde tre barn i live og hadde mistet to jenter som spebarn men det var normalt. Alle måtte regne med denslags tap for barnedødeligheten var temmelig høy. Myrtle knep den smale munnen sammen i en mine som sikkert skulle se søt ut, på en ungjente ville det vært forførende men på henne lignet det mer på et seriøst sammenkrøllet stykke tøy. Harod kjente at smilet hans var stivt, men hun la ikke merke til det. Hun plukket varsomt på kragen på vesten hans og smilte igjen. Myrtle smilte aldri med tenner for hun var nesten tannløs, Harod visste at hun hadde noen forferdelige tredingser i munnen som skulle hindre henne i å få det innsunkne utseendet tannløse folk vanligvis får. Selv fant han det tåpelig.
Hun kom omsider til saken."Kjære, du vet at Mara blir seksten nå snart? Og sønnen til Gilliam kom hjem igjen for bare en måned siden og skal bli hjemme sier de. Ja han skal vel ta over farens verksted og...."
Harod stønnet, Myrtle var i overkant ivrig etter å få giftet bort datteren, og helst så rikt som mulig også. Men han var sterkt uenig i damens engasjement i saken, han syntes at Mara var alt for ung til å giftes bort. Vel var det i den alderen de fleste jenter ble gift men Mara hadde alltid vært utenom det vanlige og svært umoden mentalt sett. Hun var på langt nær voksen for denslags og han så helst at de ventet til hun ble i det minste tjue før de begynte å diskutere ekteskap. Han klappet sin ivrige hustru vennlig på hodet."Kjære deg, Oleg er mer enn dobbelt så gammel som Mara, og han har allerede minst et halvt dusin bastarder rundt omkring. Vil du gifte bort vår datter til en uforbederlig skjørtejeger?"
Myrtle fikk et forferdet uttrykk i de blasse øynene."Det er bare

rykter.. og han er jo rik!"

Harod ble strengere i stemmen."Penger er ikke alt. Karen er kopparret og feit og alle vet at han ikke etterlater seg annet enn tomme vintønner og ølstaup der han holder til. Nei Myrtle, vi skal ikke engang foreslå det der, Mara er for barnslig til å bli gift ennå og når den tiden kommer at hun er klar kommer jeg til å ta meg av det praktiske "

Myrtle så direkte sjokkert ut og Harod klappet henne på hodet igjen, demonstrativt hardt."Gå og hjelp Dhiba med babyen du, den jenta vet snaut bak og frem på en unge."

Myrtle så fremdeles sjokkert ut men gikk avgårde og Harod sukket lettet og ristet oppgitt på hodet. Deres svigerdatter var særdeles uintelligent og Myrtle var den som hadde fått i stand ekteskapet så det var hennes feil så langt han kunne se. Ikke at Egel var misfornøyd for Dhiba var ualminnelig vakker og veldreid men hun var det mest fjollete kvinnemennesket Harod noen gang hadde møtt. For Myrtle hadde det bare telt at jenta var datter av en søkkrik handelsreisende og at hun kom til å arve flere gårder etter sin far når han en gang vandret heden. Harod tenkte i sitt stille sinn at han håpet det ble svært lenge til, den jenta kom til å kjøre alt rett i grøfta. Og nå hadde de en datter på seks måneder som var temmelig svakelig og Harod var desverre overbevist om at babyen neppe ville se sin ett års dag i live. Han kjente tegnene og med en mor som snaut visste noe om barnestell ble det ikke lettere.

Deres yngste sønn Dhabin var tolv og en svært oppvakt gutt som elsket naturen og snart kunne mer enn sin far. Harod var grundig stolt av ham og håpet at han ville følge i hans fotspor og bli lærer. I hans øyne fantes det ikke edlere kall. Egel på den andre siden var mer praktisk anlagt, han likte ikke å lese og foretrakk å jobbe ute og det syntes også. Egel var en typisk bonde og sterk som en okse, men ikke av de mest saktmodige. Ingen av dem ante hvor gutten hadde fått temperamentet fra for ingen av foreldrene var snarsinte men det var Egel til de grader. Han eksploderte og så gikk det noen korte minutter og alt var liksom ok igjen. Harod var litt forbauset over det men han var også stolt over hvor mye Egel fikk til. Han var uvanlig dyktig med sauene og hadde dyrket opp et stort stykke jord de dyrket lin på. Egel var overbevist om at de kunne blande lin og ull og skape nye stoffer og han hadde også lekt litt med tanken på å innføre de sjeldne og dyre insektene som spant silkekokonger men antagelig var det alt for kaldt der til at de ville overleve. Og de spiste bare blader av en plante som det ikke fantes noe av i hele Zhandoria så uansett kunne det bli en dyr affære.

Harod var fornøyd med saueavlen sin, han blandet seg ikke i sønnens planer og Egel satte pris på det.

Kvelden kom fort og huset forberedte seg på å gå til ro. Mara hadde vært hos en venninne og fått krøllet håret og Myrtle fløy rundt og var hysterisk siden hun var redd for at Maras silkebløte blonde hår skulle ha blitt skadet mens de to guttene satt der og gliste for seg selv og Harod hadde lyst til å slå seg selv i pannen i ren oppgitthet. De hadde ikke mange tjenere der i huset men noen var det og de ble behandlet nesten som familiemedlemmer og de spiste sammen med herskapet og tiltalte hverandre med fornavn så hele husholdningen hadde en viss uhøytidelig atmosfære. Kokka hadde lagd en uvanlig god ragu den kvelden og Harod hadde en følelse av at magen var på bristepunktet. Egel hadde gått til ro allerede siden han var sliten etter dagens arbeide med å sette opp nye gjerder og Dhabin satt og spilte kort med sin søster og tapte hver eneste omgang siden Mara var uvanlig kløktig i kunsten å spille falskt. Harod måtte le av dem mens han satte seg i sin beste stol med en god bok om kongehusets historie.

Han hadde nesten bestemt seg for å gå å legge seg da alle rykket til av et fryktelig leven og det måtte komme fra stallen for det var vrinsking og dundring og hyl og Harod var på beina fortere enn han selv trodde var mulig, gammel som han nå engang var. Han raste ut døra og kolliderte nesten med den av tjenerne som tok seg av hagen og stallen. Karen var i bare

sokkelesten og hadde trukket i nattskjorte og en lang lue og så
fra seg ut. Vrinskingen og hylene fortsatte og de to mennene
skyndte seg bort til stalldøra. Harod hadde bare tre hester, de
trengte ikke flere siden det var en liten husholdning og hester
var dyre i kosten. De hadde en liten kjørehest som fraktet
varer, en stor ridehest Egel brukte mye av tiden og en fet liten
hoppe som han selv red når han trengte det. Nå sto samtlige
hester der og vrengte øynene mens de stampet og hylte og
dampet av svette. Stallkaren gispet og kunne ikke forstå hva
som kunne ha skremt dyrene slik men Harod løftet stalllampa
og så ned på golvet på ren refleks. Det han så fikk ham til å
hyle selv og steppe like ivrig som hestene. Golvet levde
nesten, overalt var det mus og rotter og insekter som fløy rundt
hverandre i febrilske forsøk på å finne en vei ut. Flere var
stampet ihjel av de paniske hestene og nå som stalldøra brått
var åpen forsvant krekene ut i en eneste mørk strøm av pels og
bein.
Stallkaren spratt opp på stolen hovslageren brukte og sto der
med skjorta presset rundt leggene som et kvinnfolk med
skjørter og gispet og Harod prøvde å se hvor krypene kom fra.
Bakerst i stallen var det et lite rør som sendte væske ned i
byens gamle kloakksystem. Det var sjelden benyttet men nå
var det tydelig at det hadde fraktet alle disse skapningene opp
til gatenivå. Noen forvirrede mus virret fremdeles rundt og
Harod langet ut noen spark etter dem men bommet, de var for
raske og han rynket pannen i uro og forvirring. Stallkaren
begynte å roe de skremte hestene og Harod gikk inn igjen med
en merkelig følelse i bakhodet. Hva i alle guders navn kunne
ha fått alle de dyrene til å flykte opp? Kloakken var gammel og
rant ut nede ved elva et sted. Den var koblet fra husene siden
de nå var på en mye bedre ny kloakkledning som nesten aldri
tettet seg, noe den gamle var nesten berømt for. Ingen kunne
ha vært der nede på årevis så Harod begynte å tro at et eller
annet rovdyr kunne ha kommet seg inn dit, kanskje en rev?
Men det skulle ikke skremt insektene? Han ristet på hodet og

gikk til ro igjen og neste morgen var det stille og rolig i huset. Han gikk til frokost og stallkaren så forvåket ut. Han hadde brukt flere timer på å ordne og rydde i stallen og bannet over at det hadde luktet vondt der inne, som råtne egg mente han. Harod mente at det måtte være de skitne rottene som hadde lagd lukten og stallkaren sa seg enig. Han hadde funnet minst ti døde rotter på gårdsplassen den morgenen og hadde hørt fra naboene at flere hadde opplevd det samme. Et sted hadde dyrene havnet i kjøkkenet så alt måtte vaskes ned grundig. Harod uttrykte sin bekymring og medfølelse for de som var rammet før han tok turen ut for å se til saueflokken, den gikk utenfor byen og var gjerdet inn og voktet av en stor flokk svære hunder som gjorde kort prosess med rever og ulver som prøvde seg. Rasen var spesial avlet for dette og det var strengt forbudt å selge noen av hundene til folk utenfra byen. Kongen hadde et par hunder men de var kastrert og han hadde avfunnet seg med det for alle visste hvor nidkjære beboerne i denne byen var med dyrene. Selv ikke en konges befalinger kunne rikke de gamle tradisjonene.

Sauene hadde det utmerket som alltid og han kastet en ekstra mynt til gjeteren der som påskjønnelse. Det gledet ham alltid å se at dyrene var friske og sunne. På vei tilbake til huset møtte han Egel som var på vei tilbake til markene for å ordne mer gjerder. Han hadde med seg flere menn som hilste muntert og Harod hilste tilbake mens han grublet over hvilke værer han burde bruke på hvilke søyer. Det virket for at han ikke kunne pare to sauer som begge to hadde det ettertraktede fargemønsteret for da ble lammene svakelige og det var en nøtt som var vanskelig å knekke. Noen sauer avlet ned fargen bedre enn andre og det var et rent hodebry å løse denne gåten.

Myrtle var i full gang med å planlegge vinterfesten, det var ennå et par måneder til men damen var fast bestemt på at det skulle bli perfekt dette året. Forrige vinterfest hadde Dhabin lagd en skandale ved å åpne en bakdør og slippe inn en hel flokk halvvoksne griser og Harod måtte le for seg selv fremdeles når han tenkte på kaoset. Selvsagt ikke så fruen så det, han var ikke selvmorderisk heller. Vinterfesten var årets høydepunkt for fruen og han visste at hun satte liv og sjel inn på å overgå alle de andre fruene i byen. Det kostet flesk men han orket ikke argumentere med henne, hun fikk kjøre sitt eget løp så han fikk være i fred. Resten av dagen tilbrakte Harod i leserommet sitt med sin favoritt syssel og kunne snaut vært mer fornøyd.

De neste dagene regnet det litt og alle holdt seg inne. Mara hadde flere venninner på besøk og huset gjenlød av latter og fnis fra glade ungjenter. Dhabin la seg på lur for å prøve å se oppunder skjørtene på dem når de gikk opp trappa og ble trukket godt og grundig i ørene av sin fortørnede mor og Harod koste seg med avlsplaner og regnskapet som så ut til å gå i riktig retning dette året. Myrtle hadde besøkt en nabofrue som kunne fortelle at to gamle i et hus lenger nede i byen var funnet døde begge to, og medikus forsto ingenting for de måtte ha dødd i søvne og var ordentlig røde i fjeset. Harod hørte bare på med et halvt øre, han var sikker på at han visste hvilken vedde som var best nå og aktet å sette den til side og gi den ekstra godt med for så den var klar til aksjon når parringstida begynte om bare et par korte uker. Myrtle beklaget seg over at han ikke hørte etter og bablet ivei om at mange følte seg uvel om dagen men Harod bare mumlet at det måtte være det fuktige været sin skyld før han hev seg over papirene igjen. Myrtle hadde kanskje sett at han hørte etter men aller mest snakket hun for å høre sin egen stemme. Som jente hadde noen sagt at hun hadde en uvanlig vakker stemme og hun var enig men hørte ikke at hun nå for tiden hørtes mest av alt ut som en and med litt sår hals.

Det var ikke før et par dager senere at det igjen skjedde noe som fanget Harods interesse og det til gangs. Egel var nesten ferdig med de nye gjerdene og Harod ble overrasket da han brått kom hjem midt i en arbeidsøkt og ba faren bli med til et av de øvre beitene. Det var noe han ikke forsto sa han. Harod kviet seg, det var kaldt ute og rått og leddene hans hadde ikke godt av det gammel som han jo var men han føyde seg siden Egel virket meget alvorlig og nesten redd. De kjørte opp til beitene med den lette kjerra og Harod så at karene ennå jobbet med å sette opp flere gjerdestolper så det kunne ikke være så forferdelig alvorlig. Egel kjørte langs toppen av den lave åsen og Harod ble brått var at noe manglet i utsikten han var så vant til. Han rynket pannen."Egel, hvem har hugget ned de gamle oljetrærne?"

Egel så bare fremover."Vent å se far. Jeg håper du kan forklare dette for det kan så menn ikke jeg"

Harod så uforstående på sønnen som stanset hesten og hoppet ut av vogna med en liten grimase. Gjerdet som sto der virket skjevt, et eller annet stemte ikke og Harod skjønte brått at det var trukket ut av orden, stolpene sto og hellet fordi den sterke tvinnede snoren som var selve gjerdet hadde blitt halt bortover av noe ufattelig sterkt. Han kjente at noe kaldt samlet seg i brystet, prøvde å se rolig ut men stegene hans ble gradvis mer langsomme mens han fulgte sønnen bortover. Han stanset med et lavt gisp og kunne ikke tro det han så. Baksiden av åsen var en slak og jevn bakke som steg jevnt fra den vesle elva opp mot åskanten. Men nå var det en sprekk mellom bakken og åskanten. Den var rett og flere meter bred. Det så ut som om en enorm kjempe hadde grepet tak i en like enorm øks og kuttet seg vei gjennom selve jordskorpen. Gjerdet forsvant ned i sprekken og han så at de gamle trærne som hadde vokst under åskanten var borte, sprekken hadde slukt dem.

Harod kjente seg matt, han måtte samle det han hadde av krefter for å ikke ramle aldeles sammen. Sakte lot han blikket gli langs sprekken, den forsvant bortover langsmed åsen, skar tvers over sletten og han kunne se den forsvinne i det fjerne. Den så ut som en mørk strek noen hadde tegnet over landskapet og Egel så spørrende på faren."Det har skjedd i natt, men det var ingen skjelv?"

Harod svettet og tørket av pannen med et lommetørkle. Han

hadde aldri hørt om noe slikt. Han tok seg kraftig sammen og snudde seg mot sønnen, prøvde å se rolig ut.”Jeg kan ikke forklare det. Men flytt gjerdene og holde folk unna. Kantene kan jo rase ut for alt vi vet.”

Han lente seg forover varsomt og kikket over kanten. Sprekken var flere meter dyp og bunnen dekket med nedrast jord og grastorv.”Jeg tror det er lærde i Zhymorne som vet mer om slikt enn meg.”

Egel så bare innbitt ut, han trakk mismodig i litt av det ødelagte gjerdet.”I så fall vil jeg gjerne vite om vi kan slippe dyra hit eller om vi risikerer at bakken åpner seg og svelger hele bølingen.”

Harod tenkte fort, han visste om en lærd som hadde studert merkelige fenomener og det kunne være at den mannen forsto mer om slikt enn det Harod kunne. Han rettet seg opp.”Jeg reiser inn til byen i morgen den dag og spør meg for.”

Egel bare nikket og bannet over ekstra arbeidet de ville trenge å gjøre nå og Harod gikk tilbake til vogna med en vond følelse i brystet. Dette lovet ikke godt, han fikk en merkelig følelse av at han burde ta med seg alt sitt og komme seg lengst mulig vekk. Men det var en irrasjonell følelse, han burde vite mer om de rene fakta først. Han sa ingenting på veien tilbake til byen, han planla allerede neste dag og kjente at han så frem til å komme seg litt vekk. Hans hustru var kanskje ikke så begeistret for at han skulle reise men han visste hvordan han skulle blidgjøre henne også. Resten av dagen gikk med til forberedelser og han vekslet mellom å være i godt humør og å være heller dyster. Sprekken hadde vært så stor, noe svært var på gang, uansett hva det var.

Neste morgen sto han tidlig opp og fikk salet ridehesten. Han var ingen stor rytter men kunne da håndtere selv en stor hest og han var glad for at været var godt da han red ut byporten og satte kursen mot Zhymorne. Det ville ta ham mesteparten av dagen å komme seg dit selv med en såpass rask hest og han håpet at han ikke skulle bli for støl av den lange rideturen. Det

var lenge siden han hadde sittet lenge på hesteryggen.
Harod så flere tegn på uroligheter da han nærmet seg
Zhymorne, nå var byen svært stor så noen tusen flere burde
ikke synes men allerede nå var det mange titalls tusen som
hadde søkt seg dit. Og byen var overfylt. Alle kjente til den
merkelige krigen som virket for å ha brutt ut mellom
adelshusene men i hans fredelige lille avkrok var de blitt spart
for det siden ingen der hadde noen tilknytning til adelen. Og de
færreste var stridsmenn så ingen reiste dit for å verve menn.
Harod ble forferdet over nøden han så, og skadene på byen.
Mange bygninger hadde rast sammen og selv de store
templene hadde synlige skader. Gatene var sprukket opp og
vann og kloakk rant overalt. Og det yrte med folk som virket
mer eller mindre desperate. Folk trengte mat og husrom men
begge deler var det stor mangel på og Harod følte seg syk i
sjelen ved synet av alle de tiggende barna. Det lå syke og
døende mennesker i gatene og et sted møtte han noen med en
trillekjerre full av stinkende lik. Han trodde knapt det han så
og han jagde på hesten opp mot den store grå murbygningen
som var hovedsete for de lærde i byen. Der lå også byen
bibliotek som kunne skryte av å ha den største samlingen med
skrifter i hele Zhandoria og han sukket lettet da roen la seg
over ham inne på gårdsplassen. Vakten i porten kjente ham og
slapp ham gjennom og han steg stølt av den slitne hesten og
skyndte seg inn. En tjener tok i mot ham og bukket høflig og
Harod samlet seg og prøvde å se rolig og verdig ut.
"Vær hilset, si meg, er Mirtenius av Dheesa her i dag?"
Tjeneren nikket sakte."Det er han men jeg må få advare deg
min herre. Hans sinn er ikke hva det en gang var og til tider er
han temmelig forvirret. Men jeg tror han har en ganske klar
dag i dag."Harod sukket lavt, han visste at den ærede mannen
begynte å bli litt rørete men han var tross alt over nitti somre
gammel og langt fra noen ungsau. Tjeneren vinket ham med
seg og Harod skyndte seg etter den yngre mannen. Mirtenius
holdt kontor i en av de eldste delene av bygget der det var

mørkt og heller dystert men Harod hadde aldri brydd seg om det. Det var bøker og slikt lagret nær sagt overalt og han orket ikke tanken på hva som ville skje om det skulle begynne å brenne der. Det ville være en ufattelig tragedie.

Mirtenius så ut som en gammel inntørket rosin i ansiktet. Det tynne hvite håret og skjegget gav ham et merkelig uskyldig utseende samtidig som han så ut som om en liten vind kunne blåse ham bort med et enkelt pust. Heldigvis husket han Harod og virket ganske oppegående og Harod skyndte seg med å forklare hvorfor han var kommet. Den gamle hørte tålmodig på og fikk et ganske så urolig utrykk i ansiktet. Han tygde fraværende på en flik av bartene og virket for å tenke grundig over tingene. Til slutt lysnet han opp og nikket litt skjevt."Det var en mann som kartla områdene rundt Bheki bukten som lagde kart og skrev et eller annet om grunnen her. Det var før min tid men jeg vet at han mente at noe i området her var farlig, og at det var i grunnen. Jeg vet også at han samlet gamle skrifter om området."

Harod så ivrig på den gamle som tydeligvis prøvde å huske mer."Skriftene hans er i biblioteket, i den gamle avdelingen. Jeg husker ikke akkurat hvor men jeg så dem en gang husker jeg. Stor svart bok med røde bokstaver i ryggen. Tror den het « studier av Bheki-bukten med nærområder» Og tar jeg ikke feil lå den i hyllene med reisebeskrivelser."

Harod svelget ivrig og trykket den gamles hånd med takknemlighet."Jeg kan finne den selv men takk så mye for hjelpen."

Mirtenius smilte vennlig og tannløst."Bare en glede å kunne hjelpe. Jeg blir urolig av dette min venn, jeg tror han fant noen ganske så illevarslende gamle spådommer. Nå er jo ikke spådommer det en skal legge sin lit til men en vet aldri. De kunne mangt og meget de gamle, ting som er glemt i våre dager."

Harod sa farvel og skyndte seg ned til biblioteket der en heller nesevis tjener viste ham vei til de riktige hyllene. De kunne ikke ha vært besøkt på tiår for støvet lå en halv tomme tykt overalt og han stønnet og begynte å lete. Det tok tid, for hyllene var store og aldeles stappfulle med bøker og mange var tykke og svarte så han måtte tørke støv som aldri før i sitt liv. Men etter et par timer sto han med den riktige boka og kjente seg brått veik i knærne. Den var tykk og tung og han slepte den formelig med seg til et bord som sto der. Han tente en av fettlampene og lukket glasset nøye før han satte seg ned. Han var merkelig urolig da han åpnet den første siden. Det sto en tekst på den, skrevet med rødt blekk og den fikk ham til å gni seg i øynene og føle en tung angst. Det var som om de eldgamle ordene strakte seg etter ham og hvisket om en sannhet som var for grufull til å være sann. Han stavet seg sakte gjennom mens kulda seg inn i knoklene hans og gjorde ham stiv og uvel i hele kroppen.

"Da dragenes herrer forlat Zhandorias strender steg landet av havet og det som hadde vært havner lå langt inn i landet mens andre land sank. Verden ble endret i løpet av få dager og stor var katastrofen det skapte. Fra Zhymornes porter til Felderi sjøen lå havbunnen bar og ble brukt av folket men en dag vil havet kreve tilbake det som ble tatt. Ilden vil våkne og havet vil komme. Ild og vann vil møtes ved portene når sorte vinger flyr. Ve dere mennesker som ei har tidløst minne, for det som var vil bli, og det som er vil ei være mer. Havet vil komme!"

Harod åpnet sakte boka mer og ble sittende å lese mens fettlyset brant og dagen utenfor ble mørk natt. Han satt der som fengslet mens kart og gamle nedtegnelser festet seg i minnet hans og da han omsider var ferdig var han utmattet og tung i hodet men han hadde en fryktelig mistanke nå. En han måtte lufte for andre og kanskje avverge noe forferdelig. Han satte boka tilbake på plass med en viss møye og skyndte seg opp på bakkenivå igjen. Han var totalt utslitt men heldigvis var det rom der folk brukte til å hvile og han fant et ledig ett og stengte døra. Kroppen skrek etter hvile men hodet spant vilt med de ytterste konsekvenser av det han hadde lest.

Sannsynligvis var det ingenting i det og sprekken i bakken
bare tilfeldig men hva om det fortalte om noe grusomt som
kom til å skje? Han sovnet etter en stund men det var av ren
utmattelse.
Da Harod våknet var det sent på dagen og det var stille der.
Folk drev med sitt rundt i byggene og Harod syntes det var noe
beroligende med å se hvordan noen lærde strenet avgårde med
en hel gjeng lærlinger i hælene, aldeles nedlesset med bøker og
skriftruller. Det var så normalt og vanlig og han strakte seg og
ynket seg over kroppen som ikke lenger var ung og smidig.
Han fant kjøkkenet der en halvdøv gammel kvinne med bart og
stikkende øyne holdt hus, hun virket for å ta det som en
fornærmelse at noen kom dit men serverte da en slags grøt som
Harod ante måtte ha vært oppvarmet flere ganger enn setet på
en offentlig dass. Og ølet hun serverte til kunne vært
halvblandet med hestepiss på smaken å dømme. Harod fikk i
seg maten med visse vansker og håpet at hesten hadde vært
godt stelt men det regnet han med at den var. Stallen der var
kjent for å være bra siden stallkaren som holdt til der elsket
hester mer enn noe annet på denne jord, kone og unger
medregnet.
Harod ristet i klærne og følte seg sjuskete og ustelt, han skulle
hatt et bad og skiftet men det var ikke tid til det nå. Han kunne
nå hjem før det ble mørkt om han red med en gang så han gikk
til stallen der han til sin glede så at ridehesten hadde vært
ypperlig stelt og var klar for turen tilbake. Han fikk stallkaren
til å sale opp og gav mannen en generøs betaling som fikk ham
til å bukke Harod ut av døra med høylydte takksigelser. Harod
ble nesten brydd. I byen var det tett med folk og stanken var
intens, han fant en av hovedgatene og satte kursen mot porten
men halvveis fremme ble det stopp. En folkemasse stengte
gaten totalt og det var tydeligvis en del temperament involvert.
Noen skrek og ropte og andre samlet hestepærer og råtten frukt
fra folks søppelhauger.
Harod holdt hesten inne og reiste seg i stigbøylene, slik så han

over mengden og kunne skimte et stort skafott som måtte ha
vært reist på torget i løpet av natten. Det var åpenbart en
henrettelse som skulle skje og da forsto han at det kokte i
folkemengden. Offentlige henrettelser var sjeldne i Zhandoria,
stort sett skjedde slikt i all stillhet men ekstra grusomme
forbrytelser ble som regel straffet på dette viset. Han hadde
ikke hørt om noe slikt men nå fulgte han ikke med på alt som
skjedde i hovedstaden heller.
Han hilste høflig til en eldre mann som kom gående og spurte
hva som foregikk og mannen rettet på lua og spyttet på
bakken.."De skal henrette en morder min herre. En fyr som
drepte to unge jenter han begge hadde greid å sette barn på. De
sier at familien deres krever dette, og det kan en jo ikke si noe
på."
Harod rynket pannen.". Jeg tror jeg har hørt om den saken, var
det ikke den mannens bror som ble funnet myrdet rett etter det
første store jordskjelvet?"
Mannen gliste kort."Det stemmer ja, noen mener at slekta til
de jentene leide snikmordere til å ta ham og Adec men at de
feilet og nå ble jo karen fanget nord i landet av en tropp
soldater med lojalitet til Tharasa av Darasher. Kongen er jo
også en Darasher så de skal virkelig vise seg nå."
Harod gyste kort, maktspill igjen. Disse store ættene var svært
glade i denslags, og liv betydde mindre enn ingenting. Men en
slik forbrytelse som den mannen hadde gjort måtte straffes,
stemte det var det horribelt.
Harod reiste seg i stigbøylene igjen og så at det var en del folk
på skafottet nå. Antagelig både den dømte og en prest samt
selvsagt skarpretteren og noen representanter fra de myrdede
jentenes familier som skulle bevitne at rettferdigheten skjedde
fyllest. Folkemengden buet og skrek og han følte sinnet deres
som noe fysisk. De var ikke lenger enkeltmennesker men en
stor hop, en eneste organisme som hungret etter blod. Harod
gyste og snudde hesten, det var sidegater der som neppe var
blokkert og han følte at han hadde hastverk. Han visste at

slekten til den dømte var liten og svak, bare lavadel. De ville neppe kreve blod for blod for det ville være direkte selvmorderisk. Men Harod hadde sett nok i det siste til å vite at ættene hadde blitt bortimot gale. Hva de kriget etter ante han ikke men det måtte være noe viktig siden de kastet gammel lojalitet og gamle løfter på båten og sloss som gale hunder over et kadaver.

Han tenkte grum i hu på situasjonen mens han red ut av byporten. Det gikk rykter om at kongen hadde planer om å bruke sin store hær til å overta all jord og all rikdom fra de andre ættene i hans område og noen hadde også snakket om at en eller annen galning hadde drept noen av kongens egne barnebarn. Harod håpet at det ikke stemte men sannsynligvis var det sant, det forundret ham ikke akkurat. Veien inn til byen var full av folk som hadde flyktet og han skulle ønske at noen kunne fortelle dem at de hadde flyktet fra ille til verre. Byen var ikke noe godt sted nå lenger. Han satte fart på hesten og den galopperte stødig og godt så han lot den få frie tømmer og bare styrte når det trengtes.

Harod nådde ikke hjem igjen før det var mørkt og da var hesten sliten og han selv kjente seg også svært trøtt. Han ble overrasket da ikke stallkaren kom for å ta seg av hesten, i stedet dukket Egel opp og han så litt forvåket ut. Harod kjente at han ble kald innvendig og så spørrende på sønnen som tok hesten og leide den inn uten et ord. Harod fulgte etter, full av brå engstelse som ikke hadde noe å gjøre med informasjonen han hadde fått tak i. "Hvorfor er ikke Ivert her?"
Egel trakk av hesten salen og hodelaget og virket ikke for å ville snakke."Han er syk, snakk med mor."
Harod bare stirret på sønnen som ikke så tilbake på ham, det var tydelig at Egel hadde mest lyst til å gjøre jobben alene så Harod tok saltaskene og gikk inn. Myrtle satt ved peisen i kjøkkenet og hun så rødøyd og urolig ut. Harod satte seg og så på sin hustru som prøvde å smile."Å kjære, jeg er så glad for å se deg! Det er galskap!"

Harod prøvde å tenke og opptre rasjonelt men det var
vanskelig.”Hva snakker du om?”
Myrtle vred hendene sin og var oppe i øyekroken med et
lommetørkle.”Ivert ble syk i går kveld, det er lungene hans og
medikus tror at han vil dø. Og vesle Idha er syk også. Og det
samme gjelder mange små barn her i byen. Og duene i
dueslaget var døde i dag tidlig! Det er et ondt tegn!”
Harod var glad han satt, at jentungen var syk var ikke noe nytt
for hun var et svakelig barn men flere? Og duene hadde vært
friske og sunne dagen før? Han prøvde å ta det rolig men
Myrtle hulket kort.”Egel var ute for å se til dyrene i dag og
mange hadde rømt. En av gjeterne sa at han hadde sett store
flokker med vilt som var på vei nordover. Han trodde ikke sine
egne øyne.”
Harod svelget hardt. Han husket noe hans far en gang hadde
sagt.”Når dyr og fugler stikker av gutt, da er det på tide å
stikke av med dem!”
Han klappet kona på armen og prøvde å se trøstende
ut.”Medikus er flink, han vil sikkert greie å gjøre den lille
skatten vår frisk igjen.”
Myrtle så tvilende ut.”Det ligner det Ivert har, det er som om
det er vann i lungene på ham. Men det er jo umulig? Og han
sier det svir og brenner i brystet på ham.”
Harod sukket innvendig. Lungebetennelse kunne føles slik ut
og den mannen hadde jo vært ute iført bare nattskjorte og
sokker. Det var ikke noe rart han ble syk av det. Når det gjaldt
veslejenta hadde han vel egentlig bare ventet på det. Og mange
barnesykdommer gikk i bølger og gjorde mange syke samtidig.
Det var bare rene tilfeldigheter. Det var sprekken ute på
jordene som gjorde ham urolig og han hørte tålmodig på resten
av konas klager før han fikk i seg litt mat og tok et etterlengtet
bad. Han kunne høre at Egel kjeftet på Dhiba og anklaget
henne for å være en dårlig mor og bare litt etter trøstet han
henne. Huset var virkelig stilt på kanten nå, alle var redde og
han forsto hvorfor også.

Morgenen etter var det gråvær og kaldt, det sto en sur sno innover landet fra bukta og Harod skulle til å gå ut for å se til sauene da det kom løpende en gutt fra ene veveriet. Han så storøyd og ivrig ut og pekte mot porten mens han nesten hoppet opp og ned av fryd.”Det har ridd en hær forbi, jeg så dem!”

Harod småsmilte av gutten, som guttunger flest var han fascinert av riddere og soldater og dette måtte være stort for en guttunge i en slik avsides liten by.”Var de mange?”

Gutten nikket og steppet nesten på stedet.”Mange hundre, kanskje tusen. Og det var riddere og væpnere og masse fine hester og bannere og ...”

Gutten mistet pusten i farten.”De red innover mot fjellene.”

Harod rusket gutten i håret og han forsvant som en rakett hjemover for å fortelle sine søsken om det han hadde sett.

Harod så litt vemodig etter ham, så ung og uskyldig hadde han selv også vært en gang. Det var ingen ondskap og en hær på vandring var bare et flott syn.

Så kongen hadde virkelig gjort alvor av å sende kongshæren selv innover mot rebellene? Det tydet på at ting tilspisset seg for vanligvis tømte han aldri byen for soldater. Det betydde at det kun var kongens egen garde og byens sikkerhetsstyrker igjen, og det kunne bety vansker om noe brått skjedde. Harod ristet av seg de dystre tankene og gikk til sine saueflokker, de hevet som alltid humøret hans betraktelig. Gjeteren kom og hilste høflig på ham og Harod ba ham sette til side de utvalgte værene og gi dem havre i tillegg til det vanlige foret. Noen karer red forbi med tau og slikt og skulle sikkert hente inn igjen de rømte dyrene og Harod kjente seg brått urolig igjen. Det kunne virkelig være et dårlig varsel. Men hans sauer virket da rolige og søyene kjente ham og kom for å bli kjælt med som før. Han smilte og arbeidet tok over tankene hans i noen timer.

Da han kom hjem igjen vendte også realitetene tilbake. Han så to hvitkledde stå i porten og hjertet hans hoppet over et par slag. To noviser fra presteskapet kunne bare bety en ting, noen

i huset var døende og først tenkte han på babyen. De to bukket
høflig og Myrtle kom styrtende ut av huset med tårene
rennende nedover de rynkete kinnene. Hun så brått mye eldre
ut enn hun var. Han grep henne og hun snufset.”Ivert.... han er
på det siste!”
Harod kjente dyp sorg ved det, mannen hadde tjent dem godt i
mange lange år og var nesten som en av familien og han
svelget og kjente at tårene presset seg frem i øyekroken. Det
var umandig å gråte men han brydde seg lite om det nå.
Dhabin kom ut og var tydelig trist og han var sikker på at også
Mara var berørt av dette.
Inne sto en prest i det vesle rommet Ivert hadde, Harod hørte
messingen og hatet lyden, den betydde bare en ting og han var
ingen religiøs mann. For ham var religion overtro som svakere
sjeler støttet seg på i vanskelige tider. Presten kom ut og trakk
det seremonielle røde pleddet ned av hodet og skuldrene, han
så sliten ut.”Jeg beklager, men han er på vei til sine forfedre.
Han lever neppe dagen ut.”
Harod skar tenner og Myrtle klynket kort.”Trøst dere med at
han dør med ro i sjelen, få har det privilegium i våre dager.”
Presten snøt seg diskre og sukket.”Jeg skulle ha vært her og
trøstet ham til han slipper ånden men jeg har andre å ta meg
av. Det er to barn som ligger for døden i familien Gurads
hjem.”
Myrtle så forferdet på ham.”Å guder, vi kjenner jo dem, er det
tvillingene?”
Presten så lidende ut, og det var ikke så rart. De to søte
småjentene var viden kjent i byen og høyt elsket av alle.”Ja,
jeg er redd for det.”
Myrtle hulket fortvilet og Harod strøk henne over håret.”Men
hvordan? De er da sunne friske unger, og familien er rik nok til
å gi dem all mulig pleie og medisin.?”
Presten stakk pleddet sitt i en stor lomme på kjortelen og trakk
på skuldrene.”Medikus forstår det ikke. De var ute å lekte i går
morgen, hadde funnet veien ned i kjelleren der de oppbevarer

rotfrukt om vinteren og da de kom opp igjen ble de brått syke begge to. Det er noe med brystet på dem også.”

Han foldet hendene.”Jeg bare ber gudene være barmhjertige og spare dem for lidelse. Hvorfor skal slikt skje med uskyldige barn?”

Harod tenkte for seg at denne presten i det minste var oppriktig, han prøvde virkelig å trøste så godt han kunne men hvorfor hadde så mange blitt syke? Og så brått? Han kjente at uhyggen fikk hårene til å reise seg over nakken på ham. Myrtle nesten hang i armene hans så han plasserte henne varsomt i en stol og ba kokka ordne en sterk varm grogg til dem begge. Kvinnen forsvant for å gjøre det med en gang og presten gikk etter å ha velsignet huset. Ikke at det hjalp noe men for syns skyld. Egel var hos sin kone og datter og de hørte at han gikk rundt og rundt der oppe i andre etasje. Like hvileløst som et dyr i bur. Om jentungen også døde ante ikke noen av dem hva de skulle gjøre, tanken var forferdelig. Noen ville kanskje ha gått til tempelet og ofret i slike situasjoner men Harod stolte mer på sunn fornuft og kunnskap enn religion. Å ofre hjalp bare ens egen samvittighet for da hadde en i det minste gjort noe, uvirksomt eller ei.

Dagen gikk sakte som rennende bek, det var stille der og av og til var medikus innom men mannen var stresset og vill i blikket. Stadig flere ble syke og han begynte frykte en eller annen merkelig hurtigvirkende form for lungepest. Harod var nesten enig med ham, som en lærd mann visste han at det fantes sykdommer som kunne bryte ut skremmende raskt og dødelig. For bare tjue år siden hadde en slik pest drept nesten alle beboerne på noen av øyene nordvest for Arzam, det ble sagt at bare en av ti overlevde og i mange år senere nektet skipperne å legge til havn der, i frykt for at pesten hadde overlevd og kunne spre seg til skutene deres.

Kokka kom med groggen og jamret seg.”Nå står ikke verden til vintersolhverv, tror dere ikke at den betesaften jeg satte til gjæring har blitt lilla!”

Hun ristet på hodet og krysset fingrene for å jage bort onde
ånder."Og melken jeg satte i kjelleren har blitt helt tykk og rar,
og sur er den også! Akk ja akk ja, det er onde tider!"
Harod fikk en merkelig følelse i hodet, som om han brått var
ved å huske et eller annet viktig, uten helt å greie det. Han
tvang følelsen bort og prøvde å smile til kokka."Det er nok den
rå lufta sin skyld, og jeg tror den melka var litt for gammel
allerede da den ble hentet inn. Og noen har sikkert ikke vasket
de bollene godt nok, da skjer slikt."
Han konsentrerte seg om Myrtle igjen, hun var utrøstelig og
han følte at fortvilelsen åt på ham. Harod var en familiemann
og ønsket ikke å se at noen av dem led på noe som helst vis.
Kvelden ble stille, ingen sa stort og selv Mara holdt munn
mens hun fiklet mismodig med noe håndarbeide. Hun var
svært knyttet til babyen og elsket å stelle med den, antagelig
ville hun bli en god mor selv en vakker dag. Medikus var
innom igjen med noe medisin og mannen så ut som om han
snart stupte av bekymring. Harod visste at karen var godt
utdannet og meget dyktig, faktisk så dyktig at han utmerket
godt kunne ha jobbet i en større by eller for en rik familie men
han var ydmyk og ville tjene folket og Harod var glad for det
nå. Men det var klart at det gikk kun en vei med babyen og da
morgengryet sakte steg over tårnene var det over. Egel og
Dhiba var fra seg og Myrtle kollapset totalt. Harod gråt også
og de to yngste barna hang med hodene og sutret også. Det var
et hus i total sorg. Ivert var ennå i live men var bevisstløs og
Harod skulle til å se til ham da det ble banket på døra,
temmelig frenetisk.
Ute sto en av gjeterne og han var dekket med gjørme og så
skrekkelig ut, Harod trodde først at det var noe galt med
sauene men mannen sto der og gapte som en fisk på land før
han fikk samlet seg og stotret frem at det hadde skjedd noe
merkelig. Harod var mest fristet til å be mannen dra til
helsikke og la dem være i fred men det var åpenbart at karen
var helt fra seg. Han trakk motvillig på seg kappen og fulgte

mannen ut. Det var surt ute og en egen rå eim med en merkelig lukt og Harod hutret mens han fulgte etter karen, Som den eneste lærde i byen var det hans plikt å roe folk med fakta i stedet for å la dem trekke egne ofte feilaktige konklusjoner. Det var flere mennesker i gatene, noen bar sort som tegn på sorg men alle var på vei ut porten og Harod rynket pannen og økte farten. Hva kunne dette være?

Ute på engene rundt byen sto det en del enorme steinblokker, de var høye og tynne som nåler og stakk rett ut av grunnen som om en eller annen kjempe hadde tatt en diger hammer og rammet den ned i jorda. De hadde alltid vært der og ingen hadde noen videre forklaring på dem men de var greie å søke ly bak i sommerheten og av og til klatret modige guttunger opp på dem og festet flagg og slikt på dem. Eller plakater som annonserte alt fra hvem de aktet å fri til til mere uønskede meldinger av typen praktisk spøk. Den største av dem var nesten tretti fot høy og sto like ved veien inn til byen, noen hundre fot fra porten. Det første som Harod tenkte da han så steinsøylen var at noe hadde fjernet toppen av den, så ble han var at toppen så helt normal ut. Den var bare lavere enn normalt. Folk sto og glodde på steinnåla som hadde glidd ned i grunnen så bare et par meter nå stakk opp. Rundt den var det en merkelig blålig gjørme som hadde presset seg opp og Harod gikk sakte bort og bøyde seg, tok litt på handa og gned det mellom fingrene. Det var seigt men ble nesten som vann og han svelget hardt og reiste seg sakte. Han visste hva dette var! Og skriftene han hadde lest fortalte resten av historien.

Byens borgermester kom bort til ham, han så skremt og fortvilet ut og tørket uavlatelig svetten av pannen.”De syke som dør, sprekken i bakken og alt det merkelige som skjer. Jeg tror dette er verdens ende!”

Harod løftet blikket og så utover mot bukta som glitret der i det fjerne, han prøvde å tvinge bort angsten som grep hjertet men til ingen nytte.”Nei dette er ikke verdens ende... Dette er kun begynnelsen!”

Han ble stående helt til Dhabin kom løpende med beskjed om at Ivert var død. Da snudde han seg og gikk sakte tilbake til hjemmet som en slagen mann. Han visste hva slags fare som truet hans hjem og by, men hvordan skulle han få folk til å skjønne? Og hvor kunne de være trygge? Han snudde igjen i porten, så mot havet langt der ute. Havet kommer hadde det stått i skriftene. Han trakk pusten hardt og prøvde å tenke klart men greide det ikke. Alt han klarte var å se de truende ordene, rødt på mørkt pergament. Havet kommer. Harod strøk hendene mot steinen i porten, hvisket en kort bønn om at det ennå var tid. Spørsmålet var om gudene hørte på en mann som aldri hadde bedt til dem før.

Historien fortsetter i bok to: Konger av frost og flammer som kommer i løpet av våren 2015.